本书得到“南京大学白先勇文化基金”资助

南京大学白先勇文化基金·博士文库
主　　编　白先勇
执行主编　刘　俊

联合副刊文学
生产与传播研究

李光辉◎著

天津出版传媒集团
天津人民出版社

图书在版编目（CIP）数据

联合副刊文学生产与传播研究 / 李光辉著. -- 天津：天津人民出版社，2022.4

（南京大学白先勇文化基金·博士文库 / 白先勇主编）

ISBN 978-7-201-17721-2

Ⅰ. ①联… Ⅱ. ①李… Ⅲ. ①台湾文学－当代文学－文学研究 Ⅳ. ①I209.958

中国版本图书馆 CIP 数据核字(2021)第 199183 号

联合副刊文学生产与传播研究

LIANHE FUKAN WENXUE SHENGCHAN YU CHUANBO YANJIU

出　　版　天津人民出版社
出 版 人　刘　庆
地　　址　天津市和平区西康路 35 号康岳大厦
邮政编码　300051
邮购电话　(022)23332469
电子信箱　reader@tjrmcbs. com

策划编辑　王　琤
责任编辑　王　琤
特约编辑　佐　拉
装帧设计　汤　磊

印　　刷　天津新华印务有限公司
经　　销　新华书店
开　　本　710 毫米×1000 毫米　1/16
印　　张　31.5
插　　页　2
字　　数　350 千字
版次印次　2022 年 4 月第 1 版　2022 年 4 月第 1 次印刷
定　　价　139.00 元

总　序

南京大学与天津人民出版社合作出版"南京大学白先勇文化基金·博士文库"丛书。丛书以出版青年学者研究台港文学的博士论文为主,出版由南京大学"白先勇文化基金"赞助,此基金乃由"赵廷箴文教基金"负责人赵元修先生、辜怀箴女士捐赠。丛书旨在鼓励青年学者对台港文学加深研究。文学是最能沟通人类心灵的媒介,通过青年学者的研究成果,把台港文学讲解介绍给读者尤其是高校学生,会产生良好的影响,使他们对台港的社会有更深一层的了解。

"南京大学白先勇文化基金·博士文库"丛书第一批包括以下列七本书:

林美貌:《台湾当代散文批评新探索研究》

王璇:《空间书写与精神依归——抗战时期旅陆台籍作家研究(1931—1945)》

肖宝凤:《消解历史的秩序——当代台湾文学中的历史叙事研究》

徐诗颖:《20世纪80年代以来香港小说中的"香港书写"研究》

蔡榕滨:《杨逵及其文学研究》

宋仕振:《白先勇小说的翻译模式研究》

李光辉:《联合副刊文学生产与传播研究》

这几本论著涉及的领域相当广阔,具体如下:

台湾当代散文的质与量都相当丰富,散文家辈出,尤其女性作家数量甚众,值得研究。

在全面抗战时期有一批台湾作家旅居中国大陆,如钟理和、吴浊流、张我军、洪炎秋等,这些人的作品及生平,在大陆较少受到关注。台湾因经过日本50年的殖民时期,光复后,国民党撤退抵台,又一次经历大变动,历史渊源相当复杂,而历史意识常常反映在文学作品中。

20世纪80年代,香港涌现新一代的作家,如钟晓阳、辛其氏、董启章等,他们笔下的“香港书写”又呈现了一种新的面貌。

杨逵是台湾日据时代享负盛名的作家,他的政治背景复杂,曾参加抗日运动,遭日本当局逮捕,光复后,因言论触怒台湾当局,被判刑坐牢。他的生平与作品对当时台湾读者有一定的影响。

宋仕振的论文比较特殊,他研究我的小说的翻译模式,主要聚焦在《台北人》的英译本上。这个英译本,由我本人、共同译者尹佩霞(Patia Yasin)以及编者——著名翻译家乔志高三人合作而成。这个译本花了五年工夫,一再润饰修改而成,修定稿原件存于加州大学圣芭芭拉校区图书馆白先勇特别馆藏中。宋仕振研究译本的修定稿,得以洞悉《台北人》的英译本是如何一步一步修改润饰而成的。

台湾《联合报》是影响力最大的一份报纸,其副刊历史悠久,在台湾文坛享有极高的声誉,曾经培养出为数甚众的台湾作家,联副的文学奖也是台湾文学界的标杆。

这七本博士论著，是“南京大学白先勇文化基金·博士文库”的第一批丛书，这批论著的出版希望能激励更多青年学者投身台港文学的研究事业。这项计划完全由南京大学中文系教授刘俊先生一手促成，特此致谢。

白先勇

二〇二二年四月五日

目　录

绪　论

一、研究缘起

副刊尤其是“文艺副刊”作为文学与媒介结合的产物，是我国特有的文化景观，“可以说中国自从有报纸，便有副刊；没有副刊，对读者而言，将是一个‘失去的期待’”①。我国台湾地区虽然在日本占据时期就有过类似副刊的“汉文栏”，但其副刊真正的大发展则始于20世纪50年代。以《联合副刊》（下称“联副”）为代表的台湾文艺副刊，从承继中国报纸副刊传统开始，在持续的变革中不断取得发展，对于台湾文学包括作家培养、文类变迁、文学论争等都产生过深刻的影响。尤其是“联副”从创刊至今已经走过了一个甲子，始终保持着对文学坚守的“联副”主编痖弦就说过：“副刊发展史，就是一部现代文学发展史。”②

---

① 石永贵：《没有副刊的报纸》，《中央日报》，1968年6月5、6日。

② 痖弦：《从副刊说起——大众传播体系中的文学》，《自由青年》，1988年7月第80卷第1期。

因此研究台湾文学,报纸副刊不啻为一个观察的窗口,而作为台湾坚持时间最长也最为重要的文艺副刊,“联副”自然成了台湾当代文学研究最好的标本之一。两岸学界就台湾文艺副刊及“联副”都有一定的研究,但这类研究开展的程度与“联副”在台湾文坛的重要地位相比,仍然不相称。

二、研究对象及研究成果

副刊在中国经历了一百多年的发展,在特定的历史阶段对于开启民智、动员社会做过突出贡献,一直以来更是在文化、文学的传播上发挥着重要作用。大陆有关文艺副刊的研究情况如下。

(一)大陆副刊研究情况

1. 大陆以报纸副刊为题的专著不少

以报纸副刊为题的有包括王文斌主编的《中国报纸的副刊》、姚福申、管志华合著的《中国报纸副刊学》、罗贤梁的《报纸副刊学》、冯并的《中国文艺副刊史》、魏剑美的《报纸副刊学》等。其中王文斌主编的《中国报纸的副刊》成书于1988年,在副刊溯源之余,大部分篇幅着重叙述了不同时期、不同地区副刊的具体情况,具有较高的史料价值。罗贤梁的《报纸副刊学》则偏重于副刊理论,特别是副刊操作理论的梳理,对于副刊的本质、类型和专栏、编辑技巧、文体与写作、编辑修养等方面都做了比较详细的讨论。姚福申、管志华合著的《中国报纸副刊学》号称是第一部论述报纸副刊学的专著，着重副刊的溯源，以典型副刊为线索，对各个时期的副刊都进行了分析，另外对副刊的“编辑艺术”和“问题写作”也进行了探讨，由于成书较晚，在同类著作中显得更为翔实、更为全面。冯并的《中国文艺副刊史》，将文艺副刊从大副刊群中隔离出来，侧重文艺副刊形成与发展的历史梳理；同时书中大量列举了不同时期典型文艺副刊的个案，使读者可以清晰地厘清这些副刊与某些文学景观之间的联系。以上这些有关副刊的专著，多属于对副刊系统性、整体性的关照，属于副刊史、副刊论的范畴。

另外一些专著则进行了关注点的聚焦，或关注某个地域范围内的副刊，如王列耀、龙扬志合著的《文学及其场域：澳门文学与中文报纸副刊（1999—2009）》；或关注某一时期副刊的状况，如谢庆立的《中国早期报纸副刊编辑形态的演变》、郭武群的《打开历史的尘封：民国报纸文艺副刊研究》等；或针对某些专门问题展开研究，如陈昌凤的《风粉蝶舞——旧中国知识分子的现代转型：以〈晨报副刊〉为例》、陈杰的《当前党报副刊的困境与出路》等。其中王列耀、龙扬志的《文学及其场域：澳门文学与中文报纸副刊（1999—2009）》尤其值得关注。虽然这只是一本研究澳门地方报纸副刊的专著，却因为将“场域”理论纳入中文报纸副刊及澳门文学的分析之中而颇具启发性。不论是作为政治地理空间还是作为文学版图，“澳门”都呈现出不同于其他地区的特殊性，正如该书作者在序言中提到的“当我们将澳门文学/文化场作为一个整体考察对象来加以研究时，必须注意这种独特的人文景观及其背后的发生学因素”。布尔迪厄的“场域理论”的长处，恰恰就是重视各种“场”之间的互动关系，以及这些互动关系在主体特定状态形成中的作用，这大概也是作者面对“澳门”这样一块特殊“文学/文化场”时，主要选择“场域理论”作为分析工具的原因。除了概念和理论的梳理，作者重点放在第四章“澳门文学批评场域与方法”、第五章“商业语境中的平面传媒与文学副刊”、第六章“副刊文学：直面中庸的悖论”这三章内容上。主要沿着“场域”的分析路径，在批评场域、经济场域（商业语境）、文化场域（以中庸文化为主）与文学生产场域（副刊）的关系中，分析澳门副刊文学生产的具体情况。谢庆立的《中国早期报纸副刊编辑形态的演变》，虽然定位在“编辑形态”的变化上，但却非常重视文化因素、经济发展等外部因素对副刊编辑以及内容的影响。另外在第二章的论述中，注意到报人（如传统文人）对副刊的制约作用；第四章第一节中“画刊、报纸单页与副刊的关系”，则是分析其他媒介与副刊的互动等。其分析的视角也是从各种互动关系出发，不但有宏观因素与副刊的互动，还包括一些具体的微观因素对副刊的影响。

大陆还有不少关于台湾文学史/论、新闻传播史的专著或编著，其中也散见一些有关台湾报纸副刊的内容。文学史著作包括刘登翰等主编的《台湾文学史》（上、下）、古继堂主编的《简明台湾文学史》、陆卓宁的《20世纪台湾文学史略》、朱双一的《台湾文学创作思潮简史》、古远清的《当代台港文学概论》、杨匡汉主编的《中国文化中的台湾文学》、刘小新和朱立立合著的《近20年台湾文学创作与文艺思潮》、廖斌的《台湾当代文艺传媒〈文讯〉研究》，等等。台湾新闻传播史/论著作包括陈飞宝的《当代台湾传媒》、刘燕南的《台湾报业争战纵横》、方积根等的《台湾新闻事业概观》等。

在大陆有关台湾文学史的著作中，台湾副刊的相关论述大都不多，有的仅是从文学史的角度，对某些副刊做简要的介绍和评价，更多的是将其作为文学作品发表的平台来对待，很少有较为深入的讨论。以朱双一的《台湾文学创作思潮简史》为例，只在第七章有关“乡土文学论战”的讨论中，提到了“联副”对特定作品的发表，在“报告文学和环保生态文学的发展”中，提到了《中国时报·人间》副刊对于报告文学、环保文学的推动作用。至于台湾新闻传播的史论著作，大多只在副刊的操作层面略有提及，绝少关注到其文学生产方面的具体情况。

2. 大陆有关台湾副刊的研究生论文

查询中国知网博硕士论文库，以“副刊”为搜索关键词放在“摘要”中搜索，可以查询到405篇论文，可见大陆博硕士中关注到副刊的论文数量比较可观，但是一旦缩小搜索范围，在上述搜索条件中加入“台湾”时，仅能搜到6篇论文。

对这些论文进行梳理时，发现对文艺副刊的讨论，多集中在对特定时期、特定副刊的关注，如员怒华的《“四大副刊”与五四文学》、卢国华的《启蒙时代的明烛——1918到1924年间的〈晨报副刊〉与五四文学》、杜竹敏的《〈民国日报〉文艺副刊研究》、孙慧的《延安〈解放日报〉“文艺副刊”（1941—1946）》，等等。近年来，由于媒介环境的急剧变化，副刊特别是文艺副刊的生存状况日益堪忧，博硕士生论文选题的另外一个焦点就是关于20世纪90年代以来副刊变迁的研究。包括陈叙的《20 世纪 90 年代中国报纸副刊发展研究》、张桂芳的《论报纸副刊在当前的境遇与创新空间》、曹怀明的《大众媒体与文学传播——20 世纪 90 年代以来中国文学的传播学阐释》，等等。新媒介的兴起，极大地挤占了报纸副刊的生存空间，如何应对这一挑战也成为研究生论文选题的方向，比如李丹的《新媒体时代下文艺副刊发展研究——以〈今晚报〉副刊为例》、左军的《社会变迁中晚报副刊的话语嬗变——〈春城晚报〉案例分析》等等。

可以说，大陆研究生论文中与"台湾文艺副刊"直接相关的内容非常有限。我们找到的主要有两篇。一篇是廖斌的博士论文《〈文讯〉杂志与台湾当代文学互动关系研究》，文中对台湾文艺副刊虽无专门论述，但是在很多地方都有涉及。比如在第一章的第一节"战后台湾文学场域"中，就副刊作为文学媒介的缺陷有如下论述："但副刊的局限十分明显：一是版面相当有限，刊载长篇文类就显得局促逼仄；二是日趋新闻化、八卦化；三是专业性不足，且保存不易，良莠不齐。而且报纸因其发行量大、读者众多，在政治经济挂帅的年代，不是背后政府以此来'教化大众'，反共抗俄，便是报社老板时时有'商业考量'，给副刊写稿因而羁绊太多；或因字数太多、实验性太强，主编认定'会惹麻烦'的文章，经常无法刊出。"在该章的第二节"台湾文艺期刊研究综述"中，有《文讯》第 22 期、82 期、190 期、191 期对于"副刊学"的相关讨论，给研究台湾文艺副刊提供了文献查询的线索。在第三章第二节关于《文讯》的专题策划中，就副刊的衰落指出："早年台湾文学的推广，报纸副刊和文学杂志扮演着重要角色，功不可没。但是，在八十年代末期报禁解除后，报业经营面临商业化的激烈挑战，原由报纸副刊及杂志引领文艺思潮的角色也经历转换。”在第四章第一节有关《文讯》文学批评平台建构的论述中，作者提到报纸副刊对早期台湾文艺批评的价值，以及当时文艺批评的概貌。而在第五章第二节“《文讯》对文学场域文艺伦理的建构”中，也提到并肯定了文艺副刊，特别是“联副”在文人班底、文人圈子形成中的“联络器”作用。该论文往往只在对比《文讯》与“副刊”在文学生产、传播中的作用时，附带提及“副刊”的相关内容，但的确为台湾副刊研究提供了很多线索，特别是列举了《文讯》在第21期、22期、40期、82期、191期中对于“副刊”的专题讨论。另外该文也采用了“场域”研究的视角，观照《文讯》这本文学杂志与当代台湾文学的互动关系，对文学媒介与文学互动的研究有较高的参考价值。

另外一篇更是直接切中台湾文艺副刊的研究，是刘晓慧的博士论文《当代台湾报纸文艺副刊史研究》，作者洋洋洒洒写了三十多万字，以台湾四大副刊为基本线索，将文艺副刊的发展划分为四个阶段，第一个阶段“台湾报纸副刊的源起”（1898—1948）、第二个阶段“台湾报纸副刊的重建与稳定（1949—1969年）”、第三个阶段“台湾报纸副刊的纸上风云时期（1970—1987年）”、第四个阶段“副刊从繁华走向落寞（1988年至今）”。由于《联合报》和“联副”在台湾报业及文艺副刊中的特殊地位，“联副”的相关内容在整篇论文中占据的比重较大。第二章第一节就有“联合副刊引领台湾纯文艺副刊路线”，论述了“联副”从综合文艺副刊到文艺/文学副刊的转换，以及林海音对五四精神的继承及对“联副”纯文艺路线的确立。第一章第二节有相当的段落，分析了“联副”从林海音时期的“纯文学”定位过渡到平鑫涛时期的“大众文学”定位的表现及其原因，重点分析了“市场利益”与“政治力量”博弈中的文艺副刊的变迁。第三章“副刊的纸上风云时期”则详细介绍了“联副”在“乡土文学论战”中的具体作为，特别是在其他副刊向“综合文化”副刊的转向中，“联副”对文学传统的坚持与其做出的相应“调整”；另外包括两报文学奖在内的副刊竞争，也在论述中多有提及。第四章针对政治松绑后，市场因素制约力增强，特别是在新媒介环境的影响下，“联副”于衰落中的文学坚守多有论述，比如“双副刊”现象、社会互动强化、推进副刊网络化等等。很显然该博士论文的覆盖面非常广，针对“联副”的论述只是其中一部分，而且其作为新闻传播学的博士学位论文，论述多从文学传播的视角出发，有关“联副”文学生产对当时台湾文学整体走向影响的论述，对于文学生产的实际情况，特别是对于具体文本的考察比较有限。

3. 大陆有关台湾报纸副刊研究的相关期刊论文

在中国期刊全文数据库中，以“台湾”加“副刊”作为搜索词在关键词中查询，仅能够查到 17 篇文章。当扩大搜索范围，搜索词不变，在摘要中进行搜索时，共有 296 篇论文。主要包括张德明的《报导文学的理论探索：台湾报导文学研究之一》、黄团元的《名家如何办副刊》《学前辈办副刊》、马丽春的《也说“副刊论”》、黄俊生的《网络时代副刊攻略》、王超群的《报纸副刊的困境与出路》、王干任的《从苹果副刊小说畅销榜谈起》、古远清的《20 世纪 90 年代的台湾文学报刊》、黄万华、黄一的《20世纪50年代的台湾文学场域与媒介》、王润华的《重新解读〈联副〉的“船长事件”:台湾戒严时期被判“叛乱”罪的一首现代诗》、周林德《“世界中文报纸副刊学术研讨会”综论》、朱双一的《略论台湾“文学文化化”的趋向》、李晓红的《台湾〈联合报〉副刊的文学传承与角色变迁》、肖伟的《文学精神与时代性格——论台湾〈联合报〉副刊的文艺性模式》、刘晓慧的《台湾报纸副刊发展脉络探析》《当代台湾报纸副刊的发展与变迁》《五十年代台湾报纸副刊初探》《台湾报纸副刊研究综述》《政治纷扰日增下副刊的转型——1970年代台湾报纸文艺副刊发展特色分析》《大众化模式特色分析:1990年代台湾报纸文艺副刊的转型》《双副刊:台湾报纸文艺副刊研究》《文艺副刊的结束与坚守——世纪之交以来台湾报纸文艺副刊研究》《经济转型中文艺副刊的延续与变化——六〇年代台湾报纸文艺副刊媒介生态学分析》等。

在这些期刊论文中,很多是在讨论具体议题时牵涉文艺副刊,略加论述而已。如张德明的《报导文学的理论探索:台湾报导文学研究之一》只提到《中国时报》的“人间”副刊,在20世纪70年代中期到20世纪80年代中期,通过刊发相关文章的方式引领了台湾的“报导文学”风潮;古远清的《20世纪90年代的台湾文学报刊》中,认为新媒介环境下,文学副刊的式微,不等于文学特别是严肃文学就走到尽头;朱双一的《略论台湾“文学文化化”的趋向》认为“文学杂志、报纸副刊上综合性文化内容的明显增多,就是‘文学文化化’的明显表现”,作者分析了“文学文化化”的三种表现,并探究了在当时出现这种趋势的原因。

而另外一些论文，则是围绕台湾文艺副刊的具体问题展开。如黄万华、黄一的《20世纪50年代的台湾文学场域与媒介》则运用场域相关理论，分析了20世纪50年代台湾文学“仍能涌动起多种文学思潮”的根本原因，其总结为“此时期文学杂志的‘民营’状况，副刊非一统的存在状态，都悄然改变了权力场合文学生产场之间单一支配关系，使控制文学场域的合法逻辑出现了裂隙，并使得作者、编者、读者的性情在最大程度地影响文学生产”；李晓红的《台湾〈联合报〉副刊的文学传承与角色变迁》，则从“联副”与中国报纸副刊传统的关系入手进行分析，认为“联副”继承并发展了中国报纸副刊“名家办刊”“文学摇篮”两个方面的传统，培养了新作家，建构了文学群体，同时在波云诡谲的社会变迁中，不断调适定位，从“文学伊甸园”到“启蒙的前沿阵地”再到“精致的文学堡垒”。通过作者的分析，我们可以从总体上，对“联副”作为文学与传媒互动经典个案的形象，有更为清晰的认识。肖伟的《文学精神与时代性格——论台湾〈联合报〉副刊的文艺性模式》则是较为详细的分析：“联副”从“文艺性”模式的建构，到与《人间》竞争中的转型，再到“大众文化时代的文学坚守”的整个变迁过程。而刘晓慧的几篇论文，就是对台湾文艺副刊不同发展时期的具体问题给出非常细致的讨论，由于其大部分拆解自其博士论文，在此不再赘述。

从整体而言，大陆学界对于台湾报纸文艺副刊的研究是相当有限的，而对于“联副”这个台湾曾经最重要的报纸副刊的专门讨论就更少，更缺乏对其文学生产的系统性梳理。

（二）台湾有关文艺副刊的研究

副刊特别是文艺副刊，在台湾的文学、文化事业中曾经扮演过非常重要的角色，但是时过境迁，文艺副刊的境况早已不复当年，台湾学界、业界对文艺副刊的研究似乎和其境况之间有着密切的联系，表现为：副刊发展高峰时，有关研究也出现热潮，但是副刊衰落时，相关研究也趋冷。

1. 相关的论著、编著

1982 年由联副三十年文学大系编辑委员会主编的《联副三十年文学大系 第 24 册 史料》中收录了相当多的“联副”不同时期的作者、编者的回忆性文章，其总题为“联副与我”，从中能够看到很多日后出名的作家包括黄春明、七等生等等，其文学的起步都是始于“联副”。1997 年对于“联副”乃至台湾报纸副刊来说，是重要的一年，当年由《联合报》发起主办的“世界中文报纸副刊大会”召开，其论文结集成书《世界中文报纸副刊学综论》，包括高信疆的《拼图实验——报纸副刊的未来式浮想》、王浩威的《社会解严，副刊崩盘——从文学社会学看台湾报纸副刊》、陈泰裕的《台湾报纸副刊版型的特殊与限制——一个美术编辑之我见》等 24 篇论文，内容涉及与副刊相关的方方面面，其中焦点之一就是关注网络等新媒介对文艺副刊的冲击，以及副刊未来的可能走向等。

2001 年林淇瀁将其多年有关文学传播的论文结集为《书写与拼

图:台湾文学传播现象研究》出版,其中收录了《副刊学的理论建构基础——以台湾报纸副刊的文学传播现象为场域》《“副”刊大业——台湾报纸副刊的文学传播模式》,“副刊”在其论述中都是作为文学传播的平台,文学在更大程度上被作为一种传播现象研究,缺乏具体的文本分析和文艺副刊中文学规律的梳理。林燿德主编的《文学现象》中,收录了他的论文《鸟瞰台湾副刊》以及向阳(林淇瀁)的《副刊学的理论建构基础》。林燿德梳理了20世纪90年代以前台湾报纸副刊发展的基本脉络,特别是对出书之前(1993年)一个时期台湾报纸副刊的变化有非常具体的描述:“八〇年代末期台湾政治、经济、文化各层面的一元性极速解构。一九八八年一月一日,报禁解除,各报纷纷自三大张加至八大张,过去的十二个版面暴增为三十二个版面,文学副刊的部分内容划割给其他新设版面,同时,所占的比重也自十二分之一降至三十二分之一。如果受众将报纸媒体视为一个整体,那么副刊的重要性和暴露深度均已同时下降。”向阳的《副刊学的理论建构基础》与前文提到的《副刊学的理论建构基础——以台湾报纸副刊的文学传播现象为场域》,在论文结构和观点上都十分接近。其中对于台湾文艺副刊变迁规律的阐释有参考价值,比如“台湾文学的发展,自六〇年代以后,几乎每隔十年就有一次重大的转移,由六〇年代的现代化的追寻,到七〇年代本土化的返归,到八〇年代商品化的盛行,这一整个过程会与整个台湾社会变迁相应相和的原因”。从中也能够看到,林淇瀁在副刊研究中的视角比较独特,能够跳出副刊之外,关注外部场域对副刊发展的影响。

一些台湾老报人撰写的回忆性、总结性的书籍里面也有不少关于副刊运作、发展的信息。比如王惕吾作为《联合报》的发行人，在1980年出版过《联合报三十年的发展》一书，在第七章中就有关于“副刊改进与创新”的讨论，主要涉及“联副”的若干次定位的调整。为了追忆有“纸上风云第一人”之称的《人间》副刊主编高信疆，由季季、郝明义、杨泽、骆绅等人编辑了《纸上风云第一人》，书里多数是《人间》的相关参与者对高信疆的回忆性文字，少学术性探讨，但是如骆绅的“人间战斗”、飞云的“出版业风云”等章节，能够让我们看到当时副刊竞争、副刊运作的具体情况。“中副”主编孙如陵出版过《副刊论：中央副刊实录》，收集了孙如陵本人发表于各大报刊上有关副刊的论述，如横排、直排的问题，选稿和改稿的问题，更多是关于副刊编辑技术方面的问题，涉及学理性探讨的地方不多。“联副”主编平鑫涛的《逆流而上》、“中副”主编薛心熔的《编辑台上》等也是如此。

另外，台湾一些新闻传播史、文学史的著作中也有关于副刊的内容。台湾新闻传播学史论包括陈国祥、祝萍的《台湾报业演进40年》、王天滨的《台湾报业史》《台湾新闻传播史》、彭明辉的《中文报业王国的兴起：王惕吾与联合报系》、孙如陵的《报学研究》、陈大川的《台湾报纸发展史》等。另外不得不提的还有一些大报出版的纪念性文集，如联合报社出版的《联合报五十年》、中国时报社出版的《中国时报五十年》，以及《台湾时报四十五年》，等等。文学史论的相关著作包括尹雪曼的《中国现代文学的桃花源》、须文蔚的《台湾文学传播论》、《文讯》主编的《台湾现当代文学媒介研究》、彭瑞金的《台湾文学探索》、陈芳明的《台湾新文学史》等。这部分著作中,对副刊的讨论也非常有限,不系统也不够深入。

2. 相关的研究生论文

在"台湾博硕士论文知识加值系统"中,以"副刊"和"文学"作为检索词,在"摘要"中进行查询,总共可以查到论文 113 篇。这个数量看似不少,但是详细考察发现,这些论文主要是涉及副刊个案的探讨或具体问题的探讨,系统性探讨台湾整体副刊状况或某个具体副刊全程的比较少。

对台湾副刊进行整体关照的有,潘荣钦 1990 年的硕士论文《我国报纸副刊内容演变及其反映现代性之趋势分析》,主要考察对象是 1973 年到 1989 年"人间"与"中副",以内容分析、文本细读的方式,分析了两副刊在社会变迁中的角色问题。许莹月 1991 年的硕士论文《从台湾报纸副刊探索现代中国知识分子的文化关怀及其困境》,论文以台湾四大副刊"中副""联副""人间""自立副刊"为考察对象,以文化研究的视角,采用从历史叙述、心理统形、意识形态分析以及功能分析的方法,试图从以上四种副刊的文本分析中,探析台湾知识分子人文关怀的状况及其困境。陈念祖 1992 年的硕士论文《我国主要日报副刊内容分析——以中央日报、中国时报、联合报为例》,通过内容分析的方法,重点探讨 1971—1991 年三大报副刊文类及其分布情况。1993 年林淇瀁的硕士论文《文学传播与社会变迁之关联性研究——以七〇年代台湾报纸副刊的媒介运作为例》,该论文试图建构"文学及文化传播模式",试图澄清文学及文化传播影响社会变迁的过程与方式，其实林淇瀁后来的研究正是建立在这一基础之上的。1997 年施惇怡的硕士论文《从报纸副刊的内容看副刊功能的面貌——以解严后四家报纸副刊为例》，论文除了分析四家副刊的内容和功能区别外，对于公营和民营报纸的对比是视角上的创新。1998 年杨淑芬的硕士论文《九〇年代副刊运作过程及其权力关系探讨》，更多是从“关系”“权力”的角度，分析副刊的运作中各种场域力量间的竞争关系。巧合的是，以上这些从宏观上关照台湾报纸副刊的论文，作者都是新闻传播相关系所的硕士，而“权力”“互动”“关系”往往都是其论文中频繁出现的字眼。

与宏观整体的关照相对的是一些从个案、具体问题入手、微观切入的论文，而这些论文中的作者有不少来自文学、艺术相关系所。2003 年张明珠的硕士论文《〈中国时报〉与〈联合报〉报道文学奖得奖作品研究（1978—2000）》、张俐旋的《两大报文学奖与台湾文坛生态之形构》、2013 年赵文豪的硕士论文《〈联合报〉、〈中国时报〉、〈自由时报〉新诗奖研究（2005 至 2013 年）》等论文，都是围绕各“副刊”文学奖展开，作者多为申请文学硕士学位。2005 年张于萍的《自由时报彩色副刊插画之研究》、郑子莹的《1997 至 2005 年〈中国时报·人间副刊〉、〈联合报·联合副刊〉、〈自由时报·自由副刊〉插画演变》，都是从副刊版面设计的技术角度切入的论文，作者申请的是艺术类硕士学位。

当继续缩小搜索范围，在前面搜索条件的基础上再加上“联合报”后，能够查询到的只有 29 篇论文，其中真正契合“联副”文学生产这一主题的论文，不超过十篇。除了前面提到的外，还有一些对于特定作家、特定文类探讨的论文。如2001年凌性杰的《台湾地区极短篇研究》、2010年藤奈津纪的《台湾极短篇小说诗化研究》、2003年王明月的《林海音小说研究》、黄怡文的《林海音及其散文研究》、杨淑祯的《白先勇短篇小说艺术技巧之研究》等。

从研究生论文方面看，对于"文艺副刊"的研究有了一定基础，但是研究对象无论在时间分布上（集中于20世纪90年代前的副刊），还是范围上（以四大副刊为主）都是有限的，另外直接从文学角度切入的研究，视野比较局限，缺乏宏观的关照。

3. 相关期刊论文

在"台湾学术文献数据库"里，以"副刊"为搜索词在"摘要"里查询，只有13篇论文，真正和本研究范围契合的论文只有几篇。其中程之行的《我国报纸副刊的过去、现在与未来》发表于1971年，所做的也主要是对台湾报纸副刊发展的一些概貌性的梳理，对于副刊未来发展做了些预测。张堂锜的《"高信疆世代"报告文学写作"班底"创作转型现象——以陈铭磻为主要考察对象》，论文引入"班底"的概念，体现"副刊"与作者之间特殊的互动关系，认为围绕"副刊"能够形成特定的作家群体、"圈子"，该文主要讨论的是围绕"人间"副刊形成的报告文学"圈子"，特别书写了陈铭磻在"后高信疆"时代对报告文学的坚持。

期刊集中对"副刊"的讨论还要数《文讯》杂志的几期专题，分别是第21期、22期、82期、191期，都对台湾报纸副刊有过专门的讨论。

第21期文章可以分为几类。第一类是副刊史的梳理，包括秦贤次的《中国报纸副刊的起源与发展(一八七一——一九四九)》、黄得时的《日据时期台湾的报纸副刊》，这些系统梳理副刊的某个时间段发展历程的论文，具有史料价值。第二类属于副刊编辑业务探讨，如郑贞铭的《副刊编辑的素质》、王士朝的《浓妆淡抹"得"相宜——瞧瞧报纸副刊的美容术》、林崇汉的《副刊的图与文》等，其中林崇汉长期为报纸特别是"联副"提供配图。第三类则具有一定的理论性，如《现阶段报纸副刊的检讨与展望》是一次编辑座谈会的纪要，其中有多名副刊主编的谈话，"联副"主编痖弦就对"副刊编辑人的角色""副刊编辑的计划性与非计划性"等方面发表意见。金恒炜的《副刊的社会参与》主要以"人间"副刊为例，分析了副刊社会参与的合理性、必要性与参与方式。

另外"假如我是副刊主编"板块，很多人就理想中的副刊发表见解。第22期《文讯》对"副刊"的讨论中，比较有价值的有焦桐的《票房副刊？票房作家?》，作者引入统计的概念，通过问卷调查的方式分析其时不同副刊吸引读者的方式。第82期出刊于1992年8月，解严后的社会政经环境发生了深刻变化，但副刊的变革，并未朝向大家期望的"兴旺"方向进发，反而"文学性"不断降低，就"副刊"未来的发展，报人、学者纷纷建言。向阳的《对当前台湾副刊走向的一个思考》中，作者非常敏锐地察觉到副刊在"热潮"后，需要对未来的发展进行冷静的思考。"副刊先天上就是报纸媒体的一个版面，它的存在与否，它的功能标的，以及它的发展定位，根本上是随着报业政策而转移的。

其生既非为文学,其灭也非为文学”,向阳在这里对“副刊”与报纸的关系,对报纸传播媒介本质进行了冷静的分析,并认为“当报纸复不再存在时,文学的深刻化、长远化及其意义方才存在”。隐地则在《热副刊和冷副刊》《躲避文学》中,对“副刊”过分追逐“热门新闻”、放弃“文学性”的问题表示担忧,并提出坚持“文艺性”的建议。获宜在《变革的副刊》中,则持中庸的观念,对于“人间”的“热”(重视企划和新闻性)和“联副”的“冷”(坚持文学性),都给予肯定,尤其支持副刊的“社会大众”取向。

《文讯》第 191 期出刊于 2001 年,当 21 世纪刚刚来临,关于“副刊”有些局部的讨论,主要集中于“副刊专栏”这个议题上。马骥伸的《副刊的专栏——方块》,着重讨论副刊专栏的由来。姜穆的《试论“专栏”文体的演变及发展》,则就副刊专栏文体的演变进行了溯源和梳理,“我国的杂文发展自春秋、战国时代,过去叫‘杂文’,后来成为‘方块’,再后来成为‘专栏’罢了”。对于“专栏”文体的功能,作者认为:“由杂文而‘方块’而‘专栏’的文体,虽不居文学主导地位,但钩隐显微、匡谬正俗、寓庄于谐、莞而多讽的基本特征数千年来始终如一”。另外几篇文章主要就“专栏”文体,对当时的价值进行了讨论。可以说《文讯》的几期有关“副刊”的讨论,更多地着眼于热点问题和技术层面的讨论。

另外,还有一些论文值得一提,如吴秀凤的《中文报纸副刊倡导文类之研究》。其实副刊在引导文类上做过很多,如“报告文学”“极短篇”“最短篇”等等,作者在文中主要讨论了“联副”对于“极短篇”文类的引领。郑树森的《台湾报纸副刊与诺贝尔文学奖》中，主要讨论“联副”与“人间”在报道诺贝尔奖上的竞争情况。焦桐的《两报文学奖的风格与权力结构》中，讨论了20年来两报文学奖的评审方式、传播力形成，特别是评奖背后的“权力结构”与权力“运作方式”等。王浩威的《社会解严，副刊崩盘？》引入文学社会学的观点，针对“消费主义”日益盛行下的台湾副刊未来，毫不避讳地指出“传统的所谓‘纯’文学，原本就是商品时代的稀有动物。只是，我们可能以生态保育的态度，来要求大资本家们行善吗？现实的利润问题，恐怕迟早是要将一切善念都压抑掉的”。上述研究大都集中于20世纪90年代以来“联副”文学生产情况的讨论。

三、现有研究中存在的问题及研究方法

毫无疑问，两岸的学者对于包括“联副”在内的文艺副刊，有了一定的研究，取得了不少的成果。但就目前的研究状况来看，尚存在以下几个方面的问题：

首先，这类研究开展的程度与“联副”等台湾文艺副刊的影响不符。“联副”等文艺副刊在台湾的文学、文化传播中曾经发挥过重要的作用，其影响时至今日仍然存在，特别是“联副”的文学生产至今从未停止过。但从两岸业界、学界对其开展的研究来看，在数量上还是十分有限的，与其影响之间显然是不符的。不但距离当初林淇瀁等人建立“副刊学”的企图有很大差距，就是对“联副”这一重要副刊的整体

性、系统性的研究和梳理都十分薄弱。

其次，研究内容上仍有偏废，存在盲点。通过梳理发现：一是集中于个案和具体问题的讨论，比如关于主编“林海音”的相关讨论、关于“两报文学奖”的讨论、关于“联副”对“极短篇”“报告文学”等文类推动的讨论等；二是集中于某个时段内副刊的讨论，比如关于“联副”在20世纪60年代至20世纪80年代文学生产具体现象的讨论较多，但是关于其他时段“联副”文学生产样貌的研究仍然十分有限；三是“副刊”的传播研究和文学研究存在割裂的问题。梳理中发现，从文学传播的角度切入研究“联副”的文章较多，但是在这类研究中大都缺乏对文本的深入分析，虽然有宏观的视角却忽略了文学性的透视。而从文学视角对“联副”的研究中，作家和文本的分析受到重视，却往往又缺乏宏观的视角，沦为个案的分析。

最后，研究方法上的单一。从目前的研究成果来看，近年来有关台湾文艺副刊的研究，内容分析特别是使用定量的内容分析方法过多，可能是为了凸显客观性，但是文学文本的分析应该将定量与定性有机地结合起来，才能够在客观的同时体现出文学的特殊性。

总的来看，目前两岸有关“联副”等台湾文艺副刊的研究，还存在诸多问题，这也正意味着开展这类研究存在必要性，有较为重要的价值和意义。根据张诵圣的说法：“如果我们接受后结构主义理论的启示，而认识到所有的意义单位，包括作品和个人的主体意识，实际上都是由文化社会中各种意义系统交会组构而成，那么我们文学研究的最重要的对象，便应该是各种意义系统交汇时的动态关系。”①因此，我们的研究就基于布尔迪厄场域的理论，试图从关系的角度考察与政治、经济权力场域，以及文化场域的互动中“联副”文学生产的实际。具体来说，由于“联副”存在的时间久跨度长，为了廓清脉络，也为了论述方便，我们沿用“纵”“横”两个坐标。“横坐标”依据布尔迪厄的“场域理论”，分别从政治、经济外部权力场域，以及文化场域与“联副”文学生产互动中考察“联副”前40年的文学生产。而在各部分当中又沿着时间这一“纵坐标”进行，沿袭台湾文学史常用的分期方法，基本上按照“文学主流”十年一个年代进行分期，分别考察不同时期“联副”殊异的文学景观。

① ［美］张诵圣：《现代主义、台湾文学和全球化趋势对文学体制的冲击》，《中外文学》，2006年第4期。

第一章
与政治场域互动中的“联副”文学生产

文学与意识形态之间关联密切,“文学,乃是意识形态的一种敏感部门,所以,它也决定于时代背景,决定于一个特定时代的一般意识形态”[①]。文学生产场域“无论它们多么不受外部限制和要求的束缚,它们还是受到总体场如利益场、经济场或政治场的限制”[②]。《联合报》副刊(下称“联副”)根植于报纸——这一舆论工具属性明显的大众媒介进行文学生产,与政治场域之间因之存在着复杂的互动与纠葛。其文学生产既反映着复杂的政治变迁,又以多元的方式反向影响着台湾政治的图景。

① 杨选堂:《文学与时代》,《联合副刊》,1981 年 1 月 26 日。

② [法]布尔迪厄:《艺术的法则》,刘晖译,中央编译出版社,2011 年,第193 页。

第一节　整体政治意识形态支配下的“联副”文学图景

1949年末国民党当局败退台湾,在政权丧失的深切刺痛下,难免不进行一番检讨。“国民党在大陆失守后,蒋介石隐居台湾草山,对不重视文化工作一事闭门思过。不少人认为文化阵地被左派占领,是国民党垮台的一个重要因素。”①蒋介石也认为:“(共产党)对文艺运动下功夫,把阶级斗争的思想和感情,从文学戏剧,灌输到国民的心里,于是一般国民不是受黄色的害,便是中赤色的毒。”②可见包括蒋氏在内的国民党政权内部人士,对于文艺阵地失守都有深刻地反思。既然将失败的部分原因归咎于既往对文化管控的薄弱,强化对于文化领域的管控,就成了国民党当局必然的选择。于是,1949年5月20日开始,时任台湾省“主席”陈诚发布“全省戒严令”,台湾自此进入了长达38年的戒严时代。“1952年10月,蒋介石的《反共抗俄基本论》在国民党七大上获得通过,‘反共抗俄’,‘反共复国’正式成为国民党‘思想言论遵循准则’和基本政治路线。这一切,完全改变了台湾的政治

① 古远清:《几度飘零:大陆赴台文人沉浮录》,广西师范大学出版社,2010年,第138页。

② 蒋中正:《民生主义育乐两篇补述》,中央文物供应社,1953年,第39~40页。

格局和地位,同时,也附带地改变了台湾的文坛格局。”①严苛的政治氛围笼罩全台,政治场域成为影响甚至决定这一时期台湾文学生产的最重要的因素,“对台湾五〇年代出版情况的分析可以看出:文学场域上的统治力量是政治势力”②。

再考察《联合报》自身的属性会发现:虽然名义上是独立于官方之外的民营报纸,但《联合报》与国民党政权之间却有着千丝万缕联系。“王惕吾在南京时任‘总统府’警卫总队副队长,赴台后任台湾警备旅(主要负责蒋介石官邸警卫)第二团团长、旅参谋长。开始接管《民族报》时,得到原蒋介石侍卫长、‘军务局长’俞济时的帮助,获拨黄金2000两,以发行人王惕吾名义接办《民族报》。后来发展成为《联合报》及后来的联合报系。”③如此看来,《联合报》及“联副”在20世纪50年代初期,对当局的政治立场的贴合就不难理解了。这点我们从“联副”的发刊词中也不难看出端倪:“今天我们生活在这样一个动乱困厄的时代,肩负‘反共抗俄’的历史使命,我们始终认为副刊应该反映现实,针对现实,让读者从综合中多面体味出时代和人生,从趣味中产生更大的兴奋和活力。”④

1953年底之前,受到政治场域的强势介入,“联副”的文学生产呈

① 朱双一:《“反共文艺”的鼓噪与衰败——兼论50~60年代国民党的文艺政策》,《台湾研究集刊》,1994年第1期。

② [德]雷丹:《观察文学场域》,《文学评论》,2002年第3期。

③ 毛德传:《林海音与〈联合报〉副刊》,《台湾周刊》,2009年第45期。

④ 编者:《综合的·趣味的——“联副”发刊告作者读者》,《联合副刊》,1951年9月16日。

现出扭曲的发展状态,“反共抗俄”主题的文学作品占据大部分篇幅。小说创作中“反共”立场之鲜明,表露之直白,情感宣泄之强烈,文艺性之低,在日后的文学生产中都是罕见的,构成了所谓的“反共八股”的主力军。除了小说之外,该时期内“联副”中的杂文专栏,更多是直接攻击共产党和新生的大陆政权;而文艺评论也通过总结“反共文学”创作经验、梳理“反共文学”理论,服务于政治意识形态;甚至在诗歌、散文等文学体裁的创作中,也都显现出明显的“反共”倾向。受“内战和冷战的双重构造,在海峡分裂和对峙下使‘反共’意识形态无限上纲”[①]的影响,“联副”这一时期的文学生产,在更大程度上背离了文学本身,而承担起了服务政治意识形态的任务。

一、“反共抗俄”题材小说的大量产生

20世纪50年代初“联副”甫一创刊时,在一张半的报纸中仅占十栏篇幅,小说创作以短篇为主,而主题大都围绕着“反共抗俄”展开。因为要服务于特定的政治意识形态,小说大都题材单一、形式僵化,要么直白地攻击共产党和大陆新生政权,要么描述大陆过去的美好和当下的黑暗,充满了各种发泄仇恨、诅咒、复仇的话语,“思想内容概念化、艺术表现公示化”[②],在艺术技巧和审美功能上都有着明显的缺

① 陈映真:《陈映真文选》,生活·读书·新知三联书店,2009年,第132页。
② 应凤凰:《五〇年代台湾文学论集》,春晖出版社,2004年,第7页。

陷。有的小说取材于大陆农村生活，例如郭楼的《苦难》[①]，直接诋毁大陆新政权的一些政策，夸大大陆人民生活的困苦，同时不忘做着反攻大陆的美梦。又如，笔名为残夫的作者创作的小说《大疤子》[②]，以1949年后的大陆农村生活为背景，夸大农民生活的困苦，同时肆意歪曲大陆农村社会主义改造的一些政策，歪曲事实地呈现了一个水深火热的大陆农村生活图景。有笔名叫作纶的作者的小说《狱中老人》[③]，则是通过一个狱中老人的遭遇，斥责大陆当时为"抗美援朝"在农村进行的征兵活动，另外对于共产党的基层干部也进行了直接的污蔑。

迁台初期，由于严苛的文艺政策再加上语言的障碍，台籍作家在一个时期内处于"失语"的状态。大陆来台的国民党军队中的作者群，构成了一支重要的文学创作队伍，"在这一片荒凉的文学园地，最活跃的不是文人，而是武士。当时从事写作的，大半是军中作家，他们原本是流亡学生，随政府从军来台，将惨痛的生活经验、流亡历程，尝试着用文学形式表现出来，并不十分讲求技巧，形成略带草莽作风的'兵的文学'"[④]。军中作者群同样占领了"联副"这块文艺阵地，创作了不少描写军中生活、战斗经历及回忆故乡类的小说。还有一类短篇，通过演绎经典名著用"借古说今"的方式，来服务于政治意识形态，看似隐晦，实则在攻击共产党和大陆新政权方面，与前述短篇小说如出一辙。

---

① 郭楼：《苦难》，《联合副刊》，1951年9月23日。

② 残夫：《大疤子》，《联合副刊》，1952年6月6日。

③ 纶：《狱中老人》，《联合副刊》，1952年9月8日。

④ 联副三十年文学大系编辑委员会：《联副三十年总目》（上），联合报社，1982年，第3页。

例如别古的小说《刘姥姥参军记》[1]就是其中的典型。文中将《红楼梦》中的大观园穿越到了新中国成立初期的大陆，小说直接讽刺大陆的土改运动及其相关举措，将大陆描绘成人间地狱一般。

在20世纪50年代初期的“联副”中，此类生硬篡改、无端演绎名著的“反共”题材小说并非个案，还包括笔名昔云的《水浒》改编系列《宋江进京》[2]、《宋江碰壁》[3]，黄石公的《陈州放粮》[4]，燕南的《孔子屯粮记》[5]、《孔子逃出铁幕》[6]、《孔子入缅被阻》[7]等。这种名著改写型的小说，形成了一种模式化的创作方式，甚至在“联副”中形成了一个固定的被命名为“故事新编”的小说专栏，创作持续了较长的时期。其模式化的创作方式可谓给“反共八股”做了最好的注脚。“联副”中还有一些“怀乡”“回忆”类题材的小说，虽然题材各异、路数不同，但其中为数不少的都深烙着服膺于当局意识形态、服务于政治需要的印记，从其精神实质上考察，都从属于大的“反共”题材的范畴。

由于版面的限制，早期的“联副”中小说创作以短篇为主，连载的中、长篇小说比较罕见。最早出现的长篇是由笔名老憨的作者创作的《恶果》[8]，在“联副”中连载一年有余（1951年9月至1953年2月，中

① 别古：《刘姥姥参军记》，《联合副刊》，1951年11月14日。
② 昔云：《宋江进京》，《联合副刊》，1953年4月15日。
③ 昔云：《宋江碰壁》，《联合副刊》，1953年4月19日。
④ 黄石公：《陈州放粮》，《联合副刊》，1953年4月23日。
⑤ 燕南：《孔子屯粮记》，《联合副刊》，1953年4月24日。
⑥ 燕南：《孔子逃出铁幕》，《联合副刊》，1953年4月10日。
⑦ 燕南：《孔子入缅被阻》，《联合副刊》，1953年4月29日。
⑧ 老憨：《恶果》，《联合副刊》，1951年9月16日至1953年2月17日。

间有过停顿)。“联副”中刊发过一篇读者关于该文的评论(为其单行本张目),可以帮助了解小说的梗概:

> 它把在大陆上的失败,描述得明明白白,把靠拢投降的、忠贞不贰的、庸碌无能的大人物们刻画得清清楚楚。奇文奇事,令人叫绝……我们现在是‘反共抗俄’,励行改造,这里有很多值得借镜的地方。这是我自动为《恶果》作义务宣传、推广销路的最大原因。①

另外一篇是志渊的《复国记》②,叙述春秋吴、越争霸中越国从失败到逆袭的传统故事,在“反共复国”的大背景下,小说创作迎合体制话语的意图不言而喻,单从小说的题目就不难看出其政治影射的含义。

如果将台湾当局20世纪50年代初“反共抗俄”的话语,放入二战后世界范围内政治意识形态之争的大背景下考察,就不难得出一个结论:“反共抗俄”不过是二战后社会主义与资本主义两大阵营意识形态对抗,在中国乃至东方的具体体现。因此,选择性译介国外具有同样意识形态倾向的小说作品,也是当时包括“联副”在内的台湾报纸副刊、文学杂志,迎合官方主流话语的主要做法之一。“联副”自创刊起

① 益谦:《我看〈恶果〉》,《联合副刊》,1953年4月20日。
② 志渊:《复国记》,《联合副刊》,1951年9月16日—1953年。

就重视国外小说的译介，不少译介小说都具有显著的“反共抗俄”的政治倾向。例如桂晖译自1951年《美国短篇小说选集》中，号称“韩战真实故事”的《忠勇的英格曼》①，描写了一位在朝鲜战争中表现异常“勇敢”的美军战士的形象，出发点和立场自然都是“反共”的。笔名为晖的作者从《读者文摘》上选译的《双重检查》②，则讲述了苏联秘密警察设计抓捕“投奔光明”的“真正反共者”的故事等等。

二、其他各类文学体裁助力“反共抗俄”

20世纪50年代初期，在政治权力场域的裹挟之下，整个台湾文坛都陷入“反共抗俄”大书写的泥潭之中，“联副”作为重要的文学生产场域，自然不能幸免，各种文学体裁几乎都参与其中。

(一)“散文”体裁的“反共抗俄”书写

散文创作占据台湾文学生产中重要的一环，但在20世纪50年代初期的“联副”中，散文体裁所占的分量并不算重，其中“怀乡”“忆旧”类抒情散文较多。各类跟随国民党政权迁台的人，与大陆亲人隔绝数年后，怀乡、忆旧的情绪流淌成文字，浇灌出散文，在官方强势话语的压铸之下，或多或少都散发着“反共抗俄”意识形态的味道。例如孔之

① 桂晖：《忠勇的英格曼》，《联合副刊》，1952年1月8日。
② 晖：《双重检查》，《联合副刊》，1952年6月9日。

道的《慈母的呼唤》[1],在一封本是倾诉骨肉亲情的家信中,硬是掺杂进了"反攻大陆"的呼号。又如李云舫的《遥忆西湖》,文章本是遥念当年西湖的自然美景以及湖周边丰富的人文景观,无论立意还是文字都堪称散文中的佳作,但是读到了歪曲事实、充满主观呓语的结尾部分:"自从大陆沦陷以后,锦绣河山,长着遍体疮痍,西湖更不能安然无恙。眼见得昔年清丽繁华的地方,恐已变成魑魅魍魉的世界了"[2],着实给人大煞风景之感。

再如萧萧的《怀乡曲》[3]中,对于家乡美丽景色着墨颇多,对于过往幸福生活更是无限眷恋,本是一篇难得的怀乡题材的抒情散文,但是文章在最后也落脚在对反攻大陆的期盼之中。江影秋的《家》[4]的结尾将幸福之家的破裂,归咎于失据大陆后,"连这一点间接的温暖也不可得"。以上这些散文或忆人怀旧、或记事抒情,"作品主旨在抒发个人的情感品味,它的表面可以是记叙、描写,或议论,但它全文的重点在抒发作者的感想、感觉、心情等"[5]可归入"情趣小品文"之列,在20世纪50年代初的"联副"中有一定分量。作品中的大部分内容都清新畅达、情感饱满,但为了迎合文艺政策的需要,进行了削足适履般模式化的改造,到了文章的最后部分往往就落入了"反共"书写的俗套之中。本应以艺术性、审美性为依归的"情趣小品文",却有着狗尾续

① 孔之道:《慈母的呼唤》,《联合副刊》,1952年4月26日。
② 李云舫:《遥忆西湖》,《联合副刊》,1953年5月25日。
③ 萧萧:《怀乡曲》,《联合副刊》,1952年5月4日。
④ 江影秋:《家》,《联合副刊》,1953年5月4日。
⑤ 郑明娳:《现代散文类型论》,大安出版社,1987年,第46~47页。

貂般的突兀结尾(常被称为“反共的尾巴”),其艺术性深受伤害,大大拉低了整篇散文的审美价值。这正如马尔卡塞所说:“艺术的政治潜能仅仅存在于它自身的审美层面,艺术作品直接的政治性越强,就越会弱化自身的异在力量,越会迷失根本性的、超越性的变革目标。”[①]

现代杂文是伴随着近现代新闻业特别是报业发展起来的,而副刊更是杂文最主要的栖居之所,“联副”继承了中文报纸副刊杂文平台的传统,尤其在20世纪50年代初期的“联副”中存在着相当数量的杂文,有些甚至以专栏的形式存在着。这些创作很少是闲适的抒情文字,很多都是主观意图明确,缘事而发,“具体说,杂文创作一定要随着国情世态的发展变化,‘听将令’的指挥,体现‘遵命文学’的特色”[②]。此时“联副”中的杂文“遵”的显然是当时的官方之命,贴合着当局的文艺政策进行言说。如华华的“红色聊斋志”专栏,就是这类杂文专栏的典型,持续了一年有余。其中在《苏联香烟》[③]一文中,将新生的中华人民共和国与苏联的亲密关系,歪曲成奴才与主子的关系,将“保家卫国、抗美援朝”的军事斗争污蔑为当苏联的“炮灰”。该专栏中诸如此类的杂文还有《共产噱头》[④]、《奴才诗抄》[⑤]、《吃人竞赛》[⑥],等等,大

---

① [美]马尔卡塞:《审美之维》,李小兵译,生活·读书·新知三联书店,1989年,第206页。

② 李继曾:《现代杂文的政治意识——兼论杂文与政论之异同》,《山东师大学报》,1992年第2期。

③ 华华:《苏联香烟》,《联合副刊》,1952年2月20日。

④ 华华:《共产噱头》,《联合副刊》,1952年1月5日。

⑤ 华华:《奴才诗抄》,《联合副刊》,1952年2月17日。

⑥ 华华:《吃人竞赛》,《联合副刊》,1952年2月27日。

都在时事评论的基础上，对中国大陆和苏联的共产党政权进行批判，其直白露骨几乎到了无以复加的程度，其间捏造事实、歪曲真相的情况也非常之多，“从本质上说是一种歪曲现实生活，颠倒历史是非的主观主义文学”[①]的典型。除了华华外，在“联副”中创作此类杂文的还包括：霜木、挹素、绿灯等人，可以说正是这类杂文，才营造了“联副”该时期最浓重的政治氛围。

（二）浓厚政治气息的诗歌创作

从发生学的角度上考量，诗歌创作是在诗人的精神与生活、社会经验产生“反应”的基础上“发生”的，可以说诗人的生活经验与社会经验同样构成了诗歌“发生”不可或缺的条件。人作为马克思所说的“社会关系的总和”，其高度的社会属性本身就决定了诗人须臾不可能逃脱政治意识形态的影响，诗性言说不论如何标榜艺术的独立性，都或隐或显地具有政治的表征。欧阳江河对此有比较精到的论述：“对于诗人来说，政治是想回避都回避不了的事情……诗歌写作中的个人语境必须面对公共语境。”[②]对于 20 世纪 50 年代初期的“联副”诗歌作者来说，其面临的最重要的“公共语境”，无疑就是强大的体制话语，在体制暴力胁迫下的诗性言说，也无可避免地散发着浓厚的政治气息。

---

① 白少帆等编：《现代台湾文学史》，文史哲出版社，1989 年，第 170 页。

② 欧阳江河：《站在虚构这边》，生活·读书·新知三联书店，2001 年，第 191 页。

表1① 20世纪50年代最初三年"联副"诗歌发表情况表：

年份	1951年(9—12月份)②	1952年	1953年
诗歌数量(首)	30	110	249

20世纪50年代初期"联副"的诗歌生产中，无论在数量上还是在质量上都乏善可陈。这些诗歌创作中，旧体诗词仍然占据着重要分量，湘阴龙子就是其中最重要的一位旧体诗的生产者。在以"神州新乐府"（1951年）、"神州新乐府续编"（1953年）为名的专栏中，湘阴龙子发表了相当多的旧体诗词。1952年的17首占当年"联副"发表诗歌总量（110首）的十分之一还多；而在"联副"开始创刊的1951年，其创作的19首旧体诗，更是占到诗歌发表总量的1/2。在湘阴龙子"旧瓶装新酒"的诗词创作中，其所渗透的政治气息非常浓厚，"反共抗俄"构成其很多诗歌的题旨。在他的诗中对于大陆在新政权领导下各类改革政策，进行了非常直白的指摘，其中臆测甚至歪曲之成分非常之多，诗性言说对于体制话语的尽力贴合，"使有些诗作化身成为文字嘶吼"③。湘阴龙子创作的此类旧体诗词包括：《催粮师》④、《模范家》⑤、《刍狗怨》⑥等，题材大都取自大陆具体的政策举措，其目的无非就是指摘与污蔑。湘阴龙子本人在"联副"中回应读者的勉励之时，对

① 参见联副三十年文学大系编辑委员会：《联副三十年总目》（上），联合报社，1982年。
② 说明"联副"创刊于1951年9月份。
③ 简政珍：《台湾现代诗美学》，扬智文化事业股份有限公司，2004年，第52页。
④ 湘阴龙子：《催粮师》，《联合副刊》，1951年9月25日。
⑤ 湘阴龙子：《模范家》，《联合副刊》，1953年4月12日。
⑥ 湘阴龙子：《刍狗怨》，《联合副刊》，1953年5月5日。

于写作动机有相应的阐述："不才并非专攻文学者，丧乱流离，满怀孤愤，独居萧瑟，无以自遣，间取桃色题材，作为游戏文字，然寓意托旨，务存敦厚，纵不期身后得谥'文正'，亦万不料生时，即被禅叟贤伉俪谥以'文妖'也。"①可见"丧乱流离，满怀孤愤"的作者，发泄对于大陆政权的不满情绪，构成了其诗词创作的重要动机，当然对于体制话语的主动贴合，则是作者不便也不愿公开言明的事实。

湘阴龙子之外，20 世纪 50 年代初期，"联副"中创作诗歌较多的诗人还有雪屏、燕秋、高风等人，所创作的诗歌题材各异、水平参差不齐，但是这些诗性的言说中，都或多或少有着政治的意味。雪屏以创作叙事短诗为主，题材涉及的多是非常具体的生活体验，有些诗歌读起来甚至更像是打油诗，例如《赖寡妇》：

大儿子年岁正服兵役，欢天喜地的把他送去；不知为什么跑回家来，赖寡妇对他实在生气。"若是好铁儿必须打钉，若是好男儿必须当兵；今天你无故偷跑回家，我立刻把你送回军营。"因为看着他母亲情面，儿子的罪过没有罚办；全营里异口同音的讲，都说她是个母亲模范。②

这类诗歌，虽然并没有像湘阴龙子的诗歌那样明火执仗、充满攻

① 湘阴龙子：《湘阴龙子来函》，《联合副刊》，1952 年 1 月 11 日。
② 雪屏：《赖寡妇》，《联合副刊》，1952 年 11 月 3 日。

击性，但显然属于“反共抗俄”的大题材范畴。如简政珍所说：“进一步审视，所有美学的创作面临政治的考虑，大都让出它的自主性。诗的纯粹性在任何的政治标签下，如何喘气存活？以诗作品为口号，必定使诗坠于‘真挚的效命政治’与‘虚假的文学创作’的两极。”[①]从20世纪50年代初期“联副”诗歌生产的总体情况来看，其创作数量是有限的，在体制强势话语的束缚之下，诗歌生产有着明显的“效命政治”与“虚假文学”的特征。

三、文艺评论引导“反共”书写

报纸的文艺副刊不仅是文学作品生产与传播的渠道，同时也是文艺评论的传播平台。文艺评论作为“审美意识形态”的直接体现，受到“政治意识形态”的深刻影响，“在阶级社会中，政治作为‘阶级斗争的工具’，对文学批评比对文学创作具有更为直接更为深刻的作用”[②]。陈思和在谈到20世纪50年代台湾文学业者的“文化专制心态”时说：“我认为这现象不仅来自于政治上的专制，它主要反映了一个时期的文化专制心态，即某个时期内的作家会自觉或不自觉地认同一种思想原则或者时代精神，并以宣传它为己任。”[③]20世纪50年代初期，正是

① 简政珍：《台湾现代诗美学》，扬智文化事业股份有限公司，2004年，第54页。

② 李国华：《文学批评学》，河北大学出版社，2001年，第397页。

③ 陈思和：《但开风气不为师——论台湾新世代小说在文学史上的意义》，孟樊、林耀德编著：《世纪末偏航——八十年代台湾文学论》，时报出版公司，1990年，第329页。

台湾官方体制话语,对“文化场域”执行“报复性”压制最严苛的时期,而文学批评在这个阶段受到来自“政治场域”的威压尤为剧烈,在“文化专制心态”的作用下,一批文学评论者以宣传国民党的文艺政策为“己任”。一批代表官方立场的文艺评论在“联副”中得以刊载,国民党的文艺政策及其相应的审美标准,因此得到“正当性”地确立和“合法化”地推进。

文艺批评的展开离不开相应文艺理论的支撑,“文学批评涉及我们对某个文本的分析,而文学理论则涉及我们对一些观念、概念和智识假设的理解,这些观念、概念和假设是实际文学批评的基础”①。20世纪50年代初期,台湾当局及其文艺界的代言人,在“反攻文艺”政策的指挥棒下,积极展开“反共抗俄”文艺理论的梳理与建构。这个过程甚至持续十数年之久,“这十年间台湾文化生产场域,除了‘反共’作品之外还盛行‘反共文学论述’,不仅官方文艺机构推行‘战斗文艺’,一般文学报刊媒体也一样充斥激昂的‘反共’声音与理论”②,“联副”在其中也扮演过重要角色。例如1952年5月4日文艺节当天,作为国民党文艺政策的代言人——张道藩,就在“联副”发表《论当前文艺的三个问题》一文,在1953年蒋中正钦定的“国民党政权在文化层面的施政纲领”《育乐两篇补述》③颁布之前,该文被视为“反共抗俄”文

① [美]查尔斯·E.布莱斯勒:《文学批评理论与实践导论》,李莎、常培杰译,中国人民大学出版社,2014年,第10页。

② 应凤凰:《五〇年代台湾文学论集》,春晖出版社,2004年,第23页。

③ 林绿:《当代台湾文艺政策的发展、影响与检讨》,郑明娳:《当代台湾政治文学论》,时报文化出版有限公司,1994年,第24页。

艺政策在执行中的指导性文件。比如该文对“反共抗俄”文学生产为何需要，以及如何进行的问题进行了阐述：

当前文艺所载的“道”，除了三民主义外而外无他道。以“反共”抗俄为内容的作品，即是三民主义的文艺作品。不仅可以消灭赤色共产主义的毒素，而且导引国民实践三民主义的革命理想。文艺的“反共”抗俄，是反侵略的，从而发扬我们的民族主义精神；文艺的“反共抗俄”是反集权的，从而发扬我们民权主义真谛；文艺的反共抗俄是反斗争、反清算、反屠杀的，从而发扬民生主义的精义……使文艺作家与广大群众密切的结合起来，成一坚强的“反共”抗俄的战斗体。①

很显然“其理论的内在逻辑是要求文艺为政治服务”②，在“合法化”了的“反共抗俄”文学生产的基础上，张氏对于如何鼓动“反共文学”生产，以及政府在其中应扮演什么角色也做了说明：

我们当前的文艺写作，政府要是加以统制，是不对的，而奖励文艺倒是应该做的。而我们作家们，也不该忘了时代，不该忘了苦难的民族，不该忘了大陆还待收复；提高我们的警觉，发挥我们

① 张道藩：《论当前文艺的三个问题》，《联合报》，1952 年 5 月 4 日。

② 白杨：《台港文学：文化生态与写作范式考察》，吉林大学出版社，2009 年 8 月，第 121 页。

爱国家爱民族爱人类爱自由民主的热忱……[1]

总之，张氏在文中对于“反共抗俄”的文艺政策进行了系统化的梳理，回答了“当前”文艺生产应有的内容、形式，以及对于文艺生产“统治与放任”等基础性也是根本性的问题，可以说是构成了“反共抗俄”文艺理论的基础，其总目标“无非是为了坚定知识分子思想忠贞、激昂社会士气、民心，并以功利实用为推展运动的能源，一切主旨均环绕着维护现存体制的核心理念”[2]。这些文艺理论工具，被广泛应用于当时的文艺批评实践中，例如剧评《争取民心的好榜样——试评〈勾践复国〉的演出》，在开头部分就是：

在戏剧低潮的今天自由中国剧坛，最近我们接连看到了历史剧《光武中兴》《郑成功》以及正在上演的《勾践复国》，真使我们感到万分兴奋，尤其是《郑成功》所强调表现的反攻大陆，《勾践复国》所发挥的争取民心，赋予了历史剧在此时此地上演的新生命，给予三年来克难奋斗，亟亟准备反攻大陆的台湾军民一个鲜明的启示和衷心的感动。[3]

---

① 张道藩：《论当前文艺的三个问题》，《联合副刊》，1952 年 5 月 4 日。

② 林绿：《当代台湾文艺政策的发展、影响与检讨》，郑明娳：《当代台湾政治文学论》，时报文化出版有限公司，1994 年，第 20 页。

③ 闽人：《争取民心的好榜样——试评〈勾践复国〉的演出》，《联合副刊》，1951 年 12 月 24 日。

评论开头就定下了基调，旗帜鲜明地肯定特定题材的历史剧对于“反共抗俄”的作用，对于戏剧创作昭示的企图明显，主动贴合当局的文艺政策和政治意识形态。又如孙旗的《从〈逼粮〉说起》，是对当月7日登载于“联副”的李楠渊的小说《逼粮》进行的评论，并企图提炼和归纳“反共抗俄”小说的写作技巧与一般规律，具体来说是讨论如何“令人置信”地刻画典型性人物的性格：

> 在反共抗俄文艺运动的今天，我们必须对黑暗面人物性格与集团的特性——外面仁慈内里阴险狠毒，和光明面人物性格——韧性的迂回战斗与阐扬人性诸特性，予以有力的把握，只有两个敌对战斗体力量的显示，才能显示出感人的图景……以代表此一特性的人物来象征它，这个人物不但有了个性、类型，而且也具有典型性了，战斗方式和战斗过程也有了典型性，那么胜负也才能具有典型性，便也充满了“人情味”，这一战斗的结果，才能令人置信而赞叹不已。①

除了上述这类以文本个案为对象，讨论创作技巧、审美原则等的文学评论之外，20世纪50年代初期的“联副”中，还有不少“政论”性质的文学评论。普列汉诺夫曾经所说：“在一切过渡的社会时代，批评

① 孙旗：《从〈逼粮〉说起》，《联合副刊》，1952年1月26日。

总是充满着政论精神,有一部分简直就成为了政论。"[①]例如笔名三户的作者的文艺评论《小说与现实》,从福楼拜的《包法利夫人》谈现实主义写作的优势及其技巧,接着批判当下小说创作中存在的"贫乏和不真实"的问题,进而笔锋一转为"反共八股"辩护:

> 有人在责难文坛上有"反共八股",这不是由于动态形成八股,而是拿刀笔的人没有雕刻得合乎艺术,所以招致人家的责难,也就是写作的人尚未自己渗透在"反共抗俄"的阵营的核心里,所以体会不到阵营里的伟大和真实——那一举一动都足以激起情潮澎湃的的伟大现实![②]

类似的文学评论还包括:《我看〈恶果〉》[③]、《评〈闪烁的星辰〉》[④]等等,评论以论述"文艺反攻"的重要性、正确性,"合法化"当局的各种文艺政策,引导"反共"文学创作为终极的目标,而对于创作技巧、审美原则等文学评论的应有之义却付诸阙如。布尔迪厄将文化资本定义为"指一种标志行动者的社会身份的,被视为正统的文化趣味、消费方式、文化能力和教育资历等的价值形式"[⑤]。在文学场域中,掌握了

① [俄]普列汉诺夫:《俄国批评的命运》,北京师范大学中文系文艺理论教研室:《文学理论参考资料》,春风文艺出版社,1982年,第1294页。

② 三户:《小说与现实》,《联合副刊》,1952年1月25日。

③ 益谦:《我看〈恶果〉》,《联合副刊》,1953年4月12日。

④ 王集丛:《评〈闪烁的星辰〉》,《联合副刊》,1953年12月30日。

⑤ 陈爱国:《论布尔迪厄文化资本的形态构造》,《学术论坛》,2006年第6期。

文化资本的“行动者”，具有对于“合法”的文学形式和价值标准的定义权，而“文学评论”往往就是文化资本占有者对于文学场域施加影响，执行这一“定义权”的过程。很显然，20世纪50年代初的“联副”中，由于政治权力与文化资本的“合谋”，“文学评论”被纳入体制话语之中，成了服务于当局政治目的的工具，规约和引导文学生产沿着“反共抗俄”的轨道行进。

第二节　“战斗文艺”的持续与政治性的消解

1953年之后，国民党当局继续尝试通过渐次出台的文艺政策，宰制文化及文学生产，而这种政治层面整体性对文学施加影响的尝试，至少绵延至20世纪60年代末期。1954年5月份开始，张道藩领导的“中国文艺协会”这个本不具备法定地位的官方组织，为了回应和落实蒋中正于1953年钦定的文艺政策——《民生主义育乐两篇补述》，开始启动旨在清除“赤色的毒”“黄色的害”与“黑色的罪”的“文化清洁运动”。1955年1月，“蒋介石亲自向全台军民发出推行‘战斗文艺’的口号，正式揭橥了官方‘战斗文艺’运动”①。20世纪60年代中期国民党的文艺政策又掀起第二次高潮，原总政治部取代了“中国文艺协会”继续推进“战斗文艺”的深入开展。从1965年原总政治部举办第

① 吕正惠、赵遐秋：《台湾新文学思潮史纲》，昆仑出版社，2002年，第185页。

一次“国军文艺大会”，蒋中正推出《新文艺的十二项内容》始，到1968年制定出《当前文艺政策》，再经过国民党的三次全会后，“于中央政府体制中设立隶属于教育部的文化局，执行上述任务，将国民党的文艺政策正式纳编于国民党行政体系之中，形成了党政军三联合的集团文化改造运动，将环绕着‘战斗文艺’的各个主题推向高峰”[①]。至此，台湾政治权力场域对于文学场域的介入达到顶峰。

以上这些文艺政策，都在一定程度上影响了相应时期台湾的文学生产与传播实践。但自从1953年之后，特别是1956年之后，随着台湾乃至国际政治、经济形势的巨变，加上文艺政策相关保证体制、机制的转移与缺失，最主要还是由于文学生产场域自主性、自觉性的快速生长，以上各类文艺政策对文学生产的实际宰制力逐渐呈现式微的态势。一方面政治权力的宰制力“去势”，另一方面文学生产场域自主性持续强化，就在两种文学形塑力量的此消彼长中，在包括“联副”在内的文学场域中，文学生产与传播都呈现出了特殊的图景，主要表现在“战斗文艺”的持续与“艺术性”的增强两个维度。

一、衰退中持续的“战斗文艺”

“1956年一个明显的转折点”[②]，国民党当局对于文艺的实际管控

① 林绿：《当代台湾文艺政策的发展、影响与检讨》，郑明娳：《当代台湾政治文学论》，时报文化出版有限公司，1994年，第34页。

② ［美］张诵圣：《当代台湾文学场域》，江苏大学出版社，2015年，第215页。

出现了松动的迹象。“1956 年 7 月，当局取消了‘文奖会’的经费支持，张道藩对此感到沮丧、无奈，不得不出面呈请国民党中央于同年 12 月解散‘文奖会’，历经六年的《文艺创作》也只好无疾而终”①，1957 年 2 月份同样受到当局资助的《文坛》也告停刊。如此变故，对于一直受到官方体制全力支撑的“反共文学”生产来说，无疑是一次沉重的打击，“反共战斗文艺很快走下坡路了”②。

之所以 1956 年开始国民党当局对文艺政策做出较大调整，一方面是要适应台湾及国际政治经济形势所发生的巨大改变，另一方面则是国民党当局对于之前文艺政策再检讨的结果。林绿将这种政策改变的原因归结为：“鉴于‘中华文艺奖金委员会’的做法违背了文艺创作的规律，更重要的是当时国际局势和台湾的政治、经济、社会形势发生了变化。”③国民党当局以奖助“反共文学”创作的“文奖会”及御用的《文艺创作》《文坛》为核心的文艺政策，至 1956 年呈现出明显的触礁迹象。国民党当时在文艺界的另一位代表陈纪滢就说过：“我承认政府迁台之初，痛定思痛，党政方面确有意在这上面振作一番，有重新做起的打算，因有‘中华文艺奖金委员会’成立，辅导‘中国文艺协会’组织，甚至于其他文艺团体继续产生，以及与党政有较深关系的个人，

---

① 古远清：《几度飘零：大陆赴台文人沉浮录》，广西师范大学出版社，2010 年，第 141 页。

② 朱双一：《“反共文艺”的鼓噪与衰败——兼论 50—60 年代国民党的文艺政策》，《台湾研究集刊》，1994 年第 1 期。

③ 林绿：《当代台湾文艺政策的发展、影响与检讨》，郑明娳：《当代台湾政治文学论》，时报文化出版有限公司，1994 年，第 34 页。

创举文艺刊物，都可以列入这项意念之内。于是乎，一股蓬勃气象，直有六七年之久。”①“文奖会”企图通过经济资助的方式，鼓动“反共文学”及“战斗文艺”创作的风潮，短期内的确能够笼络部分作家形成一时的创作潮流，但这种违背文学创作规律的做法，导致“反共八股”盛行一时，颇受社会指摘和读者的厌弃。就连这些政策的主要设计者张道藩都承认，“反共文学”作品“都有点公式化，老是那一种形式，那一种调儿，那一种风格，读十篇同读一篇是一样的感觉”，这样的作品只能写出越多，“读者的兴趣反而越淡”。“反共文艺的这种本身的难于克服的弊端，注定了它的跌落，也迫使一手将它扶植起来的国民党当局不得不略微改变一下继续推行的策略。”②至于《文艺创作》《文坛》等媒介，由于其御用性质过于昭彰，也难以长期领导文坛。

失去了政治权力场域的全面庇护，“战斗文艺”走下坡路自然也就在所难免。

就“联副”文学生产的实际情况来看，受政治力、体制话语宰制，文学创作扭曲发展的情况在 1953 年底有了很大程度的改观。尤其是 1953 年 11 月，林海音接编“联副”以后，“联副”一改过去政治味道过浓的面貌，文学有了回归文学本身的迹象，各类创作的生活气息更浓，艺术性也更强。当然，在当时大的政治环境下，“联副”中文学创作的改变还只是局部地发生着，“反共文学”尤其是“战斗文艺”仍然保持

① 陈纪滢:《为文艺界请命》,《联合副刊》,1961 年 5 月 4 日。

② 朱双一:《“反共文艺”的鼓噪与衰败——兼论 50—60 年代国民党的文艺政策》,《台湾研究集刊》,1994 年第 1 期。

着一定的分量。

(一)"战斗文艺"小说的持续

1953年11月开始，林海音接编"联副"，由于编辑理念的变化，"联副"的文学图景也发生了非常大的变化，但是在高分贝的"国家机器"仍然喧嚣于整个文学场域的背景之下，"反共抗俄""战斗文艺"仍然构成了"联副"小说生产中的重要题材，尤其"战斗文艺"的概念此后继续被实践着。所谓"战斗文艺"或"战斗文学"，20世纪40年代在国统区就已经存在了，到了台湾首先是由《民族报》副刊主编孙陵提出。这类"战斗文艺"的创作要求很明确："战斗性第一，趣味性第二。"①区别于20世纪40年代国统区的"战斗文学"，因为被纳入了全球范围内"文化冷战"的脉络②，此时的"战斗文艺"加入了"光复大陆"特别是"反共抗俄"的成分。从1954年至1960年，"联副"中"战斗文艺"题材类小说，仍然在小说创作中占据着相当的分量。

1954年之后，国共双方仍然处于战争状态，各类战斗还时有发生，战斗题材小说在"联副"也不时出现。痖弦将"战斗文艺"分为广、狭二义，"狭义的'战斗文艺'是指以军事或'反共抗俄'的国策下，跟中

---

① 这是1948年12月，冯放民(凤兮)接编《新生报》副刊时确立的征稿原则，代表了"战斗文艺"的核心要求。参见吕正惠、赵遐秋:《台湾新文学思潮史纲》，昆仑出版社，2002年，第181页。

② 1949年，蒋介石率国民党余部退守台湾，1950年朝鲜战争爆发，美国麦卡锡阵营发起对共产主义的围剿和迫害，台湾戒备森严，台湾岛内成为冷战架构下的军事戒严体系。参见夏瑜:《文学高信疆:讲述"人间"的消息》，《南方周末》，2004年9月10日。

共展开各种战斗为题材而写成的文艺作品"[①]。此时"联副"中的战斗题材小说,显然多属于痖弦所谓的狭义"战斗文艺"的范畴。例如郭嗣汾的《寂寞的海战》,小说描述了国共双方海军的一次小规模战斗,小说中关于潜艇被袭击后声呐兵监听的一段就相当精彩:

> 声呐仪剧烈震响,但是声呐人员仍然在细心收听,似乎还可以听到潜艇俥叶声还在加速转动,但是多了一种汩汩的流水声音和气泡的翻腾声,那些声音显示着潜艇的壳上已经被开了一个大洞,海水正汹涌注入。在这些声音后,传来一阵尖锐响声,像汽笛长鸣,那一定是潜艇想打空水柜,挣扎着浮上水面了……但是,她永远不能再浮起了,俥叶响声已逐渐减低,终于停止,海水仍在翻腾涌入,最后,耳机中传来一阵混杂的撞击,碎裂和更大的流水声,她永远躺在海底了。[②]

小说中虽然不见了之前同类作品中常有的嘶吼般的诅咒和叫骂,放弃了暴烈的情感宣泄,而且有以上这类细致入微的场景的描绘,但仍然不乏深刻的政治意识形态的烙印。还有二彦的《班攻击》,这是一篇描写一个班级战斗单位演习备战的作品,整篇小说以对话的方式展开,虽然情节跌宕、节奏紧张,具有一定的"文艺"性,但是由体制话语

① 王庆麟:《青年笔阵》,幼狮文化,1983 年,第 132 页。
② 郭嗣汾:《寂寞的海战》,《联合副刊》,1954 年 12 月 27 日。

所规定的"战斗的任务"却并未缺失,目的无疑仍是鼓舞军民士气,增强"反攻大陆"的信心。类似的"战斗"题材小说在该时期还有很多。

1956年1月,"中国国民党遵照蒋总裁的指示,正式揭橥了'战斗文艺'运动,并由中常委会通过了《展开反攻文艺战斗工作实施方案》。而这一方案,亦可说是中国国民党文艺政策的始基"①。政治权力场域与体制话语的初衷,显然是继续推进"文艺"服务于政治,包括小说创作在内的文学生产实践中,无论是题材范畴还是写作技巧,虽然已溢出了狭义"战斗文艺"的边缘,但包括军中战士生活、袍泽情感、故里人事追忆等温情的题材,也都被纳入"战斗文艺"之中了。王德威就把这类"战斗文学"的题材归纳为:"或控诉共党暴虐,或缅怀故里风情,或细写乱世悲欢,或寄望'反共圣战'。"②一些有着相关生活、战斗经验的军中作家,成了这类"战斗文艺"的重要推手,公孙嬿③就是其中最典型的代表之一。在小说《金门上元夜》④里,公孙嬿描写了两位昔日战友相逢于金门前线,回忆过往并肩战斗的经历,并期盼"反攻大陆"的故事。此类讲述士兵故事,渲染袍泽深情的"战斗文艺"小说还包括:童山的《枪和邻兵》⑤、紫藤的《袍泽情深》等等。在紫藤的这

① 尹雪曼:《中华民国文艺史》,中正书局,1975年,第3页。

② 王德威:《五十年代的"反共小说"新论——一种逝去的文学?》,痖弦等主编:《四十年来中国文学》,联合文学出版社,1995年。

③ 公孙嬿本名查显琳,安徽怀宁人,1949年随国民党军队赴台,历任台湾陆军第五十二情报队队长、战炮连连长、炮兵营长等职,是台湾重要的军中作家。

④ 公孙嬿:《金门上元夜》,《联合副刊》,1955年2月13日。

⑤ 童山:《枪和邻兵》,《联合副刊》,1955年3月25日。

篇小说中，讲述了飞行员与地面机修工之间几十年的袍泽深情，以及在危难中互救互助的故事。小说中虽然突出“文艺”，但对于袍泽深情有细致入微、引人入胜的描写：

> 您一起飞，我就不放心，便坐在跑道头上等您快回来落地。您落地前，风那么大，把飞机吹得东摇西晃，我心里缩个疙瘩，我看您落地后又跳起来，便跟在飞机后面跑，年纪大了，没跑几步就发喘，眼看着飞机烧起来，破开座舱把您拖出来时，您已昏过去了，如果我年轻力壮，跑的快，您就不致于……①

这个时期的“战斗文艺”小说中，战士、军官形象的塑造较之前期也更加有血有肉，而不再是纯粹符号化的处理。例如征夫的小说《张老三》②中，几件轶事的描写，让一个朴实粗犷、干练狡黠的农民出身的军阀官吏形象跃然纸上。而碧天在《铁牛》中，则塑造了一个骄蛮、凶悍而又义气的“莽撞人”战士“铁牛”的形象。小说中铁牛得知战友老吴在与本省人阿玉的恋爱中，受到村里流氓阻拦的事情后，有一段精彩的描写，从人物命名到刻画，都给人似曾相识的感觉（似乎看到了《水浒传》中的人物）：

① 紫藤：《袍泽情深》，《联合副刊》，1958 年 8 月 31 日。

② 征夫：《张老三》，《联合副刊》，1958 年 11 月 22 日。

这事儿让铁牛知道了，他便只身去村子里找到了那两个流氓，一把抓住一个问："谁说不准女儿嫁外省人的？说！"两个流氓先还挣扎，但铁牛使起了蛮劲，把两个推成一堆，紧紧地挤在墙上，动都动不得。"没……没人说。"一个流氓赶紧否认。"没说就好。"铁牛松开手，捏起拳头在他俩面前扬了扬说："不服的，就来尝尝皮拳！"两个流氓看看铁牛的凶相，和那一副粗壮的肌肉，没敢答碴就悄悄地走了……①

对于军人的亲情、爱情的描绘，能够冲淡"战斗文艺"中的"战斗"色彩，也成为小说的重要题材选择。紫藤的《半个元宵》②，描写了一个空军地勤军官的家庭生活，"半个元宵"既折射出了军官的公而忘私，也映照出夫妻的伉俪情深。钢兵的小说《金妹》③，则讲述了一名部队文艺骨干与驻地一位哑女的爱情故事，不算曲折的故事，却为冰冷的战争背景镶嵌上了一抹温馨。沈石祺的短篇小说《折翼》则采用倒叙的手法，通过几封来往信件的穿插，将折戟蓝天的飞行员生前的缠绵爱情展露无遗。但无论亲情多么感人、爱情多么缠绵，此类"战斗文艺"小说，总难免汇入"反共抗俄"的宏大叙事之中，区别就是更多地糅合了柔性的成分。

20 世纪 50 年代中期后，"联副"中还有一类特殊的"战斗文艺"小

① 碧天：《铁牛》，《联合副刊》，1957 年 6 月 1 日。
② 紫藤：《半个元宵》，《联合副刊》，1959 年 3 月 10 日。
③ 钢兵：《金妹》，《联合副刊》，1957 年 4 月 2 日。

说，是由旅居香港的“难民”作家所创作的。1949 年后，一批持右翼立场的知识分子来到香港，开启了所谓“难民文学”的创作。南郭（林适存）最早在《香港的难民文学》中提出了“难民文学”的概念，主要指 1950 年后的一段时期内，香港文学“多半是知识难民所执笔，描写知识难民”[①]。“联副”中的这类“难民”小说，不过是香港“难民文学”的延伸，由于香港文学发表渠道狭窄，而跨海发表于“联副”。以反映“难民”的逃港经历，叙述在港的各种生活困境、生存体验，以及攻击共产党政权在港的各种“代理阴谋”为主，其政治意识形态属性鲜明。例如石徒的《生死恨》[②]中，主人公原是一名国民党军队中的文艺工作者——男戏剧演员，被俘后经过“改造”“学习”，继续留在解放军部队中从事老本行——演戏。主人公假装顺服生活了一段时期，目睹各种“诬告”与“出卖”的行为，已如惊弓之鸟一般。当一名叫作明之的女性慢慢走近主人公的生活时，他仍疑心：“他们可能是派一个在阶级意识上易于换取我的好感的女人来督导我！”尽管明之一心为了男友的逃亡而出谋划策，但是男主人公始终放不下怀疑。终于在明之又一次策划逃亡，恰好上级曹政委来找男主人公谈戏，主人公却误认为女友告发了自己，于是先下手为强地“揭发”了女友，导致其下狱致死。当真相大白后，男主人公追悔莫及，在万念俱灭之后最终选择逃亡香港。小说意识形态属性非常之鲜明。

---

① 南郭：《香港的难民文学》，《文讯》，1985 年 10 月第 20 期。

② 石徒：《生死恨》，《联合副刊》，1956 年 5 月 3 日。

“难民”书写的另外一个重要的作者是石群，有多篇小说发表于“联副”，包括《水晶宫的卫戍司令》[①]、《血书》[②]、《赤柱之囚》[③]等，小说主要以描写“难民”在港的生活困境及其互助、互爱共渡难关的故事为主。小说中时不时总有些直白暴露意识形态倾向的内容。例如在《水晶宫的卫戍司令》一文在看似梦境的描写中，却暴露了对于共产党的现实仇恨，意识形态的倾向性立现。右翼“难民”作家由于本身就持有特定的政见，因此其小说作品，相较于台湾同期的“战斗文艺”，其“战斗”性似乎还更强，对共产党及大陆政权的攻击更显直白。

根据台湾学者秦慧珠的统计：“虽然六十年代的文学杂志仍然蓬勃，但‘反共小说’的比例锐减，从五十年代平均占有百分之三十的高标准，下降到只有百分之十四，下降幅度达百分之六十，实不可谓不大。”[④]秦慧珠虽然统计的是杂志中“反共小说”数量的变化情况，但实际上也反映了台湾当时“反共小说”生产整体上大幅度下降的事实。从“联副”的情况来看也是如此，到了 1960 年之后，“战斗文艺”类的“反共小说”作品就大为减少乃至绝迹了。“战斗文艺”虽然在题材选择上更为扩展，但“不论题材为何，这些创作基调不脱义愤悲怆，而作家笔耕的目的无非是求借由文字唤出力量——‘反共复国’，既是创作

---

① 石群：《水晶宫的卫戍司令》，《联合副刊》，1956 年 3 月 8 日。

② 石群：《血书》，《联合副刊》，1956 年 10 月 8 日。

③ 石群：《赤柱之囚》，《联合副刊》，1957 年 3 月 18 日。

④ 秦慧珠：《台湾“反共小说”研究》（1949—1989），中国文化大学中文研究所，2000 年，第 66 页。

的动力,也是目标”[①]。另外,此类小说较之以前的“反共抗俄”小说,几乎舍弃了高调的呼号与炽烈的情感宣泄,在艺术技巧上更为考究。但毋庸讳言,以上这些都无法遮蔽“战斗文艺”的政治意识形态属性,也无法否认政治权力场域此时对于文学生产场域继续宰制的事实。

(二)散文、杂文继续参与“战斗”

现代散文在“五四”文学革命中成熟起来,扬弃文章的“载道”功能而张扬“个性”。在阐述散文这种“个性”的生成路径时,郁达夫在否定前人为君、为道、为父母的存在后,认为:“我若无何有乎君,道之不适于我者还算什么道,父母是我的父母;若没有我,则社会,国家,宗族等哪里会有? 以这一种觉醒的思想为中心,更以打破了械梏之后的文字为体用,现代的散文,就滋长起来了。”[②]散文对于“个性”的张扬,意在加强“个人化”的书写,“与小说文体比较起来,散文文体更接近‘个人’,更是一种个人化的文体”[③],“个人化”书写强化意味着对于体制话语的疏离,多采取“去政治化”的书写的取向。如此可见,散文文体并不适合20世纪50年代初台湾官方文艺政策的要求,也就难怪当时以中华文艺奖金委员会为主导的官方文艺奖助制度,将散文创作排除在奖助之外,“以大量的金钱鼓励小说、诗歌、戏剧,而没有散文的一

① 王德威:《如何现代,怎样文学?:十九、二十世纪中文小说新论》,麦田出版社,2008年,第147页。

② 郁达夫:《现代散文导论》(下),蔡元培等:《中国新文学大系导论集》,岳麓书社,2011年,第175页。

③ 周海波:《现代传媒与散文的文体功能辨析》,《山东社会科学》,2004年第6期。

项，而该会的刊物《文艺创作》一向不刊载散文作品，予人以轻视散文的感觉"[①]。20世纪50年代头三年中，"联副"的散文生产数量有限，以"反共抗俄"的应景之作居多。

进入1953年底，特别是1954年后，由于台湾面临的国际国内局势日趋稳定，台湾当局的文艺政策稍微放松，文学生产的环境稍现"自由"。刘心皇在谈到这个时期的散文创作时认为："幸而自由的天地，最适宜于文艺成长的所在，作家们可以脑子里抽净乏味的教条，排除枯燥的公式，抛弃生硬的八股，有充分的写作自由，为发扬人性而写作，为反抗强暴，争取生存而写作。"[②]事实上，1954年之后，在"联副"之中，各类写景抒情、游记杂谈、生活随笔类的散文创作明显多了起来，"散文这种难以使作者掩饰自己的文体在'个人化'写作中有所兴盛"[③]。尽管散文有着"个人化"写作的属性，而且在这个时期该属性也有了进一步张扬的外部条件（但并不像刘心皇所言"有充分的写作自由"），但无须赘言的是，20世纪50年代台湾文学创作与社会泛文本之间仍然有着紧密联系，在"反共抗俄""战斗文艺"的整体宏大叙事背景之下，在"个人化"写作强化了的散文创作中，仍然有着不少体制话语的痕迹。

早在1923年，周作人就在《地方与文艺》一文中概括出散文写作中的两种艺术路向："第一种如名士清淡，庄谐杂出，或清丽，或幽玄，

①② 刘心皇：《自由中国五十年代的散文》，《文讯月刊》，1984年第九期，第73页。
③ 黄万华：《多元多流：双甲子台湾文学》（史），花城出版社，2014年，第79页。

或奔放，不必定含妙理而自觉可喜。第二种如老吏断狱，下笔辛辣，其特色不在词华，在其著眼的洞察力与措语的犀利。”[①]周作人所言的两种散文风格，大体上可以对应为文艺性散文和杂文。从“联副”的散文生产来看，1954 年后写景抒情、记故人忆旧事、清谈杂感类的文艺性散文创作非常之多。文艺散文中大多数都呈现出了非常明显的“个人化”“去政治化”的书写特征，但不可否认的是，其中一部分政治意识形态的烙印明显，一些认同国民党文艺政策的作家，主要通过两类题材的散文来参与“战斗”，一类是抒发怀乡情感的乡愁题材，另外一类是描述军中生活的军营题材。

20 世纪 50 年代中期以后，随着离乡时日更久，各类迁台人士的思乡之情更甚，咏风物、念往事、忆故人的乡愁题材，成为“联副”中散文书写的热点，其中一部分乡愁题材散文政治意味浓厚。例如在浮生的《忆定海》[②]中，一则关于海战的新闻报道，引发对家乡定海的深深思念，风物人情犹在眼前，却是有家不能回，唏嘘感慨之余不忘慨叹家乡“命运”。又如更生的《江山无限好》[③]落脚在鼓舞军心士气，吹响“反攻大陆”的号角之上。文艺性散文的这种书写方式，显然与真正意义上“个人化”“去政治化”的书写要求相距甚远，仍烙有较深的政治意识形态的印记，此类散文基本的套路是：怀念家乡往昔之美好，叹息其

① 周作人：《地方与文艺》，周作人：《周作人自编集：谈龙集》，北京十月文艺出版社，2011 年，第 11 页。

② 浮生：《忆定海》，《联合副刊》，1954 年 7 月 16 日。

③ 更生：《江山无限好》，《联合副刊》，1954 年 5 月 23 日。

今时之萧瑟，或者怀乡之余，鼓舞“反攻大陆”之决心。在20世纪50年代中期至60年代初期的“联副”中，这类散文还包括张瘦碧的《春满江南》①、毕璞的《桂江水碧桂山清》②、黄公伟的《可纪念的日子》③等等。

20世纪50年代中期后，“那些随同部队抵达台湾的大陆籍官兵们，在枯燥、严格的军事生活以外，难免会产生思乡、孤独和由战事失利造成的悲观颓丧情绪，而这对于士兵是有消极影响的”④，更何况在金门等岛屿上，国共双方的军事斗争仍然炽烈，在如此背景之下，军中文艺得到国民党当局的大力扶持。一批有着真切“战斗”生活经验的军中作家，创作了大量描写战地生活、战斗经历、战友情感题材的文艺散文作品，其中一些也渗透着较为浓厚的政治意识，“联副”中也有不少这类散文作品。

在臧冠华《战地风情画》中，将原本枯燥、严苛的军中生活描绘得苦中有乐，同时也不忘时时提醒所肩负的战斗使命：

过久了营房里生活，乍到野外来，样样都觉得新鲜刺激，譬如我们露营的第一晚，一个帐篷里四个人全没睡着……徐徐的凉风，明朗的清月，扫过寂静的夜的大地，扫过我们火热的胸膛，谁

---

① 张瘦碧：《春满江南》，《联合副刊》，1957年4月26日。

② 毕璞：《桂江水碧桂山清》，《联合副刊》，1959年6月15日。

③ 黄公伟：《可纪念的日子》，《联合副刊》，1960年11月17日。

④ 白杨：《台港文学：文化生态与写作范式考察》，吉林大学出版社，2009年，第119页。

能睡得着呢？隔海的炮火，正骚扰着邻近的岛屿——金门前哨。我们能一无所感？一无所触？在炮弹下沉睡吗？[①]

类似的散文作品“联副”中还有很多，有反映军营生活、战友情谊的，如《我的战斗文化》[②]、《小金门中秋》[③]、《入伍那天》[④]、《老班长》[⑤]等；有直接反映战斗经历的《空投记》[⑥]、《前哨生活》[⑦]等，主题多半是“对于台湾‘反共’事业与前线官兵的礼赞以及对于大陆新政权的谴责”[⑧]。这些军营题材的散文创作，多数是由军中作家执笔，是国民党当局军中文艺政策扶持的直接结果，作品的功利性和目的性都非常明显，主观上既有服务于“反共抗俄”大业的现实意图，客观上又有安抚军心鼓舞士气的作用。就“联副”的文学生产来看，在 1960 年之后军营题材散文迅速减少，而乡愁题材散文“去政治化”的倾向则不断强化，逐步回归到文艺散文“个人化”书写的轨道之上。

至于周作人所说的第二种风格的散文，“它是用力的、直接的、坚硬的，那就是我们通常所说的杂文”[⑨]。1953 年底之后，“联副”中参与

① 臧冠华：《战地风情画》，《联合副刊》，1958 年 9 月 22 日。

② 谷怀：《我的战斗文化》，《联合副刊》，1955 年 10 月 29 日。

③ 公孙嬿：《小金门的中秋》，《联合副刊》，1955 年 11 月 9 日。

④ 赵慕嵩：《入伍那天》，《联合副刊》，1960 年 3 月 26 日。

⑤ 郭兀：《老班长》，《联合副刊》，1961 年 1 月 9 日。

⑥ 廖健元：《空投记》，《联合副刊》，1957 年 5 月 15 日。

⑦ 立础：《前哨生活》，《联合副刊》，1956 年 3 月 13 日。

⑧ 林绿：《当代台湾文艺政策的发展、影响与检讨》，郑明娳：《当代台湾政治文学论》，时报文化出版有限公司，1994 年，第 48 页。

⑨ 谢友顺：《散文的常道》，广东人民出版社，2014 年，第 33 页。

“战斗文艺”、服务于当局政治意识形态最直接、最得力的当属杂文，无论是从文类生产的数量上来看，还是从其持续的时间上来看都是如此。1953 年 12 月 1 日起，何凡在“联副”开设“玻璃垫上”杂文专栏，他本人给“玻璃垫上”的定位是：

大抵以社会动态、身边琐事、读书杂感、新知趣事为题材，信手拈来，不遑字斟句酌，万一有冒犯任何人虎威之处，仍请本民主的宽容胸襟，赐予原宥。[1]

“玻璃垫上”所涉内容包括政治、经济、社会现象等等，可谓包罗万象，主要针对台湾社会的一些现象展开批评，但在 20 世纪 60 年代中期之前却有着相当数量的杂文，针对共产主义、共产党以及大陆上的各种政策举措等，进行露骨的批评。比如《“戏改”的故事》[2]针对大陆戏剧改造进行批评；《耕牛入社》[3]批评大陆农村社会主义改造中的“生产合作社”运动；《空头作家》[4]则批评大陆在知识分子中开展的“思想改造”运动；《大陆现状》[5]中借他人之口批评大陆的外交政策，甚至将中国大陆定性为“苏俄的一个殖民地”；在《大跃出》[6]中对大陆

① 何凡：《前记》，《联合副刊》，1953 年 12 月 1 日。
② 何凡：《戏改的故事》，《联合副刊》，1954 年 2 月 23 日。
③ 何凡：《耕牛入社》，《联合副刊》，1955 年 2 月 8 日。
④ 何凡：《空头作家》，《联合副刊》，1956 年 2 月 29 日。
⑤ 何凡：《大陆现状》，《联合副刊》，1957 年 11 月 29 日。
⑥ 何凡：《大跃出》，《联合副刊》，1962 年 8 月 22 日。

的“大跃进”运动进行批判等。在批判中国共产党及其大陆政权的同时,“玻璃垫上”的杂文也对于苏联的共产党政权以及国际共产主义运动,展开批评。《御用文人之死》[①]和《共产主义辞典》中批评苏联的集权统治及高压的文艺政策;《苏俄的弱点》[②]中,通过将苏联与美国放在一起比较,贬低苏联的建设成就,同时攻击苏联领导下的国际共产主义运动;《波兰的骚乱》[③]则对国际共产主义运动中的挫折进行揶揄。

实际上进入20世纪60年代以后,在“玻璃垫上”这种针对相左意识形态的批判,接近政论性质的杂文就很少见了,何凡将主要的精力都放到对台湾社会各种现象的批评中去。而如接续一般,作家易金[④]自1959年起在“联副”开设“幕前冷语”专栏,如果说“玻璃垫上”杂文对共产党及大陆的批判,只是“偶露狰狞”的话,那么“幕前冷语”则是一个专注于此的政论性杂文专栏了。林海音在回忆中说过:“在香港电影界工作的作家易金,写了‘幕前冷语’专栏,每天一篇,读者很多,专报道大陆铁幕内的情况,特别是文化方面的,因为香港在铁幕边,时

---

① 何凡:《御用文人之死》,《联合副刊》,1956年5月27日。

② 何凡:《苏俄的弱点》,《联合副刊》,1958年5月6日。

③ 何凡:《波兰的骚乱》,《联合副刊》,1957年8月15日。

④ 易金,本名陈锡祯,曾用其他笔名如圆慧、祝子、雪雪明等。原籍江苏,1913年1月28日生于浙江宁波。1938年在安徽屯溪创办《前线日报》,开始新闻工作及文字生涯,1942年随《前线日报》迁往福建建阳,抗日战火使其多位家人罹难。1945年回上海,担任国民党机关报《中央日报》副刊编辑,1948年离沪赴港。以传奇小说创作闻名,持“反共”立场,曾长期为“联副”撰写专栏。参见须文蔚、翁智琦、颜讷:《1940—1960年代上海与香港都市传奇小说跨区域传播现象论——以易金的小说创作与企划编辑为例》,《台湾文学研究集刊》,2014年8月。

有消息自幕内透露出来。"[1]"幕前冷语"杂文专栏，只在1959年的9月份一段时间中移到了"万象"副刊中，但很快又重新移回"联副"，并一直持续到1964年底。其中的杂文以批评大陆文化的相关政策、举措，慨叹大陆文化人的"悲惨命运"等为主。例如《李四光卖老命》[2]、《不通的通史》[3]、《政治抒情诗》《地质学家下落》[4]、《年轻的专家之死》[5]、《很像京剧》等，因为几乎每日刊载，所以此类的政论性质的批评之音可谓不绝于耳。

其实"幕前冷语"杂文专栏，对于"铁幕"内的批判绝不仅限于文化相关问题。比如《培植西藏小喽啰》[6]是对大陆民族问题的指摘；《密植与半密植》[7]是对大陆农业技术、农业政策的批评等，这类政论性杂文对所谓"铁幕"之内的批判涉及方方面面。除了"玻璃垫上""幕前冷语"等杂文专栏之外，在"联副"中顺应体制话语，服务于当局"反共抗俄"事业，属于"战斗文艺"范畴的单篇杂文作品更多。杂文文体本以犀利的批判性，构成其重要的艺术特征，从批评的指向来看，"杂文以广泛的社会批评和文明批评为主要内容"[8]，而以上这些杂文

---

① 林海音:《流水十年间》，联副三十年文学大系编委会:《联副三十年文学大系 史料卷 风云三十年》，联合报社，1981年12月。

② 易金:《李四光卖老命》，《联合副刊》，1959年3月12日。

③ 易金:《不通的通史》，《联合副刊》，1959年4月9日。

④ 易金:《地质学家下落》，《联合副刊》，1961年2月19日。

⑤ 易金:《年轻的专家之死》，《联合副刊》，1963年10月4日。

⑥ 易金:《培养西藏小喽啰》，《联合副刊》，1959年4月25日。

⑦ 易金:《密植与半密植》，《联合副刊》，1959年6月16日。

⑧ 姚春树、袁勇麟:《20世纪中国杂文史》(上)，福建教育出版社，2011年，第141页。

则将批判的重点落在与之相左的意识形态及其政权之上，客观来说，其中有一部分批评的确能切中要害，但更多的有着明显的极端政治化的表征，更有的甚至直接沦为污蔑，毋庸讳言，此类与体制话语的路向保持高度一致的政论杂文，是政治权力场域辐射文学场域的重要表征。

（三）“战斗文艺”的其他呈现

从1954年至1960年，“联副”中“战斗文艺”的痕迹不仅存在于小说与散文当中，诗歌、漫画、译介作品甚至是文学评论，也都在一定程度上继续执行着“战斗”的任务，服务于当局的政治意识形态。

1. 看诗歌

从文学体裁的角度考察，诗歌尤其是短诗，其篇幅短小文字精练，非常适合刊载于版面受限的报纸副刊当中。但是从“联副”文学生产的实际来看，情况似乎并非如此，在1954年以后相当长的一个时期内，“联副”中诗歌的数量是十分有限的，有些年份甚至绝迹，如表2：

表2①　1954—1969年“联副”中诗歌发表情况表：

年份	1954年	1955年	1956年	1957年	1958年	1959年	1960年	1961年	1962年	1963年	1964年	1965年	1966年	1967年	1968年	1969年
数量(首)	1	0	0	2	37	110	95	83	70	40	7	6	2	4	3	2

① 参见联副三十年文学大系编辑委员会：《联副三十年总目》（上），联合报社，1982年。

从表2中可以清晰地发现，自1954年至1969年，“联副”中诗歌创作的数量是非常有限的。如果忽略1954年仅有的1首旧体诗《文天祥劝农诗》外，可以说直到1958年“联副”中的新诗创作才多了起来，但是到了1963年“船长事件”后，“联副”中诗歌创作又大幅减少了。就文体而言，至1969年，“联副”中诗歌的分量远远逊色于小说、散文等文体。不过“联副”有限的诗歌创作中，在艺术性方面还是取得了不小的进步，特别是20世纪50年代末兴起的现代主义诗歌风潮也在“联副”中有所反映，诗歌语言更加考究、意象营造也更加成熟，之前那种为响应政治需要而发出的直白呼号消失了，背离群体化语境的“个人化”“差异化”的诗性言说，日渐成为诗歌中的主流，但政治宰制的烙印在一些诗歌创作中仍然清晰可见。

号称台湾“诗坛三老”之一的钟鼎文，1958年10月发表于“联副”的《古宁头》是一首叙事诗，以1949年10月25日在金门古宁头的鏖战为背景，描绘了当时惨烈战斗的场景。诗歌语言炽烈、意象直白，充满了“战斗性”，可以说为“战斗文艺”作了注脚。

炽烈的夕照如火，正燃烧着我/也正燃烧着我面前 一片死寂的莽原。/啊啊！古宁头，自由的第一线/伸向大陆边缘的，一只战斗的铁拳……/七千名俘虏，放下武器，举手投降/一万具遗尸，在血泊里纵横，狼藉……/啊！古宁头之役，已是九年前的陈迹/红土、黄沙、埋尽了当年的白骨/至今提起这，隔海的敌人犹自胆寒/拍岸的夜潮总带回啾啾的鬼哭。[1]

除此以外,出自钟鼎文之手的另外几首诗歌,如《板门店》[2]、《哀南海浮尸》等长诗,也都发出了与当局“主流话语”同调的声音,带有鲜明的政治色彩。另一位军中作家出身的著名诗人痖弦,曾经担任过“联副”主编多年(1977—1998年),他登陆“联副”的第一篇作品,就是带有浓厚“反共抗俄”政治意味的长诗《赫鲁雪夫》。诗歌反话正说以反讽的方式刻画了一个凶残、血腥的苏联领导人形象,政治倾向性可谓鲜明。

台湾当局20世纪60年代中期,继续通过军中文艺带动“反共抗俄”以及“战斗文艺”,在“联副”中也结出了诗歌的果实。1966年5月20日至5月31日,“联副”连载了军中诗人古丁的长诗《革命之歌》,该作品曾获1965年度台湾“国防部”举办的第一届“国军文艺奖金像奖”第一奖,可以说是军中文艺政策最直接的“成果”之一。该诗首发当日,“联副”专门配发了诗界元老钟鼎文的诗评:“他将国民革命的全部史实,一一加以意象化,人格化,使它们成为有血有肉的,有情感也有理智的有机体;也就是,赋予历史以生命,让历史本身以它强烈的生命力,发为欢呼、发为悲叹、发为雄辩、发为低吟……而支配这一段波澜壮阔的历史进程的原动力,便是三民主义的思想——信仰——力

① 钟鼎文:《古宁头》,《联合副刊》,1958年10月31日。
② 钟鼎文:《板门店》,《联合副刊》,1967年1月27日。

量，也就是我们通常所说的‘革命精神’。”[①]诗评显露了该诗歌的政治属性，也为“战斗性”的诗歌作了再清晰不过的注脚。当然，“政治性很强的诗，难免损害到诗的本质，其艺术性和美学结构也受到影响”[②]。

2.“反共”图像的新发展

20 世纪 50 年代中期，“联副”中的连环画逐渐多了起来。所谓连环画，“也是一种综合性艺术，它兼有文学与绘画两种艺术形式之特长，但又不同于一般的文学与绘画。它是靠文学语言与线条（或色彩，或黑白对比）的密切配合，共同塑造形象，描绘故事的”[③]，显然连环画算得上一种特殊的文学体裁。华文报纸副刊与连环画的结缘，最早可以追溯到 20 世纪 20 年代的上海。台湾光复以后沪上连环画辐射到台湾，加上日本漫画以及欧美画风的影响，具有台湾独特风格的连环画在报纸、杂志中逐步形成。在台湾，连环画常被叫作“草根”美术作品，意思是指它们为社会大众所喜爱，具有群众性。

对于 20 世纪 50 年代的台湾读者来说，由于语言转换仍需一个时期，汉语的阅读能力还比较有限，因此各类图像叙事的作品有着相当的生命力。早在 20 世纪 50 年代初期，“联副”中就有不少单幅的图像作品出现，多以“反共”宣传为主题。1952 年之后，“联副”当中连环画多了起来。“连环图画以图为主，并附以浅显简单的文字，分量又轻薄

① 钟鼎文：《大时代的投影——介绍金像奖史诗〈革命之歌〉》，《联合副刊》，1966 年 5 月 20 日。

② 叶石涛：《台湾文学史纲》，春晖出版社，2010 年，第 166 页。

③ 董青冬：《连环画文学概论》，人民美术出版社，1987 年，第 7 页。

短小，阅读不需要花很长的时间就迅速看完一册，让阅读者在看的过程中比较有成就感。”[①]该时期包括“联副”、《中央日报》的“中央副刊”、《新生报》副刊等副刊以及杂志中都有很多的连环画刊载。就“联副”来看，早在1952年8月份就有连环画《田园之恋》刊登，之后也有爱情、谍战等题材的连环画出现。“这些通俗易懂的连环图画以讲故事的方式进行，比起枯燥乏味的说教式宣导品或政论社评来得趣味多了”[②]，如此一来“联副”中单幅的“反共”主题图像，逐渐被连环画所取代了，连环画成了“战斗文艺”新的图像表达。

图1　牛伯伯复仇[③]

---

①② 蔡盛琦：《台湾流行阅读的上海连环图画》（1945—1949），国家图书馆馆刊，2009年6月第1期。

③ 牛哥：《牛伯伯复仇》，《联合副刊》，1955年5月1日。

图 2　牛伯伯游香港①

连环画里当然不只有图像元素的存在，“还有意识形态存在其中，有时是支持社会主流思想，有时是对社会权力的反抗，它所呈现的是一种社会意义的表象”②，嵌入了“反共”政治意识形态“支持主流思想”的连环画，理所当然地成了“战斗文艺”的一部分。“联副”中“反共”主题的连环画中，最经典的要数《牛伯伯》系列。如图 1《牛伯伯复仇》、图 2《牛伯伯游香港》，由牛哥③创作并连载于“联副”（1955 年 5 月—1956 年 10 月），是《中央日报》副刊的《解放了的牛伯伯》《牛伯伯打游击》的续篇。连环画延续了《牛伯伯》系列“反共抗俄”的主题，分

① 牛哥：《牛伯伯游香港》，《联合副刊》，1956 年 5 月 16 日。

② 蔡盛琦：《台湾流行阅读的上海连环图画》（1945—1949），国家图书馆馆刊，2009 年 6 月第一期。

③ 牛哥（1925—1997），本名李费蒙，广东番禺人，生于香港，台湾著名漫画家、小说家，20 世纪 50 年代至 70 年代创作了大量台湾家喻户晓的连环画作品，所创作的《牛伯伯》《牛小妹》等系列连环画成为一时之焦点，日后更被誉为台湾连环画中的经典之作。

别讲述了“反共义士”牛伯伯被捕受虐，并在逃脱后复仇，以及成功逃往香港并生存下来的故事。在《牛伯伯复仇》首发的介绍中就有：“牛伯伯目前虽有难，但‘反共抗俄’的意志坚定，精神不灭”[①]，从中不难发现其强烈的政治气息。由于内容简单直白，故事及绘画生动有趣且连贯性强，《牛伯伯》系列在当时的读者中大受欢迎，成了“反共抗俄”主题连环画中的“经典”之作。

3. 部分译介文章的“战斗”意义

20 世纪五六十年代，在世界范围内资本主义与社会主义两大阵营对垒，意识形态的分野在文学上有着清晰地呈现，很多代表资本主义立场的“反共抗俄”政治倾向明显的外国文学作品，不断被译介到“联副”当中，这类译文在客观上服膺于当局的意识形态，也继续参与文学的“战斗”。

在“联副”译介的“反共”小说中，社会主义阵营国家和共产党统治的地区被称之为“铁幕”，“铁幕”之内被描述为“血腥”“恐怖”的世界。例如中篇小说《一周的第八天》[②]，从 1959 年 7 月至 9 月连载，由波兰作家霍拉斯柯著，郑清茂由日文转译。小说非常生活化地描写了共产党统治下波兰的一个家庭，将“铁幕”内人民的“压抑”“挣扎”展露无遗，林海音说它“是一个对共产主义强烈控诉的小说”[③]。身处

① 牛哥：《牛伯伯复仇》，《联合副刊》，1955 年 5 月 1 日。

② ［波］霍拉斯柯：《一周的第八天》，郑清茂译，《联合副刊》，1959 年 7 月 28 日—9 月 21 日。

③ 联副三十年文学大系编辑委员会：《风云三十年——联副三十年文学大系史料卷》，联合报社，1982 年 6 月，第 106 页。

"铁幕"之中的人民渴望着"自由"和"拯救",逃离"铁幕"冲向"自由"成为一类重要的小说题材。由克罗宁著,江森译的《逃出恐怖》[①],讲述了主人公从东德的"铁幕"逃往"自由"西德的曲折故事。再如1961年2月开始连载秀萼译自格里哥里·索莫夫的小说《生命的转变》,则是一部带有自传性质的小说。从苏维埃社会主义革命、苏联社会主义经济建设、二战,一直写到1950年冷战格局的形成。小说主人公亲历了以上这一切过程,见证了苏联的"凋敝",直到觉悟后选择走向"自由"——"过了两天,索莫夫从易北河西岸的美军观测哨所里走了出来"[②]。译者在译介序言中清晰地呈现出了小说的意识形态倾向:

> 本篇系由俄文译出,作者格里哥里·索莫夫现仍健在。这是他个人遭遇的详实记载。读过本文之后,更使我们了解到铁幕人民痛恨共产政权的心理,和渴望解救的程度……[③]

英国作家史廉明的长篇小说《隘路》由黄沙翻译,从1962年11月连载至1963年3月。小说描写了一条中国大陆"难民"逃往"自由"世界的艰难路径,"《隘路》原名*Pass*,描写为呼吸一口自由的空气,大陆人民如何艰苦地通过一千多里长的山岭隘路"[④]。一篇对小说作者的

---

① [英]克罗宁:《逃出恐怖》,江森译,《联合副刊》,1954年9月19日—11月13日。

② [俄]格里哥里·索莫夫:《生命的转变》(完),秀萼译,《联合副刊》,1961年2月11日。

③ 秀萼:《生命的转变序》(一),《联合副刊》,1961年2月4日。

④ 编者:《关于〈隘路〉》,《联合副刊》,1962年11月1日。

专访中，引用了一段《纽约时报》关于该小说的书评："这是一部时事与报告文学的好小说，它生动地报道出已蹂躏着世界很多地区的残酷与贫困的大海啸的又一片段。"①可见这也是一部"反共"与"逃亡"主题的小说。同类小说还有 1966 年 4 月至 7 月连载的《无花的上海》，编者按中说道："本报伦敦特派员周榆瑞先生新著'反共写实小说'《无花的上海》，已定于十九日在本版连载……"②

"铁幕"内的人民渴望"自由"奋力"逃亡"，而来自"自由世界"帮助他们逃亡的人则被塑造成了英雄，《叹息的多瑙河》就塑造了这样一个英雄形象。小说以社会主义阵营的保加利亚为背景，"铁幕"内政治高压严重，各类被"迫害"的人都设法出逃。小说主人公——一名外籍教授，因为拥有外国人的身份，本来方便安排别人搭乘自己国家的船只离开保国，但有一次就因为教授的冷漠，致使一位同样知名的保加利亚学人失去了逃往"自由"的机会，并被残酷处死，经历了这一切的教授灵魂受到很大震撼，开始对"铁幕"内的人们充满同情，并竭力帮助他们冲破"铁幕"奔向"自由"。小说中有一段独白，来自一名营救过保加利亚"难民"的船长：

俄国这种斯拉夫式的进步主义的波涛，比海上的波涛更凶险。遭难率也更高。我每到黑海沿岸来一次，总会在苏维埃进步

① 艾弥：《〈隘路〉作者史廉明访问记》，《联合副刊》，1962 年 7 月 24 日。

② 编者：《〈无花的上海〉后天起在本版连载》，《联合副刊》，1966 年 4 月 17 日。

的波浪之间救出去四、五个人。有的是学生，有的是神父，有的是将校，也有的是农夫和矿工……我仅仅只是把救生圈扔给他们而已，这就是生活在海上的人们的法则。合法是什么？就是救助那些身陷危难的人们！[①]

正是这段独白，让曾执着于遵守保国法律的教授有了醍醐灌顶之感，并就此发生了彻底的改变，而独白也给我们看清小说的政治倾向性提供了坐标。“联副”译介的“反共”小说中，另一类常见的题材是“谍战”类，主要出现于20世纪60年代初期以后，如林滢翻译的《赤色间谍在美国》[②]、张时翻译的《冷战谍魂》[③]等等，这类题材的小说意识形态属性稍弱，而更富于传奇性和吸引力。

“联副”译介中更多的是一些短小体裁的作品，比如杂文、小品文、笑话、资讯等等，有些译介中也同样有着浓厚的政治味道。默译的《牺牲一卒胜全局的俄式象棋战术》[④]中，将苏联在国际象棋比赛中的胜利秘诀归结为：“在苏俄，象棋是一种‘国家政策的工具’”；《群魔争权记》[⑤]“揭露”苏联领导层中激烈的权力争夺；沙皇译的《东欧百怪图》[⑥]

---

① ［罗马尼亚］吉尔究：《叹息的多瑙河》，金仲达译，《联合副刊》，1959年5月2日。

② Dawel Monat，John Dille：《赤色间谍在美国》，林滢译，《联合副刊》，1963年11月17日—11月29日。

③ ［英］嘉利：《冷战谍魂》，张时译，《联合副刊》，1964年4月11日—7月17日。

④ 默：《牺牲一卒胜全局的俄式象棋战术》，《联合副刊》，1954年8月6日。

⑤ ［俄］拉斯特夫洛夫：《群魔争权记》，罗朋译，《联合副刊》，1955年2月13日—2月21日。

⑥ 沙皇译：《东欧百怪图》，《联合副刊》，1955年12月7日。

则是讽刺东欧共产党的多则笑话;《铁幕后的文学》[①]、《铁幕一诗人》[②]则是对于“铁幕”中作家悲惨命运的关注等等。以上这类译介作品在“联副”中非常多,总之是集中攻击以苏联为首的社会主义阵营的方方面面为目标。这类译介甚至形成了特定的专栏,例如从 1958 年 5 月 12 日起连载至 7 月 17 日的《今日苏俄内幕》[③]专栏,就以“揭露”苏联各方面的问题为己任。与之相对,译介作品中凡涉及西欧与美国的,则绝大多数都是对其“先进”“民主”“自由”面的呈现,这无疑是政治意识形态作用下的结果。从“联副”的生产实践考察,译介作品的政治倾向性,到了 20 世纪 60 年代中期以后就迅速降低乃至消失了,这当然和副刊“把关人”译文选择标准的转变有着密切的关联。

总之,相较于整体政治意识形态影响下,文学生产过度扭曲发展的阶段而言,1954 年至 1969 年的“联副”中,虽然文学场域的自主性有了一定程度的生长,创作者对于文学性、艺术性的追求也更加自觉,但来自政治场域的规约作用,在文学场域中仍有着较深的映现。小说、散文、杂文、诗歌等文体的创作中,不少仍然具有较浓的政治气息,契合体制话语进行“反共”言说,继续执行“反共抗俄”“战斗文艺”的任务。

相当数量文学作品“战斗”属性的延续,首先要归因于台湾当局持

① 宣诚:《铁幕后的文学》,《联合副刊》,1960 年 11 月 20 日。

② 明富:《铁幕一诗人》,《联合副刊》,1961 年 5 月 2 日。

③ [俄]约翰根室:《今日苏俄内幕》,本报社译,《联合副刊》,1958 年 5 月 12 日—7 月 17 日。

续推进的“战斗文艺”政策，虽然其执行效果未必很好，但是其所设定的“反共”文艺逻辑仍然深刻影响着文学生产。张诵圣认为：“60 年代以降，我们明显地看到形成自主性文化生产场域的一些条件在台湾出现并快速增长，但是文化生产场域迈向自主的途径必然受到当时历史条件的制约。”[①]我们认为，“联副”这一文学生产场域，自 20 世纪 50 年代中期以后就逐渐显示出了“自主性”生长的一面，但当局的“战斗文艺”政策却作为最主要的“历史条件”制约着这一“自主性”的生长，换言之，政治权力场域的规约性在与文学场域自主性的博弈中仍然显示着威力。

其次文学生产场域——文艺媒体，在“反共”这一点上并非完全是体制话语的“应声虫”，而更多体现为一种“自主性”的选择。“在五〇、六〇年代，文艺媒体推动‘战斗文艺’成为一种‘应然’的态度，换言之，那已不仅是配合党政文宣需求的表态，而是当时文化界的一种共识，形成了一股同仇敌忾的道德力量。”[②]

最后考察“联副”中“战斗文艺”持续的原因，也应该将“把关人”——主编、编辑，以及作家的“个人意识形态”等因素考虑在内。勒弗维尔认为，意识形态是指“人的思想观念或世界观。它可以是社会的、上层的，也可以是个人的”[③]。我们认为，至少有部分“联副”主

① ［美］张诵圣：《当代台湾文学场域》，江苏大学出版社，2015 年，第 215 页。

② 郑明娳：《当代台湾政治文学论》，时报文化出版有限公司，1994 年，第 48 页。

③ ［英］勒弗维尔编：《翻译、改写以及对文学名声的制控》，上海外语教育出版社，2004 年，第 41 页。

编、编辑、作家的“个人意识形态”,在“反共”这点上和当时的主流政治意识形态保持同向。比如拥趸“反共文学”的刘心皇就认为:“文艺作家们不仅在主观上,有发抒此真爱真恨之情的需要,如骨鲠在喉,不吐不快。而在客观上,更有激励军民爱其所当爱,恨其所当恨的任务,说大家要说而不能说的话语,写大家所想写而写不出的题材,也就是流大家所要忍而忍不住的血泪。在这种主观和客观的双重要求之下,我们已有成就的作家,以战斗生活教育了自己,我们新崛起的作家,以崭新的姿态出现于文坛。而在这一时期的十年之中,有了灿烂的成就。”①刘心皇所谓文艺作家的“主观需求”,显然是“个人意识形态”的表现,而“客观任务”则是主流政治意识形态的要求,“联副”中“反共”书写的延续是两者共同作用的结果。另外,作家“个人意识形态”中对“反共”的认同,甚至促成一些特殊创作风格的形成,“比方说五〇年代的一些作家,如朱西宁、林海音等,基于对台湾当局‘反共’政策的认同,所显示出的妥协性不但是自发的选择,久而久之甚至转换为一种创作风格”②。而作为20世纪五六十年代“联副”最重要主编的林海音,虽然“始终坚持为文学而文学,从不肯屈从某种意识形态”③,但其“个人意识形态”中对“反共”的认同,使她在担任“把关人”的“联副”当中,对“战斗文艺”类的作品并不排斥,“她‘不管反共不反共,或白

① 刘心皇:《自由中国五十年代的散文》,《文讯月刊》,1984年第9期。
② [美]张诵圣:《当代台湾文学场域》,江苏大学出版社,2015年,第263页。
③ 毛德传:《林海音与〈联合报〉副刊》,《台湾周刊》,2009年第45期。

色恐怖'，只要有艺术魅力的好稿，就会尽量争取使其与读者见面"[①]。

二、触碰达摩克利斯之剑的"船长事件"与林海音去职

布尔迪厄的场域理论当中，政治等权力场域对于文学影响并不总是直接反映在文学作品当中，而更多的是通过加诸文化场域的结构、场域内部规则的根本性影响，产生一种"折射"的效应，进而间接影响文学生产。从"联副"文学生产实际来看，虽然1953年之后，特别是1956年之后，政治权力场域对于"联副"的宰制力逐步去势，但其影响力仍然不容小觑，这种影响有时候甚至还是决定性的，政治"折射"效应最突出的表现之一，莫过于直接导致了主编林海音的去职。

自五四运动前后崛起的"四大副刊"[②]起，华文报纸副刊"敦请文学名家出掌副刊编务亦蔚然成风，也因而长期以来报纸'副刊'皆以文艺取向为主"[③]，林海音接手"联副"无疑是这一传统的延续。1953年11月起林海音接编"联副"，作为成名已久的作家，林海音对于"联副"当时"综艺性"浓"文艺性"淡的状况就不满意，甫一上任就致力于文艺性的强化，也取得了不错的效果。林海音积极培植创作队伍，努力拔擢新生作家，挖掘台籍老作家的创作潜力，扶持女性作家的创作，经

① 古远清：《几度飘零：大陆赴台文人沉浮录》，广西师范大学出版社，2010年，第192页。

② 分别是《时事新报》"学灯"副刊、《民国日报》"觉悟"副刊、《晨报》"晨报副镌"、《京报副刊》。

③ 陈平芝：《文艺副刊的新挑战》，《文讯》，1994年7月总第105期。

过十年左右的努力,“联副”成长为台湾最具影响力的文学生产场域之一,林海音也因此奠定了台湾“文坛保姆”的地位。文艺副刊用稿,实行征稿、选稿的制度,从文艺传播学的角度看,副刊主编作为“把关人”①最终决定稿件刊登与否,因此副刊风格与主编的个性有着密切的关联。

林海音是“自由派”,身上一直有着“自由主义”的影子。在标榜传承20世纪50年代自由主义人文流派的《自由中国》文艺栏当中,林海音就是最早的投稿作家之一。而林海音本人主编的“联副”,“可以说是五〇年代传承自由主义创作精神,最重要的大众文化场域”②。当然,林海音的自由主义并非囿于政治层面,而更多地体现在文学层面,古远清就称她是一位“文学自由主义者”,她本人也曾声言“不向首长(社内外)投降、不向发行投降、不向大牌作家投降”③,作为“自由派”的林海音“则是以编辑人的身份形塑《联副》的文学性格”④。奉行“文学自由主义”的林海音,执行“艺术优先”的编辑方针,给了具有较高艺术魅力的各类文学作品(其中也包括艺术上突出的“反共”“战斗

① 传播学先驱卢因最早提出“把关人”理念,认为:“信息总是沿着含有门区的某些渠道流动,在那里,或是根据公正无私的规定,或是根据‘守门人’的个人意见,对信息或商品是否被允许进入渠道或继续在渠道里流动做出决定。”参见宫成波、管璘主编:《传播学史》,中国广播影视出版社,2014年,第46~47页。

② 施英美:《〈联合报〉副刊时期(1953—1963)的林海音研究》,静宜大学中国文学研究所,2003年4月。

③ 林海音:《副刊座谈会》,《民国报学》,第2卷第6期,转引自古远清:《几度飘零:大陆赴台文人沉浮录》,广西师范大学出版社,2010年,第192页。

④ 汪淑珍:《林海音及其出版事业研究》,中央大学中国文学系,2007年12月。

文艺”类作品）以充分的呈现空间，也因此造就了“联副”初期的发展与成功，同时这一编辑方针，也为与体制话语相逆（或直白或隐匿）的文学言说留下了可能性。然而当这种可能性的实操一旦越界，来自政治权力场域的达摩克利斯之剑，就不可避免地落到了僭越者的头上，1963 年 4 月发生的“船长事件”，就成了触发达摩克利斯之剑的主因，林海音因此去职。

1963 年 4 月 22 日，林海音在编好准备次日见报的“联副”之后，发觉版面中还有小块空白，又记起手头恰好有一首十几行的小诗，就因缘际会般用小诗将空白填满。4 月 23 日早上，《联合报》老板王惕吾就接到来自蒋介石官邸友人的电话，告知“联副”内容出了问题，而闯祸的正是那首用以补白的小诗。这首肇事诗歌名为《故事》，全诗如下：

> 从前有一个愚昧的船长/因为他的无知以致于迷航海上/船只漂流到一个孤独的小岛/岁月悠悠一去就是十年时光/他在岛上邂逅了一位美丽的富孀/由于她的狐媚和谎言致使他迷惘/她说要使他的船更新，人更壮，然后启航/而年复一年所得到的只是免于饥饿的口粮/她曾经表示要与他结成同命鸳鸯/并给他大量的珍珠玛瑙和宝藏/而他的须发已白，水手老去/他却始终无知于宝藏就在他自己的故乡/可惜这故事如此的残缺不全/以至我无法告诉你那以后的情况①

① 风迟：《故事》，《联合副刊》，1963 年 4 月 23 日。

诗歌作者王凤池(用笔名“风迟”发表该诗),本是高雄市新兴区公所委任的一级户籍员[1],业余从事文学创作。台湾当时的“内政部出版处”和“国民党中央党部”主管文宣的第四组接到了恶毒而具体的投诉:“《故事》中的‘愚昧的船长’系影射蒋介石,‘漂流到一个孤独的小岛’明指台湾,‘美丽的富孀’暗指当局接受的美援,‘她的狐媚’是说美国用美丽的谎言欺骗当局……”[2]当局很快就认定该诗有严重的政治问题,罪名是“影射总统愚昧无知,并散布反攻大陆无望论调,打击民心士气,无异与‘匪’张目”[3]。

《故事》一诗所引发的危机又被称为“船长事件”,诗歌作者王凤池的创作初衷,以及是否有影射时局及领导人的意图都很难猜度,但触发了政治达摩克利斯之剑的“船长事件”,给相关当事人的命运以及“联副”文学生产所带来的影响,却是现实而严重的。

1. 相关当事人的命运因此发生了巨大变化

从表面上看,林海音不过因此辞去“联副”主编之职而已,但实际情况远非那么简单,只因林海音声名大、地位特殊,才“在和平的会谈

① 参见王润华:《重新解读〈联副〉的“船长事件”:台湾戒严时期被判“叛乱”罪的一首现代诗》,《中国现代文学论丛》,2007 年第 1 期。

② 古远清:《作为“自由派”作家的林海音》,《新文学史料》,2002 年第 2 期。

③ 台湾《警审声字第二六号裁定书》(1963 年),参见王润华:《重新解读〈联副〉的“船长事件”:台湾戒严时期被判“叛乱”罪的一首现代诗》,《中国现代文学论丛》,2007 年第 1 期。

下辞去职务”[①]。据继任“联副”主编的马各后来说:“我想,如果那篇稿子是我发的,我一定会‘进去’的。林先生是女性,又是本省人,而且从来没有‘犯过错’,又有相当的社会关系和地位,这些人还是有所顾忌的。如果把她关起来,值不值得这样做。”[②]可见当时形势之危险。由于“船长事件”辞去“联副”主编职务的林海音,其事业也就此发生重要转折,“她从此由一个编辑新闻工作者,变成了一个作家和出版家”[③]。林海音长期对“船长事件”闭口不谈,直至1999年为协助其女夏祖丽写作《从城南走来——林海音传》时,才对事件有较为详细的吐露,可见其仍心有余悸。而“船长事件”的另一位直接当事人——《故事》一诗的作者王凤池就没有那么幸运了,他被台湾“警备总部”冠以“思想偏激”之罪名拘捕,关押长达3年5个月之久。基层公务员的平顺人生就此发生巨大转折,也从此于文坛中销声匿迹。

2.“联副”的文学生产特别是新诗创作受到相当程度的影响

发生“船长事件”之后,“联副”大幅度减少新诗的刊登,1964年到1975年间“联副刊登的新诗显著锐减,平均每年只有四首”[④]。(见表

---

① 转引自林海音给钟肇政的信(1963年5月8日),参见夏祖丽:《从城南走来——林海音传》,生活·读书·新知三联书店,2003年。

② 夏祖丽:《从城南走来——林海音传》,生活·读书·新知三联书店,2003年,第162页。

③ 古远清:《台湾文学的母体依恋》,九州出版社,2002年,第297页。

④ 施英美:《〈联合报〉副刊时期(1953—1963)的林海音研究》,静宜大学中国文学研究所,2003年,第82页。

2，最高峰的1959年有110首诗歌发表，其中大部分为新诗。）这种情况，从一位当时“联副”诗歌作者的回忆中也能得到印证：1959至1960年2年间“我在《联副》发表了二十多首诗……可惜创作力正旺盛时，却因《联副》发生‘船长事件’，此后近十年未刊载新诗，我创作新诗的热忱也就此斫丧”[①]。

“船长事件”发生前，林海音已经主持“联副”有近十年的时间了，也具备相当的政治敏感（虽然有“纯文学”的追求，但并非像一些学者所言“缺乏政治敏感”），在决定刊载一些敏感性的作品时都非常谨慎。黄春明早期的一些作品，“用语乡土，带有批判社会的力道，与当时的文艺标准不符”[②]，比如《两万年的历史》[③]中有两个军人喝醉酒后拿“国歌”来唱着玩；《把瓶子升上去》[④]中有处于恋爱苦闷中的年轻人，把瓶子升到了本该悬挂“国旗”的旗杆上等情节，都有触犯政治禁忌的可能。当决定刊载这些作品时，林海音都会反复衡量、颇费思量，甚至亲自动手修改。当第一次见到黄春明本人时，林海音就说：“呀！你就是黄春明啊！你这个黄春明，我当时把你的稿子一发排，回到家

① 夏祖丽：《从城南走来——林海音传》，生活·读书·新知三联书店，2003年，第167页。

② 颜讷：《台北副刊大业：林海音》，http://www.literature.taipei/%E8%87%BA%E5%8C%97%E6%96%87%E5%AD%B8%E5%8F%B2%E7%9A%84%E7%92%80%E7%92%A8%E6%99%82%E5%88%BB?view=scholar&id=3&start=1。

③ 黄春明：《两万年的历史》，《联合副刊》，1963年3月15日。

④ 黄春明：《把瓶子升上去》，《联合副刊》，1963年3月27日。

都睡不着觉。”[①]林海音所担忧的当然是这些作品是否会违反文艺政策、触碰到政治底线。

20 世纪 60 年代初期，台湾面临的政治经济形势有其特殊性，大陆正经历三年困难时期的考验，台湾当局认为“反攻大陆”的时机来临，在筹备“反攻”事宜中，高度警惕岛内民众尤其是知识分子中所弥漫的“反攻无望”的论调，而继续作祟的“恐共情结”更是发展到了偏执的程度，“由于台湾被纳入世界两极对立的冷战舞台上，当时虽号称‘自由中国’（与‘集权’的‘共产中国’相异的意思），但当时政府的‘恐共情结’是如此地失衡，几近心理学所说的妄想、偏执狂（Paranoia），好像共谍林立，草木皆兵似的”[②]。在如此背景之下，任何含有敏感成分的文学作品，都极易触及当局的神经、触碰到政治底线，甚至发展为“文字狱”。事实上该时期的确发生了不少此类“文字狱”，相关当事人均受到不同程度的惩戒，“包括迫害了不少本土无辜思想青年，在整个文化气氛上，尤其是五六十年代，文字的活动与身体的活动都有相当程度的管制”[③]。所有文化事件的裁决，依据的都是当局相关的文艺政策、法规。

20 世纪 60 年代初，在政治权力的直接指导下，台湾已经形成了由《台湾地区戒严令》《“国家”动员法》《台湾地区戒严时期出版管制办

---

① 夏祖丽：《从城南走来——林海音传》，生活 · 读书 · 新知三联书店，2003 年，第 158 页。

②③ 叶威廉：《双重的错位：台湾五六十年代的诗思》，《创世纪诗杂志》，2004 年 10 月第 140 期。

法》等在内的系列化的文艺政策、法规，在对于包括报纸文艺副刊在内的文化、文学生产的管控当中，继续彰显着来自政治权力场域的“宰制”力。以1949年台湾当局颁布的《台湾地区戒严令》为例，对于文学生产来说，“台湾警备司令总部执行的戒严令，就是文学审查制度。根据戒严令随便可以定人煽动叛乱与‘匪谍’嫌疑罪，置人于死罪，或至少入狱坐牢。因此所有文学作品及文学活动，在戒严令期间，官方都是从戒严令所能裁定的罪状的角度来解读”[①]。可以说直至20世纪80年代末（1987年）台湾解严之前，戒严令都如同利剑高悬于各类文化、文学生产活动之上，与“戒严令”相配合的官方文艺政策还有很多，而惩戒各类与体制话语相左的文学言说，就是这些文艺政策的主要目标。

虽然如一些学者所言，自1956年开始台湾政治的“刚性威权主义”就有所式微，但毋庸讳言的是来自政治权力场域的宰制，在20世纪60年代仍然作为文学生产场域的决定性因素而存在着，在特定的条件下这一决定性就会展露无遗，“联副”当中发生的“船长事件”就是明证。由于政治权力场域的宰制，整个60年代台湾文化、文学生产领域的白色恐怖仍炽，各类“文字狱”频发，文化人常常朝不保夕，遭到迫害甚至逮捕的就包括李敖、柏杨、陈映真等人，“船长事件”不过是当时众多“文字狱”当中的一个。就台湾文学生产与传播的实践来看，威权政治对于报纸文艺副刊、文学杂志等文学生产场域的影响，在时间

① 王润华：《重新解读〈联副〉的“船长事件”》，《中国现代文学论丛》，2007年第1期。

上绝非止步于60年代,而是持续到70年代乃至80年代。离开“联副”后,林海音又在1967年1月创办了《纯文学月刊》杂志,企图通过高擎“纯文学”的旗帜突破意识形态的藩篱,开辟出不同于“战斗文艺”的“纯文学”路径。杂志也的确取得了相当可观的成就,但好景不长,1972年即宣告停刊,背后的真相“是受一宗政治大案的牵累。主持人为了避祸,不惜‘自废武功’,最后停了刊”①。即便到了言论自由范围进一步扩大的80年代,副刊的文学生产仍然不能完全摆脱政治权力的羁绊。1984年,台湾另一份大报《中国时报》“人间”副刊的主编,也是台湾文学及媒介史上另一位里程碑式的人物——高信疆离职,“其实是因为他突破了太多当时国民党当局的文化禁忌,在国安单位的压力下,使非常赏识他的老板余纪中,不得不‘挥泪斩马谡’,被逼命他离开岗位,成为一场发生在80年代的‘文化流放’事件”②。由此可见,20世纪60年代“联副”的文学生产仍然受到来自政治场域的强力钳制,对于文艺副刊、文学杂志来说,来自政治权力场域的影响、牵绊将绵延更长的时期。

三、“联副”文学生产中政治性的消解

19世纪末期,面对剧烈动荡的法国社会,涂尔干等社会学者提出

① 王敬義:《白色恐怖·林海音·〈纯文学〉》,《香港明报》,2001年12月6日。

② 杜南发:《将军一去,满江叹息 挥送“纸上风云第一人”高信疆长行》,《联合早报》,2009年5月17日。

了“社会分(工)化理论”理论,认为:不断加剧的社会分工,强化了社会的离心力,打破了依靠传统力量统治下的“机械的团结”与“同质”的社会,而社会成员在分工与消费的基础上,建立起了新的“有机团结”。在承继“社会分(工)化理论”的基础之上,布尔迪厄建构了场域理论,在布氏那里,社会“分化”成了许多相互独立又相互关联的“社会微观世界”,他将其命名为“场”或“场域”,在场域中最显著的标志是为了争夺“有价值”的资源而展开的各种斗争。“鉴于在各种不同的资本及其把持者之间的关系中建立的等级制度”①,不同场域之间有着等级与层次的区分,“经济场、政治场是等级最高的场,其他一切场域都在其势力范围之内”②,文化生产场则“暂时在权力场内部占据了一个被统治的位置。无论它们多么不受外部限制和要求的束缚,它们还是要受总体的场如利益场、经济场或政治场的限制”③。布尔迪厄认为,任何场域都是“那种相对自主的空间,那种具有自身法则的小世界”④,既有着自己特定的逻辑结构暨“自主性”,又在与“外在环境”的关系中形成了“他律性”。就文化生产场域来说,它当然深受经济场、政治场的影响,但其本身的“自主性”也不断在与前者的斗争中,尝试着张扬“自身特有的逻辑和必然性”,因此“文化生产场每时每刻都是两条等级化原则即他律与自主原则之间的斗争的场所”⑤。

①③⑤ [法]布尔迪厄:《艺术的法则》,刘晖译,中央编译出版社,2011 年,第 193 页。

② 徐秀明:《中国连环画:“艺术场”的倾斜与迷失》,《民族艺术》,2016 年第 1 期。

④ [法]布尔迪厄:《科学的社会用途——写给科学场的临床社会学》,刘成富译,南京大学出版社,2005 年,第 30 页。

“联副”作为文学生产场域，在20世纪50年代至60年代受到来自政治权力场域的深刻影响，在1956年之前这种影响更是宰制性的，即便到了1956年之后“刚性威权主义”逐步式微，在整体性政治宰制去势的情况之下，政治权力场域对“联副”文学生产的决定性影响仍然持续。当然无论受到政治场域如何的宰制（他律），“联副”作为文学场域，其中的“行动者”（编辑、作者等），都从未停止尝试利用自己手中掌握的“资本”与来自政治场的“他律”做“斗争”，目标无疑是彰显文学场域“自身的逻辑和必然性”（比如文学的审美标准）。“斗争”主要有两方面表现形式：一方面是不断主动通过各种文学方式消解着来自政治场域的影响，另一方面是尝试通过文学言说对政治进行反拨。

（一）文学方式消解政治影响

20世纪50年代中期以后，台湾当局以“战斗文艺”为核心的文艺政策，使文学生产中“一些公式化的虚构故事、口号化的激动呐喊，以及浮泛的怀乡忆旧的情怀相当泛滥；使得文学创作的艺术水准大为贬低，既不能善尽其时代的使命，亦不能为广大读者们接受”[①]。“战斗文艺”创作，由于严重模式化的书写方式，以及充满了“歪曲现实生活和颠倒历史是非的虚妄性”[②]，最后往往沦为令人生厌的“反共八股”。文学生产受到的戕害主要是拜政治场域的宰制所赐，当然“联副”等文

① 司徒卫：《三十年来自由中国的新文学》，《幼狮文艺》，1980年6月第314期。
② 樊洛平：《当代台湾女性小说史》，河南人民出版社，2005年，第26页。

学场域中的行动者(主编、编辑、作者等)并非坐以待毙,而是不断尝试通过“自主性”对抗来自政治场域的“他律性”,可以说“五〇年代台湾,在政治权力笼罩下,原是个‘半自主’的文学场域,但十年间不断向更大的文学自主性迈进……”[①]作为文学生产场域的“联副”,其向文学自主性迈进的过程中,很大程度上就是张扬场内自身逻辑,特别是以文学审美标准取代政治正确标准的过程,而实现的手段主要都是文学的。

1.“纯文学”编辑理念的提倡

20世纪50年代中期至60年代末的“联副”中,虽然仍有相当的政治味道,但是其文学性的强化与政治性的逐步衰减却是不争的事实。这一切与文学媒介的“把关人”,也是文学场域中的行动者——主编的编辑理念和选稿标准的嬗变有着密切关联,而自1953年底至20世纪60年代末,“联副”主编所奉行的编辑理念的主线无疑是“纯文学”的。

自1953年底接编“联副”起,林海音就开始提倡“纯文学”的编辑理念,“她强调的是文艺超党派、超政治的纯文学价值”[②],在副刊操作上则采取“纯文学”的取向和“艺术优先”的编辑方针,稿件取舍以“艺术”和“审美”为最高标尺而非“政治”。在“战斗文艺”口号漫天飞舞的时代,“纯文学”的理念及艺术优先的标准,无疑为“联副”的文学生

① 应凤凰:《五〇年代台湾文学论集》,春晖出版社,2004年,第181页。

② 古远清:《几度飘零:大陆赴台文人沉浮录》,广西师范大学出版社,2010年,第138页。

产注入了一股清流,很多艺术性佳而疏离于主流政治话语的文学作品得以发表,不少擅长艺术营造而不事政治贴合的作者因此成名。“联副”长期的重要作者之一钟肇政就敏锐地察觉到了这种变化:“有一天,我忽然发现‘联副’外貌突然改变了。它似乎少了一些八股味、宣传味、人情味,而多出来的都是文学味。一个个陌生的名字在那儿出现,一篇篇不同以往常见的作品在那儿刊露出来。”①

到了1960年,也就是“纯文学”理念施行7年之后,林海音才对“联副”的文艺性满意起来:“九栏篇幅的‘联副’,今年(1960年)可以说是文学性非常浓的时期了,因此纯文学的创造者也更多,作者们觉得有个好园地发表他们的作品了,读者也可以读到更多纯文学作品。”②在文学渠道尚显狭窄的20世纪五六十年代,作为最重要的文学场域之一,“联副”对“纯文学”理念的提倡、美学的强调,客观上引领了不少作者的创作朝向,钟肇政就说过“我觉得自己置身其中的迷局,从此也渐渐有了明确的方向”③,而在20世纪50年代中期以后,“作家们的目光已经逐步从令人生厌的政治标识开始向关注民生疾苦与探索‘纯文艺’路径的向度上转移了”③,这种转向与“联副”等文学媒介“纯文学”理念的提倡不无关系。

林海音作为“自由派”文人,始终坚持为文学而文学,不肯屈从某

①③　钟肇政:《早期联副琐忆》,《联合副刊》,1981年9月14日。

②　林海音:《流水十年间》,联副三十年文学大系编委会:《联副三十年文学大系 史料卷 风云三十年》,联合报社,1981年,第109页。

③　贺昌盛:《五〇年代台湾文的现代性诉求——以〈自由中国〉“文艺栏”为中心:“政治文艺”时期(1950—1953)》,《扬子江评论》,2007年第6期。

种意识形态，她处理稿件重视"纯文学性"与文学价值，疏离乃至回避政治标准，"在高唱'反共抗俄'主旋律的五六十年代，这种自由主义思想是对抗当局政治干预文艺的一种武器"①。"纯文学"的编辑理念，就是林海音"自由主义"思想的文学体现，是对于主流意识形态和官方文艺政策的曲折对抗和突破。这种突破"恐怕还在于她所编辑的联合副刊。台湾报纸能够出现纯文学式的副刊，当始自林海音。从一九五三年到一九六三年，长达十年间，各种不同文学作品都在联合副刊发表。散文、小说与诗的大量刊载，是这个副刊的特色"②。

"联副"中"纯文学"的编辑取向，并未因林海音的去职而转向，至20世纪60年代末期，在马各、平鑫涛主编时期继续得到加强，"联副经过了这一阶段的体验后，发现增加文艺的比重是很正确的方向，对当时文艺风气的鼓舞，文艺作家的推荐，联副尽了很大的努力"③。如布尔迪厄所言，"文学和艺术场的特殊性在于这一事实，那就是它越是自足，即是说，越是彻底完全履行它作为一个场域的自身逻辑，就越是趋向于搁置抑或颠倒无所不在的等级原则"④。从林海音到平鑫涛，"联副"对"纯文学"编辑理念的提倡，对于文艺性的强化，就是该文学场

---

① 古远清:《作为"自由派"作家的林海音》,《新文学史料》,2002年第2期。

② 陈芳明:《台湾新文学史系列 五〇年代的文学局限于突破》,《联合文学》,2001年6月第200期。

③ 平鑫涛:《忆联副》,联副三十年文学大系编委会:《联副三十年文学大系 史料卷 风云三十年》,联合报社,1981年。

④ Pierre Bourdieu, *The Field of Cultural Production: Essays on Artand Literature*, Randal Johnson, Columbia University Press, 1993, p. 39.

域对于“审美”“艺术性”等“自身逻辑”履行的实践，也就意味着对于更高等级的政治场域要求文学服务于政治的“他律性”的搁置或颠倒，有着明显的文学“去政治化”的诉求。张诵圣就认为“如果我们仔细分析在当代台湾历史场景里出现的‘纯文学’美学范畴，可以发现它所标榜的是文学的‘非政治性’、‘主观性’及个人性……”①

2. 发掘更多元的文学言说

20 世纪 50 年代，台湾文坛以“反共文学”“战斗文艺”为主流，整个 60 年代，这类文学创作也仍然占有重要分量。就“联副”的文学生产来看，在这二十年当中的政治气息，较台湾文坛的平均水平要低得多，其中一个重要的原因，就在于“联副”主动通过一些举措扶持多元的文学言说，进而丰富文学内涵冲淡了政治气味。这些举措包括：扶持和提携女性作家创作，重新挖掘台湾本省籍老作家的创作潜力，培植青年新锐作家的创作，等等。以上这些多元的文学言说显然很难进行同一性归类，但是它们在疏离或背叛体制话语、冲淡“联副”的政治味道方面却有着相同的效果。

20 世纪 50 年代至 60 年代台湾文艺的生态环境复杂，部分随国民党赴台的大陆女作家，如潘人木、苏雪林等仍然时有“反共”书写，但这类创作在“联副”中却极少出现。该时期台湾文学的发表平台仍然非常稀缺，尤其是 50 年代末之前，“那时的台湾文坛几乎是清一色的‘反

① ［美］张诵圣：《当代台湾文学场域》，江苏大学出版社，2015 年，第 277 页。

共八股’……非‘反共’作品很难找到发表的地方”[①]。在这种情况下，对于作家最大的提携与扶持莫过于提供作品发表的空间。“联副”就在该时期积极为女性作家的创作提供发表平台，刊载了大量女性作家的作品（以小说和散文为主），有力地推动了台湾女性文学的书写和传播。

20世纪60年代末期之前，“联副”中女性创作相当之多，林海音回忆：“女作家我邀请了谢冰莹、张秀亚、郭良蕙、王琰如、刘咸思、孟瑶、艾雯、邱七七、刘枋、琦君、毕璞等位……女作家在台湾文坛上是活跃的，占据了重要的一环……”[②]林海音去职之后，前述女作家中仍有不少继续笔耕不辍，除此之外又有黄娟、琼瑶、喻丽清等新生力量加入“联副”的笔阵当中。

小说创作，以作品发表较早、较多，且创作持续时间较长的文心为例。她的小说以短篇为主，《妈妈的节日》[③]写一位单亲妈妈和孩子之间相依为命、互相关怀的温情故事。《父与子》[④]则反映处于变迁的社会当中，两代人在价值观念上的冲突。其他的短篇还包括《英文教

① 梦花：《最美的颜色——聂华苓自传》，江苏文艺出版社，2000年，第91页。

② 林海音：《流水十年间》，联副三十年文学大系编委会：《联副三十年文学大系 史料卷 风云三十年》，联合报社，1981年，第92页。

③ 文心：《妈妈的节日》，《联合副刊》，1956年2月1日。

④ 文心：《父与子》，《联合副刊》，1961年2月12日。

师》[1]、《初恋》[2]、《回到河上去》[3]、《花瓶与柜台》[4]等等。中篇小说主要有《千岁桧》[5]、《花姑》[6]2 篇,《千岁桧》描写了“平地人”(汉人)与“山地人”(台湾少数民族)痴恋而不得的悲情故事;《花姑》则是一篇乡土小说,讲述了一个佣人养大的“头家”私生女的凄惨遭遇。“联副”早期另一位代表性女作家琦君,创作包括讲述残缺家庭中亲情故事的《百合羹》[7],女儿爱上了母亲前男友并造成悲剧的《情渊》[8],另外还有《钟表》[9]、《荼蘼花》[10]、《探病记》[11]等多部中短篇小说。

新生代女作家的代表黄娟于 1961 年登陆“联副”,在台湾工业化迅速推进,经济进入发展快车道的背景下,黄娟创作的重心多集中在都市爱情故事的营造,1961 年当年就有《蓓蕾》[12]、《灰炉》[13]等 10 部短篇都市爱情小说刊载,之后还有《不准哭》[14]、《远念》[15]、《奇遇》[16]等。

---

① 文心:《英文教师》,《联合副刊》,1958 年 4 月 26 日。
② 文心:《初恋》,《联合副刊》,1959 年 2 月 6 日。
③ 文心:《回到河上去》,《联合副刊》,1960 年 10 月 12 日。
④ 文心:《花瓶与柜台》,《联合副刊》,1962 年 10 月 18 日。
⑤ 文心:《千岁桧》,《联合副刊》,1957 年 11 月 29 日—12 月 24 日。
⑥ 文心:《花姑》,《联合副刊》,1960 年 11 月 16 日—23 日。
⑦ 琦君:《百合羹》,《联合副刊》,1956 年 7 月 24 日—27 日。
⑧ 琦君:《情渊》,《联合副刊》,1957 年 3 月 1 日—20 日。
⑨ 琦君:《钟表》,《联合副刊》,1958 年 2 月 7 日。
⑩ 琦君:《荼蘼花》,《联合副刊》,1959 年 6 月 1 日。
⑪ 琦君:《探病记》,《联合副刊》,1960 年 8 月 18 日—30 日。
⑫ 黄娟:《蓓蕾》,《联合副刊》,1961 年 6 月 12 日。
⑬ 黄娟:《灰炉》,《联合副刊》,1961 年 6 月 22 日。
⑭ 黄娟:《不准哭》,《联合副刊》,1962 年 11 月 8 日。
⑮ 黄娟:《远念》,《联合副刊》,1963 年 3 月 9 日。
⑯ 黄娟:《奇遇》,《联合副刊》,1966 年 10 月 8 日。

另外一位代表作家琼瑶，在1963年以《追寻》敲开了“联副”的大门，从此一发不可收拾，创作了大量通俗爱情小说，其流行甚至带动了《联合报》的畅销。同一时期，“联副”中女性作家也创作了大量散文作品，比如毕璞有《新陋室铭》[①]、《友情》[②]、《如歌的叫卖声》[③]等散文发表，强大的散文创作队伍中还包括张秀亚、琦君、郭良蕙等女作家。

20世纪50年代中期至60年代末，“联副”中女性作家的小说题材多集中于家庭与生活，不脱亲情、爱情的范畴，散文创作也不似男作家常用杂文参与“战斗”与“反共”，而是更多用柔软、温情的笔触刻画生命之体验。正如叶石涛所言：“五〇年代是女作家辈出的时代。由于时代空气险恶，动不动就会卷入政治风暴里去，所以社会性观点稀少，以家庭、男女关系、伦理等为主题的女作家作品大行其道。”[④]“联副”给了很多女性作者发挥的空间，她们“多以疏离于主流文坛的创作姿态，不断开拓女性书写空间”[⑤]。女作家将文学与审美摆在重要位置，“更希望自己的写作定位首先是文学的角色，而非政治的传声筒”[⑥]。“联副”当中的女性书写“以同那些充满口号和叫嚣的‘反共文艺’截然不同的清新风格迅速赢得广泛的读者”[⑦]。尽管有些女性作

① 毕璞：《新陋室铭》，《联合副刊》，1956年2月17日。
② 毕璞：《友情》，《联合副刊》，1957年4月7日。
③ 毕璞：《如歌的叫卖声》，《联合副刊》，1962年4月19日。
④ 叶石涛：《台湾文学史纲》，春晖出版社，2010年，第158页。
⑤ 樊洛平：《当代台湾女性小说史》，河南人民出版社，2005年，第27页。
⑥ 樊洛平：《当代台湾女性小说史》，河南人民出版社，2005年，第29页。
⑦ 乔以钢：《多彩的旋律——中国女性文学主题研究》，南开大学出版社，2003年，第180页。

家也参加了“台湾省妇女写作协会”等官方文艺组织，但是“她们的细腻书写，以及与社会现实的接触，让一九五〇年代文学的政治色彩获得了稀释”①。可以说，“联副”对女性作家的提携，主观上既实现了“联副”主持者和作者的艺术理想，客观上也大大冲淡了“联副”当中的政治味道。

20世纪50年代台湾文坛参与“反共文学”和“战斗文艺”的主力，绝大多数是跟随国民党来台的大陆作家，他们当中很多人有着“反共”的战斗经历或心理体验，积极参与到当局控制的各种文学组织当中，从事贴合体制话语的文学创作。与之相对，很多台湾本省籍作家，有的一时难以克服语言障碍去从事汉语文学创作，有的缺乏“反共”经验和“心理”体验，无法参与“反共书写”，在主流文学的“反共”浪潮中被边缘化。钟肇政在回忆当时台湾本省作家所面临的尴尬局面时就说：“五十年代，台湾的文坛很热闹，有战斗文学啦、‘反共文学’啦，但这些似乎与我们这批本省写作者格格不入，我们没有这种经验。”②

“自由派”的林海音在“纯文学”理念的牵引下，主持“联副”从20世纪50年代中期起，就积极为台湾本省作家提供文学平台，挖掘他们的创作潜力，“当时林海音强调纯文艺的编辑倾向，正好适时提供台籍作家在发扬民族精神与忠于自我书写的两难下，一个崭新的出口”③。

① 陈芳明：《台湾新文学史》（上），联经出版事业有限公司，2011年，第274页。

② 夏祖丽：《从城南走来——林海音传》，生活·读书·新知三联书店，2003年，第145～146页。

③ 施英美：《〈联合报〉副刊时期（1953—1963）的林海音研究》，静宜大学中国文学研究所，2003年3月。

较早在“联副”崭露头角的台籍作家是时年 27 岁的文心，当他的中篇小说《千岁桧》得以在“联副”刊载后，在本省作家当中引起了巨大反响，钟肇政如此描述他们的反应：“小说《千岁桧》突然在林海音先生主编的‘联副’上出现，对我们这批本省作家是个很大冲击、刺激。我们这批人也可能有东西在副刊上连载吗？有这样的惊奇，有这样的欣慰和羡慕，是一种很复杂的心情。”①当然，她对本省作家更大的意义还在于其巨大的示范和鼓舞作用，“于是我们大家都受到鼓舞，纷纷向‘联副’投稿，刊出的也有很多”②。

受到“联副”和林海音的鼓舞，很多本省作家开始耕耘“联副”这块重要的文学阵地，钟理和就是其中的典型。这位台湾乡土文学的代表，虽然 1956 年就以《笠山农场》获得官方举办的“中华文艺奖金”，但其短暂而绚丽的文学生命更多是在“联副”当中展开的，“四月十四日（1959 年），钟理和的第一篇小说《苍蝇》出现在‘联副’上，第二篇《做田》发表在同月十八日上，从此奠定了他向‘联副’投稿的基础，从这时到四十九年八月三日去世，钟理和一生的著作，可以说是百分之九十在‘联副’发表”③。另一位重要的台湾本省作家钟肇政，在描述获得“联副”这一发表平台的感受时说：“我与为数不多的，光复后开始学习祖国语文的省籍写作者有了较为密切的联系，能够靠种种通讯

---

①② 夏祖丽：《从城南走来——林海音传》，生活·读书·新知三联书店，2003 年，第 146 页。

③ 林海音：《流水十年间》，联副三十年文学大系编委会：《联副三十年文学大系 史料卷 风云三十年》，联合报社，1981 年。

办法来互通声气了，于是这一小撮孤苦的朋友们也算是有了较固定的投稿地点”[①]，这显然代表了当时很多苦闷中本省作家的心声。

当然“联副”对于很多台湾本省作家来说，绝非仅仅是一个文学言说渠道那么简单，作品得以刊载于“联副”，更意味着文学场域中“象征资本”及“合法性”的获得，“资深作家钟肇政在解严后发表的《文学回忆录》里，曾提到他长篇小说《鲁冰花》创作之初（1960 年）被联合副刊主编接受时的惊喜与兴奋，说明了当时能在‘副刊连载小说’，对一个写作者而言，除了作品受肯定，更是取得‘作家身份’的有力证明——名字时常在文学副刊出现方具备‘作家’的正当性”[②]。甚至数位本省籍老作家，也在克服语言障碍后，自“联副”重新出发开启了新的文学旅程，例如杨逵有散文《园丁日记》[③]、陈火泉有小说《人情》[④]等作品发表。“联副”中台湾本省作家的创作渐成气候，到了 20 世纪 60 年代初期“本省的作家为‘联副’撰稿的渐渐地多了，除了钟肇政、文心、廖清秀、郑清文、陈火泉、庄妻、钟理和等位前面已经报道过的以外，又有林钟隆、郑焕、石栋”[⑤]，也就是从这个时候起，本省籍作家在台湾文坛逐步站稳了脚跟。

---

① 林海音：《流水十年间》，联副三十年文学大系编委会：《联副三十年文学大系 史料卷 风云三十年》，联合报社，1981 年，第 68 页。

② 应凤凰：《解读 1962 年台湾文坛禁书事件——从〈心锁〉探讨文学史叙事模式》，《文史台湾学报》，2010 年第 2 期。

③ 杨逵：《园丁日记》，《联合副刊》，1962 年 2 月 22 日。

④ 陈火泉：《人情》，《联合副刊》，1957 年 10 月 2 日。

⑤ 林海音：《流水十年间》，联副三十年文学大系编委会：《联副三十年文学大系 史料卷 风云三十年》，联合报社，1981 年 12 月。

20世纪50年代末60年代初，一群青年作者也正手持妙笔跃跃欲试，同样毫无"反共"经验和"战斗"经历的他们，其文学书写与主流的"反共文学"完全疏离，由于当时文学渠道狭窄，他们苦于无处发表作品。林海音又适时地扮演了伯乐的角色，发掘和提携了这批青年才俊，将"联副"这个优质的文学平台也提供给了这群文学雏鸟，不少青年作者正是于"联副"中丰满了羽翼，日后成为台湾文坛的主力。

这批青年作家中就包括：文心、郑清文、黄春明、七等生、林怀民、欧阳子等等。文心是本省籍青年作家，在"联副"发表第一篇小说《千岁桧》时年仅27岁，他成功登陆"联副"不仅鼓舞了省籍作家的创作，也为青年作家做了示范。之后文心在"联副"当中发表过大量的小说和散文作品。郑清文26岁时，在"联副"发表了第一部短篇小说《寂寞的心》[①]，当年还有《蛇药》[②]等5篇小说以及《情感的书》[③]等2篇散文发表。《寂寞的心》讲述了一位父亲，在生活的磨砺下日渐孤寂落寞的故事；《蛇药》则描写了一个淳朴的农民蛇医治疗蛇伤病人失败的故事，富有浓厚的乡土气息，此后郑清文也长期耕耘"联副"这块文学阵地。黄春明以《城仔落车》[④]，七等生以《失业·扑克·炸鱿鱼》[⑤]、林怀民以《儿歌》[⑥]等小说，成功叩开了"联副"的大门，也就此进入文坛，他

① 郑清文：《寂寞的心》，《联合副刊》，1958年3月13日。
② 郑清文：《蛇药》，《联合副刊》，1958年6月10日。
③ 郑清文：《情感的书》，《联合副刊》，1958年7月22日。
④ 黄春明：《城仔落车》，《联合副刊》，1962年3月20日。
⑤ 七等生：《失业·扑克·炸鱿鱼》，《联合副刊》，1963年7月22日。
⑥ 林怀民：《儿歌》，《联合副刊》，1961年4月24日。

们中数位创作呈现出区别于主流“反共”话语、向内心世界探索与挖掘的现代主义风格,成名之后也大都继续长期为“联副”写作。

这些当年仍显青涩的作家,其文笔未必老练,技巧也不成熟,而林海音的鼓励、“联副”的认同,对于坚定他们走文学道路的信心有着重要意义。郑清文就认为:“当一个人的文字和思想都还没有成熟,正在一种类似沙漠的情况中彷徨的时候,忽然有人肯定你正在摸索的路,你便有足够的勇气走下去。”[①]林海音对于这些文艺“雏鸟”的培育可谓用心,除了刊发他们的文字以外,几乎个个都以书信或言语的方式给予鼓励。黄春明后来说:“当时她不但刊登了我的稿件,还写信鼓励我……”[②]最具代表性的当数林怀民,他发表散文《儿歌》时年仅14岁,“联副”主编林海音专门写信去鼓励他。当在自家逼仄的客厅里与贸然前来拜访的少年作者见面时,林海音继续鼓励他道:“好好写下去!有新作品就寄来《联合报》副刊。”[③]

在20世纪五六十年代,无论是女性作家、台籍作家,还是青年作家,都很少有“外援动机(源自文学场域之外)和政治妥协”[④],更由于性别、语言、生活经验等方面的原因,疏离于文坛的“反共”主流,进行着边缘化的书写。对于当时已然成长为台湾最重要的文学场域之一

---

① 夏祖丽:《从城南走来——林海音传》,生活·读书·新知三联书店,2003年,第159页。

② 夏祖丽:《从城南走来——林海音传》,生活·读书·新知三联书店,2003年,第158页。

③ 须文蔚:《流浪者之歌》,《美文》,2014年第1期。

④ [美]张诵圣:《台湾现代主义文学潮流的兴起》,《台湾文学学报》,2007年第11期。

的“联副”来说，给予这些作家群体以文学言说的空间，不仅丰富了文学的声调，实现了文学的多元化言说，也实践了“纯文学”理念，客观上大大冲淡了“联副”中的政治味道，并在一定程度上消解了来自政治场域的影响。

3. 增加外国文学作品与评论译介

因为政治弹压，台湾文坛在20世纪50年代发生了文学传统中断的问题，由于“他们排斥三十年代暴露黑暗统治的社会意识浓厚的文学，同时也几乎扬弃了五四文学革命以来的民主和科学的新精神”[①]，造成了叶石涛所谓的文坛的“真空状态”，“针对这文学的真空状态，必须以某种思想来填弥”[②]。胡适以恢复五四文学革命精神为核心的“自由主义”文学一脉，被叶氏认定为这一“真空状态”的填弥物。当时台湾文坛“真空状态”的填弥物还有另外一个来源，那就是译自欧美、日本等国的文学作品与文艺思潮。

20世纪50年代初，林海音接编“联副”后，主要出于加强文艺性的目的增加各类翻译，“如果要把一个副刊的文艺性浓度提高，固然要多刊创作，无论散文或小说，同时我认为也应当多介绍国外的作品和国外的文坛报道”[③]，自此之后陆续有大量的国外小说、散文、诗歌、文艺评论等翻译刊载，“当时的《联副》，不但为读者打开了一扇国际文坛的视窗，也提供给翻译家或文学家一块发表的园地，引领了爱好文

①② 叶石涛：《台湾文学史纲》，春晖出版社，2010年，第145页。

③ 林海音：《流水十年间——主编联副杂忆》，联副三十年文学大系编辑委员会：《风云三十年——联副三十年文学大系史料卷》，联合报社，1982年，第92页。

学的读者注意国外文坛的发展”[①]。各类外国文学译介中，相当部分与“反共”主流话语都毫无瓜葛，客观上的确有利于降低“联副”的政治浓度。这部分内容将在第三章中有专门论及，此处不做赘述。

总之，不论是“纯文艺”理念的提倡，多元言说方式的挖掘，还是各类译介的增加，都是“联副”这一文学场域中的行动者利用其所持有的“文化资本”，与政治场域展开间接斗争的手段，也是“联副”这一文学场域的“自主性”对政治场域“他律性”的反拨。通过以上这些“文学”手段，“联副”在彰显了文学场域“自身逻辑”与“必然性”的同时，在一定程度上消解了来自政治场域的“宰制”。

（二）文学言说对政治的初步反拨

正如郑明娳所言：“宰制与被宰制的关系不是绝对的，将因时势的变迁而主客互易，甚至在不断辩证的过程中又萌生不同于过往的新事物。”[②]事实上20世纪50年代中期以后，“国民党的文艺政策渐渐地从‘统治’转向‘主导’，从直接的政治高压转向有效的‘连接社会、文化和政治力量’”[③]。在这种背景之下，至20世纪60年代末之前，台湾政治场域与文学场域之间的“宰制”关系，虽然并未发生“主客互易”式的根本变迁，但文学场域“自主性”的增强却是不争的事实。作为文学

① 夏祖丽：《从城南走来——林海音传》，生活·读书·新知三联书店，2003年，第140页。

② 郑明娳：《当代台湾政治文学论》，时报文化出版有限公司，1994年，第9页。

③ ［美］张诵圣：《台湾文学新态势：政治转型与市场介入》，刘俊译，《中国现代文学论丛》，2014年第1期。

场域,“联副”在与政治的互动中,就不止采取前文所说的疏离与回避的姿态,而是已经有了反拨的迹象,虽然这种反拨还比较有限。文学场域中的“行动者”所掌握的最重要资本莫过于文学言说,“它既是斗争的一个武器,又是斗争的股本,正是资本使其占有者能够行使权力及施加影响……”①“联副”这个阶段对于政治的反拨,也主要是通过文学言说的方式进行的,而且主要集中于杂文当中。

对于一切文化生产来说,政治对于言论钳制的各种政策无疑对其构成最大的戕害,因此争取言论、出版等自由,就构成了文化生产场域中“行动者”的自觉行为。20世纪五六十年代台湾当局通过各种措施,特别是“司法性的资本”②(各种文化相关的法律、法规等)管理和控制文化生产,试图将其继续纳入体制话语的轨道。“联副”中的一些杂文,针对这类政治管控进行了一定程度的反拨,努力捍卫文化场域自由言说的权利。

1958年4月台湾当局推出了《出版法修正案》,在很多“立法委员”“监察委员”都认为不妥的情况下,国民党中常会决议“限立法院于本届会期内照原案通过”③。该修正案中“赋予行政机关不经司法程序,即可予报刊警告、罚款、停刊及撤销登记等处分的权力,对言论

① [法]布尔迪厄:《文化资本与社会炼金术——布尔迪厄访谈录》,包亚明译,上海人民出版社,1997年,第144页。

② [法]布尔迪厄:《文化资本与社会炼金术——布尔迪厄访谈录》,包亚明译,上海人民出版社,1997年,第145页。

③ 陈国祥、祝萍:《台湾报业演进四十年》,自立晚报出版社,1987年,第70页。

与新闻自由造成严重威胁”[①]。各类文化生产场域，特别是民营报刊都以不同方式发声发对，何凡在《“政院交办”》一文中就严厉批判《出版法修正案》的秘密审议程序：

出版法修正案现在经立院通过秘密审议了，这是我们最高民意机构近年所产生的怪案中最怪的一件。因为一件无须秘密也无人要求秘密的案子，结果竟议决不公开，您说邪门不邪门？……政院从袖口儿里把提案送到立院，这不足谈。本来大家寄望于立院，以为至少可以压置下去。谁知现在竟搞出“举手政治”，实在出人意料……[②]

“报禁是二十世纪五〇年代形成的台湾当局对报业管理措施的通称，包括‘限证’、‘限张’、‘限印’三部分。”[③]该政策构成了当局钳制文化生产以及舆论传播事业的核心政策，也因此长期受到文化生产场域中“行动者”的指摘。何凡在《过节谈扩版》中，不但批评报纸“限张”政策理由的牵强，同时也直接对当局保障出版业决心的虚伪性提出质疑：

---

① 左成慈：《余纪忠办报思想与实践研究 1988—2001》，南京大学出版社，2003 年，第 82 页。

② 何凡：《“政院交办”》，《联合副刊》，1958 年 5 月 2 日。

③ 程曼丽、乔云霞主编：《新闻传播学词典》，新华出版社，2012 年，第 100 页。

本来报纸的张数是不必限制的，正如目下杂志的厚薄大小无人过问一样。但是基于'战时节约纸张'的理由，这一限制就划下了……如果当局对于取缔黄色刊物上多做出些事来，以证明舞剑之意确系在此；再进一步，把无法无天，无恶不作的翻版贼严加惩处，以保障正当著作者和出版者的权益，则更可以证明当局是有除暴安良，保障出版业的决心的。[1]

国民党当局在迁台之初，出于节约外汇的目的，限制纸张进口，指定台湾唯一能够制造白报纸的"台纸公司"定点生产报纸所需纸张，并由生产事业管理委员会根据各报需求每月核配纸张，如此一度造成纸价飞涨，极大地限制了民营报业的发展。到了 20 世纪 60 年代中期以后，台湾经济状况已经好转，但是政府仍然通过高关税限制白报纸的进口，当局"把不准登记办报，扣紧在'节约用纸'的唯一原因上，可见不准原因，只此一件，别无其他。但在事实上，'节约用纸'的原因，早就不存在了……"[2]何凡在《纸贵台湾妨碍出版业》一文中，就对当局变相钳制文化的政策进行了严厉批评：

新闻界本来想用价廉物美的洋纸以改善印刷，但是捐税太重，不胜负荷。也许在保护国产与增加税收方面是对的。但就发

① 何凡：《过节谈扩版》，《联合副刊》，1958 年 9 月 1 日。
② 李敖：《李敖全集 24 李敖论台湾族群》，中国友谊出版公司，2010 年，第 20 页。

扬文化与提高智识水准说却是错了。世界上有许多重视文化的国家，对于文化教育用品进口采取低税政策以鼓励，因为“重财轻才”是一种近视行为，为文化进展的障碍。①

“联副”从文化生产场域保护自身言说自由的视角，直接反拨当局政治钳制政策的杂文还有其他一些。比如何凡在《文艺节开谤》中就批评政府对于文艺发展的打压，其中有：“近年文艺界所受到的迫害与阻碍，真是‘说来话长’……”②在《文艺的大敌——穷与病》中，一直支持国民党“反共文艺”并付诸实践的诗人钟鼎文，对政府扶持文艺不利造成作家贫病交困的情况发出呼吁：“迅速举办文艺作家保险，由社会福利基金项下支付这项保险费；不能只是拟议，必须付诸实施！”③甚至连当局在文艺领域的代表人物陈纪滢，也在《为文艺请命》中对政府在文艺发展中过低的财政支持提出直接的批评：

每年一厚册国家预算拿到手，遍找有关文艺事业的经费，竟不知深闺何处；强在教育部预算内“社教及文化活动补费”项下，找到了一个数字，小得既可怜却又包括了那么堂而皇之的题目。④

① 何凡：《纸贵台湾妨碍出版业》（下），《联合副刊》，1969 年 7 月 31 日。
② 何凡：《文艺节开谤》，《联合副刊》，1961 年 5 月 4 日。
③ 钟鼎文：《文艺的大敌——穷与病》，《联合副刊》，1966 年 2 月 25 日。
④ 陈纪滢：《为文艺请命》，《联合副刊》，1961 年 5 月 4 日。

作为20世纪中国文化史上最重要的人物之一，胡适在国民党败退迁往台湾后，仍然受到蒋介石等国民党高层的礼遇。但鼓吹“自由思想”的胡适，自诩为忠言直谏的书生，曾写长信给蒋介石要求国民党自由分化为多个独立政党，甚至说：“言论自由不是宪法上一句空话，必须由政府与国民党明白表示愿意容忍一切具体政策的批准，必须表示，无论是孙中山、蒋介石，无论是三民主义，五权宪法，都可以作批评对象。”[①]私谏之外，胡适还积极支持自由发声，曾经担任了敢于挑战台湾当局底线的自由派杂志《自由中国》的发行人，该杂志“后来甚至酿成了国民党撤守台湾后最大的政治事件”[②]。可以说当时胡适自由一派的主张，已经同急于在台稳固统治的国民党当局发生了较为深刻的矛盾，“自由主义思潮却不是国民党政府乐于欢迎的……”[③]1962年2月24日胡适于台北辞世，“联副”连续刊发多篇纪念性的文章不避敏感议题，例如《潮后冷语》：

揭开幕看看吧，一群鼻头涂粉的“英雄”，正在伸拳亮腿杜门大骂：……胡适！……你这“名教中罪人”，“乱臣贼子”，“左道旁门”！……现在，胡适先生突然倒下去了。他们做了个会心的微笑；可以收拾起锣鼓、面具，擦掉眼角的唾痕，放心睡觉去了！却不料一阵喧嚣，反而加深了观众心碑上的刀痕：那上面显明的铭

① 凤凰周刊编：《大浮沉——时代人物命运》，中国发展出版社，2012年，第181页。
② 凤凰周刊编：《大浮沉——时代人物命运》，中国发展出版社，2012年，第182页。
③ 陈芳明：《台湾新文学史》（上），联经出版事业有限公司，2011年，第274页。

刻着六个大字:“胡适精神不死”!①

可见,该文对于胡适精神给予了很高的赞许,对于胡适的对立面进行了辛辣的讽刺,这显然同当时官方的主流话语是相龃龉的。次日,又有东方望的杂文《追思》,表现得就更为辛辣:

子曰:照道理讲,海那边要“清算”的敌人,便应该是海这边要爱护的“同志”,至少也应该是海这边要争取的朋友。而对于胡适,为什么海那边既要“清算”,海这边又要“围剿”呢? 望曰:民主是独裁的死敌;科学是迷信的死敌。共产党要独裁,所以反民主;传统派要迷信,所以反科学。而胡适的思想里,既反独裁,又反迷信,既要民主,又要科学,所以就变成了不“讨人家喜欢”的“乌鸦”,飞到什么地方,什么地方都认为是“不吉利”的。因此,左派仁兄要“清算”,右派仁兄要“围剿”。②

该文中作者显然将主流话语中代表“自由中国”的台湾政权,与大陆的“独裁统治”归为一类,其对台湾政权揭露之直白令人惊讶。针对当时政治高压下,社会上流行的各类政治的“应声虫”,东方望也在《应声虫与政治》中批评道:

① 寒爵:《潮后冷语》,《联合副刊》,1962 年 3 月 6 日。
② 东方望:《追思》,《联合副刊》,1962 年 3 月 7 日。

> 怪不得“应声虫病”者如今到处可以发现,而“应声虫”也愈来愈多……时至今日,“应声虫”与忠贞份子,正如平剧《五花洞》的真假潘金莲,已很难分辨了。如果幸而还有对此“异疾”求治者,我认为“雷丸”古法,已失时效。下面这张药方,不妨试试:“得师者王,得友者霸,得疑者存,自为谋而莫己若者亡。”[①]

作者在讽刺政治“应声虫”丑恶嘴脸的同时,也对醉心于“应声虫”逢迎声中的当局提出了严正的警告。此类直指当时台湾政治问题的杂文还有不少。马以顺在《重视宪法第八条》[②]中重申捍卫“人身自由”。何凡陆续在《竞选拾零》[③]、《弃权者的自白》[④]、《投票宁缺毋滥》[⑤]等文章中,揭露当时台湾当局为掩人耳目所进行的各类“民主”选举中存在的问题。何凡的《端正官吏私生活》[⑥]、彭歌的《一捞永逸》[⑦]等杂文中,则直斥当时台湾各级政府中存在的腐败问题等等。显然,20 世纪 50 年代中期至 60 年代末由于文艺生产仍处于政治低气压当中,文学书写者们大都视政治议题为畏途,多采取疏离与回避的姿态,但也不尽然。如前文所述,该时期“联副”中一些杂文不乏触及极为敏感的

---

① 东方望:《应声虫与政治》,《联合副刊》,1959 年 11 月 24 日。
② 马以顺:《重视宪法第八条》,《联合副刊》,1959 年 9 月 1 日。
③ 何凡:《竞选拾零》,《联合副刊》,1958 年 1 月 15 日。
④ 何凡:《弃权者的自白》,《联合副刊》,1958 年 1 月 20 日。
⑤ 何凡:《投票宁缺毋滥》,《联合副刊》,1960 年 1 月 15 日。
⑥ 何凡:《端正官吏私生活》,《联合副刊》,1967 年 11 月 16 日。
⑦ 彭歌:《一捞永逸》,《联合副刊》,1969 年 5 月 3 日。

政治议题，针对政治事件、“议员”选举、政府管理、官员腐败等议题，展开直接的政治批评，最直观地体现了文学言说对于政治场域的反向影响。

总之，与万马齐喑的20世纪50年代初不同，50年代中期至60年代末，“联副”作为文学生产场域，在与政治场域的互动中，不再单纯处于完全受“宰制”的地位。“联副”不但通过疏离与回避的策略，张扬文学场域的“自身逻辑”，更在文艺自主性与审美自觉性的追求当中，间接反拨政治场域的“宰制”；更有杂文这种特殊的文学言说方式，持续切入各类政治议题，在无情的揭露、辛辣的讽刺、深刻的批判当中，直接实现对政治场域的反拨。在这一过程当中，政治场域的“宰制”力逐步式微，而“联副”作为文学场域的自主性则持续生长，文学生产向着本来应有的面貌回归。

第三节 政治逐步去势中的“联副”文学生产

当历史的脚步迈进20世纪70年代的门槛，台湾乃至整个国际政治形势都发生了巨大的变化。“众多影响未来台湾政坛乃至文坛走向的事件于此际发生”①：1970年爆发钓鱼岛事件；1971年台湾被逐出联合国；1972年中美签订《上海公报》，实现关系正常化的重要突破；

① 林丹娅：《台湾女性文学史》，厦门大学出版社，2015年，第257页。

1972 年 12 月 4 日,台湾大学师生举办“民族主义座谈会”讨论统一中国的问题,遭当局镇压,由此酿成“民族主义事件”;1975 年 4 月,蒋介石去世,国民党高层因权力交替问题,内部产生了严重矛盾;1977 年 11 月 19 日发生中坜事件;1979 年 4 月更是由于党外运动潮流涌动,发生了影响日后台湾政治走向的“美丽岛”事件等。以上所有这些政治事件以及波诡云谲的政治变迁,打破了自国民党迁台至 20 世纪 60 年代末相对稳定的局面,国民党长期的“威权统治”面临着前所未有的挑战。

对于文学生产来说,至 20 世纪 60 年代末前,最大、最直接的影响因素无疑来自政治场域,具体来说就来自国民党的“威权统治”及相应的文艺政策。但这种情况到了 70 年代以后,就发生了根本性的变化,政治场域中直接影响文学生产的因素不断被打破,总的来看“70—80 年代的台湾文坛,虽然政治控制依然存在,但与 50、60 年代相比,相对宽松,因此在文学发展上出现了多元的现象”[①],政治与文学生产的互动因此有了新的表征。就“联副”的文学生产来看,“反共抗俄”文学失去了体制力量的全力支撑,整体上呈现出空前疲软的状态,但以个体为主的“反共”文学余音仍然不绝于耳,甚至要持续到 90 年代初期,而基于大陆经验的“反共”书写甚至还奏出过短暂的强音。波诡云谲的政治变迁,也在台湾知识分子特别是作家、文学评论家内部,酝酿了严重的政治分歧,“乡土文学”论战就是他们之间博弈的一次总爆发,

① 查建明:《一苇杭之》,中央编译出版社,2014 年,第 361 页。

文学论战的背后所弥漫的也是浓重的政治烟雾，而“联副”恰恰是这场论战的主战场之一。当“联副”文学生产走出了政治钳制的阴影后，不但主动打破了文学生产中的政治禁忌，更是对政治场域进行了直接的干预甚至反制，文学生产与政治的互动步入了新的阶段。

一、余音尚存的“后反共”言说

进入20世纪70年代之后，国民党的“威权统治”渐衰，在“联副”当中，失去了整体性政治驱动力的“反共”文学，进入了“后反共”言说的阶段，但“反共”的袅袅余音仍然持续了相当长的一段时期。

(一)“后反共”的中音区——杂文中的“反共”言说

到了20世纪60年代中晚期，“联副”内其他文体的“反共”之声都已渐趋微弱，独有杂文中始终保持着一定强度的“反共”书写，这种情况一直持续到80年代中期。“反共”杂文主要出现在几个杂文专栏当中，包括何凡的“玻璃垫上”、彭歌的“三三草”、阮文达的“随缘随笔”、杨子的“杨子专栏”等。如果说此前“联副”当中较为活跃的“反共”书写，主要是政治场域对文学场域整体性约束的结果的话，那么随着台湾“威权统治”的衰落，体制性的整体意识形态的控制力也大为衰减，杂文“反共”言说的长期持续，在更大程度上体现为个体意识形态作用的结果。当然，也有人认为这不是个人自主选择的美学原则，如张诵圣就用布尔迪厄“宿习”的概念加以解释：“个人某个时期对规范性正面价值的认同或惩戒性负面价值的规避，久而久之，往往演变成为自发的信念或内化的禁忌，亦即布尔迪厄所说的‘宿习’(habitus)。”①何凡、彭歌、阮文达以及后来的杨子等，都是“联副”中重要的杂文专栏作家。

这类“反共”杂文书写还有一个较为突出的特点，就是有很强的时机性。自20世纪70年代初开始，涉及台湾的各类政治事件频发，使得台湾的利益及国际地位接连受损，国际生存空间日益压缩。如此局面，深深刺痛了包括作家在内的台湾知识精英。“反共”杂文书写往往成为他们在面对不断出现的刺激性的政治信息时的应激反应，成为其忧虑、愤懑情绪的宣泄口。比如1971年，在台湾当局被逐出联合国的事件爆发后，台湾政权丧失了在国际上存在的合法性。马克任即在《中共在美游说内幕读后》中，“揭露”所谓大陆在美游说以及拉拢美国的内幕；彭歌也有《游说内幕》。②

1972年中美签订《上海公报》，两国在关系正常化的道路上迈出重要一步。日本等近二十个国家也在当年与中华人民共和国建交，台湾在国际上的生存空间大为压缩。经此巨变，台湾的知识分子又通过杂文表达了失望与愤懑，其中既有“反共”也有对他国“背信弃义”、短视的批评。杨子在《心忧天下》中说：“而今日本政府弃好背信，竟欲废除中日和约，是忘恩始而欲以负义终……”③何凡在《卖友求荣》中

① [美]张诵圣：《当代台湾文学场域》，江苏大学出版社，2015年，第294页。
② 彭歌：《游说内幕》，《联合副刊》，1971年11月14日。
③ 杨子：《心忧天下》，《联合副刊》，1972年8月7日。

质疑日本政府："现在又见利忘义，卖友求荣起来；"[①]彭歌就更为彻底，他的《"反共"与禁毒》[②]中将所谓"红祸"与毒品"黑祸"等量齐观，将他国与大陆的交往，比作服用"迷幻药"。同样议题的杂文，当年还有《心虚之词》[③]、《悲慨》[④]等很多篇。之后几年中，美、日等国不断在外交上抛弃台湾，向中国大陆靠拢，杂文则不失时机地继续跟进。杨子在《为日本哀》[⑤]中，痛斥日本政府继续背弃台湾的执迷不悟与一意孤行。何凡则在批评美国"目光短浅"之余，仍无奈甚至唯心地号召："多难之秋人人只要信心坚强，即可逢凶化吉，遇难成祥。"[⑥]当日本政府靠近大陆的政策固定，难以改变之时，杨子在杂文中宣称："放眼当前形势，赤祸横流，亚洲自由国家惶惶然苟求苟安，不惜相继与'匪'建交，饮鸩止渴，噬脐之愚不可及"[⑦]，其无奈之情溢于言表。当注意到他国开始与大陆发展经贸关系时，何凡就在杂文中挑拨道：

大陆现在外汇存底不到台湾的三分之一，只有二十亿美元，所以在他们以贸易引诱资本主义国家成功之后，真到买东西的时候就要以贷款方式来支付了。搭上中共巴士的国家，迟早都会发

① 何凡：《卖友求荣》，《联合副刊》，1972年9月21日。
② 彭歌：《"反共"与禁毒》，《联合副刊》，1972年4月2日。
③ 彭歌：《心虚之词》，《联合副刊》，1972年4月7日。
④ 彭歌：《悲慨》，《联合副刊》，1972年4月8日。
⑤ 杨子：《为日本哀》，《联合副刊》，1974年4月22日。
⑥ 何凡：《多难之秋要坚强》，《联合副刊》，1975年4月17日。
⑦ 杨子：《中日复航至日友书》，《联合副刊》，1975年7月14日。

现他们理想中的大主顾实际上是个空心大佬倌。[1]

其他各种特殊时机也都有相应的“反共”杂文出现，如彭歌的《扣紧敌情谈文化》[2]批判大陆在国际上的统战“阴谋”；钟荣吉的《“匪区”的衣食住行》[3]，嘲讽大陆民众仍然穷困的生活；董保中的《有罪岂止四人帮？》[4]，借评论陈若曦的小说全面抨击大陆等。直到20世纪80年代中晚期还有彭犁的杂文专栏“观察站”，不断发表很多攻击大陆政治的杂文。

总之，从20世纪70年代初至80年代末期，“联副”的杂文中有不少沿袭既有的“反共”逻辑，在“宿习”或个人的反共政治意识形态作用下，在特定的时间节点，继续演奏着反共的余音。

（二）“后反共”的高音区——基于大陆经验的“反共”书写

如果说20世纪70年代以后“联副”中的“反共”书写是“后反共”阶段的话，那么其演奏的“反共”余音中也有着高音区，那就是基于大陆经验的“反共”书写。70年代中晚期，一些有着长期大陆生活经验的作家，因为不同原因离开了大陆，在海外他们围绕大陆“文革”以及历次破坏性的政治运动展开文学书写，并主要以小说为主。用较多现

---

① 何凡：《和共党做生意》，《联合副刊》，1978年12月13日。
② 彭歌：《扣紧敌情谈文化》，《联合副刊》，1974年1月5日。
③ 钟荣吉：《“匪区”的衣食住行》，《联合副刊》，1975年2月9日。
④ 董保中：《有罪岂止四人帮》，《联合副刊》，1978年11月11日。

实主义的笔触“揭露”所谓大陆的“阴暗面”。这些作家就包括陈若曦、金兆、杨明显、无名氏等等,“联副”从70年代末至80年代末,给予了这些作家作品很大的空间,甚至以“专辑”“特辑”的方式刊载。无论这些作家有无“反共”的主观故意,他们的作品在“联副”当中就是以“反共”的姿态出现,其所采取的叙事立场和角度,更是使得他们的作品客观上有着“反共”的效果。“反共八股”之所以被读者厌弃,主要就是因为缺乏相关生活经验,呈现为模式化的“反共”滥调,而这些有着真正大陆生活经验的作家所进行的“反共”书写,则成了“反共”余音中的高音区。

从1977年1月初至次年1月初,“联副”又连载了陈若曦的长篇小说《归》。小说描写了台湾籍留学生辛梅,和同样是留学生的丈夫陶新生怀着对祖国真挚的热爱,历尽艰辛回到大陆后,却发现大陆正处于“文化大革命”及“四人帮”的政治漩涡当中。陶新生既报国无门又遭受迫害,最后以死亡控诉“四人帮的罪行”,经历风雨后的辛梅成熟起来,也在困难中看到了希望。有人将该小说归为“伤痕小说”的行列,例如梁若梅就认为:“是我国‘伤痕文学’的第一部长篇小说,比大陆作家周克芹的长篇小说《许茂和他的女儿们》问世早三年……”①结合陈若曦自身的经历,不难发现小说有自传的影子,尽管陈若曦本人否认这一点:“像我所有的短篇小说一样,这个长篇也有我自己的一部

① 梁若梅:《陈若曦创作论》,中国华侨出版社,1992年,第170页。

分切身经历,但并非自传……”[①]无论是否自传,陈若曦这些小说的创作都是基于其大陆生活的亲身体验,反映了作者“1966年投奔社会主义祖国经历‘文革’的真实故事”[②],陈若曦自己也说:“我之所在是写小说,题材自然取自我耳熟能详的生活经验。”[③]在这些小说作品中,曾经作为台湾现代主义文学旗手的陈若曦,却用了大量现实主义的白描手法,将所经历的“文革”的荒谬及所造成的创伤呈现出来。对此彭歌评论道:“她的全部作品无一不是以抨击挞伐共产制度之罪恶为主题的。她的作品的特质,如果用最简单的一句话来形容,就是‘反共’”[④],这一评论当然偏颇,但是对于陈若曦上述作品意识形态的定位确实又是准确的。

从1979年5月中旬起,“联副”开始密集发表金兆[⑤]的小说,主要包括:《芒果的滋味》、《外孙》[⑥]、《顾先生的晚年》[⑦]、《红华侨》[⑧]等,至1980年5月的一年当中就有11部短篇小说发表。在“联副”编者的眼中,金兆与陈若曦可以相提并论,因为他们都有着大陆的生活体验,作品中也都有“反共”的内涵,“金兆先生的小说大多刻画‘中共’控制

---

①③ 陈若曦:《谈归去来》,《联合副刊》,1977年2月1日。

② 陈若曦:《陈若曦小说精选集》,《新地文学》,2010年3月。

④ 彭歌:《海峡两岸》,《联合副刊》,1980年1月18日。

⑤ 原名梁钰文,1931年出生于广州,1935年至1949年在香港居住,后在大陆定居,1976年再次赴港定居。

⑥ 金兆:《外孙》,《联合副刊》,1979年6月28日。

⑦ 金兆:《顾先生的晚年》,《联合副刊》,1980年1月20—22日。

⑧ 金兆:《红华侨》,《联合副刊》,1980年2月24日。

下的大陆人民生活真貌，其艺术性的广度与深度，堪与陈若曦相提并论"①。《芒果的滋味》编者按中也有："金兆是一个陌生的名字。他在大陆生活了二十多年，当他逃离了赤色的统治，再也压抑不住内心感情的澎湃。于是他透过文学的笔，描写出自己亲身遭遇。金兆激动地说，我终于可以自由的说出想说的话……"②如果说陈若曦的小说题材主要拘囿于"文革"的话，那么金兆26年之久的大陆生活经验，使得他可以将大陆从社会主义改造、反右斗争、上山下乡、反苏修、"文化大革命"等历次政治运动，都纳入其小说的背景当中，余光中就将其小说题材分为"文革"以前、十年内乱和之后。

金兆作品不但题材广泛，手法丰富，其主观意识也更明确。"联副"对于金兆作品给予了很大空间，1981年2月专门举办了"金兆周"，一方面继续刊载金兆小说作品，另一方面组织了作品座谈会，1985年后还有长篇小说《五四广场》③等作品发表。这些作品仍以大陆历次政治运动为背景，"极少写风花雪月，缺乏卿我柔情，主要是写红旗下的耳语尤其是政治运动给人们带来的灾难，反应了人性的矛盾和善恶爱恨的纠缠"④。另外"联副"不但给金兆、杨明显等作家作品发表的空间，还邀请他们举办演讲会座谈会，甚至出席小说奖的颁奖活动，并对于相关情况都进行了报道，体现了该文学场域对此类文学

---

① 金兆：《顾先生的晚年》，《联合副刊》，1980年1月19日。

② 编者：《芒果的滋味》，《联合副刊》，1979年5月15日。

③ 金兆：《五四广场》，《联合副刊》，1985年5月5—7月6日。

④ 古远清、余光中：《诗书人生》，长江文艺出版社，2008年，第271页。

生产的认同。

20 世纪 70 年代末至 80 年代末，“联副”当中还有夏之炎、杨明显、无名氏等，都有基于大陆生活经验的“反共”书写。夏之炎的《北京最寒冷的冬天》[①]，属于“文革”纪实小说，“把当时社会各个阶层间的‘矛盾’——从领导阶级各派的勾心斗角到下放青年与干部间的种种问题，到‘文革’后各‘地下’革命团体的分歧——全部暴露出来……”[②] 1980 年 8 月开始，“联副”开设了“大家来读杨明显”专栏，依次刊登了《姚大妈》[③]、《程爷爷的故事》[④]、《街坊》[⑤]等多篇小说，题材多围绕着北京的胡同生活，阐释了这座城“近卅年，它更在一场接一场非理性的、非人的巨变中焚烧、颤摇、蒙尘的岁月，它是如何度过的呢？”[⑥]杨明显用细腻甚至平淡的文笔，描绘的一个个“纯北京风味的有趣小说”[⑦]，所进行的却是无声批判。比较起来，在大陆政治运动中境遇悲惨的无名氏，在“联副”等大陆以外的文学场域中刊发的作品里，就坦率直言地表达自己的悲愤。小说《海的惩罚》[⑧]、《虫瓮》都是监狱生活题材的小说，“执笔者既是文学家，又是受难者。作者记载牢狱内的真人真事及斗争经验，透过感性的文字表达出来，相当震人心弦……由

① 夏之炎：《北京最冷的冬天》，丁祖威译，《联合副刊》，1977 年 4 月 21 日—6 月 16 日。
② 李欧梵：《西潮彼岸》，江苏教育出版社，2005 年，第 96 页。
③ 杨明显：《姚大妈》，《联合副刊》，1980 年 8 月 3 日—4 日。
④ 杨明显：《程爷爷的故事》，《联合副刊》，1980 年 8 月 10 日。
⑤ 杨明显：《街坊》，《联合副刊》，1980 年 9 月 23 日—24 日。
⑥ 编者按：《姚大妈》，《联合副刊》，1980 年 8 月 3 日。
⑦ 关纪新：《当代港台海外满族作家素描》，《中国文化研究》，2013 年第 2 期。
⑧ 无名氏：《海的惩罚》，《联合副刊》，1980 年 5 月 2 日—25 日。

于这部作品兼具艺术性与现实性，因此显得弥足珍贵；可以称之为中国大陆苦难经验的代表作"[①]。其作品"反共"的立场可谓昭彰。

以上几位作家，他们都有着长期的大陆生活经验，也都有着所谓"流亡"的身份，其文学创作（"反共"部分）与发表却都在大陆以外地区完成。20 世纪 80 年代初期，大陆在短暂的拨乱反正中，默许了一些揭露先前政治运动灾难的文学创作存在，但随着社会各方面重建的需要，这类创作不再受到鼓励。但是一些大陆作家的文学创作，却与这一精神发生了龃龉，比如白桦、王若望、公刘等等不但继续坚持"伤痕"书写甚至走的更远，因此遭到批判，有人将他们的作品称为"地下作品"，"联副"却将这些作家的作品视作珍宝，努力获得，积极刊载出来，并以"抗议文学"归类之。

1980 年 5 月中旬郑义在"联副"开设"抗议文学的震撼"专栏，持续刊载大陆作家白桦、王若望等人的作品并配以评论。1979 年因电影剧本《苦恋》在大陆受到批判的白桦，作品却隔海在"联副"中觅得新生，"白桦特辑"的编者按就道出了其中原因："白桦，代表大陆作家的醒悟和良心，他勇于为民请命，并以作品揭露社会黑暗面。是值得我们关怀的作家。"[②]白桦的诗歌《风》[③]本来意象比较模糊，郑义给出的解读却指向清晰："它描写中共的政治风暴给人造成的灾难，讽刺了随

---

① 痖弦：《海的惩罚》，卜少夫、区展才：《现代心灵的探索 无名氏作品研究》，黎明文化事业股份有限公司，1989 年，第 311 ~ 312 页。

② 编者：《编者按》，《联合副刊》，1981 年 4 月 26 日。

③ 白桦：《风》，《联合副刊》，1981 年 4 月 27 日。

风摇摆的‘风派’文人，以及乘‘风’陷害他人者。”[①]小说《听橹居盛衰记》[②]讲述了粉碎“四人帮”之后，大陆“待业”青年的无望生活，也是对于当时大陆社会负面的揭露。至于王若望，“联副”先是请郑义以“饥饿的心”为题，介绍王若望及其作品，“希望帮助读者了解王若望事件，以及大陆作家的抗议之声”[③]。此后又刊载了王若望的中篇小说《饥饿三部曲》[④]节选，描写了主人公“文革”期间所经历的残酷狱中生活，在散文《老右生涯》[⑤]中，王若望讲述了自己在政治运动中，数次“因言获罪”的经过及对家庭造成的损害，文中既有对大陆政治运动及灾难的控诉，也有对“文艺政策”无常的批判。还有另外一些作家作品，虽然也有暴露大陆问题的一面，但由于笔触温和、批判节制，在大陆也获得了认同，“联副”把关人则选择了特定的解读角度，也将其归入“抗议文学”的范畴。如杨绛的《“五七”干校六记》[⑥]，“钱钟书夫人杨绛，以冲淡平和而婉约的文字，将‘下放’中的琐事娓娓道来，笑中带泪；不着一丝火气，却隐含着人世间的大悲”[⑦]。再如，“联副”以“联副特别推荐”的方式，推出高晓声的《李顺大造屋》[⑧]，小说被认定为“反映农民苦难经历”的小说，“塑造了农民中的阿Q形象，显露出作者‘反讽’

---

① 郑义：《白桦的讽刺诗〈风〉》，《联合副刊》，1981年4月27日。
② 白桦：《听橹居盛衰记》，《联合副刊》，1981年6月9日。
③ 郑义：《饥饿的心——王若望的文艺观点和作品》，《联合副刊》，1981年4月28日。
④ 王若望：《饥饿三部曲》（第三部分节选），《联合副刊》，1981年4月29日。
⑤ 王若望：《老右生涯》，《联合副刊》，1987年1月18日。
⑥⑦ 杨绛：《“五七”干校六记》，《联合副刊》，1981年7月21日。
⑧ 高晓声：《李顺大造屋》，《联合副刊》，1981年10月1—2日。

的才华”[①]。

以上这些作家作品，不论是直白揭露抑或是含蓄隐晦，都对大陆特定时期的政治斗争及其带来的灾难进行了批判。

(三)其他余音

由于政治原因，“联副”自1964年后的很长时期内，新诗的发表都非常有限，20世纪70年代中期以后，这种情况才有所改变。与小说、杂文等文体相比，诗歌中的“反共”之声喑哑很多，但也不时出现。钟鼎文的诗歌《长夜》中就有：“是风？不，是呼唤——是故国的河山，在黑暗里传来了遥遥的呼唤……”[②]诗歌哀叹“故国”不再，重弹“反共”老调。邓禹平的诗歌《哀自由女神》[③]，则是针对美国卡特、尼克松两届政府放弃台湾而转向中国大陆的政策，在哀叹之余极尽挖苦之能事。罗青的诗歌《大字报》[④]，仅从诗歌名称就不难嗅出“反共”的味道，诗后的注解中对诗歌的“反共”指向更有明确地展露：“读最近大陆上要求民主、自由、人权的大字报后，有感成此。”[⑤]他的另一首诗歌《遥望故乡》也在尽情倾诉思乡之苦后，于注解中将造成两岸隔绝的原因归咎于大陆：“最近随台港作家团访问金门，遥望别了三十年的故乡。故乡却被大陆共产党森严冷酷的铁丝网所阻隔。”[⑥]洛夫的《最混

① 郑义：《关于〈李顺大造屋〉及其注释》，《联合副刊》，1981年10月2日。

② 钟鼎文：《长夜》，《联合副刊》，1971年1月16日。

③ 邓禹平：《哀自由女神》，《联合副刊》，1979年1月15日。

④⑤ 罗青：《大字报》，《联合副刊》，1979年1月14日。

⑥ 罗青：《遥望故乡注释》，《联合副刊》，1980年1月10日。

蛋的一枪——慰被刺的雷根总统》,则为“反共旗手”的美国前总统雷根(大陆称里根)大唱赞歌。

诗歌之外,“联副”的文艺评论是另一个“反共”余音的集中区,此类文章特别多地出现在20世纪70年代末至80年代初的这段时间。从1949年算起到此时,由于政治的原因,两岸文艺界的隔绝,已经有了三十年以上的时间,台湾文坛及读者对于大陆文艺界的情况知之甚少,远不及对欧美及日韩等文坛的了解。即便是三十年前同属中国文坛的老相识,此时彼此间也音讯隔绝良久,真是应了唐人所说“欲查疑君在”。随着大陆“文革”的结束,特别是改革开放大幕的拉开,大陆文学界的对外交往逐步增多,一些老作家的情况也逐渐为外界、为台湾文坛所知晓,“联副”中一些围绕他们的作品、命运的文艺评论多了起来。

应该承认,在“文革”等政治浩劫当中,包括作家在内的知识分子命运多舛。上述这些诗歌、文学评论,不论是关注知识分子的命运,抑或是选择特定的作品解读方式,背后都仍渗透着“反共”的政治逻辑,也因此构成了这个阶段“反共”余音的一部分。还要指出的一点是,这些诗歌、文艺评论也是“文化反击”的手段,体现了台湾文化界应激性的反应。随着大陆改革开放的进行,各方面的国际空间都不断得到拓展,文化战略的外向性较以往更强,文化统战工作也持续开展,与此相对的是台湾国际生存空间的持续窄化。在这种背景之下,过去在海外华人社会中影响更强的台湾文化界、文学界,仍然沿袭着对抗的思维,希冀通过“文化反击”的方式,保持台湾文化力量在华人社会乃至世界上的影响。由此可见,诗歌与文艺评论中的“反共”余音,同时也构成了“文化反击”的一部分。

二、“乡土文学”论战中的政治烟雾

20 世纪 70 年代,由石油引发的世界经济危机,使得曾经让台湾当局引以为傲的经济发展受到严重冲击,有识之士开始深刻意识到台湾对美、日经济过深依赖的危害。更为重要的是,连续爆发了钓鱼岛危机、台湾被逐出联合国、美日等国与台“断交”等等政治事件,使得台湾的国际生存空间受到严重挤压。激烈变迁的国际政经情势,“动摇了前二十年国民党威权体制所建立的稳定局势,暴露了台湾社会所潜藏的种种问题,因而改变了知识分子整体的思想倾向”①。20 世纪 70 年代末,台湾的知识分子思考、反省种种社会问题,在激烈的思想交锋中爆发了影响深远的“乡土文学”论战。同中国文学史上任何一次论战一样,“乡土文学论战”绝非仅仅是文学思潮之争,而是弥漫着浓厚的政治烟雾。“联副”不单是“乡土文学”实践的重要舞台,更在这场弥漫着浓厚政治烟雾的文学论战中,成了重要的擂台。

其实早在“一九七〇到一九七四年,台湾文坛开展了一场现代诗论战”②,这场论战“实际上构成了乡土文学论战的先导”③,不过现代

① 转引自黄修己:《20 世纪中国文学史》(下),中山大学出版社,2004 年,第 233 页。

② 陈映真:《陈映真文选》,生活·读书·新知三联书店,2009 年,第 134 页。

③ 王淑芝:《台港澳及海外华人文学》,东北师范大学出版社,2015 年,第 157 页。

诗论战并未在“联副”中激起过多的涟漪。而20世纪70年代末爆发的“这一场‘文学方向论战’，其实是一场‘意识形态论战’……”[①]“联副”则成为了该次论战的主要擂台之一。有人认为“部分报纸副刊在1970年代文坛发挥了引领潮流的巨大作用”[②]，“联副”就是其中之一，当然副刊的影响绝非仅限于文学场域，“当时的《中国时报》《联合报》所孕育的强势副刊，成了政经改革的间接抒发场域……文学的声音无法再被忽视”[③]。“联副”定位的调整，无疑是形成以上局面的重要原因。20世纪70年代之前，“台湾报纸副刊基本沿用五〇年代林海音透过‘联副’所建立的文艺性副刊模式，主要提供文学作品的发表园地”[④]。1973年之后，长期与“联副”有着竞争关系的《中国时报》“人间”副刊，在高信疆的主持下决心改变副刊“既与新闻无关，又与人生无涉，更谈不上激动人心，传承历史，创造文化等等的刻板样式”[⑤]的局面，努力通过加强专题策划、连续报道等方式，充分发挥传媒功能，制造社会热点、焦点，引领社会的集体性思考，从而达到影响文学场域乃至整个社会的目的。竞争对手的强势改变以及外部环境的巨大变迁，刺激了“联副”也迅速跟进调整定位，“由纯文学性质的‘小副刊’

---

① 何怀硕：《贫富·阶级·人性》，《联合副刊》，1978年12月22日。

②④ 朱双一、张羽：《海峡两岸新文学思潮的渊源和比较》，厦门大学出版社，2006年，第474页。

③ 陈怡如：《一个乡土文学史进程的贯穿》，《辅大中研所学刊》，2001年10月。

⑤ 向阳：《副刊学的理论建构基础——以台湾报纸副刊之发展过程及其时代背景为场域》，《当代台湾文学评论大系》(2)(文学现象卷)，正中书局，1993年，第575页。

向文化性、综合性的‘大副刊’转变”①。正是这一转变,使得原本“醉心”文艺而疏离于政治的“联副”,有机会在这场乡土文学论战当中,站在了潮头,成了论战的重要“战场”。

这场乡土文学论战的战线较长、战场分散,我们这里主要分析“联副”在其中的表现。论战主要通过文艺批评的方式进行,不同派别间通过文艺批评互相攻讦、自辩,在“联副”当中也是如此。“乡土文学作家与批评者的第一次交锋”②,出现在1977年4月1日的《仙人掌》杂志的第2期中。银正雄和朱西宁分别发表了《坟地里哪来的钟声》《回归何处？如何回归?》两篇文章,与之对立的王拓则发表了《“乡土文学”——有关“乡土文学”历史的分析》,两派对垒就此展开。此后,《夏潮》《中国论坛》《台湾文艺》《仙人掌》《妇女杂志》等杂志纷纷加入进来,叶石涛、王拓、尉天骢、何欣等人都发文,就乡土文学的不同方面展开讨论,这轮讨论至1977年8月中旬,构成了乡土文学论战的第一阶段。

该阶段讨论,从总体上来看是理性的、良性的,主要限制在文学理念碰撞与理论研讨的范畴,但这种局面很快被打破,论战随之升级。丁帆认为“这种理性探讨的良好局面迅即被彭歌所打破”③,而彭歌打破这一局面的系列文章主要就发表在“联副”当中。作为“西化派”

① 朱双一、张羽:《海峡两岸新文学思潮的渊源和比较》,厦门大学出版社,2006年,第474页。

② 丁帆:《中国大陆与台湾乡土小说比较史论》,南京大学出版社,2001年,第295页。

③ 丁帆:《中国大陆与台湾乡土小说比较史论》,南京大学出版社,2001年,第296页。

（陈映真语）或称“右派的现代派”（吕正惠语）代表的彭歌，最早开辟了“联副”这一战场。1977年6月18日，彭歌在“联副”发表了《更广大的乡土》一文，针对当时“乡土派”所提出的文学应“反映社会内部矛盾”的问题，彭歌则以这类文学会“成为敌人丑化我们的口实”①为理由否定之。更主张文学应继续服务于“反共复国”大计，“应帮助年轻一代不要忘记，我们大家的更广大的乡土”②。

真正将论战推向高潮，拉开乡土文学论战第二阶段大幕的，则是彭歌在“联副”中发表的长文《不谈人性，何有文学》。文中点名批判王拓、陈映真、尉天骢等乡土派的创作及观点，将关照社会现实的乡土文学引向“鼓吹阶级对立”“阶级斗争文学”的陷阱，指出“用阶级观点来限制文学，正如用阶级观点来推行政治一样，都是走不通的绝路……我认为阶级论调是有害的，应该加以驳正”③。更为险恶的是，彭歌在亮明自己观点的同时，更直接对“乡土派”发出带有威胁性的政治信号：“但享有自由的人必须要珍惜自己的自由，尊重他人的自由。自由的文学有没有限度？这个问题首先应诉诸作家个人的良知。我不赞成文学沦为政治的工具，我更反对文学沦为敌人的工具。”④“西化派”的另一位大将余光中紧接着于8月20日，在“联副”发表《狼来了》⑤一文。该文不但在当时的文坛引起巨大反响，就是在近三十年后仍然有赵稀方、陈子善、黄维梁、吕正惠等两岸学者围绕该文进行考察和辩

①② 彭歌：《更广大的乡土》，《联合副刊》，1977年6月18日。
③④ 彭歌：《不谈人性，何有文学》，《联合副刊》，1977年8月17日—19日。
⑤ 余光中：《狼来了》，《联合副刊》，1977年8月20日。

论,余光中本人甚至也以《余光中:向历史自首?——溽暑答客四问》[①]进行了答辩与回应,对该文争议性之强烈由此可见一斑。就该文来看,余光中将当时着眼现实的乡土文学与“工农兵文艺”相提并论,同时指出:工农兵文艺“其中的若干观点,和近年来国内的某些‘文艺批评’,竟似有些暗合之处。目前国内提倡‘工农兵文艺’的人,如果竟然不明白它背后的意义,是为天真无知;如果明白了它背后的意义而竟然公开提倡,就不仅是天真无知了”[②]。其给乡土文学“戴红帽子”的不良政治用心,显然与彭歌如出一辙。

代表乡土派在“联副”中应战的是王拓,他以《拥抱健康的大地——读彭歌〈不谈人性,何有文学〉的感想》[③]对“西化派”彭歌、何欣等人的批判进行了全面回击。文中,王拓先是阐明写实主义乡土文学的意义并竭力维护之,接着在相关数据、经济学者意见等佐证的基础上,为自己给台湾殖民经济的定性辩护:“说台湾的经济是一种殖民经济,大概是还不算什么太大的错误吧?”[④]进而继续肯定乡土文学“对现行的经济体制下各种不合理的现象加以批评和攻击……对社会上

① 余光中:《余光中:向历史自首?——溽暑答客四问》,《羊城晚报》,2004年9月21日。

② 余光中:《狼来了》,《联合副刊》,1977年8月20日。

③ 王拓:《拥抱健康的大地——读彭歌〈不谈人性,何有文学〉的感想》,《联合副刊》,1977年9月10日—12日。

④ 王拓:《拥抱健康的大地——读彭歌〈不谈人性,何有文学〉的感想》(中),《联合副刊》,1977年9月11日。

比较低收入的人赋予更多的同情和支持……”[①]的创作方向。除了以上几篇政治站位比较清晰的评论外，“联副”中尚且还有陈映真口中所谓的“自由主义”学者的一些论战文章。比如孙伯东（孙震）的《台湾是殖民经济吗？——王拓先生〈拥抱健康的大地〉读后》[②]，企图从理论上否定王拓对台湾殖民经济的定性。董保中《谈“工农兵”文艺》[③]，则是从理论上分析台湾“乡土文学”中“工农兵文艺”提法存在的问题。其他还包括魏子云的《防狼与防疫——〈当前文学问题批判〉读后感》[④]、刘绍铭的《“乡土文学”答客问》[⑤]、何怀硕的《贫富·阶级·人性》[⑥]等，多是从特定的理论角度支持或批判乡土文学的某些具体方面。

如张诵圣所言：“在20世纪70年代和80年代持续进行的资本主义现代化、外交挫折和当局控制逐渐丧失，构成了一个对国民党支持的主流文化形成严重挑战的舞台，最初是从具有社会主义思想的乡土主义开始……”[⑦]乡土文学论战，就是乡土派对当局支持的主流文化的一次挑战，表现为乡土派和西化派之间的一次大论争，“在性格上，

---

① 王拓：《拥抱健康的大地——读彭歌〈不谈人性，何有文学〉的感想》（下），《联合副刊》，1977年9月12日。

② 孙伯东：《台湾是殖民经济吗？——王拓先生〈拥抱健康的大地〉读后》，《联合副刊》，1977年10月30日。

③ 董保中：《谈“工农兵”文艺》，《联合副刊》，1977年11月24日。

④ 魏子云：《防狼与防疫——〈当前文学问题批判〉读后感》，《联合副刊》，1977年12月8日。

⑤ 刘绍铭：《“乡土文学”答客问》，《联合副刊》，1978年2月21日。

⑥ 何怀硕：《贫富·阶级·人性》，《联合副刊》，1978年12月22日。

⑦ ［美］张诵圣：《台湾文学新态势：政治转型与市场介入》，刘俊译，《中国现代文学论丛》，2014年第1期。

这是一个知识界的‘反对’运动——反对国民党的现行体制”[①]。尽管这场论战交织着“民主意识、本土诉求、阶级觉悟等的觉醒”[②]等多元诉求，但实际上该次文学论战“演变成了台湾两种政治势力、两种文化心理、两种文学观念在特定背景下的一次总较量……”[③]可以这样说，这次文学论战是意识形态领域的冲突在文学场域的表征，“是政治之争，它不仅是70年代初关于现代主义论战的继续和发展，同时也是两种根本不同的文艺观点和文艺路线的斗争，具有鲜明的政治性质”[④]。

“联副”在乡土论战当中，不仅是主要的战场也持有特定的立场，“《中国时报》《联合报》各自代表了支持、同情乡土文学、攻击乡土文学两种对峙的立场”[⑤]，这从“联副”中刊载的西化派与乡土派评论的比例失调中（西化派评论远远多于乡土派）就不难看出来。此外，论战在“联副”等多种文学场域当中展开，其中的辩论、攻讦不可谓不多，但在政治迷雾之中，“理”并未能越辩越明，反而给人乱花渐欲迷人眼的感觉。不仅如此，乡土文学论战还在一个时期内造成了文坛的分歧与撕裂，逐渐变得难以为继，“当此论战的尘埃还是迷蒙未定，乡土的名实因为文学和非文学的冲突而失落的时候，在国内扩大讨论这个问题

① 吕正惠:《战后台湾文学经验》，生活·读书·新知三联书店，2010年，第73页。

② 黄万华:《多源多流 双甲子台湾文学》（史），花城出版社，2014年，第88页。

③ 傅蓉蓉:《当代台湾文学研究》，九州出版社，2014年，第93页。

④ 王淑芝:《台港澳及海外华人文学》，东北师范大学出版社，2015年，第160页。

⑤ 焦桐:《意识形态拼图——两报副刊在乡土文学论战中的权力操作》，《国文天地》，1997年12月。

已经显得太困难……”[①]“联副”的主持者也注意到了这些问题，时任主编痖弦后来回忆道：“我们没有看到越辩越明的真理，看到的却是一个伤痕累累的文坛，这是非常遗憾的。”[②]于是“联副”文坛盟主的心态与姿态又一次发挥了作用，在论战后期开始寻求改变。

从1978年1月起，“联副”连续组织了“一年来的我国文坛”（一月）、“中国诗人的道路”（四月）、“开拓文坛新气象”（十月）等专辑，召集了若干次有各派文人共同参与的座谈会，旨在冷静文坛情绪，修复文坛伤痕，实现文坛重建，“经过这一连串的建设工作，因论战而带来的不和谐气氛已逐渐远飏，疲惫的论战者纷纷重回书房，开始新的沉思，创造新的作品……我们的文坛在国家遭受重大外交挫折之后，已经把精神放在文学工作本身，那场情绪化的文学论战不太有人提及了”[③]。

三、文学对政治的反拨

从“联副”来看，20世纪70年代中期之前，其文学生产在与政治场域的互动中都处于受支配的地位，主要表现为服务于政治的“反共文学”的繁荣与延续，在对政治场域有限的反拨中，也多以委婉、曲折

---

① 杨牧：《乡土之肯定——〈薪传〉读后》，《联合副刊》，1979年1月4日。

② 痖弦：《还不是回忆的时候——一束不是回忆的回忆》，联副三十年文学大系编辑委员会：《风云三十年——联副三十年文学大系史料卷》，联合报社，1982年，第183页。

③ 痖弦：《还不是回忆的时候——一束不是回忆的回忆》，联副三十年文学大系编辑委员会：《风云三十年——联副三十年文学大系史料卷》，联合报社，1982年，第184页。

的方式进行。但20世纪70年代中期以后，尤其是80年代末政治解严后，这种支配关系逐渐发生了颠覆性的变化，文学的自主性持续提高，在不断摆脱政治束缚的同时，开始强势地反作用于政治场域。具体来说，自70年代中期以后，“联副”中30年代左翼文学等政治禁忌逐步被打破，相关作家作品得到讨论和发表的机会，文学的社会参与性也不断提升，很多社会事件中都不乏文学的影子；80年代初开始，文学生产中则不断有各类争取言论自由的内容出现，尤其在80年代末解严之后，“联副”中更有很多专栏和文字开始直接干预政治。

(一)文学政治禁忌的打破

“五四”以后到全民族抗战前的十七八年间，中国新文学作家的活动及作品，可称为“二三十年代作家及作品”，其中左翼文学占有重要分量，由于政治原因在台湾曾经长期被视为禁忌，“这时由于政治局势异于平时，五四以来的新文学作品，除了徐志摩、朱自清等极少数例外和迁台作家的一些几乎完全成了禁书”[①]。特别是20世纪30年代左翼的作品及文论被禁绝，“中国三十年代左翼文论在台湾的发展，在白色恐怖中中途全面挫断，致一九五〇年后左翼文论和左翼文学的实践在台湾遭到致命打击而中绝……”[②]很多作家的名字被隐没，“有些三十年代作家的名字，对台湾读者而言，仍陌生得像一个未有中译名的

① 余光中：《向历史交卷——写在〈中国现代文学大系〉前面》，《联合副刊》，1972年2月6日。

② 陈映真：《陈映真文选》，生活·读书·新知三联书店，2009年，第333页。

外国人一样”[①]。30年代作家作品在台湾之所以被禁绝，老作家苏雪林给出的解释比较有代表性：“台湾以前讳言大陆新文艺，是怕将左翼文坛介绍进来，产生不良的影响。因为左翼文艺的煽动和破坏的力量实在太大了，过去我们领教太多了，为了防微杜渐，这种措施也是必要的。”[②]刘绍铭也认为：“想是耽心当地青年不察，使正常的爱国心、正义感和理想主义受奸人利用。”[3]

但是到了20世纪70年代中期以后，很多作家、评论家开始打破政治禁忌，为20世纪30年代文学请命，“联副”就成了他们呐喊的主要阵地之一。尽管在前期关于30年代文学的讨论中，仍然以批判和否定为主，但是相对于过去的讳莫如深，已经有了很大的变化。阮文达在“联副”发表《三十年代左翼文坛》，虽然整篇文章都对左翼文学持批判态度，甚至嘲讽左翼作家在大陆的命运，但很显然对这一曾经的政治禁忌不再避讳。阮氏对30年代左翼文坛情况在台湾的空白更表示惋惜，“可惜的是二十多年来，从没有一本完整的著作有系统的介绍”[④]。刘绍铭则在《整理三十年代文学作品》一文中，针对禁止三十年代文学作品的理由：“怕露出当年社会的疮疤”、“这些人曾经为虎作伥”等一一予以批驳。刘绍铭要求开放三十年代作家作品，认为“如果台湾作家在台湾光复后一直能看到三四十年代的中国文学，那么现在台湾文学，是否能够收获更丰，成就更大，这很难说。但至少可以继

①③　刘绍铭：《整理三十年代文学作品》，《联合副刊》，1976年3月13日。
②　苏雪林：《关于“二、三十年代作家与作品”的话》，《联合副刊》，1980年1月22日。
④　阮文达：《三十年代左翼文坛》，《联合副刊》，1975年9月7日。

承一个传统”[①]。当然刘对左翼文学的开放仍有保留，比如他认为：“我相信像郭沫若、瞿秋白这一类政治性甚浓的文人，在我们今天所处的非常环境中，怎样也不能‘开放’”[②]，文中最后的呼吁也体现出了其保留：“愿台湾能够经过整理之后，开放部分的三十年代文学。”[③]直接提及30年代左翼作家名号的评论也出现了，夏志清在《人的文学》[④]中，虽然并不以讨论30年代文学为主，但是在对新文学发展历程进行梳理的过程中，对30年代作家作品，比如巴金的长篇小说《家》，甚至更具代表性的左翼作家鲁迅及其作品《狂人日记》等，都有所提及。

白术的《“三十年代文学”必也正名乎？》[⑤]，则试图从公元纪年法与民国纪年法的区别上，厘清30年代文学的时间范畴。可以说20世纪70年代末期，有关30年代文学的研讨，仍呈现出遮遮掩掩、暧昧不清的特征，根本原因不外乎是仍存在政治正确性上的犹豫。参与的学者恐怕拿捏不准政治尺度，因此研究和讨论起来仍然缩手缩脚，杨牧在《乡土之肯定——〈薪传〉读后》一文中，对此就说得很清楚：“作品的价值有待估量，史料的意义有待判断，可是学术界有心人惑于尺度的暧昧，往往不能放心于研究和辑纂的工作。”[⑥]除此以外，技术上的难度也构成30年代文学研究的障碍，杨牧在文中也提道：“初非由于参与其事者之懈怠，乃是因为三十年代文学之整理牵涉到作品及史料

①②③ 刘绍铭：《整理三十年代文学作品》，《联合副刊》，1976年3月13日。

④ 夏志清：《人的文学》，《联合副刊》，1977年3月23日—24日。

⑤ 白术：《“三十年代文学”必也正名乎？》，《联合副刊》，1978年1月10日。

⑥ 杨牧：《乡土之肯定——〈薪传〉读后》，《联合副刊》，1979年1月4日。

‘开放’与否的限制”①。

很显然20世纪70年代末期,“联副”中关于30年代文学的研讨,还仅限于打破禁忌、掀开“冰山”一角的阶段,至于真正敞开讨论作家、展示作品(多数是最新作品)则要迟至20世纪80年代末期政治解严之后。1987年7月15日台湾“戒严令”解除,文学界在诸多方面得以松绑。“联副”自1988年6月起,开设“海峡两岸首次发表”专栏,敦请大陆作家发表作品,有些同时配以详细的生平介绍,这其中就包括相当一部分30年代的左翼文人。比如1988年6月3日,“联副”在该专栏发表30年代作家端木蕻良的小说《蚂蚱》,在小说前面的编者按中详细地阐述了专栏开设的目的:“政局的变动,阻扰了文学的流脉。三十年代光照文坛的作家,有许多留在大陆上,为环境及生活所逼,创作生涯顿挫;而在台湾,他们的作品,也只能是少数人口耳相传的一个谜。越半个世纪后的今天,海峡两岸日益开放,这批作家历多重劫难后,终于又可以更丰富的人生体验放心地执笔为文,并且将其新作交由联副首刊。这是建构一部完整的中国新文学史的契机,联副愿竭诚持续努力……”③此外,专栏也专门配发了学者秦贤次对于端木蕻良生平及作品的介绍。此后该专栏当中,持续介绍30年代的作家及最新的作品,其中包括骆宾基、沈从文、王西彦、施蛰存、柯灵等。

如果说“乡土文学论战”中,乡土派与30年代左翼文学在精神上

① 杨牧:《乡土之肯定——〈薪传〉读后》,《联合副刊》,1979年1月4日。

③ 编者:《编者按》,《联合副刊》,1988年6月3日。

实现了某种接续的话,那么“联副”等文学场域突破政治禁忌,对包括左翼在内的30年代文学的重新挖掘、整理与介绍,则在实践中完成了这种接续。尽管“联副”主要以刊载30年代作家的最新作品为主,但在其他文学场域的配合之下,“一时间,长期以来处于地下传播状态的大陆二三十年代作品浮出历史地表”[①],真正“让空白了40多年的断层,接续上来”[②]。总之,长期作为台湾政治禁忌而存在的30年代作家作品特别是其中的左翼部分,20世纪70年代中期以后在“联副”得到初步研讨的机会,20世纪80年代末解严之后更是完全开放。这个过程直接体现了“联副”等文学场域的文学生产,在与政治场域的互动中,逐步实现对政治束缚的摆脱以及自主性的建立。

“联副”的文学生产中,还有一次突破政治禁忌的纪录,就是对言论自由的争取,在1987年底当局完全解严之前,此类的争取都是文学场域对政治场域反作用的表现。早在20世纪80年代初期,“联副”就有不少呼吁解除“报禁”的言论,虽然其中多以理论探讨的形式出现。“报禁”由一系列的政策组成,自20世纪50年代起长期施行,是台湾当局钳制舆论、限制言论自由的主要措施,虽然一直受到文化界、舆论界的挞伐,但一直属于媒介中的“禁忌”话题。在大众媒介中公开谈论、质疑“报禁”政策,直接呼吁解除“报禁”政策,“联副”可以说给了这样的声音较早公开扩散的平台。

---

① 徐纪阳:《台湾“解严”以来的鲁迅出版、传播状况概述》,方环海、蔡登山主编:《国际鲁迅研究》,(辑一),秀威资讯科技股份有限公司,2013年,第45页。

② 郭中行:《40多年的断层接起来》,《联合晚报》,1988年12月3日。

早在1981年7月中旬,“联副”就刊发传播学者李金铨的杂文《专业性报纸的价值和必要——有感国家建设的新闻政策》,文章开门见山地说:“首先,我呼吁政府逐步解除‘报禁’……”[①]文章的结语中则有:“老实说,开放‘报禁’在积极上可以广开言路,消极上却可以免除政府多年来所背的‘控制新闻自由’的黑锅。”[②]如果说该文还有所保留的话,到解严前夕,“联副”中争取言论自由的杂文就更加开放与直白,可以说几乎无视“禁忌”了。彭犁的“观察站”杂文专栏,在20世纪80年代中期以后就言论自由问题有多篇讨论,《且看新闻自由》就是其中比较典型的一篇,直接批评台湾的媒介及言论状况:“最大的缺点莫过于:禁忌太多,受到政治和意识形态的限制,这样的新闻媒体,既不能发挥传达消息的作用,又不能满足读者的需求。”[③]此类杂文在80年代的“联副”中还有不少,日渐犀利的批评之音得以在“联副”中持续发声,既是政治禁忌祛魅的表征,也是文学场域对政治场域反作用力的彰显。

(二)文学的社会参与强化

像夏志清所说,中国文人往往“不是完全委身于真理与公义追求的知识分子”[④],尤其是20世纪五六十年代台湾处于政治低气压当中,

①② 李金铨:《专业性报纸的价值和必要——有感国家建设的新闻政策》,《联合副刊》,1981年7月15日。

③ 彭犁:《且看新闻自由》,《联合副刊》,1987年3月25日。

④ 夏志清:《人的文学》,《联合副刊》,1977年3月24日。

“联副”的文学生产中以服膺于当局意志的侍从文学与“向内看”的现代主义文学居多,文人创作多着眼于“服从”和审美,而不是社会介入更遑论直接干预政治。这种情况到了70年代以后,就发生了根本变化。在谈到70年代台湾文学与政经形势变化因应的情形时,陈芳明认为:“充满政治危机与改革契机的七〇年代,极其坚定地开启了台湾文学的新思维与新气象。”[①]社会参与性强化,甚至直接干预政治,就成了70年代之后台湾文学“新思维与新气象”最突出的表现之一。台湾在“外交”上的节节失利,特别是海内外保钓运动在知识分子中的影响,使得知识分子在对当局失望之余,增强了社会介入、政治参与的热情。当然政治管束较之前有所放松,也为文学的社会参与开放了一定的挥洒空间,“台湾作家在权力的缝隙之间找到与社会连结的切入点”[②]。尽管当局企图顺应内外政经形势变化,在某些方面尝试变革以求挽回颓势,但是“却无法阻挡作家挺起批判的笔,干涉政治与社会”[③]。这个时期,“联副”当中有了很多社会介入以及直接干预政治的文学景观。

进入20世纪70年代,“联副”中各类杂文的社会介入大幅增加。何凡的“玻璃垫上”、彭歌的“三三草”专栏、杨子的“杨子专栏”、阮文达的“随缘随笔”专栏等等,都大大减少了“反共”议题的讨论,转而向社会热点问题、具体社会事务投注更多的精力。以何凡的“玻璃垫上”

① 陈芳明:《台湾新文学史》(下),联经出版事业有限公司,2011年,第479页。

②③ 陈芳明:《台湾新文学史》(下),联经出版事业有限公司,2011年,第520页。

对台湾白报纸进口问题的关注和讨论为例。台湾当局出于控制舆论的需要，曾长期施行“限证”“限印”“限张”等政策，其中“限张”(限制报纸发行张数)措施，主要通过控制台湾本地白报纸的生产，以及高关税严格限制白报纸的进口等手段实现，本质上是通过经济手段达到政治目的。何凡在该专栏中连续刊发《纸贵台湾妨碍出版业》[1]、《纸困报业》[2]、《速救纸荒》[3]等系列文章，持续对问题进行讨论，抽丝剥茧、层层深入，揭开这一社会热点问题背后真正的原因所在。又如 1971 年起在“联副”中开设的“各说各话”专栏，在工商社会深入发展，社会分工更加细密的大背景下，请社会上不同行业的精英，讨论其所熟悉的专业问题，给了读者从各个方面了解社会的机会。此类社会介入的专栏在该时期的“联副”中还有很多。

20 世纪 70 年代至 80 年代，“联副”中一些文学体裁甚至衍生出了介入社会的特殊形态。比如“新闻诗”就是 70 年代末发展起来的，以社会话题讨论、社会事务参与为目的的诗歌形态。诗评家羊令野将有着几千年历史的“本事诗”，即叙事、记录舆情的诗，当作“新闻诗”的源头。他对于“新闻诗”的范畴有如下认识：“由诗人们本诸新闻事件，以诗评述之，则诗人介入社会，参与舆论，正是现代诗人走向生活的土壤，去作社会的鼓手，去唱大众心中的一支歌了。”[4]曾经致力于

① 何凡:《纸贵台湾妨碍出版业》,《联合副刊》,1969 年 7 月 30 日。
② 何凡:《纸困报业》,《联合副刊》,1970 年 10 月 8 日。
③ 何凡:《速救纸荒》,《联合副刊》,1973 年 5 月 2 日。
④ 羊令野:《谈新闻诗》,《联合副刊》,1978 年 5 月 30 日。

新形式的追求以及内心世界探索的现代诗，总体上看较为内敛，呈现出较强的个人性和抒情性的特征，但随着台湾社会的急遽变革，"诗人们则面临了新时代的挑战，他们和社会都不再满意仅止于个人抒情的传统，因此，诗人们企图处理更大的题材，企图关心民族文化、社会大众、以及历史价值取向的表现"①。

对于由现代诗衍生而来的"新闻诗"形态，及其介入社会事务、参与社会舆论的功能，谭柱寰就认为："由于新闻是既成事实，有好的新闻，也有坏的新闻，因而新闻诗就有歌颂，就有讽刺，也有斥责。新闻诗是诗人参与社会的一宗表现，是诗人抛弃个人主义、唯美主义，走出象牙之塔，到广阔的世界中去；有着极其深远的现实意义和历史意义，它为现代诗开拓了广阔的道路，对今后中国文学艺术的发展，也会产生新的影响和启示。"②虽然以后来的眼光看，"新闻诗"等新的诗歌形态的发展并不见得成功，比如余光中就认为："但是进入八〇年代的后工业社会，新闻诗、都市诗，甚至环保诗相继出现，于是现代诗也进入了后现代……所谓后现代诗也是百无禁忌，无论政治的、道德的、隐私的、美学的任何'大限'都可以突而破之。问题在于破后是否能成立。"③但正如"新闻诗"专栏的序言中所说："新闻诗把诗的路，拓展到新闻里去；对于时事与环境，让我们有这一代的风、这一代的雅、这一代的颂。""新闻诗"可以说就是诗歌变革与社会参与的一次尝试。例

① 编者：《杨牧新作〈吴凤——四幕诗剧〉序》，《联合副刊》，1979 年 2 月 5 日。
② 谭柱寰：《新闻诗的道路——为诗人节而作》，《联合副刊》，1978 年 6 月 10 日。
③ 余光中：《余光中集》（第 8 卷），百花文艺出版社，2004 年，第 309 ~ 310 页。

如罗青创作的“新闻诗”《就是大专联考没有错》,其中有:

大专联考你没错/要错错在联招会/联招会,连年招我报名有什么错/ 要错错在成绩单/成绩单,夺命丹!/夺命勾魂来放榜/错来错去是放榜的错/ 错来错去……/都是我自己的错呀!自己的错/其实我也没有错/都是生我养我的父母错/……都是考题考卷的错/铅笔错,橡皮错/黑板椅子书包错……①

诗歌针对的是当时的社会热点大专联考问题,以一个落榜考生的口吻,到处找理由、挑毛病,从联招会到自己到父母,甚至是橡皮、铅笔都被他挑了错,又都被自己否定,生动描绘了一位罹患“联考病”的落榜生的状态。再比如吴望尧的“新闻诗”《中文横写》:

地球向东转/太阳向西爬/四千年的文化/ 突然 变成酒醉的螃蟹/在 台北的街头/五光十色的招牌上/迷路!/左顾而右盼/好像都一样/像都不一样(这是左右逢源 还是左右为难?)/妈妈爱我/我爱妈妈/那倒没有关系/ 总是一家人/爸爸的舅舅/舅舅的爸爸/这本账/可就有点糊涂……②

① 罗青:《就是大专联考没有错》,《联合副刊》,1978 年 7 月 4 日。

② 吴望尧:《中文横写》,《联合副刊》,1978 年 5 月 14 日。

该诗针对当时社会上引发热烈讨论的中文横写，这一“没有难倒‘古人’，却把‘今人’搞迷糊了”[①]的问题，用极富趣味的诗化语言，展示了支持与反对者的论调。这类关注社会议题的“新闻诗”在这段时期还有不少。对于“新闻诗”将在第三章中还有提及，此处不再赘述。

“联副”文学生产在社会介入方面，还有另外一个典型，就是“开启环保启蒙思潮”[②]的环保文学，以及由此引发的自然书写。“1980年代后，工业文明、国家机器对自然的掠夺使环境日益恶化，也促使人们产生日益自觉的环境意识，相应的自然书写也应运而生。”[③]介入环保这一当时的社会热点问题，以文学之笔醒发公众环保意识、营造社会环保理念，“联副”又一次走到了文学场域的前列。自1980年起，“联副”就不断策划各类专栏供给自然书写，女作家韩韩、马以工等较早通过“联副”这一平台，参与到环保文学的创作与倡导中，他们对文学在环保这一社会关切中的价值有着深刻的认识，“感觉是属于文学而非科技的。只有人类对大自然最原始的感觉才能避开现代化这个迷思所产生的‘开发’、‘发展’、‘成长’等等的迷恋……回到文学的感性和哲学的理性中去，也可能是环保工作应走的一条路”[④]。当时的一位环保记者杨宪宏也有一段话，很好地说明了包括作家在内的知识分子介入环保这一社会问题的作用：“知识分子是架接刺激的桥，是引导、

① 吴望尧：《中文横写》，《联合副刊》，1978年5月14日。
② 黄万华：《多元多流：双甲子台湾文学》（史），花城出版社，2014年，第287页。
③ 黄万华：《多元多流：双甲子台湾文学》（史），花城出版社，2014年，第286页。
④ 韩韩、马以工：《我们只有一个地球》，九歌出版社，1993年，第267页。

启蒙民众关心社会的灯。社会大机器，如果没有知识分子雷、火冲击，很容易懈怠，许多应解决的问题，便成悬案……”①

此后环保文学、自然书写成为台湾文学生产中的一个重要现象，也成为“联副”的一个重要板块。自然书写专栏的设置贯穿了整个20世纪80年代，虽然不同时期有不同的着眼点。1981年元旦“联副”开辟了“自然环境的关怀与参与”专栏；1981年7月底开设有“我们只有一个地球”专栏；1986至1987年“联副”继续开设专注于自然书写的“大地显影”专栏；1987年6月，“联副”又开辟“作家参与环保工作回顾与展望”专栏；1989年3月设“地球人语”专栏等等。从“联副”的文学生产情况来看，环保文学或自然书写主要就出现在上述的各类专栏当中，以报告文学为主，参与其中的作家，具有明确的介入社会、介入环保的意识，他们面对大众化的问题，“敏锐的思考，行动的勇气，不屈不挠的抗争精神，着力从书斋走向旷野，这是文学家的铁肩担道义，妙手著文章的现代体现”②。上述这些内容在后文还有详细论述，此处也不赘述。

（三）文学直接干预政治

就“联副”来看，自20世纪50年代初至70年代末乃至更长时期内，在与政治场域的互动当中，以政治场域对“联副”文学生产的单向

① 杨宪宏：《一个记者对生态环境的省思》，《联合副刊》，1986年5月3日。

② 刘爱军主编：《生态文明研究》（第3辑），山东人民出版社，2013年，第239页。

宰制为主,“关心这四十年间台湾的文学生命的人会同意,政治局面和社会风气对它之为超强的影响,乃是近乎绝对而不可忽视的。我们今天的文学固然是文学作者努力的结果,可是无论其美恶成败,都牵涉到外界的激荡和冲击,鼓励和限制。这点无须讳言”①。但是这种情况,在进入80年代之后发生了重大转折,一般认为台湾的政治祛魅以当局宣布解严为分界线,“其实1970年代末交织鼓涌的张力绝对高过于后来。1987年7月下达的解严令,只像是一对苦恋的情侣最后取得的那纸婚约,前此的波澜壮阔、缠绵曲折,至是已沙平水缓”②。70年代末80年代初,文学对政治逐渐强化的各类“反动”,就构成了前述“张力”的重要组成部分。中国自古有“文以载道”的传统,文学介入政治也并不罕见,80年代初,随着国际政经环境的急遽变化,台湾面临前所未有的窘迫局面,“文学不能漠视现实的政治局面,甚至必须正面对待它,原因一方面由于人终究是政治的动物,一方面也由于那局面和文学的发展关系太密切了”③,于是在文学生产中,就有很多针砭现实政治、强烈要求变革的声音发出。“联副”文学生产自80年代初开始一改过去“变相发声”的做法,各类直接影响和干预政治的文学现象层出不穷,多数表现得急迫而激烈。

80年代初,“联副”中杂文议政的热情空前高涨,关注的焦点主要集中在各类选举问题上。作为现代政治的核心议题、民主政治的关键

①③　王靖献:《期待一个文学杂志》,《联合副刊》,1984年10月30日。

②　陈义芝:《副刊转型之思考——以七〇年代末“联副”与“人间”为例》,痖弦、陈义芝:《世界中文报纸副刊学综论》,“行政院”文化建设委员会,1997年,第156页。

点，各类选举对于当时尝试改革的台湾当局来说，构成其政治生活中的重要内容，也成为“联副”杂文议政的焦点。1983 年底何凡在“玻璃垫上”专栏中，以评论的方式直接介入台湾增额“立委”选举，连续刊发《政见台上的荒唐言》[①]、《再谈竞选言行》[②]、《神圣一票不可乱投》[③]等多篇杂文，主要对候选人品行、竞选言论进行品评，同时提醒选民注意事项。就此议题吴心柳的“未名集”专栏有《接受那被选择的》[④]、杨子的“杨子专栏”有《选举后》[⑤]等先后给予关注。

这个时期“联副”的杂文当中，直接对政府提出批评已经比较常见。比如何凡的《我们需要强力的政府》，在第七届台湾地区领导人选举甫一结束之际，就针对地方政权中的黑恶势力问题，向当选者发出警告：“也许因为近年忽略的结果，有些地方显得欠‘修’，有些地方正在恶化。新政府应当大力整顿，新人新政，破灭少数恶徒，保障人民幸福，提高国家声誉。”[⑥]民主宪政议题在台湾曾经是政治禁忌，却成为“联副”杂文这个时期的重要议题。例如阮文达在“随缘随笔”专栏的《民主的激情》一文，虽然讨论美国民主的缺陷问题，却在结论中指出：“美国式民主，固然尚有某些缺点，然而值得我们学习的地方太多……”[⑦]

① 何凡:《政见台上的荒唐言》,《联合副刊》,1983 年 11 月 29 日。
② 何凡:《再谈竞选言行》,《联合副刊》,1983 年 11 月 30 日。
③ 何凡:《神圣一票不可乱投》,《联合副刊》,1983 年 11 月 30 日。
④ 吴心柳:《接受那被选择的》,《联合副刊》,1983 年 12 月 2 日。
⑤ 杨子:《选举后》,《联合副刊》,1983 年 12 月 5 日。
⑥ 何凡:《我们需要强力的政府》,《联合副刊》,1984 年 5 月 23 日。
⑦ 阮文达:《民主的激情》,《联合副刊》,1984 年 11 月 10 日。

希冀借此推动当局加速民主改革的意图明显。80 年代中期以后,“联副”中杂文切入政治问题,更加透明犀利不留余地。杨子的《政治的爱与恨》中,在谈到民主宪政改革时,对地方基层民主实践进行了激烈抨击:“前几天听了几场地方公职人员选举的所谓‘政见发表’,我便不止深恶政治,而且为之不寒而栗。如果地方自治如此搞法,如果民主宪政这样走法,那是非常‘不美丽的错误’。”[①]如此直白露骨的政治批评在之前是不可想象的。到了 80 年代末期,“联副”杂文在政治介入中自由尺度更大,成了撬动台湾政治铁闸的重要力量。比如彭犁的《北京与台北之间》中,毫不避讳地抨击台湾民主选举的虚伪与两岸政策的荒谬:

> 可是,曾几何时,东欧的政治改革却走在我们前面了。我们仍然保留着不选举的国会,不选举的省市长,没有代表性的代表选总统、副总统。东德可以在一夜之间,打通围困几十年的柏林围墙,直通西德,人民以百万计;我们却要花三、四倍的时间和金钱,数不清的麻烦,才能从台北到厦门。[②]

从场域理论的角度来看,文学场域与“外缘性的文学正当性原则(externally derived principle legitimacy)之间,永远存在着紧张的竞争关

---

① 杨子:《政治的爱与恨》,《联合副刊》,1985 年 11 月 18 日。
② 彭犁:《北京与台北之间》,《联合副刊》,1989 年 11 月 23 日。

系”①。对于“联副”这一文学场域而言,自20世纪50年代初至80年代中期,其文学生产都处于政治这一“外缘性的文学正当性原则”的主导之下,只拥有一定程度的半自主性,但贯穿六七十年代的经济增长,却大大加速了这种自主性的生长。“联副”同期的文学风景,无论是“反共文学”、各类“逃避性”的书写,还是对政治展开反制的书写形态,都与前述的竞争关系及竞争态势有着密切的关联。1987年7月14日,蒋经国宣布15日零时解除已经施行了长达38年之久的戒严令。固然“联副”文学生产及其与政治的竞争关系,并不能以一纸解严令做前后的截然划分,但毋庸置疑的是,观察“联副”文学生产的变迁,这仍然是一个指标性的时间节点。“1987年解严以及随之而来的报禁、书禁开放,使得威权统治式微、言论尺度松动”②,尤其是1988年“报禁”解除之后,“台湾当局对媒体的控制发生了大的转变,从解禁前的全面控制转向表面上敬而远之,政治上不直接管……”③对于从事文学生产的报纸副刊来讲,“官方文艺政策已经开放,形成‘无政策的政策’,允许各种不同的观念、声音展现在文化界中”④,因此可以这样说,至20世纪80年代末期,台湾政治对文学的单向宰制已经被完全打破,“联副”等文学场域的自主性大大强化,文学生产中的政治痕迹逐渐淡去。如张诵圣所言:“特别是文学领域从20世纪50年代早

① [美]张诵圣:《当代台湾文学场域》,江苏大学出版社,2015年,第224页。

② 林丹娅:《台湾女性文学史》,厦门大学出版社,2015年,第372页。

③ 黄肇松口述、左成慈整理:《口述历史》,2001年7月2日,转引自左成慈:《余纪忠办报思想与实践研究:1988—2001》,南京大学出版社,2003年,第66页。

④ 郑明娳:《当代台湾政治文学论》,时报文化出版有限公司,1994年,第34页。

期几乎完全是政治的附庸到 20 世纪 90 年代转向以市场为主导”[①],80 年代到 90 年代初,“联副”等台湾文学场域经历了“由政治主导到市场本位的加速过渡”[②],这种变迁必然意味着“联副”文学生产中,将有新的美学范畴和文学景观。

---

① [美]张诵圣:《台湾文学新态势:政治转型与市场介入》,《中国现代文学论丛》,2014 年第 1 期。

② [美]张诵圣:《当代台湾文学场域》,江苏大学出版社,2015 年,第 225 页。

第二章
与经济场域互动中的“联副”文学生产

现代意义上的文学生产包括文学传播（或流通）的过程，而传播在市场上发生，因此现代文学生产可以说既是文学现象又是经济现象。根据布尔迪厄的场域理论，“经济场”与“政治场”一样，作为文学场外部的权力场域而存在，是间接影响文学场内部法则的逻辑力量。可以说，经济场域在“联副”发展的不同阶段，都以不同的方式影响着其文学生产，“联副”文学图景背后始终渗透着经济与市场的逻辑。

第一节 经济价值初步追索中的“联副”文学生产

自20世纪50年代初到60年代末之前，“联副”显然属于布尔迪厄界定的“缺乏自主性”的文学场域，“越是缺乏自主性的文学场，越是常常依靠外部资源来解决内部冲突，外部资源也就可以毫不掩饰地加以干预……"[1]该阶段干预"联副"最主要的"外部资源"显然来自政治场域，但毋庸讳言，经济场域对"联副"文学生产的影响同样不容小觑。

布尔迪厄将文学生产场分为两极对立的两个文学次场，即"为艺术而艺术"的"限制生产"（"纯粹生产"）文学次场与"大生产"（"为了受众的生产"）文学次场[2]。虽然该时期内"联副"的主持者如林海音，也曾进行过文艺副刊的改造甚至有过"纯文艺"的追求，但这在更大程度上还是出于对抗政治场域干预的考量，而非进行"为艺术而艺术"的"纯粹生产"的尝试。另外，不同于聚焦特定审美趣味（也针对特定受众群体）的"同人杂志"，根植《联合报》这样的大众新闻媒介当中，就决定了"联副"这一文艺副刊"拥有更广泛的受众群体"[3]。"联副"的文学生产，更接近"以满足大众期待为目的的大生产"[4]。此类文学生产，在布尔迪厄看来奉行经济逻辑，"文学艺术产业将文化财产的交易与其他交易一视同仁，赋予由发行量衡量的即时的和暂时的成功以优先地位，满足于符合顾客的先在的需要"[5]。既然具有文化产业的性

---

① 朱立元：《后现代主义文学理论思潮论稿》（上），上海人民出版社，2015 年，第 376 ~ 377 页。

② 参见［法］布尔迪厄：《艺术的法则》，刘晖译，中央编译出版社，2011 年，第 87 页。

③ 田露：《20 年代北京的文化空间——1919—1927 年背景报纸副刊研究》，社会科学文献出版社，2015 年，第 11 页。

④ ［法］布尔迪厄：《艺术的法则》，刘晖译，中央编译出版社，2011 年，第 87 页。

⑤ ［法］布尔迪厄：《艺术的法则》，刘晖译，中央编译出版社，2011 年，第 110 页。

质，奉行经济和市场的逻辑，“联副”的文学生产对经济价值的追求就属必然。

一、文学生产经济价值的初步追求

1986 年布尔迪厄在《资本形式》一书中，为了区别经济资本和社会资本，最早提出了“文化资本”的概念。文学场域的文学生产中，固然离不开经济资本与社会资本，但是文化资本的投资利用，才是文学产品（文学作品）生成以及文学扩大再生产的关键，“文化资本是作为斗争中的一种武器或某种利害关系而受到关注或被用来投资的，而这些斗争在文化产品场（艺术场、科学场等）和社会阶级场中一直绵延不绝”[①]。在文学生产尤其是“大生产”中，“文化资本”投资的直接成果——文学作品，“已经将文化资本和经济资本合二为一”[②]，像其他所有商品一样可以进行买卖与交换。资本、利益原来就是经济学的概念，“文化资本”虽然有着超功利性、无目的性的一面，但也保留着其逐利的本性，追求经济价值与金钱利润的最大化。20 世纪 50 年代至 60 年代的“联副”，其文学“大生产”有着明确的经济价值追求。

① ［法］布尔迪厄：《文化资本与社会炼金术 布尔迪厄访谈录》，包亚明译，上海人民出版社，1997 年，第 200 页。

② 马中红：《无法忽视的另一种力量 新媒介与青年亚文化研究》，清华大学出版社，2015 年，第 158 页。

(一)作家对文学产品经济价值的争取

作家(包括编辑)是文学场域中最重要的行动者,也是文化资本最重要的拥有者和"投资人",通过将文学作品投放市场,获得利润和经济价值,最直接的就表现为稿费。20世纪50年代至60年代,"联副"的作家们就围绕着稿费展开过讨论和争取,这既是文化资本逐利本性的表征,也是市场逻辑在"联副"文学生产当中的具体体现。

其实早在民国时期,我国的现代稿费制度就已具雏形,"至民国时期,稿费、版税制度已在上海出版市场中普遍建立"①,20世纪50年代之后的台湾文坛在很大程度上继承了这套稿费制度。但从文学生产的实际来看,在其后十多年乃至更久的时期内,包括"联副"在内的文学生产场所提供的稿费都是非常低的。"联副"中有不少文学作品对过低的稿费及作家困顿的生活有过描写。冷翠的杂文《乱世文章不值钱》一文中,在谈到以古文翻译起家,稿费收入丰厚,有着"造币厂"之称的林琴南之后说:

> 至于自桧以下的所谓文士或作家,差不多都是以写文章为副业;实在因为一般的稿费太低,不足以维持生计,读书的人又少,即令你有等身的著作,版税也是少得可怜。②

---

① 叶中强:《稿费、版税制度的建立与近代文人的生成》,《上海大学学报》(社会科学版),2006年第5期。

② 冷翠:《乱世文章不值钱》,《联合副刊》,1951年12月2日。

可见当时写作的稿费收入非常有限，翩父的散文《投稿之见》中指出：

现在稿费普通千字二三十元，日书二三千字，则月入可二千左右，这个数字，在目前台湾各界看来确是一个令人艳羡的数字，可是，如果你真作如上的预算，其不破产者几希！[①]

当时在台湾从事文学创作的作家稿费收入过低，无论是与同期国外文坛的横向对比，还是与之前大陆文坛的纵向对比都是如此。杨海宴的小说《高柜台底下的顾客》，讲述了一位想靠写作谋生的大陆来台军官的故事，其中有这样的描写：

他又想起美国作家一天只写一百字就生活得很好，就有洋房住，有汽车坐，夏天避暑，冬天避寒，打猎、旅行、游历……他羡慕的想着，吞着口水，而我们呢，每天写一万字也休想这样啊。[②]

虽然是小说，但是其中有关当时作家收入的描写却并非虚构。如果说杨氏的小说做了横向对比的话，那么赵壹的散文《稿费》中就给出了纵向比较："现在一般常在报纸上杂志上发表大作的人，长篇累牍地

① 翩父：《投稿之见》，《联合副刊》，1953 年 3 月 21 日。
② 杨海宴：《高柜台底下的顾客》，《联合副刊》，1958 年 7 月 25 日。

连登下去,月入当亦不恶,可是得一千元须写三万字,呕心沥血,颇不容易。比起前人,更不免有今不如古之叹!”①苏雪林也在文章中有类似的结论:“现代自由中国作家的生活可说是最清苦的,不但不足与世界文明各国比,也不能与过去大陆比。”②这段时期台湾作家的稿费所得不但低,而且长期不曾增长,“作家的稿费七八年来,一般可以说,一直没有提高过,虽然物价已在无形中涨了好多倍”③。雪上加霜的是,随着排版技术的提高,作家的稿费又遭变相的克扣,“于今(1959 年)稿费数目还只照旧,但一些书刊的排版方式却进步了。五千字有时可以排成三千五百字,又要扣除零头,譬如你送一篇四千五百字的稿子,那五百字的零头算是白送。至于二三百字那当然是莫想计算的。一篇文章不算什么,几篇下来,你便吃亏好几百元了”④。

市场机制催生了完善的稿费制度,而文化资本与经济价值间合理的兑换“汇率”(直接体现为合理的稿费),又是职业作家养成的重要条件,“在资本主义和市场经济出现之前,作家主要依靠个人或宫廷的资助。进入资本主义时代以后,市场机制(具体表现为稿酬、版税等)取代了个人资助,成为主要的艺术与金钱之间的纽带。与此同时,出现了专门以写作为生的所谓‘职业作家’”⑤。可实际上,20 世纪五六十年代的台湾文坛,由于稿费过低多数作家生活困顿,专门从事文学创作几乎无法维持生活,因此绝大多数作家都是业余从事写作。王敬

① 赵壹:《稿费》,《联合副刊》,1953 年 3 月 18 日。

②③④ 苏雪林:《稿费与盗印》,《联合副刊》,1959 年 9 月 12 日。

⑤ 陶东风:《文学理论基本问题》,北京大学出版社,2004 年,第 14 页。

义在《挂满兽皮的小屋》后记中写道：

> 一般的论调都说台湾没有职业作家。职业作家可能当真没有，但文丐却一定有的。我知道：我自己就是一个。一篇稿写好了，寄出去，等待它刊登出来，然后，再一天挨一天的等稿费。有时稿费过了预定日期，生活的秩序便遭到了彻底的破坏，于是，为了解决吃饭问题，只有拿出文人自古已有的本领——借钱。钱借不到手的时候，当铺那剥落的粉壁，我的裹在大衣里的身子，就会紧紧的贴过它，并在挂着肮脏的褪了色的布帘的入口处闪进去。再闪出来时，大衣不见了。①

老作家苏雪林载于“联副”的文章，也能够印证这一点，她在《稿费与盗印》中写道：“在目前的中国，任何人都不能靠写文章吃饭，只能当个副业，但这个副业也非常重要，可说是正业的一半，缺少了它便无法生活的。”②即便是到了20世纪60年代的末期这种情况也没有改观，何凡在杂文《纸贵台湾妨碍出版业》中说：“……连带稿费无法提高，版税数目有限，养不活职业作家，缺少专业写作的人。”③

这个阶段“联副”的文学作品尤其是杂文，也有不少试图分析造成台湾文坛稿费过低的原因。根据商品经济的基本规律，市场供求关系

① 王敬义：《挂满兽皮的小屋》，《联合副刊》，1957年3月24日。
② 苏雪林：《稿费与盗印》，《联合副刊》，1959年9月12日。
③ 何凡：《纸贵台湾妨碍出版业》，《联合副刊》，1969年7月30日。

根本上决定着商品的价格。笔名翩父的作者就在《投稿我见》中，分析了当时台湾文学生产中供给端的情况："台北为自由中国作家集中之区，各报副刊均有稿满之患，所以'编者代邮'都在'欢迎短稿'。"[①]可见自20世纪50年代起，由于迁台后文学资源（作家及报刊文学平台）过于集中，文学产品的供给量非常之大。再从文学的需求端看，20世纪60年代初期之前，由于台湾经济状况不佳、大众阅读能力不足以及读者"趣味"有特定倾向等原因，造成了台湾读者文学阅读需求的低迷。苏雪林在其杂文《稿费与盗印》中，对这一问题有过讨论：

> 台湾版图仄狭，人口虽已达一千一百余万，真正爱读书的实在是少之又少。一些有钱的人，宁可把钱耗费于茶寮、酒店、弹子房、电影院，及其他不正当的娱乐上，一部分知识份子要看书，也无非是英日文书刊，中文著作往往不屑一顾。而公教之流，简单生活还愁维持不去，说什么买书？学生用的是父母的钱，当然不能随意挥斥，若有几文，宁可留着去看电影，买零食，五六元一本的书也莫想他们掏腰包。[②]

即便到了20世纪60年代末期，在台湾经济取得了相当的发展之后，台湾民众的消费需求也并未过多向文学阅读聚集（尽管消费性阅

---

① 翩父：《投稿我见》，《联合副刊》，1953年3月21日。

② 苏雪林：《稿费与盗印》，《联合副刊》，1959年9月12日。

读需求有了较大的提升),何凡在《纸贵台湾妨碍出版业》一文中写道:“国民有钱宁愿去观影、听歌,饮咖啡吃冷食,而不是买书看杂志。而在这种‘不文’的情况下,文化发展已有障碍,更无论复兴了。”①如此看来,这段时期台湾文学生产中,文学产品供给大于文学阅读消费的需求,正是供需两端的失衡,造成了文学产品价格(稿费)的低迷。

“稿费是文学商品化的一种表现……当它作为一种额外的经济来源而补贴作家的生活时,它能够改善作家的生存条件……”②作家为文呕心沥血,本应获得合理的稿费收入,比如作家思果就认为:“英国十八世纪的文坛巨人约翰森博士说过,只有蠢蛋写文章才不要稿费,真是一针见血之论。文人不会投资股票、黄金、地产,只会用脑力换一点买书的钱似乎无可厚非。”③面对过低的稿费与困顿的生活,作家们不可能无动于衷,于是“联副”在这个时期也常扮演作家们呼号呐喊的平台,目的当然是争取文化资本更高的经济价值以及更好的生活境遇。其实前文中所有涉及稿费问题的杂文、小说等作品中,虽然不少只是对于情况的白描,甚至有些还带有自嘲的性质,但其中也不乏愤懑与质疑的味道。当然也有不少文学作品,对造成“乱世文章不值钱”的背后原因进行直接的批评,有些也试图给出改善的办法。比如苏雪林就针对编辑变相克扣作家稿费的行径,提出较为直接的批评:

① 何凡:《纸贵台湾妨碍出版业》,《联合副刊》,1969年7月30日。

② 王兆鹏《宋代的“润笔”与宋代文学的商品化》,《学术月刊》,2006年第9期。

③ 思果:《报刊与创作》,联副三十年文学大系编辑委员会:《风云三十年——联副三十年文学大系史料卷》,联合报社,1982年,第28页。

我们作家当然不好意思要求提高稿费，不过作家正当利益似乎也不该再行损害。譬如那些紧缩排版，克扣零头的事，编辑先生似乎要尽量避免才对得起作家。①

这个时期台湾文艺创作待遇过低，作家生活无以为继，就连当时国民党文艺战线的重要成员陈纪滢都发文关注，他在《为文艺界请命》中写道：

最近已有葛贤宁先生因贫病而死，其余有靠卖血为生的，改以劳力换取日用的，还有几位经常靠朋友接济解决一家数口之粮。我忝为文艺界一份子，触景生情，难免“兔死狐悲”之感，更不忍见文艺命脉渐渐从此萎缩下去。②

陈纪滢以知名作家葛贤宁等人的悲剧为例，揭示了当时整个台湾文坛的惨淡状况，直接批评当局对文艺界的资金投入过少，特别是停办文艺奖等问题。就是到了台湾经济状况向好的20世纪60年代末期，多数作家贫困的状况仍然没有明显改观，老作家钟鼎文在《文艺的大敌——悼诗人刘永让·兼谈作家保险》中，就提出了通过“举办文艺作家保险”的办法，为作家提供生存保障：

① 苏雪林：《稿费与盗印》，《联合副刊》，1959年9月12日。
② 陈纪滢：《为文艺界请命》，《联合副刊》，1961年5月4日。

我们更加明确的体认到，穷与病，实在是文艺的大敌。为了培养文艺创作的生机，为了维护文艺作家的生命，我们必须向穷困宣战，向疾病宣战；先行消灭我们内在的敌人——穷与病……在此，我们愿提出紧急的呼吁：迅速举办文艺作家保险，由社会福利基金项下支付这项保险费；不能只是倡议，必须付诸实施。[①]

受商业逻辑与市场规律的支配，20世纪五六十年代台湾文学生产当中，出现稿费过低及作家生活困难等问题，“联副”的作者，不但用文学手段对这些问题进行了反映，更是用文学的手段对背后的原因进行了披露，也对问题的改善进行了争取。实际上“联副”后来在提高作家收入方面做了不少文章，比如直接提高稿酬，举办有奖征文等，这些都与以上的争取不无关系。另外，自从1963年下半年起，在新任主编平鑫涛的主持下，“联副”开始大力扶持长篇通俗小说创作，吸纳了琼瑶、高阳等作家专门从事此类文学创作，而丰厚的收入更使得他们成为台湾文坛不多见的职业作家。总之，“联副”的种种举措，使得部分作家有机会获得可观的经济报偿，给特定文类的生产提供了较高的经济转换价值，作家在经济上的争取取得初步的效果。

（二）“联副”文学生产经济价值的转换路径

与文学杂志、文学书籍不同，“联副”等文艺副刊寄身于报纸媒介

① 钟鼎文：《文艺的大敌——悼诗人刘永让·兼谈作家保险》，《联合副刊》，1966年2月25日。

当中,副刊中的文学作品与正刊中的新闻等信息一道组成了报纸的全部内容。报纸中所有信息的经济价值,都是通过“二次售卖”的路径实现的。美国新闻传播学者罗伯特·皮卡德(Robert Picard)在20世纪80年代末期,提出了媒介的二元产品市场理论(核心就是“二次售卖”概念),构成日后主流传媒经济理论的基础概念。他认为:“报业公司创作、生产并出售物质产品——报纸副本——给读者,而同时销售一种服务——通过读者——到广告客户……报纸在新闻和信息吸引读者方面取得成功,会使报纸更能吸引广告客户,而它在吸引广告客户方面取得的成功,可以为报纸提供财政资源和广告信息,从而有助于报纸吸引读者。”①

作为台湾民营报刊最重要的代表之一,《联合报》的诞生可以说就是民营报纸经营压力下的产物,“《联合报》那时候称为《民族报、全民日报、经济时报联合版》。这三家独立的民营报纸,是由于当时公营报纸雄厚的人力、财力及设备的压力下经营困难,才联合出版以图生存的”②。发行人王惕吾,从一开始就将该报定位为不以牟利为目的的事业,在其为该报定下的五条原则的第五条就是:“《联合报》不是以盈利为目的的事业”③,但作为民营报业的代表,《联合报》要在市场中生存发展,就必须重视市场规律与营销方法,因此同样是在第五条原

① [美]罗伯特·G.皮卡德、杰弗里·H.布罗迪:《美国报纸产业》,周黎明译,中国人民大学出版社,2004年,第7页。

② 马克任:《报坛耕耘六十年:从台湾〈联合报〉到北美〈世界日报〉》,联经出版事业股份有限公司,2006年,第17页。

③ 王惕吾:《联合报三十年的发展》,联经出版事业公司,1981年,第17页。

则中也有:“必须注重市场,讲求销售方法与成本;但别于一般牟利事业,《联合报》的经营,应以服务社会,促进繁荣健全社会为目的。”①

很显然,对于《联合报》作为文化事业、文化产业的双重属性和中国知识分子的特点,以及商品经济中民营报纸的可能性空间,举办人王惕吾有着清醒的认识,“报纸在商品经济社会里,也是一种商品,有它的使用价值(供给读者可用的资讯),与交换价值(吸引读者订阅),所以,我们不必因为报纸是文化事业,而讳言它的商品性,或因此误以为推广销路,乃是生意人行为,有失知识分子的清高”②。可见,《联合报》主持者历来重视报纸内容生产及其经济价值的实现。

“联副”中的文学产品作为《联合报》信息的重要组成部分,也是通过吸引读者造成潜在的广告价值,在向读者和广告商的两次售卖中,完成“惊险的跳跃”兑现其经济价值。“联副”虽然以副刊的名义寄身于《联合报》,但事实上,“联副”中文学产品对于读者的吸引力,对于广告商的吸引力,以及其背后的经济价值,在相当长的时期内甚至远超以新闻信息为主的正刊,这绝非是“副”“附”“报余”“报屁股”等字眼可以言明的。此时文艺副刊“带领风骚成为拓展报纸销路的开路先锋,及提升文学创作风气的主流,由是早年‘报屁股’、‘报余’或‘报尾’之讥早已不复见了”③。台湾传播学者蔡源煌也认为:“较诸国外的报纸来看,国内报纸最独特的标记莫过于文化副刊所占据的分

① 王惕吾:《联合报三十年的发展》,联经出版事业公司,1981年,第17页。
② 王惕吾:《联合报三十年的发展》,联经出版事业公司,1981年,第23页。
③ 陈平芝:《文艺副刊的新挑战》,《文讯》,1994年7月第105期。

量。国外的报纸通常只有周末才出‘文学增刊’；以国内报纸的形态而言，副刊显然不见得是居于‘副’的地位——尤其是站在促销的功能来看，副刊的角色一发不可抹煞。”①

这种局面的形成，当然与这一时期的特殊政治及社会环境有着密切的关系，严重的政治低气压造成整个社会的喑哑，新闻媒介以及新闻舆论都受到严格的管控，而社会情绪却在文艺副刊平台找到了宣泄口。龙应台后来也说过：“在没有真正新闻自由的时代里，社会的焦灼以文学的面貌出现，寄身于副刊，使副刊超载地承担了本不属于它的种种任务，凝聚了整个社会的关注。”②另外，台湾狭小的地域格局拘囿了新闻媒介的发挥，造成了新闻严重的同质化，“台湾报纸受地域限制，新闻来源和采访路线各报大体一致，新闻版内容大同小异”③。与此相反，在文艺外衣的保护下，“联副”等文艺副刊却内容丰富、风格多变，十分贴合受众需求，“然而副刊内容富变化，可各树风格，受众又不受年龄、职业、性别限制，凭借这些条件，副刊日益受到关注与重视”④。

这一时期乃至后来相当长一段时期，读者对于“联副”等文艺副刊都非常关注，传播学者蔡源煌说过：“据我所知，也许政府官员只看一、二版，可是大部分读者却只看副刊这一版。以报摊上零售的分量而言，除非有重大新闻，否则能引起读者购报动机的反而是所谓的副

① 蔡源煌：《从现代传播看联副〈快谈〉》，《联合副刊》，1981年4月1日。

② 龙应台：《百年思索》，南海出版公司，2000年，第65页。

③④ 刘晓慧：《五十年代台湾报纸副刊发展》，《文化与传播》，2012年第4期。

刊。”①根据“二次售卖”学说，具有更强读者吸引力的副刊，就具有了更强的广告吸纳能力，也就意味着更高的经济价值，因此成了这一时期报纸间竞争的利器，“联副”之于《联合报》更是如此。20世纪50年代至60年代，“联副”文学生产的经济价值不但为主持者所清晰认知，更在实践当中得到了充分实现。

（三）“联副”文学产品的营销推广

该时期“联副”对读者的独特吸引力及较高的经济价值，使之当然地成了《联合报》营销的重点。像所有商品一样，文学产品（作品）在进入流通环节以后，也需要借助相应的营销手段进行推广，“文学作品也必须作为商品来流通。因此，出版商和发行商无疑要按照商业的运作方式和营销策略来促销文学作品，实现其商业利润”②。“联副”在这个阶段非常重视文学产品的推广，经济领域的营销推广手段被广泛应用，广告就是其中最重要的手段。这些“广告”大多并不见得具备广告的形式，甚至其本身也是文学产品（作品），但是由于它们能够在文学产品的推广当中，发挥与广告同样的告知与“促销”的功能，我们不妨也以广告相称。

1. 预告型的广告

所谓预告型广告，就是以“编者”或作者的身份，在某部作品刊发

---

① 蔡源煌：《从现代传播看联副〈快谈〉》，《联合副刊》，1981年4月1日。

② 向荣：《消费社会与当代小说文化变奏 1990后的中国小说批评》，四川人民出版社，2015年，第63页。

之前，对具体刊发日期进行预告，有时也对作家作品做极简短的介绍。这种预告，很显然是为待刊的作品做预热，唤起读者的阅读期待，有着清晰的广告“促销”特征。这类广告中有的就以“预告”做标题，非常之简短直接甚至语焉不详，比如郭良蕙的中篇小说《误》的预告：“穆穆先生的《代价》今天登完了。从明天起，接登郭良蕙女士的《误》，是一篇一万多字的中篇小说。”[①]还有公孙嬿的中篇小说《魅镜》的预告：“从明天起，接刊公孙嬿先生的《魅镜》（共二万二千字）。这是他继《黑手》之后的一篇新作，希望爱读《黑手》的读者注意。”[②]这种简洁的预告在该阶段的“联副”中经常出现，在提示阅读时间的同时，可以帮助读者形成心理期待。

也有一些预告型广告，在基本预告信息的基础上，还继续祭出作品亮点，充斥溢美之词，目的当然是撩拨读者的阅读欲望，充分发挥广告对文学产品的推广作用，这类广告会略显繁复。比如 1951 年 12 月“联副”在刊载译介中篇小说《山本川代子》前有预告如下：

> “联副”将于近日起刊登一篇真实的故事，叙述一个日本女人山本川代子的悲惨遭遇。作者文笔简洁流利，写尽了十年来中日俄三国关系的真相，是不可多得的佳作，敬请读者留意。[③]

---

① 编者：《预告》，《联合副刊》，1954 年 2 月 20 日。
② 编者：《预告》，《联合副刊》，1954 年 4 月 6 日。
③ 编者：《预告》，《联合副刊》，1951 年 12 月 4 日。

"联副"在20世纪60年代中期以后的一段时期力推通俗文学的生产，用于推广的预告型广告的信息量就更大了。不但包括了作家作品的背景信息，也努力展示作品的精华所在，为文学作品的阅读预热、造势，创造更好的阅读氛围。比如1965年7月份，编者为高阳的历史小说《少年游》所做的预告：

高阳先生继《李娃》及《风尘三侠》以后，将为本刊撰写第三部历史小说《少年游》，描写北宋时汴京自宫廷至坊曲的形形色色。"并刀似水，吴盐胜雪，纤手破新橙……"，这首大词人周邦彦的杰作，调名"少年游"；其中隐藏着一段富有风味的故事，经高阳先生考证史实加以衍化，成为二十万字的长篇，本月十四日始连载，仍请名画家海虹先生逐日精绘插图。敬请读者注意。①

预告型文学广告并不拘泥于"预告"这一种形式，只要有利于文学产品刊载预告及推广的形式，都被纳入其中。如"编余"板块就曾参与过重头文学作品的预告。1954年3月27日《牧场之春》的预告，就出现在"编余"当中：

从明天起换一换口味，我们请施翠峰先生译了日本菊田一夫的《牧场之春》。关于原作者，施先生另有一介绍文同时刊出。译

① 编者：《〈少年游〉高阳先生新著 十四日起连载》，《联合副刊》，1965年7月11日。

者施先生过去曾在本刊译介过日文的《私房钱》等短篇小说，都很引起读者的注意，希望这篇两万字的小说也会受到欢迎。[①]

2. 介绍型广告

20世纪五六十年代，包括“联副”在内的很多文学生产场域，都非常重视外国文学作品的译介，而介绍型广告就成了译介作品推广中的重要手段。介绍型广告主要由编者或译介者创作，相较于简洁的预告型广告，介绍型的文学广告中，会较为详细地介绍作家、作品的创作背景以及文类的相关知识，实际上就是文学科普式的文章，客观上却能起到吸引读者以及推广文学产品的作用。比如《介绍赛珍珠女士》[②]一文，就是典型的介绍型文学广告。1954年2月，在美国著名女作家诺贝尔文学奖获得者赛珍珠的长篇小说《中美儿女》刊载之前，“联副”先行刊载了译者敏子写作的上文予以介绍。文中详细介绍了赛珍珠的生平及创作情况，尤其是作家与中国的深厚渊源，为小说的刊载做了很好的铺垫和预热。

作品中的精华往往是最能吸引读者的部分，例如小说中的主要人物及核心情节等，有些介绍型广告就注意将这些内容提炼出来，并直接展示在读者面前，以达到吸引读者推广作品的目的。比如1957年2月22日，沉樱翻译的Margaret Dell Housdon的小说《断梦》，在刊载首

① 编者：《编余》，《联合副刊》，1954年3月27日。
② 敏子：《介绍赛珍珠女士》，《联合副刊》，1954年2月13日。

日也附上了译者写作的简介一篇：

> 现在这里要开始的《断梦》是美国当代女作家赫斯登女士所写的，原在麦考尔杂志连载。是一个曲折离奇的故事。是小说，也是人生；像梦幻，又像现实。让我们暂时抛开自己的忧乐，来分担一下别人的悲欢吧。①

有些介绍型的文学广告，从挖掘作家身上的故事性、传奇性与争议性等信息入手，这些信息虽然不是文学文本的组成要素，却能将读者吸引到文本的阅读当中，将作家的个人魅力有效地转化为文学产品的促销力。如1958年5月6日有一则介绍型广告《关于两篇连载小说》，其中小说《岁月》的介绍中有一段如下：

> 有人认为萨冈之所以出名是因为她是一个少女而写得大胆，有些地方够黄的，不是一个女人，更不是一个少女所敢写的，所以她出名。是否这样，要待读者看后给她批判。不过法国的著名批评家亨利·詹森却说萨冈是个伟大的道德家。②

萨冈是法国著名女作家，她的文学作品当时正风靡欧美，“联副”

① 沉樱：《断梦序》，《联合副刊》，1957年2月22日。

② 编者：《关于两篇连载小说》，《联合副刊》，1958年1月6日。

最早将她的作品介绍到台湾,该介绍围绕萨冈身上的争议性展开,再加上刺激性的字眼,读者难免会产生一读为快的冲动。另外一篇小说《霓虹桥》的介绍中则写道:

《霓虹桥》是一篇寄自美国康乃尔的小说,作者敏学先生不详其真实姓名,他在给编者的信上说:“本篇是血与泪凝和而成的,虽然并无其人,可能实有其事……”又说:“如不录用,敬请将全稿焚毁,勿留痕迹……”但是我们读了后,决定刊用,并不拟焚毁。[1]

编者看似不经意地将与作者间的通信内容泄露给读者,实则在寥寥数语间,将作者身上戏剧性的一面展露在读者面前,再加上对作品精华内容的提炼,介绍对读者吸引的效力实在不容小觑。介绍型文学广告中的信息构成也是多元的,照片、图像等也被用以配合介绍性的文字,尤其是作家的照片更是常常出现,有着制造“消费偶像”的意味。20世纪60年代,美籍德裔社会学者利奥·洛文塔尔在对美国杂志中传记主人公身份分析的基础上,提出了“消费偶像”的概念:“我们把过去的传记主人公叫作‘生产偶像’,因为我们觉得应该把今天杂志上的主人公命名为‘消费偶像’”[2],“消费偶像逐渐取代生产偶像也是一个历史趋势,它反映了美国资本主义社会从注重个人奋斗和生产发展向

---

① 编者:《关于两篇连载小说》,《联合副刊》,1958年1月6日。

② [美]利奥·洛文塔尔:《文学、通俗文化和社会》,甘锋译,中国人民大学出版社,2012年,第155页。

消费社会转变”①。洛文塔尔谈的虽然是传记中消费偶像的产生，但实际上“在产业化阶段，作家不仅是明星，还是商业品牌”②，偶像作家的塑造完成，对于市场环境中的文学生产来说，往往也就意味着文学产品销售力的形成。“联副”中介绍型广告，常用与文本并无多大关联的作家的照片来配合介绍性的文字，不能不说有着制造“消费偶像”、推广文学产品的动机。例如1958年1月6日莎冈的小说《岁月》的介绍中，就配上了莎冈的生活照（见图3），并且明显有着美化处理的痕迹；1月16日连载美国作家理查·马森的长篇小说《素芝传》前，译者南方朔的介绍文章《在〈汪素芝的世界里〉》中，同样也配上了原著作者照片（见图4）。这种图文配合的推广方式，在当时的“联副”当中非常多见。

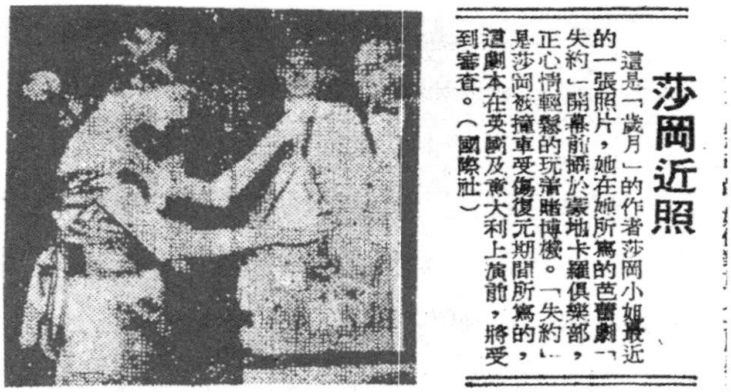

莎岡近照

這是「歲月」的作者莎岡小姐最近的一張照片，她在她所寫的芭蕾劇「失約」開幕前攝於蒙地卡羅俱樂部，正心情輕鬆的玩著賭博機。「失約」是莎岡被撞車受傷復元期間所寫的，這劇本在英國及意大利上演前，將受到審查。（國際社）

图3　莎冈近照③

① 周宪、刘康主编：《中国当代传媒文化研究》，北京大学出版社，2011年，第90页。

② 杨玲：《当代文学的产业化趋势与文学研究的未来——以青春文学为例》，《文艺争鸣》，2010年第17期。

③ 编者：《莎冈近照》，《联合副刊》，1958年1月6日。

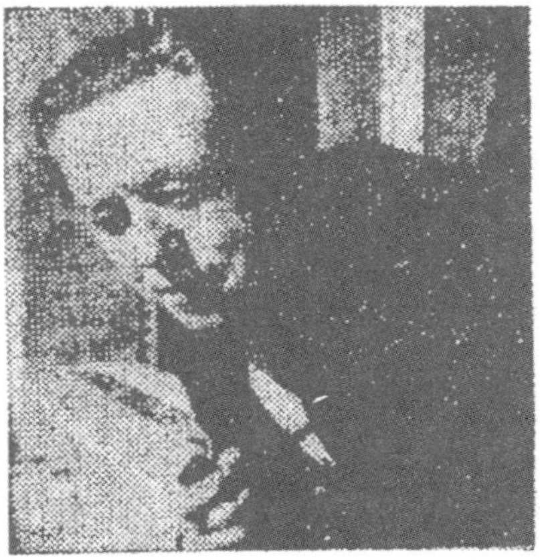

图4　汪素芝照①

实际上预告型广告与介绍型广告非但不互相排斥，还时常形成配合，共同服务于文学产品的推广。例如琼瑶的通俗爱情小说《菟丝花》连载前，有短预告一则："《菟丝花》是一部生动的爱情故事，作者透过其细腻笔法，更深深地探讨人性，分析人性，是一部值得郑重推介的好书。"②同日也刊载了琼瑶撰写的介绍型广告——《兔丝·菟丝·菟蕬——写在〈菟丝花〉之前》，其中有：

我这本《菟丝花》的书名，取自李白的那首古意，按李白那首诗，原是首极缠绵的情诗，顾名思义这本小说一定有个比较特殊

① 编者：《汪素芝的世界》，《联合副刊》，1958年1月16日。
② 编者：《菟丝花——明起连载》，《联合副刊》，1964年5月31日。

性格的女角。同时也有个比较曲折的故事，在菟丝花连载之前日，我也不想多说什么，但愿我这支笨拙的笔，能不辜负读者们对我的厚爱及期望。①

琼瑶的介绍虽然聚焦于小说名称“菟丝花”的由来，但正如洛文塔尔言及文学产品营销时所说：“如果标题吸引眼球，圆滑且有轰动性，整本书就离成功不远了。”②这种介绍也着实吊足了读者的胃口，与前面的预告型广告形成配合，为小说的阅读创造了良好的氛围。

3. 评论型文学广告

“文学评论的功能是多方面，多层次的”③，对引导读者阅读，以及对文学作品的推广与传播都有着重要的作用，“当代文学评论从一定角度上说是一种消费，但这种专业消费是为了勾引更多的大众消费，专业阅读启动大众阅读，扩宽‘孔方兄’进账的渠道”④。文学评论多由评论家捉刀，他们是“文学的‘立法者’和‘裁判者’”⑤，被评论家认可乃至给予高度评价的文学作品、风格、技巧、流派等，就获得了流通中的合法性，越是大牌评论家的评论越具有了名人“背书”广告的效

---

① 琼瑶：《兔丝·菟丝·菟蕬——写在〈菟丝花〉之前》，《联合副刊》，1964年5月31日。

② ［美］利奥·洛文塔尔：《文学、通俗文化和社会》，甘锋译，中国人民大学出版社，2012年，第87页。

③ 毛正天：《现代文体写作学》，江西教育出版社，1990年，第188页。

④ 张邦卫：《媒介诗学 传媒视野下的文学与文学理论》，社会科学文献出版社，2006年，第299页。

⑤ 段崇轩：《地域文化与文学走向》，北岳文艺出版社，2012年，第224页。

应,“文学场域像其他所有场域一样:文学场域涉及权力(例如,发表或拒绝出版的权力);它也涉及资本,被确认的作者的资本,它可以通过一篇高度肯定的评论或前言,部分地转到年轻的、依然不为人知的作者的账上”[①]。例如1956年3月份起,“联副”连载《温莎公爵夫人回忆录》,同时刊载了钟梅音的文学评论《温莎公爵夫人回忆录缀语》给以配合,其中不乏对译者、原著作者以及译文的赞美:

虽然也许是想藉此一窥这历史性的英王逊位公案演进时,当日女主角的心情,但最大的吸引力还是由于那支优美流畅的译笔,它非但使人不觉得是在读译文,而且深佩温莎夫人在写情状物之顷,其沉痛处、生动处实不下于一位夙具修养的大作家。后遇联副编者谈起,才知译者“文青”原是刘咸思姊——一位能写、能画、能唱、又能译的作家,宜其译文是如此出色![②]

这类评论对于诱导读者阅读,扩大作品的传播显然有所助益。主编林海音也曾亲自上阵,用文学评论的方式帮助推崇的作家作品扩大传播。比较典型的是为推广“苦命又狂爱写作的作家”[③]钟理和的遗作《笠山农场》时所做的努力。先是在该小说开始刊登的当日也就是

① [法]布尔迪厄:《艺术的法则》,刘晖译,中央编译出版社,2011年,第217页。
② 钟梅音:《温莎公爵夫人回忆录缀语》,《联合副刊》,1956年9月30日。
③ 林海音:《流水十年间》,联副三十年文学大系编委会:《联副三十年文学大系 史料卷 风云三十年》,联合报社,1981年,第109页。

1961 年 2 月 24 日，以编者的身份发表短评论《告读者》，小说刊载完毕后，又署名林海音发表长评论《关于〈笠山农场〉》[①]。两篇评论当中，对钟理和的生平以及小说的创作背景有非常详细的介绍，同时给小说以较高的评价。虽然第二篇评论是在小说刊载完近四个月后(6 月 19 日)才发表的，但是由于出自主编兼名作家林海音之手，对该小说单行本的出版(林海音等当时正策划钟理和遗作各单行本的出版)，以及"联副"中钟理和其他作品的推广，仍然有着重要的价值。

评论型文学广告有引导文学生产、诱导读者阅读的作用，因此常被用来协助组织性、计划性的文学生产。比如当"联副"要组织某个文类、某种题材的文学生产及作品推广时，就组织相应的文学评论予以配合。如 1964 年 4 月至 7 月，"联副"主推谍战题材类的通俗小说，以译介的长篇小说《冷战谍魂》为代表。在小说连载期间，"联副"连续刊登:《时代周刊推介的:〈冷战谍魂〉》《评介〈冷战谍魂〉》《间谍小说的秘密——从〈冷战谍魂〉谈起》等三篇文学评论给予配合。这些评论涉及小说内容梗概、作者介绍等信息，对小说原著及译者都抱有明显的肯定倾向。其中褒扬之词颇多如:"该书为本周畅销书第一名……"[②]"但是这本书诚然已自一般间谍小说的书堆中脱颖而出"[③]"小说家葛理翰·葛利恩称这部小说是'我所读过的最佳间谍小说'"[④]等。另外

---

① 林海音:《关于〈笠山农场〉》,《联合副刊》,1961 年 8 月 20 日。
② 仙:《时代周刊推介的:〈冷战谍魂〉》,《联合副刊》,1964 年 4 月 10 日。
③ 安东尼巴契:《评介〈冷战谍魂〉》,《联合副刊》,1964 年 4 月 11 日。
④ 方今:《间谍小说的秘密——从〈冷战谍魂〉谈起》,《联合副刊》,1964 年 5 月 17 日。

评论家还对当时流行的间谍小说这一文类进行了评析，客观上为读者营造了谍战类题材小说的浓厚阅读氛围，为打开同类文学产品的阅读市场助了一臂之力。

诚然，就文学产品生产的个案来看，主要体现为作者个体经验与情感的表达，但对于文艺副刊文学生产的整体来说，其背后从主编、编辑到选稿、用稿等方面，都有着一套完整的机制，体现为较强的组织性与计划性。以上各种类型的“文学广告”显然都不是偶然发生的，而是目的性的存在，清晰地体现了“联副”文学生产的计划性与组织性，是文艺副刊为推动文学产品的传播与“二次售卖”，促进文化资本的经济价值转换而主动作为的结果，也是市场逻辑在文学场域发生作用的重要表征。

二、五六十年代台湾经济变迁与“联副”文学生产

对于文学生产场域来说，经济场域绝非单纯的外部存在，经济规律、经济因素深刻影响着文学生产，“从历史和现实的情况来看，作为文学家生存和创作的基础，经济元素渗透在作家的个人生活、价值观念、创作动机、创作方式、作品内容和作品的传播接受中”①。因此20世纪五六十年代台湾经济场域的变迁，必然在文学观念、思潮、内容等方面留下清晰的投影，从“联副”这一时期的文学景观当中就有清晰的

① 祁志祥:《文学与经济关系的学理考量》,《云南大学学报》,2007年第6卷第4期。

反映。

从“联副”诞生的1951年起，至20世纪60年代中晚期，是台湾经济场域发生翻天覆地变化的时期。1950年底美国恢复对台经济援助，帮助台湾经济实现了初步的稳定；土地改革的系列举措，则“成功地使台湾农业迅速恢复到战前最高水平，并带动了台湾工业的恢复，为台湾今后的经济发展奠定了良好基础”①。1953年起连续实施的“四年经济建设计划”，再加上后续美援的支持，台湾工业经济迅猛发展，至“1963年台湾的工业生产在经济结构中的比重首次超过农业后，台湾的工业开始进入‘起飞’时期”②，成功实现了从农业经济向工业经济的转型。“台湾经济的转型，对台湾社会的变化产生深刻的影响，形成了当代台湾文学发展的重要社会文化环境”③，有力地形塑了一个时期内“联副”的文学景观。

(一)美援与特定文学题材的流行

1950年6月25日朝鲜战争爆发，美国出于战略牵制的需要，决定恢复对台湾提供经济与军事援助(其中经济援助1965年6月停止，1978年12月军事援助在台美“断交”后逐渐停止)④，根据美国国务院1964年5月28日正式发表的声明指出：“自1949年以来，美国对台提

① 茅家琦主编：《台湾三十年》(1949—1979)，河南人民出版社，1988年，第44页。
② 茅家琦主编：《台湾三十年》(1949—1979)，河南人民出版社，1988年，第157页。
③ 刘登翰等主编：《台湾文学史》，海峡文艺出版社. 1993年，第75页。
④ 孙克难：《美援对1950年代台海危机期间台湾财政融通的重要意义》，《远景基金会季刊》，2014年第1期。

供36亿美元的军经援助，其中军援为22亿美元，经援为14亿余美元。”[①]赵既昌更具体指出：“美国经援物资到达金额有14.8亿美元。”[②]美国大量经济援助的进入，对于20世纪50年代初风雨飘摇中的台湾经济恢复起到了巨大的作用，也为之后台湾经济腾飞奠定了重要的基础。

随着美国经济援助一起进入台湾的，还有西方文化以及其中包含的世界观、价值观、美学观等，在文化、文学场域当中爆发出非常显性的影响。就这些藉由“美援”的渠道进入台湾的文化因素（可以引申为广义的西方文化）对于台湾文化、文学场域的介入及影响，研究者早有论述。“新殖民主义”将其视为与“经济殖民”并列的“文化殖民”，强调其对“被殖民”地的宰制性的文化控制，虽然以一种“间接”的、“隐微”的方式进行。与上述观点接近的还有“文化帝国主义”（Cultural Imperialism）观，也是将美援文化“强加于”台湾的介入，视为“单向”的“文化支配”。另外一种观点来自英国学者John Tomlinson，虽然并不是针对台湾“美援文化”问题提出的，该理论强调媒介的“中性”与“被殖民地”主体的选择性，从而质疑“文化霸权”的“强制性”介入。[③] 台湾学者陈建忠则提出了“美援文艺体制”的概念，他认为：“所谓的美援文艺体制是五〇年代，自域外移入，制约作家在意识形态和

---

① 文馨莹：《美援与台湾的依赖发展》（1951—1965），台湾大学政治学研究所，1989年，第69～70页。

② 赵既昌：《美援的运用》，联经出版公司，1985年，第8页。

③ 王梅香：《文学、权力与冷战时期美国在台港的文学宣传》（1950—1962），《台湾社会学刊》，2015年9月总第57期。

文化想象的趋向，相对于国民党文艺体制（刚性体制），美援文艺体制是一种‘柔性体制’，促使台湾文学往有利于美国或西方的世界观或美学观，发展出一种纯粹美学的思考和写作方式。”[①]我们并无意于从理论上讨论“美援文化”的介入，究竟在多大程度上影响了台湾的文化与文学生产。但“经济不仅是影响文学创作的外部因素，也是掣肘文学创作的形式因素”[②]，美援作为20世纪五六十年代台湾经济场域最重要的变迁，毫无疑问深刻地影响了这一时期包括“联副”在内的文化生产场域的文学景观。

美援为台湾打开了一扇向外的窗户，窗外西式的美景让台湾人尤其是青年人憧憬不已，而随着美援一同涌入的西方文化及价值观念，更是猛烈冲击着台湾民众保有的中华传统观念，“西化”“亲美”“崇洋”大行其道。作家隐地对当时的情况有一段回忆：“脑子里装满了美国，那年头，有谁能到美国，可是天大的事，光到松山机场送，经常亲朋好友三五十人，围住一个要去美国的年轻人，几乎是集体叮咛，弄到后来，泪洒机场，仿佛天人永隔。”[③]叶曼（原名刘世纶）在“联副”连载的系列散文“天南寄札”中，对当时民众中弥漫的“放洋”氛围也有如下描写：“但是时至今日，无论男女老幼，一切一切，最好希望都归于放洋出国。出国之喜，可与金榜洞房同乐。所以在机场，在码头，但见行客

① 陈建忠：《美新处（USIS）与台湾文学史重写：以美援文艺体制下的台、港杂志出版为考察中心》，《国文学报》，2012年第52期。

② 祁志祥：《文学与经济关系的学理考量》，《云南大学学报》，2007年第6卷第4期。

③ 隐地：《涨潮日》，尔雅出版社，2000年，第156～157页。

喜形于色,意气洋洋;送行者祝贺连连,艳羡不置。”①而崇洋、“放洋”及其当中发生的悲、喜剧,成了一个时期内“联副”中文学书写的重要题材。

陶邦彦的短篇小说《出国》②,用第一人称讲故事,从主人公谭小姐出国前邀请朋友参加家庭聚会,引出了一个典型的崇洋媚外家庭的故事。小说开头就将谭家“崇洋”一面展露无遗:“到谭家去做客,可以得到高级的享受,说句不算夸张的话,谭家的厕所内的大便纸,据说也是来自西欧,旁的就不必赘述了……”小说中最精彩的部分,莫过于描写谭小姐的一段:

> 出国,那是她多年的愿望,是先天带来的优越权利……谈起来的时候,在表情上她还装出不胜负荷的样子:“真要命,爸爸三十五岁才去法国,他后悔太迟了,叔叔二十八岁去美国,兜个圈子回来也老去了,我二十岁,他们说刚好……读完大学回来才廿四岁,假使在国内念完大学才去……我的妈呀!廿八岁回国,不又老了!”她说话时,我觉得她在学某一个外国影星,像得很,她一向是很像的。

寥寥数语间,一个憧憬“放洋”、无比崇洋的女青年的形象跃然纸

① 叶曼:《天南寄札(一)悲莫悲兮生别离》,《联合副刊》,1960年7月26日。

② 陶邦彦:《出国》,《联合副刊》,1956年9月8日。

上。当“放洋”成为青年的最高理想，而机会又非常有限时，就有了为出国而不择手段的各种故事发生。萨满在短篇小说《金阿姨》[①]中，就描写一位貌似清高的小学女教师，为了能够出国，去给外国人做管家，原本对宗教嗤之以鼻的她，却专门为了出国而受洗。为了孩子能跟着一起出去，竟然要把健康的孩子当作问题儿童的标本，送去美国供专家研究，总之为了出国无所不用其极。群体性的崇洋心态及狂热的“放洋”冲动，与老派的传统观念间不可避免地发生着激烈的冲突，这些也进入了“联副”的小说题材当中。泰萤的短篇小说《出国》，描写了老派的王先生去参加朋友为孩子出国举办的聚会，其间朋友家人对美国的膜拜与疯狂的向往，以及全家洋派的作风，令王先生看不惯也不理解。小说从老派人物王先生的视角，描摹了一群崇洋者的丑陋灵魂，充分表现了新旧观念间的巨大反差。一段王老先生的内心独白，更像是对崇洋者的诘问：

> 这些人是什么心理呢？他纳闷的自语着：那么疯狂的崇拜美国，好像去到美国就是入了天堂。做父母的想尽方法送自己的儿女出国，更巴不得他们都变成美国人。这些可怜的孩子们，生在这种家庭中，从小就受着父母的熏染，也跟着盲目的崇拜美国，对自己的国家反倒淡漠了。好像生不逢地，不幸做了中国人……[②]

① 萨满：《金阿姨》，《联合副刊》，1956年11月25日。

② 泰萤：《出国》，《联合副刊》，1956年10月15日。

对很多台湾青年来说,“洋梦”好做“放洋”却并不易,“放洋”者中不乏悲剧,最后“洋梦”变成了噩梦。毕璞的短篇《洋梦》就是关于这样的一个悲剧。慕莲是一位不停做着“放洋”美梦的台湾女青年,通过跨国婚姻成功赴美后,却在美国过着穷困而劳苦的家庭妇女生活,最终连婚姻这根救命稻草也失去了。小说结尾主人公朋友的一句话这样说:“其实以慕莲的才学,如果能好好利用,在祖国应该大有作为的;不幸！她迷恋于洋梦中,以至有今日的悲哀,说一句不同情她的话,这正是咎由自取呵。”[①]这何尝不是对正做着“洋梦”的台湾青年的善意提醒。梦无论多美总有醒的时候,“洋梦”也不例外。王亚的短篇小说《镀金梦醒》,就是一个关于“醉心美国化生活”的台湾女青年,最后“洋梦”破灭而回归现实的故事。

“精致的公寓,全部电气化的设备,彩色电视机,假日可以驾着汽车到处旅行……这一切是她早已梦想的事”[②],段晓芬大学毕业后寻找着各种机会出国,在申请奖学金无果,留学考试屡次失败后,又寄希望于通过婚姻出国,由于受不了外国人的“洋腥气”,就把结婚对象锁定在华侨身上。为了物色合适的华侨结婚对象,段晓芬不断出没于各类华侨参加的聚会,却因为韶华褪去、青春不再,在一次聚会当中受到了侮辱,“镀金梦”方才醒转过来:“她觉悟到自己已经有了一个这样忠诚的男友,为什么还不知足的去追求那个不属于她的梦呢?‘我真

① 毕璞:《洋梦》,《联合副刊》,1956 年 8 月 6 日。
② 王亚:《镀金梦醒》,《联合副刊》,1965 年 11 月 21 日。

是自寻烦恼！'她在心中暗暗地骂自己。"①段晓芬所谓的"不属于她的梦"，其实就是很多台湾人的"洋梦"，而她最终接纳的男友，无疑象征着大家要面对的台湾现实。考察《镀金梦醒》的创作时间，已经到了1965年底，美援给台湾带来的冲击力渐衰，而台湾民众对于美国以及西方的一切，有了更多理性的思考与判断，"联副"中这类自我觉醒的小说题材，正是文学对当时社会现实的反映。

在"洋梦""放洋""崇洋"等题材的小说之外，游记散文在这个时期的"联副"当中也比较多见。美援打开了台湾的窗口，一些台湾的精英知识分子通过各种机会前往欧美、日本等国留学、游历或就业。他们将异域风情、行旅感受、外国知识化作游记散文，寄回台湾刊发在"联副"等文艺副刊当中。对于岛内那些仍站在"窗口"向外眺望的憧憬者来说，这些游记散文无疑是最好的精神食粮，隐地就说过："那也是个崇洋的时代。人们最喜欢游记……"②总体上看，这类游记散文内容比较芜杂，既有异域风情、行旅人生的感受，也有很多外国见闻、知识的介绍。

美援绝非是单纯的经济、军事援助，配合美援进入台湾的有一套完整的文化计划，而邀请台湾知识精英赴美参观、访问或受训，就是主要的做法之一。"美国政府邀访台湾人的活动，主要依据三个相关法案：《傅尔布莱特教育交换法案（Fulbright Act）》《史墨法案》和《共同

① 王亚：《镀金梦醒》，《联合副刊》，1965年11月21日。

② 隐地：《涨潮日》，尔雅出版社，2000年，第156页。

安全法案》”[①],三个法案互相配合,邀请台湾各方面的专家、学者、教师、青年学生等去往美国交流,亲历欧风美雨的直接洗礼。有统计显示共计3000人左右通过以上途径赴美交流,其中就包括陈之藩、林海音、钟梅音、陈纪滢等人,这些台湾知识精英多有游记散文发表于“联副”。较早出现的要数1954年9月底的“旅美杂记”系列,“作者金夫就是王洪钧先生,他赴美留学,以新闻记者敏锐的眼光看美国,视线触及美国各方面”[②]。该游记散文包罗万象,如《每天坐飞机上学》展示了美国的空中交通方式:

> 坐飞机旅行是最经济而迅速的方法。其费用几和铁路票价相等,几个航空公司为了抢生意不惜巨资,从事宣传,并开辟乡镇航线。一个几千人口的小镇,便可拥有定期客机来往了。[③]

美国发达便捷的空中交通方式,足可让当时台湾读者大开眼界。美国20世纪初期汽车工业就发达起来,有“车轮上的民族”之称,《车上解决一切》[④]给台湾读者描绘了配合汽车社会发达起来的汽车快餐、汽车电影、汽车药房等服务业。总之,金夫的游记散文,主要就以

---

① 参见赵绮娜:《观察美国——台湾精英笔下的美国形象与教育交换计划书》(1950—1970),《台大历史学报》,2011年第48期。

② 林海音:《流水十年间》,联副三十年文学大系编委会:《联副三十年文学大系 史料卷 风云三十年》,联合报社,1981年。

③ 金夫:《每天坐飞机上学》,《联合副刊》,1954年9月29日。

④ 金夫:《车上解决一切》,《联合副刊》,1954年12月13日。

美国全方位的知识介绍为主,杂以旅美的生活感受,在“联副”连载至1956年底,共刊载游记散文近百篇。陈之藩1955年春赴美留学,本是工科电机专业高才生,却是典型的文艺青年,因留美期间在聂华苓主编的《自由中国》半月刊文艺栏中,发表《旅美小简》系列散文而闻名。1961年10月起,陈之藩开始在“联副”中连载游记散文,发表了《永恒之城》[①]、《周末读书记》[②]、《种桃栽杏拟待花》[③]等文,陈氏的散文也多以在美的生活感悟为主,不时对中美两国的文化部分进行比较思考。有意思的是,每篇散文结尾都注明创作的时间和地点,以《永恒之城》为例,文末有:“一九六一年,中秋之夜于密西西比河畔曼城”,其他散文无不如此。游记散文作此标注亦属正常,但是我们认为在这种做法当中,不论是作者本人,还是“联副”的主持者,都有拓展阅读市场的考量,隐地就说过:

> 再说喝过洋墨水从美国回来的人立刻身价百倍,速写文章,如果文末注有寄自纽约、华盛顿或旧金山……这篇稿件被选用发表的概率,也多了百分之五十。[④]

林海音1965年以职业妇女及作家的身份,以“国际访客”之名义

---

① 陈之藩:《永恒之城》,《联合副刊》,1961年10月5日。
② 陈之藩:《周末读书记》,《联合副刊》,1961年10月14日。
③ 陈之藩:《种桃栽杏拟待花》,《联合副刊》,1962年1月6日。
④ 隐地:《涨潮日》,尔雅出版社,2000年,第156~157页。

受邀访美,期间及之后都有一些游记散文刊载于“联副”当中,包括《访问马克吐温故居》①、《“睡谷”半日游》②等,钟梅音有《依阿华的风铃》③等。以上这些知识精英对美国的参访,都在美援的背景下发生,属于美国对台计划性文化交往的组成部分。访问产生了特定的效果,“一般曾经受邀访问美国的人之视野,都因为访美时所获得的新思想、新观念而扩大。他们访美回来之后,几乎都比以前更了解美国事物,对美国及其制度怀有好感……”④这也就难怪该时期的访美游记散文中,大都标举美国价值,多以颂扬式修辞方式进行,陈建忠就认为:“如当年大量出现的访美游记一般,理当是50、60年代台湾散文史里,一种美援文化影响下的散文创作现象。”⑤

美援以及相关的文化交往法案,对当时台湾游记散文的盛行有着重要的刺激作用,像赵淑侠所说:“台湾与美国关系密切,台湾的留学生多去美国,当然‘留学生文艺’的作者和作品里的人物,也都出自美国。”⑥但就“联副”中该时期游记散文的生产来看,美援在更大程度上还是表现为间接的影响作用,主要是洞开了台湾对外的窗口,开发了

---

① 林海音:《访问马克吐温故居》,《联合副刊》,1965年11月28日。

② 林海音:《“睡谷”半日游》,《联合副刊》,1965年12月2日。

③ 钟梅音:《依阿华的风铃》,《联合副刊》,1964年11月20日。

④ 赵绮娜:《观察美国——台湾精英笔下的美国形象与教育交换计划书》(1950—1970),《台大历史学报》,2011年第48期。

⑤ 陈建忠:《冷战与戒严体制下的美学品味:论吴鲁琴散文及其典律化问题》,《台湾文学研究集刊》,2014年第16期。

⑥ [瑞士]赵淑侠:《华文文学在欧洲》,中国社会科学院文学研究所《中国文学年鉴》编辑委员会:《中国文学年鉴1993》,社会科学文献出版社,1994年,第272页。

游记散文的阅读市场，真正涉美的游记散文在同类文体中只占少部分，指向欧洲、日本等国或地区的游记散文反而更多。1960 年 5 月开始，留学意大利的王镇国，开始连续在"联副"刊载游记散文。在最早的一篇《义国行》（义国即意大利）中，交代了作者游记的指向：

三月二十八日上午十时，我乘坐义国邮船"亚细亚号"，自港赴义……义政府今后每年将给予华籍学生三名奖学金额，目的是希望藉此沟通中义两国的文化和增进彼此的谅解。[①]

自此王镇国的游记散文成了"联副"当中一道独特的风景。王的游记以旅行为基础，他的足迹踏遍欧洲各国，沿途所见所闻、感受感悟都进入游记当中，以意大利、比利时为主（王镇国读书、侨居的两个国家），涵盖了欧洲多个国家。《义比线上》[②]讲述了作者自意大利赴比利时游玩途中见闻，《法国农家一日记》[③]则将作者在法国北部一个乡村农家做客的经历描绘得趣味盎然，《比京做客记》[④]则记录了作者夫妇在比利时首都布鲁塞尔友人家做客的见闻，从房屋结构到饮食习惯等，对典型的比利时家庭生活有详尽描述。这段时期，王镇国在"联副"当中还有很多其他游记散文发表，除了欧洲各国见闻之外，还包括

① 王镇国：《义国行》，《联合副刊》，1960 年 5 月 24 日。
② 王镇国：《义比线上》，《联合副刊》，1960 年 11 月 21 日。
③ 王镇国：《法国农家一日记》，《联合副刊》，1961 年 9 月 25 日。
④ 王镇国：《比京做客记》，《联合副刊》，1962 年 9 月 29 日。

侨居生活的种种体验。除了作为“留学生文艺”的游记散文创作外，《联合报》的部分驻外记者也参与了这类文体的创作，比较典型的如刘梅缘。

20世纪60年代初，刘梅缘作为《联合报》驻西班牙、意大利等国的新闻记者，在新闻工作之余为“联副”撰写游记散文。从1964年7月份起，刘梅缘开始在“联副”连载“西班牙北部记行”系列游记，《访那瓦略区古城埃斯的亚》①是最早的一篇，介绍了西班牙北部一个历史悠久的小镇埃斯的亚（Estella），从12世纪的“大建筑”到几块“破石头、烂木头”，作者带领读者不断触摸着小镇的历史温度。《绿色海岸七村》②则着眼于西班牙北部沿海几个普通的村庄，落墨在小村优美的自然风光，作者不辞劳苦，一程又一程地把风景看尽，并用文字将其巨细靡遗地展露在读者面前。“联副”中刘梅缘的游记散文创作一直持续到1967年，还包括《寄罗马》③、《罗马的葛雷哥咖啡馆》④、《阿尔堪塔娜山谷的徘徊》⑤等，刘氏的游记散文富有浓郁的人文色彩，注意挖掘自然之美背后的文化内涵，努力将欧洲文明的细部展现在台湾读者面前。法国是欧洲旧大陆最重要的国家之一，既是台湾民众留学、游历的主要目的地，也是游记散文回避不了的对象。陈清汾作为台湾的茶叶巨子，早年又留学法国学习绘画及文学，他为“联副”创作了

---

① 刘梅缘：《访那瓦略区古城埃斯的亚》，《联合副刊》，1964年7月25日。

② 刘梅缘：《绿色海岸七村》，《联合副刊》，1964年8月4日。

③ 刘梅缘：《寄罗马》，《联合副刊》，1965年10月20日。

④ 刘梅缘：《罗马的葛雷哥咖啡馆》，《联合副刊》，1966年5月10日。

⑤ 刘梅缘：《阿尔堪塔娜山谷的徘徊》，《联合副刊》，1967年8月22日。

《塞茵河畔》[①]等多篇法国游记。由于有过长期的法国留学经历,陈清汾对法国的方方面面都很熟悉,“法国是他旧游之地,所以写的比较多,倒是不同于一般的游记”[②]。陈清汾游记最突出的特点,就是能够自由地穿梭于历史与当下的时空之间,并在其中融入对法国风物人情、历史文化的读解,对读者了解法国大有裨益。

该时期“联副”中也不乏日本、澳洲乃至菲律宾等国的游记散文。1964 年 9 月份开始,崔万秋[③]在“联副”中设“东京见闻记”专栏,如其在该专栏刊载前言中所言:

> “东京见闻记”,并非是东京盛衰记,也不是外交回忆录,只是个人的一些生活记录,见闻杂记,间涉及日本的山水、思想、人物,也许可以作为关心日本问题的读者的参考。[④]

“东京见闻记”中主要是游记散文,连载至 1967 年底结束,是“联副”当中连载时间较长、连载密度最大的游记系列(如 1964 年 9 月至

① 陈清汾:《塞茵河畔》,《联合副刊》,1960 年 9 月 4 日。

② 林海音:《流水十年间》,联副三十年文学大系编委会:《联副三十年文学大系 史料卷 风云三十年》,联合报社,1981 年,第 110 页。

③ 崔万秋:1905 年 6 月 18 日生,山东观城人(今属河南朝城)人,1924 年赴日留学,1933 年毕业于广岛文理科大学。有丰富报纸副刊编辑工作经历,1934 年春任《大晚报》副刊“火炬”编辑,后在《时事新报》《世界日报》任编辑。抗战胜利后在上海创《中华日报》并任总编兼社长。后从政,1952 年 8 月至 1964 年任职于台湾驻日本涉外部门。参见刘国铭主编:《中国国民党百年人物全书》(下),团结出版社,2005 年,第 2148 页。

④ 崔万秋:《东京见闻记前言》,《联合副刊》,1964 年 9 月 16 日。

1965年9月的一年当中，除了特殊节日或特定安排外，几乎每日连载），日后在连载的基础上还由香港皇冠出版社结集出版《东京见闻记》单行本。崔万秋早在鲁迅时代就已有大名，其“外交官”和资深文化人的身份，使其往往能够见人所未见。该专栏中发表了包括《上野之秋》①、《新东京八景》②、《保龄球》③等很多文章，“话题太广泛……如滑雪、棒球、相扑、时装表演等”④，游记对日本的关照可谓面面俱到。崔万秋写作态度极为认真，其游记散文不但以亲见亲闻为基础，还非常重视相关资料的佐证，“1965年撰写见闻记，离开日本才一年，却说藏书本来有限，又未能全部带来，‘深感资料不足’”⑤，因此其系列游记散文有关日本的书写可谓准确到位。

此外“联副”中还有其他一些游记散文，如1956年6月连续出现的谢冰莹的“访菲散记”系列，是作者游历菲律宾期间的见闻札记；1960年7月底开始连载叶曼的“天南寄札”系列，以澳洲的生活、游历为书写对象；1961年12月有史惟亮的瑞士游记系列等。很多域外游记散文都得到了读者的热烈追捧，“联副”编者也因此积极推动连载，以崔万秋的“东京见闻记”为例，在“编者小启”中就有：

本报敦请崔万秋先生于百忙中所撰之《东京见闻记》，已刊出

① 崔万秋：《上野之秋》，《联合副刊》，1964年10月27日—30日。
② 崔万秋：《新东京八景》，《联合副刊》，1964年12月14日。
③ 崔万秋：《保龄球》，《联合副刊》，1966年1月8日。
④ 转引自李长声：《纸上声》，商务印书馆，2013年，第225页。
⑤ 李长声：《纸上声》，商务印书馆，2013年，第225页。

五十篇，按原订计划，告一段落。惟因各界反应热烈，经一再情商，征得崔先生同意继续撰写，每周刊出一篇专题，以飨读者。①

从文学史的角度来看，游记散文创作在我国有着悠久的传统，20世纪五六十年代“联副”中域外游记散文的盛行并非单一原因所造成，但台湾经济场域在该时期发生的巨大变迁无疑构成了其中最重要的诱因，换句话说，主要是文学生产与经济场域间的互动，促进了“联副”中域外游记散文的勃兴。具体说来，美援的进入以及台湾经济的发展，洞开了台湾对外的门户，留学生、驻外记者、涉外人员等大量赴外工作、留学，养成了域外游记散文的主要创作群体；经济援助裹挟着西方文化观念、审美理念一并进入台湾，异域他国作为“彼处”的存在，对台湾民众充满了诱惑，又由此形成了域外游记散文的广阔阅读市场，“联副”适时衔接供需两端，成就了游记散文一时之盛景。事实上还不止于此，该时期“联副”当中还有很多涉外的内容，包括外国的各类资讯、文艺理论的介绍、文坛动态的报道等，满足了台湾读者向外“张望”的不同渴求。

（二）积极译介外国畅销小说

20世纪60年代中期以前，台湾文学界对外国文学作品的译介，从整体情况来看并不发达，吕正惠对此有一个描述：“纵观战后的台湾文

① 编者：《编者小启》，《联合副刊》，1965年3月9日。

学界，西方文学的流传与翻译，却反而是最不受重视、最成问题的一个方面。”①有具体数字可以说明这一点，“从1949年到1964年15年间，台湾出版的西洋文学作品仅515部”②，更重要的是，这些译介“几乎全以重印四九年以前的译本为主”③。造成以上局面主要有两个方面的原因，一方面是文艺政策的控制严苛，另一方面则是外国文学教育及人才培养的迟滞。在台湾直至1956年以后，“各大专院校相继设置外国文学学门的相关学系”④。就“联副”来看，自创刊伊始就重视外国小说的译介，这从1952—1953年“联副”中译介小说的占比就看得出来（见第三章表4）。1953年11月林海音接编“联副”，对外国小说的译介更加重视，“在连载小说方面，总是维持着一创作一翻译的局面”⑤。通过考察这些译介小说，可以发现：20世纪50年代中期以后，国外畅销小说成了“联副”译介的重点，这既是对世界文坛潮流的跟进，同时也有着通过畅销小说译介带动台湾读者阅读，进而造成报纸更大经济效益的考量。

勒费弗尔（Lefevere）较早提出了文学“赞助人”的概念：“有权势的人或机构，能促进或阻碍文学阅读、文学创作和文学改写”⑥，对于

①③ 吕正惠：《西方文学翻译在台湾》，封德屏主编：《台湾文学出版——五十年来台湾文学研讨会论文集》（三），“行政院文化建设委员会”，1996年，第238页。

② 查建明：《一苇杭之》，中央编译出版社，2014年，第362页。

④ 冯品佳：《重划疆界：外国文学研究在台湾》，书林出版有限公司，1999年，第388页。

⑤ 林海音：《流水十年间》，联副三十年文学大系编委会：《联副三十年文学大系 史料卷 风云三十年》，联合报社，1981年，第96页。

⑥ Lefevere, Andrew, Translation, *Rewriting and the Manipulation of Literary Fame*, Routledge, 1992, p. 15.

文学翻译来说，这个概念可以演化为翻译“赞助人”的概念，用以说明译介受谁委托、由谁发起。毋庸置疑的是，“一部作品的翻译出版不仅仅是译者个人行为，从译著的选择、出版，甚至到接受，都有赞助人这个‘看不见的手’在背后起作用”①。对于“联副”来说，“联副”的主持者——主编等，就是所有译介背后的赞助人。实际上20世纪50年代中期以后，正是“联副”的翻译赞助人，积极选择外国畅销小说并安排特定译者翻译，这背后当然有着经济效益的追求。“畅销小说”所以有着广大的国外阅读市场，各类不同文学奖的获得是最直观也是最可靠的指标，因此这些文学奖的获奖小说往往成为翻译对象。威廉·福克纳获得1949年度诺贝尔文学奖，诺奖的获得也带动了其作品在欧美的风靡。1956年作家兼翻译家的何欣，最早通过“联副”将福克纳的作品介绍到台湾，这其中“联副”翻译“赞助者”的推动作用就不容忽视：

近数年来，笔者写了部《福克纳研究》，但是没有出版家愿“冒险”印行。现在，“联副”编者要我译一篇他的短篇小说，我选择了《两兵士》，这篇故事可以说是典型的福克纳的短篇小说……②

1957年度的诺贝尔文学奖由法国作家加缪获得，主编林海音“马

① 刘平军：《西方翻译理论通史》，武汉大学出版社，2009年，第422页。
② 何欣：《福克纳简介》，《联合副刊》，1956年2月18日。

上就找到他的万字小说《来客》,由何欣翻译,刊于一月二十六的星期小说版"[①],诺奖的背书以及翻译"赞助者"的眼光也为读者的反应所证明:"读者对这位不平凡的作家的作品,确是另眼看待的。"[②]不久施翠峰又通过日文转译的方式,将加缪的另一篇作品《异乡人》翻译到"联副"连载,"读者颇为欣赏"[③]。日本一些文学奖项的获奖作品,也成了该时期"联副"译介的重点。比如1959年9月,钟肇政以路家为笔名在"联副"中翻译了井上靖的小说《冰壁》[④],井上靖于1950年获得日本第二十二届"芥川奖",不仅如此1955年还被选为"芥川奖"的评选委员会委员,就此跻身于日本文坛的核心人物群。"芥川奖"作为日本文学界的最高荣誉,是为了纪念芥川龙之介所设,"凡能得到这个奖金的,都是可以一登龙门,身价十倍……"[⑤]事实上在获奖后的五六年间,井上靖非常之高产,有近五十部作品出版,而且都受到了读者的欢迎。此后,诺贝尔文学奖、芥川奖、川端康成文学奖等获奖文学作品,尤其是小说,成了"联副"译介的重点,其中不少都在台湾读者中获得好的反响。

一些适应读者需求,有很好市场反应的外国畅销小说,在20世纪50年代末期以后,继续成为"联副"译介的重点。萨冈,是一个外形靓丽、个性鲜明,甚至有些离经叛道的法国畅销书女作家,其成名小说

①②③ 林海音:《流水十年间》,联副三十年文学大系编委会:《联副三十年文学大系史料卷 风云三十年》,联合报社,1981年。

④ [日]井上靖:《冰壁》,路家译,《联合副刊》,1959年9月22日—1960年3月10日。

⑤ 彭歌:《关于井上靖》,《联合副刊》,1960年1月8日。

《你好，忧愁》，在世界范围内畅销，“在法国售出 84 万册。英译本被《纽约时报》评为当时的畅销书排行榜冠军”[①]。对于这种有市场号召力的作家作品，“联副”总是积极组织译介，尤其是注意跟踪其“最新力作”。比如 1959 年初对莎冈小说《岁月》的译介：

> 现在她的第三本小说《岁月》于两月前在法国出版，又是一本轰动一时的畅销书，出版当时，一个星期内就销出二十万册。现在本刊又首先把她的这本《岁月》请卢陵先生译成中文，今天起在本刊连载。[②]

另一位有着“日本莎冈”之称的女作家原田康子，其小说作品“写出了日本女性因彷徨而引起的苦闷”[③]，能够忠实地反映出战后日本青年女性的心声，因此在她们当中引发强烈共鸣，受到大量日本女性读者的拥趸。其所创作的长篇小说《挽歌》，在日本甫一流行就迅速被“联副”译介至台湾，郑清茂的译文从 1958 年 8 月起连载至次年 2 月。该小说“在日本是畅销书，在我国也拥有大量读者”[④]，“联副”的译介连载同样在台湾读者中引发较大反响。彭歌在其文章中就曾提道：“‘联副’连载了原田康子的《挽歌》，我自己竟也天天看上了瘾，朋友

---

① 王亚非：《都是有故事的人》，安徽文艺出版社，2015 年，第 136 页。

② 编者：《关于两篇连载小说》，《联合副刊》，1958 年 1 月 6 日。

③ 郑清茂：《原田康子与日本文坛》，《联合副刊》，1961 年 8 月 18 日。

④ 林海音：《流水十年间》，联副三十年文学大系编委会：《联副三十年文学大系 史料卷 风云三十年》，联合报社，1981 年，第 104 页。

之间常看连载的也很不少……”[①]对于此类畅销小说作家，“联副”及其翻译“赞助者”始终保持着高度关注，当原田康子的另一部畅销小说《轮唱》在日本刚一出版，“联副”就迅速跟进，继续安排郑清茂翻译并从1961年3月连载，又一次在台湾读者中造成轰动。

随着报纸媒介竞争日趋激烈，外国畅销小说的译介，甚至成了报纸副刊竞争读者市场进而竞争经济利益的焦点。尤其是1963年以后，在平鑫涛的主持下，“联副”更积极地译介外国通俗畅销小说。比如《冷战谍魂》[②]，谍战类题材因神秘性、传奇性符合读者猎奇的口味，是当时文学市场上的畅销题材，何况小说作者本人有长期的间谍经历，对读者更具吸引力。“《冷战谍魂》于去年秋天在英国出版，今年一月在美国印行。一时洛阳纸贵，名列畅销书之前茅……高踞英国畅销书之林历八月之久，在美国已行销十四万册，而且已经在翻译成十三种文字”[③]，“联副”在1964年4月起积极译介该畅销小说。林海音时期非经典不译介的信条也在此时被打破，以日本小说译介为例，“日本当代通俗小说的引入也取代了林海音时期偏向翻译经典作品的品味”[④]。1966年夏，在“联副”与《中国时报》（当时还叫《征信新闻报》）副刊之间，围绕三浦菱子的畅销小说《冰点》所展开的抢译之战，就是文艺副刊企划畅销小说译介，争取经济利益的经典案例。

---

① 彭歌：《寻仇记》，《联合副刊》，1958年10月21日。
② ［英］嘉利：《冷战谍魂》，张时译，《联合副刊》，1964年4月11日—7月17日。
③ 方今：《间谍小说的秘密——从〈冷战谍魂〉谈起》，《联合副刊》，1964年5月17日。
④ 林耀德：《联副四十年》，《联合文学》，1991年第83期。

时任主编平鑫涛将其称为:“有趣而令人激动”[①]的事件。三浦菱子经历坎坷长期沉疴缠身,后在宗教信仰的支撑下重燃生活的勇气,《冰点》中有很多她生活的影子,“这本小说是我的信仰的见证……是我获得幸福的结果所产生的作品”[②]。《冰点》应征日本朝日新闻社文学征文并获得千万日元大奖,在日本文艺界及读者当中都引起了巨大的震动。此时台湾报纸媒介之间、文艺副刊之间的竞争已经十分激烈,面对《冰点》这样具有巨大阅读市场潜力的作品,副刊之间就译介展开了白热化的争夺,关于此事平鑫涛后来回忆:

> 我们请朱佩兰女士精心翻译。决定七月初起开始连载,不料另一友报也发布了要连载此书的预告。于是一场炽热的竞争展开。我们的《冰点》提前在六月二十七日推出,每天以头条处理,以最大篇幅刊出,连载到七月九日,次日即闪电推出单行本,初版二十万册,三天一抢而空,造成台湾空前的销售最多,最速记录,大家开玩笑说“冰点”变成了“沸点”。[③]

该回忆清晰地传递出“联副”主持者——译介“赞助者”,对于外国畅销小说译介经济价值的认识,以及实现该经济价值的作为。“联副”之所以能够在此次竞争中占得先机,与其长期重视外国畅销小说

①③ 平鑫涛:《忆联副》,联副三十年文学大系编委会:《联副三十年文学大系 史料卷 风云三十年》,联合报社,1981年,第124页。

② [日]三浦菱子:《〈冰点〉与我》,《联合副刊》,1966年7月20日。

译介的传统密不可分，同时也是一次媒介企划与操作上的胜利，“我们的制胜点，在乎时间上抢得先机——原书取得先、译得快，又在战略上占了上风。当然，全报社的支持与配合，更是最重要的因素”①。

20世纪五六十年代，“联副”积极译介外国畅销小说，不但在读者市场竞争中占尽优势，也给报纸带来了可观的经济效益，是文学生产与经济场域的一种特殊的互动方式。需要指出的是，这一切的发生，都与台湾当时一项重要的经济权利（财产权）——翻译权相关法律的宽松状况，有着密不可分的关系。所谓翻译权是著作财产权之一，是“将作品从一种语言文字转化成另一种语言文字的权利。著作权人有权决定其作品翻译与否以及翻译的作者、文种、形式等，并获得相应的报酬。作品未经著作权人许可，他人不得随意翻译为其他文字公开发表”②。当时国际上通行的与翻译权相关的公约主要包括：1886年的《保护文学艺术作品伯尔尼公约》、1952年的《世界版权公约》等③，台湾此时并未加入这些公约。直到1979年相关方面在讨论是否加入“国际版权组织”时，台湾主流意见仍是：“不参加‘国际版权组织’，在‘我国’方面，出版商翻版乃至翻译并未在我国办权益登记手续的文化成品，而又在国内发售，我自有合法地位。如果一旦参加‘国际版权组织’，凡未取得许可而翻印或翻译任何会员国的文化成品，就是非法行

① 平鑫涛：《平鑫涛自传 逆流而上》，长江文艺出版，2005年，第65页。

② 于玉林：《无形资产词典》，上海辞书出版社，2009年，第124页。

③ 参见彭莉：《近10年来台湾著作权法与国际公约的接轨》，《台湾研究集刊》，2000年第2期。

为”[1]，如此以来“我们丧失了自由翻译权”[2]。

20世纪五六十年代，台湾当时实施的著作权法并非绝对不谈翻译权，“著作权法实施细则第十八条规定与我国享有互惠待遇的外国人，得在我国申请著作保护权，但不包括翻译同意权……依照此规定，我国人民可任意翻译外国人的作品……”[3]。该法规的源头甚至可以追溯到1903年，当时的满清政府出于发展教育及科技的需要，与美国间订立友好条约（条约精神进入了《大清著作权律》），允许在一定条件下自由翻译相关著作，这套规定曾长期影响包括文学作品在内的诸多翻译活动，直到1985年台湾当局对著作权相关法律进行大规模修正以后，才真正摆脱了《大清著作权律》的影响。

正因为台湾当时在翻译权方面的宽松政策，“联副”等文学媒介才得以自由组织对国外畅销小说的翻译，并取得经济利益，国外原著作者对此并非全无异议，只是碍于现实的法律疏漏无法进行实际的经济权利追索而已。例如在日本与中国台湾都有较大影响的日本女作家曾野绫子，曾经在与林文月的对谈中说过：

> 刘慕沙、朱佩兰没见过，余阿勳倒是认得。他们译了我的作品，是好心，我自然很高兴。但在台湾外国书被译，多半没有征得

① 胡汝森：《参加国际版权组织的商榷》，《联合副刊》，1979年3月30日。

② 吕汉魂、彭碧玉、邱彦明：《“大胆假设座谈会”——假如我国参加了国际版权组织》，《联合副刊》，1979年3月30日。

③ 贺德芬：《我对著作权的认识——若干观念的澄清》，《联合副刊》，1979年7月13日。

原作者同意，原作者也没有"版权"、"版税"，我觉得不妥当。在日本，凡是活着，或死亡不超过五十年的作家，出版商一定要付给他本人或是他的家族、遗族版税，不能随便不经原作者同意就翻译。①

总之，20世纪五六十年代，美国经济援助以及台湾经济的快速发展等，带来了台湾经济场域的剧烈变迁，"联副"文学生产在对经济场域变迁的因应当中，为满足台湾读者日趋旺盛的阅读需求，也出于追求经济效益的目的，积极组织对外国畅销小说的译介，造成了这一时期"联副"中外国畅销小说繁荣的景象。该景象背后，有着另外一个不得不提的原因，那就是此时台湾在翻译权——这一经济权利方面相关法律的宽松，一方面使得"联副"可以自由选择外国畅销小说作为翻译对象，另一方面，由于无须支付原著作者"版税"，极大地降低了译介的成本，使译介变得有利可图。可以说，该时期"联副"中外国畅销小说译介的繁荣，是"联副"与经济场域互动之中，正确把握经济规律与阅读市场需求，主动作为的结果。

（三）经济腾飞与通俗文学的盛行

自20世纪50年代初期至20世纪60年代中期，台湾经济取得了

① 丘彦明整理：《制造一支棉花糖——曾野绫子、林文月对谈录》，《联合副刊》，1979年10月27日。

巨大的发展，从国内生产总值（GDP）来看，“1953 年，台湾国民生产总额为 57,795 亿新台币（按 1970 年价格计算），经济年增长率为 10.9%，到了 1960 年第二期‘四年经建计划’完成后，国民生产总额增长为 98,523 亿新台币，到了 1964 年进一步增加为 136,197 亿新台币，经济增长率上升为 11.4%。这一数字在同期新兴工业化国家（地区）经济成长中都是较高的”①。经济的快速增长，也带动了人均收入较大幅度的提升，“1951 年台湾的人均收入为 137 美元，到了 1968 年达到 283 美元”②。自 20 世纪 50 年代初开始的土地改革，以及后来的“以农养工、以工促农”“以轻养重，贸易促进农工”等政策的陆续施行，大大促进了工业经济的发展，“到了 1963 年台湾工业生产净产值超过了农业”③，实现了农业经济向工业经济初步转型。

伴随着经济的快速发展及转型，台湾的教育普及也迅速推进，从文盲的人口占比来看，“1952 年台湾文盲占全部人口的 42.1%……到 1970 年就基本上普及了九年义务教育。成人文盲率也降为 9.12%”④，教育的普及文盲率的降低也就意味着全民阅读能力的提升。更为重要的是，经济的快速发展客观上推动了社会阶层的分化，“20 世纪 60 年代中期，随着社会转型和经济‘全面起飞’，台湾出现了新兴中产阶级”⑤，他们也成了“联副”等文学媒介的主要消费群体。随着中产阶

① 李宏硕编：《台湾经济四十年》，山西经济出版社，1993 年，第 73 页。
② 袁宝华：《中国改革大辞典》（中），海南出版社，1992 年，第 2133 页。
③④ 张兴：《国外及港澳台教育研究》，北京艺术与科学电子出版社，2005 年，第 145 页。
⑤ 方忠：《雅俗汇流方忠选集》，花城出版社，2004 年，第 258 页。

级经济地位的确立，其在思想上也表现出较为强烈的自由的要求，“由于1960年代土地改革的成功和社会商业化的进展，基本上‘非政治性’的中产阶级思想蔓延开来”①，而社会竞争的激烈生活压力的增大，又使得他们倾向于从阅读等业余生活中寻找休闲、娱乐及宣泄。如此一来，以往政治上保守的“反共文学”，以及各类以艺术性为依归的严肃文学，似乎都不再能够满足以中产阶级为主的，在经济上实现了独立的读者的阅读口味——“中产品味”，在基本的温饱问题解决之后，人们“要求阅读比较轻松的文学作品来调剂紧张激烈的竞争生活。以娱乐和消遣为主要目的的通俗文学正好满足了大众的精神需要”②。

通俗文学与报纸副刊之间似乎有着天然的亲和性，近代以来通俗文学在报纸副刊上的实践非常之多，严家炎就认为：“在现代报刊上创作通俗文学，是近代以来中国文坛的重要变革之一。”③20世纪60年代初期，“联副”对通俗文学生产的积极推动与引领，是副刊与通俗文学的又一次联姻，也是全新背景下文学生产与经济场域互动的结果。“联副”作为《联合报》这一大众媒介的组成部分，面对的是不确定的大众读者，必须具有亲和力与通俗性，其文学生产也因此需要特殊的安排，就像“联副”后期的主编陈义芝说的：“毕竟依附在一个大众媒体上，大众媒体有它的通俗性，它是送到每一个家庭里面，应尽量把读者阅读的接收面给拉大，看看能不能老少咸宜，知识分子与一般民众

① 王淑芝：《台港澳及海外华人文学》，东北师范大学出版社，2015年，第125页。

② 方忠：《雅俗汇流方忠选集》，花城出版社，第258页。

③ 严家炎：《二十世纪中国文学史》（下），高等教育出版社，2010年，第170页。

都能接受，都能体会。所以，我们在题材方面做了一些选择，在形式上也做了一些选择。”①当面对20世纪60年代阅读市场，以中产阶级为代表的消费性的阅读需求时，“联副”对通俗文学生产的大力推动，可说既是大众媒介的通俗性要求使然，也是主动适应经济场域变迁及阅读市场全新需求的结果。

“台湾的‘通俗文学’主要是小说，比较常被纳入这个文类范畴的是言情小说、武侠小说、推理小说、科幻小说和历史小说……”②就20世纪60年代初期，“联副”的通俗文学生产来看，题材主要包括武侠小说、言情小说与历史小说，代表作家有司马翎、琼瑶与高阳等，他们的长篇连载小说频繁登陆“联副”，“人们随着他们的小说走进似真似幻的历史隧道，悲欢离合的人情世界，感受家国兴衰、世道无常的沧桑，体验着琴棋书画、刀光剑影的人生”③。

最早出现在“联副”当中的通俗文学创作，是武侠小说。从武侠小说生产在台湾的整体情况来看，其发展并不顺利。早在1952年，有着台湾武侠小说开山鼻祖之称的郎红浣，就开始在《大华晚报》连载《碧海青天》《莫愁儿女》等系列长篇武侠小说，“在读者中产生了较大影响，引发了武侠创作热潮”④。但当时台湾政治局面尚未稳定，当局对于文化失守的检讨正在进行，1954年7月，由“中国文艺协会”发起了

① 陈义芝：《文学透露着文学品味》，《文艺报》，2004年12月9日。

② 李瑞腾：《台湾通俗文学略论》，《通俗文学与雅正文学研讨会论文集》，2002年。

③ 严家炎：《二十世纪中国文学史》（下），高等教育出版社，2010年，第171页。

④ 方忠：《雅俗汇流方忠选集》，花城出版社，第260页。

“文化清洁运动”，针对文化界中所谓“赤色的毒”“黄色的害”“黑色的罪”等展开围剿，在运动当中武侠小说成为重灾区，“在告密检举的双重行动下……有武侠小说十万余册遭到查禁”[①]。甚至到了1959年底发生的“暴雨专案”中，还“全面取缔包括大陆、香港所出版或在台翻版的新、旧武侠小说”[②]。

就“联副”来看，1963年6月11日，司马翎的长篇武侠小说《圣剑飞霜》开始在“联副”连载，但这并非该小说连载的起点，而是接续“万象”（“联副”与“万象”副刊于当日合并）副刊从第359篇连载起。司马翎被称作台湾新派武侠小说的开路先锋，当时的著名出版商宋今人曾经评价司马翎道：“武侠小说中之所谓‘新派’，吴先生有首先创作之功……”[③]长篇武侠小说真正进入“联副”的版图，要从郎红浣[④]的《青春鹦鹉》[⑤]算起，从1964年初至次年中，连载了近一年半，与《联合报》关系更为密切的司马翎，也紧随其后又在“联副”连载了《纤手驭龙》[⑥]。

曾在本报连载多年的长篇武侠小说《剑胆琴魂》及《圣剑飞霜》作者司马翔先生，最近应本报编者之约，撰写另一长篇《纤手

① 陈芳明：《台湾新文学史》（上），联经出版社，2011年，第268页。

② 周清霖：《中国武侠小说名著大观》，上海书店出版社，1996年，第703页。

③ 转引自王飞：《声光魅影 台湾影视》，福建教育出版社，2008年，第21页。

④ 郎红浣，本名郎铁青，1897年生于北京，台湾武侠小说界的先驱者，1951年以《北雁南飞》开启武侠小说写作生涯，是台湾五十年代最重要的武侠小说作家。

⑤ 郎红浣：《青春鹦鹉》，《联合副刊》，1964年1月1日—1965年5月14日。

⑥ 司马翎：《纤手驭龙》，《联合副刊》，1964年3月23日—1965年11月27日。

驭龙》，不论故事之发展，人物志刻画，均经苦心构思，较其过去作品，更能引入入胜，将于明早起开始连载，敬请注意。[1]

以上是《纤手驭龙》连载前的预告，显然“联副”主持者对于长篇武侠小说持肯定态度，支持其连载。但考察后我们发现，在这两三部武侠小说连载之后，“联副”与长篇武侠小说的缘分就告一段落。这与“联副”当时在文学生产中的定位有关，至 1963 年 4 月林海音去职之前，“联副”都将“文学性”甚至是“纯文学”性奉为圭臬，我国武侠小说的创作虽然源远流长，但长期被摒弃于文学庙堂之外，其与“联副”的定位实相龃龉，即便武侠小说有一定的阅读市场，此前却从未在“联副”当中出现过。“联副”武侠小说连载的起点（1963 年 6 月 11 日）与平鑫涛执掌“联副”的起点几乎重合，换言之，是平鑫涛首先将武侠带进了“联副”。

平鑫涛此前有《皇冠》杂志近十年的执业经历，有着丰富的大众文学操作经验，对媒介及阅读市场认识深刻。20 世纪 60 年代初经济的发展，以及消费型阅读市场的形成，为平鑫涛所清晰地察觉，因此上任伊始就开始在“联副”连载武侠小说。之所以仅连载两三部之后就戛然而止，我们认为，还是与当时武侠小说过低的评价以及“联副”的定位有关。60 年代初，何凡在“玻璃垫上”专栏中还写道：“武侠小说泛滥市场，占去人们不多的读书时间。甚至有的作家也卖身投靠，写起

① 编者：《预告》，《联合副刊》，1964 年 3 月 22 日。

这种鬼话来。文艺至此，还有什么好讲。"[①]这代表了当时主流文坛对武侠小说的普遍态度。而"联副"之前"纯文学"的定位，以及严肃性文学的形象，是"联副"宝贵的财富，平鑫涛不可能为短期的市场效果而完全打破之，而且他本人实际上也非常重视"联副"的文艺性，这点从他的回忆中可以得到印证："我接编时的副刊，比较偏重'智'识与趣味性，我试着增加文艺的比重。"[②]如此一来，武侠小说就在风光一时后又开始缺席"联副"了，两者再续前缘则待20世纪70年代中期以后，由古龙、金庸等武侠巨擘再于"联副"掀起武侠连载的新篇章。

为推动"联副"通俗文学的生产，平鑫涛将更多的精力放在了争议相对较小的言情及历史题材小说上，"1963年至1973年，平鑫涛出掌《联副》主编，连续推出浪漫爱情小说和通俗历史小说，引起社会广泛的关注"[③]。主推的作家是高阳、琼瑶等。

高阳原名许晏骈，在因长篇历史小说扬名之前，早已写过不少"反共""爱情"题材的小说，但一直不温不火，也未引起读者过多的关注。是《联合报》以及"联副"发掘了高阳在历史小说写作方面的能力，并将其推向了写作生涯的高峰，"一九六四年，高阳在当时《联合报》总编辑刘昌平的建议下，尝试进行历史小说的书写"[④]，而该建议"为许

---

① 何凡:《文艺节开谤》,《联合副刊》,1961年5月4日。

② 平鑫涛:《忆联副》,联副三十年文学大系编委会:《联副三十年文学大系 史料卷 风云三十年》,联合报社,1981年,第122页。

③ 陆士清:《笔韵》,复旦大学出版社,2013年,第34页。

④ 郑颖:《高阳的创作与报刊媒体的关系》,中国现代文学学会:《海峡两岸文学学术研讨会论文集》,2003年。

氏的创作生涯带来了扭转乾坤的契机”[①]。“他的第一部历史小说《李娃》的创作,更是经过报刊编辑的建议而催生,迎合读者需求与媒体期待的意味更是浓厚”[②],这里所说的报刊编辑就来自“联副”。正是“《联合报》系全力配合,协助高阳开拓出一片天地”[③],对高阳历史小说创作的鼓励与提携,有着非常明确的竞争阅读市场的动机,当时“人间”副刊的前身《征信新闻报》副刊中,正一部接一部地连载南宫博的历史小说,使得报纸发行量大增,而“联副”推出高阳的同类创作,就有从该阅读市场分得一杯羹的目的。

“联副”上述目的很快就达到了,而且效果远超预期,高阳在“联副”甫一横空出世,就迅速盖过了南宫博的风头,争取了大量读者,对《联合报》的销量贡献颇多。《李娃》之后高阳的创作一发不可收拾,之后的二十余年间,有《红楼梦断》系列、《慈禧全传》系列、《胡雪岩》系列等长篇历史小说产出,几无间断地连载于“联副”,创造过一天同时连载五部小说,以及一部小说(《慈禧全传》)连载五年的记录,到1989年连载完最后一部历史小说《苏州格格》为止,高阳已经在“联副”当中发表历史小说近百部。高阳既有宏大的历史视野,又有深厚的文化功底,可以说是兼有旧学与新慧,其历史小说在通俗之中浸透着儒雅,“部部脍炙人口,兼及史实与趣味,质量之丰美,堪称现代历史

---

①② 郑颖:《高阳的创作与报刊媒体的关系》,中国现代文学学会:《海峡两岸文学学术研讨会论文集》,2003年。

③ 江澄格:《高阳评传》,上海远点出版社,2008年,第85页。

小说部第一人”[①]。其小说读者分布广泛,琦君就说过:“高阳的历史小说,凡是中国人都无有不喜爱的……”[②]

高阳的小说之所以受到读者及“联副”的欢迎,除了题材诱人、写作功力超群外,还有一个关键点,就是对于副刊连载文学规律的准确把握,有“小说结构和叙事话语的大调整”[③]。一部长篇在报纸副刊上连载,动辄就是一年甚至更久的时间(《慈禧全传》连载五年),如何抓住读者,让读者始终保持兴趣并持续追踪,就全凭作家的巧妙安排,尤其是每篇连载的结尾,要“使之能收束在一个足令读者记忆深刻,兴味不减而又好奇大发的段落上”[④],做到“非但能够吸引当日的读者,最好还能够约得明日的读者”[⑤],在这点上高阳无疑做到了极致。高阳与“联副”互相成就了对方,高阳因为“联副”的发掘与扶持成为历史小说巨擘而誉满文坛,“联副”因高阳而长期受到读者青睐,造成可观的经济价值,被视为高阳接班人的张大春将之总结为:“无高阳,联副不足以实其华;无联副,高阳不足以振其羽。”[⑥]

“联副”20 世纪 60 年代通俗文学营造的另一座高峰,无疑就是言情小说,琼瑶是代表性的作家。琼瑶的处女作《窗外》,并非发表于“联副”,而是在 1963 年 7 月 21 日起发表于平鑫涛主持的《皇冠》杂志。琼瑶的才华就此得到平鑫涛的赏识,也就此拉开了二人合作的序

① 编者:《现实小世界·历史我独行》,《中国时报》,1992 年 6 月 7 日。

② 琦君:《妈妈银行》,九州出版社,2014 年。

③ 潘桂林:《“文学场”之魂——中国近代新小说读者意识研究》,中国社会科学出版社,2014 年,第 176 页。

④⑤⑥ 张大春:《谪书百卷匿仙踪》,《联合副刊》,1996 年 12 月 6 日。

幕。当年琼瑶也有《追寻》[①]、《回旋》[②]、《斯人独憔悴》[③]三个中篇在“联副”中发表,“得到读者很大的回响”[④]。但真正使得琼瑶开始声名大噪的,还是长篇小说《烟雨濛濛》[⑤],而这部长篇正是在平鑫涛的鼎力支持下才得以在“联副”与读者见面。琼瑶原本投稿《皇冠》杂志的,但身兼《皇冠》社长与“联副”主编的平鑫涛,“发现《烟雨濛濛》写得太好了,便改变主意,决定把它放在‘联副’上发表”[⑥]。作为此时台湾最有影响力的文艺副刊,“联副”很少刊登未成名作家的作品,虽然贵为“联副”主编,平鑫涛仍然要向社长请示稿件的安排,得到的答复却是:“琼瑶,琼瑶是谁,没听过这个名字!联副应该去争取名家的稿子。”[⑦]最后平鑫涛还是先斩后奏,将该小说连载于“联副”,后来发生的事情无疑证明了平鑫涛职业编辑的眼光。此后,琼瑶又先后在“联副”上发表了《菟丝花》[⑧]、《紫贝壳》[⑨]、《月满西楼》[⑩]等中长篇小说。是知遇之恩也好,是合作愉快也罢,至1980年代之前,在台湾除了“联副”之外,琼瑶的小说再未通过其他平台发表过,“这也是一种良好情

① 琼瑶:《追寻》,《联合副刊》,1963年7月1日—7月7日。
② 琼瑶:《回旋》,《联合副刊》,1963年9月19日—10月6日。
③ 琼瑶:《斯人独憔悴》,《联合副刊》,1963年12月7日—12月19日。
④ 平鑫涛:《忆联副》,联副三十年文学大系编委会:《联副三十年文学大系 史料卷 风云三十年》,联合报社,1981年,第122页。
⑤ 琼瑶:《烟雨濛濛》,《联合副刊》,1964年1月1日—4月6日。
⑥ 王基国、余学芳:《爱情教母——琼瑶》,新疆人民出版社,2003年,第209页。
⑦ 转引自王基国、余学芳:《爱情教母——琼瑶》,新疆人民出版社,2003年,第210页。
⑧ 琼瑶:《菟丝花》,《联合副刊》,1964年6月1日—10月1日。
⑨ 琼瑶:《紫贝壳》,《联合副刊》,1966年6月15日—8月25日。
⑩ 琼瑶:《月满西楼》,《联合副刊》,1967年2月5日—3月20日。

谊下的‘默契’吧”[①]。

说到20世纪60年代“联副”当中的言情小说创作，黄娟[②]是另外一个重要代表。1961年初，黄娟以短篇《蓓蕾》[③]在“联副”初试啼声，从此踏入文坛。60年代，黄娟在“联副”当中还有《哑婚》[④]、《远念》[⑤]、《花烛》[⑥]等小说发表，其创作以短篇小说为主，发表的密度很高。因小说中常常渗透着女性的传统观念，被彭瑞金等评论家归入“传统女性观闺秀作家”[⑦]的行列，黄娟的爱情描述大都集中在都市现代女性的身上，“内容不脱婚姻与家庭的范畴”[⑧]。黄娟爱情世界的营造，与“联副”也有着密切的关联，作家正是在“联副”文学雨露的滋润与灌溉下走上了文坛的。“她读了林海音、钟肇政、文心为钟理和出版的第一本书《雨》后，深受感动，从此踏上写作之途”[⑨]，甚至就连黄娟这一笔名，也是在与“联副”有着密切关联的钟肇政的指点下起的。虽然黄娟后来的创作方向发生了变化，但是在整个60年代，她与琼瑶等作家一道长短搭配，分别经营着现实的与纯美的情爱世界，将爱情题材酿

① 平鑫涛：《忆联副》，联副三十年文学大系编委会：《联副三十年文学大系 史料卷 风云三十年》，联合报社，1981年，第123页。

② 黄娟，本名黄瑞娟，于1934年生于新竹，桃园杨梅人，台湾文学的旗手，1961年从“联副”初登文坛，在1960年代创作了不少爱情、亲情题材的短篇小说。

③ 黄娟：《蓓蕾》，《联合副刊》，1961年6月12日。

④ 黄娟：《哑婚》，《联合副刊》，1962年2月22日—2月27。

⑤ 黄娟：《远念》，《联合副刊》，1963年3月9日。

⑥ 黄娟：《花烛》，《联合副刊》，1965年7月26日。

⑦ 彭瑞金：《婚变》，前卫出版社，1995年，第5页。

⑧ 朱芳玲：《流动的乡愁 从留学生文学到移民文学》，台湾文学馆，2013年，第99页。

⑨ 朱芳玲：《流动的乡愁 从留学生文学到移民文学》，台湾文学馆，2013年，第98页。

造成为“联副”当中现象级的文学景观。

20世纪50年代中期以来台湾经济发展迅速，至60年代前期中产阶级逐步形成，各类倾向于娱乐、消遣的消费性阅读需求膨胀。与此同时，台湾当局的文艺政策开始松动，对政治无害的通俗文学进入可容忍的范围之内。如此背景之下，台湾的通俗文学生产开始大行其道，“联副”也在平鑫涛的主持下主动因应以上变化，在保持“文学性”的同时，积极推动武侠、历史、言情等题材的通俗小说生产，在诸多方面甚至还引领了这些文类在台湾的生产与传播。这类文学生产给“联副”及《联合报》赢得了大量读者，“联副的‘文学性’虽然是主流，但通俗性的大众小说也使联副成为当时极受欢迎的副刊”[①]。在全新的经济环境当中，“联副”的变化无疑是成功的，“文学路线加上通俗性，这样的副刊文学形态，受到了更广层面的读者欢迎”[②]。《联合报》因通俗小说受到读者的欢迎，直接地表现为销量的提振以及经济价值的提高。比如在谈到高阳的历史小说对于报纸销售的带动作用时，苏伟贞女士就指出：“高阳的连载小说总在报社需要读者订报时开始连载，只要有高阳的连载，报纸的销量就一定有保障。”[③]琼瑶的言情小说同样使得《联合报》在读者中变得抢手，例如《烟雨濛濛》“连载到高潮时，

① 李宜涯：《从副刊发展看副刊文学的演变》，中国现代文学学会：《海峡两岸文学学术研讨会论文集》，2003年3月。

② 肖伟：《文学精神与时代性格——论台湾〈联合报〉副刊的文艺性模式》，《台湾研究集刊》，2002年第1期。

③ 郑颖：《高阳的创作与报刊媒体的关系》，中国现代文学学会：《海峡两岸文学学术研讨会论文集》，2003年3月。

焦急的读者等不及报纸送到家，清晨等在报社印刷部，报纸一印出来就争相阅读”①。以上各类通俗文学的生产在“联副”当中，有的甚至持续二三十年的时间，但是20世纪60年代初期无疑是它们最重要的起点。

三、有奖征文策划与文化资本经济价值的扩张

20世纪60年代初期，随着台湾经济的迅速发展，市场要素不断渗透到生产生活的方方面面，各种文学生产场域之间关于阅读市场的竞争不断加剧。就以大报副刊为例，“《联合报》正蒸蒸日上，士气如虹。《中国时报》也突飞猛进，两报间全方位的竞争，如火如炽……通常两报间的竞争，主力在新闻、在广告、在发行，但副刊终于也掀起了隆隆战火”②。如何在激烈的竞争当中脱颖而出，成了副刊主持者必须面对的问题。平鑫涛接掌“联副”后，携《皇冠》杂志近十年的媒介经营及策划的经验，承继林海音以来“联副”在文坛凝聚的人脉及读者资源的基础之上，面对变化的阅读市场，特别是日趋激烈的文学媒介竞争，平鑫涛带领“联副”不断通过各类文学策划，扩大文化资本的经济价值，争取竞争优势与经济利益，最重要的策划之一就是初次尝试“精选小说”有奖征文。

---

① 平鑫涛：《忆联副》，联副三十年文学大系编委会：《联副三十年文学大系 史料卷 风云三十年》，联合报社，1981年，第122页。

② 平鑫涛：《逆流而上》，长江文艺出版社，2004年，第63页。

1964年9月16日起,“联副”首次尝试举办有奖征文活动:“兹为庆祝本社十三周年纪念,并加强对爱好文艺读者的服务,特拟订‘精选小说’征文,敬请作家们惠予支持。”[①]作为私营报业的代表,《联合报》的“精选小说”有奖征文活动显然有着开创性的意义。

“联副”曾长期对诺贝尔文学奖、日本芥川文学奖、川端康成文学奖等文学奖项进行报道,对获奖的作家作品也常有介绍。从实操方面来看,此前台湾在文学奖方面已有先例,比较出名的要数创立于1950年3月1日的“中华文艺奖”。国民党当局检讨其大陆期间在文艺领域的缺席及失误,迁台之初就开始举办“中华文艺奖”,组成了以张道藩为主任委员的“中华文艺奖金委员会”,由国民党宣传部第四组提供经费支持。该文学奖目的很明确:“奖助富有时代性的文艺创作,以激励民心士气、发挥‘反共抗俄’的力量。”[②]在六年左右的时间里(于1956年12月宣告结束)与《文艺创作》杂志(“文奖会”举办)相互配合,在培育文艺人才、推动文艺发展上取得一定的成绩,“一股蓬勃气象,直有六七年之久。如今想来亏了这批朋友热心,才给自由中国培育了一批文艺新军……”[③]虽然“中华文艺奖”属官方性质的文学奖,带有鲜明的意识形态痕迹,但对于日后“联副”更大规模文学奖的操作显然有着示范的作用。

“精选小说”有奖征文与文学奖之间虽然有所区别,但同样属于用

① 编者:《“精选小说”征文办法》,《联合副刊》,1964年9月16日。
② 徐乃翔:《台湾新文学词典》(1919—1986),四川人民出版社,1989年,第846页。
③ 陈纪滢:《为文艺界请命》,《联合副刊》,1964年9月16日。

经济手段刺激文学生产、推广文学传播的重要方式。入选“精选小说”的作品，稿酬达到每千字两百元，与当时普遍每千字三十至五十元的稿费相比，征文的奖金在当时可谓是大手笔了。高额的奖金加上“联副”此时在文坛的声誉，征文活动一经推出旋即点爆文坛，“那次征文引起了文艺界极大的轰动。来稿千余件……”①在文学媒介竞争已然激烈的背景之下，来稿的数量当然是质量的重要保证，另外，“精选小说”征文“敦请名作家徐钟珮女士、聂华苓女士及朱西宁先生为评选委员，联副编辑仅协助评选工作”②，专业的评审团队及公平的比赛机制，保证了获奖作品的高质量。由于征文采用“陆续评阅，陆续发表”③的方式进行，因此也成为“联副”延揽优秀作家作品、扩大文学传播的有效途径。

此前“联副”主要采用作者投稿编辑审稿的选稿机制，比较依赖编辑的眼光，难免因为编辑精力有限和特定的审美偏好而造成遗珠，虽然林海音等编辑也拔擢了不少优秀青年作家，但整体上热衷于采用成名作家的作品。有奖征文则可以“通过编审机制及殊异的评审组合，达成得奖作品的产出”④，有利于优秀的作家作品尤其是青年作家的脱颖而出，成为传统选稿机制的有益补充。就该次征文的结果来看，

---

① 平鑫涛：《忆联副》，联副三十年文学大系编委会：《联副三十年文学大系 史料卷 风云三十年》，联合报社，1981 年，第 123 页。

②③ 编者：《“精选小说”征文办法》，《联合副刊》，1964 年 9 月 16 日。

④ 赵文豪：《三大报新诗奖的生产机制与回馈形构》（2005—2013 年），《台湾诗学学刊》，2014 年 11 月第 24 期。

学奖的评委,钟铁民、郑清文等获奖者日后也都取得了不俗的文学成就。

“精选小说”有奖征文,除了“透由有形的媒介运作,提供一个文学创作与发表的平台”①,为“联副”带来优秀的文学资源外,在文学生产场域间激烈的阅读市场竞争当中,也为“联副”及《联合报》争取了大量的读者,间接造成了可观的经济效益。从1964年9月16日发布征文公告,到1965年3月15日刊载第一篇获奖作品《暗流》起,采用“陆续评阅,陆续发表”②的办法,评选并发表获奖作品十二篇,每月发表一至两篇,报纸媒介使得获奖作品传播无远弗届,在读者及全社会当中形成聚焦,影响经年。“联副”在刊载每篇“精选小说”时还精心配上出自名家之手的插图,比如《属于十七岁的》《石罅中的小花》配图是“名画家高山岚先生所精心设计”③(见图5、图6),如此做法无非是进一步增加作品的可读性、观赏性以及吸引力。事实证明,“精选小说”有奖征文的策划在这方面取得了成功,“读者反应十分热烈,而这些作品的作家们,也因此而得到了文艺界及读者极广泛的重视”④。

---

① 赵文豪:《三大报新诗奖的生产机制与回馈形构(2005—2013年)》,《台湾诗学学刊》,2014年第24期。

② 编者:《“精选小说”征文办法》,《联合副刊》,1964年9月16日。

③ 编者:《编者的话》,《联合副刊》,1965年4月5日。

④ 平鑫涛:《忆联副》,联副三十年文学大系编委会:《联副三十年文学大系 史料卷 风云三十年》,联合报社,1981年,第123页。

图5 《属于十七岁的》插图①

图6 《石罅中的小花》插图②

① 高山岚:《属于十七岁的》,《联合副刊》,1965 年 4 月 5 日。
② 高山岚:《石罅中的小花》,《联合副刊》,1965 年 5 月 10 日。

这次“精选小说”有奖征文,还有一个重要的作用,就是开启了“联副”利用经济手段刺激文学生产策划的先河,为日后以《联合报》小说奖为代表的文学奖项策划积累了经验,平鑫涛就说过:“最近几年(20 世纪 70 年代末 80 年代初)联副每年征文,办的轰轰烈烈,当年‘精选小说’也许可算是一首‘序曲’。”①“精选小说”有奖征文策划,同时也为其他文学场域文学奖的策划做了示范,为台湾文学场域文学奖时代的到来做了铺垫。

第二节　“联副”文学生产的黄金时代

20 世纪 70 年代至 80 年代末,“联副”与其他大报文艺副刊一道(主要是《中国时报》“人间副刊”)在竞争共进中,掀起了“纸上风云”,如林耀德所言:“七〇、八〇年代交替期间的两大报文学副刊对于文坛而言,可以说是‘大副刊’,形成了文坛的焦点,甚至取代了文坛,足以掀揭文学运动、促销样板作家;报告文学、叙事诗的萌发、若干作者的崛起皆为著例。”②这一时期可以说是台湾文艺副刊的黄金时代。

根据布尔迪厄的场域理论,市场与政治同样是形塑文学生产的外

① 平鑫涛:《忆联副》,联副三十年文学大系编委会:《联副三十年文学大系 史料卷 风云三十年》,联合报社,1981 年,第 123 页。

② 林耀德:《鸟瞰文学副刊》,林耀德、孟樊:《流行天下 当代台湾通俗文学论》,时报文化出版企业有限公司,1992 年,第 399 页。

部权力场域。20 世纪 70 年代至 90 年代初，围绕台湾的政治场域或者说是宏观的政治环境，虽然仍持续经历波诡云谲的变迁，但就该时期的文艺政策或者说直接影响文学生产的微观政治环境来看，在 20 世纪 80 年代末解严之前，变量十分有限。倒是自 20 世纪 60 年代起，经 70 年代至 80 年代，台湾的社会经济取得了快速发展，市场力量的作用凸显。“开始逐渐侵蚀政治当局的控制基础，在 20 世纪 70 年代这一进程更加快速度。在戒严令解除前的十到十五年间，伴随着主流位置的流行，操纵着资本的分配并决定着什么才是构成‘一种真正的文化合法性’的文学参与者的力量显著增长。尽管政府保持着它对于文化基础设施的掌控，市场却已经开始促进布尔迪厄所称的文学场域的一种‘自主化过程’，它的美学位置和外在力量的关系在文学自身运行规律的作用下逐步得到调整，对原有意识形态印记的逐步摆脱和各种位置更经常互动，导致了它们原先显著的特征变得破碎混乱。”[①]简而言之，20 世纪 70 年代至 80 年代间，“联副”等文学生产场域“逐渐由政治主控转移至市场导向”[②]，正是在与经济场域的互动当中，“联副”等文艺副刊酝酿了纸上风云，创造了文艺副刊的黄金时代。

① ［美］张诵圣：《台湾文学新态势：政治转型与市场介入》，刘俊译，《中国现代文学论丛》，2014 年第 1 期。

② ［美］张诵圣：《当代台湾文学场域》，江苏大学出版社，2015 年。

一、市场竞争中的多元文学企划

进入20世纪70年代,台湾经济发展虽然也遇到过挫折,但是整体上保持高速增长的态势,资本主义工商社会逐步走向了发达阶段。根据布尔迪厄的分析框架,经济场域的巨大变迁,并非直接影响到“联副”等文学场域的文学生产,而是因循一种折射的关系。工商社会的深入发展,直接引发了阅读市场的激烈竞争和文化消费取向的嬗变,而这一切都在“联副”等文学场域的文学生产中得到映现。《联合报》“凭借灵活的经营手法、丰富的新闻和评论内容,吸引了众多读者和广告客户”①,作为民营报业的代表《联合报》到了1970年,“发行量已突破40万份,足足比创刊时的1.2万份增加了30倍以上;而《联合报》的员工也增加到1000人,广告收入在1971年达到7800万新台币,执台湾报业之牛耳”②,而“联副”作为《联合报》的重要组成部分,自该时期起,也在对阅读市场的主动肆应中,酝酿了纸上的风云,创造了发展的黄金期,成了《联合报》的重要卖点。

20世纪70年代初起,“联副”在文学生产中最重要也最显著的变化,莫过于各类文学企划的增多,而这正是“联副”与经济场域互动,肆应阅读市场变化的结果。市场的主导大大提升了“联副”等文学场域

① 陈致中、陈娟、杨洸:《港澳台报业》,暨南大学出版社,2014年,第145页。
② 陈致中、陈娟、杨洸:《港澳台报业》,暨南大学出版社,2014年,第144页。

的自主化程度，各类文学企划，就是文学生产者主动操控文化资本，满足阅读市场新需求的具体体现。对于“联副”的文学生产来说，1970年前后发生了很大变化，如陈义芝所言：“七〇年代以前的中文报纸副刊的主编，只要有不错的知识背景、文学品味，靠着一颗与文人相重相惜的心，就可以拥有不错的口碑。在那样的年代，副刊只对文学的投稿者及文学的阅读者开放，编辑的事业表现在鉴赏品味上……”[①]而此后，“联副”守株待兔式的收稿、选稿的静态编辑方式，被以文学企划为核心的动态编辑方式所取代，在新的编辑方式中，编辑、主编取代了作家成为文学生产的中心，“副刊主管可以完全控制未出刊的版面内容规划……如此使得副刊内部的运作更为明朗地偏向于权威型决策模式（authority decision）”[②]，编辑方式的转变无疑深刻影响了“联副”文学生产的走向和文学产品的面相。

（一）文学创作策划

早在1970年初，“联副”时任主编平鑫涛就主持开展了“接力小说”的策划。这是一次直接的文学创作企划，虽然有着个案的性质，但是对于“联副”日后的文学企划来说，却有着开创性的意义。平鑫涛在一次作家聚会中，亲自将“接力小说”的创想宣布给作家们，“特别要

① 陈义芝：《副刊转型之思考——以七十年代末〈联副〉与〈人间〉为例》，痖弦、陈义芝：《世界中文报纸副刊学综论》，“行政院”文化建设委员会，1997年，第152页。

② 林耀德：《鸟瞰文学副刊》，林耀德、孟樊：《流行天下 当代台湾通俗文学论》，时报文化出版企业有限公司，1992年，第378页。

求大家共同完成一个新的构想——接力小说”①。所谓“接力小说”，就是由“联副”提供一个故事的骨干，请尹雪曼、司马中原、章君谷等十位写作风格迥异的作家，接力完成整篇小说的创作，同时请江沙、高山岚等十位名画家，依次为每篇接力小说配图，锦上添花。传统的文学创作，主要体现为作家个体的思想和创作：“从选择表现题材，到艺术构思加工，再到物化为文学作品，每一个环节都充分表现创作主体独有的思想、情感、审美趣味，可以说每一部文学作品都是作家个性的体现。”②企划而来的“接力小说”显然突破了传统的单兵作战的文学创作方式，采用“接力共创”的文学创作模式，“颇富实验性的创意”③。“接力小说”以《风铃组曲》命名，经蔡文甫开篇到朱西宁收尾，历经十位作家之手，从1970年1月20日连载至4月4日，具有中篇小说的规模。小说主要描写了一位良好出身的少女丁雅婷，在父母突然双双遇难后的坎坷命运。由于执笔作家多元而且彼此间风格迥异，“接力小说”的效果正如平鑫涛企划时所预期的：“读者逐日阅读每一位作家执笔的作品时，可以很容易地体会出，比较出不同的神韵，但读整部作品时，却是浑然一体，天衣无缝的。举个简单的例子：十位名厨的十道名

① 平鑫涛：《写在风铃组曲之前》，《联合副刊》，1970年1月20日。

② 吴玉杰、宋玉书主编：《冲突与互动 新时期文学与大众媒介研究》，辽宁人民出版社，2006年，第168页。

③ 联副三十年文学大系编委会：《风云三十年——三十年来中国现代文学之发展与联副》，联副三十年文学大系编委会：《联副三十年文学大系 史料卷 风云三十年》，联合报社，1981年，第23页。

菜,集合成一桌盛丰精美的酒席。”[①]

“接力小说”的策划并不是心血来潮的偶发行为,而是“联副”与经济场域互动,对阅读市场变化肆应的结果。进入 20 世纪 70 年代,台湾报业间竞争更加激烈,由于“限张”的政策,报纸版面拥塞不堪,副刊版面受到挤压,另外随着工商社会的推进,生活节奏进一步加快,一般内容很难引起读者的兴趣,“联副”等文学生产场域面临着调整。时任主编平鑫涛道出了“接力小说”的策划背景:“七〇年代,台湾经济起飞,报纸广告跟销售都飞跃成长”[②],这样一来,“由于报份的日飞月涨,在广告拥塞的重压下,联副的篇幅不得不大为紧缩。于是在编辑的方针上不得不加以调整,中、短篇小说的分量减少,增加短小精干的散文、杂文。为了调剂读者的阅读兴趣,民国五十九年,又做了新的尝试,例如举办‘接力小说’”[③]。同年的 5 月 20 日,“联副”又接着进行了名为“星星闪闪”的“接力小说”策划。不同于《风铃组曲》由作家们接力完成一个完整的故事,此次策划平鑫涛则称之为“意识上的接力”,就是要求“执笔作家有较多的自由发挥——每人撰写一个独立完整的故事,但这些故事有一个共同的主题……”[④]“星星闪闪”中的十篇故事都是独立完整的,之所以还有“接力”之说,是因为下一位接力

① 平鑫涛:《写在风铃组曲之前》,《联合副刊》,1970 年 1 月 20 日。

② 季季、郝明义等主编:《纸上风云高信疆》,大块文化出版股份有限公司,2009 年,第 120 页。

③ 平鑫涛:《忆联副》,联副三十年文学大系编委会:《联副三十年文学大系 史料卷 风云三十年》,联合报社,1981 年,第 124 页。

④ 平鑫涛:《关于星星闪闪》,《联合副刊》,1970 年 5 月 19 日。

作家总是通过回顾、总结等方式，与前一个故事间形成巧妙的衔接，而所有的小说又共同去表现“人性的光辉”这样一个主题。“接力小说”的策划，由于充满新意，在作家和读者中都引发了浓厚的兴趣，取得了相当的成功，也为日后其他文学策划积累经验。

（二）各类专栏、专辑、专题策划

“联副”现任主编宇文正喜欢将副刊编辑称为“手艺人”，这是因为副刊绝不是简单地将手头的文章堆砌起来那么简单，而是强调版面的规划与设计，经编辑之手要将副刊打造出好的整体视觉效果与阅读体验来。就从版面的外观上观察，自 20 世纪 70 年代初期开始，“联副”的版面与之前相比发生了较为明显的变化，区隔版块的粗黑线条明显增多，版面整体上更加简约、规整（对比图 7、图 8）。出现如此变化的重要原因之一，是因为从 70 年代初开始，“联副”大幅增加各类专栏、专辑、专题的策划，粗黑线条就是用来将这些内容各异的板块区隔开来。确切说来是从 1971 年起，“联副”中的专栏企划多了起来，“那年，增开无数又叫好又叫座的专栏，如果说是‘专栏年’也未必为过”①，此后这类文学企划更成为“联副”中常态化的存在。

副刊的专栏，是“专门辟出用以刊载有共同性稿件的自成格局的版面”②，历来构成华文报纸副刊中的重要组成部分。陈平原认为：

---

① 平鑫涛：《忆联副》，联副三十年文学大系编委会：《联副三十年文学大系 史料卷 风云三十年》，联合报社，1981 年，第 125 页。

② 吴飞：《新闻编辑学》，浙江大学出版社，2000 年，第 364 页。

“名作家、名学者之主持哲学、经济、史地、语言、文学等专栏,不必介入报纸的日常经营,可凭个人兴趣及眼光约稿编稿,一般来说质量高、声誉好、影响大,虽不见得就能增加发行量,但那是报纸的门面,马虎不得。”[①]从这一时期开始,“联副”零散的文学作品变少了,内容几乎都被囊括进了相应的专栏当中。这主要是由于报纸版面拥挤,专栏更方便规划和安排内容。70 年代以后,经济的发展带动广告的发达,“限张”的政策又将版面固定在三大张(1969 年 7 月扩增到三大张),而能够直接带动报纸经济效益的广告,挤压包括副刊在内的其他版面无可避免,到 80 年代更是如此,“八〇年代以来的新辟版面多由广告部门主导……主要目的在填充起来以增加广告收益”[②]。有记录显示 1974 年 3 月“联合副刊改为整版廿批,为各主要日报中副刊版面最大者”[③],实际上“联副”版面在台湾日报副刊中一直处于领先地位。

① 陈平原:《文学的周边》,新世界出版社,2004 年,第 129 页。

② 苏蘅、牛隆光等:《台湾报纸转型的问题与挑战》,《新闻学研究》,2000 年第 64 期。

③ 联副三十年文学大系编辑委员会:《联副三十年记事》,联副三十年文学大系编辑委员会:《风云三十年——联副三十年文学大系史料卷》,联合报社,1982 年,第 308 页。

中華民國五十七年六月六日　星期四　聯合報　第九版

欣見換腎成功

探測你的智慧

聯合副刊

图7　1968 年6 月6 日《联合副刊》全图

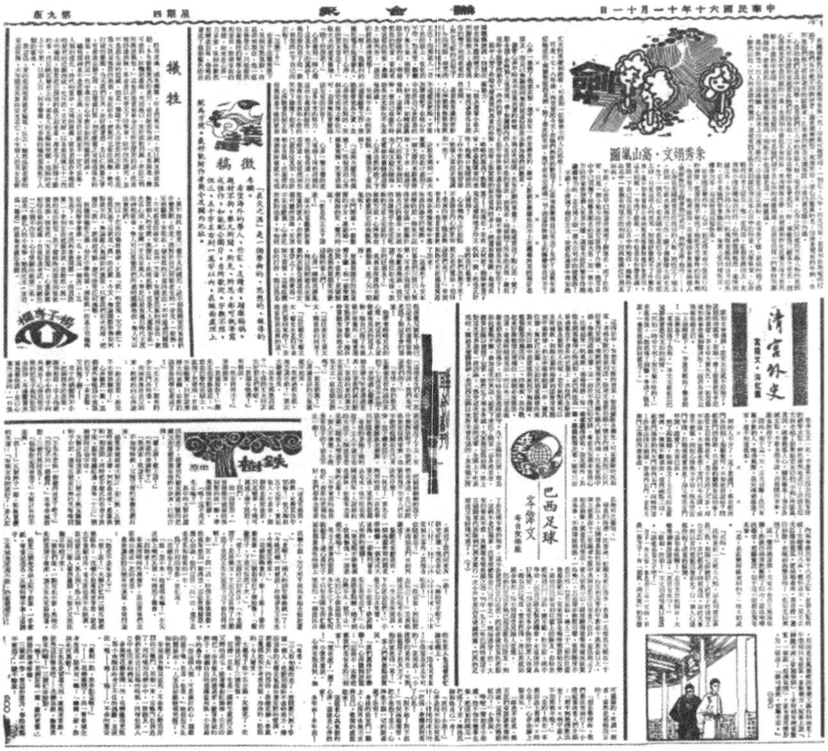

图 8　1971 年 11 月 11 日《联合副刊》全图

尽管如此，当面临版面压力时，《联合报》还是要“精编副刊内容”[①]，而企划型的专栏内容可控、可调节，正是“精编”的可行举措之一。另一方面，则是由于社会多元化的发展趋势，副刊需要通过各类

① 联副三十年文学大系编辑委员会:《联副三十年记事》，联副三十年文学大系编辑委员会:《风云三十年——联副三十年文学大系史料卷》，联合报社，1982 年，第 306 页。

主动的企划，回应多元的社会关切。这些专栏、专辑、专题企划，也成了主编、编辑各显神通的舞台，是造成文学媒介竞争的抓手，副刊常常因此而色彩纷呈，花样殊异，名专栏更可以形成品牌效应，带动副刊特色的形成，乃至带动整个报纸的经营。如果说“早期的副刊编辑只是从现有稿件中选择合适的”①，那么专栏等企划则是要求编辑先规划内容方向再组织文学生产，是一种动态化的编辑方式，主要考验主持者的文学策划尤其是组织能力。其实经过近二十年的经营，到20世纪70年代初期，“联副”已经拥有了可观的文学资源，其中最重要也最宝贵的莫过于作者资源，而专栏的策划与设计，不但可以发挥这些宝贵资源的作用，更可以吸收更广泛的作者加入文学生产。像作家思兼（沈谦）所言：

如果说，诗人、作家、学者是散布在天空中的星星，那么，副刊的编者就是群英会的主人，经常执持着一条无形的线，将振藻于宝岛，鹰扬于海外，以及暖暖内含光的群星结合起来，呈现文艺的花蜜，传播学术的讯息，贡献社会大众。由点而线而面，群英的光芒，不但使我们文坛朝气蓬勃，更进而照亮了人们的心灵。②

---

① 姜保真：《当代台湾文学》，《联合副刊》，1986年12月29日。

② 思兼：《在白先勇家喝酒——联副群英会之一》，《联合副刊》，1979年8月31日。

1. 资讯型专栏企划不断

随着台湾社会经济的快速发展，政治、经济、科技等等方面的变化日新月异，各种新现象、新资讯令人目不暇接，“随着经济发展，民众消费能力提升，教育水准提高，视野扩大，对于资讯的需求扩大”[①]。本就植根“新闻纸”——报纸当中的“联副”，从20世纪70年代初期起陆续开辟了不少专栏，这些专栏并不强调文学性，而是呈现出很强的生活味道与烟火气息，集资讯、趣味一体，以满足读者的信息需求为主。比如70年代初就开始的“360行外”专栏，是一个介绍新兴职业的专栏。随着社会经济的发展，劳动职业变化很大，部分传统职业退出了历史舞台，很多之前没有的行业，却随着劳动分工的细化应运而生。“习惯上大家把职业归纳为三百六十行，但在这多彩多姿的七十年代，奇异的职业愈来愈多”[②]，该专栏当中先后介绍过“洗车的人”“排片人”“替身演员”等等很多新兴职业，给人耳目一新的感觉。

又如“趣谈”专栏，自1971年起出现在“联副”。其征稿启事：“时，不论古今；地，不分中外。举凡名人轶事，乡里传说，漏网隽闻，甚至科学趣事，均是‘趣谈’的范围。不拘长短，但求文笔轻松、幽默，娓娓道来……”[③]专栏明确“以博读者会心一笑”[④]为目标，其中议论过世界上最高的大厦、时兴的电子计算机，甚至是泰拳、摄影机等话题，不一而足，所满足的当然是读者消费性、娱乐性的阅读需求，至于文学性

① 曹立新：《台湾报业史话》，九州出版社，2015年，第71页。

② 编者：《360行外序》，《联合副刊》，1970年1月18日。

③④ 编者：《关于趣谈》，《联合副刊》，1971年2月22日。

却并不计较。1970 年开始的“神秘世界”专栏，以介绍世界上各类鲜为人知的资讯、知识为目标；1975 年企划的“世界之窗”专栏与同年底策划的“新闻网外”专栏一道，“都有比较动态的内容，不同于中文报纸副刊传统的静态”①，都致力于向读者“介绍世界珍闻逸趣”②。而此类的资讯型专栏，在 20 世纪 70 年代至 80 年代的“联副”中还有很多。

2. 反映社会脉动的参与型专栏企划增多

20 世纪 70 年代至 80 年代末的台湾，经济继续发展，消费市场日臻成熟，威权统治渐衰，各种思潮彼此激荡，正酝酿着重大变革的社会在各方面都呈现出多元化的趋向。之前“半自主性”的文学场域，此时表现出更大的自主性，犹如“社会皮肤”般的报纸副刊，更是主动地去反映社会的脉动。对于民众来说，经济状况的改善，民主意识的提升，也意味着表达欲望的增强，对过去被作家所垄断的文学言说的话语权，也不乏染指的冲动。“《联合报》希望该报不仅要编给‘全民’看，更希望‘全民’都来写作和投稿”③，于是“联副”在 20 世纪 70 年代至 80 年代末期，陆续开辟了相当多专栏，去主动反映社会的脉动，同时注意下移言说权力，将“话筒”交给很多普通人。比如 1971 年 9 月根据洪炎秋的建议，开设了“各说各话”专栏，在预告中就有：

这一栏要优礼去敦请社会各阶层有名的人物执笔，让他发挥

①② 编者：《读者·作者·编者》，《联合副刊》，1975 年 3 月 1 日。

③ 古远清：《台湾文坛六十年来文学运动掠影》（1945—2012），《新地文学》，2014 年 9 月。

处世经验，讲谈人生哲学，范围不拘，长短随意，他喜欢谈论宇宙玄秘，由着他；要叙述夫妻吵架，也由着他，文章长则二三千言，短则五六百字，也全由着他……[1]

该专栏的执笔者来自各行各业，以介绍各自熟悉领域的知识、资讯为主。于是就有名人翁倩玉《我的梦》[2]、上官灵凤《嘿，看掌！》[3]谈从影经历，李小龙《我与截拳道》[4]谈武术等。更重要的是，专栏将言说的权力广泛地交给了普通人，并且明确肯定这类文字的价值："这些非文人的文字，常是出于肺腑，比为作文而作文的文人产品，更加耐读，只要肯去用心挖掘，可以发见天地间尽是妙文，世界上不乏作家……"[5]专栏当中有很多普通职业的资讯、普通人的故事，计程车女司机林宝桂的《一个女司机的感想》[6]，讲述自己职业的辛酸苦辣，制陶艺人李茂宗在《我的泥土世界》[7]中，谈自己痴迷的泥土世界等。同样开始于1971年9月的"记忆深处"专栏，其征文介绍如下：

每一个人都有许许多多记忆，但有的记忆会渐渐淡忘，有的记忆却埋藏在心的深处，永难磨灭——这是最甜美，最动人的记

①⑤ 编者：《联副新增专栏"各说各话"》，《联合副刊》，1971年10月25日。

② 翁倩玉：《我的梦》，《联合副刊》，1972年1月23日。

③ 上官灵凤：《嘿，看掌！》，《联合副刊》，1975年8月4日。

④ 李小龙：《我与截拳道》，《联合副刊》，1972年6月29日。

⑥ 林宝桂：《一个女司机的感想》，《联合副刊》，1972年2月4日。

⑦ 李茂宗：《我的泥土世界》，《联合副刊》，1972年4月5日。

忆……“记忆深处”，是联副贡献给读者的新构想，除了邀请海内外各界人士执笔外，也竭诚欢迎广大读者为这新增的专栏执笔。①

很显然，该专栏也部分地将表达的机会交给了普通读者，很多留存在平凡人记忆深处，同样动人却可能永远被埋没的人和事，就此有机会跃然纸上。娃娃的散文《阿力冬》②，回忆一个与自己一起长大的玩伴阿力冬，虽然只是普通人的童年趣事与成长的烦恼，读起来却也兴味盎然。散文《记得小时候》③中有令人莞尔的童年趣事，也有使人动容的父子、兄弟间的亲情，作者晓楠籍籍无名，编辑为了邮付稿酬，甚至要在文末加上“作者请示真名”的附文。“记忆深处”专栏在“联副”当中持续了数年之久，不少普通人用上述这类洗尽铅华的文字，去讲述各类平凡生命中的感动。该时期“联副”中类似让普通人讲平凡事的专栏还有很多，比如 1978 年 11 月企划的“大特写”专栏，这是一个报告文学专栏，征稿前言中也有：“欢迎各个岗位工作者，以你最习用最方便的文字，写下你熟悉的生活和故事。我们深信，处处有文学，人人是作家，动人的文学极可能就在你的笔下产生。”④专栏企划在解构文学的同时，下放文学言说的话语权。20 世纪 80 年代初期企划的“心影录”专栏、“吾土吾民”专栏也是如此，其中也有不少普通人回忆

① 编者：《“记忆深处”征稿》，《联合副刊》，1972 年 9 月 20 日。
② 娃娃：《阿力冬》，《联合副刊》，1972 年 10 月 11 日。
③ 晓楠：《记得小时候》，《联合副刊》，1973 年 3 月 6 日。
④ 编者：《“大特写”专栏前言》，《联合副刊》，1978 年 11 月 1 日。

与追思的文章，“在这些文章中，你或许会认为某些篇章并非出自名家，甚至不容易找到优美华丽的辞藻；但是，你一定会发现，所有的文字都映现着中国人的心声血泪”①。80 年代，将文学的话语权交给“非文学人口”甚至成了“联副”的方向，1984 年底“联副”编者的一篇预告性的文章就清晰地表明了这一点：

> 扎根在百万人间，映现千万读者的感情、爱恨、生息，为一个进步和谐的多元社会勾绘蓝图，是八十年代中国副刊的新走向；突破传统文艺副刊对特定作家的依赖，变过去一切非文学人口为文学人口，从山巅海隅、广土众民间寻索文学最健旺的根荄，为其林深果茂，开示出雄奇灿烂的前景，是联副领先迈进的新里程。②

在如此编辑企划思想指导下，80 年代“联副”当中为平凡人提供的文学言说平台——各类专栏还有很多。

20 世纪 70 年代起，台湾社会经济结构变化，岛内社会多元化趋势加强，各类思潮风起云涌，“联副”主动“盱衡局势，扣紧社会脉动”③，企划了相当多直接贴近和呈现各类社会脉动的专栏。典型的如 1973 年 8 月企划的“温馨处处”专栏。该时期台湾工商社会深入发展，传统价值观念崩塌，功利主义弥漫社会，大有礼崩乐坏、人心不古的情状，

① 编者：《“吾土吾民”序》，《联合副刊》，1980 年 1 月 2 日。
② 编者：《根扎在百万人之间》，《联合副刊》，1984 年 12 月 28 日。
③ 宇文正：《何必做专题》，《台声》，2016 年第 5 期。

于是“人们常常埋怨:社会怎的这般现实蛮横?人心怎么这样黑暗丑陋?唉!社会实在糟糕!”①如此背景之下,“联副”推出了“温馨处处”专栏,征稿中写道:

只要仔细体会,认真观察,你将会发现,周遭是多么富于光和热。温馨的日子充满了惊喜,那些曾经帮助你,鼓励你的人,又是多么诚恳。用笔写下来吧!让大家分享这一份感怀。②

很显然,该专栏的企划是为了回应社会“礼崩乐坏”的关切。散文《公车上》,让人们看到了素不相识的乘客,争相照顾残疾乘客的感人情景,使人“为这幅人间温馨心动不已”③。在《一只可爱的手》④中,一位帮助粗心赶考学子补车票的阿婆,点亮了孩子暂时黑暗的世界。此类散文在该专栏中不时出现,让读者能够深切地体会到社会上的处处温馨,用这些事实去回答对当时社会的各种质疑之声,给悲观者以希望。再如1984年3月出现的“横看成岭侧成峰”专栏,就以“展现当前多元社会发展风貌,反映林林总总、鲜为人知的现代生活”⑤为目标。专栏中,张放在《潮水声中的日子——兰屿行脚》⑥中,关注兰屿雅美

①② 编者:《“温馨处处”欢迎投稿》,《联合副刊》,1973年8月9日。
③ 钱淑真:《公车上》,《联合副刊》,1973年9月3日。
④ 芳草:《一只可爱的手》,《联合副刊》,1973年10月19日。
⑤ 编者:《横看成岭侧成峰》,《联合副刊》,1984年3月26日。
⑥ 张放:《潮水声中的日子——兰屿行脚》,《联合副刊》,1984年4月2日。

人在现代文明冲击下的变与不变。《二月里,下茗浓》[①]中,韩韩则以一个环保作家的视角,用报告文学的方式,关注台湾特有鱼类高身鲴鱼的生存环境及其研究情况等。此类作品在专栏中还有很多,都是从不同层面、角度,透视各种社会现象,展现台湾多元社会发展的风貌。

面对社会的多元发展,特别是层出不穷的社会问题及"成长并发症"[②],"联副"的专栏、专辑企划不止于"反映"这么简单,也有不少专栏、专辑直指问题,主动介入干预社会生活。副刊中的"专辑"周期较短(往往一日刊完),"一般刊登某一专门主题的文章"[③],因为集中围绕特定主题展开创作,所以版面规模较专栏更大。典型的如 1979 年 8 月 15 日企划的"夜与晨"专辑,副标题"试写北市高中联考作文"清晰地透露出专辑企划的目的。

20 世纪 70 年代末期台湾的大学入学考试——"高中联考",因为难度高且涉及范围广而成为社会关注的焦点,而作文又是"联考"的重要组成部分。"夜与晨"原是当年台北市高中联考的作文题目,专辑就请著名作家、教授洛夫、杨昌年、魏子云等依题进行创作,将文学生产与社会焦点巧妙地结合起来。当年的考生就道出了读者的共同心声:"'夜与晨'这个专辑,邀请的作者中,有的是大学中文系的教授,有的是中学国文老师,也有的是我们早就敬仰的名作家……联副的这项作

① 韩韩:《二月里,下茗浓》,《联合副刊》,1984 年 4 月 26 日。
② 高信疆:《体验美丽岛》,《自立晚报》,1986 年 9 月 27 日。
③ 李晓钟:《书刊发行辞典》,湖南出版社,1993 年,第 255 页。

法不仅很绝，而且还蛮有意思的。"[①]再如 1986 年初开辟的"戒烟"专栏，就是为了配合当时社会上开展的戒烟运动而企划的。其中的文章不是老烟枪谈戒烟的经历，就是各类关于戒烟的见闻与趣事，都是针对吸烟这一社会问题展开的，"以生花的妙笔，为大家健康呼吁，也为瘾坛留下一份珍贵纪实"[②]。

"联副"这一时期也有不少专题企划，"回应这个时代、社会、生活"[③]。1987 年 8 月份企划的"谏与赞"专题就是如此，单从名称就不难体会其干预社会的动机。中国文学中讽谏的传统由来已久，该时期台湾社会经济发展，工商社会深入推进，价值观念多元，各类社会矛盾和冲突频发，亟待文化及思想力量的调节。该专栏就以"谏"和"赞"为手段，批评和讽刺社会问题，鼓励和宣扬世间良善，这是对文学实用功能的发挥。"谏飚车"一期中，三毛的《我在路边大声叫》[④]、萧萧的《飚》对当时社会上刚刚风行起来的飚车一族，提出了警告和劝诫，如萧萧就对飚车客发出诘问：

飘飘然的感觉在哪里呢？一大群机车一起在呼啸，一大群黑压压的人潮在汹涌，飚车客啊！不能遗世不能独立，蓄势待发的你，会不会想起斗鸡场上的公鸡，赛马场里的赛马？你，沦为人家

---

① 方继光：《夜与晨——试写北市高中联考作文》，《联合副刊》，1979 年 8 月 15 日。
② 编者：《"戒烟"征文》，《联合副刊》，1986 年 1 月 18 日。
③ 宇文正：《何必做专题》，《台声》，2016 年第 5 期。
④ 三毛《我在路边大声叫》，《联合副刊》，1987 年 8 月 5 日。

赌博的筹码而不知吗？斗鸡场上斗败的公鸡，头破血流，是没有人怜惜的，一阵急躁的救护车声音过去以后，人们的眼睛又注视另一堆扑扑的鸡群了。[①]

在“谏大家乐”专题中，古蒙仁的报告文学《无赌不丈夫》[②]和邵僩的散文《乐香袅袅》[③]，则分别以不同的方式痛斥当时风靡全岛的“大家乐”赌博之风。该专题中还关注和检讨过不少其他社会问题，为革除社会弊端，呼唤正义与伦理的重建而努力。尤其是在20世纪80年代之后，面对着“新世界”，“联副”社会参与性专栏、专辑更多了起来，“‘联副’是多元性的版面，除了大量刊登文学作品外，对社会参与的题材亦迭有制作，如‘大地显影’、‘地球村庄’、‘人生对话’等专栏……”[④]

3.“大众化”文学专栏企划增多

毫无疑问，“联副”的文学生产当中，由于种种原因，曾经长期坚持“纯文学”的理念，静态的编辑方式在选稿当中，以严肃文学作品为主，因此长期具有精致文学的面相。20世纪70年代以后，尤其是70年代中期以后，“联副”向以编辑、主编为中心的动态编辑方式转变，“全面革新版面，加强内容”[⑤]，虽然仍坚持“文艺性的作品，并不偏废……”[⑥]，但“大众化”文学专栏企划明显多了起来。

---

① 萧萧：《飚》，《联合副刊》，1987年8月5日。
② 古蒙仁：《无赌不丈夫》，《联合副刊》，1987年8月11日。
③ 邵僩：《乐香袅袅》，《联合副刊》，1987年8月11日。
④ 痖弦：《面对新世界》，《联合副刊》，1986年9月4日。
⑤⑥ 编者：《读者·作者·编者》，《联合副刊》，1975年3月1日。

有研究认为:“1980—2000 年之间台湾消费社会的结构已然形成”①,但实际上 20 世纪 70 年代的台湾已经具有消费社会的诸多特征,而文学消费的“大众化”趋势加强。“联副”动态的编辑当中,因此加强了消费性、休闲性的内容生产,以满足读者日益增长的消费性阅读的需求为目标,“大众化”文学专栏的企划就是举措之一。例如 1979 年 8 月 29 日“联副”企划的“联副小辞典”专栏,要求用文学的手法为广泛的事物下定义,主题由专栏主持者给定,集中于“爱情”“婚姻”“家庭”等方面。以关于爱情主题的专辑为例,小野对于爱情的定义是:

爱情就是——在大雨中戴隐形眼镜,想看清楚对方,却怕被对方知道你在看他,其实朦胧中什么都看不清楚。②

吴念真的爱情则是:

爱情是一对男女心灵的默契,是长相厮守的渴望,是伴随着相当责任的喜悦,是永恒不渝的许诺;愿相互照拂,相互关怀,慨然付出一切而不自知。因为,你就是我。③

---

① 魏书娥、蔡春燕等:《台湾消费社会(1980—2000)的结构形成与变动分析》,《社会分析》,2011 年 2 月。

② 小野:《爱情》,《联合副刊》,1979 年 8 月 29 日。

③ 吴念真:《爱情》,《联合副刊》,1979 年 8 月 29 日。

此外，该辑中还有其他15个来自不同作家的爱情定义。该专栏要求作品简短，“稿长请勿超两百字”①，作品入选门槛不高，征稿面向作家及广大读者进行，“请读者踊跃赐稿”②，而“爱情”“婚姻”等主题又比较容易切入，也较容易为大众读者所接受。该专栏企划的作品显然不属于“精致文学”的范畴，而具有鲜明的“泛文学”“大众化”文学的特点，此阶段该类专栏企划为数颇多。更集中地体现“大众化”文学特征的企划，还要数“联副”周末版专辑。1982年4月10日开始，“联副”开始对周末（星期日）版进行特殊策划——开辟了“联副”周末版。征稿中有：

> 幽默漫画、趣味小品、奇闻轶事、对人间百态做谑而不虐的素描，以及任何适合“周末口味”的作品，皆所欢迎，稿酬从优。③

周末版的征文中还有些具体的要求，比如散文、小品文要：“讽刺犀利、辛辣的散文和其他幽默小品，字数一到三千字”④，讨论社会问题的作品则“最好采取迂回侧击，言浅意深却又语语中的、一针见血，让人看了笑中带泪”⑤，更鲜明地“征求富有新意、风趣生动的相声或数来宝等民俗文学作品，以三千字为准”⑥。征稿中的这些要求，无不清晰地透露出其休闲性、消费性的定位，所谓的“周末口味”，实际上就

①② 编者：《“联副小辞典”征稿广告》，《联合副刊》，1979年8月29日。
③④⑤⑥ 编者：《联副“周末版”征稿启事》，《联合副刊》，1982年4月10日。

是“大众化”“娱乐性”的口味，可以说周末版专辑就是典型的“大众化”文学专辑。随意选取1982年6月19日这期的“联副”周末版为例，除了高阳的长篇连载小说《曹雪芹别传》和司马中原的《消痰话气》两篇大稿外，其余就是漫画、草根笑话等休闲性的内容。周末版中的一些娱乐性、休闲性版块也很典型，比如“征求异想天开却叫人会心一笑的绝妙阐释”[①]的“周末是——”专栏，所有作品都是一句话，例如“周末是可以窝在沙发里，理直气壮地说：‘休息，是为了走更长的路’！”[②]而各类相声等俗文学作品，也成了“周末版”中的重要成分，比如伏雨的民间曲艺《对口数来宝》[③]、大陆著名相声作品何迟的《买猴》[④]等。总之，由以上这些内容组成的“联副”周末版，散发着浓烈的“周末口味”，迎合读者娱乐性消费型的阅读需求，是典型的“大众化”文学专辑。

20世纪70年代至90年代初，是台湾报纸副刊的纸上风云时期，也是大报副刊激烈竞争的时期，文艺副刊的文化扩容也影响到了“联副”，虽然“联副”坚守“文艺性”的底线，但是很多大众文化议题、“泛文学”性的内容也进入了“联副”版图，常以“大众化”文学专栏的方式展开。比如1978年7—8月，“联副”开设的“第三类接触”专栏，请作家、影视明星、歌星等不同领域的文化人士进行对谈，记录艺术间碰撞

① 编者：《联副“周末版”征稿启事》，《联合副刊》，1982年4月10日。

② 方鹏程：《周末是——》，《联合副刊》，1982年7月3日。

③ 伏雨：《对口数来宝》，《联合副刊》，1982年4月10日。

④ 何迟、胡金铨：《买猴》，《联合副刊》，1982年9月4日。

的火花,将文学的疆域扩张至更大的文化范畴。

> “第三类接触”这个专栏,就是要使这种接触成为可能。他们不同的背景、不同观念与想法;当他们在一起,会激发出什么样的火花?①

1978 年 8 月 3 日请诗人杨牧与影视明星胡因梦对谈《中国电影有没有希望?》,8 月 6 日请音乐家李中和与歌手高凌风对谈《流行歌曲何去何从?》等。从专栏的具体操作来看,面对通俗文化的议题和不同观念的碰撞,专栏记者用画面感很强的文字加以记录,甚至对采访对象的衣着、表情都详加描述,有类似电视特写镜头的效果。这类专栏的企划,有通俗热议的话题,有口语化的行文,更有不同观念间互动、碰撞的火花,“大众化”文学专栏取得了不错的传播效果,“‘联副’第三类接触专栏自推出以来,读者反应空前热烈,纷纷来函提供主题与接触人选,我们已接纳若干意见,并陆续制作之中”②。同类理念的专栏或专辑还包括:1980 年 6 月 17 日诗人与歌者相唱和的“水上座谈会”专辑;1980 年 9 月 21 日传统与现代戏剧碰撞的“兰陵剧坊之夜”专辑;1985 年 5 月 25 日诗人与流行歌星对谈的《井边的谈话——郑愁

① 编者:《第三类接触》,《联合副刊》,1978 年 8 月 13 日。
② 编者:《座谈会 · 征主题》,《联合副刊》,1978 年 8 月 24 日。

予、齐豫歌诗对谈》[①]专辑等。这类文化专栏将在后续章节还有涉及，此处不做展开。

(三)文学热点的报道企划

在文学发展的过程中，会不时地涌现出许多文学"热点"，可能是某种文学题材、体裁，可能是某些文学思潮，也可能是特殊的文学事件等，这些文学热点不但会引起文坛的关注，更可能会"极大地撞击和影响着文学"[②]。文艺副刊作为文学媒介中的急先锋，往往就是文学热点的制造者、参与者和记录者，重视利用对文学热点的把控获得竞争的优势。在20世纪70年代至80年代的台湾，报纸副刊之间对读者资源的竞争更加激烈，有关文学热点的企划往往会成为竞争读者资源的重要手段，"联副"在这类企划中始终站立潮头。

有些"热点"的企划文学性并不强，但是由于对读者具有较强的吸引力，能够形成社会关注的焦点，"联副"也积极参与其中。如1972年初关于横井庄一的报道策划就是如此。横井是一名日军下士，在二战日军战败溃散后逃入关岛的莽莽丛林之中，一躲就是28年。1972年初被两名猎人发现，横井的传奇立即引起世界范围的关注，"当横井的消息传出后，各传播机构及报章杂志竞相报道"[③]。平鑫涛主持下的

---

① 丘彦明等记录:《井边的谈话——郑愁予、齐豫歌诗对谈》,《联合副刊》,1985年5月25日。

② 中国文联理论研究室:《中青年文艺评论家文选2014年度》,当代中国出版社,2015年,第182页。

③ 蔡图生:《走出洞穴读后》,《联合副刊》,1972年3月13日。

"联副"紧抓这一热点,"以最快速度于二月二日起,独家译载横井庄一的专题报道《走出洞穴看世界》"[①],全文共计30篇,用月余时间刊载完毕,这一热点将台湾读者的目光牢牢锁定在了"联副"之上。非常类似的另外一个案例,则是关于史尼雍(中文名李光辉)的报道企划。与横井的经历类似,台湾阿美人的史尼雍,1943年被日军征召至印尼从军,战败后逃进摩罗泰岛上的蛮荒丛林中独自生存了30年,被发现后送回台湾。"联副"同样积极企划,连续刊发报告文学《李光辉还乡记》[②]、杂文《光辉的采访》[③]等多篇不同体裁的作品,也造成了台湾各界一时围观之热点。

"联副"的文学热点企划,也有不少围绕国外的畅销书进行,但入选标准并不限于文学书籍,关键还是考量能否引起台湾读者的关注。如1975年底《每周三十分钟健身运动》一书的译介,就非常典型。这原是一本刚刚在美国热销的指导健身的书籍,并无多少文学的含量。20世纪70年代以后,随着台湾经济的发展,民众生活质量普遍提高,较以往更加关注身体健康。如编者在引言中所说:"这是一个忙碌的世界,每个人都有他忙的理由。那么人们在下意识中期望以最短的时间锻炼体格获得健康,以便以更多的时间和充沛的精力应付日常繁剧的工作,毋宁是合理的。"[④]基于以上的判断,加上看好该书在台湾阅

① 蔡图生:《走出洞穴读后》,《联合副刊》,1972年3月13日。
② 徐成耀:《李光辉还乡记》,《联合副刊》,1975年1月14日。
③ 何凡:《光辉的采访》,《联合副刊》,1975年1月15日。
④ 编者:《读者·作者·编者》,《联合副刊》,1975年12月5日。

读市场的反应，“联副”果断企划了该书的全文译介，“十一月十五日到二十七日摘译美国近八个月来畅销书《每周三十分钟健身运动》”[①]，无论是篇幅还是持续时间相对于其他文学作品来说都算可观，也的确造就了又一个热点。至于国外通俗小说类的畅销书，由于具有很好的读者市场基础，更是成了“联副”热点文学企划的重要目标。如1976年“联副”第一时间摘译并选登了《福尔摩斯探案——西城惊魂》一书，这本侦探小说据说为华生医生的遗著，被青年作家梅耶偶然发现并公开，当时正走红欧美文坛。为了抓住热点，抢得先机，“联副”第一时间从其他杂志上转译过来，并以摘要节选的方式刊载。译介的前言更像是广告：

> 竟又发现一本福尔摩斯新探案。据称，这本《西城惊魂》是华生医生遗稿，揭露福尔摩斯侦办一件连环命案的离奇经过。书中人物有萧伯纳、王尔德等文坛著名人物。梅耶将华生医生此一遗稿编订、修删，同时由英、美书商出书。本文系由《花花公子》杂志四、五号连载之书摘中，再予以摘要译出。[②]

此一时期，“联副”最典型也最重要的热点文学企划，当然还要数围绕着各类重要的文学奖项尤其是诺贝尔文学奖所开展的报道。20

---

① 编者：《读者·作者·编者》，《联合副刊》，1975年12月5日。

② 华生医生：《福尔摩斯探案——西城惊魂》，《联合副刊》，1976年6月30日。

世纪70年代末之前，“联副”乃至整个台湾报纸副刊，有关诺贝尔文学奖的报道，“一般都颇被动，采取静态处理。除新闻版外电翻译，副刊是否介绍（更不要说专题报道），几端看来稿，是近乎‘守株待兔’”[①]。70年代末起痖弦主持“联副”，扩大了对历年诺贝尔文学奖的跟踪报道，主要做法就是展开专题企划，进行全方位的报道，“从六十七年开始，联副更扩大报道诺贝尔文学奖，一九七八年的以撒辛格、一九七九年的艾利提斯，联副均以最快速推出专题报道（前晚九点钟宣布，第二天整版报道）。这样的做法是报纸一向所没有的”[②]。尤其是1979年，希腊诗人艾利提斯（Odysseus Elitis）斩获诺奖后，由于台湾相关资料甚少，在痖弦主持下，“联副”竭力延揽海外华人作家协助，使用当时仍极为昂贵的越洋电话，通过边念边抄写的方式，将获奖诗人的简介和部分诗作的译文记录后刊载，所投入的人、财、物力可谓巨大。“此次越洋电话连线作业的成功，为《联合副刊》版面一大突破，亦为台湾报纸副刊首见，自此摆脱过去的‘闭关’状态。今日回顾，此役为一九八〇年代两大报副刊年度‘诺奖大战’之序幕。”[③]

“联副”加强诺奖报道的企划，无疑是为了抢占文学热点，进而抢占读者市场，扩大文化资本的经济价值转换。“等到一九八〇年的米洛斯得奖的时候，争发诺贝尔文学奖得奖作家消息，已经成为台湾报

---

① 郑树森：《结缘两地——台港文坛琐忆》，洪范书店有限公司，2013年，第170页。

② 痖弦：《还不是回忆的时候——一束不是回忆的回忆》，联副三十年文学大系编辑委员会：《风云三十年——联副三十年文学大系史料卷》，联合报社，1982年，第190页。

③ 郑树森：《结缘两地——台港文坛琐忆》，洪范书店有限公司，2013年，第171页。

纸副刊与副刊之间竞争的焦点之一。"[①]由于"联副"的先发优势,加上其在企划方面所积累的经验和人脉,在此后长期的激烈竞争当中,"整体战绩还是联副遥遥领先"[②]。比如1980年"联副"的报道企划中,继续大胆延用外力,作家水晶"授命"于"联副",就近采访诺奖得主波兰作家契斯拉弗·米洛斯,抢得了报道先机,水晶曾写道:

> 十月九日一大早,联副的越洋电话就把我从梦中惊醒,说米洛斯先生得了诺贝尔文学奖,新闻人物就在同镇同校、同学院,可说是我的"近郊"……联副既然"授命"在先,我当然顺理成章地成为记者中唯一"中国籍记者"了。[③]

到了1981年报道企划中又加入了"预测"这一环节。1981年10月15日《一切的顶峰——本届诺贝尔文学奖得奖人预测》[④]以"联副"国际文学研究小组的名义预测获奖人,"这次我们更特别成立了'奖落谁家'工作小组,为关心此项文学首奖得主的读者,做先一步的预

① 痖弦:《还不是回忆的时候——一束不是回忆的回忆》,联副三十年文学大系编辑委员会:《风云三十年——联副三十年文学大系史料卷》,联合报社,1982年,第190~191页。

② 宇文正:《文学手艺人》,有鹿文化事业有限公司,2017年,第156页。

③ 水晶:《本届诺贝尔文学奖得主契斯拉弗·米洛斯访谈录》,《联合副刊》,1980年10月11日。

④ 联副国际文学研究小组:《一切的顶峰——本届诺贝尔文学奖得奖人预测》,《联合副刊》,1981年10月15日。

测”[1]。当然预测这一环节的企划，目的并非单纯要猜中获奖者，而是向读者推介相关作家作品，达到文艺普及的目的。“不论我们所预测的十位作家能否得奖，即或作为一般欣赏指南读，这几位文坛重镇的介绍也是有其意义的。”[2]更重要的是预测环节的设计，能够很好地烘托氛围，持续制造热点聚焦读者的视线，由于效果较好，成为日后“联副”诺奖报道的保留动作。而1983年“联副”的诺奖报道，更是创造了台湾副刊热点文学企划历史上最辉煌的一页。当年10月6日，郑树森教授受“联副”委托，全球独家专访了当届诺贝尔文学奖得主威廉·高定，10月8日《威廉·高定访问记》即刊载于“联副”（见图9）。

> 在诺贝尔文学奖得奖人威廉·高定先生离家远走躲避新闻界及道贺者的隐秘状况下，文学批评家郑树森教授代表联合副刊，以他的聪敏睿智先于世界其他重要报刊（包括得奖人的国家——英国伦敦泰晤士报 London Times），做了这篇虽属简短却意义深长，堪称全球独家的专访，创下了中国报业文学性新闻专访的辉煌记录。令人欣喜不已！联副以最快速度推出，以飨读者。[3]

①② 编者：《一切的顶峰——本届诺贝尔文学奖得奖人预测序》，《联合副刊》，1981年10月15日。

③ 编者：《编者的说明》，《联合副刊》，1983年10月8日。

中華民國七十二年十月八日 星期六

聯合報

全球獨家專訪

本屆諾貝爾文學獎得主

威廉・高定訪問記

訪問人：鄭樹森

訪問時間：英國時間十月六日下午六時（遠東時間七日凌晨二時）

編者的說明：在諾貝爾文學獎得獎人威廉・高定先生舉家遠走躲避新聞界及道賀者的隱密狀況下，文學批評家鄭樹森教授代表聯合報副刊，以他的聰敏睿智先於世界其他重要報刊（包括得獎人的國家—英國倫敦泰晤士報 London Times），做了這篇雖屬簡短卻意義深長，堪稱全球獨家的專訪，創下了中國報業文學性新聞專訪的輝煌紀錄。令人欣喜不已！聯副以最快速度推出，以饗讀者。

威廉・高定

图9 《威廉・高定访问记》①

在台湾，诺奖报道这一文学热点，是由“联副”最早发掘并在大报副刊的激烈竞争当中持续发展的，构成了文坛每年10月的一大盛景，从20世纪70年代末起贯穿了整个80年代以至更久。诺奖的企划所

① 《威廉・高定访问记》，《联合副刊》，1983年10月8日。

以能够形成热点引燃文坛，当然与当时特殊的社会政治状况有着密不可分的关系。宇文正就认为：“一九七〇戒严年代，副刊是报纸中最自由暧昧，得以文学包装、夹带反抗思想‘鱼目混珠’的特殊场域。在那样的时空里，对诺贝尔文学奖大肆报道，以至掀起大战，与其说谁得了这个奖、对国内有什么重要，不如把它看成一扇窗，那是封闭的台湾，眺望世界的窗口，以文学之名。”[①]另外，这类企划对读者市场的巨大吸引力，以及由此形成的可能经济效益，也是造成大报副刊长期追逐的重要原因。不论因何原因促成，诺奖报道大战客观上的确带动了文学在台湾的普及：“纵观多年来的诺奖报道，台湾两大报副刊都竭尽全力，以最快速度向广大读者提供资讯，开拓视野，加强了解。专业文学人口可以此为起点，非专业人口则可有基本认识。”[②]随着 20 世纪 80 年代后期政治的解严，台湾社会的多元化趋势加强，读者兴趣点转移，诺奖的吸引力逐渐下降，热度早已大不如前，但“联副”每年度的诺奖报道企划却坚持至今，“这几年来，其他报纸副刊逐一退出了这场竞赛……副刊场上似乎只剩下《联副》在‘玩’了”[③]，这应该来说是“联副”对作为传统的坚持和文学的坚守使然。

（四）版面视觉性要素不断强化

副刊作为报纸的组成部分，却有着很强的独立性。读者阅读副刊

① 宇文正：《文学手艺人》，有鹿文化事业有限公司，2017 年，第 157 页。

② 郑树森：《结缘两地——台港文坛琐忆》，洪范书店有限公司，2013 年，第 188 ~ 189 页。

③ 宇文正：《副刊与诺贝尔文学奖》，《台声》，2016 年第 3 期。

的习惯和心理期待与阅读新闻的部分不同，“在读报活动中，副刊的阅读是最休闲的，同时也是最富有文化生活感的”[①]，因此直观的视觉性元素，如图案、照片、漫画以至整体的排版等，对大众读者来说都可以造成特别的亲和力，所以说视觉元素在副刊当中所扮演的角色远重于在新闻版面中。视觉性要素，因此也是形成报纸间竞争优势，促进资本转换（文化资本向经济资本转换）的重要依托。为适应读者变化的阅读口味，也为应对副刊间日趋激烈的竞争，20 世纪 70 年代末期到 80 年代，“联副”在文学生产当中，加强了整体版面的设计，增加了视觉性要素的分量和质量，使得编排更加美观，视觉效果更佳，且自 1978 年 10 月 1 日起，《联合报》的“副刊开始彩色印刷”[②]，就更有利于视觉性要素功能的发挥。

1. 以视觉要素为主体的专栏多了起来

20 世纪 70 年代末之前，“联副”当中出现过漫画、插画等与视觉要素相关的专栏，但视觉要素在这些专栏中多不占主体地位。20 世纪 70 年代末，具体说是 1978 年之后，以视觉要素为主体的专栏大量涌现出来。如 1978 年 10 月 1 日起，“美的系列”专栏开启，由艺术理论家庄伯和主持，图文搭配以图为主，图像包括古今中外代表性的绘画、雕塑、剪纸等艺术作品，文字则只起到介绍和辅助说明的作用。专栏中

---

① 朱寿桐：《文化热土的副刊文化效应——2011 年澳门文学结构与新路》，郝雨凡、吴志良主编：《澳门经济社会发展报告 2011—2012》，社会科学文献出版社，2012 年，第 254 页。

② 联副三十年文学大系编辑委员会：《联副三十年记事》，联副三十年文学大系编辑委员会：《风云三十年——联副三十年文学大系史料卷》，联合报社，1982 年，第 343 页。

先后有“阳刚之美”“婉约之美”“乡土之美”等系列(见图10、图11),图像直观生动,专栏有艺术文化科普的性质。

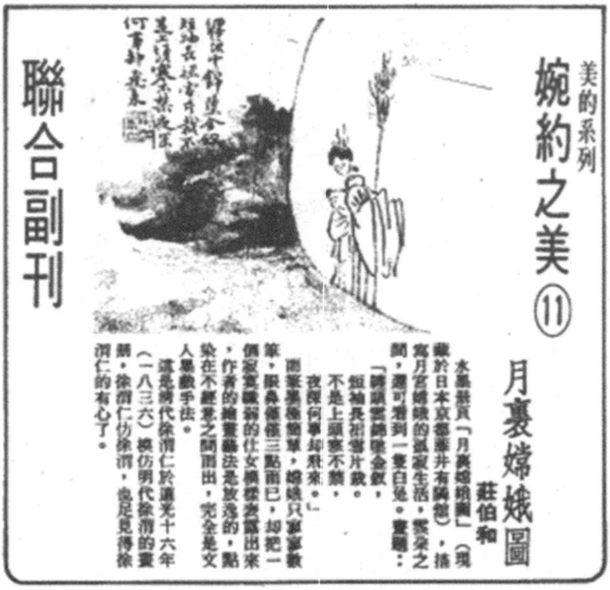

聯合副刊

美的系列

婉約之美⑪

月裏嫦娥圖

莊伯和

水墨設色「月裏嫦娥圖」（現藏於日本京都藤井有鄰館），描寫月宮嫦娥的孤寂生活，雲朵之間，還可看到一隻白兔。畫題：

「嫦娥雲鬢綰金釵，短袖長裙雪片裁。不是上頭寒不禁，夜深何事却飛來。」

簡筆裏淡墨筆，嫦娥只寥寥數筆，眼鼻僅僅三點而已，卻把一個寂寞纖弱的仕女神情表露出來，作者的繪畫筆法是放逸的，點染在不經意之間而出，完全是文人墨戲手法。

這是清代徐渭仁於道光十六年（一八三六）模仿明代徐渭的畫稿，徐渭仁仿徐渭，也是見得徐渭仁的有心了。

图10 《婉约之美》插图①

① 《婉约之美》,《联合副刊》,1978年11月14日。

美的系列

鄉土之美①

騎虎神將

莊伯和

這幅「騎虎神將」，爲韓國民俗畫家金萬熙臨摹自李朝民俗畫，本來具有避邪目的，韓人稱爲「巫畫」。在台灣廟宇裏，也常見騎虎的神像，造型與韓國十分相似。中韓兩民族，不僅正統藝術有不可分的歷史淵源，在民間藝術上也有密切關係。爲了避邪的理念，民間畫工儘可能概念性地表現「騎虎神將」威猛的樣子。所以一副吹鬍子、瞪眼睛、齜牙裂嘴的表情，又拿刀持槍，全身鎧甲。老虎也精神抖擻，不僅豎起耳朵，露出大牙，連四足的利甲都伸出來了。

可是整幅畫並不讓人感到可怕，反而可親可愛，畢竟神將是保護百姓的，而韓人向來認爲虎是助善罰惡的，所以有「福虎」的稱呼。民間繪畫的稚拙美感不僅出自畫工技法的特性，更重要的是背後隱藏的生活內涵。

聯合副刊

图 11 《乡土之美》插图①

“哈老哥”漫画专栏，也于 1978 年 10 月重新回归“联副”。漫画中图文配合，是一种特殊的文学形态。自 1957 年 9 月 27 日起，“联副”就开始“常年连载美国漫画《哈老哥》”②，该专栏“是社方由金氏图书

① 《乡土之美》，《联合副刊》，1979 年 1 月 9 日。

② 柯裕棻：《电视与现代生活：电视普及化过程中的“国”与“家”》（1962—1964），《台湾社会研究季刊》，2009 年第 73 期。

公司购来的专题漫画,中文文字一块儿来的”[①]。作为早期“联副”中少有的图文并茂的专栏,“哈老哥”既直白易懂又诙谐幽默,有着良好的读者反应,但连载至1966年即宣告停止,原因是译者“禁不起留美热潮的诱惑”[②],自费赴美进修。良好的读者基础,以及漫画这种视觉要素与文字有机结合的形式,使得该专栏有机会再次进入“联副”编者的视线,十多年后重登“联副”版图,“联副同仁不念旧‘恶’,原职任用,明日起上班,敬请至亲好友、旧雨新知,不吝指教”[③]。新的“哈老哥”专栏,不再是直接翻译外国漫画,而是自行创作,以图像视觉要素为中心,将很多身边的幽默趣事,以漫画这一特殊的方式呈现出来(见图12),仍具有很大吸引力。同样属于漫画专栏的,还有1984年7月开辟的“金铨漫画”专栏,幽默生动,相对“哈老哥”来说,“金铨漫画”专栏中的文字更少,更加依赖图像的表现(见图13)。该时期还间断性地开辟了不少其他漫画专栏。

① 林海音:《流水十年间》,联副三十年文学大系编委会:《联副三十年文学大系 史料卷 风云三十年》,联合报社,1981年,第101~102页。

②③ 哈老哥:《哈老哥回来了》,《联合副刊》,1978年10月1日。

图 12　《哈老哥》插图①

① 《哈老哥》,《联合副刊》,1978 年 10 月 26 日。

图 13 《金铨漫画》插图①

① 胡金铨:《金铨漫画》,《联合副刊》,1984 年 7 月 31 日。

"视觉与文学结合专辑"[①],在 20 世纪 80 年代的"联副"当中还有很多其他表现形式,代表性的如 1984 年 7 月底推出的"万人影展"专栏,是一个"面向全民开放的专栏……由读者提供具有人情味、趣味性的照片,使我们从中获得生命的启示、回味生活甘苦的乐趣"[②],专栏中"每张照片,均请作家撰写一篇短文,掘深其意旨,丰富其内涵,增强欣赏者的联想"[③](见图 14)。该专栏由普通读者提供照片,作家配以贴切的文字,二者交相辉映,既是视觉元素与文字的有机结合,也能够有效地吸引普通读者参与进来。同样赋予照片以中心位置的专栏,还有 1987 年 7 月开始的"小时候"专栏,作家给自己小时候的照片配以简短的说明(见图 15),不断用一张张褪色、斑驳的照片与文字,去讲述一段段迷离、荒远的记忆。

---

① 联副三十年文学大系编辑委员会:《联副三十年记事》,联副三十年文学大系编辑委员会:《风云三十年——联副三十年文学大系史料卷》,联合报社,1982 年,第 349 页。

②③ 编者:《扎根在百万人之间》,《联合副刊》,1984 年 12 月 28 日。

《萬人影展》

牧童夢

王裕仁／攝影
蓉　子／撰文

當昔日完美的大自然已爲它不肖的子孫——人類，不斷蠶食鯨吞而終至支離破碎了後，只有你，牧童，不時地還能享有那在綠草上酣睡的夢。瞧你背靠著暫停滾轉的牛車輪子，舒舒服服地坐在剛理過髮的草地上，做一個甜甜的夢：夢見水流潺潺的小河，夢見野花開遍了的小山坡，且夢見自己就是傳說中的典型牧童，吹著橫笛，跨坐在繫著頸鈴的牛背上，在這一帶的原野上四處遨遊，而牧野飄揚，大風突然吹落了那頂破斗笠；同時也吹醒了這位牧童的夢。那兒有什麼牧笛、牛鈴？只不過是一輛破舊的大板車，載滿了笨重的磚瓦石塊，馳向某處風沙飛揚的工地……■

图 14　《牧童梦》插图①

① 蓉子撰文、王裕仁摄影:《牧童梦》,《联合副刊》,1985 年 1 月 29 日。

小時候

張褪色、斑剝的相片
段迷離、荒遠的記憶

患難夫妻 ●林懷民●

我七歲那年，父親的事業遭逢逆敗，母親帶著孩子們投奔娘家，父親留在南部工作，每月北上團聚。一年後，小弟生；我們家「全員到齊」。

父母親結婚十週年那天，我們上照相館拍了全家福。三十二年前的老照片紀錄了五個不知世事的小孩，和一對在患難中恩愛扶持的青年夫妻。

●林金生夫婦結婚十週年照；最左是林懷民。民國四十四年攝於新竹。

图 15《小时候》插图①

图文并茂以视觉元素为主体的专栏，在 20 世纪 70 年代末到 80 年代的“联副”当中，不止以上这些。这类以视觉元素为核心的专栏，作为“新兴的副刊通俗艺术——成功地填补了受众和副刊之间的知识鸿沟”②，由于直观浅显富于亲和力，同时又方便读者直接参与，因此层出不穷，成了“联副”的新宠。

① 林怀民：《小时候》，《联合副刊》，1987 年 7 月 4 日。

② 林耀德：《鸟瞰文学副刊》，林耀德、孟樊：《流行天下 当代台湾通俗文学论》，时报文化出版企业有限公司，1992 年，第 387 页。

2. 看“联副”版面设计的加强

“版面是报纸的第二语言，报纸的专副刊不同于正刊的一个重要特点就在于版面设计的灵活性和版式风格的多样性”①，作为副刊的整体面相——版面的视觉力量，从来都是形成副刊吸引力的重要因素。囿于逼仄的版面空间和局限的编辑理念，20世纪70年代末之前，“联副”版面设计的发挥空间比较有限，但之后“联副”的版面设计不断得到加强。

副刊的版面设计是报纸版面设计的一部分，“是指在有限的版面空间内，将正文、标题、线条、照片、图画等版面构成要素进行组合排列，并运用造型要素及美学原理，把各类信息通过美的视觉形式传达出来”②。如（图16、图17、图18）分别是1962年、1972年、1982年三个年份中同一天（12月30日）的“联副”：

① 甘险峰：《当代报纸编辑学》，中山大学出版社，2008年，第342页。

② 王灿发：《报纸编辑与策划》，中国广播电视出版社，2008年，第82页。

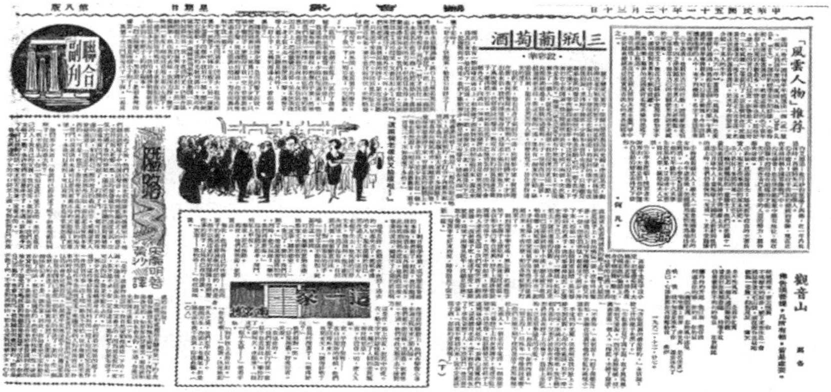
聯合副刊
三瓶葡萄酒
「風雲人物」推荐
觀音山

图 16　1962 年 12 月 30 日《联合副刊》

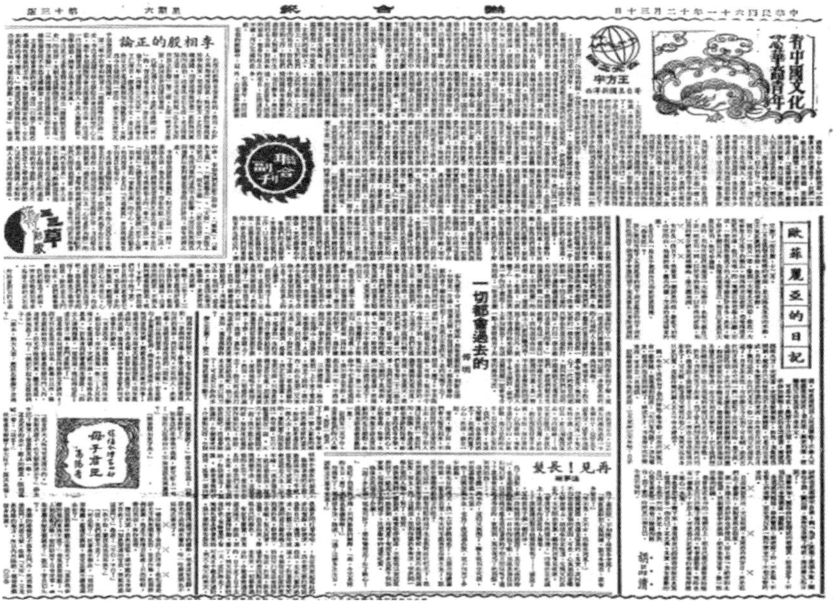
李相殷的正論
聯合副刊
一切都會過去的
再見！長髮
歐菲麗亞的日記

图 17　1972 年 12 月 30 日《联合副刊》

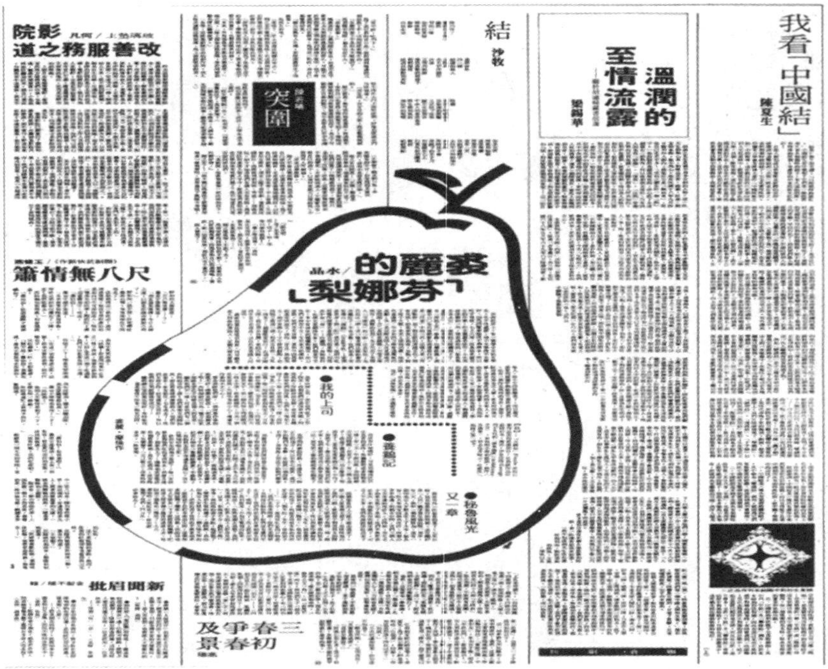
影院 改善服務之道

尺八無情簫

新聞眉批

三春爭及初春景

突圍

結

溫潤的至情流露

我看「中國結」 陳夏生

图 18　1982 年 12 月 30 日《联合副刊》

直观地从版面观察就能发现，1982 年的“联副”无论在版式的编排、内容分割搭配、字体线条运用等方面，较前两者都有了显著的变化，更为美观生动，更符合视觉审美的要求，这无疑是版面设计全面加强的结果。随着经济的快速发展，台湾阅读市场的需求发生了很大的变化。读者的阅读更加挑剔，而增强的版面设计，用更加符合审美要求，更加赏心悦目的视觉形式传播文学作品，就成了“联副”适应阅读市场变化的重要举措。另外，报纸副刊间日趋激烈的竞争，也是促成

"联副"加强版面设计的重要因素。"联副"当时的主要竞争对手是《中国时报》的"人间"副刊,在高信疆接手后全面发力,其中就包括版面设计方面的加强。高信疆深谙平面媒体版面设计之功能与妙处,"人间"副刊曾经的美编部主任林崇汉(也任过"联副"美术顾问)忆及高信疆时就说过:

他是第一个深知利用版面的视觉性感染力量和读者互动的主编,不论是整个版面的安排、设计,视觉焦点的图像,甚至全版中任何一点、一勾、一条别人以为无所谓的细线,只要不妥或多余他都严正要求做到绝对完美。这种懂得利用视觉震撼,加强,扩大内容的渲染力和效果,乃开国内副刊前卫版面设计全新风格之先河。[①]

在高信疆的主持下,1981 年更策划展开了"人间副刊版面设计大赛",邀请艺术界甚至建筑设计界等各方人士,为"人间"设计一期版面,比赛"轰轰烈烈地进行了五十多天,给了国内副刊一个空前的超级冲击"[②]。高信疆之前,报纸副刊版面大多给人清汤挂面的感觉,但高氏副刊以最高的审美观点设计版面,深刻影响了竞争对手乃至整个报

① 季季、郝明义等主编:《纸上风云高信疆》,大块文化出版股份有限公司,2009 年,第 116 页。

② 季季、郝明义等主编:《纸上风云高信疆》,大块文化出版股份有限公司,2009 年,第 117 页。

业的版面操作。编杂志出身的痖弦，本来就重视版面的美感，在对手的倒逼下也迅速跟进，他自己说过："信疆创出的新路我十分赞同，乃请来长发披肩的王明嘉到《联合报》主持美术工作"①，"联副"的版面设计此后不断加强，面目为之一新。

二、经济手段刺激文学生产——以文学奖为中心

经济场域对文学生产有着诸多影响，而市场逻辑在文学生产场域中的渗透，就是这种影响的重要表征之一，可具体表现为用经济手段刺激文学生产的实作。在文学场域当中，作家是"客观文化资本"②的持有者，也是其中最具活力、最稀缺的资源，如何延揽作家并刺激其文学生产，构成了文学生产场域的重要课题。作为"大规模"文学生产场，为应对变化的阅读市场和日趋激烈的竞争，"联副"在20世纪70年代末至90年代初，积极通过经济手段调度作家、文学批评家等，参与到其组织的文学生产当中，实施过青年作家奖励方案，特别是开创了年度文学奖的先河，这些不但促进了台湾文学的发展，更奠定了"联副"在当时文坛的核心地位。

---

① 季季、郝明义等主编：《纸上风云高信疆》，大块文化出版股份有限公司，2009年，第111页。

② 布尔迪厄将文化资本分为三种存在形式分别是：以精神和身体的持久"性情"形式的具体形态；以文化商品形式存在的客观形态；客观化存在的体制形态。参见［法］布尔迪厄：《文化资本与社会炼金术——布尔迪厄访谈录》，包亚明译，上海人民出版社，1997年，第192～193页。

在“联副”过往的主编当中，马各（本名骆学良）两度执掌“联副”，第一次是1963年4月接替身处漩涡当中的林海音，不足两个月就交棒给了平鑫涛，12年后的1976年2月再次接替平鑫涛，次年9月又被痖弦替下。与马各交接棒的其他几位，都是“联副”曾经的名主编，各自都引领过一个时期的“纸上风云”，与之相比，马各难免给人留下过渡人物的印象，但这丝毫不影响他对“联副”开创性的价值。“撰述委员会制度”以及“《联合报》文学奖”的实操，都是马各二度出山时的杰作，在“联副”发展史上留下了浓墨重彩的一笔。

20世纪70年代的台湾，稿酬和版税仍然微薄，作家尤其是青年作家依靠写作无法生存。于是，1976年马各主持“联副”，“他以‘联副撰述委员会’名义与十余位年轻作家签约，每月支付五千元作为作家的‘生活基金’，鼓励作家安心创作，如有作品发表，稿酬另计”①，这种资助一直持续到1981年。五千元在当时是一个什么概念呢，1974年1月，台湾一个国中老师一个月的薪资大概在四千元左右②，在当时媒体稿费仍普遍较低的情况下，“联副”每月五千元的“生活基金”显然非常可观。不仅如此，即便签了约，“联副”也并不向这些作家强制索稿，难怪宇文正将马各所建立的“撰述委员会制度”称之为“养作家”。

这一制度的建立，对于台湾一批青年作家的培养有着重要的意义，吴念真、小野、丁亚民、季季、李昂、朱天文、朱天心，蒋晓云、三毛、

---

①② 宇文正：《文字手艺人——一个副刊主编的知见苦乐》，有鹿文化视野有限公司，2017年，第62～63页。

萧飒等一众青年创作精英，当时都做过“联副”的“特约撰述”，“生活基金”使得他们生活无虞安心笔耕。他们当中的大多数后来都成长为颇具声名的作家，不少人后来都在回忆中提到了“撰述委员会制度”对他们成长的助力。作家小野在纪念《联合报》六十周年活动接受宇文正采访时就回忆道：

> 而且联副这个约签的很松，虽然说最高的期望是每月交一篇稿，稿费另计，但是只有朱天文、朱天心乖乖地写，就真的成为职业作家。而我跟吴念真还照样在别地方上班，他白天在疗养院当图书管理员，晚上是辅大夜部学生；我也是三心二意，不敢把工作辞掉。稿子写不出来，马各也不怪我们，完全没有惩罚。出书也未必要在《联合报》，非常地宽厚，到现在想来仍是不可思议的机制。①

林清玄也有类似的回忆：“八〇年代，人间的对手是联合副刊，先是平鑫涛主编，后来是骆学良主编，平先生与骆先生也很提拔我，有一次骆先生找我，说是‘联副’为了培养年轻作家，愿意每月提供五千元生活费，只要每月优先给‘联副’一篇作品……”②而吴念真在《边秋一

① 宇文正：《文字手艺人——一个副刊主编的知见苦乐》，有鹿文化视野有限公司，2017年，第63页。

② 季季、郝明义等主编：《纸上风云高信疆》，大块文化出版股份有限公司，2009年，第63页。

雁声》一书的序言中,也表达了对马各提携的感激:“愿意把这书献给骆学良先生;是他伸手拍拍那蛹,并且鼓励说:‘孩子,该出来了’。”[①]在马各的提携当中,无疑就包括当年“联副”为吴念真提供的“特约撰述”身份以及“生活基金”。

当然,从本质上说,“生活基金”是“联副”这一“大规模”文学生产场域,刺激青年作家文学生产的手段,目的不外乎是构建“联副”文学生产的青年“班底”。所谓“班底”(Equipe 也译为“群体”),是法国社会学家埃斯卡皮提出的概念:“是指包含了所有年龄层的作家群(尽管当中自有一个占优势的年龄层),这样的集群往往在某些事件中把持舆论”[②]。“联副”所赞助的这群青年作家,基本上符合埃斯卡皮的“班底”概念。20 世纪 70 年代末以至整个 80 年代,这些青年作家就成了“联副”重要的创作力量,刊载了大量文学作品,部分地构成了“联副”的“班底”,可以说在“联副”灿烂的文学星空中,这个“班底”的作家有其中最耀眼的几颗。资助活动建立了作家与“联副”间的密切关联,“这个奖励措施在张诵圣看来,在尚无文建会与‘文艺基金会’等官方机构时,媒体就以极为丰沛的资源扮演起政府代理人的角色,提倡赞助社会的正常活动。从这里不但可以理解当时媒体主办的活动为何被赋予高度的正当性,同时更可以看到知识分子特别是文学家与主流

① 吴念真:《边秋一雁声》,远景出版社,1978 年,第 3 页。

② [法]埃斯卡皮:《文学社会学》,叶淑燕译,远流出版事业股份有限公司,1990 年,第 46 页。

媒体的紧密关系"①。

当然，要说"联副"用经济手段刺激文学生产最典型也最成功的操作，还要数《联合报》文学奖（初期称为"联合报小说奖"）的创办，同样始于马各任上。1976年为了纪念《联合报》创刊二十五周年，"联副"创办了"联合报小说奖"，目的是"鼓励创作，发掘好作品，培植新作家"②，首届奖金新台币十万元。用巨额文学奖金延揽作家、作品，此举在台湾文学生产场域中具有开创性的意义，"报社举办每年一度的小说奖，就我国来说尚无先例，应举联合报为首创"③。从华文报业副刊史上看，文学奖的设立最早可以追溯到1936年。当年9月份，萧乾主持的《大公报》副刊举办了"《大公报》文艺奖"，直接用经济手段刺激文学的生产，获得了不错的社会回应，首届得奖的作家是曹禺、何其芳等人。若论直接影响和刺激"《联合报》小说奖"创办和实作的，还要数当时林立于日本文坛的各类文学奖：

> 若以我们的邻邦日本来说，则其朝日新闻与读卖新闻也都设有"文学赏"，每日新闻则设有"文化赏"。日本这几家大报提倡文艺可谓不遗余力，他们所设置的有关文艺的"赏"，都已经有相当的历史，对于文艺界起着很大的作用，更造就了不少新作家。④

---

① 参见黄顺星：《记者的重量——台湾政治新闻记者的想象与实作》（1980—2005），巨流图书股份有限公司，2013年，第155页。

② 编者：《〈联合报〉小说奖征选作品办法》，《联合副刊》，1976年3月28日。

③④ 鹤叟：《对联合报小说奖的期望》，《联合副刊》，1976年6月23日。

在当时的日本,由报社、出版社、杂志社、政府机构、私人团体等组织的各类"文学赏"不胜枚举,比较著名的包括文艺春秋社举办的"芥川赏"和"直木赏",前者奖助"纯文艺"类作品,后者则为奖励"通俗文学"而设。日本的各类"文学赏"评审机制严谨、完备,评选透明公正具有权威,因此对作家乃至整个日本文坛都有重要的影响:"由于评审严谨,公正不偏,获得这两种'赏'的,莫不是一登龙门,身价百倍,其人其作品都能因而对社会造成巨大的轰动,使文艺气氛在社会上愈能发生传播与感染的作用。"[①]"联副"对以"芥川赏"为代表的日本各类文学奖项长期保持关注,在"《联合报》小说奖"的实操当中,在评审机制、评选办法、颁奖活动等诸多方面,都对日本文学奖有颇多借镜。

从 1976 年第一届起,"《联合报》小说奖"每年举办,贯穿了整个 20 世纪 80 年代[②],由于在文坛的巨大影响与良好反应,加上竞争对手的强力跟进,该奖在奖金额度、文体范畴、作家范围等方面不断扩张。1978 年第三届的奖金还只有 25 万新台币,到了 1979 年第四届时,就以"创造文学的新时代!"[③]为口号扩大举办,奖金骤然提升至 125 万新台币,小说征文体裁涵盖了长、中、短篇以及极短篇,极短篇更是成了"联副"开创性的文体。文学奖的题材突破小说的范畴,则是 1983 年第八届,这届小说奖附设了"散文奖",征文中就有:"鼓励各种文类

---

① 鹤叟:《对联合报小说奖的期望》,《联合副刊》,1976 年 6 月 23 日。

② 说明:1985 年至 1987 年停办三届,1994 年第十六届时改称"《联合报》文学奖",最终停办于 2014 年。

③ 编者:《〈联合报〉小说奖征文》,《联合副刊》,1979 年 4 月 2 日。

创作，每年除了举办小说奖征文，并依情况不同附带甄选一项文类，或征散文、或征诗、或征理论、或征剧本。”①1988年第十届之前，“《联合报》小说奖”，都有面向全世界华人征文的说辞和精神，但真正将大陆作家这支重要的华文文学生产队伍纳入其中，则始于1988年的第十届：“联副立足于前瞻视野，因应解严后海峡两岸文化交流日益频繁，文学发展也有了新的互动关系……接受大陆作者投稿，设置‘大陆地区短篇小说推荐奖’”②，莫言当年以短篇小说《白狗秋千架》获得该奖项。

“《联合报》小说奖”显然不是刺激文学生产的一般经济手段，对“联副”乃至整个台湾文坛所产生的影响更难以估量。焦桐从场域的视角将文学奖的操作认定为“一种权力的游戏”：

> 文学奖是一种权力游戏，参加者根据它设定的规则在游戏里争夺权力……在文学奖的游戏规则里，只有主编、评审和得奖者才具有权力……台湾这些文学奖的存在，尤其是影响力最广泛深远的两大报文学奖，具现为一种权力位阶的生产，评审被世俗化为德高望重者，参赛者被世俗化为有待提携的后进，只有获奖者才能靠那名声晋升位阶，甚至转而担任评审，获奖者的名声不是孤立的荣誉或金钱利益，它通过媒体的权力操作，取得一种合法

① 编者：《〈联合报〉第八届小说奖征文办法》，《联合副刊》，1983年1月31日。

② 编者：《〈联合报〉第十届小说奖专辑序言》，《联合副刊》，1989年1月1日。

性的位阶。这种尊卑关系在每一次的文学奖活动中重复生产出来。①

在这一“权力的游戏”中有一套完整的机制——文学奖机制，包含权威的评审团队、公开透明的评审程序、优厚的奖金和广泛的传播力等等。尤其是评审团队由知名的评论家和作家组成，他们作为文学场域中的行动者，拥有最多的文化资本，能够“生成了一种权力来控制那些界定场的普通功能的规律性和规则”②，因而决定了文学奖中的文学品味，也确立了文学奖的象征价值。拥有极高象征价值的“《联合报》小说奖”，加上丰厚的奖金，对于作家尤其是青年作家具有极大的吸引力，成了他们迈入文坛的理想捷径。

“小说奖”逐渐成熟为一种布尔迪厄所谓的制度化的“文化资本”和专业的副刊体制，扮演文学生产的重要赞助者的角色，培养和造就了大批青年作家，吴念真、朱天文、朱天心、小野、袁琼琼等日后的小说名家，都曾经因获得过该奖而开辟了更宽广的文学道路。痖弦在总结“小说奖”前九届的成就时就说过：“十几年来，藉由‘联合报小说奖’而走向文学创作的作家，已经散布了大半个文坛，说他们‘寖寖乎已经成为

① 焦桐：《两报纸文学奖的风格和权力结构》，痖弦、陈义芝：《世界中文报纸副刊学综论》，“行政院”文化建设委员会，1997 年，第 209 页。

② ［法］布尔迪厄：《文化资本与社会炼金术——布尔迪厄访谈录》，包亚明译，上海人民出版社，1997 年，第 147 页。

创作界的中坚主力’，一点也不夸张。”[①]这些获奖作家名利双收，大多心甘情愿地成为“联副”文学生产的“班底”，林耀德就认为：“大型报系文学奖在近十余年来所挖掘的新人，其中能跻登作家之林者殆百数计，这群新锐在八○年代形成文坛主流或反主流的主要力量……”[②]，不仅如此，这些文学新锐与“联副”之间还形成了较强的“黏性”。获奖专业户袁琼琼就说过：

> 我连着三年得联副小说奖，拿了许多钱，忍不住地凡事要对联副偏心。报纸副刊搁在一块。我总觉得联副顺眼，觉得联副素净，版面典雅。文章刊载联副上，怎样的文章全有大家风范，不见烟火酸气。总之就是偏心。[③]

“《联合报》小说奖”自创办起，就形成了完整的机制，包括征文、评审、颁奖晚会等等流程，每一个流程都以不同形式在“联副”版面当中有所反映，比如持续的征文、评审纪实、颁奖晚会报道等等，《联合报》常是倾全社之力办文学奖，因此形成了巨大的影响力和良好的社会反应。“小说奖”除了鼓励和培养了一批新锐作家外，其所形成的巨

① 痖弦：《盛放的风华：谈联合报小说奖创设缘起及本届获奖的九个小说》，痖弦主编：《小说潮：联合报第十届小说奖作品集》，联经出版公司，1989 年，第 2 页。

② 林耀德：《鸟瞰文学副刊》，林耀德、孟樊：《流行天下 当代台湾通俗文学论》，时报文化出版企业有限公司，1992 年，第 375 页。

③ 袁琼琼：《联副恩仇记》，联副三十年文学大系编委会：《联副三十年文学大系 史料卷 风云三十年》，联合报社，1981 年。

大象征价值更是辐射到了文学奖的各个环节，比如评审团队及其审美判断，就在此过程中进一步“合法化”“神圣化”，因此可以获得场中产生的相关“利润”①（主要是象征资本的累积）。更重要的是，“透过赋予文学桂冠的神圣加冕仪式，举办文学奖的媒体在文化价值的判断上得到权威性质的仲裁者角色”②，“联副”乃至《联合报》“作为奖项的颁奖者无疑才是这场游戏的终极裁判”③，在此过程中确立和积累了可观的文化资本。因此王德威说：“一座奖不但是项荣誉，也是种文化资本。当运作得宜时，这座奖启动了价值循环。受奖者固然得到象征与实质的肯定，最大的赢家是颁奖者。”④因此可以说，“联副”（《联合报》）在20世纪70年代末至80年代末，走入文坛的中心，导演了“副刊即文坛”的局面，与“《联合报》小说奖”的创立及长期成功举办之间，有着莫大的关系。

用经济手段刺激文学生产，“联副”在20世纪70年代至90年代初的实作不止以上这些。比如1974年8月，“联副”与军友社合办“敬军爱民征文”，“征求以‘敬军爱民’为中心主题的短篇小说数篇……”⑤，奖金达到每篇新台币五千元。1981年4月有“短篇小说征文”，“以五

① ［法］布尔迪厄：《文化资本与社会炼金术——布尔迪厄访谈录》，包亚明译，上海人民出版社，1997年，第147页。

②③ 黄顺星：《新闻的场域分析：战后台湾报业的变迁》，《新闻学研究》，2010年第7期。

④ 王德威：《媒体、文学与国家想象》，苏伟贞主编：《时代小说》，联合报社，2001年，第1页。

⑤ 编者：《“敬军爱民”征文》，《联合副刊》，1974年8月11日。

千——万五千字为准,甄选六名。不分名次,每名奖金八万元"[①]。1987 年初,"联副"又与联合报文化基金会、《联合文学》合办"联合文学小说新人奖",旨在"提倡文学风气、鼓励小说创作,发掘文坛新秀及反映时代精神、肯定人性的优秀作品"[②],等等。总之,市场的逻辑在 20 世纪 70 年代至 90 年代初的"联副"文学生产中有越来越充分的体现。

三、经济场域的新变迁与新的文学题材、体裁的衍生

在文学生产的发展过程中,其与经济场域的互动从未间断过,经济对文学生产的影响是多方面的,"经济活动作为作家及其反映的人类生存活动的基本活动,不仅决定着文学创作的动因、方式,而且决定着文学作品的题材、内容"[③],因此经济因素总以各种方式,在不同时期的文学面相上留下鲜明的印记。20 世纪 70 年代至 90 年代初,随着台湾经济继续快速发展,工商社会的持续推进,市场逐步取代了政治因素,主导了包括"联副"在内的文学生产,许多因应经济变迁而生的新的文学题材、体裁,在"联副"当中层出不穷,异彩纷呈。

① 编者:《短篇小说征文》,《联合副刊》,1981 年 4 月 7 日。

② 编者:《"联合文学小说新人奖"征文办法》,《联合副刊》,1987 年 1 月 10 日。

③ 祁志祥:《文学与经济关系的学理考量》,《云南大学学报》,2007 年第 6 卷第 4 期。

(一)通俗文学的新景观

20 世纪 60 年代,台湾经济起飞,轻质的消费性阅读需求逐渐旺盛,加上台湾当局采取相对宽松的政策,通俗文学得到了一定程度的发展。就“联副”的文学生产来看,琼瑶的言情小说、高阳的历史小说、司马翎等人的武侠小说等等,占据了“联副”的大幅版面,形成了读者争相购报阅读通俗小说的热潮。20 世纪 70 年代至 80 年代,台湾经济持续增长,政治局面也进一步宽松,通俗文学进入了新的发展时期,“联副”中通俗文学生产势头旺盛,扎堆连载的情况不时出现,也出现了不少通俗文学的新景观。

1. 武侠小说有新发展

从“联副”的文学生产来看,武侠小说在 20 世纪 60 年代初期,由司马翎、郎红浣掀起一段风潮之后就迅速归于沉寂,直到 70 年代中期前后才又在“联副”中接续起来。之所以出现如此长的空档期,前文分析过,是“联副”精致文学的定位与文艺界对武侠小说的过低评价共同作用的结果。1974 年受世界范围“石油危机”的冲击,台湾经济发展有所顿挫,《联合报》逆势而为,部分地牺牲掉能直接带来营收的广告业务,转而继续扩大“联副”版面,同时根据读者市场需求变化,进一步调整其定位。王惕吾指出:“我于六十三年二月一日,将副刊扩充为一整版,牺牲了很大的广告篇幅与财务收入,并且增加了副刊的投资……"[1]出于同样的目的,"联副"也加大了通俗性内容的生产,出现如此调整,目的当然是继续扩张读者市场占有率,通过"象征资本"的累积以追求长远的经济价值转化。

1974 年 4 月起,朱羽的传奇武侠小说《大江南北》[2]开始连载,开启武侠小说在"联副"的新篇章,编者按指出:"以《铁胆豹》《三日惊涛》等书拥有广大读者的名作家朱羽先生,素以故事紧凑、文笔洗练见称,新著《大江南北》更是构思多年,精心撰写的力作。本报今日开始连载,以飨读者。"[3]到了 1976 年 10 月,古龙的新派武侠《大地飞鹰》[4]开始连载。所谓新派:

> 新在用新文艺手法,塑造人物,刻划心理,描绘环境,渲染气氛……而不仅仅依靠情节的陈述。文字讲究,去掉陈腐的语言。有时西学为用,从西洋小说中汲取表现的技巧以至情节。使原来已经走到山穷水尽的武侠小说进入了一个被提高了的新境界,而呈现出新气象,变得雅俗共赏。[5]

① 王惕吾:《联合报三十年的发展》,联合报社,1981 年,第 122 页。
② 朱羽:《大江南北》,《联合副刊》,1974 年 4 月 14 日至 1979 年 9 月 13 日。
③ 编者:《〈大江南北〉编者按》,《联合副刊》,1974 年 4 月 14 日。
④ 古龙:《大地飞鹰》,《联合副刊》,1976 年 10 月 5 日—1977 年 11 月 11 日。
⑤ 柳苏:《侠影萍踪梁羽生》,《联合副刊》,1988 年 5 月 25 日。

梁羽生有关“新派武侠小说”也有类似的说法。① 20世纪80年代“联副”中新派武侠小说的继续推进,是在各类有关武侠小说的学术讨论与文艺批评的配合下进行的。典型的如1979年6月24日,“联副”专门举办了“剑雨、墨香——武侠小说座谈会”,武侠小说作家古龙、温瑞安,诗人罗青,电影导演李嘉,出版界代表龙思良等人参加。座谈会围绕武侠小说在新时期的价值展开讨论,古龙承认武侠小说有好坏之分,充分肯定好的武侠小说的价值;杨昌年肯定武侠小说“人性”的价值;温瑞安建议武侠小说突出“侠者精神”,等等,电影导演李嘉的意见非常有代表性,他从当时经济环境以及读者阅读需要的角度,阐发了武侠小说存在的价值:

> 我们目前的社会,由于经济发展非常迅速,已经逐渐步入工商业结构的社会。工商业社会的毛病也逐渐发生,譬如人际关系趋于淡薄——武侠小说里的讲道义和重然诺,已经不复可见了。我认为,好的武侠小说的存在,可为我们保存中国传统的优良精神,不至于在工商业社会里消失了。好的武侠小说可以振奋人心,所以,也值得我们提倡。②

---

① 梁羽生说:“现在的武侠小说写法跟以前有很大的不同,不少是采用一些西方的手法。例如,人物性格以前多数由作者口述,现在却由故事本身的发展来发展。例如,一个大雨天,有两个间谍在一个场景中,故事由此展开,而不是平铺直叙的介绍这个人物怎样?有很多变化,不是集中在一个人身上。各式各样的写法都用上了,而不是单一用的传统手法。”参见费勇、钟晓毅:《梁羽生传奇》,雅书堂文化,2002年,第12~13页。

② 李嘉:《剑雨、墨香——武侠小说座谈会》,《联合副刊》,1979年6月24日。

此次座谈会的召开目的非常之明确，如座谈会纪实的编者按中所言："为了正视武侠小说的地位，导引其发展的途径……"[①]此外，还有一些文艺评论与武侠小说的连载同时登场为其张目，比如金庸的长篇武侠小说《连城诀》[②]连载时，就有思兼（沈谦）的文艺评论《侠骨柔情话金庸》与之配合，对金庸及其创作给予很高的评价："是他，运用惊人的生花妙笔，创造了绚烂神奇的武侠世界；是他，赋予丰富的内涵与崭新的生命，将武侠小说带进文学的庙堂之中。"[③]考虑到武侠小说曾经在"联副"当中的缺席与断档，就不难理解此阶段"联副"为何祭出以上这些座谈会、文艺评论等，目的当然是给武侠小说"正名"，为其背书，以达到"合法化"存在于"联副"的目标，将武侠带入文学的庙堂。"1979 年，金庸武侠小说在台湾解禁"[④]，与上述"联副"这些动作之间也不无关联。自此之后的 20 世纪 80 年代，"联副"当中有很多部重要的武侠长篇小说连载：1982 年 7 月 2 日起，连载名噪东南亚的武侠作家萧逸的中篇小说《西风冷画屏》；1983 年 8 月 10 日起，司马翎的侠义长篇小说《飞羽天关》登陆"联副"；1985 年 3 月 9 日起，剑隐楼主的长篇侠义小说《杏花情劫》连载，等等。

武侠小说是一种独特的文体，所营造的是"一个想象的、虚构的、

---

① 编者：《剑雨、墨香——武侠小说座谈会编者按》，《联合副刊》，1979 年 6 月 24 日。

② 金庸：《连城诀》，《联合副刊》，1979 年 9 月 7 日—1980 年 2 月 5 日。

③ 思兼：《侠骨柔情话金庸》，《联合副刊》，1979 年 9 月 7 日。

④ 丘彦明：《我与金庸——从文学台湾黄金时代报纸副刊说起》，https://showwe.tw/blog/article.aspx? a = 7001。

有趣的、理想的,而且是由成人自己创造的‘成人童话’”[①]。对于读者来说,阅读武侠小说徜徉在“成人童话”的世界里,“只要肯驰骋想象,掀开扉页,一行行的文字就可以引领成人的灵魂进入、并进行一连串的冒险,而在冒险完成后,心满意足的回到现实世界”[②]。在20世纪70年代至80年代台湾工商社会深入发展的背景下,中产阶级队伍壮大,“构成中产阶级的兴起与阶级习性(class habitus)的产生”[③],他们往往将阅读定位到休闲性、娱乐性的方向,通过阅读去暂时性地忘却现实的种种负累,放松身心。作为“成人童话”的武侠小说,“它与群众生活有一种亲切的关系,因为它提供了遁世、幻想的乐趣,使读者能够暂时卸除现实生活中的紧张、不快或单调的感觉,得到适度的解放,功用亦大矣”[④],显然非常契合当时台湾日渐兴起的“中产阶级”阅读需求,因此也成了“联副”这一时期勃兴的文体。

不仅如此,为了巩固良好的读者基础,跟上阅读市场口味的变化,“联副”在武侠小说的生产中还不断地求新、求变。直接面向社会征集武侠小说,就是“联副”的做法之一,1983年3月18日征文指出:“为了壮大武侠小说笔阵,发掘新风格、新趣味,我们愿意拨出版面,长期征求优秀武侠小说创作,在联副连载,稿酬从优。”[⑤]1984年8月起,“联副”又展开武侠小说创作实验,以“突袭少林寺——武侠小说实

---

①② 林保淳:《成人世界——武侠小说的本体论》,《政大中文学报》,2008年6月第9期。

③ 江宝钗:《重省五〇年代台湾文学史的诠释问题——一个奠基于“场域”的思考》,《东华汉学》,2005年第3期。

④⑤ 编者:《联副征求武侠小说》,《联合副刊》,1983年3月18日。

验·境界的跃升”为主题，征集武侠短篇。此前“联副”中武侠小说创作多以长篇为主，短篇武侠创作有一定的实验与创新性，征文中将这一创新意图展露无遗：“‘若无新变，无以代雄’，文学史的律则指点我们，武侠小说必须‘突窠破茧’，方能百脉沸腾，九命再生。联副欢迎各路英雄，以严密的反省、精锐的思想，创作新技法、新风格、新境界的武侠小说……来稿请采短篇小说形式，六千至一万五千字为准。”①到了1987年，“联副”又为“现代派武侠小说”提供平台，代表性要数温瑞安的中篇《杀了你好吗?》②，小说从情节安排、叙事方法等方面都与传统武侠小说有很大区别，充满了“现代感”，温瑞安将这种变化解读为：“然而，写武侠也像写诗一样，必须不断创新变化，面对现代人愈来愈快的生活节奏以及电视、录影带的冲击，现代人处理武侠题材一定要有‘现代感’，具备与影像媒介对抗的能力。这是我大力推展的现代派武侠。”③

2. 科幻小说风起

“科幻小说是小说家基于科学所作的幻想性叙事作品，它必须兼具‘科学’‘幻想’‘小说’等三个要素。”④科幻小说是文学中的旁支，“无论在内容或发展历史上，科幻小说都有别于主流小说”⑤，是经济与科学技术发展到一定阶段的产物。科幻与武侠有共通之处，都是现

① 编者：《联副征稿启事》，《联合副刊》，1984年8月9日。

② 温瑞安：《杀了你好吗?》，《联合副刊》，1987年10月28日—11月25日。

③ 转引自联副编辑室：《访温瑞安》，《联合副刊》，1987年10月28日。

④ 刘秀美：《五十年来的台湾通俗小说》，文津出版社，2001年，第168页。

⑤ 沈萌华：《漏声催晓问诸天》，《联合副刊》，1982年5月19日。

代社会的神话，都有着“成人童话”的性质，满足特定读者休闲性、消费性阅读的需求，台湾科幻小说的主要开拓者之一——张系国就说：“我的希望，是‘精选科幻小说’不仅能供大家茶余饭后消遣阅读……”[①]台湾科幻小说自20世纪五六十年代从翻译外国作品起步，“七〇年代中期以后，台湾科幻小说进入了繁荣期……获得社会大众的普遍重视”[②]，70年代末科幻小说开始在“联副”中兴起。

在台湾，张系国最早使用“科幻小说”一词，也是他最早在“联副”中举起了科幻的大旗。张氏先前也写“正统”小说，但他以醒石为笔名创作的系列科幻小说为其赢得了大名，电脑科学博士出身的他，既懂科学又善幻想，还有写作的能力，简直就是为科幻小说准备的人才，“因为作者懂得‘科学’，所以‘幻想’中别有洞天”[③]，余光中也评价道：“我认为他是中国作家中写科幻小说最适当的人才，中国知识分子中，既精科学又懂文学的人绝无仅有——而又会写小说的，恐怕只有张系国一位吧。”[④]从1976年3月24日起到1980年9月2日，张系国以醒石为笔名，在“联副”中连载“星云组曲”系列科幻小说，包括《剪梦奇缘》[⑤]、《望子成龙》[⑥]、《青春泉》[⑦]等共十篇，各小说以时间为线索彼此

① 张系国：《科幻小说的再出发——〈海的死亡〉代序》，《联合副刊》，1978年10月28日。

② 刘秀美：《五十年来的台湾通俗小说》，文津出版社，2001年，第168页。

③ 编者：《剪梦奇缘序》，《联合副刊》，1976年3月24日。

④ 桂文亚：《奇想记——张系国的科幻小说天地》，《联合副刊》，1977年7月3日。

⑤ 醒石：《剪梦奇缘》，《联合副刊》，1976年3月24日。

⑥ 醒石：《望子成龙》，《联合副刊》，1978年8月31日。

⑦ 醒石：《青春泉》，《联合副刊》，1980年9月2日。

相呼应,“星云组曲由十个故事构成,勾绘从廿世纪到二百世纪的未来世界”[①]。紧接着从1981年2月起,张系国又以“星尘组曲”系列科幻小说继续抢滩“联副”,包括《夜曲》[②]、《星球大战爆发以前》[③]等八篇小说。张系国以“联副”作为主要阵地之一,为台湾本土科幻小说的创作开辟了道路,他“努力摆脱完全以西方高科技为叙事背景的科幻模式,试图在科幻小说中表现中国的传统人文精神,开展了台湾科幻小说的新面貌”[④]。

科幻小说肇始于西方发达国家,从译介、模仿到消化吸收再到本土创新是必经之路,“近年,欣赏科幻小说的人日益增加,但创作始终不盛。原因之一可能是没有一流科幻小说作品大量选译,以资借鉴”[⑤],因此“联副”此阶段也积极组织译介国外经典科幻小说作品。1978年3月起,“联副”开设了“精选科幻小说”专栏,由张系国执笔翻译,先后译介过《环墟》[⑥]、《碧海青天夜夜心》[⑦]、《雨日革命卅九号》[⑧]等作品,“这些作品多已成为这方面的经典,相信这个专栏一定对国内的创作者产生刺激和引导作用”[⑨]。

除了张系国之外,“联副”也通过召开座谈会、开设专辑等方式,扩

① 醒石:《关于星云组曲》,《联合副刊》,1980年8月18日。
② 醒石:《夜曲》,《联合副刊》,1981年2月17日。
③ 醒石:《星球大战爆发之前》,《联合副刊》,1982年12月8日。
④ 刘秀美:《五十年来的台湾通俗小说》,文津出版社,2001年,第175页。
⑤⑨ 编者:《无中生有序》,《联合副刊》,1978年7月11日。
⑥ [阿根廷]波赫士:《环墟》,醒石译,《联合副刊》,1978年3月2日。
⑦ [英]龙德卧:《碧海青天夜夜心》,醒石译,《联合副刊》,1978年5月13日。
⑧ [意大利]柯兹:《雨日革命卅九号》,醒石译,《联合副刊》,1978年6月4日。

大科幻小说的影响，拓展创作队伍，以支持科幻小说创作。1982 年 4 月 17 日，“联副”组织召开题为“德先生 · 赛先生 · 幻先生”的座谈会。科幻小说作家张系国、黄海、黄凡，学者杨万运、戴维杨等人参加，目的是交流创作经验，讨论科幻小说的未来发展。1984 年 2 月 1 日起，“联副”又推出“科幻之春”专辑，“特邀十位作家，以纯真、喜乐、迷人的文笔，为读者触探未来家庭、教育、亲情、恋爱、宗教、文学、大众传播以及过年生活环境的改变……种种情状”①。此后，一批科幻小说先后在专辑中刊载，黄海的《火星之春》②描写未来人类移民火星的生活；黄凡的《五百年后的文学、宗教与生活》③遥想 2113 年人类的生活情状；郑文豪在《二九八四——细胞刻字小抄》④中，则描写了 2984 年的小主人公，用细胞上刻字的方法作弊以应付考试的有趣故事等等。总之，从 20 世纪 70 年代末至 80 年代，科幻小说营造了“联副”当中通俗文学的又一道独特景观。

3. 三毛现象

从 1974 年 9 月份，三毛在“联副”当中连续发表以游记散文为主的创作，受到许多读者的追捧。“联副”之于三毛有着重要的意义，三毛之名就由“联副”叫起，“1974 年在《联合报》副刊发表《沙漠中的饭店》，首次使用笔名‘三毛’”⑤。实际上三毛当时发表于“联副”的散文

---

① 编者：《科幻之春序》，《联合副刊》，1984 年 2 月 1 日。

② 黄海：《火星之春》，《联合副刊》，1984 年 2 月 2 日。

③ 黄凡：《五百年后的文学、宗教与生活》，《联合副刊》，1984 年 2 月 3 日。

④ 郑文豪：《二九八四——细胞刻字小抄》，《联合副刊》，1984 年 2 月 5 日。

⑤ 冷湖：《三毛传 我是凡尘一粒沙》，中国纺织出版社，2016 年，第 231 页。

标题是《中国饭店》[①],在同日刊载的“读者·作者·编者”专栏当中,有三毛写给当时编者的信,信中说:“如果您能刊出我这篇稿子,对我来说将是沙漠生活里唯一的也是最大鼓励和快乐……”[②]从中我们既能看出“联副”在三毛心目中的重要地位,也能窥见她对在“联副”刊发作品的渴望。三毛与友人间的书信也能印证这一点,“我于九月二十六日寄出的稿子,居然在《联合副刊》十月六日刊出来,故事叫《中国饭店》,笔名用三毛……我今天看见报纸,真是吓了一跳”[③]。

一旦打开“联副”之门,三毛的创作就不可遏止,20 世纪 70 年代末到 80 年代,其作品井喷式地在“联副”中出现,造成了独特的“三毛现象”“三毛热”。早期作品包括:《结婚记》[④]、《娃娃新娘》[⑤]、《沙巴军曹》[⑥]等,仅 1976 年一年就有 12 篇作品发表,如此密集的程度,对于“联副”这一海纳百川式的文学平台来说足以称作“现象”。“联副”对于三毛的创作有着重要的影响,她本人就是“联副”20 世纪 70 年代末“撰述委员会制度”资助的受益人之一。1976 年 5 月,同时主持“联副”与皇冠出版社的平鑫涛,将三毛在“联副”发表的系列作品,以“撒哈拉的故事”为名结集在皇冠出版,“该书轰动文坛,三毛一夜成

① 三毛:《中国饭店》,《联合副刊》,1974 年 10 月 6 日。

② 三毛:《本文作者来信》,《联合副刊》,1974 年 10 月 6 日。

③ 三毛:《我的灵魂骑在纸背上 三毛的书信札与私情簿》,哈尔滨出版社,2003 年,第 109 页。

④ 三毛:《结婚记》,《联合副刊》,1974 年 11 月 26 日。

⑤ 三毛:《娃娃新娘》,《联合副刊》,1975 年 3 月 26 日。

⑥ 三毛:《沙巴军曹》,《联合副刊》,1976 年 8 月 30 日—31 日。

名”[①]。1976 年 7 月底，“三毛昨天飞往北非，正式受聘为本报特约记者，将把她的旅行经历写给本报发表”[②]，这就是三毛“北非之旅”游记散文的来由。1981 年 11 月起，痖弦主持下的“联副”继续支持三毛的游记创作，这次是从墨西哥开启的中南美洲之行，“她的文章有不少是在《联合报》‘三毛中南美洲之旅’支助计划下写成的，有些是游记，有些可以称为报道文学……这些文章在‘联副’发表，我是第一个读者”[③]。在中南美洲之旅中，三毛有“秘鲁纪行”《索诺奇——雨原之一》[④]、“玻利维亚纪行”《高原上的百合花》[⑤]、“智利纪行”《智利五百》[⑥]、“阿根廷纪行”《情人》[⑦]等作品产出，为“联副”赢得众多的读者，之后“联副”仍不时刊载三毛的作品，也为其在台湾各地举办过多场演讲活动。

三毛的作品以充满故事性的游记散文为主，她抛弃了历史、社会等宏大命题，更跳出政治的窠臼，专事经营个人性情与普世情怀，将遥远“他处”的见闻、感受倾泻于笔端，更有着必不可少的爱情佐料，牢牢抓住了读者的心。非洲之旅纪行系列刊载后，“受到读者热烈的喜

---

① 子矜：《三毛 千山万水的离歌》，时代华文出版社，2015 年，第 326 页。

② 编者：《读者 · 作者 · 编者》，《联合副刊》，1976 年 7 月 31 日。

③ 痖弦：《百合的传说——怀念三毛》，中国现代经典美文书系：《友》，人民文学出版社，2011 年，第 117 页。

④ 三毛：《索诺奇——雨原之一》，《联合副刊》，1982 年 3 月 15 日。

⑤ 三毛：《高原上的百合花》，《联合副刊》，1982 年 5 月 11 日。

⑥ 三毛：《智利五百》，《联合副刊》，1982 年 5 月 13 日。

⑦ 三毛：《情人》，《联合副刊》，1982 年 5 月 14 日。

爱”[1],“南美纪行”系列同样受到读者的热烈追捧。痖弦后来回忆:“记得每篇文章刊出后,都会得到读者热烈的回响,信件、电话不断,有很多人到报社来求见作者,也有送鲜花向她致敬的。”[2]在台湾经济取得发展之后,民众尤其是青年读者既有了一定的闲暇时间,又有经济基础去经营情怀,都市文明、工业文明对人性的异化不断为其所体认,三毛作品中“流浪”与“逃离”的基调、异国他乡奇异的风物人情、亘古不变的情爱主题,对于他们都有着强烈的吸引力。白先勇就认为:“三毛创造了一个充满传奇色彩瑰丽的浪漫世界;里面有大起大落生死相许的爱情故事,引人入胜不可思议的异国情调,非洲沙漠的驰骋,拉丁美洲原始森林的探幽——这些常人所不能及的人生经验三毛是写给年轻人看的,难怪三毛变成了海峡两岸的青春的偶像。”[3]总之,三毛的游记散文,成了该时期“联副”通俗文学中又一独特“现象”。

(二)经济相关题材文学作品旺产

文学反映社会生活,经济作为一切社会活动的基础,其发展变迁必然在文学上留下投影。20世纪70年代至80年代,台湾经济取得较快发展,创造着“经济奇迹”,工商业社会日趋成熟,工商社会的情状,特别是与经济发展相伴而生的各种“发展病”,也进入了这一时期文学

① 编者:《读者·作者·编者》,《联合副刊》,1976年2月14日。

② 痖弦:《百合的传说——怀念三毛》,中国现代经典美文书系:《友》,人民文学出版社,2011年,第117~118页。

③ 白先勇:《白先勇文集》(第四卷),花城出版社,2009年,第74页。

题材的范畴,成了文学描摹的重点。

1. 工商题材的小说频现

20 世纪 70 年代以后,台湾的工业发展进一步提速,出口加工型企业尤其是中小企业如雨后春笋般出现,这些企业吸纳了大量劳动力进入工厂,其中就包括大批廉价的妇女劳工。可以说,在 70 年代台湾经济奇迹的光芒背后,深藏着工人(特别是女工)的血汗、残酷的剥削、劳资双方的尖锐对立以及农村经济的凋敝等现实。这些都进入了“联副”文学生产的题材范畴,典型的如后来被誉为“工人作家”“工人笔侠”的杨青矗“开辟了台湾工人小说的文学新命题”[①]。

1976 年至 1977 年,杨青矗连续在“联副”刊载“工厂女儿圈”系列小说,包括《昭玉的青春》[②]、《龟爬壁与水崩山》[③]等等。《昭玉的青春》里,女工昭玉在一个工厂中做了二十二年的“短雇工”,青春在工厂的剥削和压榨中流逝,为了能够转为“正工”而受尽屈辱,她的命运正是万千工厂女工的缩影。小说中曝光了工厂高强度的劳动、雇用童工、极差的饮食、残酷的剥削等等,揭露了繁华背后的凄怆与暗淡,尤其是从女性工人的角度切入,更使得揭露的效果倍增。《龟爬壁与水崩山》直接用女工日记的方式,从一个女工的视角,观察这看似光鲜却处处血腥的叫作“工厂”的怪物。小说通过工人之口,暴露了劳资双方

① 赖佳欣:《女儿国度的美丽与哀愁——论杨青矗〈工厂女儿圈〉的女工群像》,《历史教育》,2008 年 6 月第 12 期。

② 杨青矗:《昭玉的青春》,《联合副刊》,1976 年 4 月 30 日—5 月 1 日。

③ 杨青矗:《龟爬壁与水崩山》,《联合副刊》,1976 年 7 月 16 日—18 日。

间巨大的贫富悬殊:“他赚钱像水崩山;我们拿他薪水的人赚钱,像龟爬壁。我们赚工钱的,永远不敢做这个梦,永远是人赚钱龟爬壁。”①进而控诉悬殊背后残酷的经济剥削,“深刻地揭露了资本家食骨吸髓的彻底剥削”②。杨青矗带着文学淑世的使命感,创作直接反映现实社会的文学,将工商社会凄怆、残酷的一面暴露于读者面前,在谈到自己的创作风格的形成时他说过:

> 也许我吃了太饱的人间烟火,我的作品颇多人间的烟火味,空灵不起来。自从五、六岁略懂事起,在家乡常听到父老们诉说被日本军阀压迫的忧伤;长大后从农村到城市,从商场到工厂,时时可看到人与人之间的纠纷,人人为生活的苦斗……③

随着工商社会的深入发展,商业与经济因素无孔不入,社会生活的方方面面也因此而深刻改变着,20 世纪 70 年代以后,“联副”当中经济类题材也多了起来,典型的如“何索”系列小说。杨蔚以何索为笔名,在 1976 年一年间就在“联副”发表了近十篇小说,用自嘲与反讽的笔调描绘了充满铜臭的生活情状,揭露了处处倾轧的工商活动与各类社会“发展病”。小说《蔬菜 · 猪肉 · 老婆》④揭开了肉价飞涨,菜价暴

① 杨青矗:《龟爬壁与水崩山》,《联合副刊》,1976 年 7 月 16 日—18 日。

② 许俊雅:《台湾文学论——从现代到当代》,南天书局有限公司,1997 年,第 324 页。

③ 刘绍铭:《台湾土生土长的作家——序〈台湾本地作家短篇小说选集〉》(下),《联合副刊》,1976 年 8 月 12 日。

④ 何索:《蔬菜 · 猪肉 · 老婆》,《联合副刊》,1976 年 1 月 5 日。

跌的原因所在，前者是因为世界油价攀升，而后者则是由囤积居奇的市场垄断行为所导致，让人们体会到了商业社会、市场经济吊诡与残酷的一面。小说《生意的奥秘》[①]以医师誓言“病人的安全应是我首要的顾念”开头，讲的却是一个唯利是图的医生的故事。某位刚拿到执照头一天开业的医生，当助手告诉他诊所还缺一个衣柜时，恰好有一位病人走进来，他不假思索地说：“衣柜来了”，之后还有“沙发来了”“汽车的分期付款来了”等等。当病人怀疑他夸大病情时，医生立即恐吓道：“你进了棺材恐怕还以为是躺在摇椅上哩。”小说将一个金钱社会熏染出来的满脑铜臭的医生刻画得入骨三分，原本以救死扶伤为天职的医生，却完全将行医当作一门生意来做，深谙于“生意的奥秘”，将医生誓言改为：“病人的钱包应是我首要的顾念”。商业社会中金钱对灵魂的奴役，在小说中得到生动地呈现，小说更直接在序言中对此提出了反思：

> 这故事的另一面是：金钱不是死的，它一样有生命，由人赋予。人有了金钱，必须思索。一切有价值的意义从思索开始。思索，使金钱成为活的。有生命的金钱会光辉了你！[②]

“何索”系列小说还包括：《半蹲式生活》[③]、《股票XY》[④]等等，前

---

①② 何索：《生意的奥秘》，《联合副刊》，1976年2月14日。

③ 何索：《半蹲式生活》，《联合副刊》，1976年7月9日。

④ 何索：《股票XY》，《联合副刊》，1976年12月27日。

者以幽默的方式揭露工商社会中“半蹲式”陪酒女这一社会痈疽，并发出“女人啊，你为什么不站起来?”的诘问。后者将股民 X、Y 的混乱生活，描绘得生动传神。原本生活简单关系良好的二人，在接连坠入“股海”后，生活与性情都大变，整日关注股市，神经紧绷，专事打探“内幕消息”，生活因之混乱不堪，两人彼此猜忌尔虞我诈关系紧张。“何索”系列小说有不少表现工商社会中，“精神与物质分离，并趋向对立；精神价值急遽下跌，物质价值猛烈膨胀。人民普遍感到环境的压迫、精神的抑制、现实的伪饰、人世的隔膜”[①]的情状，也直接将一些社会“发展病”暴露于公众面前。在 20 世纪 70 年代末至 80 年代中期的“联副”当中，此类题材的小说非常多。

2.“都市文学”兴起

所谓都市文学，根据台湾学者郑明娳的研究分为广义、狭义两种：“广义的都市文学包含两个层次，以城市生活为描写题材的市民文学，以及掌握社会变迁并运用新的思考方式创作的狭义都市文学。”[②]在郑明娳那里，广义的都市文学“是因应工商业社会发展、城市兴起而导致文学题材的转变，它主要反映城市化后的社会变貌”[③]，也就是适应大众口味的“市民文学”；而狭义的都市文学，“是都市文学的本格，此中的‘都市’并不是指具体可见的地点，更不是高楼大厦堆叠组合而成

① 卢菁光：《论七等生的小说创作》，《暨南学报》（人文科学与社会科学版），1985 年第 1 期。

②③ 郑明娳：《知性的建筑——关于“都市散文”》，林耀德：《浪迹都市 台湾都市散文选》，业强出版社，1990 年，第 3 页。

的布景，'都市'其实是社会发展中，因各种不同力量的冲击而不停的处于变迁状态的情境”①。

20世纪80年代在“联副”的文学生产中，“都市文学”书写多了起来，当中既有广义的也有狭义的都市文学作品，以广义的都市文学作品为主，这应该与“联副”大众读者群的定位有关。1988年10月起，“联副”更专门开设了“都市文学”专栏，我们不妨就以该专栏中的作品为例，考察此文类的生产。如郑明娳所言，都市文学题材的生成，是因应工商业发展以及都市兴起的结果，编者关于“都市文学”专栏的序言也清晰地印证了这一点：

> 时代真的在变，极其高速的在变！从解严、开放大陆探亲到房地产飞涨、股市狂飙，甚至大家乐、六合彩的风行，都可看出我们的社会结构在资讯、交通的高速互流下，正急遽转型变化，乡村与都市的距离在快速缩短；几乎可说，曾几何时，乡村已经都市化了。社会有了新的脉动，文学也有了新的题材，“联副”此时推出“都市文学”新专栏，是希冀透过文学的省思，捕捉资讯时代都市社会的复杂面貌……②

专栏以“财经篇”开篇，首先节译了美国著名小说家奥金克洛斯

① 郑明娳：《知性的建筑——关于“都市散文”》，林耀德：《浪迹都市 台湾都市散文选》，业强出版社，1990年，第4页。

② 编者：《“都市文学”专栏序》，《联合副刊》，1988年10月3日。

(Louis Auchincloss)的金融小说《华尔街日记》[①],原作者有着长期的华尔街金融工作经验,对于美国的股市和大企业的运营熟稔。小说以华尔街一家著名法律事务所两代律师为经,通过股票市场搞收购合并为纬,对80年代年轻华尔街专业人士的唯利是图的心理做了细致入微的剖析。节译的部分是从青年律师的视角,观察老奸巨猾、腹蜜心黑的老律师,在启动收购老友公司前的表现及心理活动,让人看到商场上尔虞我诈的争斗与残酷无情。股票、证券作为资本主义市场经济标志性的存在,常常构成金融社会中最惊心动魄的部分,"近年来台湾证券市场的热潮不论飙涨或暴跌都一再形成对社会的极大冲击,而其间在经济、社会及政治层面的影响更是无远弗届"[②]。

在全民皆股的背景下,股市的跌涨搅动了台湾社会原本平静的一池春水,很多人的生活轨迹因之而彻底改变。"股票小说"系列展示了变幻莫测的股票世界,更生动描绘了浮沉股海的各类人物的际遇和命运。《金婶婆玩股票》[③]中的孤老太金婶,原本无半点股票常识,却在对因炒股暴发的肥婆张太太的"气不过"中,进入交易所准备试水。在金婶蜻蜓点水般短暂的股市生涯中,见识了暴发户张太太、专心炒股不顾孩子的沈太太等各色股民,更见证了股票涨跌间他们的命运悲欢。《金牌土地公》[④]的主人公李光一,原是一个靠捡破烂为生的迷信

① [美]奥金克洛斯:《华尔街日记》,孔方兴译,《联合副刊》,1988年10月3日。
② 编者:《都市文学财经篇序》,《联合副刊》,1988年10月12日。
③ 眭澔平:《金婶婆玩股票》,《联合副刊》,1988年10月12日—13日。
④ 郭筝:《金牌土地公》,《联合副刊》,1988年10月23日。

老兵(迷信土地公),半点不通股票的他,却因缘巧合进入股市赚了个盆满钵满,但一次股票崩盘之后他的财富又瞬间化为乌有。小说的结尾部分有如下描写:“路边两个小孩在吹泡泡,一串串升上天空,在最绚烂的当儿悠然破裂,化作清洗空气的小水滴……李光一摇摇头。‘我可不吹拉,半辈子都过去了’。”这寓言式的结尾,又是多少股民命运的真实写照。

台湾经济的快速发展,使得民间资本积聚,投资增值成了社会趋势,各类投资甚至海外投资兴盛起来,也出现了不少投资骗局,“其中固然有正当合法的经营,却也不乏有空中楼阁者……如何慎择投资代理人而免于空欢喜一场”①,这些都成了都市文学“投资篇”的题材。《美国投资之旅》②的开篇几句话,就描述了当时投资的火爆以及对社会原有观念的巨大冲击,“去年我书架上的《文讯》变为《财讯》,我本人从痴痴的文友变为金光焕发的财经专家……”③作者以报告文学的方式,将自己一次海外投资的教训分享给大家。《木谷仓与老鼠》④则用寓言体裁,以钱鼠、地鼠、家鼠等五只老鼠的关系,分别对应台湾海外投资中不同角色间的关系,进而揭露很多海外投资骗局的秘密所在。台湾经济腾飞带来的并不尽然是发展与进步,泥沙俱下也造成了社会的无序与混乱,各类“发展病”层出不穷,都市文学“社会篇”,就

① 编者:《“钱流漂渡”序》,《联合副刊》,1989年8月5日。

②③ 谢传真:《美国投资之旅》,《联合副刊》,1989年8月5日。

④ 叶川:《木谷仓与老鼠》,《联合副刊》,1989年8月5日。

围绕各种社会问题展开。《地底下的哭声》[①]以报告文学的方式，反映雏妓问题，将当时台湾社会这一痈疽直接剥露在公众眼前。《出家当媳妇》[②]一文，通过一群修女养老院中的义工精心照顾老人的故事，反衬出经济发展社会观念巨变后，个体家庭中出现的养老与伦理问题等。

3. 看“环保文学”的兴起

“环保文学”的兴起与经济发展间也有着密切的关联，“台湾社会在六七十年代的经济起飞，既促成社会生活在各方面的变化，也随之伴生了不少问题，形成了一些负面效应。环境的污染是其中引人瞩目的一个方面。面对这样的情景，有识之士做了多方面的努力，环保文学的兴起就是文学界人士作出的适时响应……”[③]20 世纪 80 年代初期开始“联副”就出现相当数量的“环保文学”作品，多以报告文学的形式出现，相关的专栏至 20 世纪 90 年代初期都仍然存在。可以说，“联副”是台湾自然书写及“环保文学”发展的重要平台。由于第三章当中对这一文学现象会有专门讨论，此处不做赘述。

(三)经济场域的变迁在文学体裁上的投影

20 世纪七八十年代台湾经济的发展，经济场域的变迁间接地影响“联副”的文学生产，在文学体裁上也留下了清晰的投影。具体来说，

---

① 眭澔平:《地底下的哭声》,《联合副刊》,1989 年 2 月 15 日—16 日。

② 吴达芸:《出家当媳妇》,《联合副刊》,1989 年 5 月 7 日。

③ 曹惠民:《边缘的寻觅 曹惠民选集》,花城出版社,2014 年,第 51 页。

就是“联副”中衍生出一些新的文学体裁，一些传统的文学体裁也发生了相应的变化。

1.“极短篇”小说勃兴

小说作为最重要的文学体裁之一，向来为“联副”所倚重。20世纪50年代末，有时在一期的“联副”当中，就有一个短篇加上三个连载的长篇小说，更不用说周日占据整个版面的“星期小说”了，70年代，更出现过五部长篇连载同期并峙的奇观。但从篇幅、刊期以及读者的阅读习惯来看，相较于需要连载的长篇小说，短篇更适合于报纸副刊，毛姆甚至认为“短篇小说的兴起，是因报章杂志的需要而来”①。到了70年代末，“联副”极力推动“极短篇”小说的发展，“极短篇”所以能成为台湾文坛普遍认同的文学体裁，与“联副”的大力推广有着重要的关系。宇文正就认为：“如果就一个文体来说，大概从没有一种文体如‘极短篇’，与副刊，尤其是联副（台湾《联合报》副刊）有这样深厚的渊源。”②

短小体裁小说由来已久，西方有“小小说”，日本也有“掌中小说”等。其实早在20世纪50年代末，“联副”中就设有“小小说”“短短小说”等专栏，只是后来被规模更大的中、长篇小说的爆发冲淡了。“极短篇是联副开创的文体”③，自70年代末兴起于“联副”，与以上的短小说体裁之间还是有所区别的，“极短篇是一种比西方的‘小小说’更

① ［英］毛姆：《论短篇小说》，轩辕轫译，《联合副刊》，1959年11月17日。

② 宇文正：《极短篇与联副》，《台声》，2016年第15期。

③ 编者：《极短篇小说征文报告》，《联合副刊》，1979年9月30日。

短的文学形式。西方的'小小说'通常每篇约两、三千字,像极短篇这样以最少的文字表达最深的内涵,使读者在几分钟之内得到一个故事,一种人生启示的小说,在西方也是少有的"[①]。1978年2月25日,在"极短篇"小说《西风之外》文末的编者按中有如下内容:

> "极短篇"是一个新尝试,希望以最少的文字,表达最大的内涵;使读者在几分钟之内,接受一个故事,得到一份感动和启示。欢迎赐稿,稿酬从优。[②]

这是痖弦主持下的"联副",首次进行"极短篇"小说的征文。小说文体的短小化与经济变迁之间有着重要的关联,"时代背景的'速率刺激'和近代人内在心灵生活的'强烈要求',迫使文艺作品不得不自'极慢板'的节奏趋于明快,自冗长繁琐趋于精简……"[③]胡适在讨论短篇小说的发展时就认为:"世界的生活竞争一天忙似一天,时间越宝贵了,文学也不能不讲究'经济';若不经济,只配给那些吃了饭没事做的老爷太太们看,不配给那些在社会上做事的人看了。文学自身的进步,与文学的'经济'有密切的关系。"[④]"极短篇"在"联副"的兴起,同样也是文学生产与经济互动的结果,20世纪六七十年代台湾经济高速

① 编者:《极短篇小说征文报告》,《联合副刊》,1979年9月30日。
② 编者:《编者按》,《联合副刊》,1978年2月25日。
③ 韩涛:《有关于"极短篇"》,《联合副刊》,1978年4月26日。
④ 胡适:《胡适国学心得》,重庆出版社,2015年,第200页。

增长,工商社会的持续推进,人们的生活节奏越来越快,文学阅读的时间大幅压缩,“因此如何使读者在三五分钟之内,读到作者在三五十分钟之内所写的以最少的文字,表达最大内涵的故事,便是‘极短篇’专栏最大的旨趣”①。

从生产与传播实践来看,“极短篇”绝不仅是文字更加精简凝练的短小说而已,而是有着自己独特的审美特征,“它具有短篇小说的形式,但更精炼,具有论说文的严肃内容,但更有形象性”②,痖弦在《极短篇美学》中也说:“‘极短篇’是‘尺幅千里、须弥芥子’的文学竞技。”③另外从该文体后来的发展来看,其生命力也很顽强,虽然也曾因模式化严重等问题,出现过创作疲态,但因其短小而精彩的本质特征,适应经济发展后读者快速阅读的需求,甚至曾在网络时代文学短制化的趋势中觅得过新的生机。当然,这一切都与当年“联副”对“极短篇”的大力推广分不开,“联副”此后长期开设以“极短篇”命名的专栏,专事刊载“极短篇”作品,另外“除不断刊载中外佳作外,更曾有极短篇小说创作奖之设”④,自 1979 年起“《联合报》小说奖”中就附设有“极短篇”小说奖项⑤。

另外,围绕“极短篇”体裁的理论研讨也在“联副”中不时上演,

---

①② 编者:《十一个极短篇》,《联合副刊》,1979 年 7 月 11 日。

③ 转引自宇文正:《极短篇与联副》,《台声》,2016 年第 15 期。

④ 编者:《当代名家极短篇》,《联合副刊》,1988 年 1 月 1 日。

⑤ 根据宇文正的研究,该奖至 2000 年第 22 届停止,到了 2012 年第 34 届时又恢复,直到 2014 年随“《联合报》文学奖”一起终止。参见宇文正:《文字手艺人——一个副刊主编的知见苦乐》,有鹿文化视野有限公司,2017 年,第 185 页。

1978年4月召开的“极短篇”座谈会，1980年12月又组织罗青、丁树南等理论家，刊文继续从理论角度探讨“极短篇”的属性及其可能性空间。在“联副”的长期努力推广下，“极短篇”不但成为“联副”的重要内容，更成为台湾文坛普遍重视的文学体裁。

2. 各类微型文体及“轻文学”的实践

除了“极短篇”之外，因应经济变迁及读者阅读时间的压缩，“联副”当中还有很多其他短制文体的实践。针对副刊文体短小化的实践，雷世文在研究中认为：“报纸副刊又有容量的限制，这就导致了短制为主的文体类型的滋生。这种短制文体也以其经济原则适合了现代读者的文化消费，体现出现代化趋向。”[①]20世纪80年代之后，“联副”在“超短型副刊实验”以及各类微型专栏当中，不断推进短文体的发展。短小文体的盛行仅是表现形式之一，痖弦曾借鉴“轻工业”“轻音乐”的命名方法，将日趋流行的短制文学称之为“轻文学”，概括其特征为：“短短的篇章、甜甜的语言，淡淡的哀愁，浅浅的哲学、帅帅的作者。”[②]

从1980年12月18日至1981年3月4日，“联副”连续推出六期“超短型副刊实验”专辑。编者在专辑的前言中阐述了文体实验的背景：“知识的膨胀、传播的发达，任谁都无法日日安然接受那漫天压来的文字、概念，遑论吸收、消化了。文字，诚然是今人所要承受最典型、

---

① 雷世文：《文艺副刊与文学生产》，中国文史出版社，2004年，第127页。

② 转引自痖弦：《以文会友在爱城——记“加拿大华人学会”文学研讨会》，《联合副刊》，1989年11月25日。

也最严重的文明之压力。”[①]在如此背景之下，“联副”开展了“超短型副刊实验”：

> 联副为了稍解读者之苦……今更以“超短型副刊实验”公诸读者、社会，希望人人能以最短时间，各取所需，得到应有的文学、哲学和其他知识的给养，既不与时代脱节，又无虑大量文字，无暇尽读之困惑。[②]

实验中涉及散文、诗歌、评论、小说等文体。“掌上小品”是散文版块，有喻丽清的《香椿的悲》[③]、洪素丽《儿语》[④]等小品文，字数都在百字左右，却同样清新隽永。“千字文”板块以杂文为主，例如梁实秋的《关于梅花》[⑤]等，“顾名思义是千字为限的杂感散记，足以发人深省，而又不失其趣味者”[⑥]。小评论板块在实验中有个响亮的名字——“小辣椒”，在三百字以内要完成对社会现象、观念的指摘，评论直截了当又不失辣味。“小诗囊”中的诗歌都在八行以内，余光中、周梦蝶等名诗人都进行过尝试。“西窗故事”是小说板块，篇幅长于“极短篇”，是三千字以内的短篇小说。“超短型副刊实验”，本质上就是精练、浓缩各种文体的尝试，尽管有的短文体只在实验中出现过，但这不妨碍

---

①② 编者：《超短型副刊实验前言》，《联合副刊》，1980 年 12 月 18 日。

③ 喻丽清：《香椿的悲》，《联合副刊》，1980 年 12 月 18 日。

④ 洪素丽：《儿语》，《联合副刊》，1981 年 3 月 4 日。

⑤ 梁实秋：《关于梅花》，《联合副刊》，1980 年 2 月 3 日。

⑥ 编者：《“超短型副刊实验”征稿启事》，《联合副刊》，1980 年 12 月 24 日。

该实验"副刊革命之举"[1]的性质,为日后"联副"各类文体的精简埋下了伏笔。

相对于"超短型副刊实验"中短期出现的实验性短文体,20 世纪 80 年代,"联副"的其他微型文体实践,更多地在规划的常规专栏中出现。1982 年初的"快笔短文"专栏,是一个学者参与的杂文专栏,有两项特色:"第一是篇幅短,第二是文笔快,信手拈来,不拘形式,一气呵成,得行云流水之趣,写的人固然痛快淋漓,尤希望读者心头称快……"[2]参与者包括黄永武、王熙元、沈谦等六位执教于大学中文系的青年才俊,专栏首日就有《爆竹的联想》[3]、《寻春》[4]、《爱与鞭子》[5]等等杂文,文章随性、短小,"属灵感之作,虽非道貌岸然的正经文章,却往往有脍炙人口的神来之笔,希望能'以风流为道学,寓教化于诙谐'"[6]。1984 年底,"联副"中"另增辟因应社会变迁、配合生活步调的短小栏"[7]——"扎根在百万人之间"。该系列专栏从 1985 年初开始实施,微型文体实践包括"一次刊完小说"与"小小报告文学"。所谓的"一次刊完小说"(亦称"一日小说"),显然是相对于此前长期昌盛的长篇连载小说而言的,该小专栏说明指出:

① 编者:《"超短型副刊实验"征稿启事》,《联合副刊》,1980 年 12 月 24 日。
②⑥ 编者:《"快笔短文"序》,《联合副刊》,1982 年 2 月 5 日。
③ 黄永武:《爆竹的联想》,《联合副刊》,1982 年 2 月 5 日。
④ 王熙元:《寻春》,《联合副刊》,1982 年 2 月 5 日。
⑤ 张梦机:《爱与鞭子》,《联合副刊》,1982 年 2 月 5 日。
⑦ 联副编辑室:《扎根在百万人之间》,《联合副刊》,1984 年 12 月 28 日。

处身工商业繁忙的社会，现代人，世务羁身，时间断碎，面对浩瀚的文字压力，部分读者往往无暇细览长篇连载。本栏针对这一现象设计，请作家以高技巧压缩文字、提炼情节，务期一精致完美的文学作品不因副刊版面限制而分刊成上、中、下。文长六千字以内，联副一日刊完，读者一日读毕。①

当时业已盛行起来的报告文学体裁，偏重于对生态环保问题的关照，由于问题本身的复杂性，报告文学的篇幅都相对较大。“小小报告文学”则对报告文学体裁进行了压缩，进入该专栏的作品包括吴敏显的《与河对话》②，侯家驹的《乌山头？浮山头》③等，同样关注环保问题，“文长以三千字为准，特色即在清洁”④。除了篇幅更加紧凑之外，为了在短小尺幅内做出“大文章”，微型报告文学作品在叙事方法等方面也有新尝试，比如《与河对话》中就用了对话体的方式行文。

1988 年 10 月起，“联副”又开设了“微型专栏”，主要包括“人生小景”（1200 字以内）、“返乡故事”（1000 字以内）、“思考方块”（150 字以内）等板块。“人生小景”与“返乡故事”专栏中，都是不同题材的短散文，短小化的处理“可以宽化副刊内容，在同性质文章上节省不必浪费的篇幅，让更多人进行情智交流”⑤。“思考方块”则在百余字之间，

① 联副编辑室：《扎根在百万人之间》，《联合副刊》，1984 年 12 月 28 日。
② 吴敏显：《与河对话》，《联合副刊》，1985 年 1 月 2 日。
③ 侯家驹：《乌山头？浮山头》，《联合副刊》，1985 年 1 月 16 日。
④ 联副编辑室：《扎根在百万人之间》，《联合副刊》，1984 年 12 月 28 日。
⑤ 编者：《微型专栏登场！》，《联合副刊》，1988 年 10 月 5 日。

练就一个概念、一种想法，甚至难以辨清其文体，却同样闪烁着智慧的光芒。以上这些短小、微型的专栏以及其中短制的文体，一方面为适应经济发展后读者快速阅读的需求，另外一方面也有吸引读者参与文学、参与创作的动机。比如"扎根百万人之间"专栏的前言中就有："变过去一切非文学人口为文学人口"①，而"微型专栏"的征稿中更明确："栏小，故没有写作的压力，人人能写！栏小，故没有篇幅的压力，天天能登！栏小，故没有阅读的压力，人人爱读！"②

一句话的文学作品可谓精简至极、凝练至极，20 世纪 80 年代中期以后的"联副"当中，就不时有此类文体的尝试。1985 年开始的"生活造句"专栏，编者提前给出生活相关的主题，由作者围绕其展开创作。例如以"电"为主题的创作就有：

热恋中的男女最喜欢触电。每次约会都来电，都是高压电，得血管通畅，心花怒放！（嘉义 渡也）③

电的三部曲——来电：永结同心；漏电：感情走私；停电：劳燕分飞。（新店 宋逢）④

同样在 1985 年，"小语库——名作家邀请展"专栏，利用报纸每页

① 联副编辑室：《扎根在百万人之间》，《联合副刊》，1984 年 12 月 28 日。
② 编者：《微型专栏登场！》，《联合副刊》，1988 年 10 月 5 日。
③ 渡也：《生活造句（电）》，《联合副刊》，1985 年 5 月 5 日。
④ 宋逢：《生活造句（电）》，《联合副刊》，1985 年 5 月 5 日。

底端的空白,请名家以一句话的方式进行创作,此后“联副”栏底的空间中,这种短小的警句型创作得到长期保持。

再如1986年8月起不定期刊载的“一行诗”专栏,要求“二十字以内,题不限”①,以《一行诗——茶》②为题就有若干作家题诗,商禽有“用山水把风景煮出来”,洛夫则有“茶是黄昏中回家的一条小路”,张默的“让它在灵魂的舌尖软软地停驻”等。

总之,20世纪80年代以后,因应经济发展后读者“轻、薄、短、小”的阅读需求,同时为了减轻版面的压力,鼓励读者更多地参与阅读与创作,“联副”积极引导、鼓励短制文体的生产,促进了各类文体微型化的改造,也衍生出很多新型的短制文体,促进了副刊文学体裁的创新与丰富。

3. 经济因素在其他文体中的表征

20世纪80年代,台湾工商社会深入发展,消费型社会逐渐成形,“联副”的文学生产当中,之前“纯文学”的定位、“精致文化”的面相也发生着深刻的变化,文学不断参与到各种经济实作与消费文化生产之中,抑或可以说是经济因素不断侵入文学生产,在一些特殊的文学体裁当中有着清晰的表征。

广告中尤其是广告文案部分虽然不乏文学性的存在,但作为目的性极强的资讯传播,其本质上是经济现象,不完全属于有着审美追求

① 编者:《一行诗序》,《联合副刊》,1986年8月9日。

② 《一行诗——茶》,《联合副刊》,1986年8月9日。

的文学范畴。20世纪80年代中期以后，商业广告如市招、包装以及传播媒体上的广告，已经成为台湾民众司空见惯的东西。作为“次文化”现象，台湾的商业广告，此时仍缺乏“精致文化”的垂怜与浇灌，因此其中充斥着粗俗随便、无序无趣之现象。1986年6月，“联副”结合诗人节的活动，“广邀精致文化追求者的诗人、小说家等，以既有的训练、品味及具感染性之表现手法为基础，尝试广告文案之撰写……探求文学家参与提升次文化水准之可能”①，共组织了三十余位作家，针对茶、果汁、大米等不同的商品、服务，甚至是招生、戒烟等题目展开创作，撰写商业痕迹明显的“广告诗”。比如羊令野为茶做的广告：“吩咐陆羽/用双井最后一滴清泉/为我沏上/那山涧早来的春天”②；辛郁给口香糖做的广告：“软软地/从唇齿间/一路香下去”③；廖辉英关于孕妇装的广告：“挺身而出/展露女性最美的‘曲线’”④等，这些作品，真个是妙语连珠，百花争艳，令人有耳目一新的感觉。“广告诗”的创作，作家参与到商业文化当中，“以诗这样具有高度暗示力与形象性的语言，来展示企业的性格、设计产品的广告，应该可以为工商业社会注入新的活力，也给现代人带来新的情趣”⑤。“广告诗”这种“文化上街”的方式，当然是文学的社会参与，同时也是因应经济需求的文学与文体创新，让我们对文学体裁以及文学可能的边缘有了新的认识。

① 编者：《美丽的市声》，《联合副刊》，1986年6月11日。

② 羊令野：《茶》，《联合副刊》，1986年6月11日。

③ 辛郁：《口香糖》，《联合副刊》，1986年6月11日。

④ 廖辉英：《孕妇装》，《联合副刊》，1986年6月11日。

⑤ 痖弦：《诗人在工商社会中的新角色》，《联合副刊》，1986年6月11日。

台湾的20世纪80年代，是创造与消费逐渐合一的时代，商业慢慢艺术化，而艺术也逐渐商业化。流行歌曲作为消费文化的重要组成部分，是经济社会发展到一定阶段的产物。80年代末期，在“联副”的组织下，文学也尝试介入流行歌曲的创作。1987年9月17日“联副”开设了“歌词专栏”，征文中说：“我们希望今日有更多人继起努力，以流播四方的‘歌词’忠实地、雅俗共赏地反映出当代人的情怀。”①以小说、散文闻名的袁琼琼，在专栏开设当日就创作了两首流行歌曲的歌词，分别是《一个人的时候》②、《我要的不多》③，之后还有杜十三的《把门打开》④等等。由于汉语的音韵性强，诗歌又讲究音韵格律，因此很多诗歌创作方便吟唱，但流行歌曲（歌词）的创作，显然不若诗歌的创作以审美为依归，而是以满足受众消费性的需求为目的。

不论是“广告诗”还是流行歌曲（歌词）的创作，对于文学生产来说都是新的尝试，也是文体上的创新。20世纪80年代“联副”中，此类文体创新当然远不止以上两类。这些新型文体的不断衍生，体现了文学与经济间的互动，尤其是“联副”主导的文学生产对经济变迁、阅读市场变化的主动适应。“联副”时任主编痖弦，就呼吁诗人要“重视自己在工商社会的新角色”⑤。此类文学现象，我们在第三章中还有讨论。

---

① 编者：《歌词专栏征稿》，《联合副刊》，1987年9月17日。

② 袁琼琼：《一个人的时候》，《联合副刊》，1987年9月17日。

③ 袁琼琼：《我要的不多》，《联合副刊》，1987年9月17日。

④ 杜十三：《把门打开》，《联合副刊》，1987年9月20日。

⑤ 痖弦：《诗人在工商社会中的新角色》，《联合副刊》，1986年6月11日。

第三章
与文化场域互动中的“联副”文学生产

文学与文化之间有着密切的关联,“‘文化’乃指人类生活多方面的一个综合体而言,而‘文学’则是文化体系中重要之一部门”[①]。文学生产在文化场域中进行,需要从中吸收文化资源进行文学的“酿制”,“社会空间中存在各种各样的场域,而文化场是文学生产的重要场域”[②],文学产品又构成了文化的新内容,“但总体看来文学(或文学场)仅是文化场的一个构成单位,所以最终起决定作用的还是文化本身”[③]。文学(文学文本)与文化(文化文本)之间,有着互相涉纳、互相吸收的复杂互动关系,新历史主义批评家早就注意到了这一点,如吉恩·霍华德(Jean Howard)在《文艺复兴研究中的新历史主义》一书中

① 侯敏:《现代新儒家文论点评》,暨南大学出版社,2016 年,第 74 页。

② 吴玉杰:《文化场域与文学新思维》,社会科学文献出版社,2013 年,第 225 页。

③ 蓝天:《台湾文学场域的中国文化属性》,《南京师大学报》(社会科学版),2009 年第 2 期。

就指出:“文学是历史的一部分,文学文本也同样是文化物质生活的其他方面的语境,正如它们是文学的语境一样。”①

在文学生产中,“文化语境本身是一个个汇总因素在其中相互作用的‘场’,除了社会历史、经济和政治因素的作用外,本土的传统文化、民间文化、通俗文化、精英文化和主流意识形态的变迁等因素,以及外来文化的因素……”②共同构成了其文化语境。就台湾的文学生产来说,其文化语境尤其复杂,“台湾地区由于其特殊的地理位置与复杂的历史沿革,其文学形成发展过程中受中华文化、台湾本土文化、日本文化等多种文化因素的影响”③。在如此复杂的文化语境中进行文学生产,“联副”与文化场域中其他要素始终保持着互动,多元的文化因素也在其文学生产中都留下过清晰的投影,也因此造成了其不同时期殊异的文学景观。

“文化和传媒之间的关系非常密切”④,媒介在文化的形塑、传播当中所扮演的角色大大溢出了介质的范畴,“媒介技术和媒介形式所承载的意象、信息及其意义,日渐累积,便形成了人类社会的精神财富乃至物质财富,亦即构成人类文化”⑤,甚至有的学者,比如何道宽,就

① 转引自王先霈、王又平:《文学批评术语辞典》,上海文艺出版社,1999 年,第 647 页。

② 阎嘉:《多元文化与汉语文学批评新传统》,四川省社会科学界联合会、四川省社会科学促进会主编:《四川省哲学社会科学获奖成果大系 2004——2005 年卷》(第 4 辑),四川科学技术出版社,2015 年,第 349 页。

③ 何李:《文化互文性视域下〈台湾文学史〉的编撰与解读》,《齐齐哈尔大学学报》,2016 年 12 月。

④ 吴玉杰:《新时期文学与传媒关系研究的缘起》,《文艺争鸣》,2013 年第 4 期。

⑤ 潘源:《影视意象美学》,中国电影出版社,2016 年,第 13 页。

在解读麦克卢汉媒介观、文化观的基础上，直接祭出了“媒介即文化”[①]的论断。“联副”本身就是“交织着资本、知识与市场等各种力量的特殊文化场域”[②]。作为文化场域中最活跃的部分——媒介文化“带来了文学生产方式、消费模式、阅读行为的变化，改变了文学场中文化资本及权力的分布……”[③]深刻影响过“联副”中文学景象的生成，因此我们也将“联副”与媒介文化场域的互动及其文学效应放在本章讨论。

第一节　中华文化的承继与西方文化横的移植

1951 年 9 月“联副”文学生产起步，中华（传统）文化给予其最初的滋养。20 世纪 50 年代至 60 年代，“联副”作者脚踏着台湾的土地进行创作，不可能完全无视台湾本土文化，尤其是在林海音的鼓励与发掘下，台湾本土文化开始在“联副”的文学生产中得到初步的映现。也在该时期，外国文化（包括西方以及日本文化）同样影响到“联副”的文学生产，各种作品和理论译介逐渐多了起来，现代主义等文学思潮在“联副”中也有一定程度的文学实践。20 世纪 60 年代中期前后，“联副”与影视媒介文化的互动，则助力过通俗文学的旺产。可以说

① 何道宽：《夙兴集 闻道播火摆渡》，复旦大学出版社，2013 年，第 154 页。
② 蔡翔、董丽敏：《空间媒介和上海叙事》，上海大学出版社，2014 年，第 135 页。
③ 杜平：《文学场域中经典建构的社会动力分析》，《学术界》，2012 年 11 期。

"联副"20世纪50年代至60年代的文学景观,是在与文化场域中诸多文化因素共同的交融与碰撞中形成的。

一、中华文化给"联副"以最初的滋养

"任何一个地区的文学场的发生离不开文化的滋养……"[①],1951年起步的"联副"文学生产,以迁台的"文人"尤其是"武士"(军人作家),构成其最早的创作班底,而濡养了该班底的中华文化,无疑给"联副"的文学生产提供了最初的养分。1949年国民党迁台以后,在检讨大陆时期文化政策"失误"的基础上,开始全面强化对文化领域的政治介入,"一方面推行空洞的'反共文艺',另一方面竟然规定凡是1949年没有跟随国民党迁移到台湾,而仍留在祖国大陆的作家作品,一律不准阅读,从而造成文学传统在特殊政治背景下的脱节现象"[②]。台湾当局的高压文艺政策,虽然斫断了台湾文坛与"五四"以来新文学传统的直接关联,"但并未因此从根本上切断台湾文学与五四新文学传统的血脉联系"[③]。从更大的文化层面来看,中华文化作为客观的存在经长期沉淀而来,深深地印刻在整个中华民族的精神世界当中,具有相当的稳定性和持久性,其对台湾文学的影响不可能因为政治上的隔绝而消失。更何况,台湾当局当时以传承中华文化的命脉而自居,

① 蓝天:《台湾文学场域的中国文化属性》,《南京师大学报》(社会科学版),2009年第2期。

②③ 王淑芝:《台港澳及海外华人文学》,东北师范大学出版社,2015年,第125页。

强调其“中华文化”的正统性。如此一来，“大陆母体文化、母体文学对台湾当代文学仍然发挥着恒久而深刻的影响”①。就“联副”的文学生产来看，“第一个阶段是前十年的五十年代，以‘大陆的文化回顾’为主流……”②实际上，中华文化不但在20世纪50年代给予“联副”以最初的滋养，在60年代乃至更久的未来，都长期作为“联副”文学生产的精神与文化资源而存在，“中国传统文化是台湾文学的灵魂，为台湾文学的发展提供了源源不断的精神养料”③，可以说五六十年代的“联副”当中无处不散发着中华文化的馨香。

（一）传统民俗文化内容占据重要分量

1846年英国考古学者W. J. 汤姆斯最早提出了“民俗”（Folklore）的概念，由撒克逊语folk和lore二词合成，前者有民间、民众之意，后者则表示学问与知识。经过学界的不断研究推进，“民俗”的概念也不断演变，有了“文化遗留说”“精神文化说”“民间文学说”“传统文化说”等四种狭义的理解。我们无意讨论“民俗”的具体定义，但是狭义的民俗语言，如“民间俗语、谚语、谜语、歇后语、街头流行语、黑话、酒令等”，以及“由人民集体创作和流传的口头文学，主要有神话、民间传说、民间故事、民间歌谣、民间说唱等形式”④，属于民俗范畴几无争

① 方忠：《多元文化与台湾当代文学》，文化艺术出版社，2011年，第3页。

② 联副三十年文学大系编辑委员会：《风云三十年》，联合报社，1982年。

③ 蓝天：《台湾文学场域的中国文化属性》，《南京师大学报》（社会科学版），2009年第2期。

④ 钟敬文：《民俗学概论》，上海文艺出版社，1998年，第6页。

议。经过几千年发展而来的中华文化当中,有着大量的民俗语言与民间文学流传,构成了中华文化当中最接地气的一部分。民俗文化相关内容多以比较直接的方式呈现于20世纪五六十年代的"联副"当中,并且占据相当重要的分量,尤其在50年代初期其分量甚至可比肩文学创作。之所以如此,可以从以下几个角度进行解释:首先,该时期"联副"的文学生产中有不少"武士"等创作能力受限的人士参与,民俗类的内容方便取得,又可弥补创作力的不足;其次,该类内容通俗易懂,适合当时副刊读者群的定位,也适应读者的接受水平,"当承认'广大的无名大众'是文化的创造者、保有者之后,'民俗'就自然可以登堂入室了"①;最后,民俗类内容显然不在当局政治限制的范畴之内,方便流通传布。

丰富而多元的中国民俗文化深刻影响着五六十年代"联副"的文学生产,谚语是其中典型的代表之一。所谓谚语,"从根本上说,狭义的谚语便可以看成是以传授知识为目的的俗语。我们一般所说的谚语,就是指的这种狭义的谚语"②。谚语是传统文化与民间文学中,最接地气、最通俗的一种存在形态,"我们的经书古典、绣缎、瓷器,其他美术工艺品,当然是我们所骄傲的文化,但这是属于上层的高级文化,只是中国文化的一半而已,另一半是属于中下层而一直支持此高级文

① 吴密察:《"台湾文化"的历史建构——一个初步的试论》,《台湾国际研究季刊》,2014年第3期。

② 温端政:《谚语》,商务印书馆,1985年,第11页。

化的民间生活文化。这可以说是中国文化的基层”[1]。1954 年 5 月起，民俗专家朱介凡开始在“联副”中介绍各类谚语及相关知识，“联副”编者在对朱介凡及其谚语的推荐中说：

> 对中国谚语有透彻广博研究的朱介凡先生，决定把他的心得，择优撰为《谚语》，自明天起，分题刊登，希读者注意。[2]

仅 1954 年当年朱介凡个人就有《集谚为消闲》[3]、《野朴阔壮的东北谚语》[4]等共 27 篇谚语相关文章发表于“联副”，自此以后一发不可收拾。朱介凡的谚语文章，一部分涉及谚语的搜集与整理。朱氏对谚语分类相当细致，例如在“谚语类辑”专栏中按照功能划分。《良心》[5]一文中是各类以“良心”为主旨的谚语，如“心到神知，上供人吃”（北京）、“以心比心，从心见心”（台湾）、“黑心人进得衙门，进不得庙门”（湘南），等等。《励志》[6]则汇集了各类“励志”性的谚语，如“为人肯学好，羞甚担柴卖草”（河北）、“宁叫人穷，不叫志穷”等等。谚语作为民间文学的重要形式之一，有着很强的民族性和地域性，因此朱氏也

---

① 陈绍声：《民间文化与谚语研究》，《联合副刊》，1962 年 3 月 15 日。
② 编者：《预告》，《联合副刊》，1954 年 5 月 5 日。
③ 朱介凡：《集谚为消闲》，《联合副刊》，1954 年 5 月 12 日。
④ 朱介凡：《野朴阔壮的东北谚语》，《联合副刊》，1954 年 5 月 14 日。
⑤ 朱介凡：《良心》，《联合副刊》，1955 年 9 月 2 日。
⑥ 朱介凡：《励志》，《联合副刊》，1955 年 10 月 1 日。

常按地域范畴搜集整理民谚,如《晋北谚语》[1]、《乡情——鲁谚》[2]、《蒙古谚语》[3]等等。此类以搜集和整理各类谚语为主的文章,在该时期的"联副"中有很多。

作为民俗专家,朱介凡更多地将精力投注于谚语的研究上,相关研究文章也大量出现在"联副"当中。较早的如《谚语之科学研究》,专门讨论"占候"[4]谚语的本质及其科学性,认为:"占候,是气象的推测,并非含着论断或是近代气象学中天气预测的意思……"[5]又如《温柔敦厚》一文,总结了民谚淳朴敦厚的属性:"谚语既是最属于老百姓的,所以也就显示出我们中国人,尤其是我们中国农民的淳朴气质……这谚语也正有温柔敦厚处。"[6]由于朱介凡大量占有民谚资料,其研究广博而通透,比如《薄·碱·洼》[7]一文,从民谚"要兴家,薄、碱、洼"的释意谈起,讨论了各地谚语"意同语不同"的现象。比如同样表达"土地条件不好,却可以通过努力耕种获得好收成"之意,湘北有"世上无懒土,只有懒人"的谚语,河北人说"种地不使本儿,越种越着紧儿",鲁南人也有"功夫用在地里,粮食打了囤里"等等,体现出不同地域农民同样的生活、生产智慧。而《谚语的功能》一文,则在分析他人有关谚

① 朱介凡:《晋北谚语》,《联合副刊》,1954年5月22日。
② 朱介凡:《乡情——鲁谚》,《联合副刊》,1955年3月21日—3月22日。
③ 朱介凡:《蒙古谚语》,《联合副刊》,1955年6月16日。
④ 所谓"占候"谚语,就是各类民俗谚语中,对于天气、气候进行预测的相关谚语。
⑤ 朱介凡:《谚语之科学研究》,《联合副刊》,1954年11月21日。
⑥ 朱介凡:《温柔敦厚》,《联合副刊》,1955年11月10日。
⑦ 朱介凡:《薄·碱·洼》,《联合副刊》,1958年2月1日。

语功能研究的基础上，概要性地总结了谚语的功能：“它是真正民众经验的产物，代表着民众的思想、信仰、希求、愿望；说明了民众的生活、风俗、习惯，可以供给民俗学、社会学、语言学、文学各方面的研究参考。”①此类谚语研究的文章在“联副”当中还有很多。谚语本身是民俗文化的代表，也是俗文学现象，朱介凡刊于“联副”的谚语相关文章，既有一定的学术性又有较高的可读性，广受读者欢迎，“联副”对该类文章青睐有加，朱介凡在文章中就提道：

> 对于本刊编辑先生肯如此以宝贵篇幅刊载谚语，我再度表示感谢。当然编辑先生并非视谚语为消闲的玩意，或是那种“耍贫嘴”的味道。在此，我们一方面是喜好欣赏的心情，一方面也很有一份严肃的关心……②

在朱介凡的带动之下，“联副”当中各地谚语的搜集整理和研究蔚然成风。时任主编林海音回忆该时期谚语文章投稿之盛时说：“若干年来，各省或各类谚语搜集的稿子，投来之多，到了我无法一一刊载的地步……”③这些文章中以各地的谚语搜集整理为主，比如金萱的《闽

① 朱介凡：《谚语的功能》，《联合副刊》，1962年6月18日。

② 朱介凡：《后记》，《联合副刊》，1954年7月5日。

③ 林海音：《流水十年间》，联副三十年文学大系编委会：《联副三十年文学大系 史料卷 风云三十年》，联合报社，1981年。

南谚语》[1]、朱颜的《杭州谚语》[2]、林光忱的《福州谚语》[3]、何凡的《台谚选介》[4]等;也包括一些谚语研究的文章,如陈绍声的《民间文化与谚语研究》[5]、吴槐的《台北风土谚语解说》[6]等。总之,谚语这一中华民俗文化的瑰宝,在20世纪50年代中期至60年代初期,成为"联副"的重要内容。

中国的传统节日都经过漫长的历史演变而来,都有着丰富的民俗事象传承,"岁时节日是中国人民为适应生产和生活的需要而共同创造的一种民俗文化,是中国民俗文化的重要组成部分"[7]。中国传统节日习俗及相关的各类民俗文化,同样也构成了20世纪60年代"联副"的重要内容,体现了两岸间剪不断的文化纽带。

中国传统节日多,每个节日都有着悠久的发展历史,背后也附着了丰富的文化含义。介绍相关传统节日的源流,阐发这些节日背后的文化含义、庆祝礼仪流变等的文章,往往与相关节日配合应时应景地出现,成为该时期"联副"的重要文化景观。早期的"大方家杂钞"专栏中,就有不少介绍节日民俗的文章。《腊八粥》[8]从小时候腊八粥的

① 金薏:《闽南谚语》,《联合副刊》,1955年2月10日。
② 朱颜:《杭州谚语》,《联合副刊》,1956年9月30日。
③ 林光忱:《福州谚语》,《联合副刊》,1957年2月28日。
④ 何凡:《台谚选介》,《联合副刊》,1961年7月15日。
⑤ 陈绍声:《民间文化与谚语研究》,《联合副刊》,1962年3月15日。
⑥ 吴槐:《台北风土谚语解说》,《联合副刊》,1963年4月5日。
⑦ 刘金同、马良洪等:《马良洪等. 中国传统文化》,天津大学出版社,2009年,第91页。
⑧ 大方:《腊八粥》,《联合副刊》,1954年1月12日。

记忆讲起，进而梳理出传统腊八节的源流及演变。《腊日祭灶》[①]直接通过多篇古文献的考证，梳理自孔子时代以来中国人的祭灶传统的流变，颇具知识性。春节作为我国最重要的传统节日，相关的习俗也最为丰富，该时期"联副"中有关春节习俗的文章很多。如《年俗的变》[②]，何凡从自身经历出发，谈春节"这种国粹的年俗"，小的时候，旧年都有贡桌、贡品、三跪九叩的谨严礼俗，后来少了贡桌、祭灶简化了礼节，再后来连形式上春节礼俗也免了，总之，各类"年"礼都慢慢地改变了。"春联"是由春节衍生而来的传统文学样式，历史悠久且为我国所独有，"春联"有着呈现时代背景、抒发良好愿望的功能。此一时期，"联副"中有关春联的文章很多，《漫谈春联》[③]从王安石的诗《元日》谈起，介绍了从"桃符"发展到"春联"的历程。陈贻麟的《年画·门神·桃符》则仔细分析了年画、门神、桃符这些春节点缀物间的区别与联系，认为：

有人以为桃符便是春联，春联即是桃符，其实并不如此，桃符之起源，历史已久，而春联之设，实始自明太祖……[④]

挹素的《春联谐话》[⑤]则搜集了不少史上有名的诙谐春联，如明朝

① 大方：《腊日祭灶》，《联合副刊》，1954 年 1 月 27 日。
② 何凡：《年俗的变》，《联合副刊》，1956 年 2 月 9 日。
③ 万户侯：《漫谈春联》，《联合副刊》，1952 年 1 月 30 日。
④ 陈贻麟：《年画·门神·桃符》，《联合副刊》，1958 年 2 月 15 日。
⑤ 挹素：《春联谐话》，《联合副刊》，1953 年 1 月 10 日。

祝枝山为某铁匠铺即景书写的春联："若非平日别铺劈拍抨碰 怎得今朝咚长阿辣勃同"，上联形容打铁之声，下联指当下的锣鼓音，一堆象声词的组合，却将行业特点与时下情景巧妙地表达了出来，诙谐而又传神，全文将"春联"这一中国独有文学样式的特殊魅力展现得淋漓尽致。与传统节日相关的民俗文化内容还有很多。比如道镕的《寒食节》[①]一文，主要追寻"寒食节"这一从未载入历本的节日的源头。《元宵》[②]中有元宵节的来历，更罗列了不同地方元宵的做法。史学家徐鳌润则在《二月二龙抬头》[③]里，较为详细地展示出各地有关二月二的习俗，湖北武昌、云南有热闹的庆祝，南京节日当天迎出阁女儿归宁，江苏武进以"土龙下面"吃食贺之等等。此外还有谈端午节的《端午与龙舟》[④]、谈七夕节习俗源头的《唐宋的七夕》[⑤]、谈中秋节的《月饼》[⑥]等等，不胜枚举，该时期几乎每到传统节日，"联副"总有大量相应的民俗文化类文章出现。

中华民俗文化源远流长，丰富多彩，"联副"当中的民俗文化内容，远不止上述的谚语与节日民俗两类，还包括谜语、俗语、方言、各地特色风物及习俗等等，可谓丰富而驳杂。在文学创作尚面临诸多政治掣肘的20世纪五六十年代，这些民俗文化类的内容，多以知识性的散文

① 道镕:《寒食节》,《联合副刊》,1956年4月5日。
② 静好:《元宵》,《联合副刊》,1957年2月13日。
③ 徐鳌润:《二月二龙抬头》,《联合副刊》,1964年3月15日。
④ 苏雪林:《端午与龙舟》,《联合副刊》,1955年6月23日—6月24日。
⑤ 时:《唐宋的七夕》,《联合副刊》,1964年8月14日。
⑥ 琇:《月饼》,《联合副刊》,1965年9月10日。

等方式直接呈现在“联副”当中，与文学创作一道共同组成了副刊的整体，且占据着相当的比重。这类内容兼具知识性与可读性，在当时的读者当中广受欢迎，体现了中华文化对于该时期“联副”文学生产的直接影响。

（二）中华传统文化的回溯

有着悠久历史的中华民族，创造和积淀了博大精深的中华文化，也产生过大量优秀的传统文学作品，这一切既构成了“联副”文学生产的文化语境，也构成了其取之不尽用之不竭的文化源泉。在20世纪50年代至60年代“联副”的文学生产当中，有许多关于传统文学、传统文化的回溯，造就了一些独特的“泛文学”景观，同样体现了中华文化强大的影响力。

1. 各类考据文章频现

我国文史考据传统由来已久，至清乾嘉时期大盛起来。“‘考据’也称‘考证’，指在文本诠释中，根据资料进行的考核、证实和说明”①，考据普遍应用于各类文史研究当中，是我国传统学术研究的重要方法之一，却与华文报纸副刊结下过不解之缘，形成过副刊考据文章的传统。华文报纸副刊的“考据”传统始于“五四”，“自从五四运动以后，报纸副刊才有做学术研究的”②，而考据正是这些学术研究的主要形式

① 康宁：《儒家诠释学研究》，黑龙江大学出版社，2015年，第47页。

② 钱甫扬：《介绍几种讲考据的报纸副刊》，《图书展望复刊》（第2期），1947年11月19日。

之一。北京的《晨报副刊》、上海的《时事新报》“学灯”副刊中，当时都有很多考据类的文章发表。抗战胜利后报纸副刊考据之风更盛，胡适主持下的《大公报》“文史”周刊、顾颉刚主持下的《益世报》“史苑”副刊等，都以文史考据为主业。[①] 胡适在为《大公报》“文史”周刊所作的《引子》中，阐发了考据对于文史研究的意义：“文化是一点一滴造成的。文化史的研究，依我们的愚见，总免不了无数细小问题的解答……我们颇盼望我们自己能够努力做到一条方法上的共同戒律：‘有几分证据，说几分话。’”[②]当然报纸作为大众媒介，其副刊的受众面广泛，这就要求其中的考据文章既有一定的学术性，又要兼顾可读性，此一文类也形成了华文报纸副刊的一个独特传统。

就20世纪五六十年代“联副”的文学生产来说，文学、文化考据类的文章很多，这一方面是对华文报纸副刊“考据”传统的一种承继，另一方面也是文学创作多受政治掣肘时的一种选择，毕竟考据是对传统文学、文化的一种回溯，与政治意识形态几乎无涉。实际上，清乾嘉时期考据之风的大盛，也正是部分文人为规避创作的政治风险，而躲进书斋钻研故纸堆的结果，“有学问的人，钻入故纸堆中去探索一字一语的问题，就不会招惹来生活上的麻烦。所以清代的考据，在乾（隆）嘉

① 参见钱甫扬：《介绍几种讲考据的报纸副刊》，《图书展望复刊》（第2期），1947年11月19日。

② 转引自汕头大学新国学研究中心：《新国学研究》（第13辑），中国书店，2015年，第187页，原载于1946年10月16日上海《大公报》。

(庆)年间,已很盛行”[①]。该时期“联副”中的考据文章涉及广泛,既包括传统文学作品的相关考据,也包括其他民俗民风、名物等文化事项的考据,从总体上看,这些考据类的文章多选择认知广、趣味性强的事项作为考据对象,属于知识性的考据,多以知识性杂文的方式出现,兼具了学术性与可读性,在读者中也较受欢迎。

“中国的文学传统,源远流长而且作品辉煌,跟世界其他民族相比之下,更显突出。”[②]传统文学名著具有较高的社会认识度,围绕这些经典名著展开的考据,既有学术性又不乏趣味性、可读性,“联副”早期围绕这些经典名著的考据文章很多。如汉镛《西游记新考》,在大胆否定前人有关《西游记》中孙悟空原型考证的基础上,提出了孙悟空的原型是“封神榜书中的梅山七怪之一——袁洪脱化而来”[③]的结论,并且给出了考据《西游记》与《封神榜》后发现的六点证据。笔名虞怡的作者有《封神榜考》[④]、《三国演义考》[⑤]等,属于版本考据。围绕《水浒传》中的人、事、物,曲颖生有系列的考据文章,都涵盖于“水浒人物考释”“水浒事物考释”两个专栏当中,包括了《高俅大方》[⑥]、《天王堂》[⑦]、

① 魏子云:《谈考据》,台湾十八院校百位教授:《中国文学讲话》(第10册),贵州教育出版社,2014年,第480页。

② 杜国清:《现代主义文学论丛 台湾文学与世华文学》,台大出版中心,2015年,第350页。

③ 汉镛:《西游记新考》,《联合副刊》,1952年1月6日。

④ 虞怡:《封神榜考》,《联合副刊》,1952年11月28日。

⑤ 虞怡:《三国演义考》,《联合副刊》,1952年11月29日。

⑥ 曲颖生:《高俅大方》,《联合副刊》,1953年3月2日。

⑦ 曲颖生:《天王堂》,《联合副刊》,1953年3月3日。

《晁盖的绰号》[①]、《吴学究绰号的由来》[②]等文章。这些考据文章都不落俗套，多选择特别的考据对象。比如《吴学究绰号的由来》，并不研究梁山泊军师吴用的“征战计划”“政治建设”等常规题目，而是盯着“他学究一号得名的原委，及他未发迹时，在教育界的地位及情形”[③]这一话题之上，进而考据了宋末的学校体制，整篇文章有一定的学术性，但读来却并不枯燥。1953 年底林海音接编“联副”以后强化文学性，增加文学创作的分量，“但不能完全摒弃非文学性的……总要做到开卷有益，不要消闲性浓才好”[④]，考据类的“泛文学性”内容此后有所减少，但是仍然有一定的分量。如曲颖生的《何以称虎为大虫?》[⑤]，专门考证“何以宋代名虎曰大虫?”的话题。一番考据后，得出了唐以后为避“唐高祖之祖父”讳，而称虎为虫的结论，并遍寻《水浒传》中的多个细节予以证明。一个看似戏谑的题目，却在作者的考据与叙述当中变得颇耐玩味了。梅逊的《梁山泊与凤凰垛》[⑥]一文，则带有较强的主观性，根据文献与民间传说等，考据出那“纵横河港一千条，四下方圆八百里”的梁山泊，其原型本是苏北串汤河中一个名为“凤凰垛”的小土洲。围绕古典名著考据的文章还有很多，比如陈学围绕《三国演义》

---

① 曲颖生:《晁盖的绰号》,《联合副刊》,1953 年 3 月 10 日。

②③ 曲颖生:《吴学究绰号的由来》,《联合副刊》,1953 年 4 月 9 日。

④ 林海音:《流水十年间》,联副三十年文学大系编委会:《联副三十年文学大系 史料卷 风云三十年》,联合报社,1981 年。

⑤ 曲颖生:《何以称虎为大虫?》,《联合副刊》,1954 年 3 月 3 日。

⑥ 梅逊:《梁山泊与凤凰垛》,《联合副刊》,1960 年 11 月 16 日。

的系列考据文章《赤壁之战的真相》[1]、《华容道续谈》[2]等。

传统文学之外,围绕语言、民俗、名物等其他文化事项展开的考据文章也很多。“中华文化的载体,不是别的,正是汉语言文字”[3],博大精深的汉语言文字、词汇附着太多的文化含义,“联副”中该时期考据语言、词汇的文章非常之多。比如《“张三李四”称谓探源》[4],就考察我国语言中以“张三李四”代不确指人物的起源及流变。借助多部古籍的考据,厘清了“张三李四”的称谓自后汉发端至宋代定型的过程。“大方家杂钞”专栏当中,也有不少考据传统语言词汇的文章,比如《“大小”的问题》[5]一文,研讨自古以来中国语言中有关大小便的动名词搭配问题,原本难登大雅之堂的话题,作者却引《庄子》《汉书》等古籍为据论述之,读来不但风趣幽默而且富有知识性。《小姐与小娘子》[6]一文讨论称呼的变迁,《“薪水”非“俸给”》[7]则讨论词汇意义的更迭问题,也都在考据的基础上立论。围绕风物、民俗等其他研究对象的考据文章也不在少数。例如考释传统节日寒食节的《寒食考》[8],笔名磊庵的作者结合对《史记》《左转》《刘向新序》等古籍的考察,探寻传统寒食节的源头及其背后丰富的文化含义,文章学术味道较浓。

---

① 陈学:《赤壁之战的真相》,《联合副刊》,1964 年 9 月 10 日。
② 陈学:《华容道续谈》,《联合副刊》,1964 年 10 月 13 日。
③ 杨匡汉:《中国文化中的台湾文学》,长江文艺出版社,2002 年,第 2 页。
④ 曲颖生:《“张三李四”称谓探源》,《联合副刊》,1953 年 4 月 20 日。
⑤ 大方:《“大小”的问题》,《联合副刊》,1953 年 12 月 29 日。
⑥ 大方:《小姐与小娘子》,《联合副刊》,1953 年 12 月 8 日。
⑦ 大方:《“薪水”非“俸给”》,《联合副刊》,1953 年 12 月 8 日。
⑧ 磊庵:《寒食考》,《联合副刊》,1957 年 4 月 5 日。

传统文化、文学当中有很多关于凤凰的形象,但代表祥瑞的“神鸟”却颇为神秘,历史上究竟有无凤凰鸟,又到底是一种什么样的鸟呢?学之在《凤鸟和风鸟》一文中,开门见山地指出:“我们可以说,我国古人所说的凤凰实际上就是现代人所知道的极乐鸟!”[①]整篇文章结合文献与历史的考据,从凤凰鸟的居处、食物、颜色、鸣声等各个角度考察,有理有据地印证结论,回答了历史的谜题。再如考释具体事物的《裤子考》[②]一文,更是典型的考据类文章。全文引经据典,从多篇古籍的记载当中,梳理出我国服饰当中,下衣从裈、袴再到裤的漫长衍变历程。此类考据性的文章,在“联副”当中还有很多。

2. 轶闻掌故类文章多见

“文化是历史的投影,是历史可以理解的方面”[③],在内蕴丰富,博大精深的中华文化中,各类轶闻掌故往往就作为历史的投影,构成中华文化的组成部分,而且是其中生动活泼而富有生命力的部分。这部分文化资源,历来也是文艺副刊休闲、消遣性内容经营的重点,“联副”当然也不例外。

该时期“联副”中有不少轻松幽默、妙趣横生的轶闻掌故类文章,以我国历史文化当中的旧闻、人物、知识等为大宗,多以小品文的形式出现。尤其是20世纪50年代初期,“联副”中此类文章很多,这也与五四以来华文报纸副刊的传统有关,“副刊逐渐以文艺性、知识性为其

① 学之:《凤鸟和风鸟》,《联合副刊》,1964年7月31日。

② 庄练:《裤子考》,《联合副刊》,1964年9月22日。

③ 陈孔立:《台湾史事解读》,九州出版社,2013年,第46页。

内容走向，并形成中国副刊一种特有的形式，对于1949年后台湾的报纸副刊有着深远的影响”[1]。各类轶闻掌故恰恰是最典型地融合了知识性与趣味性的内容。如棐笃有关历史名人轶事的文章《汲黯魏征韩休之憨直》[2]、《郭子仪守法》[3]等，前者是关于历史上明主与谏臣间的轶事，后者则讲述了中唐名臣郭子仪“知理守法不自骄满”的几件轶事。

20世纪50年代初期，“联副”中有多个以轶闻掌故类文章为主的专栏，比如1952年老彭的“读史小记”专栏、1953年小芋的“切豆腐干室随笔”专栏、王钧的“饮苦茶斋笔记”专栏、1954年的“涵碧楼碎墨”专栏等等，当中分别刊有《萧规曹随》[4]、《贾生痛哭》[5]、《功亏一篑》[6]、《谈隐士》[7]、《捷才》[8]、《苏小妹》[9]等有关历史掌故、人物轶事的文章。与考据类文章不同，轶闻掌故类文章对于稗史、趣闻、传说等，都给予直接地呈现而不事溯源、考据，不具学术目的，以满足读者休闲性、消遣性阅读需求为主。例如在《谈太监》一文中，作者丁冬讲述了“太监”这一我国特有现象的发展历史，行文轻松风趣，所言信马由缰不求

---

① 李宜涯：《从副刊发展看副刊文学的演变》，中国现代文学学会：《海峡两岸文学学术研讨会论文集》2003年3月。

② 棐笃：《汲黯魏征韩休之憨直》，《联合副刊》，1952年7月4日。

③ 棐笃：《郭子仪守法》，《联合副刊》，1952年7月8日。

④ 老彭：《萧规曹随》，《联合副刊》，1952年10月1日。

⑤ 老彭：《贾生痛哭》，《联合副刊》，1952年11月4日。

⑥ 小芋：《功亏一篑》，《联合副刊》，1953年2月14日。

⑦ 王钧：《谈隐士》，《联合副刊》，1953年6月10日。

⑧ 王钧：《捷才》，《联合副刊》，1953年7月16日。

⑨ 磊庵：《苏小妹》，《联合副刊》，1954年4月28日。

证据，谈及太监造成的方式时，甚至说：“我有一个朋友说太监的造成有两种……”[①]再如磊庵的《苏小妹》一文，主要描述了民间有关苏小妹在大洪水中舍身挽救徐州城及百姓的传说，却托词“今身在客中，要供考注的书籍，没有一本……”[②]对苏小妹的真实身份及命运不予考察。

20世纪50年代中期至20世纪60年代初，“联副”中仍有不少轶闻掌故类的文章。比如《清帝与喜鹊》中，作者欣如就“喜鹊，何以独受清帝的优遇呢？”[③]这一问题娓娓道来，讲述了清帝祖先与喜鹊之间的两段渊源，读来饶有趣味。《苏东坡节约》[④]则讲述了苏东坡在被贬黄州后，以各种方式节约度日的轶事。其他还有人物轶闻《曾文正有妾》[⑤]、有关戏曲服装知识的《时世妆》[⑥]、关于唐代杂耍与百戏知识的《唐百戏》[⑦]、朱介凡《窦尔敦·秦翁》[⑧]、庄练《董永与孝感县的遗迹》[⑨]等等。20世纪60年代中期以后，“联副”中直接反映中华文化的轶闻掌故类的文章就显著减少了，与之相对的，像《英国的温莎古堡》[⑩]、李

① 丁冬：《谈太监》，《联合副刊》，1954年3月16日。
② 磊庵：《苏小妹》，《联合副刊》，1954年4月28日。
③ 欣如：《清帝与喜鹊》，《联合副刊》，1955年1月11日。
④ 孟还：《苏东坡节约》，《联合副刊》，1957年8月26日。
⑤ 孟还：《曾文正有妾》，《联合副刊》，1957年8月26日。
⑥ 朴人：《时世妆》，《联合副刊》，1961年11月23日。
⑦ 朴人：《唐百戏》，《联合副刊》，1961年12月15日。
⑧ 朱介凡：《窦尔敦·秦翁》，《联合副刊》，1962年9月3日。
⑨ 庄练：《董永与孝感县的遗迹》，《联合副刊》，1964年1月4日。
⑩ 汉石译：《英国的温莎古堡》，《联合副刊》，1964年3月6日。

嘉《明末日本乞师记》[①]、山译《自由女神像的故事》[②]等等，反映外国名人轶事、趣闻掌故的译介文章却多了起来。这当然与西方文化大量涌入台湾有着密切的关联。

3. 围绕中国传统文学作品的评论颇多

总体上来看，20 世纪五六十年代台湾文学批评很不景气，“台湾文学创作在战斗文艺的氛围中尝试开创文学的各种可能，文学批评却相形荒凉”[③]，这种状况一直持续到 60 年代中期。如郑明娳所言：“文学创作与文学批评应该是辫结式双向成长，文学创作的水平高，就会出现与其相应的批评……”[④]从当时的情况来看，国民党当局迁台后，“在文学方面，不仅查禁‘30 年代’革命文艺，凡‘五四’以来稍有进步意义的作品均不准流传，切断了台湾文学与新文学传统的联系”[⑤]，而当局所提倡的“战斗文艺”虽偶有优秀作品产生，但其风貌单一，艺术价值相对有限，至于其他文学创作尝试，距离产生经典仍需假以时日，因此可供文学批评选择的文本范围的确狭窄。这样看来，20 世纪 60 年代中期之前台湾文学批评凋敝的局面，也就不难理解了。就“联副”来看，20 世纪 50 年代至 60 年代中期，文学批评总体上亦不景气，朝向

---

① 李嘉：《明末日本乞师记》，《联合副刊》，1968 年 4 月 5 日。

② 山译：《自由女神像的故事》，《联合副刊》，1968 年 8 月 4 日。

③ 卢纬雯：《颜元叔与狂飙的文学批评年代》，中兴大学中国文学研究所，2008 年。

④ 郑明娳：《文学现象总序》，《当代台湾文学大系》(2)（文学现象卷），正中书局，1993 年，第 4 页。

⑤ 翁光宇：《台湾新诗简论》，中国世界华文文学学会：《直挂云帆济沧海 世界华文文学研究三十年论文集》，中国文史出版社，2012 年，第 96 页。

中国传统文学尤其是传统经典文学的批评，几乎成为必然的选择，围绕中国传统文学作品所展开的理论研讨与评论所占的分量较重，而这类文学批评无疑也构成了对中华传统文学、文化的一种特殊的回溯。

20 世纪 50 年代“联副”中的文学批评，以古典文学作品为主要对象，多沿用传统的古典文学研究方法，“呈现在其中的更多是‘感悟的灵光’”[①]，也就是以所谓的“印象式批评”为主。研究古典诗词，以短札形式出现的诗话、词话不少。比如曲颖生的《马致远：秋思》[②]，从《秋思》一词说开去，分析唐以来诗词在“辞藻、思想、用韵”等三个方面变化。作为 50 年代“联副”中最重要的古体诗作者，湘阴龙子同时期也开设有“古调今弹”专栏，其中有不少古诗词研究的文章，如《古代情诗溯源》、《古诗中的劳动之声》[③]、《诗史之祖》[④]等。以《古代情诗溯源》为例，该文针对诗歌起源于“劳动之声”或“情爱之声”的争论进行分析，认为：

> 诗所以吟咏性情，两者自然都足为其导火线。但以饮食本身，并无知觉；一日三顿，味太平常；不易挑起诗兴。至于劳动，汗流浃背，恐亦诗兴不多。自不若男女追逐，彼有情，此有意。感人最深，体会最真。而离合悲欢令人歌，令人哭。故推诗之起源，在

---

① 肖瑞峰：《关于古典文学研究方法的思考》，《文艺理论研究》，1985 年第 2 期。

② 曲颖生：《马致远：秋思》，《联合副刊》，1951 年 10 月 9 日。

③ 湘阴龙子：《古诗中的劳动之声》，《联合副刊》，1953 年 8 月 31 日。

④ 湘阴龙子：《诗史之祖》，《联合副刊》，1953 年 9 月 12 日。

食色两字上，色字当是主要导火线。[1]

再如谷怀有一系列讨论"口语诗"的文章，他在《李白的思想与口语文艺》中对"口语文艺"进行了定性："一首好诗，也必然是性灵与情感汇合而成的。性情的自然流露，便是天籁，天籁而形成之于言以成诗，就是口语文艺。"[2]之后还有《女诗人与口语诗》[3]、《宋元词曲与口语文艺》[4]等文章，分别分析了"但见性情，不著文字"的天籁之音的女性诗作，以及"宜于唱"的宋词、"宜于舞"的元曲等"口语文艺"的发展。此一时期"联副"中有关古诗词研究的其他文章，还包括《咏烛诗》[5]、《元曲选释》[6]、《闺情诗》[7]、《谈元曲》[8]、《荔支诗话》[9]（荔支应为荔枝）等。

也有一些研究个体作家与作品的文章，比如在《李清照之文》中，作者钟山不去讨论有着"女词人之祖"之称的李清照的词，而是另辟蹊径，研究李清照的文章。在介绍了《金石录后序》《上内翰綦公启》等几篇出自李清照之手的文章后，认为："足见出她的文字工夫，是怎样

① 湘阴龙子:《古代情诗溯源》,《联合副刊》,1953 年 8 月 3 日。
② 谷怀:《李白的思想与口语文艺》,《联合副刊》,1958 年 9 月 19 日。
③ 谷怀:《女诗人与口语诗》,《联合副刊》,1958 年 11 月 13 日。
④ 谷怀:《宋元词曲与口语文艺》,《联合副刊》,1960 年 11 月 8 日。
⑤ 张瘦碧:《咏烛诗》,《联合副刊》,1951 年 12 月 30 日。
⑥ 容若:《元曲选释》,《联合副刊》,1954 年 2 月 13 日。
⑦ 磊庵:《闺情诗》,《联合副刊》,1957 年 5 月 1 日。
⑧ 谷怀:《谈元曲》,《联合副刊》,1962 年 3 月 28 日。
⑨ 程绮如:《荔支诗话》,《联合副刊》,1964 年 6 月 13 日。

的深厚。”[①]《曹雪芹“举家食粥”》[②]从曹生活境况的角度关照《红楼梦》的具体写作，以及这部巨作的构成与补作的情况。该类文章还有很多，比如《八指头陀及其诗》[③]、《陶渊明诗的欣赏》[④]、《柳永的风流词调》[⑤]、《李义山和他的诗》[⑥]等等。其他围绕传统文学作品所展开的批评还有不少，有评论臧否文学人物的。20世纪50年代早期，石江有一系列针对经典名著中人物的评论。《吕布春秋》[⑦]品评了《三国演义》中的枭雄吕布；《我看宋江》[⑧]一文，以“不正的心术”“为人的阴险”定性《水浒传》的主角宋江。《刘老老》（应系刘姥姥误）则对《红楼梦》中的人物刘姥姥，给出了一些独到的解读，如：“在《红楼梦》作者竭力描写刘姥姥的用意，我以为：要用贫穷人的眼光，观察一下富贵家的荣华，即富贵人们的平淡，便是贫穷人家的新奇……”[⑨]20世纪50年代末葛亮的“水浒传研究”专栏当中，也有一系列品评《水浒传》人物的文章，像《高俅》[⑩]、《宋江能词》[⑪]等等。同类的文章还包括《穆天

① 钟山：《李清照之文》，《联合副刊》，1951年12月16日。
② 姚兆如：《曹雪芹“举家食粥”》，《联合副刊》，1957年12月13日。
③ 蕾芷：《八指头陀及其诗》，《联合副刊》，1957年12月13日。
④ 王贵苓：《陶渊明诗的欣赏》，《联合副刊》，1958年9月25日。
⑤ 谷怀：《柳永的风流词调》，《联合副刊》，1962年11月29日。
⑥ 日宣：《李义山和他的诗》，《联合副刊》，1964年5月16日。
⑦ 石江：《吕布春秋》，《联合副刊》，1952年2月9日。
⑧ 石江：《我看宋江》，《联合副刊》，1952年2月19日。
⑨ 石江：《刘老老》，《联合副刊》，1952年2月29日。
⑩ 葛亮：《高俅》，《联合副刊》，1958年9月1日。
⑪ 葛亮：《宋江能词》，《联合副刊》，1958年9月4日。

子及其他》[1]、《红楼梦的三角恋爱——兼谈宝玉与晴雯的关系》[2]、《论晴雯的头发》[3]、《再论晴雯的头发》[4]等等。

此一时期,"联副"中针对传统文学理论梳理的文章也有一些。比如《性灵》一文开宗明义地说:"为诗须有性灵,为文亦然。"[5]文中通过对不同时期多首古体诗歌的分析,强调"性灵"之于诗、文创作的重要性。再如禾子的《穷而后工》一文,讨论文学史上"穷而后工"的著名命题。从屈原、司马迁、陶渊明到李清照、吴承恩、曹雪芹等,该文对文学史上的典型案例进行梳理,试图剖析出"穷而后工"背后创作与生活关系的普遍规律,认为:

> 理想的幻灭,幸福的消失,旧梦已无法重温,满肚子抑郁牢骚,无法排遣,只有托之于文学。一重重的苦难,压榨出一部部的名作……多难可以兴邦,多难也可以兴文学。[6]

同样进行理论探讨的文章还包括《谈八股文》[7]、《我对"穷而后

① 苏尚耀:《穆天子及其他》,《联合副刊》,1964 年 8 月 3 日。

② 谷怀:《红楼梦的三角恋爱——兼谈宝玉与晴雯的关系》,《联合副刊》,1966 年 4 月 12 日。

③ 林语堂:《论晴雯的头发》,《联合副刊》,1966 年 1 月 24 日。

④ 林语堂:《再论晴雯的头发》,《联合副刊》,1966 年 3 月 21 日。

⑤ 弘今:《性灵》,《联合副刊》,1952 年 5 月 8 日。

⑥ 禾子:《穷而后工》,《联合副刊》,1954 年 2 月 21 日—3 月 2 日。

⑦ 容若:《谈八股文》,《联合副刊》,1953 年 2 月 25 日。

工”的理解》①、《中国俗文学中的人物性格刻画》②、《近视眼——俗文学的人物刻画》③等等。

表3是1952年至1962年间“联副”中文学评论的情况，从中不难发现，20世纪50年代中期以前，“联副”以中国传统文学作品的批评为主，此后外国文学批评多了起来并且逐渐占据了上风。

表3　1952—1962年“联副”文学评论情况④

	文学批评总数（篇）	传统文学批评总数（篇）	占比	外国文学批评总数（篇）	占比
1952	34	20	59%	3	8%
1953	52	26	50%	9	17%
1954	41	9	22%	11	27%
1955	39	2	5%	5	12%
1956	33	4	12%	8	24%
1957	8	5	62%	2	25%
1958	58	12	20%	28	48%
1959	105	3	3%	93	89%
1960	90	2	2%	85	94%
1961	70	8	11%	47	67%
1962	79	8	10%	54	68%

① 魏子云：《我对“穷而后工”的理解》，《联合副刊》，1958年9月29日。
② 娄子匡：《中国俗文学中的人物性格刻画》，《联合副刊》，1963年1月1日。
③ 娄子匡：《近视眼——俗文学的人物刻画》，《联合副刊》，1963年2月11日。
④ 联副三十年文学大系编辑委员会：《联副三十年总目》（上），联合报社，1982年。

20世纪五六十年代，是台湾“反共文艺”政策影响正盛、言论禁锢最炽的时期，文学创作的空间相对有限，加上一批旧学根底较深的作者存在，“联副”的文学生产当中，出现了大量的传统文化考据、轶闻掌故、传统文学批评等类的文章，这些“泛文学性”的内容无疑构成了对中华传统文化的直接回溯，体现了中华文化对于“联副”文学生产最直接的影响。

（三）文学创作中中华文化的痕迹

对于台湾文学生产来说，中华文化的影响远不止前述的“泛文学性”内容方面，也同样深刻影响着文学的创作，“我们可以通过对半个世纪以来台湾文学作品的分析，清楚地看到中国传统文化精神在其中涌动”[①]，这种情况在20世纪五六十年代尤其明显。在该时期“联副”的文学创作当中，就有着大量的中华文化痕迹的存在。

1. 古体诗词的创作

“一个民族的文学，是那个民族的文化的一个璀璨的组成部分”[②]，中国传统文学尤其是古典文学，作为中华文化的一部分，深刻影响着包括台湾文学在内的文学创作活动。20世纪五六十年代，特别是20世纪50年代早期，“联副”的文学创作当中有着不少古典文学、传统文化的印记。

---

① 蓝天：《台湾文学场域的中国文化属性》，《南京师大学报》（社会科学版），2009年第2期。

② 陈映真：《中华文化和台湾文学》，《世界华文文学论坛》，2005年第4期。

20世纪50年代“联副”文学创作受传统文学影响，印记最鲜明的当数古体诗词的创作。就台湾文坛来看，新、旧诗创作的沿革与变迁情况较为复杂，经历过五四新文学革命、新/旧诗论战以及二战后的“国语运动”等变革，旧诗创作“不得不面对旧诗已属白话文学对立物的尴尬性，因为这样的古典文体，与国语运动言文一致体的现代化理想，显然有所背离”[①]，因此台湾光复之后旧诗社以及旧诗创作逐渐式微。文学媒介也减少了对旧诗词的刊载，黄美娥研究《新风》月刊时就发现，在两个月内其征稿启事中有关旧诗词的部分，就从“‘古风律绝皆可’”变为了“‘唯文言文有新思想者，亦为本刊所欢迎’”[②]。她分析道：“透过两期征稿说明，可以清楚看到以文言文为创作体类的古典文学，虽然可以因为承载新思想而不致在战后初期的新时代里被摒弃，但其地位已远逊于白话文了。”[③]然而20世纪50年代中期以前，“联副”当中仍有一定量的旧体诗词刊载。

该时期“联副”作者中从事旧体诗创作，最具代表性的要数湘阴龙子了。20世纪50年代中期之前他的旧体诗词较为密集地出现在“联副”当中。前文中提到过他的“反共”旧体诗创作，包括《还俗尼》[④]、《华屋泪》[⑤]、《秧歌怨》[⑥]、《英·雄·带》[⑦]等不少。湘阴龙子本人也说

①②③　黄美娥：《战后台湾文学典范的建构与挑战：从鲁迅到于右任——兼论新/旧文学的消长》，《台湾史研究》，2015年第4期。

④　湘阴龙子：《还俗尼》，《联合副刊》，1951年9月23日。

⑤　湘阴龙子：《华屋泪》，《联合副刊》，1951年10月16日。

⑥　湘阴龙子：《秧歌怨》，《联合副刊》，1953年2月28日。

⑦　湘阴龙子：《英·雄·带》，《联合副刊》，1953年3月5日。

这些诗词:“纪述‘匪党’统治大陆初期暴行”[①],属于“反共文学”的行列。但其“新乐府”旧体诗的特征却非常之鲜明,既有作为采诗说明的诗序,也有讽刺的基调和“以视点的第三人称化和场面的客体化为主”的表现样式[②]。“反共”主题之外,湘阴龙子的旧体诗词创作还包括不少吟咏风物、寄情山水的律诗,如《龙山寺夜景》[③]、《夜游淡水河边小巷陌》[④]、《春雨到基隆》[⑤]等。关于湘阴龙子的古体诗词创作,同时期“联副”中的一篇评论认为:“取材都是眼前事物,写新意,创新格,只为学力到,笔力健,思想深,感情富,善于胎息古人,而不着痕迹。不但确实做到旧瓶装新酒,而且装的,都是佳酿。”[⑥]抛开意识形态的考量,该评论对湘阴龙子创作的评价比较中肯。该时期其他作者如方希陆、郭敏行等人,也有较多古体诗词刊于“联副”,比如《端节感怀》[⑦]、《北投之夜》[⑧]、《江干赋别》[⑨]、《秋怀》[⑩]等,个体作者偶发性的创作也还有一些,这当中既有律诗也有词,在格律、韵味与风格等方面都较为严格地因循了古典诗词的审美规范。虽然旧体诗词的创作在该时期的“联副”当中已沦为边缘性的存在,且数量分布也很不平均,1953 年有 52

---

① 湘阴龙子:《秧歌怨》,《联合副刊》,1953 年 2 月 28 日。
② 参见葛晓音:《新乐府的缘起和界定》,《中国社会科学》,1995 年第 3 期。
③ 湘阴龙子:《龙山寺夜景》,《联合副刊》,1951 年 12 月 30 日。
④ 湘阴龙子:《夜游淡水河边小巷陌》,《联合副刊》,1952 年 1 月 4 日。
⑤ 湘阴龙子:《春雨到基隆》,《联合副刊》,1952 年 4 月 13 日。
⑥ 禅叟:《勉励湘阴龙子》,《联合副刊》,1952 年 1 月 11 日。
⑦ 方希陆:《端节感怀》,《联合副刊》,1953 年 6 月 15 日。
⑧ 方希陆:《北投之夜》,《联合副刊》,1953 年 7 月 1 日。
⑨ 郭敏行:《江干赋别》,《联合副刊》,1953 年 8 月 3 日。
⑩ 郭敏行:《秋怀》,《联合副刊》,1953 年 9 月 16 日。

篇古体诗词刊载，而到了1954年全年仅有《文天祥劝农诗》[①]一首了，但是从总体上来看仍保有一定的数量，在全新的文化语境下，这些旧体诗词的创作无疑体现着传统文化、古典文学影响的绵延。

2.“故事新编体”小说的盛行

“联副”中受古典文学、传统文化影响的还有另一类创作——故事新编体小说，“所谓故事新编体小说，是指以小说的形式对古代历史文献、神话、传说、典籍、人物进行的有意识的改编或重写”[②]。20世纪50年代初期，“联副”的“故事新编”专栏中连续密集地刊载此类小说。比如《夫子浮海》[③]就改编孔夫子及众弟子的故事，讽刺大陆的土改运动与文化改革。小说《宝玉出家》[④]则将古典名著《红楼梦》贾府诸人物搬到了台湾，宝玉成为一个崇洋媚外的公子哥，最终当了洋和尚——信教后出国去了，小说目的在于讽刺当时台湾日益严重的崇洋媚外的社会风气。该专栏中还有不少同类型小说，比如《西门大郎归来》[⑤]、《宋江晋京》[⑥]等，甚至到了1957年还有小说《云长拒婚》[⑦]。另外，在“旧史新绎”专栏中也有《黄巢决策记》[⑧]、《再上梁山》[⑨]等小说，

① 大夏:《文天祥劝农诗》,《联合副刊》,1954年11月23日。

② 杨灿:《论故事新编体〈青蛇〉的叙事手法》,《中南大学学报》(社会科学版),2008年第3期。

③ 风力:《夫子浮海》,《联合副刊》,1951年9月29日。

④ 花郎:《宝玉出家》,《联合副刊》,1953年2月9日。

⑤ 花郎:《西门大郎归来》,《联合副刊》,1953年4月7日。

⑥ 昔云:《宋江晋京》,《联合副刊》,1953年4月15日。

⑦ 菲夫:《云长拒婚》,《联合副刊》,1957年8月23日。

⑧ 秉逭:《黄巢决策记》,《联合副刊》,1953年4月11日。

⑨ 王千:《再上梁山》,《联合副刊》,1953年3月31日。

还有以单篇形式存在的《孔子逃出铁幕》[①]、《宋江碰壁》[②]、《孔子囤粮记》[③]等，同样属于“故事新编体”小说。此类小说都是从传统文学、历史文献当中寻找“文学母题”与“故事原型”，“打破固有的时空观念，把古时和今时、古事和今事糅合在一起”[④]，在对“原型”的模仿与改造中生成了新的文学含义。这些小说多有着较为强烈的批判色彩，部分着意于批判、针砭当时台湾社会的不良风气，更多的则属于“反共小说”，抛开意识形态属性不论，其对古典文学、传统文化的承袭却是不言而喻的。

3.“乡愁”主题散文的高产

中华民族历来是一个安土重迁的民族，其成员对土地都有着深深的眷恋，“乡土情结”浓厚，一旦离开原生土地就会不断地牵动乡愁，这些都沉淀于中华文化当中，反映在文学上就是形成了绵延不绝的“乡愁”文学传统。“乡愁”之音，自古以来就在诗词歌赋等各类文学作品当中不绝于耳，形成了我国文学中的“乡愁”母题，“‘乡愁’的音响一直在中华文学传统的城堡上空萦绕，也一直在‘中国文学的游牧民族’的心灵深处回荡”[⑤]。1949 年国共内战结束后，大批“文人”“武士”跟随国民党当局迁往台湾，并从此长久切断了与大陆故土、亲人的联系。“乡愁”的文化基因作用在这群经历离散的人身上，“他们全是失掉根

① 燕南:《孔子逃出铁幕》,《联合副刊》,1953 年 4 月 10 日。
② 燕南:《宋江碰壁》,《联合副刊》,1953 年 4 月 19 日。
③ 燕南:《孔子囤粮记》,《联合副刊》,1953 年 4 月 24 日。
④ 汤哲声:《故事新编:中国现代小说的一种文体》,《明清小说研究》,2001 年第 1 期。
⑤ 杨匡汉:《中华文化母题与海外华文文学》,长江文艺出版社,2008 年,第 57 页。

的人；他们全患思乡‘病’；他们全渴望有一天回老家”[1]，于是他们“创作了大量的文学作品，表达对大陆故土的思念、两岸隔绝的感伤和思乡不得归的无奈，掀起了台湾文学‘怀乡’书写的高潮”[2]。就“联副”来看，20世纪五六十年代的文学生产当中有大量“乡愁”主题的作品产生，以散文创作为主。

有关家乡的记忆，直接呈现乡愁的散文在该时期的“联副”中很多。经历羁旅、离散之后的游子，直接在纸上筑起了“望乡之台”。例如《岁暮乡思》[3]、《忆扬州》[4]、《故乡》[5]、《故园之思》等，每一篇都是直抒胸臆的“乡愁”散文。以《故园之思》为例，开头写道：

> 每次，当我想到我离乡别井，避难来台，转瞬已经十年时，就忍不住泫然欲涕；我怀念着故园的每一寸土地和一草一木，以及逝去了的许多在家乡时的美好日子。[6]

在开门见山的寥寥数语间，毕璞道尽了“游子”共同的刻骨乡愁与由此产生的创作冲动。同类的散文还包括《乡思》[7]、《故乡》等等很

---

① 聂华苓：《台湾轶事：短篇小说集前言》，北京出版社，1980年，第2页。
② 黄诗娴：《台湾现代诗中的“返乡”书写——以三首长城记游诗为例》，《台湾诗学学刊》，2016年第28期。
③ 雪茵：《岁暮乡思》，《联合副刊》，1954年1月13日。
④ 虞汝扬：《忆扬州》，《联合副刊》，1954年1月22日。
⑤ 谢冰莹：《故乡》，《联合副刊》，1958年9月8日。
⑥ 毕璞：《故园之思》，《联合副刊》，1959年8月7日。
⑦ 萧白：《乡思》，《联合副刊》，1966年4月6日。

多。同样是别离，内战后来台的"移民"所牵动的乡愁却格外不同，正如任毕明在《故乡》中说的："著名的王粲登楼赋，是代表千古游子离人思乡之作，但古人这种思，不过是一时的关山阻隔，其极也不过是谪宦、边戍、兵乱，尚不致与故乡分为两个世界"①，显然任毕明们所面对的是另外一个世界的故乡——回不去的故乡，所牵动的乡愁自然更是书不尽，道不完。

"乡愁"本是一种抽象的情愫，却常常被人们投射在具体的事物、事象之上，这些事象也成了寄托乡思、乡愁的载体，对这些"富于民族色彩故国风物"②的回忆与描摹，也构成了该时期"联副"中另一类重要的乡愁散文类型。早期的如《冻梨》，从其结尾处就不难嗅出浓浓的乡愁味道：

> 来台后，已数年。每至冬日，尤近旧年，就想起冻梨来！这儿虽有凤梨，然味道不同的呀！何况冻梨吃前，还有一段有趣的处置呢！如今思起，更倍增回乡之念。但愿下个冬日，能围炉吃冻梨。③

正所谓"月是故乡明""水是故乡甜"，故乡的一切在"乡愁"的浸润下，都变得美好起来了，在《柳的怀念》中故乡的柳分外婀娜：

① 任毕明：《故乡》，《联合副刊》，1966年6月8日。
② 徐学：《当代台湾文学与中华文化》，鹭江出版社，2007年，第26页。
③ 戈歌：《冻梨》，《联合副刊》，1953年2月10日。

台湾似乎很少看到柳,但在我们江南地方,无论乡村城郭,大都种植着杨柳,春天来时,随风摇曳,那舒徐的绿意和婀娜柔媚的姿态,正如一位明眸皓齿的娴雅少女……①

在立礎的《金针忆》《沙冻瓜》②中,记忆里两种食物的美味,后来在台湾却再难尝到了,作者思考其中原因:"不知是客地心情的作祟?抑或是味觉的改变?总觉得缺少它原来那股清新浓郁味。"③回忆中那些食物的美味,当然有着乡愁作为佐料。此类乡愁散文在该时期的"联副"中很普遍,还包括《故乡的苹果》④、《话雪》⑤、《故乡的集会》⑥、《上海的秋天》⑦、《柳笛》⑧等等。

一些专栏中更有系列化的乡愁散文刊载。早期的如1954年3、4月的《故都揽胜》专栏中,连续有散文介绍潭柘寺、戒坛寺、居庸关、八达岭等北京的名胜古迹,在访古、揽胜与知识散播中传递着乡愁。林海音称北平为"我的第二故乡"⑨,20世纪60年代初她在"联副"中有

① 蕾芷:《柳的怀念》,《联合副刊》,1957年4月18日。
② 立礎:《沙冻瓜》,《联合副刊》,1962年8月1日。
③ 立礎:《金针忆》,《联合副刊》,1959年11月27日。
④ 薛振家:《故乡的苹果》,《联合副刊》,1955年2月16日。
⑤ 方舟:《话雪》,《联合副刊》,1956年1月20日。
⑥ 杨念慈:《故乡的集会》,《联合副刊》,1957年9月13日。
⑦ 盛爱耐:《上海的秋天》,《联合副刊》,1958年10月14日。
⑧ 立礎:《柳笛》,《联合副刊》,1962年4月22日。
⑨ 林海音:《城南旧事》,海豚出版社,2015年,第188页。

"北平漫笔"专栏,接连刊载《换取灯儿的》[①]、《看华表》[②]、《陈谷子、烂芝麻》等多篇散文,在对古都风物记忆的细致书写中,纾解着对第二故乡浓浓的乡愁。就像她在《陈谷子、烂芝麻》中写到的:"我漫写北平,是为了多么想念她,写一写我对那地方的情感,情感发泄在格子稿纸上,苦思的心情就会好些。"[③]散文名家琦君有《晒晒暖》[④]、《小时候》[⑤]等散文,将故乡浙江永嘉的生活记忆写得温馨动人。梅逊也有系列散文包括《玉蜀黍的怀念》、《看收》[⑥]、《祖父的槽坊》[⑦]等等,也很具有代表性。以《玉蜀黍的怀念》为例,开头就溢满了浓浓的乡愁:

> 傍晚回家,在巷口的手推车上买了一支煮玉蜀黍。剥开那层层的黍衣,也剥开了我萦怀的乡思。——啊!我的心又飞回到千里外,一别廿余年的故乡去了![⑧]

由于乡愁文学在台湾的盛行,甚至有人认为:"人们可以将当代台湾文学称为一种乡愁文学。"[⑨]20 世纪五六十年代"联副"的文学创作,

---

① 林海音:《换取灯儿的》,《联合副刊》,1961 年 11 月 4 日。
② 林海音:《看华表》,《联合副刊》,1961 年 11 月 5 日。
③ 林海音:《陈谷子、烂芝麻》,《联合副刊》,1961 年 11 月 5 日。
④ 琦君:《晒晒暖》,《联合副刊》,1962 年 1 月 13 日。
⑤ 琦君:《小时候》,《联合副刊》,1962 年 2 月 20 日。
⑥ 梅逊:《看收》,《联合副刊》,1963 年 4 月 4 日。
⑦ 梅逊:《祖父的槽坊》,《联合副刊》,1963 年 4 月 20 日。
⑧ 梅逊:《玉蜀黍的怀念》,《联合副刊》,1961 年 1 月 28 日。
⑨ 徐学:《当代台湾文学与中华文化》,鹭江出版社,2007 年,第 26 页。

尤其是散文“作品满溢着怀乡之情、忧国之思，题材颇多为故国山河的眷念，战乱流离的漂泊”①，这一切无疑是传统文学“乡愁”命题的新发展，是中华传统乡土文化影响的文学表征。

中华文化源远流长，其对台湾文学生产的影响一直存在，20世纪五六十年代“联副”的创作班底中有不少迁台的“文人”“武士”，更使得这种影响在该时期“联副”的文学生产中体现得淋漓极致。“当意识形态的符咒还严重紧箍台湾”②，“反共文学”与“战斗文艺”仍然充斥文坛之时，正是中华传统文化、传统文学为“联副”的文学生产提供了最初的滋养，“展现在文学生产场域里，则常常是对连带的历史谱系、创作类型——甚至包括容易附会的文学传统细微支流——赋予正当性，承认其美学资源的时令价值（民间文学、‘中国传统文化’、抒情传统）”③，由此生成了上述传统文化直接呈现的“泛文学”，以及古体诗词、乡愁文学等文学景观。吹尽政治的沙粒，上述诸多文学与“泛文学”景观，也是该时期“联副”文学生产中具有较高艺术价值的部分，穿透那些文字的表面我们不难看到中华文化、文学的底色，嗅出中华文化的馨香。

---

① 联副三十年文学大系编辑委员会：《风云三十年》，联合报社，1982年，第3页。

② 张黛芬：《台湾文学：特定的民族文化形态》，《世界华文文学》，2001年第3期。

③ ［美］张诵圣：《当代台湾文学场域》，江苏大学出版社，2015年，第291页。

二、“横的移植”与“联副”文学生产

考察“联副”20世纪五六十年代的文学生产，有一个基本的印象，就是50年代中期以后，给“联副”以最初滋养的中华传统文化、文学的痕迹渐淡，与之相对的是外国文学作品、评论以及文化现象的译介大大增加，出现了一定量的现代主义风格的文学创作。从“联副”文学生产的外围权力场来看，“这段时间的政治氛围与社会经济环境没有太大的变化”①，造成“联副”文学生产变局的直接原因，无疑是西方文化、文艺思潮的引入。

由于政治的原因，造成了台湾20世纪五六十年代文化的窘境，“一方面由于与大陆隔绝，文化传统有了断层，一方面由于政治挂帅造成思想真空”②。当西方文化、思想随着美援大量涌入台湾，当局“对于一般的西方文化采取放任自流的不设防的态度”③，“加上没有本土思想资源与之抗衡”④，西方文化与思潮迅速成了填补台湾“思想真空”的文化资源。台湾文学因此受到狂飙式欧风美雨的洗礼，“在文学

① 中国现代文学学会：《海峡两岸文学学术研讨会论文集》，2003年。

② 杜国清：《现代主义文学论丛 台湾文学与世华文学》，台大出版中心，2015年，第348页。

③ 朱双一：《当代台湾文化思潮与文学》，《华文文学》，2007年第1期。

④ 林丹娅：《台湾女性文学史》，厦门大学出版社，2015年，第179页。

创作上拒绝纵的继承，主张横的移植”[①]，甚至出现了“全盘西化”的趋势，“联副”的文学生产同样呈现出了不同以往的气象。

(一)外国文学作品的大量译介

外国文化、文学涌入台湾，译介是最直接的方式之一。事实上，“台湾文学发展的空间极为狭窄，更谈不上对外国文学的翻译与研究”[②]，直到20世纪50年代中期以后，这类翻译才多了起来。“联副”在林海音的主持下率先加强了对国外文学作品的翻译与刊载，“当时，除了小说、散文及诗歌之外，林海音也介绍外国作品，报道外国文坛，可谓开风气之先”[③]。陈芳明在谈到林海音主持“联副”的成绩时也说：“林海音也重视国际文坛动态，译介外国文学作品的数量，也是当时报刊杂志中最为可观的。”[④]在第二章中，我们从文学生产经济价值的角度，谈到该时期“联副”对外国畅销小说译介的加强，实际上，散文、小说等各类外国文学作品的译介都多起来了，西方文化、文学的影响在传播中扩散开来。

---

① 杜国清：《现代主义文学论丛 台湾文学与世华文学》，台大出版中心，2015年，第348页。

② 查建明：《一苇杭之》，中央编译出版社，2014年，第361页。

③ 夏祖丽：《从城南走来——林海音传》，生活·读书·新知三联书店，2003年，第140页。

④ 陈芳明：《台湾新文学史系列 五〇年代的文学局限与突破》，《联合文学》，第200期，2001年6月。

表 4　1952—1963 年“联副”中小说译介情况表[①]

	小说总数(篇)	译介小说总数(篇)	占比
1952	348	53	15%
1953	297	56	18%
1954	232	70	30%
1955	147	43	29%
1956	144	30	21%
1957	202	58	29%
1958	230	43	19%
1959	263	56	21%
1960	279	62	22%
1961	230	52	23%
1962	190	30	16%
1963	184	41	22%

以 20 世纪五六十年代“联副”中译介的大宗——小说为例(见表 4)。自 1953 年底林海音接编“联副”起,外国小说的译介就长期保持了较高的比重。有过记者从业经验的林海音,将报纸对新闻“时新性”的要求,也带到了对外国文学作品、评论等翻译的选择中,“《联合副刊》介绍的小说多半是新的,所谓新的,是指新近出版的,叙述的事情是现代的”[②],林海音去职后这一标准仍然得到坚持,因此该时期“联

① 参见联副三十年文学大系编辑委员会:《联副三十年总目》(上),联合报社,1982 年。
② 江森:《〈神学小说:圣徒与魔鬼〉序》,《联合副刊》,1960 年 6 月 16 日。

副”中译介的小说多数都紧跟国外文坛的潮流。20 世纪 60 年代中期以前，“联副”中译介小说以欧美作品居多，单看代表性的中长篇译介就包括赛珍珠的《孤女黛娜》[①]、《中美儿女》[②]、韩素英的《再生缘》[③]、福克纳的《两兵士》[④]、毛瑞克（也译为莫瑞亚克）的《爱之荒漠》[⑤]、纪德的《遣悲怀》[⑥]、施透林诺斯的《浣熊与我》[⑦]、Frederick Ayer Jr. 的《镜中人》[⑧]等。该时期，日本小说也被大量译介到“联副”当中。

日本曾经对台殖民，反而造成了一些人在翻译上的语言优势，比如钟肇政、郑清文、施翠峰、廖清秀等人，都利用这一优势在该时期的“联副”中，译介了不少日本作家的作品。钟肇政更是以路家为笔名，从译介《脱衣舞娘》[⑨]、《冰壁》[⑩]等日文小说开始登陆“联副”，进而再以创作登上台湾文坛。就中长篇小说来看，除了第二章中提到的一些日本畅销小说的译介外，还有《女囚泪》[⑪]、《异乡人》[⑫]、《轮唱》[⑬]等等，

---

① ［美］赛珍珠：《孤女黛娜》，骆译，《联合副刊》，1953 年 4 月 9 日—9 月 17 日。

② ［美］赛珍珠：《中美儿女》，敏子译，《联合副刊》，1954 年 2 月 13 日—3 月 9 日。

③ ［美］韩素英：《再生缘》，杨子译，《联合副刊》，1955 年 10 月 20 日—1956 年 2 月 5 日。

④ ［美］福克纳：《两兵士》，何欣译，《联合副刊》，1956 年 2 月 18 日—28 日。

⑤ ［法］毛瑞克：《爱之荒漠》，卢陵译，《联合副刊》，1958 年 9 月 2 日—12 月 8 日。

⑥ ［法］纪德：《遣悲怀》，聂华苓译，《联合副刊》，1960 年 10 月 16 日—11 月 19 日。

⑦ ［美］施透林诺斯：《浣熊与我》，林滢译，《联合副刊》，1963 年 10 月 8 日—20 日。

⑧ ［美］Frederick Ayer Jr：《镜中人》，秋水译，《联合副刊》，1965 年 11 月 27 日—1966 年 4 月 18 日。

⑨ ［日］武藤原介：《脱衣舞娘》，路家译，《联合副刊》，1957 年 5 月 13 日。

⑩ ［日］井上靖：《冰壁》，路家译，《联合副刊》，1959 年 9 月 22 日—1960 年 3 月 10 日。

⑪ ［日］田中澄江：《女囚泪》，何吟译，《联合副刊》，1956 年 11 月 27 日—12 月 9 日。

⑫ ［法］卡缪：《异乡人》，施翠峰译，《联合副刊》，1958 年 3 月 10 日—5 月 2 日。

⑬ ［日］原田康子：《轮唱》，郑清茂译，《联合副刊》，1961 年 3 月 6 日—6 月 28 日。

20世纪60年代中期以后,“联副”中日本小说译介更盛,代表性的中长篇就有朱佩兰译介的《冻原》[①]、《积木箱》[②]等等。

中长篇小说译介之外,该时期“联副”中一日即可刊完的外国短篇小说、散文译介更多,比较起来诗歌的翻译就显得少了,自1955年至1965年总共不过16首而已,这是因为诗歌的翻译与讨论,主要在该时期兴起的诗社同仁刊物中进行。该时期“联副”中欧美及日本文学作品的大量翻译、引介,无疑是外国文学、文化与“联副”文学生产的一种特殊互动,在互动当中,外国文学的诸多景观都被呈现在了“联副”读者面前,其中就包括对台湾文坛影响甚大的现代主义风格作品的译介。就中长篇小说译介来看,上述福克纳、毛瑞克、纪德等人的作品,以及施翠峰转译自日文的加缪的作品等,都是典型的现代主义风格的小说。在政治高压所造成的“文化真空”中,台湾文学界尤其是青年作家,将外国作家作品视为模仿对象,从外国尤其是西方文学、文化中汲取“养分”,几乎成为必然的选择。聂华苓根据自身的经历说过:“没有直接的文化遗产可以继承、模仿,我们唯一的方法就是向西方学习。”[③]针对被切断了文化脐带的青年世代作家当时的境遇,吕正惠也有过类似的论述:“这使得新进作家无形中减少了许许多多学习的对

① [日]生田直亲、北村鳟夫:《冻原》,朱佩兰译,《联合副刊》,1967年3月22日—6月1日。

② [日]三浦绫子:《积木箱》,朱佩兰译,《联合副刊》,1967年6月18日—10月26日。

③ 梦花:《最美的颜色——聂华苓自传》,江苏文艺出版社,2000年,第297页。

象,只能以外国作家作为主要的模范。”①“联副”作为该时期译介外国文学作品有着“开风气之先”地位的媒介,显而易见地成为“横的移植”的重要通道之一。

(二)外国文学批评与理论译介的增加

外国文化、文学与“联副”文学生产互动的另一个重要表现,是外国文学批评、理论译介的大量增加。从表3中我们不难发现,自20世纪50年代中期起,“联副”中外国文学评论及理论译介的分量大幅增加了,这种情况一直持续到60年代中期。如果说文学作品的译介,为台湾作家提供了可资模仿的样板的话,那么外国文学批评与文艺理论的译介,则为患“文化营养不良”症的台湾青年作家,直接提供了替代性的文化“营养管道”,“联副”就是当时这些“管道”中重要的一条。

1. 外国文学评论的增加

20世纪50年代中期以后,随着“联副”中外国文学作品译介增加,译者或“联副”编者往往会为一些重要作品配上相应的评论,介绍作家作品、风格流派等等,以配合这些作品的阅读。例如《欧美畅销小说海滨梦痕》②,是编者为配合小说《海滨梦痕》的连载而做的评论,在介绍小说主要内容之外,也分析了法国女小说家萨冈的生平与创作风

① 吕正惠:《西方文学翻译在台湾》,封德屏:《台湾文学出版——五十年来台湾文学研讨会论文集》,“行政院”文化建设委员会,1996年,第238页。

② 编者:《欧美畅销小说海滨梦痕》,《联合副刊》,1955年8月16日。

格。《关于〈异乡人〉》[1]中,译者施翠峰介绍了加缪《异乡人》的创作背景及小说基本内容,另外重点分析了作品“在目前还不易完全为东方读者所了解”[2]的存在主义的思想及其风格特点。类似配合作品译介的文学评论还有:《福克纳简介》[3]、《当今日本文坛的一朵奇葩〈挽歌〉》[4]、《原田康子与日本文坛》[5]、《善意的欺诈》[6]等。

20世纪50年代末起,“联副”中以研究为目的的外国文学评论及译介也多了起来。比较有代表性的如王镇国的“西洋文学名著”专栏,自1958年11月的《榆荫情欲》[7]起至1963年1月的《讲故事的人》[8]止,共连载四年有余,主要“以故事体裁,介绍闻名世界的小说、戏剧、神话、史诗等的内容及作者简介”[9],对作家、作品也有一定的分析与评价,“这原是他为广播电台编写的,材料很完整,可以作为西洋名著的资料,也很有可读性”[10]。再如文艺理论与翻译家何欣[11],该时期也有很多外国文学的评论及译介刊于“联副”,如《法国当代小说家毛瑞

①② 施翠峰:《关于〈异乡人〉》,《联合副刊》,1958年3月10日。

③ 何欣:《福克纳简介》,《联合副刊》,1956年2月18日。

④ 郑清茂:《当今日本文坛的一朵奇葩〈挽歌〉》,《联合副刊》,1958年8月7日。

⑤ 郑清茂:《原田康子与日本文坛》,《联合副刊》,1961年8月18日。

⑥ 丁树南:《善意的欺诈》,《联合副刊》,1964年5月14日。

⑦ 王镇国:《榆荫情欲》,《联合副刊》,1958年11月24日。

⑧ 王镇国:《讲故事的人》,《联合副刊》,1963年1月12日。

⑨ 王镇国:《关于〈西洋文学名著〉简介》,《联合副刊》,1958年11月24日。

⑩ 林海音:《流水十年间》,联副三十年文学大系编委会:《联副三十年文学大系 史料卷 风云三十年》,联合报社,1981年。

⑪ 何欣(1922—1998),河北深泽人,西北联大师范学院毕业,1946年随父到台湾,以“江森”“禾辛”“禾”等笔名译介了大量西洋文学作品、评论及理论。

克评介》[1]、《毛姆的最后的作品》[2]、《迟延的〈顿河收获季〉》[3]等。20世纪60年代中期到1967年底，崔万秋则在“日本见闻记”专栏中，大量译介了日本文学的评论，比如有《谷崎润一郎的文学》[4]、《武者小路实笃的文学》[5]、《文学独自性之提倡——坪内逍遥的文学》[6]等。至于《托尔斯泰及〈战争与和平〉》[7]、《狂驰的马车——兼介〈卡拉马佐夫兄弟们〉》[8]、《评介〈冷战谍魂〉》[9]等，以单篇形式出现的外国文学评论与译介更多。

2. 外国文学理论及相关译介颇多

处于“文化真空”中的20世纪五六十年代的台湾文学生产，在取得相应成绩的同时，也存在着严重的问题：“沉闷、八股的‘反共文艺’政策使人反感，政治的敏感使人禁声，旧有的儒家教诲也多少跟不上社会的需要，因此寻找思想依归的出口变成是最为急切的课题”[10]。因此外国尤其是西方文学理论与思潮的引进几成必然，台湾“六〇年

---

① Manlnier:《法国当代小说家毛瑞克评介》，何欣译，《联合副刊》，1958年9月1日。

② 禾:《毛姆的最后的作品》，《联合副刊》，1959年4月27日。

③ 禾译:《迟延的〈顿河收获季〉》，《联合副刊》，1961年2月25日。

④ 崔万秋:《谷崎润一郎的文学》，《联合副刊》，1965年9月19日。

⑤ 崔万秋:《武者小路实笃的文学》，《联合副刊》，1966年3月5日。

⑥ 崔万秋:《文学独自性之提倡——坪内逍遥的文学》，《联合副刊》，1967年9月18日。

⑦ 华明:《托尔斯泰及〈战争与和平〉》，《联合副刊》，1957年5月1日。

⑧ 田先进:《狂驰的马车——兼介〈卡拉马佐夫兄弟们〉》，《联合副刊》，1961年5月5日。

⑨ ［俄］安东尼巴契作:《评介〈冷战谍魂〉》，《联合副刊》，1964年3月27日。

⑩ 陈美美:《台湾现代主义文学的萌芽与再起》，佛光人文社会学院文学研究所硕士论文，2004年。

代对西方文学理论的接受是敞开双臂、是拥抱的”[1],自20世纪50年代末起,“联副”中外国文学理论的研究与译介就多了起来,并且呈现出系统性的特点。

该时期在文学理论译介方面,丁树南[2]最具代表性,自1960年初至1963年初,他在“联副”中开设“写作浅谈译丛”专栏,以树南为笔名翻译西方文学理论文章共计67篇,“丁树南特选译许多国外对指导学习写作的文章,必要时译者夹译夹叙,总题目叫‘写作浅谈’”[3],这些翻译以文学科普为目标,往往“译叙结合”,体现出完整性与系统性的特点。比如其对小说理论的译介就包括:《开端和结尾》[4]、《小说的高潮》[5]、《小说的对话》[6]、《审查你的小说》[7]等。丁树南也较早地关注到了国外“小小说”的理论与创作实践,相关译介包括:《谈小小说》[8]、《小小说范例剖析》[9]、《小小说欣赏》[10]等,这些对日后台湾“小

---

① 卢纬雯:《颜元叔与狂飙的文学批评年代》,中兴大学中国文学研究所硕士论文,2008年。

② 丁树南笔名树南,福建福州人,1923年8月出生,1947年2月赴台。年轻时喜好小说创作,作品散见于各报副刊。中年后兴趣转向翻译与理论评介,有多种写作理论翻译问世,尤其是其翻译的《小小说的写作与欣赏》,对于台湾小小说及后来“极短篇”创作都产生过重要影响。

③ 林海音:《流水十年间——主编联副杂忆》,联副三十年文学大系编辑委员会:《风云三十年——联副三十年文学大系史料卷》,联合报社,1982年。

④ Naomi Lane Babson:《开端和结尾》,《联合副刊》,1960年4月13日。

⑤ Lean Clark:《小说的高潮》,树南译,《联合副刊》,1960年5月9日。

⑥ Eloise Jarvis Mcgraw:《小说的对话》,树南译,《联合副刊》,1960年8月24日。

⑦ Edward S. Fox:《审查你的小说》,树南译,《联合副刊》,1961年3月2日。

⑧ Robert Oberfirst:《谈小小说》,树南译,《联合副刊》,1960年11月4日。

⑨ [美]奥斐柏士特:《小小说范例剖析》,树南译,《联合副刊》,1960年11月6日。

⑩ Eloise Jarvis Mcgraw:《小小说欣赏》,树南译,《联合副刊》,1962年1月31日。

小说”及“极短篇”小说创作的启动不无影响。徐澄也有《创作之道》[①]、《作家与环境》[②]、《谈游记文学》[③]等文学理论与译介发表。其他还有宣诚、何欣、叶珊等人的理论与译介刊载，“联副”中西方文学理论与译介的高潮持续到1963年林海音去职前后，此后崔万秋还有不少从比较文学的角度（日本文学与其他国家文学）进行理论研讨。

“联副”与外国文化互动还有一个突出表现，就是西方现代主义文学理论与思潮的引入，在上述内容中占有相当重要的分量。“产生于19世纪中期，兴盛于19世纪末和20世纪初”[④]的西方现代主义理论及思潮，“在二战之后，它却被西方主流文化所收编，进入学院讲授，成为西方文化最晚近的‘正统’”[⑤]，在林海音的主持下，“联副”对外国文化、思潮的引入保持着“开风气之先”的姿态，对已经占据了“正统”位置的现代主义文学评论、理论及思潮更是积极引介。以存在主义理论及思潮的相关研讨与译介为例，著名文学评论家何欣说过：“在这个时期，对于欧美文学思潮有极大影响力的无神论存在主义被介绍到国内来，那时节存在主义像一阵狂风般，其力似乎不可抗的，存在主义哲学方面的著作有了译本，获得了广大读者的喜爱。沙特（萨特）和加缪的

---

① ［美］亨利詹姆斯：《创作之道》，树南译，《联合副刊》，1960年9月9日。

② ［美］可诺斯：《作家与环境》，树南译，《联合副刊》，1960年12月23日。

③ 徐澄：《谈游记文学》，《联合副刊》，1961年7月18日。

④ 古继堂：《台湾文学与中华传统文化》，九州出版社，2011年，第101页。

⑤ 吕正惠：《青春期的压抑与“自我”的挫伤——二十世纪六〇年代台湾现代主义文学的反思》，《淡江中文学报》，2008年第19期。

作品分析介绍，出现在杂志上和副刊上……”[①]“联副”就是其中最重要的副刊之一，所刊载的研讨存在主义的文章包括：施翠峰的《关于〈异乡人〉》[②]、程光蘅的《反小说派的崛起与展望》[③]、《现代文学始祖——詹姆斯·爵伊士》[④]、陈鼓应的《女人与鞭子——尼采笔下的女性》[⑤]、魏子云的《尼采与超人——读〈悲剧哲学家尼采〉》[⑥]、林语堂的《说萨尔忒》[⑦]等。可以说，在“西风”劲吹的年代，“联副”是西方现代主义导入台湾，进行“横的移植”的重要媒介之一。

（三）有限的现代主义文学创作

20世纪50年代中期至60年代，外国文化及思想潮水般涌入台湾，搅动了台湾文坛的一池春水，对台湾文学场域影响最大的，当然是西方现代主义理论及思潮。现代主义作为一个“结构位置”，在与其他美学“位置”的竞争与互动当中明显占据了上风。如陈芳明所言：“现代主义俨然成为规模庞大的文学论述……终于塑造了六〇年代作家的美学观念……成为文坛主流，全然改变了知识分子的审美原则。”[⑧]

---

① 何欣：《六十年代的文学理论简介》，《文讯月刊》，1984年第13期。

② 施翠峰：《关于〈异乡人〉》，《联合副刊》，1958年3月10日。

③ 程光蘅：《反小说派的崛起与展望》，《联合副刊》，1961年4月12日。

④ 程光蘅：《现代文学始祖——詹姆斯·爵伊士》，《联合副刊》，1961年8月9日。

⑤ 陈鼓应：《女人与鞭子——尼采笔下的女性》，《联合副刊》，1962年10月4日。

⑥ 魏子云：《尼采与超人——读〈悲剧哲学家尼采〉》，《联合副刊》，1965年2月18日。

⑦ 林语堂：《说萨尔忒》，《联合副刊》，1965年12月20日。

⑧ 陈芳明：《台湾新文学史（15）——六〇年代现代小说的艺术成就》，《联合文学》，2002年第2期。

狂飙突进的现代主义思潮及审美理念，将台湾文学推入现代主义阶段，各类现代主义风格的文学创作兴起，白先勇甚至将台湾文学的这一变迁，定位为一次“新文学运动”①。在该时期“联副”的文学生产当中，也有一定量现代主义风格的文学创作出现。

1. 现代主义诗歌创作

台湾现代主义文学创作自诗歌起步，“战后的现代主义文学最早是由现代诗而跨出第一大步，现代诗关于现代主义的论述与实践，比小说还要来得更早”②。从“联副”来看，自 20 世纪 50 年代末，具体来说是 1958 年③起，出现了现代主义风格的诗歌创作，该年刊载的头两首诗，就都具有典型的现代主义风格。阮襄的《饮冰室》：

> 饮于午/饮一皿北极的缩影/乃有白血球滑长程的雪橇/乃有累累的冰山向我的胃裹重重地落/乃有企鹅隐于我的发际/乃有霜花装饰我的肺叶④

覃子豪的《金色面具》：

---

① 白先勇：《第六只手指》，花城出版社，2009 年，第 68 页。

② 林巾力：《冷战意识形态与现代主义文化想象》，《中外文学》，2017 年 6 月。

③ 1958 年之前的“联副”不甚重视诗歌，自 1954 年至 1957 年的四年当中仅有 4 首短诗刊载，而此前刊载的诗作也以古体诗为主。1958 年起至 1963 年，“联副”中有一定数量的诗歌刊载，此后由于“船长事件”诗歌创作又急剧减少直至 20 世纪 60 年代末。数据可参考第一章表 2。

④ 阮襄：《饮冰室》，《联合副刊》，1958 年 9 月 1 日。

不见眸子 目光依然深沉/神采依然焕发/看那 你那眼皮微合的冷然森然的神情/是沉默的吸引/是无情的挑战/……/你留下静寂和奥秘于廊中/我如何能审视出你内心的虚无/有感觉如手掌抚触着丛丛的火焰/无伤肌肤 像珊瑚树/藏于海底一片深沉的碧绿/有感觉触及意志/如鹤嘴锄触及金石 锵然有声/夜深了/弦断了/在烛光熄灭的一瞬 你投下森然的一瞥/目光像两条蝮蛇/带着黑色的闪光/黑色的战栗/自深穴中潜出 直趋幽冥①

这类诗歌无论是在审美还是在表现技巧上,都与其他诗歌尤其是中国传统诗歌大异其趣,诗歌含蓄、渊奥,较少情绪的直陈,主要通过经营由“幻想”(Fantasy)生发而来的各类奇绝意象,进行主观的理性探幽。自1958年至1963年的六年时间中,“联副”诗歌生产以现代主义诗歌为主,一些代表性的现代派诗人都有相应的作品刊载,比如余光中的《安魂曲》②、《音乐会》③,夏菁的《感时》④、《守画神》⑤,“缪斯最钟爱的女儿”夐虹的《咏叹九行》⑥,“诗僧”周梦蝶的《十月》⑦、

① 覃子豪:《金色面具》,《联合副刊》,1958年9月4日。
② 余光中:《安魂曲》,《联合副刊》,1959年3月14日。
③ 余光中:《音乐会》,《联合副刊》,1962年7月27日。
④ 夏菁:《感时》,《联合副刊》,1958年11月5日。
⑤ 夏菁:《守画神》,《联合副刊》,1960年2月10日。
⑥ 夐虹:《咏叹九行》,《联合副刊》,1958年11月13日。
⑦ 周梦蝶:《十月》,《联合副刊》,1959年10月23日。

《山》[①]等,罗门的《灯屋》[②]、《小巴黎狂想曲》[③]等,何锜章的《眼的手术》[④]、《诗曲》[⑤]等,其他如吴望尧、邓禹平、蓉子等人,还包括一些不很知名的诗人,也有现代主义风格的诗作刊载。这些诗人虽然流派不同,风格各异,但是诗作都呈现出鲜明的现代主义风格。

2. 现代主义小说的生产

从发生学的角度看,现代主义原本就是对西方资本主义文明反叛的产物,现代主义小说的创作也是"不断藉由独特的书写方式,来呈现这种针对现实的改革激情"[⑥],在对旧有文学的挑战中确立了新的美学位置。现代主义小说在"联副"中的创作实践开始于20世纪60年代初期。

较早出现的一篇是陈若曦的短篇小说《邀晤》[⑦],讲述刚毕业的女大学生仰慈相亲被爽约的故事。小说采用意识流的叙事技巧,不断出现主人公呓语般的想象与内心独白:

> 我后悔自己为什么要来。幸福从来不会对我微笑过,为什么这次要这么自信呢?我是这么平庸不足道的,呵,真该拒绝这个

---

① 周梦蝶:《山》,《联合副刊》,1961年12月18日。

② 罗门:《灯屋》,《联合副刊》,1962年1月26日。

③ 罗门:《小巴黎狂想曲》,《联合副刊》,1963年4月8日。

④ 何锜章:《眼的手术》,《联合副刊》,1961年1月23日。

⑤ 何锜章:《诗曲》,《联合副刊》,1961年6月14日。

⑥ 施英美:《〈联合报〉副刊时期(1953—1963)的林海音研究》,静宜大学中国文学研究所,2002年,第131页。

⑦ 陈若曦:《邀晤》,《联合副刊》,1961年10月25日。

约会……[1]

更典型的还是仰慈在冰店里个人思绪纷飞的一段：

> 我坐在那里，啃噬自己的羞辱。忽然，所有童年的不幸，生活的孤单、寂寞……如蜻蜓点水，全掠过脑海；而他的影子笼罩在四周，是一张网越张越大，把我紧捞在里面。我挣扎，再也挣脱不开。绝望中，我开始恶毒地讥笑自己的愚蠢，咒骂自己的下贱，而，天呀，居然不恨他！这使我更轻视自己了。[2]

小说对内心欲望的书写与探寻，在主人公自我辩诘的独白中得到展现。现代主义惯常的心理分析及扭曲技巧，则在欧阳子1962年发表于“联副”的短篇《小南的日记》[3]中得到充分表现。小说以日记体第一人称的方式，诠释了主人公——男孩小南渴望母爱、母性不得的苦闷与焦虑。小说以扭曲的技巧，颠覆了中国传统慈母的形象，在对母亲形象的“妖魔化”当中，揭示了人性的多面性、复杂性，尤其展示了人性灰暗的一面。日记体的结构，使得叙事线索断裂、错杂，欧阳子本人也说过：“那篇小说，因为不是采用单一的情节动作，紧凑性不重要，所以写起来也不那么紧张。记得断断续续写了好几个礼拜。”[4]而这

①② 陈若曦：《邀晤》，《联合副刊》，1961年10月25日。

③ 欧阳子：《小南的日记》，《联合副刊》，1962年2月14日—15日。

④ 欧阳子：《移植的樱花》，尔雅出版社，1984年，第156页。

种松散的结构,甚至是语言的阻滞却恰恰体现了现代主义的风格。

“联副”中现代派小说创作,也呈现出分歧多元的书写路径。前述两位作家都有着台大外文系的教育背景,属学院派的代表,而“社性淡泊的七等生”[①]则创造了自己独特的风格。1962年,七等生以小说《失业、扑克、炸鱿鱼》[②]登上“联副”,一出场就是高潮,当年就在“联副”连续发表了《围猎》[③]、《贼星》[④]、《阿里镑的连金发》[⑤]等十多篇现代主义风格的小说。例如小说《围猎》,描写了一行三人上山打野猪的一次经历,小说用陌生化的叙事技巧,反抗传统的书写方式,连续近五十个字无逗点的长句足以使人错愕:

> 从通往二林山下那间住着年轻时曾使过弯刀砍毙山猪的阿吉老头的茅屋到小雷在午夜的月光下放枪时为止。[⑥]

这种反叛的书写技巧,在七等生那里却是:“我的语言也许并不依循一般约定俗成的规则;它是代表我的运思所产生的世界形象,由形象的需要所排列的顺序,它并不含糊混沌,而是解析般的清楚陈列……”[⑦]

---

① 施英美:《〈联合报〉副刊时期(1953—1963)的林海音研究》,静宜大学中国文学研究所,2002年,第135页。

② 七等生:《失业、扑克、炸鱿鱼》,《联合副刊》,1962年4月3日。

③ 七等生:《围猎》,《联合副刊》,1962年4月18日。

④ 七等生:《贼星》,《联合副刊》,1962年7月28日。

⑤ 七等生:《阿里镑的连金发》,《联合副刊》,1962年9月16日。

⑥ 七等生:《围猎》,《联合副刊》,1962年4月18日。

⑦ 林海音:《剪影话文坛》,中国友谊出版公司,1987年,第129页。

小说《贼星》当中，七等生同样发挥了离奇抽象的创作技巧，在两个矿警絮叨、无章的对话当中完成小说的大部分篇幅，未出场的矿贼、“最后消失的贼星”、守了一整夜的矿警等意象，共同营造出了小说的幻境，目的却指向对现实生活荒诞的揭露。七等生的小说“利用现代主义的新兴美学，来营造个人疏离社会规约的异质想象”[①]，创造了台湾现代主义小说当中的独特存在。20 世纪 60 年代“联副”中现代主义风格的小说创作多了起来，除了上述作品以外，还包括：林怀民的《儿歌》[②]、《铁道上》[③]，王尚义的《大悲咒》[④]、《祭》[⑤]，桑品载的《过客》[⑥]，文心的《我的悲剧性的存在》[⑦]等等，现代主义文学创作成为这一时期“联副”中重要的文学现象。

20 世纪 50 年代末至 60 年代，现代主义的狂飙突进，带动了“联副”现代主义文学创作的兴起，出现了一些现代主义风格的诗歌与小说作品，但从总体上来看，“联副”中此类创作的数量与集中程度都是比较有限的，与现代主义文学在台湾的整体发展相比较，存在着较大差距。这主要还是由“联副”的大众媒介属性所决定，“副刊作为大众传播媒介的一个部门，仍然以大众品味作为其传播本质，而提供受众

---

① 施英美:《〈联合报〉副刊时期(1953—1963)的林海音研究》，静宜大学中国文学研究所，2002 年，第 136 页。

② 林怀民:《儿歌》，《联合副刊》，1961 年 4 月 24 日。

③ 林怀民:《铁道上》，《联合副刊》，1963 年 5 月 16 日。

④ 王尚义:《大悲咒》，《联合副刊》，1961 年 10 月 3 日。

⑤ 王尚义:《祭》，《联合副刊》，1961 年 10 月 14 日。

⑥ 桑品载:《过客》，《联合副刊》，1961 年 8 月 19 日。

⑦ 文心:《我的悲剧性的存在》，《联合副刊》，1962 年 9 月 18 日。

‘娱乐’的功能，则仍为最高的标准”①。现代主义文学创作，无论是诗歌还是小说，在当时都仍属实验性质，对台湾的大众读者来说阅读与接受都有一定的困难。诗人夏菁在谈到现代主义诗歌的接受时就说过：“近年来新诗的读者似乎愈来愈少，原因是多方面的。读者心理上觉得现在的诗不易读懂，因此不去读它，也是原因之一。”②另外读者竞争、报纸营销的压力以及政治的约束，也是造成“联副”中现代主义文学实践浅尝辄止的原因。

应凤凰说过：“报纸因发行量庞大，读者群众多，在政治经济挂帅的时代，不是背后的政府常有心用‘教化大众’，便是报社老板时时有‘商业考量’，给副刊写稿因此限制重重——字数太多，实验性太强，主编认定‘会惹麻烦’的文章经常无法刊出。”③向阳认为：“六〇年代碰巧也是台湾报业正起飞的阶段，报纸发行竞争的量变需求，使得实验、前卫性的文学作品无法跻身于副刊之内。”④白先勇结合自身经历也说过：“当时台湾的报章杂志作风比较保守，我们那些不甚成熟而又刻意创新的作品自然难被接受……”⑤

20 世纪五六十年代，台湾现代主义文学实践主要还是在相对“小众”的“同仁性质”杂志中进行的，就诗歌而言，“台湾现代诗的发展，

① 向阳：《副刊学的理论建构基础》，林耀德：《文学现象》，正中书局，1993 年，第 572 页。
② 夏菁：《诗的悲哀》，《联合副刊》，1959 年 10 月 2 日。
③ 应凤凰：《戒严时期台湾文艺杂志发展历程及系谱》，《新地文学》，2007 年第 1 期。
④ 向阳：《副刊学的理论建构基础》，林耀德：《文学现象》，正中书局，1993 年，第 572 页。
⑤ 白先勇：《第六只手指》，花城出版社，2009 年，第 69 页。

一向以诗社与诗刊为中心……”[①]现代派的《现代诗》、蓝星诗社的《蓝星诗页》《蓝星丛刊》、创世纪诗社的《创世纪诗刊》等杂志是现代主义诗歌的主要实验田；而早期的《文学杂志》以及后来的《现代文学》等杂志，则是现代主义小说的主要试验场。须文蔚认为，“在台湾文学传播的历史上，文学同仁刊物树立下‘典律’的影响力”[②]，而现代主义文学的实践以及“典律”的树立，就是“同仁杂志”在该时期的主要成果之一。因此，可以说“联副”中有限的现代主义文学实践，是“联副”媒介属性与文学潮流共同作用下的结果。

三、与媒介文化互动中的文学跨媒介演绎

媒介时代的文化亦可称之为媒介文化，“迎合世俗化趣味，追求感官化、游戏化、享乐化，呈现出对精英文化的颠覆色彩。媒介文化既是施控性的‘权力文化’，也是消费性的商业文化；不但影响着作者、读者、批评者，还深刻地改变了文学的生产、传播和消费，并导致了文学的商品化、消费化、娱乐化走向”[③]。20 世纪 60 年代，随着台湾经济的快速发展和媒介系统的完善，也形成了相应的媒介文化，在与媒介文化的互动当中，“联副”的消费性文学生产迅速蓬勃起来，具体来说，就

① 许世旭：《中国现代诗三十年》，《联合副刊》，1984 年 6 月 3 日。

② 须文蔚：《台湾文学同仁刊物企划编辑与公开活动之研究——以〈创世纪〉诗杂志近二十媒体表现为例》，《创世纪诗杂志》，2004 年 10 月。

③ 王列耀：《20 世纪 1990 年代马来西亚华文报纸副刊与“新生代文学”》，中国社会科学出版社，2015 年，第 151 页。

是通俗小说在“文学的跨媒介演绎”①当中兴盛起来。

1963年初起，平鑫涛接掌“联副”，一些通俗小说依托报纸的传播无远弗届，同时也与单行本书籍之间形成配合，“有些出版商更让部分作品先行分期连载于报章杂志，之后再将全文出书，以达到吸引报章杂志读者群的目的”②，平鑫涛就常对一些通俗小说进行此类企划，因为他本人在主持“联副”的同时，手头也握有《皇冠》杂志及出版社的资源，因此执行此类企划很是方便。20世纪60年代，“联副”中不少连载的通俗小说都与书籍出版之间形成了配合，尤其是琼瑶的小说。广播将语言以声波的方式进行传播，小说文本向声音语言的转换并不复杂，而通俗小说又与广播节目有着重合的大众化的阅听群体，二者之间的合作又可彼此促进，因此“六〇年代以后越来越多的通俗小说登上电台广播，除了原有的纯文学作品与中西名著，历史、武侠、情爱也是备受欢迎的类型”③，高阳、琼瑶等“作家的小说经常化为广播声波，持续撩拨听众的心弦”④。高阳历史小说《胡雪岩》《慈禧全传》《李娃》等，都曾以广播小说的方式进行传播。

20世纪60年代通俗小说的跨媒介演绎，最突出的还是影视改编，“小说为电影、电视提供了一个文学基础”⑤。改编是完成文学文本向

---

①③　张毓如：《打开台湾文学的耳朵——五〇、六〇年代的广播小说及其文学文化网络》，《台湾文学研究学报》，2015年第21期。

②　刘秀美：《五十年来的台湾通俗小说》，文津出版社，2001年，第308页。

④　张毓如：《打开台湾文学的耳朵——五〇、六〇年代的广播小说及其文学文化网络》，《台湾文学研究学报》，2015年第21期。

⑤　莫言：《小说创作与影视表现》，《文史哲》，2004年第2期。

影视文本转换的关键，虽然“改编不是照单全收、照本宣科，而是必须将原著‘电影化’，使原著从原始的文学价值中蜕变出来，而具有了电影的生命”[①]，但由于通俗小说与电影之间在故事性、通俗性上的共通，在娱乐性、消遣性上的一致追求，使得通俗小说的影视改编——跨媒介演绎相当可行。以琼瑶的通俗爱情小说为例，“琼瑶的小说，读者多，搬上银幕后，观众更多，她的小说也可以说是‘电影的胚胎形式’（the embryonic form of a film），好像专为电影改编而写的”[②]。有统计显示，自1951年至1963年的十多年当中，台湾仅有八部小说被改编后搬上银幕，且多为“反共”题材，而至1966年3月份当《遗落的种子》“最后由邵氏电影公司以最高价购得电影摄制权，这是联副扩版一年多来第七部小说被电影界采用。（已经放映者有《婉君表妹》；《菟丝草》及《烟雨蒙蒙》；《风尘三侠》正在拍摄中，《李娃》及《轲楚》正在开拍）”[③]。此后，“联副”中连载的通俗小说不断被改编为影视作品，“联副”更成了“文坛与影坛合作的大本营，每一次联副刊载的小说被改编成电影，都曾在当时造成相当的轰动与影响”[④]，甚至是“联副小说改编电影的历史，也就是国片人文电影的发展史”[⑤]。

在与媒介文化的互动当中，无论是通俗文学的何种跨媒介演绎，都使得通俗文学扩展了传播的范围，延伸了经济链条，扩张了文化资

① 刘森尧：《电影生活》，志文出版社，1980年，第251页。

② 夏志清：《正襟危坐读小说》，《联合副刊》，1971年10月11日。

③ 编者：《编者的话》，《联合副刊》，1966年3月28日。

④⑤ 编者：《联副小说搬上银幕——二十年纵横录序》，《联合副刊》，1986年11月29日。

本的经济价值转化，刺激了该时期“联副”通俗小说的快速生长，也因此带动了琼瑶热、高阳热、武侠热等的形成。

第二节　本土文化崛起及媒介竞争中的“联副”文学生产

对于台湾来说，20 世纪 70 年代是一个多事之秋，先是 1970 年 9 月爆发了“钓鱼岛事件”，又在 1971 年被驱逐出联合国，之后又连续失去美、日等所谓“友邦”的认同。国际地位的日渐孤立及“合法性”的丧失，导致了台湾内部人心浮动，造成了国民党当局的统治危机。70 年代初，爆发的世界范围内石油危机，又沉重打击了台湾的经济发展，保持十数年快速增长的台湾经济出现了停滞。政经的双重危机于台湾知识分子当中引发极大震动，在思想界深刻的反省与检讨当中，台湾本土文化意识开始崛起。层出不穷的各类社会问题，也大大刺激了知识界的社会关怀与参与热情，现实主义文化传统，在对前行阶段“受执政支持的”①战斗文艺与现代主义文艺的反拨当中实现回归。另外，大报副刊竞争激烈，纷纷进行由“文艺”副刊向“文化”副刊转向，迎来了“纸上风云”的黄金发展期。文化场域的上述变迁，深刻影响了“联副”70 年代的文学生产，也生成了相应的文学图景。

---

① 蔡念中等：《大众传播概论》，五南图书出版公司，1998 年，第 230 页。

一、本土文化浪潮中的“乡土文学”生产

事实上，自20世纪50年代初起，“联副”的文学生产中就不乏“乡土”内容。如1952年8月起，“联副”就征集台湾地方内容的短篇小说：“限千字以内，以取材自台湾地方人民生活的故事为最佳。笔调越轻松通俗越好，情节越新奇越好。”[①]11月起，又开设了“台湾地方故事”专栏，刊载了大量取材于台湾地方的故事，例如《大拜拜》[②]、《大仙》[③]、《海龙王》[④]等。至于像《台北的番语地名》[⑤]、《谈台湾地名》[⑥]、《谈本省婚俗》[⑦]等，有关台湾本土的各类泛文学内容更多。特别是20世纪50年代中期至60年代，一批台湾本土作家如钟理和、钟肇政、廖清秀、郑清文等，在林海音的提携与扶持之下，于“联副”当中刊载了不少富有台湾本土地域色彩的小说等文学作品。但从整体上来看，“联副”20世纪五六十年代的文学生产中，与中华传统文化及西方现代主义文化相比，台湾本土文化的痕迹都是十分疏淡的。游胜冠的研究中甚至将20世纪五六十年代的台湾文学定位为“疏离本土的50、60年

① 编辑室：《寄作者》，《联合副刊》，1952年8月3日。
② 林嘉：《大拜拜》，《联合副刊》，1952年11月1日。
③ 花岗：《大仙》，《联合副刊》，1952年11月2日。
④ 石磊：《海龙王》，《联合副刊》，1952年9月10日。
⑤ 学之：《台北的番语地名》，《联合副刊》，1964年11月12日。
⑥ 慕芬：《谈台湾地名》，《联合副刊》，1964年11月19日。
⑦ 何凡：《谈本省婚俗》，《联合副刊》，1962年12月28日。

代文学”[1],“联副”也不例外。包括“联副”在内,报纸副刊中本土文化的崛起要迟至70年代,“到了七〇年代以后,台湾的副刊开始有了剧烈的转变,也开始伴随着整个政治、经济结构的转型,以及文学思潮的涌动,走向本土化”[2]。

20世纪70年代面对各种危机,台湾的本土意识空前高涨,此时“长久潜伏的本土意识伺机而动”[3],“台湾产生了一种本土文化认同的运动”[4],本土文化浪潮兴起。报纸的副刊在其中扮演了重要角色,“这个本土化浪潮推波助澜者,来自报纸副刊”[5]。在本土化的浪潮当中,台湾本土文化的价值得到再确认,“读者要通过文学艺术来了解自己的问题、困境与出路,因此要求文学往下扎根,而推拒了只求赏心悦目的风花雪月”[6]。读者的需求变化,导致文学媒介文学生产的变迁,“近年来各大报副刊发掘乡土文学的根源”[7],并以这种方式引导和推进本土文化运动。作为“联副”最主要的竞争对手,《中国时报》“人间”副刊自1970年由高信疆接手后,就“显露出某种民族主义的文化情怀。他强调中国的作家应该有中国的特色,所以应该写出自己土地上的东西”[8]。“联副”也因应时势做出相应的调整与变革,“首先表现

---

① 游胜冠:《台湾文学本土论的兴起与发展》,前卫出版社,1996年,目录III。

②⑤ 向阳:《副刊学的理论建构基础》,林耀德:《文学现象》,正中书局,1993年,第574页。

③ 马森:《台湾现代小说的众声喧哗》,《新地文学》,2017年夏季号。

④⑥ 王谷、林进坤:《报导文学的昨日、今日、明日》,《书评书目》,1978年总第63期。

⑦ 林耀福:《针锋相对——与桑坦格一席谈》,《联合副刊》,1979年5月10日。

⑧ 张铁志:《1970年代新文化运动 思考国族、回归现实》,《旺报文化副刊》,2009年8月24日。

在对乡土的关怀与提倡书写乡土的活动上”①。

进入20世纪70年代之后,“联副”中出现了许多地域性明显、地方特色浓厚的乡土文学作品。“台湾作为中国的一个地区,无论在生产方式、生活方式、地理方式、文化背景、心理素质、风土人情上,还是在由此而形成的审美经验和审美理想上,都有地域特色,这点是不容怀疑的。”②这一阶段的乡土文学的生长,是本土文化张扬的结果,更多体现为生于斯、长于斯的“本地人”书写本土的风物人情。与20世纪五六十年代,由大陆来台作家共同参与的“乡土”创作不同,20世纪70年代“联副”的乡土文学创作中,本土作家更多地参与其中,“再过十年(也即七〇年代),本省籍作家,经教育、培养而崛起,他们不耐现代文学因西方的悲哀而悲哀,因西方的呕吐而呕吐,他们要在自己的文化中寻根探源,于是乡土文学再领风骚”③。“本地”作家的身份往往成为作品“乡土性”的重要指征,刘绍铭在谈到“大陆派”与“本地”作家身份的不同对作品的影响时说:“身份不同,感受自然不同了。这种不同的感受,自自然然流露在作品上。”④他举例说:

即使司马中原能用台湾方言来写一本以台湾做背景类似《狂

① 马森:《台湾现代小说的众声喧哗》,《新地文学》,2017年夏季号。

② 蓝天:《台湾文学场域的中国文化属性》,《南京师大学报》(社会科学版),2009年第2期。

③ 尼洛:《从新文学运动以来的小说传统》,《联合副刊》,1982年10月11日。

④ 刘绍铭:《台湾土生土长的作家——序〈台湾本地作家短篇小说选集〉》,《联合副刊》,1976年8月11日。

风沙》那种题材的小说,其效果绝不会如黄春明用普通话,以短短数千字,就能勾画出一幕台湾农村喜剧(如《癖》)那么富写实感。[①]

朱双一等人将20世纪70年代台湾“本土”作家的乡土文学作品,称为“扎根乡土”型的作品,“它的产生源于台湾地方文化形态和特征,是比较纯粹的台湾‘本地产’,台湾文学地方特色的一个典型表现”[②]。朱西宁也说:“因为土生土长,写的小说比较切身切题,受到本省青年读者的广大欢迎,绝不是偶然的。因为他们所写的,根植于台湾社会能够代表台湾社会的广大人民。”[③]70年代初起,“联副”中最典型的本地作家与最典型的乡土文学创作,当数钟肇政及其作品。经历过语言转换的阵痛,钟肇政在50年代末,以日语小说译介登陆“联副”走上文坛,早期其在“联副”中的创作比较有限。70年代初起“钟肇政撰写了一连串的‘台湾民间故事新编’及‘台湾高山故事集’……为‘乡土文学’点燃起火种”[④]。1973年4月起,钟肇政在“联副”中开设了“台湾故事新编”专栏,收集、整理台湾的民间传说,并将其改编为小

① 刘绍铭:《台湾土生土长的作家——序〈台湾本地作家短篇小说选集〉》,《联合副刊》,1976年8月11日。

② 朱双一、张羽:《海峡两岸新文学思潮的渊源和比较》,厦门大学出版社,2006年,第458页。

③ 转引自朱西宁:《乡土文学的真与伪》,《联合副刊》,1978年2月4日。

④ 平鑫涛:《忆联副》,联副三十年文学大系编委会:《联副三十年文学大系 史料卷 风云三十年》,联合报社,1981年。

说。例如小说《大龙峒的呜咽》[1]就是根据台湾民间故事改写而来，讲述了人、狐之间凄美的爱情故事，似有《聊斋》的影子，却处处充斥着各类台湾本土意象。该专栏中以台湾传统民间故事为蓝本所改写的小说还包括《九龙潭之夜》[2]、《仙鞋恋》[3]、《七星湖畔》[4]等，都因为人情、风物富有台湾风味，而充满了地域色彩。

台湾少数民族及其文化，无疑是最具台湾地域色彩的独特存在。台湾少数民族之间，不仅语言上差异很大，风俗习惯上也颇为不同，却都流传着大量多姿多彩的民间故事，由于缺乏文字，此类故事大都以口头文学的方式流传下来。这些也成了20世纪70年代乡土文学创作的重要资源，1974年初，钟肇政继续在“联副”开设“台湾高山故事新编”专栏，以台湾少数民族口头文学为基础，创作了多个中篇小说。作者本人说：“根据一点故事渲染而成，不外都是凭一己之意剪裁编写，甚或臆造杜撰，旨在给同胞们提供一些阅读故事的乐趣而已。”[5]实际上这些小说都是典型的乡土文学作品，将多姿多彩的台湾少数民族文化，以文学的方式呈现在读者面前。例如系列短篇小说《马利科弯英雄传》[6]，在少数民族民间故事的基础上，“再现了台湾北部山区马利科弯的英雄故事，塑造了一系列的英雄形象，表现了山区同胞的

---

① 钟肇政:《大龙峒的呜咽》,《联合副刊》,1973年4月15日—23日。
② 钟肇政:《九龙潭之夜》,《联合副刊》,1973年5月9日—14日。
③ 钟肇政:《仙鞋恋》,《联合副刊》,1973年7月11日—30日。
④ 钟肇政:《七星湖畔》,《联合副刊》,1973年10月22日—11月4日。
⑤ 钟肇政:《关于:台湾高山故事》,《联合副刊》,1974年1月14日。
⑥ 钟肇政:《马利科弯英雄传》,《联合副刊》,1974年2月4日—4月14日。

勇猛、嫉恶如仇的性格，对古老野蛮的习俗和淳厚优美的风情也作了极为生动的描写”[①]。其他还包括《蛇妻》[②]、《矮人之祭》[③]等，将台湾少数民族的风土人情、生活习惯展示得淋漓尽致，充满了“台湾情调”、地域色彩和乡土气息。

心岱根据民间有关日据时代“大贼壶”义盗廖添丁的传说，所创作的长篇小说《纸鸢》[④]，也是一部地方特色鲜明的乡土传奇小说。在台湾的戏曲、民谣当中有很多关于廖添丁的故事，但有些并不可信，心岱沿袭记者的职业习惯，深入廖添丁的故乡实地探查、寻访主人公的事迹，“把四处汇集得来的资料和感触凝成我殷望中的胚胎，我知道我要做，而且应该去做。不过我不是写报道或传记，我要写小说，用我的虔诚，完成一部文学创作”[⑤]。《纸鸢》的创作虽然以调查作为基础，但小说受民间传说影响的痕迹仍然明显，带有鲜明的传奇与演义的色彩。在日据的大背景当中，小说以廖添丁的成长为线索，塑造了以廖添丁为代表的几个在强权欺凌下悲愤交迸、奋起反抗、亦正亦邪的小民形象。小说将当时台湾乡村的民情、风俗、政治制度以及乡民真实的思想与感情，清晰地呈现了出来，渗透着当时台湾族群斑斑点点的血泪，为日据时代台湾乡村的整体样貌做了一个很好注脚。桂文亚对《纸鸢》及乡土文学有如下评论：“浓厚的地方色彩，是乡土文学的特色，淳

---

① 王耀辉：《钟肇政的小说创作》，《华侨大学学报》（哲学社会科学版），1993年第1期。
② 钟肇政：《蛇妻》，《联合副刊》，1974年1月14日—25日。
③ 钟肇政：《矮人之祭》，《联合副刊》，1974年11月16日—20日。
④ 心岱：《纸鸢》，《联合副刊》，1975年9月12日—1976年2月7日。
⑤ 心岱：《纸鸢》，《联合副刊》，1975年9月21日。

厚、拙朴、真实，则至少是乡土文学内涵的表现；在诸多血汗交融的台湾乡土作品中，心岱的《纸鸢》无疑异军突起。”①

如吕正惠所言：“总结来讲，七十年代的乡土文学具有三种倾向，民族的（回归乡土）、写实的、同情下层的。”②在本土文化浪潮当中，“联副”20世纪70年代的乡土文学生产也生出不同的路向。前述作品中，以“本地化”“回归乡土”为基本特征，同期也有不少写实的、同情底层的乡土文学作品出现，实际上也是本土文化张扬的结果，“本土文化环境与条件的重视，乃是以质朴的语言文字，描述我们立足的土地上的人事物和种种现象。题材内容范畴扩及社会的各种阶层，特别是低级阶层人民的生活；从山地到渔村，从矿场到农家，发挥文学家广大的同情与爱心，充分显示了对社会的关怀和投注”③。如心岱的短篇小说《小秤锤》④、《春神》⑤，商晚筠的《痴女阿莲》⑥，吴念真的《不祥女一二二》⑦等，都“关注下层女性生存状况”⑧，揭开了台湾社会底层

① 桂文亚：《乡根——风来展身势的〈纸鸢〉》，《联合副刊》，1976年4月27日。

② 吕正惠：《乡土文学与台湾现代文学》，陈映真：《左翼传统的复归 乡土文学论战三十年》，人间出版社，2008年，第112页。

③ 联副三十年文学大系编委会：《风云三十年——三十年来中国现代文学之发展与联副》，联副三十年文学大系编委会：《联副三十年文学大系 史料卷 风云三十年》，联合报社，1981年12月。

④ 心岱：《小秤锤》，《联合副刊》，1974年7月1日—3日。

⑤ 心岱：《春神》，《联合副刊》，1975年5月28日—29日。

⑥ 商晚筠：《痴女阿莲》，《联合副刊》，1977年7月1日—2日。

⑦ 吴念真：《不祥女一二二》，《联合副刊》，1977年2月23—24日。

⑧ 林丹娅：《台湾女性文学史》，厦门大学出版社，2015年，第301页。

女性的各种不幸。在洪醒夫的《黑面庆仔》①中,田人庆仔接连遭遇不幸,先是疯女儿阿丽被强奸,继而又生下了孩子,在巨大的痛苦与挣扎当中,庆仔却下决心养大孩子。庆仔不过是当时台湾遭遇不幸的千千万万农村草根阶层中的一员,他们地位卑微命运凄惨却隐忍倔强,作者准确地把握了农村人物的心理,给予他们极大的同情,"一种贫民的尊严笼罩了整篇小说"②。该时期外来资本的侵入以及以农养工的政策,瓦解了原本自足的农村经济,造成了农村的萧条,一些"以乡村小人物的刻画,见证了当时外来资本经济文明的破坏下,苟延存活的农村景况的作品"③,也频繁出现在"联副"中。如吴念真的短篇《富贵村的喜剧》④,凋敝萧索的村庄乞丐寮却偏偏被称为富贵村,狩猎为生的大头旺怎么都想不明白的是:"一只羊五六千,竟落得只留手里这捏都不好捏的半块肉"。在大头旺与下乡寻找"乡土""文化"的采风大学生之间,上演了一场带着眼泪"喜剧",其中透射出的正是乡村经济的衰败与乡土的无限悲凉。

洪醒夫的《散戏》⑤,则描写了时代变迁中,时尚冲击下日渐衰落的传统草根艺术——歌仔戏,以及班主金发伯、花旦秀洁等人妥协中的最后挣扎。歌仔戏及戏班覆灭的命运,实际上乃是当时整个台湾农

① 洪醒夫:《黑面庆仔》,《联合副刊》,1977年10月21日—22日。
② 黄万华:《多源多流 双甲子台湾文学》,花城出版社,2014年,第155页。
③ 陈怡如:《一个乡土文学史进程的观察》,《辅大中研所学刊》,2001年第11期。
④ 吴念真:《富贵村的喜剧》,《联合副刊》,1977年8月14—15日。
⑤ 洪醒夫:《散戏》,《联合副刊》,1978年9月16日。

村及乡土传统命运的缩影。这类乡土小说还包括《哥哥捕鱼去》[①]、《瑞新伯——田庄人之一》[②]、《渔港故事》[③]等。农村经济的崩溃导致大量农民涌入城市进入工厂，资本对产业工人的无情剥削又继续造成了新的苦难与悲剧，于是乡土文学的范畴继续扩张，产生了工厂与工人题材的乡土文学。最有代表性的当属“工人作家”杨青矗及其作品。20世纪70年代中末期，他连续有《利息》[④]、《昭玉的青春》[⑤]、《龟爬壁与水崩山》[⑥]等小说刊于“联副”，描写了工人的悲惨遭遇与苦难生活，控诉了资本的无情罪恶。该类乡土小说我们在第三章中有详细论述，此处不再赘言。

总之，在20世纪70年代本土化的浪潮当中，“联副”中兴起了乡土文学。这一阶段的乡土文学，显然区别于由“过去找寻现在，就回忆敷衍现实”[⑦]的乡愁文学。如南亭所言：“五十年代中期及其以前的‘乡土文学’，早已成为历史名词……而七十年代以来的文学趋向，是在‘乡土文学’死后新生，无异是残烬里飞出金凤凰。”[⑧]乡土文学自此发展出了全新的题材范畴甚至审美，反过来又助力“联副”推动本土文

① 吴念真：《哥哥捕鱼去》，《联合副刊》，1976年4月28日。

② 洪醒夫：《瑞新伯——田庄人之一》，《联合副刊》，1977年6月17日。

③ 宋泽莱：《渔港故事》，《联合副刊》，1978年10月13日。

④ 杨青矗：《利息》，《联合副刊》，1975年9月9日。

⑤ 杨青矗：《昭玉的青春》，《联合副刊》，1976年4月30日—5月1日。

⑥ 杨青矗：《龟爬壁与水崩山》，《联合副刊》，1976年7月16日—18日。

⑦ 王德威：《从乡土修辞到国族论述》，李陀：《昨天的故事 关于重写文学史》，牛津大学出版社，2006年，第25页。

⑧ 南亭：《到处是钟声》，《中国时报》，1977年8月18日。

化浪潮。

二、现实主义回归与“联副”文学景观

台湾文学在经历了20世纪50年代的“反共八股”与“怀旧”文学，60年代“心理探幽”的现代主义创作之后，在70年代严重政经危机的困厄当中，向现实主义的传统实现回溯。我们所以称其为回归或回溯，是因为华文文学历来有“不虚为文”的现实主义传统，另外，“战后初期短暂的现实主义思想倏起倏落，很快进入白色恐怖的思想禁锢期，一直到1970年代才有开启封印的契机”①。新诗论争、乡土文学论战、乡土文学浪潮等文学现象，都是“台湾文学的现实主义运动”②的表征。现实主义的回归在文学场域当中，表征之一为“社会写实主义”的复苏，“七〇年代的(乡土/写实)文学主流”③，社会写实主义在很大程度上“便是摆脱任何政经的或理念的成见或视角，就事论事捕捉当前社会人生的真象”④。除了乡土文学浪潮外，70年代“联副”的文学生产，“重点在本土文化环境与条件的掌握，作品内容题材以反映台湾

① 陈建忠:《台湾现实主义文艺思潮的过去、现在、未来:由吴耀忠的写实美学出发的对话》,《文化研究》,2012年第15期。

② 古继堂:《台湾新文学理论批评史》,春风文艺出版社,1993年,第123页。

③ 吕正惠:《文学“小杂志”与六〇年代的台湾文学》,《幼狮文艺》,1990年第5期。

④ 颜元叔:《社会写实主义的省思》,《联合副刊》,1978年1月13日。

现实社会环境为主流，有着语言技巧由绚烂归于朴实的现象”[①]，70年代末“联副”更是公开提出了“探讨真理、反映真相、交流真情”的所谓“三真路线”，“副刊在纯文艺的传统风格下，同时也具有积极参与、社会写实与掌握新闻脉动的精神”[②]。就该时期具体的文学生产来看，现实主义文学创作典型的表现包括：“新闻诗”、历史诗剧、报告文学等文学景观的次第上演。

（一）“新闻诗”等现实主义诗歌的兴起

诗歌虽然与小说、戏剧、散文一道并列为文学的四大类型，但“作为文学中最灵敏的神经”[③]，对于社会与文化变迁的反应似乎最为灵敏。无论是“反共文艺第一声”——孙陵的诗歌《保卫大台湾》，抑或是拉开台湾现代主义文学大幕的现代诗，都能够印证这一点。可以说，在文学及文化的浪潮当中，诗歌总得风气之先，“乡土文学提倡了现实主义，它的回响，直接冲击诗坛，既往诗坛上所滞留的现实逃避、个人主义，透过检讨反省，渐渐退潮，开始转向广阔的社会，开始带来所谓文学的社会性、文学的民主性，因而产生历史诗、叙事诗、方言诗、新闻诗等新的题材，而这些题材，到了1977年以后更为普遍”[④]。20

---

① 联副三十年文学大系编委会：《风云三十年——三十年来中国现代文学之发展与联副》，联副三十年文学大系编委会：《联副三十年文学大系 史料卷 风云三十年》，联合报社，1981年，第6页。

② 黄年：《联合报四十年》，联经出版公司，1991年，第151页。

③ 沈庆利：《写在心灵的边上 中外抒情诗欣赏》，中国纺织出版社，2001年，第293页。

④ 许世旭：《中国现代诗三十年》，《联合副刊》，1984年6月4日。

世纪70年代中期以后，当现实主义之风吹进“联副”，诗人同样先知“春江水暖”，以“新闻诗”等参与到现实主义创作当中。新闻诗“由于内容真实，风格特殊，刊出以后，受到了广大读者的欢迎。这无疑是一项新尝试”①。最早出现在“联副”当中的“新闻诗”是管管的《贺飞跃汽车结婚》：

> 年头越来越新鲜/结婚的花样天天变/有人上山盟誓愿/累的新娘直流香汗……/飞跃汽车结婚的新郎才算好汉/虽然是壮志未酬躺在医院/还要来个壮志凌云第二遍/新娘变成了护士小姐，快劝劝你的心肝宝贝别乱干/飞檐走壁并不简单/除非你是燕子李三……②

除了诗歌的主体之外还有附记：“廿一日报载，一位摩托车特技专家想举行别开生面的‘飞跃汽车结婚’，不料飞车失事，摔成重伤……近年来，结婚典礼花样百出，各显其能。当然终身大事，别人少管。只是在大喜之日，把喜剧弄成悲剧，真有点不划算。”③附记并非本诗所独有，而是与诗歌主体一道构成了“新闻诗”的整体，主要阐述诗歌创作的新闻背景。所谓新闻，按照老一辈新闻人陆定一的定义，也是接

① 谭柱寰：《新闻诗的道路——为诗人节而作》，《联合副刊》，1978年6月10日。

② 管管：《贺飞跃汽车结婚》，《联合副刊》，1978年4月30日。

③ 管管：《贺飞跃汽车结婚》，《联合副刊》，1978年4月30日。

受度较高的定义，就是“新近发生事实的报道”[1]。“新闻诗”就围绕着具体真实的新闻事件展开，以诗讨论之、评述之。这种现实主义风格的诗歌源头，甚至可以追溯到几千年前的“本事诗”，特点是“一面叙事，一面批评，既属于史笔的，亦属于社会舆情的”[2]。前诗就针对追求新鲜、弄巧成拙的“飞车”婚礼这一新闻（本事）进行批评，意象质朴简练，语言表达更是直白浅显。再看《试管成人》一诗：

左眼 看电视综艺大杂耍专用/右眼 看花边犯罪大新闻专用/一张大口 看恐怖刺激战争灾难大悲剧专用/……大气“管成”的我/在管窥一切古今中外的成果之余/还一定要把一切都打成果汁/加上广告方糖，笑料苏打/等其中的精华营养全部过滤干净后/我——一管吸进整个世界[3]

附记当中阐明该诗因当时轰动世界的新闻——“试管婴儿”的诞生而作，诗人对该技术表达了深切的质疑与担忧。20 世纪 70 年代中期以后，“联副”中兴起的新闻诗“本诸新闻事件，以诗评述之”[4]，诗人“抛弃个人主义、唯美主义，走出象牙之塔，到广阔的世界中去”[5]，“新

① 陆定一：《我们对新闻学的基本观点》，中国社会科学院新闻所编：《中国共产党新闻工作文件汇编》（下），新华出版社，1980 年，第 188 页。

② 羊令野：《谈新闻诗》，《联合副刊》，1978 年 5 月 30 日。

③ 罗青：《试管成人》，《联合副刊》，1979 年 1 月 17 日。

④ 羊令野：《谈新闻诗》，《联合副刊》，1978 年 5 月 30 日。

⑤ 谭柱寰：《新闻诗的道路——为诗人节而作》，《联合副刊》，1978 年 6 月 10 日。

闻诗”体现了诗人对社会的介入与舆论的参与。由于“新闻诗”都是因事而作,缘事而发,有的放矢,因此不像现代诗那样专事经营内心世界与“心理探幽”,也没有无病呻吟的语言炫技,更多的是走入了生活的土壤当中,做社会的鼓手,吹出大众心中的那支歌。与小说、散文等文类相比,“联副”中的诗歌创作一直不很景气①,但20世纪70年代末兴起的“新闻诗”无论在持续的时间(直到20世纪80年代中期都时有刊载),还是在数量上都有相当的规模。其他的“新闻诗”还包括《画框里外》②、《致莫洛先生》③、《拾荒老人》④、《现代罗密欧与朱丽叶》⑤等。新闻诗把诗的路拓展到新闻里去,诗化的语言所挖掘的是新闻背后更为真实、人性的一面,可谓“寓文学于新闻”,其中洋溢着的无疑是现实主义的精神。

除“新闻诗”以外,20世纪70年代末期,“联副”中现实主义风格的诗歌创作还有一个典型代表,就是杨牧的大型史诗——诗剧《吴凤》⑥。吴凤是历史上实有之人,于清乾隆时期在台湾阿里山地方任通事,主要管理汉人与土著番人之间的贸易往来与纠纷处理等事项。

---

① 20世纪70年代前期“联副”中诗歌的创作与发表都很不景气,比如1972年全年仅有4首诗歌发表,1974年全年仅发表诗歌3首。1975年张作锦出任联合报总编,非常重视新诗,要求“联副”更多刊载新诗,并邀请知名诗人共同参与审稿,“联副”一时之间成了新诗重要的发表园地。参见詹宇霈:《传播与融合:论泰国〈世界日报〉“湄南诗园”的经营》,《华人文化研究》,2013年8月。

② 陈家带:《画框里外》,《联合副刊》,1978年5月4日。

③ 陈慧桦:《致莫洛先生》,《联合副刊》,1978年5月23日。

④ 高大鹏:《拾荒老人》,《联合副刊》,1978年6月20日。

⑤ 碧果:《现代罗密欧与朱丽叶》,《联合副刊》,1978年7月25日。

⑥ 杨牧:《吴凤》,《联合副刊》,1979年2月6日—11日。

由于番人有“出草”即杀人取头颅祭神的陋习，吴凤在多年巧妙斡旋化解之后，却碰上了番社瘟疫大流行，番人坚持“出草”慰神以求平安。无奈之下，吴凤决定牺牲自己，他红衣红帽出现在指定地方，被番人射杀枭首祭神。当番社成员发现吴凤杀身成仁的义举后，在震惊之余决定永远放弃“出草”的陋习，汉番关系进一步得到融洽。在悲壮而美丽的吴凤传说基础之上，杨牧打造出了这首两千余行史诗性质的四幕诗剧，“联副”连续六天以大篇幅连载之，在读者中引起较大反响。谈到该史诗的创作时，杨牧说道：“我想通过文学的形式来颂赞仁爱和理性，揣摩英雄的神色和风貌，检讨勇气和信仰的本质，以及参与、奉献、牺牲，和永恒的问题。”[①]《吴凤》一诗规模宏大气势非凡，“以诗以剧来描摹仁者吴凤的义行，这也是现代诗迈出抒情传统，进入史诗，进入民族典型的一个重要尝试”[②]，诗剧呈现出清晰的理性意志与现实主义精神。

20 世纪 70 年代台湾“乡土文学论战，把现实主义文学更稳固地推上了台湾文学主流的地位”[③]，“联副”中“新闻诗”的兴起以及大型史诗的出现，正是现实主义的回归在诗歌创作中的体现。当诗人面临新时代的种种挑战，“他们和社会都不再满意仅止于个人抒情的传统”[④]，于是在对单纯追求形式创新与心理探幽的现代主义诗风的反

---

① 杨牧：《诗剧〈吴凤〉前言》，《联合副刊》，1979 年 3 月 28 日。

② 编者：《联副预告》，《联合副刊》，1979 年 2 月 5 日。

③ 古继堂：《台湾新文学理论批评史》，春风文艺出版社，1993 年 6 月，第 125 页。

④ 编者：《杨牧新作《吴凤——四幕诗剧》明起推出》，《联合副刊》，1979 年 2 月 5 日。

拨当中,诗人开始关注现实社会问题及舆论,“企图处理更大的题材,企图关心民族文化、社会大众以及历史价值取向的表现”[①],诗歌的现实主义风潮勃兴,“台湾诗坛结束晦涩,渐渐走向明朗。诗歌创作较为重视民族特点和社会意义”[②]。

(二)报告文学的兴起

20世纪70年代末期,“联副”中有一道重要的文学景观,就是报告文学的兴起。这首先与乡土文学思潮所导引的现实主义文化及文艺浪潮之间,有着密不可分的关系,“崛起于20世纪70年代中后期的报告文学,得力于乡土文学思潮的启发,它与社会生活息息相关”[③]。另外,70年代国际政经情势发生巨大变化,各类危机笼罩台湾,“民主化”与“本土化”的呼声空前高涨,知识分子不甘于继续回避社会现实,社会介入与舆论参与的热情空前高涨,对于尚处于威权统治下的台湾来说,言论管制仍然严厉,报纸副刊因披着文艺的外衣成为言论可假之管道。而结合了新闻报道与文学书写特点的“报告文学”,则成了当时副刊最重要的“言路”,“知识分子表达对社会现况未来发展的关切也形成一股力量,加上有识之士以媒体构筑的言论平台,为台湾‘报告文学’发展开启一扇窗,于是片片花朵随之绽放,‘报告文学’风

① 编者:《杨牧新作《吴凤——四幕诗剧》明起推出》,《联合副刊》,1979年2月5日。

② 林衍:《中华人民共和国文学史纲》(1949—1984),浙江师范大学出版社,1985年,第433页。

③ 樊洛平:《当代台湾女性小说史论》,河南人民出版社,2005年,第256~257页。

起云涌的年代于焉到来”[①]。报告文学旨在真实揭露社会问题，反映社会现实与人生，参与社会舆论，用报告文学开拓者高信疆的话来说：“以‘文学的笔’，新闻的眼”，来“从事人生探访与现实报道”[②]，体现了现实主义文化与写实主义文学的回归。

“联副”中报告文学的崛起，同时也是媒介文化互动的产物。1975年《中国时报》“人间”副刊在高信疆的主持下，率先开辟了报道文学专栏——“现实的边缘”，以“关怀台湾，心系中国”为宗旨。“‘现实边缘’乃是1970年代台湾报告文学书写的首波浪潮。”[③]在“人间”副刊的大力推动之下，“报告文学于1970年代蔚为风潮，而之后《联合副刊》、《综合》月刊、《汉声》、《夏潮》杂志等也相继推动报告文学”[④]。“联副”于1978年4月22日跟进，开辟了自己的报告文学专栏，陆续刊载了很多报告文学作品，该文类的热潮更是在“联副”当中持续了相当长的时期。两大报副刊围绕该文类展开了激烈的竞争，“原因在于此：一方面刺激销量，一方面也提升了办报正当性，使得副刊成为人人必读、编辑必争的兵家之地。故而报告文学的兴起，乃是带有实验性质；新的做法带来新的目光，也就带来新的读者群和销量”[⑤]。如此可

① 李清贵：《源与变——两岸报导文学发展历程比较研究》，佛光大学中国文学与应用学系，2015年，第101页。

② 高信疆：《永恒与博大——报导文学的历史线索》，陈铭磻：《现实的探索》，东大图书股份有限公司，1981年，第1页。

③ 林淇瀁：《照见人间不平——台湾报导文学史论》，台湾文学馆，2013年，第86~87页。

④ 李清贵：《源与变——两岸报导文学发展历程比较研究》，佛光大学中国文学与应用学系，2015年，第121页。

⑤ 张耀仁：《台湾“报导文学”的风潮》，《晶报·深港书评》，2015年10月22日。

见,“联副”中报告文学的勃兴同时也是媒介竞争、媒介文化互动的结果。

1978年4月22日“联副”开辟的报告文学专栏中,第一篇报告文学作品是龚剑的《乘风破浪五十天》①。它记录和报道了两位年轻人搭乘巨型邮轮航遍世界的经历及际遇。在专栏的序言当中,编者清晰地阐明了报导文学作品的方向:

> 在我们不能触及的经验世界,也有数不尽的感人故事在发生。它的形式可能与我们所熟知的大不相同。为了延伸更多感情的触须,对于事实,我们求助于新闻的报道;对于人性,我们求助于文学——而两者合一的报导文学,正领我们进入广大的陌生世界,告诉我们,有更多要看的东西,有更多该关心的人和事……②

显然,该专栏鼓励写实主义的文风,所倡导的报告文学具有使命文学的特征,在呈现大众难以“触及的经验世界”中揭露各类社会问题。“联副”报告文学真正兴起,要从1978年11月1日的“大特写”专栏的开辟算起。《油与石围墙的故事》③是该专栏刊载的第一篇报告文学作品,报道了苗栗石围墙村的台湾“第一口油井”的历史沿革。作者的创作以详实的史料为基础,又辅之以现场采访的第一手资料,很

---

① 龚剑:《乘风破浪五十天》,《联合副刊》,1978年4月22日—23日。
② 编者:《“大特写”序》,《联合副刊》,1978年11月1日。
③ 张毅:《油与石围墙的故事》,《联合副刊》,1978年11月1日—2日。

好地诠释了报告文学这一文类的现实精神，“可以称之为一篇很好的报告文学”[①]。又如《大来》[②]，“大来”原本是旧金山附近一个由华工建立的小镇——喜乐镇上一间茶馆的名字。它由“大来”茶馆讲起，串出了“黄人之血”铺成的美国横贯公路，以及埋满了华人尸骨的金矿，用现实主义的笔触，真实描绘了19世纪末赴美华工的悲惨遭遇。早期海外华工，在异国的土地上流汗、流泪、流血，除了危险繁重的劳动，更要遭遇被排斥被侮辱，可以说海外华工的历史就是一部血泪史。然而这一切对多数台湾民众来说，都是“陌生世界”，正是系列的报告文学作品使得这段历史重见天日。接着1979年一年当中，旅美华人作家关宇，连续发表了多篇海外华工题材的报告文学作品，包括：《天使岛的故事》[③]、《眼泪望断乡关路》[④]、《漂洋过海——早期华工的血泪史》[⑤]，等等。

从20世纪五六十年代台湾的文学生产来看，无论是“反共怀乡”文学还是现代主义文学，都与台湾的社会尤其是底层社会脱节，大众在这些文学中往往处于失声的状态。20世纪70年代以后随着现实主义的回归，台湾文学“将近三十年的真空状态”[⑥]结束了，尤其在崛起

① 痖弦：《还不是回忆的时候——一束不是回忆的回忆》，联副三十年文学大系编辑委员会：《风云三十年——联副三十年文学大系史料卷》，联合报社，1982年。

② 翱翱：《大来》，《联合副刊》，1979年1月25日。

③ 关宇：《天使岛的故事》，《联合副刊》，1979年3月22日。

④ 关宇：《眼泪望断乡关路》，《联合副刊》，1979年4月20日。

⑤ 关宇：《漂洋过海——早期华工的血泪史》，《联合副刊》，1979年8月25日。

⑥ 陈芳明：《台湾新文学史》（下），联经出版公司，2012年，第520页。

的报告文学当中，“作家重新返回社会底层，倾听压抑许久的大众声音。他们深入农村，进入工厂，到达部落，把长期以来被遮蔽的边缘生活实况，透过文学形式展现出来”①。比如报告文学《她们——女作业员的文艺生活》②刊载在三八妇女节当天，是一篇访问基础上的文学作品，其前言部分指出：

> 机房是冷漠的、工厂工作是刻板的，在这样的工作环境中，为了听听中国女性劳工的声音、了解她们的渴望和快乐，以及她们的业余文艺生活，我们特别筹划了这个妇女节专辑；并藉此表达对她们的崇敬和感谢。③

该作品真实反映了工商社会当中，女性工人业余的文艺生活情况，同时也揭示了女工繁重的劳动、低薪水、枯燥的业余生活等问题。工厂女工这一很少被关注到的社会底层、边缘群体及其所面临的问题，通过报告文学的方式被暴露在了阳光之下。类似的作品还有《会说话的手——聋剧团的龙舞》④，一个由听力障碍者组成的“聋剧团”，因为身体的原因，他们的表演以手语和身体动作为主，却因为在台北月涵堂举行的一场戏剧公演，引起了台湾各界的震撼与关注。观众只

---

① 陈芳明：《台湾新文学史》（下），联经出版公司，2012 年，第 520 页。

② 季季、彭碧玉、丘彦明：《她们——女作业员的文艺生活》，《联合副刊》，1979 年 3 月 8 日—9 日。

③ 编者：《“大特写”妇女节专访前言》，《联合副刊》，1979 年 3 月 8 日。

④ 桂文亚：《会说话的手——聋剧团的龙舞》，《联合副刊》，1979 年 3 月 18 日。

注意到了聋人的表演才华，但“他们是如何工作？如何生活？这个剧团又是如何推动他们的理想”[①]等情况却鲜为人知，“联副”记者在走访调查的基础上，打造了上述报告文学作品。从中，我们也能够看到“联副”在报告文学推广上的努力。

“大特写”专栏之外，“联副”也还有其他一些报告文学作品，夏元瑜的《血泪斑斑捕猫熊》[②]就比较典型，讲述了1945年一队人在四川汶川大山之中搜捕熊猫的惊险经历。该作品具有报告文学真实性的特点，在第一手资料的基础上改写，“现在我根据这些资料，改写成故事。内容全是真实的”[③]，编者也说：“本文的资料根据祝县长的日记，略有渲染”[④]，不同于前面的报道散文，这是一篇“接近小说类型的作品，是作者经过充分的社会调查，在真实事件的基础上经过某些艺术剪裁，加工而成的……精彩与小说相差无几，有着浓厚的文学色彩”[⑤]。

在现实主义文化的回归，写实主义文学复苏的背景下，在与媒介文化的互动当中，20世纪70年代末期“联副”兴起了报告文学，“一些怀抱社会责任的新生代知识青年，以文学笔、新闻眼去从事人事的探访和现实的报道”[⑥]。这种长于事实呈现与问题揭露，洋溢着现实主

① 编者：《〈会说话的手——聋剧团的龙舞〉序》，《联合副刊》，1979年3月18日。
② 夏元瑜：《血泪斑斑捕猫熊》，《联合副刊》，1979年12月8日。
③ 夏元瑜：《〈血泪斑斑捕猫熊〉前言》，《联合副刊》，1979年12月8日。
④ 编者：《〈血泪斑斑捕猫熊〉后记》，《联合副刊》，1979年12月8日。
⑤ 何笑梅：《台湾报导文学析评》，《台湾研究集刊》，1989年第4期。
⑥ 李瑞腾：《理想、热情与冲动——现阶段台湾的青年文学》，《联合副刊》，1988年3月29日。

义精神的文学类型，在“联副”当中持续了较长时期，之后还有不少关注农村农业、厂矿工人、环境污染与保护等社会问题，甚至揭露社会底层黑暗面的报告文学作品出现。正是两大报副刊在20世纪70年代中期以后，站立潮头发挥社会公器与公共论坛的功能，共同推动了报告文学这一文类的发展，为日后报告文学的发展奠定了基础。

三、“联副”的文化副刊转向

“联副”自林海音起确立了文艺副刊的路线，所谓“文艺性”副刊，“即是强调在文艺性的纲领下，以文艺作品的发表及园地提供作为主要功能，兼及知识、趣味”①。经平鑫涛、马各以至痖弦一路下来，“联副”文艺性副刊的大方向始终得以保持，痖弦就说过：“文艺副刊是我国报纸副刊的传统，也是联副的一贯风格，这是大前题、大原则，不可一日或忘。”②在长期的坚持当中，“联副”形成了“文艺性”副刊的传统，打造了“文艺性”副刊的成功模式，也引领了台湾文艺副刊的发展。实际上，作为我国特有的文化现象，报纸副刊历来就不止于文学生产的功能，也有着社会参与的功能，李欧梵就认为：“自晚清以降，中国的

① 林淇瀁：《副刊大业——台湾报纸副刊文学传播模式分析》，痖弦、陈义芝：《世界中文报纸副刊学综论》，“行政院”文化建设委员会，1997年，第125页。

② 痖弦：《还不是回忆的时候——一束不是回忆的回忆》，联副三十年文学大系编辑委员会：《风云三十年——联副三十年文学大系史料卷》，联合报社，1982年，第191页。

副刊就兼并了两种不同的功能：社会批评和文化（包括文学）的建设。”[①]但很显然，20世纪70年代中期以前，“联副”在文艺性副刊定位的指引下，长期扮演文学园地的角色，以文学建设的功能为主。而副刊所谓社会批评功能，“它所构造的想象的文学社群，正是一种类似哈贝马斯理论中的文学公共领域”[②]，在70年代中期以前，由于政治权力场域的强势介入，“联副”等报纸副刊所构造的文学社群，往往“采取一种间接和曲折的交流”[③]，其社会功能发挥的空间比较有限。李欧梵也认为：“社会结构的不稳定和政府的势力太强，使得报纸副刊不能发挥其应有的社会功能。”[④]

到20世纪70年代中期以后，尤其是自70年代末起，“联副”文艺性副刊的面貌发生了深刻变化，有了鲜明的文化副刊的朝向，曾经单纯的文学伊甸园逐步向社会启蒙阵地转型，社会功能的发挥不断强化。文化副刊的主要特征是：“新闻性提高、参与性强、有计划性的传播。”[⑤]从副刊主持者的角度来看，“文化副刊的主编亦积极介入社会参与、文化参与，扮演鼓吹者的角色，透过突破与试验的实践，宣扬副刊对社会责任承担的公共论坛论述，文艺副刊主编则采取中立者的反映角色，依循蜕变与修正的实践，遵守社会责任”[⑥]。考察70年代中期以后的“联副”，不论从其呈现出的特征抑或是主编的倾向，都能够

①④　李欧梵：《二十年来的台湾报纸副刊：从痖弦和高信疆说起》，痖弦、陈义芝：《世界中文报纸副刊学综论》，“行政院”文化建设委员会，1997年，第183页。

②③　李晓红：《台湾〈联合报〉副刊的文学传承与角色变迁》，《厦门大学学报》（哲学社会科学版），2006年第3期。

⑤⑥　［马来西亚］魏月萍：《报纸副刊与文化权力》，《民间评论》，2003年第2期。

清晰地察觉出其文化性大副刊的转向。所以出现如此变化,我们认为首先是与文化场域互动的结果。战后台湾重大的政治、文化变迁,始于70年代。“众多知识分子由于七〇年代初台湾外交挫败而觉醒,扬弃流亡漂泊的心态,形成回归现实世代,激发政治与文化的转变。”①关于70年代台湾文化场域的深刻变迁,叶石涛有过如下论述:

> 七〇年代总共受到六次的政治性重大冲击,这些冲击有时候是足以动摇“国本”的毁灭性冲击,使“国人”提高反省的层次,也使得上层建筑的文化掀起了壮大的觉醒运动:此运动首先肯定政治必须迅速改革……文化上,必须确立承继民族传统文化发挥光大的姿势,积极推动乡土色彩的文化。②

随着政治权力场域对文化场域宰制性的影响逐渐式微,台湾文化场域的自主性则随之升腾,“联副”作为文化(文学)生产次场,随着社会功能施展空间的扩张,其社会参与的积极性空前高涨。另外,政治禁锢的松绑,也刺激了民众更加关切台湾政局、前途及社会,对资讯的需求大大增加,“导致阅报人口增加,而报业的发展环境更愈丰沃”③,副刊(报纸)纷纷做出重大调整,以适应读者需求的变化,进而竞争读

---

① 萧阿勤:《回归现实:台湾1970年代的战后世代与文化政治变》,“中央研究院”社会学研究所,2010年,第5页。

② 叶石涛:《台湾文学史纲》,文学界杂志社,1987年,第140页。

③ 林淇瀁:《战后台湾文学传播困境初论:一个“文化研究”向度的观察》,《新闻学研究》,1995年第51辑。

者资源。“联副”20世纪70年代中晚期文化性副刊的转向，正是顺应文化场域变迁及受众需求变化的结果。

同时，“联副”文化性大副刊的转向，也是与媒介文化场域互动的结果。具体来说，是在大报副刊尤其是两大报副刊的互相学习、竞争与互动当中，“联副”发生了上述重要的转向。面对文化场域的剧烈变迁与受众需求的变化，《中国时报》“人间”副刊站立潮头率先改革，高信疆是“人间”改革的领路人，“从文艺副刊发展到文化副刊，也是高信疆的尝试”①。1973年高信疆接编“人间”，“受过新闻专业教育及训练的作家高信疆，在20世纪70年代台湾社会变迁走到‘本土化’浪潮中，透过副刊，发挥了文学传播的功能，走出了旧有的副刊‘文艺’格局，开创出一个同年代社会、大众同一呼吸的‘文化副刊’天地”②。对“文化性”副刊的定位及面貌，高信疆有过如下表述：

> 在形式上，它是从文学的笔出发，以风貌多姿彩的表现，来反映现实，重建人生带动文化，甚至发挥出社会整体的批评与创造的功能；在内涵上，这一块版面也拥有几个重要的意义：首先，它是一座桥梁……一种沟通工具。其次，它是一扇窗户，掌握且传递了各式不同的讯息……。复次，它是一面旗帜……展现一份报

① 痖弦：《高信疆与我》，季季：《纸上风云高信疆》，大块文化出版公司，2009年，第111页。

② 向阳：《副刊学的理论建构基础：以台湾报纸副刊之发展过程及其时代背景为场域》，《联合文学》，1992年总第96期。

纸的理想与特色……①

在具体的操作当中,作为"媒体英雄"的高信疆,利用副刊题材相对安全的特点,在一定程度上将"人间"打造成了哈贝马斯所谓的"公共论坛","当时台湾民间开始萌动很多呼声,因为无法登上新闻版(正刊),他巧妙地借助副刊管道,为知识分子开辟一条言路,也为社会舆论搭建一个讨论的平台,大大增加了副刊的社会参与功能"②。"人间"也大胆进行版面革新,一改过去"文艺性"副刊等稿的被动编辑模式,主动进行"计划编辑",结合社会焦点、文化议题等进行"议程设置"。此外,"人间"提升文化性内容的分量,设置各类文化专栏,举办各种座谈会、演讲会等,广邀世界各地华人学者共同参与。经此番努力,高信疆开创了文化性副刊的全新模式,将"人间"副刊带到了前所未有的高度,拉开了台湾报纸副刊"纸上风云"的序幕,甚至造成了副刊相当长时期在文化场域中的垄断地位,高信疆也因此被誉"纸上风云第一人"。

台湾报纸副刊的黄金时代,是由"联副"与"人间"双峰并峙共同创造的,"联副"20 世纪 70 年代末文化副刊的转向至关重要,而这一转向与"人间"有着密不可分的关系,"因为《人间副刊》的新定位,相

---

① 转引自林淇瀁:《副刊大业——台湾报纸副刊文学传播模式分析》,痖弦、陈义芝:《世界中文报纸副刊学综论》,"行政院"文化建设委员会,1997 年,第 125 页。

② 痖弦:《高信疆与我》,季季:《纸上风云高信疆》,大块文化出版公司,2009 年,第 111 页。

对也刺激联合报《联合副刊》的方向；可以这么说，两大报副刊在七〇年代的竞争，已经隐含了副刊要挣脱长期以文艺为主导路线的信息，而副刊走向‘文化副刊’的新方向”[①]。为了应对“人间”的挑战[②]，1977年10月1日在苦等一年之后，由《联合报》总编辑张作锦出面，终于成功延揽创、编俱佳的痖弦入主“联副”。痖弦是传统文艺副刊的忠实拥趸，他自己说过：“笔者可以说是传统纯文艺副刊的拥护者，事实上，我们对中国传统的文艺副刊充满着怀旧的心情。我以为，如果在我们这一代——特别是在提倡精致文化的今天，把这样宝贵而全世界仅有的文艺副刊传统中断、消失，是非常可惜的。”[③]但在竞争对手——“人间”副刊转型并取得成功的压力之下，痖弦也对“联副”做出了重要调整，简言之就是加强了文化副刊的朝向。下面是痖弦策动“联副”转型后回应质疑的一段话：

有人认为联副过于文艺，少有文化思想、社会参与、新闻报道一类的设计，好像是“没骨山水”，软趴趴的，这种看法是有欠公允的，也是不准确的……我们在文艺以外的专题设计同样繁多，不过这些设计很多都是透过或者隐含在文艺的形式里，一定要细读

① 蔡诗萍：《解严后台湾报纸副刊“文化评论”的兴起》，痖弦、陈义芝：《世界中文报纸副刊学综论》，“行政院”文化建设委员会，1997年，第197页。

② 需要说明的是高信疆在痖弦上任前的一个时期，短暂离开“人间”主编位置，但是随着痖弦的上任，高信疆又复职，两人在竞争中共同创造了台湾副刊史上最辉煌的黄金时代。

③ 痖弦：《风云三十年序——当前我国报纸副刊的困境与突破》，联副三十年文学大系编委会：《联副三十年文学大系 史料卷 风云三十年》，联合报社，1981年，第39页。

才能觉察出来。四面皆窗的联副办公室,永远与广大的群众声息相通,我们不会无视社会的新发展,读者的新需要,我们早已经在不改变文艺副刊传统的基调上,做了很多因应和改革。①

其中所谓"文化思想、社会参与、新闻报道一类的设计",正是此前"人间"副刊文化性转向后的核心操作,这不尽然是痖弦理想中"联副"的路数。他希望"联副"能重视并反映社会变迁,"永远与广大群众声息想通",同时又主张为文化性、社会参与等方面的内容赋予文艺的形式,做到"不但能肆应现代文艺副刊的新闻性、参与性与社会责任等等要求,也不失去传统纯文艺副刊艺术性与永恒性的期望"②。这实际上是痖弦为"联副"确立的转型方向,就是在保持文艺性副刊基本属性的基础之上,加强文化性副刊的朝向。在具体操作当中,"联副"一方面继续保持较高分量的文艺性内容,另一方面则大幅增加多元性文化内容,各类文化(文学)的社会参与也多了起来,做到了"在纯文艺的传统风格下,同时也具有积极参与、社会写实与掌握新闻脉动的精神"③。

① 痖弦:《还不是回忆的时候——一束不是回忆的回忆》,联副三十年文学大系编辑委员会:《风云三十年——联副三十年文学大系史料卷》,联合报社,1982 年,第 207 页。

② 痖弦:《风云三十年序——当前我国报纸副刊的困境与突破》,联副三十年文学大系编委会:《联副三十年文学大系 史料卷 风云三十年》,联合报社,1981 年,第 41 页。

③ 黄年:《联合报四十年》,联经出版公司,1991 年,第 151 页。

(一)动态编辑理念下文化性内容的扩张

20世纪70年代中期以前,“联副”秉持文艺性副刊的宗旨,纯文学的创作(小说、散文、诗歌等)占据了副刊版面的绝对主体,而70年代中期以后,尤其是自70年代末起,“联副”明确了文化性的朝向,在更趋动态的编辑理念的支配下,“联副”中各类文化性资讯类的内容多了起来,文学作品不若以往可以独领风骚。

1. 各类资讯(新闻)型文化专栏、专辑、专题多了起来

自20世纪70年代初开始(1971年被平鑫涛称之为“专栏年”),“联副”一改等稿、统稿的静态编辑模式,进入了主动出击的动态编辑阶段,各类专栏、专辑、专题的企划大幅增加。进入70年代中期以后,面对政、经权力场域及文化场域的全新格局,为顺应读者阅读需求的变化,“联副”组织策划了大量资讯型的文化专栏、专辑等。这些专栏中文章的特点是文学性较弱,而以资讯、知识的传播为主要目的,在一些时日甚至超过了纯文学性的内容。

1975年3月1日“联副”继前一年改版之后①,又进行了一次改版,“今天起特再全面革新版面”②,原有的一些专栏比如“‘各说各话’、‘在天之涯’等专栏都将加强”③,这里所谓的“加强”在很大程度上体现为新闻性、资讯性内容的增多,尽管改版中仍坚持“文艺性的作

① 1974年3月1日“联副”改版,最主要的变化是版面扩容为整版廿批,成为各主要日报中副刊版面最大的。

②③ 编者:《读者·作者·编者》,《联合副刊》,1975年3月1日。

品，并不偏废”[1]，但这些专栏文化性的增强却是不言而喻的。20世纪70年代初诞生的“各说各话”专栏，给了各个行业从业者言说的机会，70年代中期以后明显强化了文化性，围绕文化性议题展开的讨论很多。比如《“敦煌壁画”舞》[4]一文，由舞蹈家兼影星的郑佩佩，谈根据“敦煌壁画”中的飞天改编舞蹈的经历，其中传统文化与现代舞蹈文化的融合让人耳目一新。在《不是热门音乐惹的祸》[5]中，著名音乐主持人陶晓清则为当时的流行音乐辩护，认为流行音乐非但不会“毒害”社会，反而有益民众身心健康，值得提倡与发展。其他的文章再如：讨论台湾戏剧发展衍变的《阿伯啊，我演子弟戏给你看》[6]、讨论人体绘画的《艺术与色情之间——对人体画应有的认识》[7]等，多围绕各类文化议题展开，文章重在新闻与文化资讯的传递，文化性远远强于文学性。

同样出现于20世纪70年代初期的“在天之涯”专栏，之前常由海外华人作家执笔，文章多是记载海外游学见闻、生活经历的美文，在20世纪70年代中期改版之后，更多致力于介绍各类海外文化资讯。比如《波利尼西亚之夜——南太平洋土著歌舞的诱惑》[8]，介绍波利尼西亚的土著民族及其神秘而瑰丽的舞蹈、音乐等文化形态。《红砖砌成

---

① 编者：《读者·作者·编者》，《联合副刊》，1975年3月1日。

④ 郑佩佩：《“敦煌壁画”舞》，《联合副刊》，1975年7月6日。

⑤ 陶晓清：《不是热门音乐惹的祸》，《联合副刊》，1975年10月9日。

⑥ 丘坤良：《阿伯啊，我演子弟戏给你看》，《联合副刊》，1977年2月5日—6日。

⑦ 林惺岳：《艺术与色情之间——对人体画应有的认识》，《联合副刊》，1978年6月11日。

⑧ 赵琴：《波利尼西亚之夜——南太平洋土著歌舞的诱惑》，《联合副刊》，1978年6月19日—20日。

的北欧》[①]一文，则从一名建筑大师的视角，观察和介绍北欧的建筑文化，尤其是“红砖文化”，使得读者对欧洲的了解多了一个崭新的面向。类似的文化资讯型的文章，在该时期的“在天之涯”专栏当中占多数。

在传统文艺副刊向新型文化副刊的转向过程中，无论是“人间”副刊还是“联副”，都有如下变化：“具有现代传播的新思维，譬如新闻性、现实性、时间感和速度感”[②]，“联副”的重要举措之一，就是陆续推出了很多新闻性、资讯性强的文化类专栏。20 世纪 70 年代中期以后“联副”革新版面，除了前述的旧有专栏的文化改造外，更多的是推出了一系列新的文化性专栏，当中的文章很多不再是心灵抒发和经验表述的纯文学作品，而是“增加了现实的分析报道以及新知识快讯的传布”[③]。例如“新闻网外”专栏，就是“为配合新闻，作深入的追踪与补充”[④]。专栏中的文章如《〈千金要方〉的作者孙思邈》[⑤]，主要介绍了孙思邈的生平及其神奇的医学著作。在文章的序言中就说孙思邈及其《千金要方》，“最近成了国内外的热门新闻，关于此书作者孙思邈个人的成就、胸襟与传奇，确也值得一谈”[⑥]，很显然作品的重点不在文学审美的经营，而在于资讯的传布。

---

① 汉宝德：《红砖砌成的北欧》，《联合副刊》，1978 年 7 月 13 日—14 日。

② 曹立新：《台湾报业史话》，九州出版社，2015 年，第 109 页。

③ 陈义芝：《副刊转型之思考——以七〇年代末〈联副〉与〈人间〉为例》，瘂弦、陈义芝：《世界中文报纸副刊学综论》，“行政院”文化建设委员会，1997 年，第 152 页。

④ 编者：《读者 · 作者 · 编者》，《联合副刊》，1975 年 3 月 1 日。

⑤⑥ 蔡仁坚：《〈千金要方〉的作者孙思邈》，《联合副刊》，1975 年 7 月 4 日。

《第三性的祈望》①则讲述了一个“第三性”女运动员的生活遭遇及心理困境，同样是对当时的一则热点新闻进行的信息补充，甚至算不上文学作品。此类资讯性的文章在“新闻网外”专栏中很多，意在补充“新闻背后的新闻”。同期开设的“世界之窗”专栏，顾名思义主要“介绍世界珍闻异趣”②，当中的文章多摘译自国外的报纸，动态的内容以呈现国外各类奇闻异事为主。比如《丹麦的骄傲安徒生》③，由笔名玉玺的作者摘译自《洛杉矶时报》，文章简要介绍了丹麦童话作家安徒生的生平及其创作，文章虽富于趣味，却显然以传播知识为主，文学性较淡。再如《做梦对你有益》④一文，由孟莉萍节译自“美联社特稿”，介绍梦的形成以及做梦对人身心的益处，就是一篇小的科普文章。该专栏当中，以资讯类的文章为主，主要传播知识与文化，文学同样较弱。

20 世纪 70 年代末期文化性专栏的企划更多。如 1978 年 3 月“联副”开辟了“文坛点线面”专栏，是痖弦执掌“联副”后新辟的“第一个报道性小栏，这是鉴于文人、艺术家和文艺社团活动的消息不易在新闻版出现，才设计起来的”⑤，编者按指出：

① 赖淑姬：《第三性的祈望》，《联合副刊》，1975 年 9 月 11 日。

② 编者：《读者·作者·编者》，《联合副刊》，1975 年 3 月 1 日。

③ 玉玺译：《丹麦的骄傲安徒生》，《联合副刊》，1975 年 10 月 8 日。

④ 孟莉萍译：《做梦对你有益》，《联合副刊》，1976 年 2 月 16 日。

⑤ 痖弦：《还不是回忆的时候——一束不是回忆的回忆》，联副三十年文学大系编辑委员会：《风云三十年——联副三十年文学大系史料卷》，联合报社，1982 年，第 211 页。

由一群青年作家执笔。他们说：作者是点，编者是线，读者是面，让点线面制作群穿梭于三者之间，采撷文艺的花蜜，传播学术的讯息……①

专栏文章中有介绍新作信息的如《司马中原要写史诗长篇》②，有关于作家动态的如《李昂回来了》③、《乔志高来去匆匆》④、《林海音美游归来》⑤等，甚至还有事关作家、学者生活信息的如《文艺伉俪——陈万军与程幻幻》⑥等，总之以报道台湾文坛相关资讯为主。同样以新闻（资讯）、知识传递为主的文化性专栏还包括：以“介绍世界文坛近况，引起新的创作观点”⑦为目的的“文坛风向球”专栏、以“探一探学术的消息，看一看文艺的风景”⑧为宗旨综合型的文化信息简讯专栏“文化街”等等。

除了长期存在的专栏之外，20 世纪 70 年代中期以后，尤其是 70 年代末，各类存在周期短、灵活多变的专辑、专题策划在“联副”中也很多，其中不少是文学性较弱而新闻性、资讯性强的文化类专辑。例如

---

① 编者：《编者按》，《联合副刊》，1978 年 3 月 11 日。

② 拓跋瑞：《司马中原要写史诗长篇》，《联合副刊》，1978 年 6 月 28 日。

③ 季季：《李昂回来了》，《联合副刊》，1978 年 6 月 3 日。

④ 思兼：《乔志高来去匆匆》，《联合副刊》，1978 年 6 月 23 日。

⑤ 季季：《林海音美游归来》，《联合副刊》，1978 年 10 月 21 日。

⑥ 彭碧玉：《文艺伉俪——陈万军与程幻幻》，《联合副刊》，1978 年 11 月 17 日。

⑦ 痖弦：《还不是回忆的时候——一束不是回忆的回忆》，联副三十年文学大系编辑委员会：《风云三十年——联副三十年文学大系史料卷》，联合报社，1982 年，第 189～190 页。

⑧ 丘彦明：《〈文化街〉专栏序》，《联合副刊》，1978 年 12 月 1 日。

1976年2月的《世界五大间谍网》[①]专辑，连续刊载了五日，将充满神秘色彩的苏联克格勃、法国情报网、西德联邦情报处等世界上五个主要国家的情报机构及其在二战期间的运作情况"公之于众"。该专辑新闻资讯性强，与文学则较为疏离，体现了"联副"(《联合报》)资讯功能的提升，实际上当时《联合报》"创下先例，订定了《洛杉矶时报》与《华盛顿邮报》的新闻与专栏稿"[②]，此后有不少文化资讯专题、专辑都来自上述媒体。副刊(文艺性副刊)本来是报纸中区隔于新闻与广告的板块，以刊发文学性或与文学有关联的各类文章为主，"在技术上有别于新闻资讯板块，特别专注于文学性和文章文学手法的运用"[③]，但当"联副"在20世纪70年代中晚期强化了文化性的朝向之后，新闻操作特别是新闻采访与报道的技术，就被广泛用于一些文化资讯类专题的实操当中。

一批青年文艺记者如丘彦明、彭碧玉、桂文亚、季季等采写了很多文化类的资讯与报道，甚至主编痖弦都曾亲自上阵参与。这些鲜活的文化类专题的策划及实操，也直接体现了"联副"资讯性与文化性的加强。比如《实验以验实——访丁肇中教授》[④]专题，就是一篇诺贝尔物理学奖获得者丁肇中的访谈记录，文章非但议题的文学性较弱，就是其一问一答的行文也谈不上"文学手法"，毋宁说这是一篇新闻性的专

① 《世界五大间谍网》，《联合副刊》，1976年2月10日—23日。

② 郑贞铭：《百年报人(3)：一代新闻宗师》，远流出版事业股份有限公司，第214页。

③ 王列耀、龙扬志：《文学及其场域1999—2009澳门文学与中文报纸副刊》，社会科学文献出版社，2014年，第165页。

④ 编者：《〈实验以验实——访丁肇中教授〉序》，《联合副刊》，1976年10月20日。

题。此一时期“联副”中这类新闻性很强的文化资讯类专题非常之多，包括：《圆山夜话——美国汉学家史华慈访问录》[①]、《猛回头·再出发——访刘国松》[②]、《制造移植棉花糖——曾野绫子、林文月对谈录》[③]等等。

另外，还有一些抓住社会关切，直接策划而来的资讯性的文化专辑，可谓是“世间本无事，媒介策划之”。例如“大学生活面面观”专辑，由大学刚毕业的青年执笔，自1976年7月2日至8月底陆续刊载了系列文章，“针对大学生活的形形色色加以分析介绍”[④]，对家教市场、大学饮食、情感、娱乐、工读、社团等问题做不同角度的探讨。再如《如何寻回濒临失落的民俗才艺》[⑤]专辑，是由“联副”组织的一次以保护台湾民间才艺、民俗文化为目的座谈会的记录，专辑组织者“寄望这一个座谈会，能够带给从事文化推广辅导的人士一些信心和建议，并对于民间默默为民俗文化尽心尽力的有心之士，提供精神的鼓励”[⑥]。此类文化资讯性专辑企划，在20世纪70年代末期的“联副”当中颇多，彰显了文化副刊编者（传播者）“主动设定议题，乃至建构议题，掌

---

① 杨泽、陈弱水：《圆山夜话——美国汉学家史华慈访问录》，《联合副刊》，1978年7月10日。

② 痖弦访问、张泠整理：《猛回头·再出发——访刘国松》，《联合副刊》，1979年8月22日。

③ 丘彦明整理：《制造移植棉花糖——曾野绫子、林文月对谈录》，《联合副刊》，1978年10月27日。

④ 编者：《读者·作者·编者》，《联合副刊》，1976年7月18日。

⑤ 陈长华记录：《如何寻回濒临失落的民俗才艺》，《联合副刊》，1979年5月19日。

⑥ 编者：《〈如何寻回濒临失落的民俗才艺〉序》，《联合副刊》，1979年5月19日。

握读者期待的媒介内容"[①]的能力,体现了文化副刊计划传播的特征。这些专辑常"受到读者广泛的注意"[②],然而读者对该类专辑的关注,显然主要不是出于文学审美的目的,而是出于对社会的关切和资讯的需求,这也就构成了此类专辑、专题策划的初衷,而此类专栏、专辑、专题等策划显然使得"联副"的内容大大溢出了传统文艺副刊的范畴。

2. 艺术文化内容的扩张

艺术的系统随着科技的发展也在变化,当前有人将其概括为:"①造型艺术,包括绘画、雕塑、建筑、书法、实用装饰工艺艺术;②演出艺术,包括音乐、舞蹈、戏剧、曲艺、杂技;③映像艺术,包括摄影、电影、电视等;④语言艺术即文学。"[③]文化的范畴非常广泛,包含人类所创造的全部物质及精神成果,"凡是与人类发生联系并被赋予价值意识的客观外在物包括人的身体都是人类的文化成果"[④]。虽然分别承载着殊异的文化理念,但"这些不同的艺术门类及其亚门类也可以看作文化现象,如音乐文化、舞蹈文化、建筑文化、戏剧文化等"[⑤]。"联副"文化副刊的转型中,语言艺术文化——文学之外,其他各类艺术文化内容的扩张也是其重要表现之一。

"联副"创刊时发刊词的标题是"综合的·趣味的",所谓"综合

---

① 林淇瀁:《战后台湾文学传播困境初论:一个"文化研究"向度的观察》,《新闻学研究》,1995 年第 51 辑。

② 编者:《读者·作者·编者》,《联合副刊》,1976 年 7 月 18 日。

③ 李心峰:《艺术学论集》,北京时代华文书局,2015 年,第 385 ~ 386 页。

④ 黄永健:《艺术文化论》,文化艺术出版社,2008 年,第 185 页。

⑤ 黄永健:《艺术文化论》,文化艺术出版社,2008 年,第 184 页。

的”就是“小说、散文、小品、图画，不论它是创作或翻译，说理或考据，国语体或文言，只要够水准，有分量，‘联副一律欢迎’”[①]，这实际上是明确了“联副”初期“综艺性”的定位，也就是包含有“语言艺术”——文学在内的多种艺术文化。但在林海音接编“联副”以后，很快“有了一个新的方向”[②]，就是“文艺性”（文学艺术）的方向，自此，“林海音高举‘纯文学’大旗，翻转副刊‘综艺性浓，文艺性淡’的形象”[③]，文学性的内容就此占据了“联副”版面的绝对分量。至于综艺性方面的内容，“社方很快又加了一个‘艺文天地’版（黄仁先生主编）刊登电影、戏剧、趣谈等属于报道或非文学性稿子”[④]。文艺性的定位，以文学作品刊载为主的局面，马各、平鑫涛都继续坚持，平鑫涛说过：

我接编联副时，并没有想到去读一读这“最早的文告”，但这许多年来的联副的编辑政策，始终与这个“综合的，趣味的”原则，不谋而合。在政策上的唯一略有不同，就是在二点以外，后期的联副，略偏重于文艺。[⑤]

① 编者：《综合的·趣味的》，《联合副刊》，1951 年 9 月 16 日。

② 林海音：《文坛回顾——主编联副杂忆》，《联合副刊》，1982 年 11 月 1 日。

③ 颜讷：《台北副刊大业：林海音》，http://www.literature.taipei/%E8%87%BA%E5%8C%97%E6%96%87%E5%AD%B8%E5%8F%B2%E7%9A%84%E7%92%80%E7%92%A8%E6%99%82%E5%88%BB?view=scholar&id=3&start=1。

④ 林海音：《文坛回顾——主编联副杂忆》，《联合副刊》，1982 年 11 月 1 日。

⑤ 平鑫涛：《联副第二十年》，《联合副刊》，1971 年 9 月 16 日。

但到了20世纪70年代末期,“联副”中绘画、雕塑、音乐、舞蹈、影视等等艺术文化内容不再是之前点缀性的存在,而是分量大增,文学艺术内容非但不再独美其美,甚至时而还被其他艺术文化内容在分量上超越。这一方面是因为1976年末《联合报》做出了版面的调整,“将原刊第六版的家庭版和第九版的影视艺术版合并于此版”①,原先其他版面的艺术文化内容就此并入“联副”的版图。另一方面主要原因,当然还是“联副”在70年代末期发生的文化转向,要求更加多元的文化内容进入。

在本土化的浪潮当中,台湾本土艺术文化不断被发现和挖掘。《中国时报》的“人间”副刊就针对“素人画家”洪通、木雕家朱铭、舞蹈创作家林怀民等人,进行过系列化的报道。“联副”也不甘落后,以自己的方式弘扬台湾民间的艺术文化。太瘦生撰写的《洪通奇谈》②,就将遁世隐居却身怀绝技的民间画家洪通的传奇故事,以传统章回体小说的形式呈现在读者面前,用文学的方式传播艺术文化。木雕家朱铭出身微寒,却得以在“联副”的“各说各话”专栏中以《爱木头的人》③一文,介绍自己成长、学艺、成才的经历。更有“联副”文艺记者彭碧玉采写的《工作在刀釜声里——朱铭的新年新计划》④,介绍朱铭的系列作品及未来工作计划。林怀民及其云门舞集,也是台湾本土生长出来的

---

① 联副三十年文学大系编辑委员会:《联副三十年记事》,联副三十年文学大系编辑委员会:《风云三十年——联副三十年文学大系史料卷》,联合报社,1982年,第322页。

② 太瘦生:《洪通奇谈》,《联合副刊》,1976年4月6日—4月7日。

③ 朱铭:《爱木头的人》,《联合副刊》,1976年6月12日。

④ 彭碧玉:《工作在刀釜声里——朱铭的新年新计划》,《联合副刊》,1979年1月1日。

优秀艺术文化的代表,“联副”不仅在林海音时期拔擢了青年作家林怀民,更在他后来舞蹈艺术“云门舞集”的发展中大力为之鼓与呼,相关文章就包括:《文化的“传薪”——云门“健康写实路线”的舞剧之演出》[①]、《文化苦行僧林怀民——写在〈廖添丁〉演出之前》[②]、《云门门神初展颜》[③]、《云门舞集在美国——一次艺术的远征》[④]、《传统的探索——看云门舞集在纽约的演出》[⑤]等等。

20世纪70年代末期,尤其是1978年之后,“联副”中其他艺术文化内容猛增。以造型艺术文化为例,既有几个长期存在的直接展示造型艺术的专栏、专辑,如1978年10月“联副”所推出的两个造型艺术的专栏,一个是回归的漫画专栏“哈老哥”,另一个是庄伯和主持“美的系列”专栏,陆续展示了阳刚之美、阴柔之美、抽象之美等十二种“美”的类型艺术(见图19),在专栏构想中庄伯和谈道:

> 我所提供的一连串的艺术杰作,并非想藉艺术品来诠释美的含义,只希望大家一起来欣赏,来体会人类伟大的艺术创造力,充

① 楚戈:《文化的“传薪”——云门“健康写实路线”的舞剧之演出》,《联合副刊》,1979年1月3日。

② 罗兰:《文化苦行僧林怀民——写在〈廖添丁〉演出之前》,《联合副刊》,1979年4月28日。

③ 马叔礼:《云门门神初展颜》,《联合副刊》,1979年5月1日。

④ 黄寤兰:《云门舞集在美国——一次艺术的远征》,《联合副刊》,1979年10月29日。

⑤ 丛甦:《传统的探索——看云门舞集在纽约的演出》,《联合副刊》,1979年11月26日。

实吾人精神生活内容。[①]

聯合副刊

美的系列

陽剛之美 ㉗

持戟人物圖

莊伯和

這也是沂南畫象石的一景，故事內容不詳，跟其他沂南畫象一樣地，依舊充滿激揚的氣勢。

尤其左方持戟握鈕的一人，似乎聽到了右方人物告訴他的什麼緊急消息，驀然躍起。也好像被右方人物用手指觸一下，便使他全身觸了電一般。

兩人衣袖向上的動勢作尖花瓣形，也是沂南畫象人物的共通手法，人物的側體及冠帶飛揚，表現得更為生動，而各人手上的長戟、長矛，甚至右方一人腰際的長劍，構成一個不安定的逆三角形構圖，與人物的運動感互為呼應。至於左下角的有翼怪物，可能為了補白之故，無甚意義，因為同是山東的武氏祠畫象，也有在人物之間空白處填補飛鳥、野獸等圖案的情形。

图 19 《阳刚之美》插图[②]

① 庄伯和:《我对“美的系列”的构想》,《联合副刊》,1978 年 10 月 5 日。

② 庄伯和:《持戟人物图——阳刚之美》,《联合副刊》,1978 年 10 月 27 日。

聯副畫廊

變形蟲設計展①

中國藝術的傳統與現代

文圖．霍鵬程

●中國傳統藝術的各種藝術形態如工藝品、書畫、音樂、建築……均有輝煌成就的表現，以現代人來從事，常有今不如古的感嘆！乃是因爲古、今生活習慣已大異其趣，現今我們以古代的藝術品來研究古代人的生活背景，未來的人亦會拿現代的藝術品來體會現代人的生活方式，故我們渴望產生足以代表現代生活的現代藝術。

●現代藝術必須與現代生活相結合，諸如建築、繪畫、音樂、舞蹈、戲劇、大衆傳播、設計……追求新觀念與美好的新技巧的現代藝術，使之實用於現代生活的精神與物質文明之上。

●中國現代藝術工作者必須追求足以代表中國的藝術品，在血統、文化傳統上保有「中國的傳統精神」，則必須對中國傳統藝術了解與認知，而加以發揚光大，不爲後生者羞。

●電視、報紙、電影、雜誌、電台……等媒體均是現代文明產物，在明日的傳統媒介上扮演相當的腳色，中國「鼎」上的鐘鼎文把當時的國家大事記載下來留傳後世，現代的「錄影帶」却能把現今立即發生事物的聲光畫面錄與後代，是爲現代最佳的媒體之一。

图 20 《联副画廊》插图①

另外 1979 年初“联副”又推出了“联副画廊”专辑(见图 20)，预告当中给其的定位是：

① 霍鹏程：《变形虫设计展 1》，《联合副刊》，1979 年 2 月 12 日。

一个视觉与文字结合的专辑，在这个专辑里，画家、设计家将发挥他们的长处，提供读者们视觉上美的感受。除了图像，他们将写下一段文字，作为他们个人艺术观的一个诠释。[①]

除了专栏外，关于绘画、雕塑等造型艺术的评介、资讯、报道类文章也颇多，比如《中国画的新境》[②]、《中国绘画的色彩与精神——顾献樑教授的最后演讲》[③]、《陈奇禄教授素描展评介》[④]、《四次元的生活艺术——记李昌浩的砚雕展》[⑤]等等。有关舞蹈艺术的文章，除了关于"云门舞集"之外还有《舞衫之梦——林丽珍的舞展》[⑥]、《舞蹈与我》[⑦]、《菲律宾如何建立自己的舞团》[⑧]等；谈音乐的则有《〈谈通俗歌曲民族化〉读后——我们确实急需一所音乐学院》[⑨]、《啄一啄我们的音乐界》[⑩]等。其他还有关于戏剧、戏曲的如《迎接中国新歌剧的诞

① 编者:《联副预告》,《联合副刊》,1979 年 2 月 11 日。

② 刘国松:《中国画的新境》,《联合副刊》,1978 年 7 月 25 日。

③ 张晓风记录:《中国绘画的色彩与精神——顾献樑教授的最后演讲》,《联合副刊》,1979 年 3 月 27 日。

④ 何怀硕:《陈奇禄教授素描展评介》,《联合副刊》,1979 年 10 月 2 日。

⑤ 楚戈:《四次元的生活艺术——记李昌浩的砚雕展》,《联合副刊》,1979 年 12 月 25 日。

⑥ 展宏志:《舞衫之梦——林丽珍的舞展》,《联合副刊》,1978 年 5 月 19 日。

⑦ 刘凤学:《舞蹈与我》,《联合副刊》,1978 年 11 月 13 日。

⑧ 林怀民:《菲律宾如何建立自己的舞团》,《联合副刊》,1979 年 6 月 18 日。

⑨ 高世荃:《〈谈通俗歌曲民族化〉读后——我们确实急需一所音乐学院》,《联合副刊》,1978 年 9 月 14 日。

⑩ 林音:《啄一啄我们的音乐界》,《联合副刊》,1979 年 4 月 5 日。

生——歌剧〈白蛇传〉创作的历史意义》[①]、《野台高歌——台湾民间戏曲活动的参与》[②]等;关于影视艺术的,如《国片的曙光——谈李行导演的〈汪洋中的一条船〉》[③]、《唯美电影的新月——评〈山中传奇〉》[④]等。总之,20世纪70年代末在文化副刊的转型当中,“联副”中文化内容更加多元,文学以外的其他艺术文化内容分量大为增加。

3. 一些特殊文化内容的策划增多

自20世纪70年代初起,“联副”组织策划了系列文化座谈会、专辑等,与“人间副刊”一道“探讨社会问题,报道乡土民俗,肯定民族尊严,引起七十年代‘国人’对本土文化反省与认同热潮”[⑤],在文化场域中掀起了一股“文化反省”的潮流。如《沉思·反省·重估——震荡之后看中美文化交流》[⑥]一文,就是由“联副”组织的一次座谈会的记录,编者在序言中说:

美国文化固然给了我们许多好处,但同时也带来了不少困

---

① 编者:《迎接中国新歌剧的诞生——歌剧〈白蛇传〉创作的历史意义》,《联合副刊》,1979年6月27日。

② 王秋桂:《野台高歌——台湾民间戏曲活动的参与》,《联合副刊》,1979年12月22日。

③ 曾心仪:《国片的曙光——谈李行导演的《汪洋中的一条船》》,《联合副刊》,1978年8月17日。

④ 罗龙治:《唯美电影的新月——评〈山中传奇〉》,《联合副刊》,1979年7月15日。

⑤ 詹宏志:《纸上风云第一人——高信疆的副刊传奇》,周宁:《飞扬的一代》,九歌出版社,1981年,第175页。

⑥ 思兼、吕汉魂、丘彦明记录:《沉思·反省·重估——震荡之后看中美文化交流》,《联合副刊》,1979年1月19日。

扰，甚至若干恶劣的影响。是从来也没有人认真地思考与检讨这些问题……我们不仅要在政治、军事、经济上自立自强；在文化上，尤须沉思、反省，确立自己的信心与方向。如何以正确态度对待美国文化，重估其价值，此其时也。[①]

这类“文化反省”类的策划及文章还包括《美式的民主及其他》[②]、《还是说出来吧！——对“我国”在美国的工作的检讨与建议》[③]、《知己知彼——论对美文化交流》[④]等。另一个持续时间较长、影响更大的专栏是“文化出击”专栏，其目的在专栏序言中写得非常明确：“为了维护纯正的中国文化，我们不能再对文化上的侵略、污染以及其他有害于‘我国’文化发展的现象保持缄默。”[⑤]其“出击”的目标则是多方面的：“对于西方诸多病态文化的侵触，我们要出击！对于披着学术外衣，污蔑文化、强奸文学和艺术的假理论，我们要出击。”[⑥]当然最主要的还是与当时大陆文化之间的对抗，相关的文章包括《吴晗的悲剧》[⑦]、《枯了的野百合花——王实味的故事》[⑧]、《五四历史不容篡

① 编者：《〈沉思·反省·重估——震荡之后看中美文化交流〉序》，《联合副刊》，1979年1月19日。

② 后德仟：《美式的民主及其他》，《联合副刊》，1979年2月5日。

③ 祝振华：《还是说出来吧！——对“我国”在美国的工作的检讨与建议》，《联合副刊》，1979年2月23日。

④ 白先勇：《知己知彼——论对美文化交流》，《联合副刊》，1979年6月30日。

⑤⑥ 编者：《“文化出击”专栏序》，《联合副刊》，1979年3月1日。

⑦ 韩健：《吴晗的悲剧》，《联合副刊》，1979年3月1日。

⑧ 刘心皇：《枯了的野百合花——王实味的故事》，《联合副刊》，1979年3月15日。

夺！——说明中共歪曲五四史实之真相》[①]等,意识形态痕迹明显,是典型的特定时期策划的有着特定目标的文化内容。

(二)“联副”学术平台的扮演

詹宏志认为“文化副刊”的主要特征之一,是“知识分子的大量参与”[②],参与的主要方式当然是思想和学术的讨论。如果说传统文艺副刊以“文艺/消遣”为主要取向的话,那么“联副”在向文化副刊转向后,其“文化/思想”的取向显著加强。20 世纪 70 年代,尤其是 70 年代中期以后,“联副”中由知识分子参与的各类学术研究、讨论逐渐增多,“联副”学术味道渐浓,在文学园地之外,“联副”又扮演起了学术平台的新角色。

早在 70 年代初,“联副”就开始了学术性内容的尝试。如 1970 年 3 月初由书画家、艺术批评家姚梦谷主持的“艺谭随录”专栏,当中的文章多属于艺术文化类的内容,但是其中很多不乏学术探讨的味道。《印名述变》[③]一文谈中国传统印章艺术发展演变的历史,文章引经据典论证详实充分,属于考证性的学术文章。《再谈中国山水画中的透视法》[④]中,姚梦谷先是对西洋画中的多种透视法进行了解读,接着引出与之大异其趣的“中国山水画的透视”,进而在有限的篇幅之内对其

① 周玉山:《五四历史不容篡夺！——说明中共歪曲五四史实之真相》,《联合副刊》,1979 年 4 月 6 日。

② 展宏志:《观念的历险:从文艺副刊到文化副刊》,《报学》,1980 年第 6 卷第 4 期。

③ 姚梦谷:《印名述变》,《联合副刊》,1970 年 3 月 19 日。

④ 姚梦谷:《再谈中国山水画中的透视法》,《联合副刊》,1970 年 4 月 28 日。

进行了剖析，文章的专业性和学术性都很强。1971年开辟的“在天之涯”专栏，编者的话指出：

是联副新增的一个专栏。这是一个学术的、思想的、报道的专栏。希望海外的学人、作家及读者，踊跃赐稿。题材不拘，举凡所闻、所见、所思，都可执笔写成佳作……①

从该专栏刊载的文章来看，有讨论中国科学史发展的《李约瑟博士与中国科学史》②、研究中国传统社会中男性与女性分工及角色的《传统的男女社会角色》③等，都具有鲜明的学术性与思想性。

进入20世纪70年代中期以后，“联副”中更多地活跃着学者与知识分子的身影，正如一次关于副刊的座谈会上与会学者谈到的：

1975年以后的副刊，代表了很大一个不同的方向，这个方向就是对知识的尊重，这是一个概括的说法，更实在的说，应该是对知识分子的尊重，范围缩小点，再具体的说是大家对教授文章的感兴趣……对教授最具体的尊重，我认为是表现在报纸上，因此，副刊成了新的先知。尤其是最近五、六年来，大家开始尊重学者，也是尊重知识，造成这个社会的具体形象的媒体，就是几家大报

① 编者：《编者的话》，《联合副刊》，1971年9月1日。
② 郑楚才译：《李约瑟博士与中国科学史》，《联合副刊》，1971年10月10日—13日。
③ 吕秀莲：《传统的男女社会角色》，《联合副刊》，1971年10月23日。

的副刊。[1]

"联副"是上述副刊中最重要的代表，与"人间"副刊一样，在该时期"大量引进学者专家谈思想、学术及文化问题，使各类知识与读者接触，使学术、文化的深度讨论进入大众媒介之中"[2]，围绕着教授、学者等学术资源，副刊之间甚至展开过激烈的竞争。"联副"中由教授开辟的专栏，比较典型的有颜元叔教授的"彦页随笔"专栏和逮耀东教授的"望月小楼手记"专栏，两个专栏中的文章多以散文示人，虽是针对不同主题的讨论，却都带有较强的思想性和学术性。

原本以文学作品为主轴的"联副"，在20世纪70年代晚期的文化副刊转型中，将更多"严肃的学术文化内容以及多元的艺术创作形式"[3]纳入版图当中。有讨论教育的《源远流长的中国教育——中国教育史引论》[4]，讨论动物名称的《一错五十年，为猫熊正名》[5]，讨论台湾名称的《一个应该有了结的学术讨论》[6]等等，主题虽然不一而足，但学术性和思想性都较强。也有讨论文学主题的，赵冈的《曹雪芹的

---

① 张继高发言，彭碧玉、丘彦明整理：《报纸副刊去何处？谈谈副刊的过去、现在和将来》，《联合副刊》，1979年10月5日。

② 林淇瀁：《战后台湾文学传播困境初论：一个"文化研究"向度的观察》，《新闻学研究》，1995年第51辑。

③ 王聪威：《编辑样》，联经出版事业股份有限公司，2014年，第254页。

④ 胡美琦：《源远流长的中国教育——中国教育史引论》，《联合副刊》，1978年6月30日—7月3日。

⑤ 夏元瑜：《一错五十年，为猫熊正名》，《联合副刊》，1978年10月5日。

⑥ 彭友生：《一个应该有了结的叙述讨论》，《联合副刊》，1978年6月8日。

两个世界》[①]、葛浩文教授的《中国现代文学研究的方向——从美国学者的研究情形谈起》[②]等等。包括一些大学者在内的知识分子,也纷纷开始在各自擅长的领域内,撰写学术文章甚至论文发表于"联副"。钱穆有多篇文化主题的长论文发表于"联副",包括《天时与人文——中国文化的特征之一》[③]、《从中国历史来看中国民族性及中国文化》[④],等;余英时有《反智论与中国政治传统——论儒道法三家政治思想的分野与汇流》[⑤]、《反智论与中国政治传统余篇——君尊臣卑下的君权与相权》[⑥]等等。这些论文不但思想性强,学术价值高,而且往往渊奥而冗长,发表这些论文对于转型前的"联副"来说是难以想象的。

20 世纪 70 年代末,由"联副"主动组织策划的各类学术性专辑、座谈会、演讲等也非常多,都以不同方式出现。如 1979 年 2 月起策划的"光复前台湾文学"专辑,有多篇论文陆续刊载,分别从不同角度研讨光复前台湾文学发展的情况,包括:《盐分地带的文学——光复前的

① 赵冈:《曹雪芹的两个世界》,1978 年 11 月 25 日—26 日。

② 葛浩文:《中国现代文学研究的方向——从美国学者的研究情形谈起》,《联合副刊》,1979 年 8 月 5 日。

③ 钱穆:《天时与人文——中国文化的特征之一》,《联合副刊》,1976 年 1 月 11 日。

④ 钱穆:《从中国历史来看中国民族性及中国文化》,《联合副刊》,1979 年 5 月 21 日—5 月 28 日。

⑤ 余英时:《反智论与中国政治传统——论儒道法三家政治思想的分野与汇流》,《联合副刊》,1976 年 1 月 19 日—24 日。

⑥ 余英时:《反智论与中国政治传统余篇——君尊臣卑下的君权与相权》,《联合副刊》,1976 年 4 月 12 日—16 日。

台湾文学：社团论》[1]、《光复前台湾文学：作家论——赖和其人及其诗》[2]、《光复前台湾文学：史论——日据下台湾新文学的生成与发展》[3]、《光复前台湾文学：史论——对"皇民文学"的一个考察》[4]等等。"当代名家演讲录"专辑，则是学者、文化名家演讲的记录，同样有着强烈的学术味道。在《从索忍尼辛批评美国说起——牟宗三教授演讲》[5]中，牟宗三谈西方文化的世纪末病、西方民主及政治等复杂问题；在《肯定自由、肯定民主》[6]当中，则又分析大陆的民主与自由情况，虽然表现出较强的意识形态倾向，但仍然属于学术研讨的范畴。学术性座谈会如"联副作家雅集"多次举办，每次都有不同的研讨主题，但并不拘泥于文学范畴。例如《当前艺术与文化的挑战——谈西班牙二十世纪名家画展》[7]座谈会，座谈会记录的序言指出：

希望的是透过艺术问题的讨论，来激发艺术界对中国文化的

① 羊子乔：《盐分地带的文学——光复前的台湾文学：社团论》，《联合副刊》，1978年10月25日—27日。

② 陈香：《光复前台湾文学：作家论——赖和其人及其诗》，《联合副刊》，1979年2月19日—20日。

③ 王诗琅：《光复前台湾文学：史论——日据下台湾新文学的生成与发展》，《联合副刊》，1979年3月17日—18日。

④ 钟肇政：《光复前台湾文学：史论——对"皇民文学"的一个考察》，《联合副刊》，1979年6月1日。

⑤ 吴汉魂记录：《从索忍尼辛批评美国说起——牟宗三教授演讲》，《联合副刊》，1979年1月14日—15日。

⑥ 朱建民记录：《肯定自由、肯定民主》，1979年6月2日。

⑦ 联合副刊：《当前艺术与文化的挑战——谈西班牙二十世纪名家画展》，《联合副刊》，1978年8月2日—4日。

现代化目标的认同；通过这样的讨论，使各种人文与社会科学的思考和现代化的探索，突破了以往对艺术的隔膜与疏淡。[①]

座谈会学术性一目了然。又如《报纸副刊何处去？——谈谈副刊的过去、现在和未来》[②]座谈会，则是一次由作家、学者、编辑共同参与的，关于报纸副刊传统与未来发展的学术性座谈会。这些学术性的座谈会、演讲、对谈记录还有很多。

很显然，20世纪70年代起“联副”中学术性、思想性内容不断增加，尤其是70年代末期各类学术性的论文与研讨更多，自原本葱郁的文学园地当中，开出越来越多的学术花朵，“联副”学术平台的角色日趋鲜明，这种情况一直持续到80年代末。实际上当时台湾“学术界的人都知道，无论在考核、评鉴或申请补助各类学术奖时，报纸发表的论文，一概不接受”[③]，“联副”学术文章所以兴起，乃是“联副”文学生产与文化场域互动的结果，也是“联副”文化副刊转向的重要表征之一，发挥了副刊文化普及与思想启蒙的作用。

（三）作为文化公共领域“联副”的社会介入

20世纪60年代，哈贝马斯提出了“公共领域”的概念，“所谓公共

---

① 联合副刊：《当前艺术与文化的挑战——谈西班牙二十世纪名家画展》，《联合副刊》，1978年8月2日—4日。

② 彭碧玉、丘彦明 记录：《报纸副刊何处去？——谈谈副刊的过去、现在和未来》，《联合副刊》，1979年10月2日—4日。

③ 游志诚：《报纸的论文真的不入流吗？》，《联合副刊》，1987年8月31日。

领域(public sphere),我们首先意指我们的社会生活的一个领域,在这个领域中,像公共意见这样的事物能够形成。公共领域原则上向所有的公民开放……当这个公众达到较大规模时,这种交往需要一定的传播和影响手段;今天,报纸和期刊、广播和电视就是这种公共领域的媒介”[①]。可见,在哈贝马斯那里,“公共领域”是一种居于国家和社会之间进行调节的一个领域,其“为市民社会提供了在政治问题(包括其他社会问题)上多多少少是‘自由的’舆论能够产生的土壤——一种通过民主参与的法律渠道转变为公民的交往权力的公共影响”[②]。20世纪70年代中晚期,“联副”文化副刊的转向还有一个重要标志,就是“文化公共领域”角色的扮演以及社会介入的增加。

20世纪70年代之前,林海音、平鑫涛等掌舵下的“联副”,主要以纯粹的文学园地的面貌示人。传统文艺副刊的定位,更多地是经营文学的风景,对于社会则采取较为“疏离”的姿态。70年代中期以后,虽然台湾言论与思想禁锢仍然严厉,但整个社会秩序却呈现出松动的迹象,“然而新闻报道的‘正刊’由于戒严体制,一时还很难有表现,标榜文化旗舰的副刊,自然成为最易渗透到社会结构中的媒介”[③]。而平鑫涛主持的后期,特别是70年代末期痖弦接手后,“联副”逐渐“从静

① [德]尤尔根·哈贝马斯:《公共领域》,汪辉、陈燕谷主编:《文化与公共性》,生活·读书·新知三联书店,2005年,第125页。

② 哈贝马斯:《关于公共领域问题的答问》,《社会科学研究》,1999年第3期。

③ 陈义芝:《副刊转型之思考——以七〇年代末〈联副〉与〈人间〉为例》,痖弦、陈义芝:《世界中文报纸副刊学综论》,“行政院”文化建设委员会,1997年,第158页。

态转趋动态,内容也从心灵抒怀转向社会公共话题”①,对待社会问题的姿态由“疏离”转变为积极地参与乃至介入,也就是痖弦所说的:“从过去的纯文艺扩展为参与性、新闻性、社会性的综合涉及,以满足知识群众的需要。”②此时的“联副”在很大程度上就扮演了哈贝马斯所谓的“文化公共领域”的角色,发挥文化启蒙和沟通的功能。

1. 社会参与的专栏

进入20世纪70年代,“联副”中各类专栏策划就多了起来,尤其是70年代中期以后,不少专栏策划的都是议题性的非文学内容,而以参与社会议题讨论为主要目标。比如“塔里塔外”专栏,由教书和做研究的几位知识分子执笔,“尽量走到塔外,讨论大家共同关心的问题”③,开篇文章就点出了该专栏的特点与目标:

> 第一、这个方块最关心现代化过程中在观念上和行为上表现的一些问题。例如我们向往科学与民主,但又容易诉诸权威;我们希望法治,但又喜欢寻求特权……第二、这个方块的文章,虽然可能对某些事件采取批判的态度,但却是发自对社会和“国家”的爱心,由于爱之深,有时难免责之切。第三、这个方块的文章是理

① 彭珊珊:《专访丘彦明:张爱玲白先勇都来投稿,那是台湾报纸的黄金年代》,https://www.thepaper.cn/newsDetail_forward_1686712.

② 痖弦:《三十年蔚蓄成林——“中华民国”文坛现状与省视》,《联合副刊》,1981年3月15日。

③ 墨尔:《塔里塔外》,《联合副刊》,1976年2月25日。

性的，讨论问题的时候诉诸理智……[1]

从具体文章来看，《不要加重劳工负担》[2]一文，针对当时《工厂法》《劳动保险条例》修订加重了劳工负担等问题，提出了尖锐的批评。《财富与官职收入不相称》[3]一文，则直接抨击当时台湾官场贪腐以及医生收红包等不良社会现象。《所得的公开》[4]则针对当时巨贾富商偷税漏税严重的现实，要求政府强制所得公开，以澄清吏治、肃清漏税。同类文章在该专栏中非常之多，针对各类社会问题，知识分子或针砭时弊或建言献策。

又如1978年8月底开辟的"啄木鸟"专栏，"是联副社会批评的专栏"[5]，在其开篇序言中指出：

每一棵树都不免有虫子，每一个社会都不免有缺点；病了的树需要啄木鸟，病了的社会需要直言的人。[6]

① 墨尔：《塔里塔外》，《联合副刊》，1976年2月25日。

② 谷侯：《不要加重劳工负担》，《联合副刊》，1976年4月2日。

③ 谷侯：《财富与官职收入不相称》，《联合副刊》，1976年4月30日。

④ 梓青：《所得的公开》，《联合副刊》，1976年8月13日。

⑤ 痖弦：《还不是回忆的时候——一束不是回忆的回忆》，联副三十年文学大系编辑委员会：《风云三十年——联副三十年文学大系史料卷》，联合报社，1982年，第209页。

⑥ 编者：《啄木鸟专栏序言》，《联合副刊》，1979年2月23日。

该专栏“设专栏而不设人”[①]，目的就是为了吸引更多知识分子参与社会问题的讨论。第一篇文章《从排队上车做起》[②]，是林怀民访美归来后，有感于在排队、遵守公共场秩序等习惯方面，台湾民众与美国民众之间存在的巨大差距，呼吁社会成员从排队上车这类小事做起，养成良好习惯以推动整个台湾社会文明程度的提高。《大家来捉虫子——从“正名”·“正事”说起》[③]一文，则辛辣地讽刺当时社会上流行的虚荣之风，呼吁别让浮夸的妖风腐蚀了善良的社会风气。凡此种种，知识分子、社会精英等“直言的人”，登高一呼介入社会具体事务，为“病了的社会”疗疾。

同时期“联副”中专注于社会参与的专栏还有一些。像充满争议的“第三类接触”专栏，正所谓“人生不相见，动如参与商”，这个专栏当中由不同身份、不同看法、不同立场的“各界人士共同来讨论问题，目的在呈现对该问题了解的多面性”[④]。其中所讨论的有些是当时的社会热点问题，比如《恶补？良补？——补习教育的功与过》[⑤]，讨论当时社会热议的学生课外补习问题，《突破电视综艺节目的发展瓶

---

① 痖弦：《还不是回忆的时候——一束不是回忆的回忆》，联副三十年文学大系编辑委员会：《风云三十年——联副三十年文学大系史料卷》，联合报社，1982 年版，第 209 页。

② 林怀民：《从排队上车做起》，《联合副刊》，1978 年 8 月 26 日。

③ 小路：《大家来捉虫子——从“正名”·“正事”说起》，《联合副刊》，1978 年 10 月 18 日。

④ 编者：《座谈会征主题》，《联合副刊》，1978 年 8 月 24 日。

⑤ 周启明、柳可馨记录：《恶补？良补？——补习教育的功与过》，《联合副刊》，1978 年 8 月 9 日。

颈》[1]则讨论综艺节目良性发展的问题等。其他社会参与性的专栏还包括:揭露社会问题的报告文学专栏“大特写”,“对针砭时事,一定也能发挥某种程度的效用”[2]的“新闻眉批”专栏等,“新闻眉批”专栏因为干预社会的及时精准,在读者当中备受推崇,甚至有人评价其为“戒严时代曾经是联副最轰动、最普及的专栏”[3]。

2.“联副”活动、座谈会等策划的社会介入

进入20世纪70年代,尤其是70年代中期以后,“联副”强化文化副刊的转向,还有一个重要表征就是各类活动、座谈会等大幅增加。在这些活动中,学者、知识分子以至普通民众围绕特定社会议题发言、讨论、争辩,以这种方式参与社会、介入社会,如陈义芝所言,“副刊所办的活动成为副刊扮演社会角色的重要符码”[4],在上述活动策划中,“联副”继续扮演“文化公共领域”的角色,成为各种活动的平台。

20世纪70年代末期“联副”频繁举办各类活动、座谈会,“仅1970年代末‘联副’就主办了‘海外作家五四座谈会’、‘当前艺术与文化发展的挑战’、‘光复前的台湾文学’、‘当代名家演讲录’、‘大胆假设座谈会’、‘五四运动参加者口述历史专题’等极具冲击力的大型座谈

① 刘克襄、詹宏志记录:《突破电视综艺节目的发展瓶颈》,《联合副刊》,1978年8月13日。

② 阮文达:《阮氏春秋》,《联合副刊》,1982年4月4日。

③ 编者:《“新闻眉批”二度登场预告》,《联合副刊》,1993年1月12日。

④ 陈义芝:《副刊转型之思考——以七〇年代末〈联副〉与〈人间〉为例》,痖弦、陈义芝:《世界中文报纸副刊学综论》,“行政院”文化建设委员会,1997年,第158~159页。

会”[①]。以“大胆假设座谈会”的策划为例，其中所探讨的多是社会关注、具有争议性的“各种未决的问题”[②]，“由某一行的专业人士聚在一起发表意见，目的是从反面来了解问题，期望能突破窠臼，呈现更新的看法”[③]。比如《假如电检制度不存在……》[④]座谈会，由导演、演员、文化人士共同研讨当时备受争议的电影检查制度问题。又如《假如“我国”参加了国际性版权组织……》[⑤]座谈会，则讨论台湾是否应该加入当时的国际版权组织，该问题对当时台湾的图书出版、译介等文化活动影响甚大。“光复前台湾文学”系列策划，包括介绍光复前台湾作家的“光复前台湾作家小传”专栏，也有选登该时期代表性作品的“光复前的台湾文学重要作品选录”专栏。该活动策划，重在挖掘台湾光复前的文学史料，引导读者对那一时期台湾文学的关注，而此前这块研究几乎处于空白状态。其他活动还包括“作家雅集”、艺术座谈等等，虽然议题不同，但是社会参与性都很强。

“联副”文化副刊转向，“文化公共场域”角色扮演，社会介入的加强，最突出的表现还要数各类敏感议题的活动策划。“相对于传统副刊‘回避禁忌’，新型副刊勇于‘试探禁忌’。政治议题、社会黑暗面以及各种社会、生活的‘禁忌’——在副刊上被暴露出来，文学作品不再独

---

① 李晓红：《台湾〈联合报〉副刊的文学传承与角色变迁》，《厦门大学学报》（哲学社会科学版），2006 年第 3 期。

②③ 编者：《座谈会征主题》，《联合副刊》，1978 年 8 月 24 日。

④ 黄寤兰记录：《假如电检制度不存在……》，《联合副刊》，1978 年 8 月 24 日。

⑤ 吕汉魂、彭碧玉、丘彦明记录：《假如“我国”参加了国际性版权组织……》，《联合副刊》，1979 年 3 月 30 日—4 月 1 日。

领风骚。”[①]“联副”20世纪70年代末活动、座谈会等策划就是如此，“五四运动、本土意识、眷村文化、女性权益等‘敏感’议题纷纷进入人们的视野”[②]。以“五四”相关主题的策划为例，由于是在“五四”运动当中萌发了马克思主义在中国的传播，之后成立的共产党取代国民党获得了大陆的政权，因此国民党当局痛恨“五四”运动，尤其是在败退台湾以后。蒋介石本人就“指责‘五四’运动虽曾提出‘民主’与‘科学’二个口号，却没有提到救国的基本问题，所以发生了很大的流弊……没有我们民族的‘文化’做民主与科学的基础，那末，这两口号，不仅不能救国，而且徒增国家的危机。这是我们当前革命失败的一个事实的教训”[③]。正因为如此，在台湾“‘五四’运动渐成为政治禁忌”[④]，媒体当中极少公开谈论有关“五四”的话题。尽管到了70年代末期，舆论的政治枷锁有所放松，但对“五四”运动的讨论，仍具有突破的性质。在70年代末，“联副”系统组织策划了有关“五四”的系列座谈会及文章：

为了寻求一个更客观、更公正的评价，“联副’将在近期推出一系列文章来讨论五四运动的意义和价值。关心中国文化前途

① 林淇瀁：《战后台湾文学传播困境初论：一个“文化研究”向度的观察》，《新闻学研究》，1995年第51辑。

② 彭珊珊：《专访丘彦明：张爱玲白先勇都来投稿，那是台湾报纸的黄金年代》，https://www.thepaper.cn/newsDetail_forward_1686712.

③ 蒋中正：《当前几个重要问题的答案》，转引自简明海：《五四意识在台湾》，台湾政治大学历史学研究所，2009年，第132页。

④ 何卓恩：《自由主义的新遗产》，殷海光、夏道平、徐复观：《政治经济文化论说》，九州出版社，2013年，第109页。

> 的人士可以就这一些历史的与思想的论述，取得比较、参考的材料，藉此或能进一步从历史教训的启示中，寻得今日中国知识分子的道路，那将是这一系列讨论文章的最大意义。[①]

1979年4月的“五四运动六十年系列讨论”，其中有余英时的《五四运动与中国传统》[②]、唐德刚的《“刍议”再议》[③]、林载爵的《五四与台湾新文化运动》[④]、《中国文化意识之变与反省——从“五四”的历史转折》[⑤]等文章。之后又有“‘联副’以大规模的采访制作这一个‘口述历史’的专题”[⑥]——“五四的见证——我参加了五四运动”，很多“五四”亲历者的谈话记录刊载，如《爱国运动在广东》[⑦]、《五四一甲子》[⑧]等。

还有其他一些敏感议题的策划，如关于女性权益问题的讨论，仅吕秀莲就连续有《为何访问何秀子》[⑨]、《成功者的背后——从赵秀娃

---

① 编者：《“联副”重要文章预告——五四运动六十年》（系列讨论），《联合副刊》，1979年4月17日。

② 余英时：《五四运动与中国传统》，《联合副刊》，1979年4月21日。

③ 唐德刚：《“刍议”再议》，《联合副刊》，1979年4月25日。

④ 林载爵：《五四与台湾新文化运动》，《联合副刊》，1979年4月26日—28日。

⑤ 金耀基：《中国文化意识之变与反省——从“五四”的历史转折》，《联合副刊》，1979年5月3日。

⑥ 编者：《〈我参加了五四运动——五四运动参加者 六十年后忆五四〉序》，《联合副刊》，1979年4月22日。

⑦ 郑彦棻：《爱国运动在广东》，《联合副刊》，1979年4月29日。

⑧ 杨亮功口述，秦贤次笔录：《五四一甲子》，《联合副刊》，1979年5月1日。

⑨ 吕秀莲：《为何访问何秀子》，《联合副刊》，1976年7月5日。

议员的离婚谈起》[①]、《新女性何去何从》[②]、《地方公职人员选举提名声中论妇女保障名额制度》[③]等多篇文章刊载。针对当时同样属于禁忌性的"台独"问题，也有林志雄的《显微镜下的台独》[④]系列，分别从认清台独的本质、剖析台独的论调、沉痛的呼吁与应有的警觉等方面剖析台独问题。策划甚至还包括"言论自由"的议题，《欣见言论自由》[⑤]一文，就由时任宜兰地方法院院长的管国维执笔，虽然该文是针对当时的"诽韩"案，从法律角度谈言论自由问题，但是在解严之前，就触及如此敏感的议题，着实让人看到了加强文化副刊朝向后，"联副"的巨大转变以及文化副刊的可能性空间。

自20世纪70年代中期起，在与文化场域的互动当中，"联副"强化了文化副刊的朝向。在文学性内容生产之外，增加了多元的文化内容及学术性内容，更扮演"文化公共领域"的角色，同时也加强了副刊的社会参与和介入。该时期，"联副"与其他副刊一道迎来了报纸副刊"纸上风云"的黄金发展期，如果说纯然是文学园地的功绩，毋宁说是文化副刊转向后所创造的奇迹。

---

① 吕秀莲：《成功者的背后——从赵秀娃议员的离婚谈起》，《联合副刊》，1976年12月7日。

② 吕秀莲：《新女性何去何从》，《联合副刊》，1977年1月22日。

③ 吕秀莲：《地方公职人员选举提名声中论妇女保障名额制度》，《联合副刊》，1977年8月7日。

④ 林志雄：《显微镜下的台独——认清台独的本质》，《联合副刊》，1979年3月10日—16日。

⑤ 管国维：《欣见言论自由》，《联合副刊》，1977年10月10日。

第三节　文化的多元发展与“联副”多维文学景观

20世纪80年代可以说是台湾“松绑的年代”，严厉的政治禁锢进一步松动，经济的发展进一步推动了社会发展，文化场域的自主性进一步生长，进入了文化的多元化发展阶段。“台湾文化的多元化发轫于1960年代。在突破了1950年代的自我闭守之后，开始了不同思潮激荡、不同流派对立和论争的新趋势，为1980年代后文化多元格局的最后形成奠定了基础。”①文化的多元化发展，对于濡养其中的台湾文学产生了重要的影响，“相应地，文学也出现了多元化的发展”②，在与文化场域的互动当中，“联副”的文学生产呈现出了更加多维的文学景观。

一、“联副”文学“文化化”加强

从宏观文化场域来看，在经历了20世纪70年代的政治与文化的正统性、合法性危机后，台湾当局自20世纪70年代后期开始重视加

① 吕良弼、汪毅夫：《台湾文化概观》，福建教育出版社，1993年，第34～35页。
② 朱双一：《台湾文学创作思潮简史》，九州出版社，2010年，第280页。

强文化建设。1978 年 2 月蒋经国指出:“建立一个现代化的‘国家’,不单要使国民有富足的物质生活,同时也要使国民能有健康的精神生活。因此,我们十二项建设之中,列入文化建设一项……”[①]1981 年 11 月 12 日,台湾更是专门成立了“行政院文化建设委员会”(文建会),中心任务就是统筹领导与规划文化建设,1982 年 1 月 12 日文建会“邀集各报副刊主编及文艺期刊主编,共同研讨当前文艺发展问题”[②]。在如此背景之下,可以说“八十年代是文化建设呼声极响亮的年代,正因为其不足,才会大声疾呼起自各个角落”[③]。

就“联副”来看,20 世纪 70 年代末文化副刊转向的惯性,到了 80 年代继续保持强化,“主动地拓大关怀面”[④],在小说、散文、诗歌等文学性内容之外,“学术活动的报道、思想观念的提供、文化发展的关怀等皆可包罗涵盖”[⑤],大量泛文学性的文化类内容出现在“联副”当中。朱双一援引初安民的说法认为:“报纸副刊上综合性文化内容明显增多,就是‘文学文化化’的明显表现。”[⑥]贯穿整个 80 年代乃至 90 年代初,“联副”中的“文学文化化”表现尤其突出,各类文化性的内容不断

---

① 蒋经国:《蒋“总统”经国先生言论著述汇编》(第十一册),黎明出版,1984 年,第 511 页。转引自苏昭英:《文化论述与文化政策:战后台湾文化政策转型的逻辑》,艺术学院传统艺术研究所,2001 年,第 52 页。

② 大事记编委会:《台湾文学大事记》,https://tln. nmtl. gov. tw/ch/M2/nmtl_w1_m2_c_1a. aspx? y = 1982&ps = 5&ST_Date_S = 1981/01/01&ST_Date_E = 1982/12/31。

③ 联副编辑室:《从文化出发》,《联合副刊》,1986 年 10 月 11 日。

④ 祝基滢发言,徐荷:《全方位的视域——台北各报副刊主编联谊会侧记》,《联合副刊》,1990 年 12 月 8 日。

⑤ 陈平芝:《文艺副刊的新挑战》,《文讯》,1994 年第 105 期。

⑥ 朱双一:《略伦台湾“文学文化化”的趋向》,《学术研究》,1994 年第 2 期。

扩容,范畴扩张,形成了痖弦口中所谓的“全方位的副刊”①。

(一)文化专栏、专辑中多元的文化内容

20世纪80年代,“联副”继续策划了大量的文化专栏、专辑,所涉及的文化内容较之前更宽泛驳杂,“举凡政治的、宗教的、演艺的等等,都以迹近文学形式的包装”②呈现于专栏当中。曾在80年代长期执笔“联副”“西湾随笔”专栏的黄碧端说过:“联副的专栏有个很大的特色,就是综合性强……问题并不局限于某个范围,还涉及文化、社会、政治现象……”③而这正是80年代至90年代初“联副”专栏的真实写照。

1980年7月“联副”开辟了“国建会学人专页”专栏,陆续刊载很多海内外参与“国建会”④的学者、专家的文章。编者在序言当中介绍了专栏的目的:“让读者对此次与会学人的治学和创作风貌有一概括性的了解。”⑤这些学者专家都来自不同的领域,因此其中的随笔类文章涉及较广的文化范畴。比如历史学家劳干的《沉郁与高华——陈寅

---

① 徐荷:《全方位的视域——台北各报副刊主编联谊会侧记》,《联合副刊》,1990年12月8日。

② 初安民:《新品味》,《联合文学》,1992年第2期。

③ 黄碧端发言,杨锦郁记录:《希腊神庙的七根柱子》,《联合副刊》,1990年6月26日。

④ 全称“国家建设研究会”。1972年台湾当局为了吸收海外知识精英为台湾的建设出谋划策,而成立该研究会。

⑤ 编者:《“国建会学人专页”序》,《联合副刊》,1980年7月19日。

恪先生和俞大纲先生几首佚诗》[1]，有着较高的文学史料的价值。李欧梵的《音的腾跃，美的奔流——交响乐与我》[2]则介绍了自己对美国交响乐、交响乐团的了解。《胡金铨的电影世界》[3]中，以“作家导演”胡金铨的电影为主要线索，介绍了不少电影文化的相关资讯。

20 世纪 80 年代“联副”当中文化的关怀与观照逐渐向细部延伸，不少就直接触及生活文化的层面。1981 年开辟的“家居文化”专辑，编者在序中说：“家居生活反映民间状况，柴米油盐都是文化环节，联副今起推出‘家居文化’专题系列，由名家执笔，介绍世界各地的‘住’；我们希望文化能深入社会上的每一个家庭。”[4]文章包括梁实秋的《台北家居》[5]，作者以幽默的语言谈及台北市民居家生活中成员相处之道、娱乐方式等“文化”变迁。屠藤的《闲话养兰》[6]一文则更为奇妙，从充满传奇色彩的兰花的生物遗传方式，讲到中国读书人的养兰传统，难免使人感慨于知识的无处不在。其他还有谈美国家居文化的《华府居大不易》[7]、谈英国家居文化及感受的《闲话英国生活》[8]等等。1982 年 7 月“生活品质”专栏，以集体采访的形式请 17 位专家“从想、

---

① 劳干：《沉郁与高华——陈寅恪先生和俞大纲先生几首佚诗》，《联合副刊》，1980 年 7 月 19 日。

② 李欧梵：《音的腾跃，美的奔流——交响乐与我》，《联合副刊》，1980 年 7 月 21 日。

③ Tony Rayns：《胡金铨的电影世界》，笠椽译，《联合副刊》，1980 年 7 月 26 日。

④ 编者：《“家居文化”序》，《联合副刊》，1981 年 5 月 27 日。

⑤ 梁实秋：《台北家居》，《联合副刊》，1981 年 5 月 27 日。

⑥ 屠藤：《闲话养兰》，《联合副刊》，1981 年 5 月 31 日。

⑦ 乔志高：《华府居大不易》，《联合副刊》，1981 年 5 月 28 日。

⑧ 桑简流：《闲话英国生活》，《联合副刊》，1981 年 5 月 30 日。

读、看、听、食、衣、住、玩、爱等九方面，谈中国人较理想的生活方式"①。高希均的《成长的苦涩 快乐的追求》②探讨面对迅速变迁的社会，如何提升现代人生活素质的问题。其后还有从公害、环保等方面，讨论提升台湾人生活品质的文章。

20世纪80年代乡土文学论战的热潮虽已冷却，但"联副"对于乡土的关怀，对于乡土文化的观照仍十分重视，有一些反映乡土文化的专栏策划。1980年3月的"吾土吾民"专栏，其中有不少文章都以报告文学的方式，最直接地呈现台湾本土的文化。《早春的渔港——八斗子纪行》③报道了基隆市八斗子渔港一次以渔民为主的文化座谈会，描摹了淳朴的渔家文化风貌。《承受第一线晨曦的》④则是一篇关于兰屿雅美人文化教育发展的报道。1983年末还有"拥抱我们的乡土"专栏，这一专栏持续了数年，当中的文章大多是对特定乡土文化、传统文化的挖掘和梳理。《求新求变中的歌仔戏》⑤，三位不同的作者从各自的角度分别阐述了歌仔戏的美，更重要的是都不约而同地对这一民间传统艺术形式的与时俱进与变革发展的方式进行了肯定。在《百年前我国民间街头表演》⑥一文中，夏元瑜则介绍了耍碟子、平衡术、耍钢叉等传统的街头表演艺术，是对中华传统民俗文化中表演这

① 编者:《生活的文化·文化的生活》,《联合副刊》,1982年7月29日。
② 高希钧:《成长的苦涩 快乐的追求》,《联合副刊》,1982年8月13日。
③ 桂文亚:《早春的渔港——八斗子纪行》,《联合副刊》,1980年3月4日。
④ 晓风:《承受第一线晨曦的》,《联合副刊》,1980年10月10日—12日。
⑤ 姚一苇等:《求新求变中的歌仔戏》,《联合副刊》,1983年9月11日。
⑥ 夏元瑜:《百年前我国民间街头表演》,《联合副刊》,1985年3月6日。

一部分的系统梳理。其他还有《妈祖宫的谶诗》[①]、《开拓精神——关于明清时代台湾书画》[②]、《问樵》[③]等反映不同乡土文化的文章。

“1980年代中期以后，台湾进入了以商业化为特征的后工业社会时代，引起了政治、社会、文化的急遽变革”[④]，各种全新的社会文化现象、各类文化危机层出不穷，而这些都为“联副”陆续策划的文化专栏所反映。1984年新年伊始，就有“在我们的时代”专辑诞生，在专辑序言中编者阐明了专辑的操作与目标：“广邀国内外学者专家执笔，希望从伦理、秩序、精神、思想……等不同的层面，探索人类当前所面对的问题，同时为未来方向作一通透之瞭望。”[⑤]专辑陆续登载了十多篇文章，分别讨论当时电影、建筑、出版、音乐、大众传播等文化所面临的危机。当年3月底，“联副”又推出了“横看成岭侧成峰”专栏，目的是：“展现当前多元社会发展风貌，反映奔竞纷繁的现代生活……藉各项特别报道，从不同层面、不同角度，透视社会各行各业诸多领域的成就、价值及意义。”[⑥]《他们的世界，我们的世界》[⑦]，是赖声川导演的话剧《摘星》的观后感，却对该剧的残疾人表演团队——兰陵剧坊投注了

① 吴敏显：《妈祖宫的谶诗》，《联合副刊》，1983年9月7日。
② 陈奇禄：《开拓精神——关于明清时代台湾书画》，《联合副刊》，1983年12月3日。
③ 蒋勋：《问樵》，《联合副刊》，1984年8月7日。
④ 张文生：《台湾政治转型与分离主义》(1988—2000)，九州出版社，2012年，第34页。
⑤ 编者：《〈在我们的时代〉序》，《联合副刊》，1984年1月1日。
⑥ 编者：《〈横看成岭侧成峰〉序》，《联合副刊》，1984年3月26日。
⑦ 杨牧：《他们的世界，我们的世界》，《联合副刊》，1984年3月26日。

更多的关注。《他们是我兄弟——访全国第一所开放式的“少年之家”》[1]，则是一篇关注少年管教机构——“少年之家”的报告文学作品。

20世纪80年代后期，随着“社会运动逐渐盛行，许多政治禁忌也逐一破除，造成了大众民主意识的觉醒与抬头，于是‘新闻版’的地位开始广受重视，副刊的地位反而逐渐隐退”[2]。在政治萧瑟的年代，因占有“变相发声”优势而异军突起的文艺副刊，已经难复当年之勇，于是报纸副刊更多地观照社会文化变迁，甚至“有人提议，希望文艺副刊上所有文艺创作统统推到文艺刊物去。他们认为文艺副刊应当报道各类文化活动、文艺讯息以及各种评论，走广向的知性路线”[3]。虽然“联副”继续坚守文艺性内容，但是文化性内容的比重仍在增加，不断策划出观照与探讨最新社会文化现象的文化专栏、专辑等。

随着科技与媒介资讯的快速发展，这些因素在文化的发展与塑造中，发挥着越来越大的作用。1986年3月开始“资讯与文化”专栏，聚焦在了技术与资讯带动下文化的嬗变。其中《“读”电视》[4]中，蔡源煌教授分析了影视文化以及电视媒介对社会的改变。生物学家林俊义教授则在《生态灾难?》[5]中，谈遗传工程带来的希望与可能造成的恐

① 田新彬:《他们是我兄弟——访全国第一所开放式的“少年之家”》,《联合副刊》,1985年6月2日—3日。

②③ 陈平芝:《文艺副刊的新挑战》,《文讯》,1994年第105期。

④ 蔡源煌:《“读”电视》,《联合副刊》,1986年3月7日。

⑤ 林俊义:《生态灾难》,《联合副刊》,1986年4月12日。

怖。同年10月为了“表示联副作为文化建设从业员的一份心意”①，又推出了“从文化出发”专辑，“制作了若干对广义的文化建设做深入省思、批判或回应的专辑，并邀约了探讨人文思想与现象的数篇力作”②。此后还有以呈现“新环境、新知识、新视野”为目标的“大趋势”③专栏、由“代表新生代的精英，以他们特有的关照、反省能力，谈社会文化发展的迷思”④的“新锐对话”专栏、“由专业人士对文化领域作宽广的瞭望、一针见血的批评”⑤的“文艺汇评”专栏等等。

总而言之，在20世纪80年代至90年代初期，当台湾进入文化多元化发展时期，“联副”有大量文化专栏、专辑的策划与之因应，文化性内容在“联副”文学生产中占据了越来越高的比重，呈现出鲜明的文学“文化化”趋势，“原本较多刊登小说、艺术散文，这一文学园地现也为讨论和反应社会文化问题的论述类、报道类作品所充斥”⑥。

（二）学术性内容继续增加

从华文报纸副刊的传统来看，学术性、思想性的内容久已有之，但就报纸副刊的媒介属性以及从受众群的定位来看，上述内容实际上并不适合于副刊，孙伏园就说过：“日报附张的正当作用就是提供人以娱乐，所以文学艺术这一类的作品，我以为是日报附张的主要部分，比学

①② 联副编辑室：《从文化出发》，《联合副刊》，1986年10月7日。

③ 开辟于1987年1月。

④ 编者：《〈新锐对话〉序》，《联合副刊》，1987年5月9日。

⑤ 编者：《〈文艺汇评〉序》，《联合副刊》，1989年11月18日。

⑥ 朱双一：《略伦台湾“文学文化化”的趋向》，《学术研究》，1994年第2期。

术思想的作品尤为重要。”①台湾的情况有些特殊，“学术界与文学界的关系密切：这恐怕也是台湾的一个特色，很多作家在大学教书；很多大学学者也写作”②。就“联副”来看，20世纪70年代中期以前学术性内容非常有限，但70年代中期以后，在“联副”文化副刊的转向当中，学术性、思想性内容就多了起来，这种情况在80年代至90年代初继续加强。“联副”对所策划的学术性座谈会、演讲会等都给予积极的报道，也直接登载不少参会的学术发言及论文，另外对于一些学者学术性、思想性很强的单篇论文也积极刊载。学术性、思想性的内容频繁出现在“联副”当中，在一些时日甚至占据了大部分版面。

1980年“联副”中仅关于《红楼梦》研究的相关内容就很可观。先是以陶自然的《世界红学会议》③及叶丹波的《红楼之会》④，预告和介绍了将在美国威斯康星大学举办的“世界红学会议”，继而又有大篇幅的“国际红楼研讨会综合报道”专辑，并在专辑序言指出：

> 透过越洋电话及国际传真等快捷通讯方式取得与会学者名单和重要论文。联副为了使读者以最快的速度，在最短时间中精确地了解此次会议的研讨内容，特成立一个十二人专案小组，以

---

① 原载于1924年12月5日《京报副刊》第1号，转引自宋应离、袁喜生、刘小敏编：《20世纪中国著名编辑出版家研究资料汇辑》（第3辑），河南大学出版社，2005年，第349页。

② 姜保真：《当代台湾文学》，《联合副刊》，1986年12月30日。

③ 陶自然：《世界红学会议》，《联合副刊》，1980年3月5日。

④ 叶丹波：《红楼之会》，《联合副刊》，1980年3月5日。

一周时间整理出会议中重要论文的提要，以飨读者。[①]

此后还有"红楼梦研讨会特别报道"对此次会议进行总结，报道序言中同样提道："联副以巨大的篇幅，对此作最快速、最正确的报道。"[②]当年的8月19日，"联副"更是直接组织召开了"'联副'红学座谈会"，并在此后策划了《红学重镇论剑台北——联副开放座谈会纪实》[③]专辑，连续数日大篇幅地报道此次盛会，宋淇、赵冈、周策纵等台湾红学大家的发言及论文都有刊载，内容的学术含量很高。当年"联副"还有其他一些学术性的座谈会、演讲，包括7月底的"树立我们文化的新模式"开放座谈会、8月初牟宗三的"中国文化的断续问题"演讲会、8月中下旬的"国际汉学会议"系列报道等等。就以报道"国际汉学会议"的"汉学会议学人专辑"为例，叶公超演讲《关于新月》[④]，谈亲历过的新月派；台静农在《中国人物的造型美》[⑤]中，讨论中国传统绘画、雕塑等艺术中的人物造型；金耀基在《从"二个文化"谈到通识教育》[⑥]中，谈文化细分后的通识教育问题等等。不论是何主题，这些内容都使得"联副"在20世纪80年代伊始，就弥漫着浓郁的学术

① 编者：《梦斗塔湖映红楼》，《联合副刊》，1980年6月6日。

② 编者：《红楼梦研讨会特别报导序》，《联合副刊》，1980年6月22日。

③ 白先勇、宋淇等：《红学重镇论剑台北——联副开放座谈会纪实》，《联合副刊》，1980年8月22日—25日。

④ 叶公超演讲，周锦记录：《关于新月》，《联合副刊》，1980年8月6日。

⑤ 台静农：《中国人物的造型美》，《联合副刊》，1980年8月7日。

⑥ 金耀基：《从"二个文化"谈到通识教育》，《联合副刊》，1980年8月8日—9日。

气息。

此后,“联副”独立主办或与其他机构合办的学术性演讲、座谈会、大型会议等很多。1981年4月有“巨人的心灵世界”系列学术讲座,在十日之内分别有《庄子哲学及其生命精神》《墨子的爱及其行义精神》《尼采的超人观》等主题各异的论文刊载。1983年7月底又有“联副专题研讨——文学的母亲”,“发表十位学者专家针对中国文学中的神话,所作精要的论见”①。1984年3月“联副”与《中国论坛》合办“学术演讲会”。1985年初“联副”与《联合文学》合办“重要学术活动”——晚清小说研讨会②。1988年5月,与“联经出公司”合办“文化讲座”。1991年8月有“二十世纪中国文学”学术研讨会特辑等。实际“联副”参与的各类演讲、讲座、座谈会远不止以上这些,可以说这些学术性的活动及报道贯穿了整个20世纪80年代乃至90年代初的“联副”。

20世纪80年代至90年代初,“联副”中还有很多学术性、思想性很强的单篇文章(不少就是论文),也构成了该时期“联副”学术内容的重要组成部分。不少重要的文化名家,都有论说出现于该时期的“联副”当中。仅哲学家、思想家牟宗三就有《汉宋知识分子之规格与现时代知识分子立身处世之道》③、以“联副重要学术文章特载”的《中

① 编者:《〈联副专题研讨〉预告》,《联合副刊》,1983年7月27日。

② 编者:《重要学术活动预告》,《联合副刊》,1985年1月4日。

③ 牟宗三演讲,宛南人记录:《汉宋知识分子之规格与现时代知识分子立身处世之道》,《联合副刊》,1983年1月23日。

国文化大动脉中的现实关心问题》[1],还有《生命的智慧与方向——从熊十力先生谈起》[2]、《九十年来,中国人的思想活动》[3]、《中国文化的发展与现代化》[4]等学术文章陆续刊载于"联副"。钱穆、余英时等也有不少论说刊载。学术性论文主题也非常多元,涉及绘画、影视、音乐、书法、舞蹈、建筑等文化的诸多方面。如建筑与造型专家汉宝德就有多篇关于建筑、造型与文化的论文刊载,像《酒器与文化》[5]、《现代中国人的居住环境》[6]、《唐代文人的园林观》[7]、《诗画的空间与园林》[8]等。舞蹈家林怀民则有讨论舞蹈艺术的《舞之交响三出——云门的韩福瑞作品》[9]、《断简与残篇——舞蹈生活的回想》[10]等文章刊载。多元主题学术性论文的盛行,与"联副"的主动策划与引导是分不开的,我们从一篇论文的前言中就能窥见一斑。《建筑的顶上功夫》[11]是建筑设计专家周瑜林一篇关于建筑物屋顶设计的短论文,他在论文

---

① 牟宗三:《中国文化大动脉中的现实关心问题》,《联合副刊》,1983 年 9 月 12 日—14 日。

② 牟宗三:《生命的智慧与方向——从熊十力先生谈起》,《联合副刊》,1986 年 7 月 28 日。

③ 牟宗三演讲,赵卫民记录:《九十年来,中国人的思想活动》,《联合副刊》,1990 年 7 月10 日。

④ 牟宗三:《中国文化的发展与现代化》,《联合副刊》,1990 年 11 月 8 日。

⑤ 汉宝德:《酒器与文化》,《联合副刊》,1984 年 12 月 17 日。

⑥ 汉宝德:《现代中国人的居住环境》,《联合副刊》,1986 年 2 月 18 日。

⑦ 汉宝德:《唐代文人的园林观》,《联合副刊》,1987 年 1 月 20 日。

⑧ 汉宝德:《诗画的空间与园林》,《联合副刊》,1989 年 7 月 29 日。

⑨ 林怀民:《舞之交响三出——云门的韩福瑞作品》,《联合副刊》,1981 年 8 月 13 日。

⑩ 林怀民:《断简与残篇——舞蹈生活的回想》,《联合副刊》,1987 年 3 月 1 日。

⑪ 周瑜林:《建筑的顶上功夫》,《联合副刊》,1984 年 1 月 24 日。

的前言中说：

> 主编先生出这个题目给我已经几个月了，因为我向来不愿在报纸上对本行的作品评头论足，所以迟延不肯动笔。今天早上接到第三次“指令”。恰巧最近常有行外的朋友问我同样的问题，避而不答，自觉不免矫揉之嫌，所以就借此机会，表示点个人的意见。①

总而言之，20世纪80年代至90年代初，不论以何种形式呈现，学术性、思想性的内容都构成了“联副”的重要组成部分，“联副”俨然一副学术平台的模样，我们认为这是“联副”与文化场域互动以及文化转向继续加强的结果，也是文学“文化化”的表征。

（三）与环保文学的兴起

20世纪80年代至90年代初，台湾政治祛魅加速，加上工业文明、商业文明过度发展后引发的各种负面效应凸显，在自主性抬升的文化场域当中，对文化的力量重新予以确认。台湾社会此时比任何时候都更寄望“以道德和文化的力量救治现代社会的混乱与危机”②。作用于一些台湾新世代作家的身上，促成了当时一个全新文类——“环保

---

① 周瑜林：《建筑的顶上功夫》，《联合副刊》，1984年1月24日。

② 旷新年：《学衡派与新人文主义》，《北京大学学报》（哲学社会科学版），1994年第6期。

文学”的生成，构成了“‘文学文化化’的一部分，是新人文主义者实现其以‘文化’挽救世道之颓靡的人文理想的努力之一”[①]。“联副”对于台湾“环保文学”、自然书写的兴起有着重要的意义，从文学实践上来看，说“环保文学”肇始于“联副”也不过分。这一方面是因为“联副”作为报纸副刊，能像社会皮肤一样迅速感知社会脉动，反映社会问题，另一方面也是“联副”对于实验性文体支持的结果。

20 世纪 80 年代初期，“一群关心环境的作家以土地、环境代言人身份写了许多自然为主题的报告文学作品，藉以唤起大家重视自然生态”[②]，“联副”当时就是这类作品最重要的发表平台之一。1981 年 1 月 1 日起，“联副”开辟了“自然环境的关怀与参与”专栏，专门刊发环保题材的作品。在这群作家中，韩韩具有代表性，她于 1981 年从美国回到台湾，“在‘怀乡就是落实’的决定下，写散文的手即刻投入环境、生态保护的工作，写出一篇篇专业性的报道”[③]，这些作品多自“联副”特定专栏面世。“自然环境的关怀与参与”专栏以韩韩的《红树林生在这里》[④]为起点，之后有马以工的《美丽的错误 返璞归真——记五股芦洲的沼泽》[⑤]、钟振昇的《屏东，鸟可以再语，花可以再香》[⑥]、心岱的

---

① 王万森：《中国当代文学 50 年》，青岛海洋大学出版社，2001 年，第 423 页。

② 陈健一：《发现一个新的文学传统——自然习作》，《诚品阅读》，1994 年第 17 期。

③ 联副编辑室：《作家参与环保工作回顾与展望——韩韩》，《联合副刊》，1987 年 6 月 5 日。

④ 韩韩：《红树林生在这里》，《联合副刊》，1981 年 1 月 1 日。

⑤ 马以工：《美丽的错误 返璞归真——记五股芦洲的沼泽》，《联合副刊》，1981 年 1 月 3 日。

⑥ 钟振昇：《屏东，鸟可以再语，花可以再香》，《联合副刊》，1981 年 1 月 4 日。

《最后的香格里拉》[①]、《益民寮的故事》[②]等环保题材作品刊载,其中有科普环保概念的文章,更多是以报告文学的方式反映环境中具体的破坏,并为环保大声疾呼。

1981 年 7 月 25 日,“联副”继续开设“我们只有一个地球”专栏,先后刊发了韩韩的《沧桑历尽——写我们的北海岸》[③]、马以工的《破碎的海岸线》[④]、徐国士的《失去的传奇——南部海岸林的消失》[⑤]等作品。该专栏“承自上半年‘关怀、参与、开展’系列的后续报道,将集中探讨台湾海岸线面目全非的现状”[⑥]。以该专栏为基础所结集出版了《我们只有一个地球》一书,不仅为台湾的环保工作注入了一股感性的清流,引发了整个社会的强烈关注,更“被认为是台湾‘环保文学’的滥觞”[⑦]。由此可见,“联副”对台湾环保文学的发轫所起到过的至关重要作用。陈建一等人,曾经将环保文学定位为台湾“一个新的文学传统”[⑧],可以说“联副”为这一新文学传统的形成做过重要的贡献。以韩韩、马以工、杨宪宏等人为代表的自然书写者,在不断向台湾公众发出环保警告的同时,提出了一个在繁荣的经济社会中,要选择什么样生活哲学的严肃问题。1985 年在“面对问题”专栏当中,也有不少

① 心岱:《最后的香格里拉》,《联合副刊》,1981 年 1 月 4 日。
② 晓风:《益民寮的故事》,《联合副刊》,1981 年 1 月 7 日。
③ 韩韩:《沧桑历尽——写我们的北海岸》,《联合副刊》,1981 年 7 月 25 日。
④ 马以工:《破碎的海岸线》,《联合副刊》,1981 年 7 月 26 日。
⑤ 徐国士:《失去的传奇——南部海岸林的消失》,《联合副刊》,1981 年 7 月 26 日。
⑥ 编者:《〈我们只有一个地球〉序》,《联合副刊》,1981 年 7 月 25 日。
⑦ 曹惠民:《边缘的寻觅 曹惠民选集》,花城出版社,2014 年,第 51 页。
⑧ 陈健一:《发现一个新的文学传统——自然习作》,《诚品阅读》,1994 年第 17 期。

关于环保的文章，如《多么令人失望的城市——高雄》[1]等，显然环境污染、破坏等问题，已经成为当时台湾社会的重要议题。

此后，1986 年 6 月起"联副"又有"大地显影"专栏，洪素丽等作家继续密切关注环境问题，先后又有《河口沼地》[2]、《海岸之冬》[3]、《未竟的旅程》[4]等报告文学作品出现，此时关注环保的目光不再局限于脚下台湾这片土地，而是投向了整个人类的大环境，体现出了普世的关怀。1988 年底的"地球人语"专栏，继续关注经济成长与环境保护如何协调的问题等，该专栏至 1991 年都继续存在。总之，环保文学的生产在"联副"当中持续了相当长的时间，也保持了相当的规模，以报告文学为其大宗，也有诗歌、小说等其他文体的参与。

20 世纪 80 年代"联副"中环保文学的兴起，是人类对经济发展后环境破坏反思的表现，也是文学生产与文化场域间互动的结果。对于环境保护来说，文学作为非科技的手段，作为感觉的东西，也许"才能避开现代化这个迷思所产生的'开发'、'发展'、'成长'等等的迷恋……回到文学的感性和哲学理性中去，也可能是环境保护工作者应走的一条路"[5]。文艺评论家萧新煌在谈到环保报告文学的意义时，也认为："感情层面，却是关心台湾最有力的推动者。这个感情的层面就是我们的文学界、传播界，以现实题材，以关心为动力，所写的报告

---

① 杨宪宏：《多么令人失望的城市——高雄》，《联合副刊》，1985 年 9 月 5 日。

② 洪素丽：《河口沼地》，《联合副刊》，1986 年 7 月 9 日。

③ 洪素丽：《海岸之冬》，《联合副刊》，1987 年 3 月 14 日。

④ 洪素丽：《未竟的旅程》，《联合副刊》，1987 年 3 月 27 日。

⑤ 韩韩、马以工：《我们只有一个地球》，九歌出版社，1990 年，第 267 页。

文学。”[①]这实际上也是文化力量在社会改造当中的具体体现。在“联副”等各种力量的支持下，环保文学、自然书写“终于形成了一股发展势头，并在文坛占据了应有的位置”[②]。

二、“联副”推动文化的整理与挖掘

进入20世纪80年代，“联副”与文化场域间继续保持着密切的互动，而对于已经步入而立之年的“联副”来说，不但已经缔造了在台湾文学场域中的重要位置，更拥有了丰厚的文化资本。于是梳理和挖掘文化（文学）资源，既构成了这一时期“联副”文学生产的重要动作，更进一步巩固了“联副”在文学场域中的地位。

（一）文学经典化建设工程——编纂《联副三十年文学大系》

1981年“联副”进入第三十个年头，最重要的操作之一莫过于历时两年斥资一千万新台币，编纂了《联副三十年文学大系》，分为小说、散文、诗歌、评论、史料、目录、索引，共7卷27册。如杨宗翰所言：“所谓‘大系’应源于日本语，中文意涵即为‘集成’”[③]，从华文文学的历史来看，最早的文学大系应是1935年到1936年间，由赵家壁主编上海

① 高信疆：《体验美丽岛》，《自立晚报》，1986年9月27日。

② 安兴本：《凡夫窥世》，新华出版社，1998年，第199页。

③ 杨宗翰：《他们在副刊写作——症弦与〈联副三十年文学大系〉》，《文讯》，1995年4月总第354期。

良友图书印刷公司出版的《中国新文学大系》。而"联副"编的这套文学大系"在台湾文学史上具代表性"①,是文学史上罕见的大工程,为台湾文学留下了可观的文学资产,大系的主要主持者痖弦说过:"副刊竟然有文学大系,梁实秋认为:'史无前例'。我可敬的对手高信疆也没有做出来。"②

三十年当中,在"联副"平台上,文艺界人士共同付出,"不管是创作或论评,都已累积了数量可观且有价值的作品,以这些作品的影响和对文艺——甚至社会发展的促进,实已积聚为属于民族、社会宝贵的文化财产"③。《联副三十年文学大系》的编纂,首先是重大的文化梳理工程,旨在"系统地整理、保留这些文化财产,方便社会的取用"④。完成这一耗时、耗力、耗财的文化大工程,体现了"联副"主持者强烈的文化责任感,针对大系的编纂叶公超曾褒扬道:"今天的报人和企业家已经有了真正的历史责任感和深厚的文化意识。不仅注意那些立竿见影的工作,更把他们的视触展望到未来。"⑤这套一千五百万字的皇皇巨著,更是一项台湾文学经典化的建设工程。"所谓文学'经典化',是指一个遴选的过程,指的是从具有特定的时代特征,以特定群体的认同价值观对浩如烟海的文学作品进行审视和选择,从中选出能够代表一个时代并且具有极强的艺术魅力,甚至超越时代、民族

① 台北市政府文化局:《台北文学记忆技艺》,《文化快递》,2015年3月。

② 杨宗翰:《他们在副刊写作——痖弦与〈联副三十年文学大系〉》,《文讯》,1995年4月总第354期。

③④ 编者:《〈联副三十年〉序》,《联合副刊》,1981年9月6日。

⑤ 叶公超:《副刊精华录》,《联合副刊》,1981年10月22日。

界限，拥有极大人文价值的作品。"[①]文学史的书写、文学评奖、文学作品选集（尤其是文学大系）的编纂是最为常见的文学经典化的工程，尽管《联副三十年文学大系》看起来只是"将卅年来联副登过最感人、最有价值的作品、文章精选出来，辑为一部"[②]，但就"联副"在文化场域的中的位置，以及参与编选者所拥有的"文化资本"来看，大系毫无疑问地为一个时期的台湾文学"确立典范的位置"[③]。获选进入大系的各类体裁的作品，其作者在一定程度上获得了"威望、名声、荣誉"等被布尔迪厄称之为"象征资本"或"符号资本"的东西，相应的审美理念也得以"合法化"。因此，可以说《联副三十年文学大系》是台湾文学经典化的一次重要实践。

从文学生产本身来看，围绕大系的很多文章在一个时期内也成了"联副"的重要内容，尤其是各类序、前言、编后记等都被陆续刊载出来。如"联副与我"[④]专辑，由"联副"编者、作者谈三十年来与"联副"的因缘；《不老的缪思——联副三十年文学大系散文卷〈提灯者〉序》，是余光中为散文卷写的序言；《联副三十年文学大系编辑后记》[⑤]则以撰稿委员会的名义，从整体上谈大系编撰的始末与心得。

---

① 禹建湘:《网络文学关键词》，中央编译出版社，2014 年，第 330 页。

② 编者:《联副三十年文学大系——专家为这座文学巨厦勾绘蓝图序》，《联合副刊》，1981 年 5 月 17 日。

③ 杨宗翰:《他们在副刊写作——痖弦与〈联副三十年文学大系〉》，《文讯》，1995 年 4 月刊。其余三项是:延续报纸的生命、彰显前人的研究业绩、提高批评的层次。

④ 联副作家:《联副与我》，《联合副刊》，1981 年 9 月 14 日—16 日。

⑤ 联副三十年文学大系编辑编委会:《〈联副三十年文学大系编辑〉后记》，《联合副刊》，1981 年 9 月 25 日。

(二)文海钩沉——文学史料的梳理与挖掘

20世纪80年代至90年代初,“联副”与文化场域互动有一种特殊形式,就是对于各类文学史料的汇集整理和挖掘,主要包括一些作品史料、传记性与叙事性的史料。[①] 此类“文海钩沉”,不但为“联副”提供了分量可观的各种因“稀见”而令人耳目一新、引人入胜的内容,也形成了文化场域中的宝贵沉淀,促进了文化(文学)的梳理与传播。

1. 传记性文学史料的整理与挖掘

传记性的文学史料主要包含作家的日记、传记、往来书信等。经过三十年的发展,“联副”已经积累了丰厚的文化资本,为传记性文学史料尤其是第一手史料的取得、梳理,奠定了良好的基础。20世纪80年代至90年代初,“联副”中传记性文学史料的挖掘、整理与传播分量颇重。

胡适对于中国政治、社会、思想、文学现代化过程都有过重要影响,同时他也是颇具争议性的人物。“联副”此一时期仅关于胡适的传记性文学史料的挖掘梳理就蔚为大观。1982年9月底有《永远回响的心声》[②]专辑,首度公开胡适遗落在大陆的大量书信,信函往来的对象包括蒋介石、陈独秀、傅斯年、周作人等数十位中国现代史上的重要人物。专辑序指出:

---

① 参考马良春关于“文学史料”的分类观点,马良春:《关于建立中国现代文学史料学的建议》,《中国现代文学研究丛刊》,1985年第1期。

② 梁锡华:《永远回响的心声》,《联合副刊》,1982年9月29日—30日。

早年数百封往来信函，于轶失近半世纪后，不久前被发现并为本报驻香港人员取得……联副自今日起将陆续披露这些珍贵的文件，并请新文学专家梁锡华博士择要注释，使关心中国命运的读者能亲聆这些永远回响的动人心声。[①]

这一系列书信在“联副”陆续刊载了近三个月的时间，“胡适书信不仅公开了许多近代史上原属‘秘藏’的资料”[②]，更是中国现代政治、文化（文学）史研究不可多得的第一手资料，也因此“立刻引起学术、思想、文化……等各阶层人士对‘胡适学’普遍的关注及热烈反响”[③]。

1983年5月“联副”文艺节特稿又以“穿越历史的心声”[④]为题，继续公开胡适遗落在大陆的日记，“其中包括胡先生严厉的自剖，是其他已发表的《胡适日记》所不曾见的；允称近代史最珍贵的第一手资料”[⑤]。同时配发余英时教授四万余字巨作《中国近代思想史上的胡适》一文，“其意义不仅是公开了弥足珍贵的传记原料，尤有助于瞻慕这位‘替白话文学吹冲锋号、为自由思想立里程碑’的一代师表典范”[⑥]。1984年5月的文艺节特稿则有《胡适之先生晚年谈话录》[⑦]一文，由追随胡适多年的胡颂平撰稿：

---

① 编者：《编者按》，《联合副刊》，1982年9月29日。

②③ 编者：《胡适学前瞻序》，《联合副刊》，1982年12月17日。

④ 谢惠林选注：《穿越历史的心声》，《联合副刊》，1983年5月1日—2日。

⑤ 编者：《关于胡适的日记》，《联合副刊》，1983年5月1日。

⑥ 编者：《〈穿越历史的心声〉序》，《联合副刊》，1983年5月1日。

⑦ 胡颂平：《胡适之先生晚年谈话录》，《联合副刊》，1984年5月4日—10日。

就个人亲见、亲闻有关适之先生日常生活（“民国四十七年至五十一年”）的言行纪录；涵盖面相当广，凡历史功过、礼俗风习、国事论评及为学作文、处事修持……等，皆足为呈现胡适晚年思想的重要史料。[1]

胡适在1948年匆忙飞离北平，仓促间来不及带走的大量个人的书信、文件还有日记，这些无疑都是非常有价值的史料。1985年8月1日，“联副”直接“根据得自香港的材料”[2]，选刊了1937年上半年的部分《胡适日记》，“选辑了部分与新文学及当时学术研究有关的发表”[3]。1988年7月底，“联副”又“全球独家披露”了1923至1929年的《胡适青年时代日记》[4]，“多记载他对教育、文学的看法与自己的创作，真实地呈现当时三十出头、意气风发的青年胡适的内心世界，不但有史料价值，亦深具文学意义”[5]。1990年底还在“胡适百龄诞辰纪念专辑”[6]当中，刊出了致钱玄同的“论学书信”三封等未刊作品。

另一个传记性文学史料的典型案例是有关郁达夫的。郁达夫身上充满了传奇色彩，他与王映霞间的一段感情，可以说是中国现代文学史上除徐志摩、陆小曼之外，最受瞩目的了。1983年1月“联副”中

① 编者：《胡适之先生晚年谈话录序》，《联合副刊》，1984年5月4日。

②③ 出自梁实秋：《看云集》，转引自郑树森：《胡适的日记》，《联合副刊》，1985年8月1日。

④ 周玉山编选：《胡适青年时代日记》，《联合副刊》，1988年7月26日—27日。

⑤ 编者：《〈胡适青年时代日记〉序》，《联合副刊》，1988年7月26日。

⑥ 编者：《胡适百龄诞辰纪念专辑》，《联合副刊》，1990年12月10日。

有《梦中不见去年人》[①],选注了郁达夫、王映霞二人自1927年至1932年间的来往书信。

> 联合报驻港人员最近取得经半世纪战火和乱局却意外余烬尚存的九十四封郁致王的书简,不但书简重见天日过程异常曲折,且其内容更暴露了十二年间郁氏不足为外人道的内在困扰和挣扎,是珍贵无比的第一手文学史料。[②]

之后还有《走出郁达夫传奇的人物——记郁达夫当年住在南洋的妻儿之出现及其回忆》[③],1988年1月29日有"郁达夫佚文钩沉"专辑,刊出了《没落》等郁达夫从未收入任何一部文集的五篇作品。为了"提供一些进一步了解其人其事的线索"[④],1989年7月"联副"邀约郁达夫、王映霞二人之子——郁飞写作《我的父亲郁达夫》[⑤]一文。当日还安排胡建中以《郁王故事余沥》[⑥]配合前文。"联副"取得郁氏相关材料实属不易。比如郁飞撰写有关父亲的文章,是通过往访大陆的著名历史小说家高阳代为邀稿的,郁飞在文中写到:"承蒙约稿,不得不

---

① 林肃意选注:《梦中不见去年人》,《联合副刊》,1983年1月10日—11日。

② 编者:《〈梦中不见去年人〉序》,《联合副刊》,1983年1月10日。

③ 王华润:《走出郁达夫传奇的人物——记郁达夫当年住在南洋的妻儿之出现及其回忆》,《联合副刊》,1983年6月7日。

④ 郁飞:《〈我的父亲郁达夫〉前言》,《联合副刊》,1988年7月15日。

⑤ 郁飞:《我的父亲郁达夫》,《联合副刊》,1988年7月15日—16日。

⑥ 胡健中:《郁王故事余沥》,《联合副刊》,1988年7月15日。

答应高先生为台湾及海外读者写点先父的事。”[①]胡建中在文章中也提到“联副”编辑的催稿:“联副诸君因刊载达夫令郎郁飞一文,迭电坚促,必欲有所补充,无已,只有重握旧管,勉为一得之献。”[②]可见“联副”在传记性文学史料的挖掘与梳理上的重视与努力。该时期“联副”中传记性史料的挖掘与梳理,还包括徐志摩、林语堂等,分量也颇重。

2. 作品文学史料的挖掘与传播

所谓作品史料,“包括作家作品编选、佚文的搜集、书刊的影印和复制等”[③]。20 世纪 80 年代至 90 年代初,“联副”中有不少作品文学史料的梳理与传播,尤其是很多佚文的挖掘与整理,丰富了文化(文学)资源。比如号称被埋没了两三百年的清代古典白话小说《歧路灯》,“联副”在 1983 年 1 月连续两日节选刊载了该小说的第二十九、五十七回。小说以清朝年间的河南开封为背景,描写了青年士子谭绍闻在丧父之后,因为母亲的溺爱,又抵挡不了外界诱惑,最后走上堕落而倾家荡产的故事。作者李绿园塑造了从官宦乡绅到贩夫走卒共两百多个人物,刻画出了清朝康、雍、乾间的整个社会风貌。小说秉承明代以来白话小说的写实传统,语言上则较多采用河南方言,“故六十万字的《歧路灯》除了它文学上的成就外,更给社会、民俗学留下了极丰

① 郁飞:《我的父亲郁达夫》,《联合副刊》,1988 年 7 月 15 日—16 日。

② 胡健中:《郁王故事余沥》,《联合副刊》,1988 年 7 月 15 日。

③ 马良春:《关于建立中国现代文学史料学的建议》,《中国现代文学研究丛刊》,1985 年第 1 期。

富的资料"[①]。曾毓生也认为：

> 如何正确地评荐《歧路灯》,或许尚有待文学研究工作者的进一步探讨。但就其对社会风尚之记录及民间语辞之运用,本书无可置疑,是为后世的研究者记载了不少资料。即使纯从文献的角度出发,这本长篇也有一定价值。[②]

1983年8月,另一部同样被埋没了二三百年的谴责小说《蜃楼志》,经王孝廉在"联副"公开。钻研古典文学的王孝廉教授,"从广岛和巴黎图书馆积满灰尘的书架角落中,把《蜃楼志》请了出来"[③],以评介的方式与"联副"读者首度见面。该小说"写乾嘉以来,南方海运开通以后广东地方的洋行与官府之间的勾结与冲突,对于当时广东沿海一带的风俗民情与历史社会写得很清楚"[④]。"联副"对于上述佚失作品的节选及介绍,无疑具有重要的文学史料价值,抛砖引玉为进一步研究提供了重要的线索。

这一时期"联副"中作品文学史料的挖掘与呈现,当然不止上述两部小说,其他还有不少。如1985年3月,"文坛史料新发现"专辑,首度发表了台湾儿童文学开路者——杨唤"散佚在人间的作品,包括两

---

① 编者:《编按》,《联合副刊》,1983年1月12日。
② 曾毓生:《再放光芒的〈歧路灯〉序》,《联合副刊》,1983年1月12日。
③ 编者:《编者按》,《联合副刊》,1983年8月14日。
④ 王孝廉:《蜃楼志:一部承先启后的谴责小说》,《联合副刊》,1983年8月14日。

篇未竟的童话、一页日记、一封书简……这些是他从未在此间报刊上发表过的心血印痕,极为珍贵"[①]。又如张爱玲未发表的剧本《魂归离恨天》[②],也在"联副"首度披露。该剧本原是张爱玲为香港国泰公司写的电影剧本,但剧本完成时,国泰已经因为经营不善而处于风雨飘零之中了,"故剧本既未经导演整理,亦根本未抄印流传,遑论拍成片子,可谓弥足珍贵。联副取得独家刊载权后,即以最快速度披露,以飨读者"[③]。其他的还有汉族长篇创世纪史诗《黑暗传》[④]节选、张爱玲的《草炉饼》[⑤]、"诗怪"李金发的《弑父人》[⑥]等等,这些多是佚文,"联副"都争取到并独家予以披露。

(三)树碑立传——保留文学记忆的各类策划

经过长期的发展与积累,"联副"在台湾文学场域中成了标志性的存在,针对台湾文坛,古远清就认为:"在以往,《联合报》《中国时报》的副刊几乎就是文坛的代名词。"[⑦]这一定位在 20 世纪 80 年代至 20 世纪 90 年代初仍然成立。作为"文坛盟主","联副"重视文化责任的担当,在该时期的文学生产中,有不少挖掘与厘清重要文学"历史记

① 编者:《杨唤遗作首度发表序》,《联合副刊》,1985 年 3 月 7 日。
② 张爱玲:《魂归离恨天》,《联合副刊》,1987 年 6 月 26 日—30 日。
③ 编者:《〈魂归离恨天〉序》,《联合副刊》,1987 年 6 月 26 日。
④ 佚名:《黑暗传》,《联合副刊》,1987 年 8 月 6 日。
⑤ 张爱玲:《草炉饼》,《联合副刊》,1989 年 9 月 26 日。
⑥ 李金发:《弑父人》,《联合副刊》,1989 年 4 月 22 日。
⑦ 古远清:《台湾文学期刊背后的分歧》,《学报》,2015 年 9 月 10 日。

忆”、为文学名家树碑立传的策划。

在台湾，由于各种复杂的原因，光复前的台湾文学曾长期处于被遮蔽的状态。台湾文艺界在20世纪80年代初的文学史料梳理中，“主要针对光复前台湾文学史料的整理”①。“联副”更是站立潮头，其参与这项文学历史记忆抢救工作的积极性，我们从“联副”组织的“向光复前台湾作家致敬团”第一站的记录中，就可窥见一斑：

> 十月廿一日下午，联副全体同仁在主编痖弦先生率领下，来到这一片荒陬的山野，探访仍像送报夫般跑着的作家、奋斗者杨逵先生，并代表联合报致赠一方金牌……②

1980年10月底“于光复节的前夕隆重推出‘宝刀集’，取其宝刀不老之意也”③。专辑连续四期介绍杨逵、龙瑛宗、陈火泉、杨炽昌等多位光复前开始创作的老作家及其作品，比如吴坤煌光复后创作的第一首诗歌《乌秋咬球》④，也有老作家的文坛忆往，如杨逵的口述历史《光复前后》⑤、叶石涛的《府城之星 旧城之月——日据时期文坛琐忆》⑥

---

① 痖弦：《三十年蔚蓄成林——中华民国文坛现状与省视》，《联合副刊》，1981年3月15日。

② 吴怀英：《长跑者杨逵》，《联合副刊》，1980年10月24日。

③ 编者：《〈宝刀集〉序》，《联合副刊》，1980年10月24日。

④ 吴坤煌：《乌秋咬球》，《联合副刊》，1980年10月26日。

⑤ 杨逵口述，杨素绢笔录：《光复前后》，《联合副刊》，1980年10月24日。

⑥ 叶石涛：《府城之星 旧城之月——日据时期文坛琐忆》，《联合副刊》，1980年10月26日。

等。该专辑序言指出：

光复前的台湾作家，一方面受五四新文学运动的冲击，一方面又有殖民地统治者无理的屈辱，因而造成他们坚持文艺创作良知、认同民族文化的不移意志，光复后他们艰困地跨越语言的障碍，作品数量却锐减了，多年来几乎都听不到他们的声音。[①]

鼓励老作家继续创作，让读者能够继续听到他们的声音，也成为挖掘文坛宝藏、抢救文学记忆的另一种方式，“他们答应了联副的邀请，一一提笔写小说、诗、散文与论述之作”[②]，专辑中刊载了龙瑛宗的小说《杜甫在长安》[③]、郭水潭的诗歌《病妻记》[④]、巫永福的散文《走反的故事》[⑤]等新作品。

再如“在飞扬的年代——五十年代文学座谈会”[⑥]策划。众所周知，因为20世纪50年代台湾政治场域对文学的宰制性影响，形塑了该时期台湾文学的特殊样貌，所以50年代台湾文学的艺术价值一直受到质疑，但毫无疑问的是50年代文学又是台湾文学的重要起点。因此如何认识50年代台湾文学的价值？如何厘清这段重要的文学记

①② 编者:《编者按》,《联合副刊》,1980年10月24日。

③ 龙瑛宗:《杜甫在长安》,《联合副刊》,1980年10月25日。

④ 郭水潭:《病妻记》,《联合副刊》,1980年10月25日。

⑤ 巫永福:《走反的故事》,《联合副刊》,1980年10月25日。

⑥ 尹雪曼等:《在飞扬的年代——五十年代文学座谈会》,《联合副刊》,1980年5月4日—8日。

忆？成了文学界的重要课题。“联副”此次策划的目的就是：

> 除了率先向五十年代的文学工作者致敬外，也希望从此能汲引“国人”对五十年代文学的关注，开始作有计划的整理与研究，确立五十年代文学在中国现代文学发展史上的意义与地位。[①]

座谈会上朱西宁、郭嗣汾、司马中原、尹雪曼等20世纪50年代重要作家，夏志清、刘绍铭等文学评论家纷纷发言，以肯定50年代文学的价值为主。“联副”刊载这些发言，连续四期以“巨量篇幅，透过座谈作一次总回顾”[②]。此类以挖掘文学史料，梳理文学记忆为目标的策划还有很多。如1988年5月的“五四人物”专辑，对于冰心、诗人朱湘等五四时期成名作家的过往创作与当下境况给予介绍。1988年6月解严之后“海峡两岸首次发表专栏”，则陆续回顾了端木蕻良、萧乾等20世纪30年代作家的过往创作与新作等。

“联副”作为“文坛盟主”，梳理文学史料，保存文学记忆，还有一类重要操作就是策划各种纪念专辑。比如一些重要作家谢世或者纪念日等等，都会组织相应的专辑，不但刊载其成名作品或遗作，同时也刊载纪念文章。主编痖弦在一次专辑策划序言中的一段话中，让我们能够清晰地体认“联副”在这些操作中的努力：

①② 编者:《联副文学周序》,《联合副刊》,1980年5月7日。

对于台湾这三十年来文学运动的第一个十年，有关的文学资料，重视、整理的非常之少，甚至对那个时代，现今许多年轻人，都缺乏完整的印象。作为一个副刊，有责任激引文艺界的使命感与历史感……①

纪念专辑策划在20世纪80年代至90年代的“联副”当中非常之多。如1980年12月，老作家姜贵去世后，随即组织了“感时忧国无·无违其心”专辑予以纪念，“本刊特以此专辑，向姜贵先生致最大的敬意和哀思”②。连续两日有姜贵遗作《护国寺开山记》③发表，也刊载了一些名家的纪念文章，如夏志清的《向姜贵致敬》、应凤凰的《日暮多旋风——敬悼姜贵先生》等。应凤凰更是将姜贵的主要著作以《姜贵著作表》的形式辑在一起，显然对于研究姜贵有着重要的史料价值。其他纪念专辑还有很多。如“吴鲁芹先生逝世纪念小辑”，连载两日，既有吴鲁芹的遗作《卅年如一日，生死不渝——福德与庞德》④，也有丘彦明的《灿烂的夕阳——敬悼吴鲁芹先生》⑤、叶维廉的《文质彬彬 活活泼泼——悼念吴鲁芹老师》⑥等纪念文章。1985年3月的“耕耘者杨逵 纪念小辑”、1987年11月的“春华秋实——梁实秋现实文学人

① 痖弦发言：《欢迎与说明》，《联合副刊》，1980年5月4日。
② 编者：《“感时忧国无·无违其心”专辑序》，《联合副刊》，1980年12月20日。
③ 姜贵：《护国寺开山记》，《联合副刊》，1980年12月20日。
④ 吴鲁芹：《卅年如一日，生死不渝——福德与庞德》，《联合副刊》，1983年8月1日。
⑤ 丘彦明：《灿烂的夕阳——敬悼吴鲁芹先生》，《联合副刊》，1983年8月1日。
⑥ 叶维廉：《文质彬彬 活活泼泼——悼念吴鲁芹老师》，《联合副刊》，1983年8月2日。

生的丰富之旅”纪念专辑、悼念儒学大师——“联副”重要作者钱穆的“文化的生命灵光”[①]专辑、“丹心白发悲歌——纪念台静农专辑”等等。这些纪念专辑的策划，无疑为台湾文坛梳理和保存了大量珍贵的文学记忆。

三、与大陆文学场域互动中的“联副”图景

“联副”与其他华文文学场域间的互动一直存在，一直是台湾观察海外华文文学发展的重要窗口，也扮演了华文文学重要发表平台的角色。“联副”长期是香港文学的重要平台，因为香港商业社会的发达，严肃文学作品向来缺乏发表平台，因此自20世纪50年代“联副”创刊起，就有林适存等香港作家投稿“联副”，后来更有也斯、西西、思果、刘以鬯等香港作家把各类作品交由“联副”发表。至于马来西亚、菲律宾、泰国、欧美等海外华文文学代表性的作品，乃至汉学发展情况，都能够通过“联副”的窗口观察到。但是由于众所周知的原因，“联副”与大陆文学场域之间的互动却长期处于空白的状态。70年代末至80年代初，随着政治的去势，加之“联副”时任主编痖弦坚持：“把各地区的华人文坛，当作一盘棋来看，只要是从中华文化出发的纯粹文学、自由发展的文学，都是我们联合的对象”[②]的主张，“联合副刊成为世界

① 编者:《文化的生命灵光》,《联合副刊》,1990年8月31日—9月1日。

② 痖弦:《博大与均衡——我的副刊编辑观》,痖弦、陈义芝:《世界中文报纸副刊学综论》,“行政院”文化建设委员会,1997年,第573页。

华文文学风起云涌的最初舞台，它展示了当时华文作品产源分布的世界文学地图"①，"联副"与大陆文学场域间的互动也实现了突破。总体来看，"联副"对大陆文学作品有一个从选择性呈现到理性放开的过程，大陆文学成为该时期"联副"当中最重要的景致之一。

（一）20世纪80年代前期大陆文学的选择性呈现

1979年元旦，全国人大常委会发表了《告台湾同胞书》，开启了两岸在隔绝三十年后交流的新篇章。此前，同文同种的两岸同胞，虽然"仍通过文学领域交流得以沟通。当然，这种交流是历经曲折的"②。此后不久，两岸文学场域之间的互动沟通就掀开了新的一页，各种方式的交流逐步打开。1978年访问大陆后，聂华苓就与丈夫安格尔，于1979年创办了爱荷华大学国际写作计划（IWP），所举办的"爱荷华的'中国周末'，已经成了海峡两岸文学交流的桥梁"③。其他在香港、美国等第三地举办的各类文学会议、论坛等，也沟通了两岸文坛。两岸文学界对于彼此的研究也开展起来了，刘绍铭在1981年一篇文章中就提道："在上海复旦大学的座谈会上，得知台湾文学已列入他们中文系的课程。"④

① 徐学清：《痖弦与世界华文文学》，《中国现代文学》，2016年第29期。

② 王震亚：《从破冰到统合——30年来海峡两岸的文学互动》，《统一论坛》，2009年第4期。

③ 安兴本：《凡夫窥世》，新华出版社，1997年，第123页。

④ 刘绍铭：《疲惫的灵魂——读"伤痕文学"随想》，《联合副刊》，1981年12月3日—4日。

总之,自20世纪70年代末至80年代初,“封闭了30年的文学禁区,在海峡两岸同时被开启”①。作为当时台湾最重要的文学生产场域之一,“联副”又一次站在了时代的潮头,第一时间给予大陆文学以关注和呈现。从70年代末期开始,大陆相关的文学作品就成了“联副”中的重要存在,其分量有时候还非常可观。就“联副”对大陆文学作品的传播与呈现来看,可以分为两个阶段,第一阶段我们可以称之为选择性呈现阶段,大体可以断在1987年解严之前,此后至90年代初则为第二个阶段,可以称作大陆作品的全面呈现时期。

20世纪80年代中期,尤其是1987年全面解严之前,两岸文学界彼此观望,文学场域对于对方文学作品的选择仍然带有鲜明的意识形态标准。大陆文学场域更倾向于陈映真、王拓、杨青矗、洪醒夫等等“乡土派”的作家作品,因为他们“现实主义”的创作倾向,更接近于当时大陆文学研究者、编辑及读者的口味。同样在台湾“面对大陆文学作品,一些杂志和报纸副刊选择性的刊载”②,“联副”当然也不例外。各类“抗议文学”“反思文学”“伤痕文学”等作品,占据了该时期“联副”刊载大陆相关作品的主流。例如“伤痕文学”在当时台湾文学界的认识就是:“泛称文革后一切揭露中共政权阴暗面的作品”③,而所有以上这些类型的作品,都着眼于所谓的“反抗”意识,作品的引进及

① 朱双一:《新时期以来的两岸文学互动》,《福建论坛》(人文社会科学版),2008年第8期。

② 李瑞腾:《让纷陈的现象秩序化》,《联合副刊》,1987年10月2日。

③ 刘绍铭:《疲惫的灵魂——读“伤痕文学”随想》,《联合副刊》,1981年12月3日—4日。

传播甚至不乏“匪情研究”[①]与“文化出击”的目的。

该时期“联副”对此类作家作品的举荐可谓不遗余力，例如无名氏的长篇小说《死的岩层》能够在“联副”与读者见面可谓费尽周折：

> 《金色的蛇夜》续集，和《死的岩层》全部，共四十几万字，是用极薄极薄的纸，极小极小的字，分寄海外几十位朋友，积四百几十个日子，由我汇集而成一本一本，其中有遗失部分，又再补录，才得到完整。[②]

以上是无名氏的兄长、著名报人也是该小说的汇集人卜少夫讲述的关于该小说艰辛的整理过程，而正是“联副”编者的耐心以及“催逼”最终促成了该小说的问世：“联合副刊主编的先生早在三个月前和我约定了，所以现在交由联副刊载……”[③]“联副”不但大力刊载这些作家的作品，还积极组织他们与台湾文学界及读者交流，邀请杨明显、金兆赴台“举办多场演讲座谈会，广泛地接触文艺界和读者，交换写作经验”[④]。朱西宁在一篇文章中提到“联副”为促成这些交流的努力：“杨明显若不是荣获联副小说推荐奖，金兆若不是联合报向他执教的学院卖大面子恳请准假……”[⑤]另外，大陆的“伤痕文学”类作品，比如

① 李瑞腾：《让纷陈的现象秩序化》，《联合副刊》，1987年10月2日。

②③ 卜少夫：《关于〈死的岩层〉》，《联合副刊》，1980年2月21日。

④ 编者：《舀一勺苦涩的乡井水序》，《联合副刊》，1981年10月11日。

⑤ 朱西宁：《故土望春——寄杨明显和金兆》，《联合副刊》，1981年12月13日。

杨绛的《“五七干校”六记》[①]、《丙午丁未纪事——乌云与金边》[②]，高晓声的《李顺大造屋》[③]，王蒙的《说客盈门》[④]等等，也都因为具有所谓“反抗”的意识和“揭露”的作用，而被大量吸纳进“联副”。

总之，20 世纪 80 年代中期以前，尤其是解严之前，“联副”与大陆文学场域的互动加强，对于大陆文学作品是选择性地呈现，政治意识形态仍是主要的选择标准。对于这类作家作品我们已在第一章中有较为详细的介绍，此处不再赘述。

（二）大陆文学的全面呈现

20 世纪 80 年代中期以后，随着台湾政治逐渐去势，政治场域对于文学生产场域的影响渐小，文学场域的自主性大幅度提升，艺术性超越政治性，成了“联副”选择大陆文学的最重要标准。“在台湾，学界、出版界注目的焦点也出现了转移，从前几年有选择地介绍‘伤痕文学’等揭露性作品，转而对‘寻根文学’等具有较深厚文化内涵作品产生了兴趣。”[⑤]文学成为当时台湾读者了解大陆的重要通道之一，形成了所谓的文学“大陆热”，“联副”就在其中扮演了重要角色，对于大陆文学理性地放开，大陆文学作品得到较为全面的展示。

---

① 杨绛：《“五七”干校六记》，《联合副刊》，1981 年 7 月 21 日。

② 杨绛：《丙午丁未纪事——乌云与金边》，《联合副刊》，1987 年 4 月 6 日—8 日。

③ 高晓声：《李顺大造屋》，《联合副刊》，1981 年 10 月 1—2 日。

④ 王蒙作、郑义选注：《说客盈门》，《联合副刊》，1981 年 5 月 9 日。

⑤ 朱双一：《新时期以来的两岸文学互动》，《福建论坛》（人文社会科学版），2008 年第 8 期。

1. 搭建两岸文化沟通的重要渠道

两岸文坛之间“经过四十年隔绝，政治歧异，发展方向不同，有关文化的结构亦连带受到了甚深的影响”①，尽管自20世纪80年代初以来有所沟通，但是仍多通过第三方渠道进行，亟待更直接更充分沟通的管道。“联副”当仁不让，在80年代中期以后积极搭建各类平台，成为两岸文学界沟通的重要渠道之一。两岸文学界关于彼此文学的研究，是重要的沟通方式，“联副”最早重视这类研究并给予版面支持，如周玉山的《中共的台港文学研究》②一文，尽管研究与评价当中仍存在颇多意识形态的痕迹，但却预示着两岸彼此文学研究的开启，张羽教授就认定“这是笔者接触的资料中，最早评价大陆的台湾文学研究的论文”③。此后“联副”中关于大陆文学研究的文章多了起来。

开辟报道大陆文坛状况的专栏、专辑，是促进台湾读者了解大陆文学，沟通两岸文坛的另一种重要方式。1986年7月份开辟的“大陆文坛特别报道”专栏，直接而持续地关注大陆文坛动态，报道最新的大陆文学信息等。这类对大陆文学直接近距离的观察，在此前的台湾绝少出现。专栏的第一篇文章《性小说——〈男人的一半是女人〉的骚动》④，关注大陆作家张贤亮最新的小说《男人的一半是女人》，短评当中虽然也仍然存在着较重的意识形态印记，但跟踪的确是大陆文坛最

① 编者：《两岸文学话题》，《联合副刊》，1988年8月12日。

② 周玉山：《中共的台港文学研究》，《联合副刊》，1985年2月16日。

③ 张羽：《对台湾学界评祖国大陆的台湾文学研究之述评》，徐学主编：《台湾文学研究新跨越 文学探索》，九州出版社，2010年，第55页。

④ 沙白：《性小说——〈男人的一半是女人〉的骚动》，《联合副刊》，1986年7月17日。

新的创作。周玉山在《谁是英若诚》①中，介绍了大陆官方文化界人士变动情况。该专栏在“联副”存在较长时期，当中的文章都是介绍大陆文坛的最近变动，方便台湾读者跟踪了解大陆文学发展的最新情况。1988 年 8 月的“两岸文学话题”专辑，朱西宁、蔡丹冶等分别从不同角度讨论大陆文学创作的稿酬问题，编者在专栏序言中说：“借助最新资料的研判，以加强对彼岸文学环境的了解。”②从中不难看出两岸文学界的互动交流日渐深入细致。此类专辑、专栏还有 1988 年 9 月中旬的“放眼大陆文坛”专辑、1989 年持续到 1991 年的“大陆文坛快递”专栏等。

“联副”甚至还尝试制造两岸作家间的直接接触，并记录和传播碰撞中的火花。1987 年 10 月底的“论剑爱荷华”专辑，就是“旅美作家吕嘉行应联副之请，为难得共聚的十一位大陆作家做了精彩的访问，谈他们的作品与文学观”③。在连续三天的报道中，台湾读者能够近距离接触到汪曾祺、张贤亮、吴祖光、古华等十一位大陆新老作家的所思所想。1991 年 5 月中旬，“联副”与大陆文学界九位作家更直接“相逢在广州”，“联副主编痖弦与同人陈义芝、苏伟贞跨海至广州代表联合副刊、联合文学邀晤吴祖光、汪曾祺等九位大陆作家……随后，煮酒论诗，不拘形式，欢聚多日，对两岸文学之交流与认知充分地交换意

① 周玉山：《谁是英若诚》，《联合副刊》，1986 年 7 月 23 日。
② 编者：《两岸文学话题》，《联合副刊》，1988 年 8 月 12 日。
③ 编者：《〈论剑爱荷华〉序》，《联合副刊》，1987 年 12 月 29 日。

见”[1]。专辑对于多位大陆作家进行介绍，更有对刘心武、舒婷等作家的专访。文学创作、文学想象逃避不开生活经验的羁绊，想象的纸鸢定有一丝系于经验的磐石，这一时期不少台湾作家或缘于遥系的乡愁，或基于山河的关怀，在中华文化与历史鼓声的导引之下，赴大陆，看长江、黄河，亲身体会大陆生活，在近距离体验大陆文化后再行文学创作。“联副”以自己的方式大力支持此类行动。典型的如1989年3月“联副”企划、赞助了“第一部结合文学与绘画的今日神州实录”——《走过中国大地》，梁丹丰“此行系应联合报的约请，以半年时间，行走五万公里”[2]，所成系列游记散文在“联副”断续连载很久。作者以亲历、亲闻回答如下问题：

广大的土地上有多少令人怆怀的失落？十亿中国人急待解决的课题是什么？作者以笔、以画、以磅礴大气中一颗纤细敏锐的心，带领读者一起见闻、省思。[3]

两岸文学的交流、互动，对文学创作本身也发生了积极影响。在与大陆文化的近距离接触与直接碰撞中，“更使作家的思想观念、文化视野发生一些微妙的变化，从而创作产生一些令人瞩目的新质”[4]。

① 编者：《联副与九位大陆作家相逢在广州》，《联合副刊》，1991年5月14日—16日。

②③ 编者：《〈走过中国大地〉序》，《联合副刊》，1989年3月13日。

④ 中国社会科学院文学研究所《中国文学年鉴》编辑委员会：《中国文学年鉴》(1991—1992)，社会科学文献出版社，1993年，第184页。

互动中，就有台湾作家放飞想象的纸鸢，结出了风味独特的文学奇异之果。著名的历史小说家、“联副”的重要作者——高阳的长篇历史小说《水龙吟》[①]，描写了清代嘉、道两朝的吏治民生及与“洪门”有关的故事，而高阳正是在“消化由大陆携回的大批资料后”[②]创作了《水龙吟》，扎实的史料正是该历史小说成功的关键。

20 世纪 80 年代末期，“联副”还不时开辟一些专栏，专门供给大陆经验的书写，反映了文化互动的成果，客观上又继续促进了两岸文化（文学）的交流。如“回乡故事”专栏，就面向广大普通读者征文，在台湾当局开放大陆探亲的大背景之下，不少感人至深的探亲散文由该专栏与读者见面，甚至生成了“探亲文学”这一新的题材类型。90 年代初期“联副”还有“文化生活观察系列”专栏，连续刊有“北京仍在否”“南京仍在否”“上海仍在否”“重庆、成都仍在否”等等系列文章，描写的都是大陆不同城市“从前与现在”的生活经验对照，作者的亲闻、亲见、亲历使得这些城市文化的嬗变生动鲜活跃然纸上。

2. 大陆文学作品的全面呈现

20 世纪 80 年代中期后，台湾文学界兴起了“大陆热”，“联副”在其中发挥了推波助澜的重要作用。尤其是 1988 年 7 月后，国民党召开全会通过了“中国国民党现阶段大陆政策”，其中“允许经审查的大陆学术、科技、文学艺术等出版品进岛”[③]，此后，大陆文学作品得以在

① 高阳：《水龙吟》，《联合副刊》，1989 年 8 月 13 日—1990 年 9 月 21 日。

② 编者：《〈水龙吟〉预告》，《联合副刊》，1989 年 8 月 11 日。

③ 余克礼、贾耀斌主编：《国共两党关系 90 年图鉴》，九州出版社，2011 年，第 495 页。

"联副"中全面呈现。

对大陆文学的引入及全面呈现,关键是打破政治禁忌,拿掉政治的有色眼镜。最典型的例子要数20世纪80年代末期,"联副"对于30年代作家作品的推广。在台湾,30年代作家作品特别是左翼的作家与作品,长期以来都因为政治禁忌的原因而被遮蔽,作品不得出版与发表,作家的名字被隐没。1988年年中,"联副"在"海峡两岸首次发表"专栏,大力刊载30年代作家的新旧作品。在刊载30年代著名作家端木蕻良"为联副写的第一篇文章"——散文《蚂蚱》①时,编者写道:

> 政局的变动,阻扰了文学的流脉。三十年代光照文坛的作家,有许多留在大陆上,为环境及生活所逼,创作生涯顿挫;而在台湾,他们的作品,也只能是少数人口耳相传的一个谜。越半世纪后的今天,海峡两岸日益开放,这批作家历多重劫难后,终于又可以更丰富的人生体验放心地执笔为文,并且将新其作交由联副首刊。这是建构一部完整的中国新文学史的契机,联副愿意竭诚持续努力……②

从中不难发现,"联副"在冲破对大陆文学政治禁忌,实现与大陆文化场域正常互动方面的努力。1990年4月的"三十年代作家散文新

---

① 端木蕻良:《蚂蚱》,《联合副刊》,1988年6月3日。

② 编者:《编者按》,《联合副刊》,1988年6月3日。

作”专辑，不少大陆老作家发表了散文新作，有许杰的《攀登高峰》①、端木蕻良的《马年浮想》②、骆宾基的《奥妙的黑白世界》③、萧乾的《关于书》④等。“联副”非常重视对大陆这些老作家资源的挖掘。30年代的代表性作家施蛰存在致“联副”主编痖弦的信中有这样一段话：

港友传来口信，多承不弃，嘱为贵刊撰文，此乃“破天荒”之事，闻之心惊肉跳，既不敢方命，又不敢从命，屏营三日，姑且先复此函，不致使足下悬念耳……你不妨把这封信作为我给你写的杂文，发表在贵刊上，让老朋友知道我的情况，并以此代我向他们问候。⑤

成名于20世纪20年代中期的乡土小说家、文艺评论家、“文学研究会”的成员之一——许杰，在《一番回忆，一种心情》⑥的序言中同样提道：

主编先生：海峡两岸，隔绝了四十年。如今是冰河解冻，春风送暖，我的思亲之情，发自心底。我又怎能不想你们？承你们来

① 许杰：《攀登高峰》，《联合副刊》，1990年4月6日。
② 端木蕻良：《马年浮想》，《联合副刊》，1990年4月6日。
③ 骆宾基：《奥妙的黑白世界》，《联合副刊》，1990年4月6日。
④ 萧乾：《关于书》，《联合副刊》，1990年4月6日。
⑤ 施蛰存：《不死就是胜利——致痖弦》，《联合副刊》，1988年7月19日。
⑥ 许杰：《一番回忆，一种心情》，《联合副刊》，1988年12月15日。

信邀约，约我写一点关于“文学研究会”的回忆，你说，我能不从心底里发出不可抑制的激动吗？①

从中，一方面可见“联副”当时积极通过各种方式联络大陆老作家，鼓励他们为“联副”创作，让台湾读者有机会冲破政治的迷障，去领略这些曾经叱咤文坛的文学宿将的风采，另一方面也可以清楚地看到“联副”在沟通两岸文坛中的特殊作用。相应的，当时大陆的老作家对于“联副”也非常重视，将其视为与台湾文学界交流的重要平台。老作家巴金的一次作品授权，就能够佐证这一点。1989 年 2 月，巴金将纪念老友沈从文的《怀念从文》②一文，“授权香港《八方文艺丛刊》登载，同时由联副在台北发表，弥足珍贵”③，“联副”是巴金在台湾唯一授权发表该文的媒介。

新世代的大陆作家作品，更是受到“联副”的欢迎。1988 年 5 月的“大陆新锐小说展”专辑，就专门向台湾读者展示大陆青年小说家的成果。李杭育的《阿三的革命》④、李晓的《小楼三奇人》⑤、韩少功的《谋杀》⑥等小说都通过该专辑介绍给了台湾读者。20 世纪 80 年代末期，还有余秋雨的文艺评论、北岛的诗歌、阿城的小说、冯骥才的散文，

① 许杰：《一番回忆，一种心情》，《联合副刊》，1988 年 12 月 15 日。
② 巴金：《怀念从文》，《联合副刊》，1989 年 2 月 28 日。
③ 编者：《〈怀念从文〉序》，《联合副刊》，1989 年 2 月 28 日。
④ 李杭育：《阿三的革命》，《联合副刊》，1988 年 5 月 16 日—17 日。
⑤ 李晓：《小楼三奇人》，《联合副刊》，1988 年 5 月 17 日。
⑥ 韩少功：《谋杀》，《联合副刊》，1988 年 5 月 23 日—24 日。

等等，不同题材，不同体裁的大陆青年一代作家的作品，缤纷了“联副”的版面，数量非常可观，造就了“联副”中的文学“大陆热”。到了20世纪90年代初，“余华、莫言、王安忆等，大陆中生代作家以丰沛创作力，刷新台湾读者的视野，也重新连接上被切割断裂的中国现当代文学”①，“联副”也当然地成了他们作品的重要园地。下面是一则20世纪80年代末“联副”的征稿启事：

> 大陆作家投稿，以新作为限，已发表的文章请勿再寄来。委托中间人转寄者，请勿重复授权，发现一稿两投，立即注销稿费。请于稿末签名指定一位海外人士代领稿费。②

很显然，20世纪80年代末期“联副”对于大陆作家的征稿已经常态化。总而言之，80年代末至90年代初，在与大陆文化场域的互动当中，“联副”给予了大陆文学以更为全面的呈现，大陆文学作品构成了“联副”拼图中重要的一块。

3. 将大陆文学作品纳入《联合报》小说奖

创办于1976年的《联合报》小说奖，经十数年的发展，早已成为台湾最重要的文学奖项之一。小说奖作为重要的文学生产机制，背后是“联副”这一文学场域复杂的权力运作与文化资本的竞争，往往形塑出

---

① 李金莲：《80阅读年代》，http://digiarch.sinica.edu.tw/content/subject/resource_content.jsp?oid=16797243&queryType=qc#.

② 编者：《联副小启》，《联合副刊》，1989年4月1日。

特定的审美标准和文学标举。在相当长的一段时期内，对于很多台湾作家来说，获《联合报》小说奖即意味着文学创作“合法性”的建立，是立足台湾文坛的一条捷径。《联合报》小说奖对大陆作家作品的开放，是“联副”全面呈现大陆文学的又一重要标志。

“1988年正式解禁（‘行政院’核准施行‘沦陷地区’出版品、电影及广播电视节目入境）以后，更出现‘大陆热’，联合报小说奖也随即另立‘大陆地区短篇小说推荐奖’”①，大陆文学作品首次被纳入台湾这一最重要的文学奖项。莫言凭短篇小说《白狗秋千架》获第十届“大陆地区短篇小说推荐奖”，奖金两千美元。编者对该小说奖有一段总结：

> 联副立足于前瞻视野，因应解严后海峡两岸文化交流日益频繁、文学发展也有了新的互动关系，乃决定进行第二阶段“联合报小说奖”征文，以“鼓舞全世界中国人，开辟文学新纪元”为标杆，提高奖金，增加奖项，重新出发。接受大陆作者投稿，设置“大陆地区短篇小说推荐奖”，是本届最大特色。②

该总结阐明了“联副”为顺应两岸文学互动交流加强的趋势，而设“大陆地区短篇小说推荐奖”的初衷，这一实操也是具有前瞻性视野的

① 张俐璇：《建构与流变：“写实主义”与台湾小说生产》，秀威出版社，2016年，第386页。

② 编者：《联合报第十届小说奖专辑前言》，《联合副刊》，1989年1月1日。

"联副",将大陆文学纳入版图的又一重要举措。而莫言的获奖感言则从大陆作家的视角,印证了当时两岸文学交流的盛况,以及小说奖对大陆作家开放的重要意义:

> 拙作《白狗秋千架》获得联合报小说奖,非常高兴,因为这次获奖具有特殊的意义。最近以来,大陆小说被陆续介绍到台湾,台湾小说也大量地出现在大陆的书架上。这无疑为海峡两岸人民的互相了解创造了一个好机会……其实,海峡两岸在精神上一直没分离过,有共同文化培养出来感情,从来就是跨越海峡的精神天桥。①

此后联合报小说奖常设"大陆地区短篇小说推荐奖",第十一届由韩少功的《谋杀》②获得。从第十二届开始,小说奖对大陆作家的开放幅度加大,除了"大陆地区短篇小说推荐奖"外,其他奖项也开始面向大陆作家征文,接受大陆作家投稿。获当届中篇小说奖的大陆作家罗辰生,就在获奖感言中说:"联合报的征文,促进海峡两岸文化交流,我感谢联合报,并为自己能为此尽些力量感到欣慰和高兴。"③罗辰生的《大杂院》④,是从面向世界华人征集而来的 34 篇中篇小说中脱颖而

---

① 莫言:《最宝贵的品质是不说谎话》,《联合副刊》,1989 年 1 月 15 日。
② 韩少功:《谋杀》,《联合副刊》,1988 年 5 月 23 日—24 日。
③ 罗辰生:《喜鹊筑桥》,《联合副刊》,1991 年 1 月 6 日。
④ 罗辰生:《大杂院》,《联合副刊》,1991 年 1 月 6 日—31 日。

出，获得中篇小说奖第二名，由于第一名从缺，该文实际获得了中篇小说的头奖，奖金20万元。苏童则以《仪式的完成》摘取了当届"大陆地区短篇小说推荐奖"。第十三届"联合报小说奖"中篇小说奖则由王小波以《黄金时代》[①]摘得。这些获奖的大陆作家作品，也都于不同时期刊载于"联副"，同时配有评审意见、评论等。总之，作为"联副"最重要的文化资本之一，联合报小说奖在20世纪80年代末期也将大陆文学纳入了版图，为大陆文学的全面呈现又添新的渠道。

四、跨媒介演绎的文学新貌

媒介实际上从未自外于文学生产与传播，但电子媒介时代的到来，才真正让人们开始重新认识媒介于文学生产之重要意义，此时"传媒对文学活动的制约力量日益增强，可以说在动态的文学活动的每一个环节都存在着传媒的制导作用"[②]。20世纪80年代至90年代初，声光绚丽的电子传播媒体在台湾迅速发展、普及，"联副"在与媒介文化的互动当中，生成了一道道多彩的跨媒介（"多媒体化"）演绎的文学新景。

"联副"根植于报纸媒介进行文学生产，本身既是文学现象又有着信息传播的本质，因此"联副"文学生产对于媒介技术的发展，从来都

① 王小波：《黄金时代》，《联合副刊》，1991年10月14日—11月11日。

② 李凤亮：《艺术原则与价值转换》，海天出版社，2014年，第200页。

保持着敏感和开放的姿态。早在50年代末，“联副”就出现过融合了文字与广播媒介的“广播剧”。到了80年代，媒介技术日新月异，对于“联副”文学生产的介入也更加频繁与深入。1980年6月中旬，“联副”就采用录音投稿的方式，为新设的“生命的故事”专栏征稿，征稿启事如下：

> 若是您自己，或是您的亲人、朋友，有着感人的、富哲学意味或传奇性的生命故事，却无法用文学的形式表达出来。你不妨采用录音的方式，将故事的纲要用十到十五分钟的时间记录下来，把录音带挂号寄给我们；我们会进一步与您联系，将您的故事转换为一篇文学作品……①

这是电子媒介直接介入“联副”文学生产的生动案例，就连在当时仍属最新媒介形态的电脑，也几乎第一时间被“联副”应用到了采编当中。至晚在1983年初，“联副”就开始应用电脑进行排版了，一篇致“联副”作家的公开信中清晰透露出这一点：“诸位可敬的文字工作者、联副作家们：由于联副已开始电脑编排……”②当然，“联副”与媒介文化的互动，绝不仅止于对媒介新技术的采用，面对新的媒介技术不断进场瓜分读者注意力资源的挑战，“联副”不断尝试融合新的媒介

① 编者：《录音投稿》，《联合副刊》，1980年6月14日。

② 编者：《致联副作家公开信》，《联合副刊》，1983年1月13日。

技术，进行跨媒介的文学演绎，造就了不少"多媒体化"的文学景观。

1980年1月初，"联副"开设了"传真文学"专栏，先后刊载了吴念真的《黑婴传奇》[1]、小野的《清晨》[2]等小说。前者以1979年发生在台中的大范围食用油多氯联苯中毒事件为背景，后者则取材自当时发生的假酒中毒案，小说都以受害者为主人公，以文学的技巧描摹了他们各自悲惨的遭遇。这类"传真文学"作品在《联副三十年总目》中，被明确归入了小说的行列——新闻小说，该小说体裁"把握了新闻发展的主线后，即可突破新闻写作的限制，利用小说创作技巧，融报道、解释、评论于一炉，将新闻所显示的意义，生动而具体地披露出来"[3]。"传真文学"不止于小说体裁作品，专栏当中还有袁琼琼的散文《女》[4]、向阳的诗歌《看不见的镜子》[5]、洛夫的诗歌《液体炸弹》[6]等，但同样都围绕着上述两则新闻线索展开艺术的营造。就像在专栏序言当中编者写指出：

> "传真文学"是文学工作者手中永不熄灭的镁光灯，它是直接取材自新闻，对准时间的焦距，把瞬间即逝的社会脉动，和人类不

① 吴念真：《黑婴传奇》，《联合副刊》，1980年1月26日—27日。

② 小野：《清晨》，《联合副刊》，1980年3月30日—31日。

③ 彭家发：《特写写作》，台湾商务印书馆，1986年，第159页。

④ 袁琼琼：《女》，《联合副刊》，1980年1月26日。

⑤ 向阳：《看不见的镜子》，《联合副刊》，1980年1月26日。

⑥ 洛夫：《液体炸弹》，《联合副刊》，1980年3月30日。

易捕捉的精神层面，赋予永恒的艺术形象……①

这是一种融合了新闻与文学特征的特殊文体，传真文学"在纯文学的领域里，也许还不能与纯诗、纯小说或纯散文等高，但可以突破新闻的意义或新闻文学的意义，而达于艺术的纯粹性与永恒性的巅峰"②，是跨越新闻媒介与文学媒介而演绎出的独特文学景观。

诗歌的"多媒体化"在"联副"中也较早就进行了尝试。"有多媒体诗人之称的杜十三"③、"诗的声光"的开创者白灵等，也将诗歌的多媒体实验带进了"联副"。1987 年 9 月杜十三的"歌词专栏"，第一期中有诗歌——歌词《把门打开》④，其他歌词还有《四重梦》《伤痕》等，此后在"联副之声"专栏中杜十三更是有不少诗歌朗诵。这些歌词融合口语、韵律、热情、悲心于一体，无疑是诗歌的新尝试，杜十三的诗歌实验"擅长出入、整合、重构各种媒介，使之与诗产生或即或离的各种关联"⑤。白灵则有《曲要高也要和众》⑥、《声光社会》⑦等若干讨论诗歌"多媒体化"的理论文章刊载。

在电子媒介发展与普及的大背景下，"联副"与电子媒介的融合加

①② 编者：《"传真文学"专栏序》，《联合副刊》，1980 年 3 月 30 日。

③ 向明：《诗人诗世界》，秀威资讯科技有限公司，2017 年，第 72 页。

④ 杜十三：《把门打开》，《联合副刊》，1987 年 9 月 20 日。

⑤ 创世纪诗杂志社：《台湾中生代诗人两岸论》，秀威资讯科技有限公司，2014 年，第 203 页。

⑥ 白灵：《曲要高也要和众》，《联合副刊》，1987 年 1 月 1 日。

⑦ 白灵：《声光社会》，《联合副刊》，1987 年 9 月 20 日。

速，促成了各类文学的跨媒介演绎——“多媒体化”文学。“联副之声——空中的联副”于1988年1月开播，是典型地融合了广播与文字媒介的文学生产。实际上早在20世纪50年代末期，“联副”就有与广播媒介合作的记录——广播剧。编者在“联副之声”的开播序中写道：

> 为迎接新的传播时代，开发新的传播网路，“联副之声”今日创设！藉此，可有效地利用多元媒介，以满足各行各业不同作息时间人士的阅听需求；从而加大步伐朝向立体的、有机结构的目标迈进。“联副之声”由联副编辑室与中广公司“荧光夜话”节目部联合制作，每周播出一次，内容涵文学作品诗朗诵、创作奥秘解说、小型文学讨论会及联副作家行踪报道访问等；所有广播内容皆与当周联副登载之作品有关。①

从中不难发现，较广播剧时期，“联副”有了更清晰的跨媒介文学演绎的意识，跨媒介的文学实践更加自觉也更加多元。“联副之声——空中的联副”节目每周一次，持续了较长时期。以1988年1月23日的一期为例，当晚有《修女裴德》的朗诵讲解，有诗人杜十三关于《立体传播》的谈话，还有薛南平谈篆刻艺术。“联副之声”体现了文学生产中媒介间更深入的融合。在政治解严报禁开放的大背景下，台湾资讯已然泛滥，知性、感性却愈加稀薄，文字的吸引力正在降低，“联

① 编者：《〈联副之声开播〉序》，《联合副刊》，1988年1月9日。

副之声”的出现，“首度让现代文学的报页以立体化的传播观念出声，在精致文学版面之外，也能可亲的”[①]，是真正的“多媒体化”的文学尝试。数月之后“联副”继续加快跨媒介文学演绎的步伐，于1988年5月2日又开播了“电视的联副——联副映声”节目：

> 继“联副之声”之后，为追求文学更多元化、立体化的传播，联副编辑室商请华视“今天”节目，自每月最后一周的星期一下午四点十分，推出作家现身说法的“联副映声”节目，映画内容除当日联副刊登的作品外，并有作者的朗诵与解说，精彩无比，请勿错过。[②]

第一期节目由诗人席慕蓉谈故乡，朗读散文《母亲的河》[③]，当天“联副”同时刊载该散文。1988年8月29日《联副映声》中，康芸薇谈小说《香囊记》的创作，河南梆子及河南方言与文学的关系；演员王海玲谈出演戏剧《香囊记》的心得与体会等。《联副映声》真正是有声有影、声情并茂的现代文学新鲜活泼的经验。

广播剧这一最早的跨媒介演绎的文学形式，在20世纪五六十年代的台湾曾经风行过，到了80年代本早已式微。但1991年7月，“联副”为《联合报》四十周年特别献礼，策划了“作家广播剧”节目：“今日

① 杜十三：《第三波文学——聆“联副之声”有感》，《联合副刊》，1988年1月23日。
② 联副编辑室：《电视的联副》，《联合副刊》，1988年5月2日。
③ 席慕蓉：《母亲的河》，《联合副刊》，1988年5月2日。

联合副刊与汉声广播电台竟然会合作制作广播剧，而且由一群作家和艺术界人士来担任演员，现'声'说法。"[①]这个以"为语言艺术开花！为文学戏剧结果"为宗旨的节目，持续了较长时期，使得广播剧在"联副"中焕发了第二春。节目由作家、艺人等分饰不同角色，用声音演绎由名著、小说等改编而来的广播剧，8月3日有《钗头凤》、8月17日有《鹊桥仙》、9月1日有《浮生六记》等，每次节目还有相关文学知识的普及性内容，"联副"不但有配合广播节目的作品刊载，每期还刊载不少读者的"听后感"等，在媒介的联动中共同打造了"一座空中的文学剧场"。

所有这些"联副"跨媒介演绎的文学景观，是台湾文学媒介文化变迁倒逼的结果，也是"联副"探索新的文学可能性的尝试，对于"联副"来说，"由于在现今时代一种传播媒体的必然使命是多角度多层面的，所以像早期那样专精于文学一途，恐怕也只是一个热爱文学偏执者的奢望吧"[②]。时任"联副"主编，也是这些"跨媒介"文学尝试的主要决策者痖弦也认为："任何多媒体的运用，都可以和文学联想在一起，创造新的视觉听觉经验，促进文学传布，增加文学人口……有了这种尝试，文学才更能和现代资讯生活相互配合，有多媒体的助阵，就更多彩多姿了。"[③]

---

① 姚一苇：《"千古风流人物"开播前祝词》，《联合副刊》，1991年7月20日。

② 钟肇政：《早期联副琐忆》，联副三十年文学大系编委会：《联副三十年文学大系 史料卷 风云三十年》，联合报社，1981年，第69页。

③ 痖弦：《博大与均衡——我的副刊编辑观》，痖弦、陈义芝：《世界中文报纸副刊学综论》，"行政院"文化建设委员会，1997年，第575页。

第四章　结论——传承·辉煌·坚守

《联合报》副刊自20世纪50年代初从承继华文报纸副刊的传统中起步，经历过初创的艰辛，迎来过辉煌，也遭遇到了长期低迷，但其对文学的坚守却始终不变。一路走来，“联副”的文学生产始终与政治、经济、文化等场域间保持着密切的互动。不同时期来自特定场域的力量成为影响“联副”文学生产的主要因素，形塑了“联副”不同时期殊异的文学景观，也造就了“联副”文学生产一个多甲子的兴衰起伏。

20世纪五六十年代，是台湾政治场域的“政治力”影响最盛的年代。在政治的主导之下，“联副”的文学生产受到颇多掣肘，产生了很多“反共抗俄”“战斗文艺”类的作品，形成了“联副”一个时期浓厚的政治气氛。作为文学场域，“联副”也在“自身逻辑”的张扬中，通过或隐或显的方式对政治宰制进行着反拨。标举“纯文学”的理念，发掘了女性作家、本土作家、青年世代作家等创作，多元的文学言说在一定程度上冲淡了“联副”中的政治味道。还有其他很多文学的景观生成。于此间，“联副”完全摆脱了“报屁股”的尴尬，文学生产起步并取得了初步的发展。

20世纪70年代以后，威权政治的影响持续衰退，“联副”的文学生产逐渐由前行阶段的“政治主控”向着“市场导向”转化。经济因素不但成为影响文学内容生产的主要因素，更有市场逻辑、经济手段不断渗透到“联副”文学生产的实操当中，形成了诸多色彩纷呈的文学景观。市场的导向也进一步带动了文化生产场域自主性的张扬，为迎合读者与市场需求的变化，“联副”中各类专栏、专辑、专题策划不断出现；以诺贝尔文学奖报道为代表的各类文学热点策划次第上演；各类通俗文学生产迎来新的发展；适应快速阅读需要的各类“轻文体”实验层出不穷。另外，“联副”与社会更为贴近，社会影响进一步扩大，“副刊的发展注入了巨大的动力，为台湾社会开创出一番新的气象”①。70年代末，“《联合报》文学奖”的创设与长期成功实践，更是将“联副”一步步带到台湾文坛中心的位置。可以说，在80年代末乃至90年代初期，“联副”与“人间”等副刊一道，共同创造着纸上风云，将台湾文艺副刊文学生产带入了发展的黄金期。

进入90年代，尤其是90年代中期之后，“联副”就呈现出了盛极而衰的局面，文学生产及其影响开始走下坡路。我们认为，“如果说之前副刊的形塑力量主要来自于政治、经济、文化等场域的话，那么进入上个世纪90年代中晚期后，形塑力量就迅速转移至媒介场域了”②。

① 白先勇：《古来才大为难用——追忆高新疆》，《人间福报副刊》，2009年8月9日。

② 李光辉：《论新媒体环境下台湾文艺副刊文学生产之变迁——以〈联合报副刊〉为例》，《雨花》，2017年第7期。

实际上80年代末报禁解除之后，台湾就进入了媒介较为自由发展的时期，各类新创办的报纸、杂志层出不穷，包括“商人办报”的典型——《自由时报》，外来的以“受众导向”为宗旨的《苹果日报》等，还有不少报纸增办了“第二副刊”，似乎迎来了媒介发展的春天。吊诡的是媒介的自由发展，非但未能助力“联副”等文艺副刊更好的发展，反倒是不断进场的新生媒介大幅度瓜分了有限的注意力资源。原本在没有真正新闻自由的时代，“以文学面貌反映社会焦灼，凝聚社会关注”的“联副”等文艺副刊，此时很难再独美其美了。

而90年代中期以后，以互联网为代表的新媒介的进场，更使得文艺副刊乃至整个报纸的生存状况雪上加霜。一方面，互联网提供的海量信息满足了受众多元化的信息需求，大大稀释了文学阅读的时间。另一方面，互联网带动了“网络文学”的兴起，继续分化副刊文学的阅读群体。“在21世纪，由于电子媒体和网络媒体的夹击，整个平面媒体市场呈现下滑的局面……许多报纸因此停刊，仍然生存的报纸也多半不复过往的容景”①，更遑论寄身其中的文艺副刊了。1997年1月1日当《中时晚报》的“时代副刊”宣告停刊时，著名评论家南方朔就指出：“结束的不只是一个副刊，甚至有可能是整个副刊的文化。”②不足十天后，“时值晚报副刊阵地相继陷落、日报副刊亦亟思骨血改造之

① 陈致忠、陈娟、杨洸：《港澳台报业》，暨南大学出版社，2014年，第150页。

② 南方朔：《告别，时代副刊》，《中时副刊》，1997年1月1日。

际”①,由“行政院文建会”主办、“联副”承办的“世界中文报纸副刊学术研讨会”召开。这既是一次世界中文副刊界交流经验、寻求共识的一次集大成的会议,更是一次抱团取暖、寻求突破的共谋之会。从会议论文看,就包括王浩威的《社会解严,副刊崩盘?——从文学社会学看台湾报纸副刊》、须文蔚的《迈向网路时代的文学副刊——一个文学传播观点的初探》、林汉杰的《台湾报纸副刊的未来》等文章。从中我们能够清晰地嗅到副刊主持者、专家们对于新的媒介环境下文艺副刊未来发展的担忧。

20 世纪 90 年代末以后,特别是 21 世纪以来,因应媒介场域的巨大变迁,面对纸媒日益恶化的生存环境,“联副”的文学生产也做出了诸多调整,企图挽留住文学的读者。比如不断减小“体量”加强视觉表现,以适应读者“轻阅读”的需求;继续加强各类策划,使得副刊文学内容进一步贴合社会,向生活化的方向拓展;加强与网络媒介的融合,等等。“联副”文学的面相也因此发生了极大的变化。即便如此,“联副”文学生产的颓势仍在持续。有些指标性的表征,比如文字的数量大为压缩,目前“‘联副’每天刊登的文章总字数只及二十年前的五分之二,另外的五分之三字体放大,留白增多,加上更多元的图像资讯”②。再比如,曾为“联副”赢得大名的,作为台湾“文坛结构鲜明的

① 陈义芝:《跋》,痖弦、陈义芝:《世界中文报纸副刊学综论》,“行政院”文化建设委员会,1997 年,第 595 页。

② 刘晓慧:《台湾报纸副刊发展脉络探析》,《社会科学家》,2011 年第 10 期。

指标”[①]的“联合报文学奖”也于2014年转型为“联合报文学大奖”，意在“集中资源，奖励攀登高峰的华文作家，书写有影响力的作品”[②]，虽然仍有百万新台币的奖金，但每年仅设一人中奖，其覆盖面及影响性与之前相比已不可同日而语了。从当前的情况来看，“联副”乃至整个纸媒的生存状况堪忧，读者群数量进一步萎缩，“联副”中仍然保持一定量严肃文学的存在，甚至有了重回精英文学的迹象，但不得不说，这在更大程度上乃是“联副”对文学的坚守。

①② 宇文正：《文学奖》，《台声》，2016年第17期。

附　录

一、“联副”历任主编名录

收录从1951年9月16日创刊以来，直到当下的“联副”历任主编名录，主要参考封德屏的《花园的园丁？还是媒体的英雄？》附录，以及刘晓慧的《当代台湾报纸文艺副刊史研究》附录，按照任职的时间先后顺序排列。

主编	在任时间	备注
沈仲豪	1951年9月16日至1953年9月	“联副”创刊，“汇集过去三家副刊的优点，使之成为一个‘综合的、趣味的’副刊”①。
黎文斐	1953年10月	

① 编者：《综合的·趣味的——“联副”发刊告作者读者》，《联合副刊》，1951年9月16日。

续表

主编	在任时间	备注
林海音	1953年11月11日至1963年4月24日	1918年3月出生，本名林含英，原籍台湾苗栗，成长于北平。毕业于北平私立新闻专科学校。曾经担任北平《世界日报》记者、《国语日报》编辑、纯文学杂志社及出版社发行人。较多刊用台籍作家稿件，如钟肇政、文心、廖清秀、郑清文、陈火泉、钟理和等；鼓励女性作家、青年作家的创作；注意刊载译介外国文学作品，如原田康子的《挽歌》、加缪的《异乡人》等。是林海音将“联副”带到了台湾文坛的重要位置。1963年4月，因为“船长事件”被迫离职。
马各	1963年4月至6月	本名骆学良，1926年出生，福建南平人，毕业于“中央干部学校”。曾两次短期执掌“联副”。
平鑫涛	1963年6月12日至1976年1月31日	1927年出生，江苏人，笔名费礼，上海大同大学会统系毕业，1954年创办《皇冠》杂志。重视通俗文学生产，以琼瑶的爱情小说、高阳的历史小说为代表的通俗文学，将“联副”带进通俗文学生产的黄金时期；开启“联副”经济手段刺激文学生产先河，1964年办“精选小说”征文；重视文学热点，出版三浦绫子的《冰点》，创下台湾出版史上畅销记录。
马各	1976年2月至1977年9月	创办“联合报小说奖”；建立“撰述委员制度”，以“特约撰述”名义，给青年作家以补助；刊载点燃乡土文学论战的文论，如彭歌的《不谈人性·何来文学》，余光中的《狼来了》以及王拓的《拥抱健康的大地》。

续表

主编	在任时间	备注
痖弦	1977 年 10 月至 1998 年	本名王庆麟,1932 年出生,河南南阳人,“政工干校”二组戏剧组毕业,美国威斯康星大学东亚研究所硕士,美国爱荷华大学作家工作坊访问学者,“创世纪”诗社成员,曾任职于“救国团”,主编《幼狮文艺》。开创文类如“极短篇”“传真文学”“新闻诗”等;1978 年 10 月 1 日,副刊开始彩色印刷;1978 年 12 月 23 日举办“台湾小说座谈会”刊出“向世界文坛伸展的我国现代小说”;1979 年起开始即时深度报道诺贝尔文学奖得奖作家及作品;开始联系海外学人;编辑方针:纯粹的精神与联合的态度①,“三真”为编辑理念,即“探索真理、反映真相、交流真情”②;1984 年 11 月 1 日《联合文学》创刊,任总编辑。
陈义芝	1997 年 6 月至 2007 年 7 月	1953 年生于花莲,籍贯四川省忠县,高师大中文博士。1996 年主办“世界中文副刊学术研讨会”及“台湾现代小说史研讨会”;1998 年主办“两岸作家展望廿一世纪文学研讨会”。
宇文正	2007 年 8 月至今	原名郑瑜雯,东海大学中文系毕业、美国南加大东亚所硕士。曾任《风尚》杂志主编、《中国时报》文化版记者、汉光文化编辑部主任。

① 痖弦:《还不是回忆的时候——一束不是回忆的回忆》,联副三十年文学大系编辑委员会:《风云三十年——联副三十年文学大系史料卷》,联合报社,1982 年,第 181 ~ 215 页。

② 荻宜:《变革的副刊》,《文讯》,1992 年第 43 期。

二、“联副”主要作家作品名录

“联副”前四十年的作品浩如烟海，此处主要辑录四十年当中重要的小说家及其小说作品。主要参考由联副三十年文学大系编辑委员会主编的《联副三十年总目》（上、下）卷。

作家	主要作品	刊载日期	备注
孟瑶	《小灵魂》 《屋顶下》 《兰心》 《畸零人》 《计程司机》	1954 年 2 月 6 日 1955 年 10 月 20 日—1956 年 1 月 17 日 1959 年 2 月 14 日—4 月 20 日 1965 年 2 月 28 日—8 月 9 日 1970 年 9 月 8 日—15 日	
琦君	《做了爸爸以后》 《百合羹》 《情渊》 《钟》 《荼靡花》 《探病记》	1954 年 5 月 22 日—6 月 2 日 1956 年 7 月 24 日—27 日 1957 年 3 月 1 日—20 日 1958 年 2 月 9 日 1959 年 6 月 1 日 1960 年 8 月 18 日—30 日	
林海音	《会唱的球》 《标会看人心》 《惠安馆传奇》 《晓云》 《婚姻的故事》 《五凤连心记》	1955 年 6 月 21 日 1956 年 1 月 26 日 1959 年 1 月 5 日—2 月 7 日 1959 年 6 月 9 日—11 月 6 日 1960 年 11 月 10 日—12 月 27 日 1962 年 8 月 4 日—13 日	

续表

作家	主要作品	刊载日期	备注
毕璞	《洋梦》 《寂寞的心》 《永不坠落的叶子》 《纤手如冰》 《穿黄衣的女孩》	1956 年 8 月 6 日 1957 年 1 月 27 日 1958 年 10 月 18 日 1960 年 10 月 12 日—30 日 1969 年 6 月 21 日—22 日	
文心	《妈妈的节日》 《初恋》 《千岁桧》 《花姑》 《祖父的故事》	1956 年 2 月 1 日 1959 年 2 月 6 日 1957 年 11 月 29 日—12 月 24 日 1960 年 11 月 16 日—23 日 1962 年 12 月 3 日—4 日	文心是较早登上"联副"的本土青年作家，其作品的发表鼓舞了不少本土作家。
钟肇政	《人情》 《鲁冰花》 《融岩》 《大龙峒的呜咽》 《林投树下》 《九龙潭之夜》 《涼扇顶秋雨曲》 《莲座山恩仇记》 《马利科弯英雄传》 《矮人之祭》	1958 年 3 月 1 日 1959 年 3 月 29 日—6 月 15 日 1961 年 1 月 25 日—2 月 2 日 1973 年 4 月 15 日—23 日 1973 年 4 月 28 日—5 月 6 日 1973 年 5 月 9 日—14 日 1973 年 9 月 18 日—10 月 5 日 1973 年 12 月 2 日—25 日 1974 年 2 月 4 日—4 月 14 日 1974 年 11 月 16 日—20 日	早期钟肇政以笔名钟正在"联副"译介、刊载小说，1973 年前后则用钟肇政之名在"联副"继续刊载小说，是典型的"扎根乡土"型作家。
郑清文	《蛇药》 《小星星》 《第一票》 《渔家》 《一对斑鸠》 《死亡边缘》	1958 年 6 月 10 日 1958 年 7 月 15 日 1958 年 1 月 18 日 1959 年 5 月 20 日 1963 年 5 月 28 日—29 日 1964 年 8 月 4 日—10 日	

续表

作家	主要作品	刊载日期	备注
聂华苓	《双龙抱柱》 《失去的金铃子》 《桑青与桃红》	1958 年 9 月 10 日 1961 年 7 月 1 日—9 月 30 日 1970 年 12 月 1 日—1971 年 2 月 6 日	
钟理和	《苍蝇》 《做田》 《假黎婆》 《阁楼之冬》 《还乡记》 《复活》 《雨》 《笠山农场》 《校长》	1959 年 4 月 14 日 1959 年 4 月 18 日 1960 年 1 月 20 日 1960 年 3 月 16 日—21 日 1960 年 6 月 16 日 1960 年 7 月 30 日—8 月 5 日 1960 年 9 月 1 日—10 月 11 日 1961 年 2 月 24 日—6 月 19 日 1976 年 11 月 13 日	钟理和一生中大部分作品都在“联副”中刊载。
林怀民	《海》 《铁道上》 《蛙鸣与茉莉》 《刮大风的夜晚》	1961 年 7 月 15 日 1963 年 5 月 16 日 1963 年 8 月 15 日—17 日 1964 年 10 月 24 日	
陈若曦	《百·元》 《查户口》 《老人》 《归》 《十三号单元》 《女友艾芬》	1961 年 12 月 19 日 1976 年 2 月 12 日 1976 年 12 月 22 日—26 日 1977 年 1 月 1 日—1978 年 1 月 6 日 1978 年 2 月 20 日 1978 年 3 月 9 日—11 日	

续表

作家	主要作品	刊载日期	备注
黄春明	《城仔落车》 《北门街》 《胖姑姑》 《两万年的历史》 《请勿与司机谈话》 《借个火》	1962 年 3 月 20 日 1962 年 3 月 30 日 1963 年 2 月 26 日 1963 年 3 月 15 日 1963 年 4 月 13 日 1963 年 4 月 29 日	
七等生	《失业、扑克、炸鱿鱼》 《阿里镑的连金发》 《清晨的愿望》 《沙河悲歌》 《山像只怪兽》 《回乡印象》	1962 年 4 月 3 日 1962 年 9 月 16 日 1963 年 4 月 14 日 1976 年 5 月 19 日—6 月 21 日 1977 年 5 月 10 日—11 日 1978 年 4 月 26 日—27 日	
琼瑶	《斯人独憔悴》 《烟雨蒙蒙》 《菟丝花》 《紫贝壳》 《月满西楼》 《浪花》 《人在天涯》	1963 年 12 月 7 日—19 日 1964 年 1 月 1 日—4 月 6 日 1964 年 6 月 1 日—10 月 1 日 1966 年 6 月 15 日—8 月 25 日 1967 年 2 月 5 日—3 月 20 日 1974 年 3 月 1 日—6 月 16 日 1976 年 2 月 20 日—4 月 25 日	琼瑶于 20 世纪 60 年代初成名于“联副”，也将绝大部分作品首发于“联副”。
高阳	《风尘三侠》 《少年游》 《清宫外史》 《金缕鞋》 《红楼梦断》 《延陵剑》 《水龙吟》	1965 年 1 月 8 日—6 月 10 日 1965 年 7 月 14 日—1966 年 1 月 29 日 1971 年 5 月 24 日—1972 年 7 月 15 日 1973 年 4 月 21 日—1974 年 1 月 21 日 1977 年 6 月 25 日—12 月 6 日 1980 年 2 月 27 日—1981 年 7 月 16 日 1989 年 8 月 13 日—1990 年 9 月 21 日	“联副”挖掘了高阳历史小说的创作，高阳的小说又反过来带动了“联副”的阅读，可以说两者彼此成就了对方。

续表

作家	主要作品	刊载日期	备注
三毛	《中国饭店》 《沙巴军曹》 《哭泣的骆驼》 《情人》	1974年10月6日 1976年8月30日—31日 1977年1月23日—29日 1982年5月14日	三毛1974年首次以该笔名在"联副"发表作品,从此将"联副"当作重要平台。
杨青矗	《昭玉的青春》 《龟爬壁与水崩山》 《香火》	1976年4月30日—5月1日 1976年7月16日—18日 1977年1月24日—25日	
醒石	《剪梦奇缘》 《倾城之恋》 《望子成龙》 《青春泉》 《星球大战爆发之前》	1976年3月24日 1977年6月21日—22日 1978年8月31日 1980年9月2日 1982年12月8日	张系国以醒石为笔名,在20世纪70年代末至20世纪80年代初期在"联副"进行科幻小说的创作与译介。
苏伟贞	《陪他一段》 《红颜已老》 《高处》 《公车反战记》	1979年11月10日—11日 1980年12月19日—1981年1月2日 1981年2月3日 1981年5月22日	
金庸	《连城诀》 《书剑江山》	1979年9月7日—1980年2月5日 1980年4月8日—1981年8月11日	

参考文献

一、著作类

(一)外国部分

[1][法]埃斯皮卡尔:《文学社会学》,符锦勇译,上海译文出版社,1988 年。

[2][法]布尔迪厄:《文化资本与社会炼金术——布尔迪厄访谈录》,包亚明译,上海人民出版社,1997 年。

[3][法]布尔迪厄:《艺术的法则》,刘晖译,中央编译出版社,2011 年。

[4]包亚明主编:《布尔迪厄访谈录:文化资本与社会炼金术》,上海人民出版社,1997 年。

[5][法]戈德:《文学社会学方法论》,段毅、牛宏宝译,工人出版社,1989 年。

[6][美]斯沃茨:《文化与权力:布尔迪厄的社会学》,陶东风译,上海译文出版社,2012 年。

[7][德]西尔伯曼:《文学社会学引论》,魏育青、于汛译,安徽文艺出版社,1988 年。

[8][英]伊格尔顿:《文学原理》,刘峰译,文化艺术出版社,1987 年。

[9][美]张诵圣:《当代台湾文学场域》,江苏大学出版社,2015 年。

[10][美]张诵圣:《台湾小说史论》,麦田出版社,2006 年。

(二)大陆部分

[1]程光炜:《大众媒介与中国现当代文学》,人民文学出版社,2005 年。

[2]陈飞宝:《当代台湾传媒》,九州出版社,2007 年。

[3]冯并:《中国文艺副刊史》,华文出版社,2001 年。

[4]古继堂:《简明台湾文学史》,时事出版社,2002 年。

[5]郭武群:《打开历史的尘封 民国报纸文艺副刊研究》,百花文艺出版社,2007 年。

[6]陆卓宁:《20 世纪台湾文学史略》,民族出版社,2006 年。

[7]路善全:《中国传媒与文学互动研究》,中国社会科学出版社,2007 年。

[8]雷世文:《文艺副刊与文学生产》,中国文史出版社,2004 年。

[9]刘登翰等主编:《台湾文学史》(上),海峡文艺出版社,1991 年。

[10]刘登翰等主编:《台湾文学史》(下),海峡文艺出版社,1991年。

[11]刘小新:《阐释的焦虑——当代台湾理论思潮解读》(1987—2007),福建人民出版社,2010年。

[12]刘燕南:《台湾报业争战纵横》,九洲图书出版社,1999年。

[13]廖斌:《当代台湾文艺传媒〈文讯〉研究》,复旦大学出版社,2012年。

[14]田建平:《当代报纸副刊研究》,河北大学出版社,2006年。

[15]饶芃子:《边缘的解读:澳门文学论稿》,中国社会科学出版社,2008年。

[16]谭正壁:《新编中国文学史》,光明书局,1935年。

[17]王列耀、龙扬志:《文学及其场域:澳门文学与中文报纸副刊》(1999—2009),社会科学文献出版社,2014年。

[18]王文斌:《中国报纸的副刊》,中国文史出版社,1988年。

[19]许纪霖、罗岗:《启蒙的自我瓦解》,吉林出版集团有限公司,2007年。

[20]谢庆立:《中国早期报纸副刊编辑形态的演变》,学苑出版社,2008年。

[21]姚福申、管志华:《中国报纸副刊学》,上海人民出版社,2007年。

[22]杨匡汉:《中国文化中的台湾文学》,长江文艺出版社,2002年。

[23]朱双一:《台湾文学创作思潮简史》,九州出版社,2010年。

[24]朱立立、刘小新:《近20年台湾文学创作与文艺思潮》,江苏大学出版社,2012年。

[25]张邦卫:《媒介诗学:传媒视野下的文学与文学理论》,社会科学文献出版社,2006年。

[26]古远清:《几度飘零:大陆赴台文人沉浮录》,广西师范大学出版社,2010年。

[27]林丹娅:《台湾女性文学史》,厦门大学出版社,2015年。

(三)中国台湾地区部分

[1]蔡文辉:《社会变迁》,三民书局,1982年。

[2]陈芳明:《台湾新文学史》,联经出版事业股份有限公司,2011年。

[3]陈纪滢:《文艺运动二十五年》,重光文艺出版社,1977年。

[4]封德屏:《台湾文学发展现象:五十年来台湾文学研讨会论文集》(二),文化建设委员会,1996年。

[5]龚鹏程:《台湾的社会与文学》,东大图书,1995年。

[6]黄年主编:《联合报四十年》,联经出版事业公司,1991年。

[7]季季、郝明义、杨泽、骆绅等编:《纸上风云高信疆》,大块文化出版有限公司,2009年。

[8]刘心皇:《当代中国新文学大系:史料与索引》,天视出版公司,1981年。

[9]刘心皇:《现代中国文学史话》,天视出版公司,1986 年。

[10]林海音:《芸窗夜读》,纯文学出版社有限公司,1982 年。

[11]林海音:《剪影话文坛》,中国友谊出版公司,1987 年。

[12]林海音:《穿过林间的海音》,游目族,2000 年。

[13]林嘉诚:《社会变迁与社会运动》,黎明文化,1992 年。

[14]林淇瀁:《书写拼图:台湾文学传播现象研究》,麦田出版,2001 年。

[15]林燿德:《当代台湾文学评论大系——文学现象》,正中书局,1993 年。

[16]林燿德:《鸟瞰文学副刊》,正中书局,1993 年。

[17]平鑫涛:《逆流而上》,长江文艺出版社,2005 年。

[18]孙如陵:《报学研究》,学生书局,1976 年。

[19]孙如陵:《副刊论:中央副刊实录》,文史哲出版社,2008 年。

[20]王美丽:《报人王惕吾:联合报的故事》,天下文化,1994 年。

[21]王惕吾:《联合报三十年的发展》,联合报社,1981 年。

[22]夏祖丽:《从城南走来—林海音传》,天下远见,2000 年。

[23]须文蔚:《台湾文学传播》,二鱼文化事业有限公司,2009 年。

[24]痖弦:《极短篇文学》,尔雅出版社,1992 年。

[25]杨宗翰:《新世代星空》,天行社,2001 年。

[26]叶石涛:《台湾文学史纲》,文学界杂志社,1996 年。

[27]郑明娳:《当代台湾政治文学论》,时报文化出版公司,1994 年。

[28]张宝琴:《四十年来中国文学》,联合文学出版社,1997 年。

[29]宇文正:《文字手艺人——一个副刊主编的知见苦乐》,有鹿文化视野有限公司,2017 年。

二、期刊、报纸类

(一)大陆部分

[1]傅国涌:《纸上风云:副刊时代的终结》,《南方周末》,2004 年第 3 期。

[2]古远清:《20 世纪 90 年代的台湾文学报刊》,《新乡高等专科学校学报》,2005 年第 3 期。

[3]古远清:《当代台湾文学思潮掠影》,《华文文学》,2013 年第 3 期。

[4]耿长春:《报纸副刊的起源、地位和作用》,《晋阳学刊》,1998 年第三期。

[5]黄万华:《20 世纪 50 年代的台湾文学场域与媒介》,《台湾研究集刊》,2008 年第 3 期。

[6]金岱:《现代传媒背景下的文学定位》,《文学自由谈》,1997 年第 1 期。

[7]廖子馨:《澳门文学与报纸副刊》,《世界华文文学论坛》,2000 年第 1 期。

[8]刘晖:《布尔迪厄的文学社会学概述》,《外国文学评论》,2014年第3期。

[9]刘晓慧:《台湾报纸副刊发展脉络探析》,《社会科学家》,2011年第10期。

[10]刘晓慧:《当代台湾报纸副刊的发展与变迁》,《中国报业》,2011年第4期。

[11]刘晓慧:《台湾报纸副刊研究综述》,《文学与传播》,2013年第5期。

[12]刘晓慧:《政治纷扰日增下副刊的转型——1970年代台湾报纸文艺副刊发展特色分析》,《文学与传播》,2014年第1期。

[13]刘晓慧:《双副刊:台湾报纸文艺副刊研究》,《湖北职业技术学院学报》,2015年第2期。

[14]刘玉琴:《报纸副刊:价值引领与文化担当》,《人民日报》,2013年11月27日。

[15]马睿:《知识的语境化:观察文学理论的一种方式》,《社会科学研究》,2001年第6期。

[16]南帆:《启蒙与操纵》,《文学评论》,2001年第1期。

[17]马丽春:《也说"副刊论"》,《新闻世界》,2009年第4期。

[18]孙伏园:《理想中的日报副张》,《京报副刊》,1924年12月5日。

[19]宋炳辉:《文学媒介的变化与当代文学的转型》,《文艺理论研究》,2002年第3期。

[20]忤从巨:《现代传媒环境中的当代文学》,《渭南师范学院学报》,2002 年第 1 期。

[21]王兰芬:《网络文学革命系列:一场著名的论战》,《民生报》,1999 年 6 月 8 日。

[22]王超群:《报纸副刊的困境与出路》,《青年记者》,2008 年第 15 期。

[23]汪毅夫:《多学科研究的视角——以台湾文学研究为例》,《福建论坛》,2008 年第 11 期。

[24]谢鼎新:《大众传媒对当代文学的影响》,《现代传播》,2003 年第 4 期。

[25]肖伟:《文学精神与时代性格——论台湾〈联合报〉副刊的"文艺性"模式》,《台湾研究集刊》,2002 年第 2 期。

[26]周林:《"世界中文报纸副刊学术研讨会"综述》,《台湾研究集刊》,1997 年第 2 期。

[27]朱双一:《文学思潮变迁中的当代台湾小说》,《安徽大学学报》(哲学社会科学版),2007 年第 7 期。

[28]朱双一:《略论台湾"文学文化化"》,《学术研究》,1994 第 21 期。

[29]张喜田:《报纸副刊:台湾文学的引导者》,《文学报》,2004 年 12 月 17 日。

[30]赵抗卫:《文学作品与现代传媒》,《文艺理论研究》,2000 年第 5 期。

(二)中国台湾地区部分

[1]陈芳明:《台湾新文学史系列——五〇年代的文学局限与突破》,《联合文学》,2001 年第 6 期。

[2]陈芳明:《横的移植与现代主义之滥觞》,《联合文学》,2001 年第 8 期。

[3]荻宜:《变革的副刊》,《文讯》,1992 年第 43 期。

[4]林适存:《副刊编辑与编辑副刊》,《新闻学报》,1973 年第 12 期。

[5]龙应台:《有什么副刊,就有什么社会》,《文汇报·笔会》,1997 年第 8 期。

[6]马克任:《我写〈报坛耕耘六十年〉》,《联合报》,2006 年 9 月 1 日。

[7]马风:《中国报纸的副刊》,《中国文选》,1964 第 4 期。

[8]南方朔:《告别时代副刊》,《中时晚报》,1996 年 1 月 1 日。

[9]潘家庆:《报纸副刊的功能分析》,《政治大学学报》,1976 年第 5 期。

[10]申仲豪:《综合的、趣味的——联副发刊告作者读者》,《联合副刊》,1951 年第 3 期。

[11]孙如陵:《副刊讲座》,《中国文选》,1974 年第 12 期。

[12]孙如陵:《副刊与小说》,《中国文选》,1974 年第 3 期。

[13]萧蕙蕙:《评台湾的报纸副刊》(下),《书评书目》,1973 年第

5 期。

[14]向阳:《对当前台湾副刊走向的一个思考》,《文讯》,1992 年第 8 期。

[15]许斗达:《文学场域的变迁——布迪厄的场域理论在马华文学语境中之应用》,《华文文学》,2005 年第 4 期。

[16]隐地:《热爱写作与编辑的林海音》,《爱书人》,1977 年第 6 期。

[17]痖弦:《诗与报纸副刊》,《扬子江诗刊》,2005 年第 3 期。

[18]痖弦:《当前副刊的困境与突破》,《报学》,1980 年第 4 期。

[19]张耀仁:《一切是剑——访报导文学家陈铭磻》,《明道文艺》,2010 年第 11 期。

[20]钟肇政:《早期联副琐忆》,《联合副刊》,1981 年第 3 期。

[21]郑清文:《怀念文坛奇女子》,《中国时报》,2001 年 12 月 3 日。

[22]张堂锜:《高信疆时代报导文学写作班底创作转型现象——以陈铭磻为主要考察对象》,《中国现代文学》,2012 年第 2 期。

三、学位论文

(一)大陆部分

[1]陈叙:《20 世纪 1990 年代中国报纸副刊发展研究》,四川大学 2004 年博士学位论文。

[2]曹怀明:《大众媒体与文学传播》,山东师范大学2004年博士学位论文。

[3]江晓奕:《1990年代以来台湾报纸副刊》,厦门大学2011年硕士学位论文。

[4]刘坚:《媒介文化思潮与当代文学观念》,吉林大学2012年博士学位论文。

[5]刘晓慧:《当代台湾文艺副刊史研究》,厦门大学2013年博士学位论文。

[6]卢国华:《启蒙时代的明烛》,山东师范大学2001年硕士学位论文。

[7]员怒华:《"四大副刊"与五四文学》,华中师范大学2011年博士学位论文。

[8]左军:《社会变迁中晚报副刊的话语嬗变:〈春城晚报〉案例分析》,云南大学2014硕士学位论文。

(二)中国台湾地区部分

[1]戴美慧:《战后台湾文化政策与文化发展关系之研究——以文化多元主义为观点》,台湾师范大学三民主义研究所2002年硕士毕业论文。

[2]戴妍秀:《台北报纸副刊版面编排设定与读者偏好之研究》,云林科技大学视觉传达设计系2012年硕士毕业论文。

[3]封德屏:《国民党文艺政策及其实践》(1928—1981)淡江大学

中国文学系2008年博士学位论文。

[4]郭淑雅:《国族的魅影,自由的天梯——〈自由中国〉与聂华苓文学》,静宜大学中国文学系2000年硕士学位论文。

[5]林淇瀁:《文学传播与社会变迁之关联性研究——以七〇年代台湾报纸副刊的媒介运作为例》,文化大学新闻研究所,1993年硕士学位论文。

[6]施纯怡:《从报纸副刊的内容看副刊功能的面貌——以解严后四家报纸副刊为例》,政治大学新闻研究所1997年硕士学位论文。

[7]陶芳芳:《从政治控制到市场机制:台湾报业发展之变迁》,政治大学新闻研究所1999年硕士学位论文。

[8]魏旨凌:《数位时代副刊阅读行为及其发展策略之研究》,中国文化大学新闻学系2010年硕士学位论文。

[9]谢明芳:《当代台湾报道文学的兴起与发展》,南华大学文学研究所2002年硕士学位论文。

[10]杨淑芬:《九〇年代副刊运作过程及权力探讨》,中国文化大学新闻研究所1998年硕士学位论文。

[11]杨晓琪:《1970年代乡土文学论战暨文学场域的变迁》,暨南国际大学中国语文学系2002年硕士学位论文。

[12]张宏雄:《由文建会预算结构变化看台湾文化政策演变》,中山大学艺术管理研究所2007年硕士学位论文。

[13]庄宜昌:《报纸版面设计对读者阅报认知、态度影响之研究》,政治大学新闻研究所1997年硕士学位论文。